Martin Calsow
Die Lilith Verheißung

atb aufbau taschenbuch

MARTIN CALSOW wuchs am Rande des Teutoburger Waldes auf. Er hat für mehrere TV-Sender gearbeitet und lebt heute mit seiner Frau am Tegernsee.

Von ihm erschien bisher als Aufbau Taschenbuch: »Der Lilith Code«. www.martin-calsow.de

Regina Bachmaier, Privatermittlerin aus Österreich, reist zu einem Auftraggeber an den Tegernsee. Sie soll für den Großindustriellen Arwed Köhn die spurlos verschwundene Archäologin Almut Moser suchen. Nur sie kann Köhn zu einem Bild von Hieronymus Bosch führen, das seine Gemäldesammlung komplettieren soll. Während Reginas Aufenthalt auf dem tief verschneiten Anwesen der Familie Köhn brechen in Deutschland die Pocken aus. Das Land ist Opfer eines Terroraktes geworden.

Zusammen mit ihrem Freund, dem deutschen Arzt Jan Kistermann, wird Regina Zeugin eines Mordes an einem Einsiedler, der mehr über das gesuchte Bosch-Gemälde und den Pockenanschlag zu wissen scheint. Kannte er das Geheimnis des Bildes, dessen Maler an die magischen Kräfte der Göttin Lilith glaubte? Jetzt werden Regina und Jan zu Gejagten. Eine Odyssee durch Österreich, Italien, die Niederlande und die apokalyptisch anmutenden Landschaften Deutschlands beginnt.

Martin Calsow

Die Lilith Verheißung

Thriller

aufbau taschenbuch

FSC
www.fsc.org
MIX
Papier aus verantwortungsvollen Quellen
FSC® C083411

ISBN 978-3-7466-2896-7

Aufbau Taschenbuch ist eine Marke
der Aufbau Verlag GmbH & Co. KG

1. Auflage 2012

Umschlaggestaltung capa, Anke Fesel
unter Verwendung zweier Motive von Bridgeman Art Library
Druck und Binden CPI – Clausen & Bosse, Leck
Printed in Germany

www.aufbau-verlag.de

Für meine Frau Insa

Hic Rhodus, hic salta

In herzlichem Andenken an
Harald Calsow und Margot Döscher

Es ist alles eitel

Du siehst, wohin du siehst, nur Eitelkeit auf Erden.
Was dieser heute baut, reißt jener morgen ein;
Wo itzund Städte stehn, wird eine Wiese sein,
Auf der ein Schäferskind wird spielen mit den Herden.

Was itzund prächtig blüht, soll bald zertreten werden;
Was itzt so pocht und trotzt, ist morgen Asch und Bein;
Nichts ist, das ewig sei, kein Erz, kein Marmorstein.
Itzt lacht das Glück uns an, bald donnern die Beschwerden.

Der hohen Taten Ruhm muß wie ein Traum vergehn.
Soll denn das Spiel der Zeit, der leichte Mensch bestehn?
Ach, was ist alles dies, was wir für köstlich achten,

Als schlechte Nichtigkeit, als Schatten, Staub und Wind,
Als eine Wiesenblum, die man nicht wieder findt!
Noch will, was ewig ist, kein einig Mensch betrachten.

Andreas Gryphius

Das erste Buch

Einst

Mittenwald, Tirol, 05. 11. 1499

Mit einem weiten Schnitt öffnete der Mann den Hals des Pferdes. Das Blut sickerte in den frischgefallenen Schnee. Dampf stieg von der dunkelroten Lache auf. Sofort legte er seine Hände hinein. Sie durften auf keinen Fall Frostbeulen bekommen. Die Hände waren sein Werkzeug. Vier Männer aus Mailand sollten ihn über die Alpen begleiten. Zwei hatten sich bereits südlich von Trient aus dem Staub gemacht. Der Winter hatte Einkehr gehalten. Reisende, die den Pass lebend hinter sich gelassen hatten, berichteten von Lawinen und Überfällen. Und so waren sie zu dritt hinauf zum Brenner geritten. Das Fuhrwerk war von vier Pferden gezogen worden. Kräftige Haflinger, die hier aus dem südlichen Tirol stammten. Bis zur Grenze der Republik hatte er sich in einer Kiste mit päpstlichem Siegel versteckt. Erst Meilen dahinter war Aken herausgekrochen und auf ein Pferd gewechselt. Bozen hatten sie passiert. Die Häscher, die der Hohe Rat auf sie gehetzt hatte, schienen sie weiter westlich im Herzogtum Mailand zu vermuten. Natürlich war ihnen klar, dass er in seine Heimat zurückwollte. Aber niemals dürfte er mit seinem Werk dort ankommen. Aken war vogelfrei, solange er Brabant im Norden nicht erreicht hatte. Bis zu 40 Tage konnte die Reise dauern.

Vor einer Woche hatte er noch die letzten warmen Tage in der Lagunenstadt genossen. Auch wenn die Feuchtigkeit am Abend in seine Knochen fuhr, sog er das Licht des Tages auf. Nie zuvor hatte er solch eine Leichtigkeit, Wärme und Schönheit erlebt wie in Venedig. Seine Zeit mit Meister da Vinci hatte dem wortkargen, oft melancholischen Künstler die Tore zu einer neuen, weit besseren Welt geöffnet. Sofort hatte er zugestimmt, als der Künstlerfreund ihn bat, das Werk auf diese Art zu vollenden. Wenn er es vollständig zu seinen Freunden bringen würde, könnte sich alles neu und gut fügen. Aber wehe, die Häscher des Dogen würden ihrer habhaft werden.

Seine Nackenhaare stellten sich auf, und ein Stich brach sich Bahn am Ende seines Rückens, wenn er nur daran dachte, was er hatte mitansehen müssen. Der Doge hatte ihn in das Gefängnis bringen lassen, nur um ihm zu zeigen, was sie dort mit Verrätern machten. Wie sie ihnen die Augen ausdrückten, die Finger zermalmten und die Füße zertrümmerten. Er tat ahnungslos, und so ließen sie ihn noch einmal ziehen. Seine Flucht war in letzter Sekunde geglückt. Aber nun schien die Reise zu Ende zu sein. Der Fuhrwerker hatte noch die Zügel mit aller Gewalt angezogen, war rechtzeitig vom Bock gesprungen, aber der Steinschlag prasselte dennoch auf die Pferde. Kein Treffer war tödlich, doch die scharfkantigen Felsbrocken hatten bei dem einen den Leib und bei dem anderen die Flanken aufgerissen. Schreiend und hilflos wiehernd lagen die Pferde auf der verschneiten Passstraße. Noch waren sie allein, aber zum einen brach bald die Nacht herein, und zum anderen wollten die Männer unerkannt bleiben. So kramten sie ihre Habseligkeiten aus dem umgekippten Planwagen, stürzten ihn den Abhang hinab in den Fluss, packten die wenigen Überbleibsel auf ihre Pferde und zogen zu Fuß weiter hinauf zum Pass nach Mittenwald. Dies war die einfachste Möglichkeit, die Alpenkette zu überqueren. Aber auch wenn in der Poebene noch kräftig die Sonne strahlte, konnte dort oben schon längst der Winter regieren.

Um Mitternacht erreichten sie den Pass im dichten Schneetreiben. Die drei Gasthäuser auf über 1000 Meter Höhe waren voll mit Reisenden, die sowohl von Norden wie auch vom Süden kamen. So stapften sie erschöpft und resigniert von einer Tür zur anderen und wurden immer abgewiesen. Der Wirt eines heruntergekommenen Hauses, direkt am Fluss liegend, hatte schließlich mit ihnen Erbarmen. Reisende, die aus Innsbruck kamen, hatten von Lawinen berichtet, die den Weg gen Norden versperrten. Eine schlechte Nachricht, denn so saßen die drei in der Falle. Was, wenn die Söldner des Dogen auch diesen Pass kontrollieren würden?

Der alte Wirt wies ihnen im Stall einen Platz bei den Kühen zu, die vor wenigen Wochen noch auf den Almwiesen oberhalb der Klause gegrast hatten und jetzt den Winter über hier unten ihr Dasein fristeten. Es gab zwei kleine Verschläge, getrennt durch dicke, alte Fichtenbohlen, an jeweils drei Seiten. Es stank, war aber dank der Tiere wenigstens warm, fand Aken. Die Mailänder rümpften die Nase, doch alles war besser, als in der Kälte zu verrecken. Aken hatte sich eine Box direkt neben den Rindern ausgesucht, die beiden anderen wollten so weit weg wie möglich von den Fliegen und dem Gestank. Er richtete sich so ein, dass er auf der Kiste mit dem Werk lag. So konnte es keiner heimlich stehlen, während er schlief. Er träumte. Ein Insekt kroch aus seinem Bauchnabel, ein anderes aus seinem Geschlecht. Mit seinen langen Fühlern tasteten sie sich über seinen Körper und krabbelten langsam den Bauch herauf. Dann erklommen sie den Kopf und versuchten sich durch die Nase wieder in den Körper hineinzuzwängen. Aber dort verstopften kleine, gelbe Maden den Weg, die sich wütend hervorwanden, den warmen Platz nicht aufgeben wollten. Schweißnass wachte er auf und fuhr sich hysterisch schnaufend durch das Gesicht, fand aber nichts und fiel zurück in das muffig riechende Stroh. Mit einem Mal hörte er ein Stöhnen hinter sich, das sich mit dem Schnaufen und Scharren der Kühe vermischte. Ruckartig drehte Aken sich um, wand sich aus der stinkenden Wolldecke und griff nach seinem Dolch, den er immer an der Seite mit sich führte. Langsam und vorsichtig zog er sich an den Holzbohlen der Wand hoch. Erneut stöhnte jemand gedämpft. Schnaufen war zu hören. Nur ein fahler Mond und die langsam anbrechende Morgendämmerung spendeten durch die Ritzen des Gemäuers etwas Licht. Jemand kniete hinter den Holzbohlen. Es war einer seiner Begleiter. Sein Gesicht war sehr nah an den Bohlen, so dass Aken seinen fauligen Atem riechen konnte. Sein Körper wurde von einem dauerhaften Zittern durchzogen. Konnte das sein? Aken wandte seinen Kopf, so weit er konnte, zur Seite und sah das Unglaubliche. Er erkannte den anderen Mailänder. Der hatte seinen Kopf zwischen den Pobacken des Mannes versenkt und leckte und küsste den von Grinden und Pickeln überzogenen Arsch seines Begleiters. Osculum infame, schoss es Aken durch den Kopf. Der Kuss des Satans. So hatte es ihr Lehrer, ein Dominikaner, in Brabant einst gelehrt. So wird der Teufel durch seine Jünger begrüßt. War er mit Dämonen gereist? Hatte ihm Antonio Grimani bewusst diese Abgesandten der Hölle zur Seite gestellt? In seinem Kopf häm-

merte es, und er glaubte fast, das Bewusstsein zu verlieren. Er stieß nach vorn gegen die Wand. Prompt verharrten die beiden Männer wie erstarrt und horchten. Da hatte sich Aken aber schon aus der Box gestohlen, das Werk unter seinem Arm, und sich hinter einer auf dem Boden liegenden dicken Kuh versteckt. Im nächsten Moment wurde die Tür zum Stall aufgerissen. Mit Schrecken erkannte Aken das Tuch eines venezianischen Söldners. Sie hatten sie gefunden. Der Erste war mit einem Schritt in der Box seiner Begleiter. Ohne ein Wort zu verlieren, hieb er mit einem Schwert auf den nackten Rücken des oben liegenden Mailänders. Das Schwert war so scharf und schwer, dass es den Leib teilte. Der darunterliegende, nun vom Blut seines Freundes völlig besudelte Mailänder versuchte noch sich zu erheben, hatte aber das Metall des Häschers schon in seinen Eingeweiden, ehe er nach seinem Dolch greifen konnte. Aken robbte sich schnell und dennoch vorsichtig an den Kühen vorbei bis zur hinteren Stalltür. Wie ein Kreuz bei einer Pilgerreise hielt er seinen Dolch in beiden Händen. Mit seinem Leib schob er das in einem Kasten versteckte Werk unter sich her. Kurze Zeit später war er unbemerkt aus dem Stall entkommen. Draußen sattelte gerade eine Reisegruppe aus Deutschland, gut erkennbar an dem groben Stoff ihrer Kleider, ihre Pferde. Aken warf den Umhang über seinen Kopf, drückte zwei der Goldtaler aus dem Saum, die ihm der Admiral gegeben hatte, und sprach den Führer der Gruppe leise an. Die Deutschen, wortkarge Tuchhändler aus der Hansestadt Osnabrück, wollten sich bis zu den Lawinen vorkämpfen und dann selbst, so gut es ging, räumen, um vor dem nächsten Schnee nach Innsbruck hinunterzugelangen. Jede Hand war da willkommen. Dennoch kostete es Jeroen van Aken aus 's-Hertogenbosch, den man Jahrhunderte später nur unter dem Namen seiner Heimatstadt kannte, zwei weitere Goldmünzen, um von Mittenwald, dem Ort, der später als Brennerpass berühmt wurde, hinein in die deutschen Lande und weiter ins Herzogtum Brabant zu kommen. Die Leichen der beiden Mailänder fanden Wölfe wenige Tage später am Ufer der Eisack und zerfleischten sie bis auf die Knochen.

Heute

Mo'ynoq, Usbekistan, 01. 11., 07.30 Uhr

Die Sonne hing erst seit wenigen Minuten fahl über dem Horizont und übergoss die schneebedeckte Steppe mit einem müden Licht. Draußen bei den rostigen Schiffswracks hatten sie sich verabredet. Die Stadt starb einen langsamen Tod. Einst am südlichen Ende des Aralsees gelegen, war sie nunmehr 80 Kilometer von der Uferlinie entfernt. Die Fischerei, früher der größte Wirtschaftszweig der Stadt, verlor sich im Sand der Steppe. Gerade einmal 10 000 Menschen lebten hier, meist Karakalpaken, ein muslimisches Turkvolk. Seit Jahrzehnten verlandete der See, seit Stalin die Flüsse, die ihn jedes Jahr mit Wasser speisten, für die Baumwollfelder im Norden stauen ließ. Der Wasserspiegel sank unaufhörlich. Die Winter wurden kälter, die Sommer heißer, das Land trocknete aus. Allah hatte es vergessen.

»Meine Auftraggeber sind etwas erstaunt, dass Ihr Teil der Vereinbarung nicht eingehalten wurde. Was könnte der Grund sein?« Der Mann war Anfang 50, seine Gestalt wirkte hager. Dieser Eindruck wurde durch einen schmalen Kopf mit schütterem blondem Haar verstärkt. Er trug als Einziger keine Handschuhe. Während sein Gegenüber frierend von einem Bein auf das andere stapfte, blieben er und seine Begleiter unbewegt im kalten Wind stehen und starrten auf die Bande Freischärler, die aus den Bergen im Osten hier hinuntergekommen waren. Sie bezeichneten sich als Rebellen, kämpften gegen die Machthaber in Usbekistan, lebten aber hauptsächlich von Schmuggel und Drogenhandel.

Georg Arnold hielt sich seit 24 Stunden auf den Beinen. Sie waren am frühen Abend zuvor in Termiz aufgebrochen und mussten noch heute die 900 Kilometer zurück in den Süden fahren, wenn sie die Bundeswehrmaschine erreichen wollten.

Diese Freischärler hier waren die, die seinen Kameraden in Afghanistan mit Sprengfallen zusetzten. Aber das war ihm egal, solange sie die Geschäfte machten, die ihm das Geld für eine Zukunft nach der Bundeswehr brachten. Der Abzug aus diesem verdammten Land aus Staub und Tod hatte sich verzögert. Arnold hatte die Gelegenheit genutzt, um seine kleinen Geschäfte aufzubauen. Jeder Logistiker wusste, dass in der heißen Phase eines Rückzugs niemand wirklich auf alle Zahlen und Transporte schaute. Zu groß war bei allen der Wunsch, unversehrt und schnell zurückzukehren.

Der Anführer ließ sich nicht durch den drohenden Unterton verunsichern. »Wir haben alles dabei, Sie können es sofort übernehmen. Aber Ihre letzte Überweisung ist nicht vollständig. Richten Sie Ihrem Auftraggeber aus, dass wir so nicht arbeiten. Hier setzt man auf Vertrauen.«

Er lächelte, und seine gelben Zahnstümpfe wurden sichtbar. Er kaute Tabak, spuckte ihn zur Seite aus. Arnold widerte dieses kriegerische Bergvolk an. Zu gern hätte er sie mit einem Luftschlag vernichtet. Aber diese Ladung, die er hier übernehmen und über seine »Linie« nach Deutschland bringen sollte, war zu lukrativ. Seit über fünf Jahren arbeiteten er und sein »Team« nun auf dem Bundeswehrstützpunkt in Termiz, im Süden Usbekistans. Der Flughafen war das Drehkreuz der deutschen Armee in Afghanistan, hier wurde Personal und Material in und aus dem Kriegsgebiet verladen.

Vor seiner militärischen Karriere hatte Arnold als Disponent in einem Warenlager eines hessischen Spielwarenkonzerns gearbeitet. Seine Kenntnisse konnte er jetzt in einem ganz neuen Maßstab anwenden. Sein System war so einfach wie genial. Ihm unterstand die Definition der Verladung. Er wusste, was in den Transall-Maschinen mitflog, wo und wann entladen wurde und wer nötigenfalls geschmiert werden musste. »Seine« Container wurden meist als militärisches Sicherheitsgut deklariert, die zuständige Empfangsstelle in Deutschland war mit seinen Leuten besetzt, und so kamen jedes Jahr 50 Tonnen Rohopium nach Europa. Sein alter Chef aus dem Warenlager hatte ihn vor drei

Tagen angerufen. Er solle im Nordwesten Usbekistans zusätzliche Ware aufnehmen, ein kleiner Gefallen unter Freunden. Es war überdies gut bezahlt, also nahm der Oberleutnant den Auftrag an. Diese Unstimmigkeit in diesem Nest mit den Banditen war Alltag für ihn. Mittlerweile sprach er zwei einheimische Dialekte, und so konnte er auch die leisen Befehle, die der Anführer seinen Männern gab, gut verstehen. Sie wollten schnellstmöglich weg, es war nicht sicher. Er spürte ihre Unruhe. Arnold dagegen blieb entspannt. Er wählte mit seinem Satellitentelefon eine Nummer in Deutschland, schilderte in kurzen Worten die Problematik und lächelte, als er den Hörer weitergab. »Es ist alles geklärt.« Er reichte dem Anführer eine Zigarre, zündete sie an und blickte erwartungsvoll auf den Usbeken. Dieser zog zwei Mal kräftig, hörte derweil der Stimme aus dem Telefon zu und winkte gleichzeitig seinen Leuten. Die begannen sofort, die Container vollzuladen.

Zwei Stunden später fuhr Oberleutnant Arnold in einem der drei MAN-10-Tonner zurück nach Termiz. Morgen Abend würde die Ladung auf dem Luftwaffenstützpunkt Landsberg am Lech in Bayern landen. Hätte Arnold geahnt, was zwischen den Tonnen gepressten Haschischs und Opiums mit ihm fuhr, so wäre er sofort aus dem LKW gesprungen und schreiend weggerannt.

Kufstein, Österreich, 14. 12., 14.45 Uhr

Der Pajero rutschte gefährlich auf die Mittelleitplanke zu. Schnee spritzte auf. Der Fahrer riss das Lenkrad hektisch nach rechts. Ein dahinterfahrender Tanklastzug hupte lang anhaltend und blendete auf.

»Du kannst nicht Auto fahren. Es ist wirklich das erste Mal, dass ich einen Mann erlebe, der nicht fahren kann.« Regina Bachmaier war nicht glücklich darüber, dass ihr Freund Jan das Auto steuerte. Der Mann war Arzt, Notfallarzt, sicher einer der besten, wie sie von seinen Freunden gehört hatte. Aber eine solche Feindschaft zwischen Fahrer und Auto hatte die ehemalige Elitepolizistin aus Wien bisher selten erlebt. »Du bremst, gibst dann wieder Gas und beides ohne Grund. Brauchst du den Rhythmus?« Sie konnte das Sticheln nicht lassen.

Jan Kistermann blieb äußerlich ruhig. Er konzentrierte sich. Natürlich sah er sich wie jeder Mann als sicheren und erfahrenen Fahrer, aber neben einem Exmitglied eines Spezialkommandos fühlte er sich wie in einem Examen. »Ein alter Mann hat mir einmal gesagt: Wenn die Frau deinen Fahrstil kritisiert, dann solltest du nicht nur schnell aus dem Auto aussteigen …«

Regina lachte. »Du bist eine Mimose, Ihr Ärzte seid nicht kritikerprobt.«

Jan lächelte säuerlich. »Ich bin noch Rekonvaleszent, also für dich: in der Erholungsphase.«

»Ich weiß, was das heißt, du deutscher Klugscheißer.« Sie zwickte ihn in den Arm. Er schrie theatralisch auf, bis sein Handy brummte. Eine SMS war eingegangen. Er verstummte, griff in die Ablage und sah nach. Regina runzelte mit der Stirn, ließ sich den in ihr aufkommenden Ärger aber nicht anmerken.

Ein halbes Jahr war seit den Ereignissen in Syrien und Israel vergangen. Jan war als Tourist in den Nahen Osten gereist. Kurz darauf fand er sich inmitten der Verschwörung einer Sekte wieder. Dessen Anführer hatten Thesen publiziert, die die islamische Welt in ihren Grundfesten bedrohte. Chaos brach aus. Dann traf er auf die Privatermittlerin Regina, die im Nahen Osten nach einer österreichischen Archäologin suchte. Er hatte sich Hals über Kopf in sie verliebt. Gemeinsam mit einem syrischen und einem israelischen Spion waren sie quer durch den Nahen Osten und Europa gehetzt, um am Ende in einem UN-Posten in eine wilde Schießerei zu geraten. Jan Kistermann war von mehreren Schüssen schwer verletzt worden. Jetzt, sechs Monate später, waren die Wunden verheilt. Dennoch hatte er noch nicht die Kraft gefunden, seinen alten Job im Klinikum rechts der Isar in München wiederaufzunehmen. Die meiste Zeit lebte er bei seiner neuen Liebe in Wien. Für Regina war das sehr ungewohnt. In ihrer Zeit bei der Kripo Wien hatte sie immer allein gelebt. Die unregelmäßigen Arbeitszeiten, die langen Observationen und nicht zuletzt die dunklen Seiten des Jobs hatten sie immer wieder von einer »normalen« Beziehung abgehalten. Ein katastrophaler Einsatz im Wiener Rotlichtmilieu, der zu ihrer Suspendierung führte, hatte ihr Leben verändert. Gedanken an Liebe und Zweisamkeit waren verschwunden. Bis Jan in ihr Leben trat. Seine Ruhe, sein sicheres Gespür für Gut und Böse, hatten sie angezogen. Aber natürlich war es auch sein Aussehen. Er war nicht zu groß und auch nicht zu dick. Er liebte Sport, genau wie sie. Sie hatten in den vergangenen Wochen versucht, ihr sehr unterschiedliches Leben zusammenzufügen. Das war nicht leicht. Sie fühlte sich so ungebildet angesichts seines akademischen Wissens, so ungeschickt, wenn es um Stil und Etikette ging. Er konnte fast jede Situation traumwandlerisch bestehen. Sie empfand sich zuweilen wie ein Bauerntrampel. Aber er hatte sie beruhigt. Ihre Welt der Waffen, des Kampfsports, der verdeckten Ermittlungen und der nötigenfalls auch tödlichen Konsequenzen war auch für ihn neu und beängstigend. Mit ihren fast 40 Jahren waren beide aber erwachsen genug, um dem anderen die nötige Neugierde entgegenzubringen.

Jan hatte am Tag zuvor zum ersten Mal Reginas Familie kennenlernen dürfen oder das, was noch davon übrig war. Ihre Mutter war gestorben, als Regina noch ein Kind war. Sie war mit ihren drei Brüdern auf einem Almgasthof oberhalb Innsbrucks aufgewachsen. Ihr Vater erzog sie mit Disziplin, Härte und Zähigkeit. Liebe und Zärtlichkeit kannte er nicht. Sein Hass auf die Ärzte, die seine Frau verrecken ließen, hatte jedes positive Gefühl in ihm absterben lassen. Einmal im Monat soff er sich in einen Rausch, schlug auf das Mobiliar, verschreckte die wenigen Gäste, die hier oben für ein paar Stunden Rast machten, und konnte meist erst von der Belegschaft einer etwas unterhalb liegenden Polizeistation beruhigt werden. An ihrem letzten Tag auf der Alm, bevor sie zur Gendarmerieschule nach Linz ging, hatte er Regina eine Axt hinterhergeschleudert. Die Axt, die ihm Minuten später den Kopf spaltete. Reginas Bruder hatte die Gewalt des Vaters nicht mehr ertragen können. Das war jetzt fast 20 Jahre her.

So war Reginas Weg zur Polizei einerseits zwangsläufig, andererseits hatte sie damit nie die Welt der Männer verlassen. Jan hatte gespürt, wie ihre Gedanken düsterer wurden, je näher sie ihrer Heimat kamen. Sie hatte ihm Tage zuvor von ihrem Vater und seinem Hass auf alle Ärzte erzählt. Aber eben auch von ihrem ältesten Bruder, der für sie ins Gefängnis gegangen war, und seinen zwei Kindern. Sie hatten es alle vom Berg herunter geschafft. Aber das Gefühl der Verlorenheit, der Niederlage und vor allem der Schuld holte sie hier immer wieder ein.

Sie waren am Mittag mit Jans Auto in Innsbruck losgefahren. Ihr Ziel war ein Ort am Tegernsee in Deutschland. Regina wollte dort einen neuen Auftraggeber treffen. Gern hätte sie die Abkürzung über den Achensee genommen, aber der Pass war natürlich bei diesen Witterungsverhältnissen längst geschlossen. Die Wettervorhersagen warnten bereits generell vor Reisen. Wer es nicht unbedingt musste, sollte zu Hause bleiben. Seit Anfang November kletterte die Temperatur in den meisten Teilen Europas nicht mehr über den Gefrierpunkt. Und im Dezember kam jeden Tag neuer Schnee hinzu. Die Räumfahrzeuge waren pausenlos im Einsatz, um wenigstens die Hauptverkehrsadern schneefrei zu halten. So hart und großflächig war der Winter schon lange nicht mehr über den Kontinent eingebrochen.

Jans Geländewagen kam zwar gut mit den Verhältnissen zurecht, aber immer noch waren einige Zeitgenossen mit Sommerreifen unterwegs, was zu Staus und Unfällen führte. Zudem hatten in vielen Bundesländern wie auch in Holland und Dänemark die Schulferien begonnen. So verstopften wie jedes Jahr um diese Zeit Kombis mit hässlichen Skikästen auf dem Dach die Strecken in die Winterskigebiete. Jan und Regina hatten bereits zwei Stunden Fahrt hinter sich, als sie auf der A12 Richtung Deutschland fuhren. Im Abstand von 15 Minuten erhielt Jan regelmäßig Kurznachrichten von seiner Exfrau. Regina hatte sich schon in Wien zusammengerissen und diese Flut an Nachrichten nicht kommentiert. Jan hatte etwas von Kaufabwicklung des ehemaligen gemeinsamen Hauses erzählt. Aber schon bei einer Nachfrage antwortete er genervt. Sie wollte sich zurückhalten, er würde ihr vielleicht noch mehr erzählen. Aber jetzt, nach unzähligen SMS, war ihre Geduld am Ende. Zudem litt sie an einer zähen Erkältung. Der Fußraum zwischen Reginas Beinen war voll mit benutzten Taschentüchern. In Wien hatte sie nach einem ausgiebigen Apothekenbesuch noch gescherzt, dass der Virenexpress nach Tirol nun starten könne. Jan hatte ihr, ganz Arzt, erklärt, dass es sich um eine bakterielle Infektion handeln müsse, aber mitnichten um ein Virus. Sie hatte ihn nur angeniest.

Mit tränenden Augen sah Regina hinaus in die Schneewelt. Wenn der neue Auftrag lukrativ wurde, hatte sie in den wenigen Monaten nach ihrer Suspendierung bereits mehr verdient als in ihrer gesamten Laufbahn als Polizistin. Die Mutter ihrer letzten Klientin hatte ihr gestern die letzte Tranche überwiesen. Ein seltenes Gefühl von Erfolg stieg in ihr hoch, das jedoch sofort wieder verschwand, als sie an ihre Schulden dachte. Regina Bachmaier spielte leidenschaftlich gern Backgammon. Es hatte begonnen, als sie noch Polizeianwärterin gewesen war. Jeden ihrer Kollegen forderte sie heraus. Und fast immer gewann sie. Bis keiner mehr spielen wollte. So suchte sie neue Gegner. Und hatte in Wien in den einschlägigen Lokalen der Türken und Araber rasch zweifelhafte Berühmtheit erlangt. Sie spielte schnell, setzte hohe Beträge und gewann auch immer wieder. Aber wie alle Spieler verlor sie mehr, als sie einnahm. Jan wusste nichts von ihrer Leidenschaft. Nur ab und zu hatten sie in den vergangenen Wochen zusammen gespielt. Und Jans langsames Spiel war Regina schon bald auf die Nerven gegangen. Sie war das schnelle Ziehen der meist zwingenden Züge gewohnt. Sie konnte nie begreifen, wie man bei einer Drei und einer Eins lange nachdenken konnte. Jan hatte ihre Ungeduld gespürt und ihr dann Schach vorgeschlagen, was ihr vorkam wie ein Wechsel von Sex zu Petting.

»Du hast wieder eine SMS bekommen«, sagte sie etwas zu deutlich in die Stille hinein.

Er tat gelangweilt, griff aber nach einer kleinen Pause dennoch zum Telefon und las.

»Schickt sie dir den Kaufvertrag per SMS?«, fragte Regina eine Spur zu spitz.

Sie hatten fast das Inntaldreieck erreicht. Der Verkehr auf der anderen Seite der A93 war ins Stocken geraten.

Jan blickte verächtlich aus dem Fenster. »Jedes Jahr das Gleiche, die Menschen benehmen sich wie Herdentiere. Alle wissen um die Staus, aber sie müssen jeden Tag Urlaub ausnutzen. Diese Gier widert mich an. Hauptsache Spaß, alles mitnehmen und konsumieren. Und der Stau geht in den Alpendörfern weiter.« Obwohl er Münchener war, verachtete Jan den Hype um das Skifahren. Er sah die Zerstörung, die der hemmungslose Ausbau der Skiregionen in den Alpen verursachte. Früher zog er es vor, den Stress in der Notfallstation des Krankenhauses auf stillen Wanderungen abzubauen. Dank seines Schichtdienstes konnte er unter der Woche, frei von Touristenschwärmen, allein in die Berge gehen.

»Du lenkst ab«, insistierte Regina.

Jan antwortete nicht. Mit einem Ruck riss er das Lenkrad nach rechts und zog auf die Ausfahrt Richtung Rosenheim.

»Was machst du?«, rief Regina.

Jan schwieg. Er bog auf das Gelände einer Tankstelle und stoppte den Wagen. Dann sah er sie mit wütendem Gesicht an. »Ich habe ein Kind verloren. Es war auch das Kind dieser Frau. Ich liebe sie nicht mehr. Aber ich stehe in ihrer Schuld. Sie bittet mich, nach München zu kommen. Der Verkauf des Hauses wächst ihr über den Kopf. Das ganze Haus ist voll mit gemeinsamen Erinnerungen. Kannst du das verstehen?« Den letzten Satz hatte er fast geschrien.

Regina schwieg. Langsam beschlugen die Scheiben. Es war, als säßen sie in einer Nebelwolke. »Sie ruft, und du kommst. Was soll ich davon halten? Ich will nicht die böse Geliebte sein, die …«

»Das bist du nicht. Ich liebe dich. Aber sie braucht meine Hilfe. Und ich soll jetzt mit dir zu einem zweifelhaften Treffen an den Tegernsee fahren. Das ist sehr schwierig für mich.«

Sie sah ihn nicht an. Statt zu weinen, eine Regung, die sie sich schon früh hatte abgewöhnen müssen, schlug sie mit der Hand auf die Ablage des Autos. »Dann fahr halt zu ihr.«

Jan hasste solche Ausbrüche. Schweigend stieg er aus, stapfte durch den dichten Schnee, öffnete die Heckklappe und nahm seine Reisetasche und einen kleinen Koffer heraus.

Regina war ebenfalls ausgestiegen und hatte sich eine Zigarette angezündet. »Wo willst du denn jetzt hin? Sei vernünftig, Jan.«

Er sah über den Wagen hinweg zu ihr. »Ich fahre mit dem Zug nach München, und du fährst an den Tegernsee. Wir beide lassen unsere Köpfe ein wenig abkühlen und sehen uns dann in München wieder. Was meinst du?«

Sie trat gegen die Felge des Wagens und schüttelte nur den Kopf. Dann schritt sie schweigend um Jan herum, setzte sich auf die Fahrerseite und fuhr dicht und mit quietschenden Reifen an gerade tankenden Autofahrern vorbei.

Es wurde bereits dunkel, als sie im Tegernseer Tal eintraf. Von der A8 führte nur eine Straße in das Tal hinein. Am Wochenende und zu Ferienzeiten stauten sich dort die Autos der Kurzurlauber aus dem nur 50 Kilometer entfernten München. Der See lag eingebettet zwischen malerisch schneebedeckten Bergen. Vier große Seen bestimmen das Voralpenland. Der Tegernsee ist der schönste von allen, fand Jan. Früher war er oft hier, hatte mit seiner Familie wunderbare Sommertage am See verbracht. Er mochte die Menschen – kein einfacher Schlag, aber nicht so hinterfotzig wie die Münchener.

Die tiefen Temperaturen der letzten Wochen hatten das Gewässer komplett zufrieren lassen. Das war ungewöhnlich, da der See mit seinen 72 Metern Tiefe nicht als eissicher gilt. In Gmund musste sie sich entscheiden, ob sie den See westlich oder östlich umrundete. Ihr Ziel lag südlich von Rottach-Egern, dem Touristenort schlechthin. Dort wohnten lange Jahre die wirklich reichen Menschen. Industriebosse, Filmschaffende und Privatiers mit einem Vermögen von manchmal zweifelhafter Herkunft.

Der See war als Erholungsort der Nazis bekannt geworden. Himmler besaß dort ein Haus, der fingierte Röhm-Putsch wurde dort inszeniert. Dies war ein Teil der lokalen Geschichte, der von den Einheimischen gern vergessen wurde. Und heute schmückte man sich erneut mit illustrer Gesellschaft.

Anders allerdings als am Starnberger See, wo man damit protzt, dass dort die reichsten Deutschen leben, wohnen hier Millionäre mit Wunsch nach Diskretion und Stille. Erst in den letzten Jahren kamen, zum Missfallen des alten Geldadels, die Neureichen in die Idylle am Bergsee.

Regina hielt an einer Bushaltestelle und nahm noch einmal den Brief, der ihr wenige Tage zuvor zugestellt worden war, in die Hand. »Melden Sie sich, wenn Sie am Beginn der Mautstation Suttensee sind. Dort werden Sie abgeholt.« Das Navigationssystem des Autos zeigte noch zehn Minuten bis zum Ziel an. Es war Punkt fünf Uhr. Das Nachrichtensignal ertönte aus dem Radio. Die Straße, die sich am Ufer des Sees vorbeischlängelte, lag unter einer festen Schneedecke. Ein großer LKW schlich vor ihr vorsichtig durch den Ort. Dann konnte sie endlich abbiegen und sah noch im dichten Schneetreiben den Wallberg, der über 1700 Meter in die Höhe ragte. Das Wetter wurde immer schlechter. Sie durchfuhr ein breites Tal, bis die Straße in einen Wald mündete. Der Geländewagen pflügte durch den Schnee, denn die Straße, die in die Valepp führte, wurde hier nicht mehr geräumt. Der Scheibenwischer quietschte auf Hochtouren über die immer weißer werdende Windschutzscheibe.

»Scheiße, was macht der da?« Regina bremste hart ab, der Wagen ruckelte, aber angesichts der geringen Geschwindigkeit fing er sich wieder. Vor ihrem Auto stand eine völlig in weißes Leinen gekleidete Gestalt. Sie schien direkt von den Passionsspielen aus dem benachbarten Oberammergau zu kommen. Aber statt Sandalen trug sie wenigstens dicke Winterstiefel, allerdings mit losen Schnürsenkeln. Die Gestalt schritt langsam auf sie zu. Regina griff ins Handschuhfach, wo ihre Pistole der Marke »Glock« lag. Dann ließ sie die Fensterscheibe herunter; nun konnte sie deutlich einen Mann erkennen.

»Fahren Sie nach oben?«, fragte er.

Schlechter Atem schlug Regina entgegen. »Ich hätte Sie beinahe umgefahren …« Angesichts des mitleiderregenden Aussehens des Mannes vergaß sie ihre Wut. »Soll ich Sie mitnehmen?«

Regina legte die Waffe für den Unbekannten nicht sichtbar zwischen ihre Beine. Statt eine Antwort zu geben, stieg er ein.

Kaum saß er, rief er: »Ich bin Ezechiel. Das Ende ist nah.«

Regina verdrehte die Augen. »Ein Spinner«, dachte sie, »jede gute Tat wird sofort bestraft.«

»Wo wollen Sie hin?«, fragte der Mann.

Regina antwortete: »Hoch zur Schlagalm. Kommen Sie von hier?«

Er ging nicht auf ihre Frage ein. »Sie wollen zum Köhn, nicht wahr? Seien Sie gewarnt.«

Regina schaute ihn an. »Warum?«

Ezechiel schien ein Prophet ohne Zahnarzt zu sein. Er besaß nur noch drei Vorderzähne, der Rest war abgebrochen oder nur als Stumpf vorhanden. Fettiges Haar lag auf seiner von kleinen Pickeln übersäten Stirn. Die Äderchen in seinen Augen waren gerötet. Ständig kratzte er sich an den Händen.

»Er hat in seinen Abgrund sehen dürfen. Er steht am Steuer, dreht und dreht. Aber wer sich ihm anschließt, wird in die Verdammnis einkehren. Er wird Erkenntnis spüren, wo keine ist, Wahrheit sehen, wo Lüge weilt. Und dafür wird er zahlen«, flüsterte er von der Seite. Immer stärker füllte sich das Wageninnere mit dem widerlich süßlichen Atem des Mannes. »Er hat die Büchse geöffnet, aber er wird nicht mehr sehen, wie sie geschlossen wird. Sei gewarnt.« Regina hatte einen Parkplatz erreicht und den Wagen abgebremst. Ruckartig öffnete Ezechiel die Tür und sprang heraus. Regina blickte nach hinten. Sie konnte nur noch sehen, wie der Irre im dichten Schneetreiben im Wald verschwand. »Ein Irrer. Ich sag's ja, Die Deutschen neigen zum Wahnsinn. Wir haben Freud und die Nietzsche. Das sagt doch alles.«

Vor ihr erkannte sie durch die dichten Flocken eine rot-weiße

Schranke. Die Straße schien nicht passierbar zu sein. Missmutig rief Regina die im Brief angegebene Nummer an.

Eine harte Frauenstimme erklang: »Sie sind mit einem Geländewagen unterwegs. Die Schranke öffnet sich gleich automatisch. Fahren Sie bis zum Skilift. Dort warten Sie. Danke.«

Ehe Regina etwas erwidern konnte, beendete die Frau das Gespräch. Regina konnte nur noch ein ironisches »Jawoll« in die Stille ihres Autos murmeln.

Immer wieder drehten die Reifen durch, die Kurven wurden immer enger. Ihr Navigationssystem sagte ihr, dass sie sich nun 900 Meter über dem Meeresspiegel befand und gleich eine Außentemperatur von minus 16 Grad ertragen musste. Sie stoppte den Wagen. Es war still, auf der benachbarten Piste fuhr kein Skifahrer mehr, die Dunkelheit hatte alle nach unten in die warmen Quartiere gescheucht. Auch im gegenüberliegenden Gasthof löschte ein korpulenter Mann das Licht, kam aus der Tür, setzte sich eine Fellmütze auf und stapfte durch die Millionen von Schneeflocken, die vom Abendhimmel fielen, in seinen mit Schneeketten ausgestatteten Wagen. Sie schienen hier oben allein zu sein. Regina nahm ihr Smartphone, sah aber, dass es hier oben keinen Empfang gab. »Verdammt, das hätte diese Frau eigentlich wissen müssen.« Sie drehte das Telefon in alle Richtungen, bis wenigstens ein Balken aufblinkte. Dazu musste sie das Gerät in den Fußraum halten. »Jetzt …«, rief Regina. Sie beugte sich gerade über das Display, als jemand gegen die Scheibe klopfte. Sie zuckte zusammen.

Regina sah aus dem Seitenfenster in das völlig ausdruckslose Gesicht einer älteren Frau. Sie drückte den Fensterknopf, und die Scheibe surrte nach unten.

»Ich bin Margot Köhn. Sie wollen zu meinem Neffen. Ich fahre Sie hin.«

Kein Lächeln oder Zeichen von Verbindlichkeit hatte diese kurze Vorstellung untermalt. Das Gesicht der Frau hatte unzählige Falten. Ihr Oberkiefer war nach vorn gewölbt, dahinter verbargen sich große, sehr weiße Zähne. Selbst in der Dunkelheit waren ihre ausgesprochen blauen Augen zu erkennen. Aus ihrem

Kinn wuchsen stachelige weiße Haare. Ihr Gesicht wirkte wie das einer alten, weisen, aber dennoch gefährlichen Ziege, dachte Regina erschrocken und gleichzeitig belustigt. Die Alte trug keine Mütze auf dem Kopf, und so hatte sich reichlich Schnee auf ihren weißen, kräftigen Haaren gesammelt. Sie war mit einer Steppjacke, einer ebensolchen Hose und schweren Wanderstiefeln bekleidet.

»Sie sind doch Regina?«

»Ja, wollen Sie einsteigen?«

Die Frau schüttelte den Kopf und wies nach links. »Nehmen Sie bitte Ihr Gepäck, der Wagen kann hier stehen bleiben, wir fahren mit dem Unimog. Nur so können wir das Anwesen erreichen.«

Durch den dichten Schneefall sah Regina ein grünes Ungetüm, das sie schon als Kind geliebt hatte. Dieses Fahrzeug konnte im Winter wirklich jede Steigung nehmen. Es war ein Meisterwerk deutsch-österreichischer Ingenieurskunst.

Fast eine Stunde quälte sich das Allradfahrzeug durch einen tiefverschneiten Forstweg. Immer wieder musste die Frau den Unimog stoppen, die Gänge neu justieren und vorsichtig anfahren. Plötzlich zog die Alte das Lenkrad abrupt nach rechts, sie verließen den ohnehin schon schmalen Weg und rutschten einen nur mit einer tiefen Treckerspur versehenen Pfad hinab. Der Unimog rumpelte jetzt fast senkrecht, so dass Regina sich mit ihren Händen am Armaturenbrett mühsam abstützen musste, um nicht an der Windschutzscheibe zu kleben. Dann beleuchteten die Scheinwerfer ein Eisentor. Margot Köhn drückte, ohne zu bremsen, auf eine Fernbedienung, und das Tor öffnete sich, während sie schlingernd kurz vor einer meterlangen Garage zum Stehen kamen. Das Haus war inmitten des dichten Tannenwaldes kaum zu erkennen gewesen. Es schien in den Hang hineingebaut worden zu sein. Links neben der Garage verbarg sich der Eingangsbereich eines typischen Tegernseer Landhauses, mit einem großen Holzbalkon über einer schweren Eichentür, die mit einer großen Schnitzerei in Form eines Sterns versehen war.

Das Schneetreiben war jetzt noch stärker geworden, Böen fegten über den Vorplatz. Regina sprang geduckt aus dem Führerhaus, nahm ihre Tasche und wankte mit fast geschlossenen Augen der Frau hinterher. Kaum war sie eingetreten, bemerkte sie, dass die Inneneinrichtung komplett anders angelegt war, als das Außenbild vermuten ließ. Ein Flur mit nackten Betonwänden, links und rechts hingen großflächige Bilder mit seltsamen Dämonen und Teufeln. Keine Lampe war zu sehen, und dennoch war es fast taghell. Es war ein Licht wie an einem Strandtag im Sommer, dachte Regina. Vögel waren zu hören, irgendwo plätscherte Wasser. Am Ende des Flurs begrenzte eine Balustrade aus Stahl den Blick nach unten. Gedämpft waren Männerstimmen zu hören. Es mussten mehrere Menschen hier sein, obwohl sie keine Autos auf dem Parkplatz unten im Tal, geschweige denn hier oben, gesehen hatte. Doch bevor sie nach unten blicken konnte, zog Margot Köhn sie nach links, und sie stiegen eine Treppe aus schwarzem Marmor empor. Vor dem Gästezimmer wischte Margot Köhn mit einer schnellen Bewegung über ein Display am Türstock, und ohne jedes Geräusch schob sich die Milchglastür zur Seite. Dahinter lag ein Raum wie aus dem Katalog eines Fünf-Sterne-Hotels. Ein überdimensioniertes Bett mit einer schwarzen Felldecke darauf stand vor einem bis zum Boden gehenden Panoramafenster. Draußen wirbelten die Schneeflocken, aber hier war es behaglich. Dafür sorgte auch ein knisterndes Kaminfeuer. Hier war alles edel, dachte Regina. Aber nichts wirkte aufgesetzt oder gar neureich. Der Hausherr schien einen guten Geschmack zu haben. Ihr berufsmäßig antrainiertes Misstrauen wich, und sie zeigte sich ehrlich beeindruckt.

»Wenn Sie sich frisch gemacht haben, erwartet mein Neffe Sie im großen Saal«, informierte sie Margot Köhn und verschwand.

Regina runzelte die Stirn. Jetzt redete die Alte schon zum zweiten Mal von ihrem Neffen. Dabei musste Köhn uralt sein. Sie hatte sich schon in Wien ausgiebig über ihn informiert, war dank alter Kontakte bei der Polizei in die üblichen Sicherheitssysteme von Europol und FBI gekommen. Es hatte ihr ein sehr unklares Bild vermittelt. Köhn – das war in Deutschland ein Synonym für unermesslichen Reichtum. Köhn war der König des Spielzeugs. Er hatte mit unzähligen Ideen für Kinder Milliarden erwirtschaftet. Dazu kamen Beteiligungen an Reedereien, Sektkellereien, Biobauernhöfen und kleineren Lebensmittelunternehmen. Der alte Köhn musste ein echter Geizhals sein, geradezu skurrile Anekdoten hatte Regina über ihn gefunden. Er wollte sich nicht fotografieren lassen, Partys mied er, öffentliche Ehrungen waren ihm ein Graus. Aber zuweilen spendete er. Anders sein Sohn. Der war bis zu seiner Inthronisation als Firmenchef ein Partynomade, lebte das Leben des Jetsets, ließ sich auf wilden Expeditionen durch Wüsten wie auch an der Seite zweifelhafter Models und Schauspielerinnen ablichten. Trotz exzellenter Schulbildung an den Top-Universitäten in Oxford und Harvard schien der Sohn nicht im Mindesten den unternehmerischen Geist des Alten zu besitzen, der überall Geschäfte witterte. Experten sahen schon den Untergang des weitverzweigten Köhn-Konzerns voraus, aber Köhn junior überraschte alle. Er investierte in Biolebensmittel, kaufte gigantische Flächen im Osten Deutschlands auf, setzte auf erneuerbare Energien, alternative Medizin und Pharmaforschung. Und siehe da: Binnen weniger Jahre wurde aus dem gigantischen, aber eben nur national agierenden »Spielzeugladen« des alten Köhn ein moderner, global agierender Konzern. Insider berichteten immer wieder von Zerwürfnissen zwischen dem Alten und seinem Sohn über die Ausrichtung des Unternehmens. Aber der Junge hatte nun alle Fäden in der Hand. Und positionierte sich in der Öffentlichkeit als Menschenfreund und Visionär. Zudem galt er immer noch als der begehrteste Junggeselle der Nation.

»Warum muss ich ausgerechnet den Vater treffen?«, dachte Regina. Sie zog sich hastig um, öffnete die Tür und lief die Empore entlang zur Treppe, die in einen großen Raum führte. Von weitem sah sie, wie mehrere Männer sich lachend in einen hinter einer Milchglasscheibe versteckten Raum, ein Zigarrenzimmer, wie Regina erkannte, zurückzogen. Kaum war die Tür geschlossen, war kein Geräusch mehr zu hören.

Der Mann vor ihr konnte nicht ihr Gastgeber sein. Der Mann, der ihr mit einem ausgesprochen sympathischen Lächeln gegenüberstand, war braungebrannt und besaß den durchtrainierten Körper eines Leistungssportlers. Die wettergegerbte Haut und die kräftigen Unterarme ließen Regina auf Klettern tippen. Die kräftigen blonden Haare schienen von der Sonne so ausgeblichen zu sein, als ob er gerade eben noch das Surfbrett abgestellt hätte. Zudem besaß er die gewinnende, aber auch etwas ölig wirkende Aura eines charismatischen Berufspolitikers. Köhn war alles andere als der Greis, als der er sich in dem Schreiben ausgegeben hatte. Ein Greis, der beide Weltkriege erlebt haben wollte. Auch das hatte Regina stutzig, aber vor allem neugierig gemacht.

Er konnte ihre Enttäuschung erkennen, ergriff ihre Hand und mit der anderen ihren Arm, so als seien sie alte Bekannte. »Verzeihen Sie, dass Sie warten mussten. Aber ich hatte noch ein paar Freunde hier, und diese Gesellschaft von jungen Alphatieren wollen Sie bestimmt nicht wirklich ertragen … Ach, stimmt ja …« Er sah sie belustigt an. »Mein Schreiben … Sie glaubten, einen alten Mann zu treffen. Ich muss Sie enttäuschen. Es war für mich die beste Möglichkeit, die gesamte Aufgabenstellung in einen Satz zu packen. Setzen Sie sich doch. Seien Sie mein Gast.« Er wies auf ein großes braunes Sofa, in dem Regina sofort bis zur Hüfte versank. Der Hausherr setzte sich in eine Art Yogasitz auf die andere Seite, beugte sich dann nach hinten, goss sich aus einer Teekanne dampfendes Wasser in ein rosa schimmerndes Glas und hielt es trotz der vermutlich starken Hitze in beiden Händen.

Regina ging in die Offensive. Sie konnte Menschen bewusstlos schlagen, schwere Waffen bedienen und Sprengsätze entschärfen, aber so etwas wie Konversation oder Small Talk war ihr fremd, wenn nicht gar zuwider. Sie zog es immer vor, geradlinig ihr Ziel zu verfolgen. Zudem war sie müde und krank und wollte eigentlich nichts lieber als in das Bett, das sie eben noch so ehrfurchtsvoll betrachtet hatte. »Herr Köhn. Es ist sehr hübsch hier. Aber ich wüsste gern, um welche Aufgabe es sich genau handelt. Ich bin Privatermittlerin, und somit ist Zeit meist ein knappes Gut. Ich will also nicht unhöflich erscheinen, aber was kann ich für Sie tun?«

Irgendwo schien ein Wasserfall zu plätschern. Die Geräuschkulisse wollte so gar nicht zu den großformatigen, düsteren Bildern an den Wänden passen. Köhn ließ sich mit der Antwort Zeit.

Regina wurde ungeduldig. »Wie sind Sie denn überhaupt auf mich gekommen? Gibt es in Deutschland keine Privatermittler mehr?« Ihr Ton war eine Spur zu rau, aber Köhn schien das zu übergehen.

»Wir haben eine gemeinsame Freundin, wenn Sie so wollen. Almut Moser, die Archäologin, der sie im letzten Sommer das Leben gerettet haben. Ich bin vor vielen Jahren mit ihr zur Schule gegangen.«

Er ließ die Worte im Raum verklingen und trank in kleinen, vorsichtigen Schlucken aus der Tasse. Regina durchzuckte es. Die Ereignisse im Nahen Osten waren noch nicht so weit weg, als dass sie sie hätte sachlich verarbeiten können. Sie hatte mehrfach am Abgrund gestanden, war gequält, gefoltert worden, sollte in einem Meer aus Asche ersticken – gemeinsam mit eben jener Almut, die sie monatelang dort unten gesucht hatte. Wie ein Bluthund, der niemals die Fährte aufgibt, hatte sie sich in den Fall verbissen und war in ein Chaos ungeahnten Ausmaßes geraten. Sie hatte dort ihre Liebe Jan kennengelernt, aber auch Formen des Bösen, denen sie niemals zuvor begegnet war. Und das wollte etwas heißen, als ehemalige Kommissarin der Wiener Kriminalpolizei. Für den Bruchteil einer Sekunde ließ sie ihre Augen länger geschlossen, als es notwendig gewesen wäre.

Aber Köhn bemerkte es. »Ich kann mir vorstellen, dass es die Hölle war«, kam es leise von der anderen Seite des Sofas.

Sie schluckte, griff nach einer Flasche Wasser und goss sich etwas davon in ein Glas.

»Frau Bachmaier. Almut hat mir nach ihrer Rückkehr von den Dingen da unten erzählt. Wir sind in einem Internat nahe Linz zur Schule gegangen, unsere Väter haben sich gut gekannt, und wir zwei waren befreundet. Nach ihrer Rückkehr trafen wir uns im Herbst in Wien. Sie war schwanger. Was mich sehr für sie gefreut hat. Denn einerseits sind wir alle in einem Alter, in dem das Kinderkriegen nicht mehr so leicht ist, und andererseits schien sie sich von der Manie der Graberei befreit und verliebt zu haben. Sie hatte nicht besonders viele Mittel. Ihr Vater, ein Bauunternehmer aus der Nähe von Linz, war mächtig sauer auf sie und hat sie wohl enterbt. Sie wollte mit ihrem Freund eine neue Existenz in Wien aufbauen und bot mir ein Geschäft an ...«

Regina versuchte, sich auf das Gesagte zu konzentrieren, merkte aber, wie ihr langsam die Kräfte schwanden. Sie musste wirklich bald schlafen, wenn sie sich nicht vor ihrem neuen Auftraggeber auf dem Sofa zusammenrollen und laut schnarchen wollte.

»... mein Vater sammelt sogenannte Alte Meister. Bilder flämischer Maler aus dem 15. und 16. Jahrhundert. Das hat mich früher nie sonderlich interessiert. Ich bin Sportler und Unternehmer, aber vor einigen Jahren geriet ich beim Heli-Skiing in den kanadischen Alpen in eine Lawine. Ich überlebte. Aber während ich dort lag, träumte ich von wilden Dämonen, die mich packen wollten. Ich kämpfte gegen sie, und dieser Gedanke ließ mich von diesem Moment an nicht mehr los. Ich erkannte in den Bildern eines Künstlers so etwas wie eine Erklärung meiner damaligen Träume.«

Regina hatte von dem Unfall gelesen. Er war durch alle bunten Blätter der Welt gegangen. Denn was Köhn nicht erwähnte, war die Tatsache, dass er bereits drei Mal von Lawinen verschüttet worden war. Und jedes Mal waren andere Menschen, meist enge Freunde von ihm, dabei umgekommen. Beim zweiten Mal war es eine Hollywood-Schauspielerin gewesen. Köhn drehte sich um und deutete auf eines der großen Bilder an der Wand.

»Das sind nur Reproduktionen oder eigene, ziemlich dilettantische Fortsetzungen von Boschs Bilderwelten ...«

»Entschuldigen Sie, aber was hat das mit Almut zu tun?«, fragte sie.

Er nickte zustimmend.

»Almut wusste, woher auch immer, von einem Bild, das in der Kunstwelt als verschollen gilt. Es ist ein Werk des flämischen Malers Hieronymus Bosch aus dem 16. Jahrhundert. Es ist Teil eines Polyptychons, also eines mehrflügeligen Bilderaltars. Man weiß aus Aufzeichnungen und Rechnungen, die im Umfeld Boschs erstellt wurden, dass es von einem reichen Venezianer in Auftrag gegeben wurde.«

Regina war erstaunt. »*Sie* interessieren sich für Kunst? Ich dachte, Sie seien eher an Sport interessiert.«

Er bemerkte die kleine Spitze in ihren Worten, ging aber nicht darauf ein.

»Ich habe mittlerweile die Leidenschaft für das Sammeln solcher Werke von meinem Vater übernommen. Wenn man einmal damit anfängt, dann kann man nicht mehr aufhören. Und zudem ist der Wert dieses Bildes eher ideell. Sicher würden manche Menschen viel Geld dafür bezahlen, aber … Nun, Almut hatte nach ihrem Aufenthalt im Nahen Osten mit mir Kontakt aufgenommen und konnte sehr stichhaltig erklären, das Bild gesehen zu haben. Mehr wollte sie nicht verraten. So bot ich Almut sehr viel Geld, wenn sie mir die entscheidenden Hinweise über den Aufenthaltsort des Bildes und seines Besitzers geben würde. Sie müssen wissen, dass viele Bilder in Privatbesitz sind und die Besitzer aus verständlichen Gründen, die Sie als Kriminalerin ja kennen dürften, an einer Publizität nicht interessiert sind.«

Regina nickte. Sie war keine Kunstmarktexpertin, wusste aber von befreundeten Kollegen, die in dieser Grauzone ermitteln mussten, um die enormen Summen, die im Spiel waren. »Und hat sie Ihnen etwas liefern können?«

Er schüttelte den Kopf. »Sie versprach, sich baldmöglichst darum zu kümmern, und wollte sich mit mir in einem Wiener Museum treffen, aber plötzlich verschwand sie. Ich ließ sie von meinem Sicherheitsteam suchen, doch sie war wie vom Erdboden verschluckt. In ihrer Wiener Wohnung fanden meine Leute noch Blutspuren, Hinweise auf eine Sekte, die hier in Bayern aktiv ist, und einen Zugreiseplan, der nach Venedig führte. Aber die Recherchen sowohl im Umfeld der Sekte als auch in Venedig waren erfolglos. Nun bitte ich Sie um zweierlei. Erstens: Sie haben Almut in Syrien kennengelernt. Sie haben sie schon einmal gesucht und gefunden. Ich mache mir Sorgen, und meine Leute sind für den Personenschutz unserer Familie ausgebildet worden, nicht für die Suche nach Menschen. Also: Finden Sie Almut. Zweitens: Suchen Sie mit mir nach dem Bild. Es ist für mich von großem Wert. Es würde mir meine Sammlung komplettieren und Almut einen erheblichen finanziellen Gewinn erbringen, den sie sicher in ihrer jetzigen Situation dringend benötigt …«

»Wie selbstlos«, dachte Regina unwillkürlich, sprach den Gedanken aber nicht aus.

»… mein Büro hat Ihnen ein Dossier erstellen lassen. Sie finden dort alle möglichen Hinweise. Nehmen Sie sich die Zeit, sie zu studieren. Seien Sie mein Gast, und erholen Sie sich hier. Jetzt sollten Sie erst einmal schlafen. Meine Tante wird Ihnen erstklassige Medizin zur Verfügung stellen. Sollten Sie Hunger haben, serviert sie Ihnen zudem eine heiße und sehr gesunde Hühnersuppe.«

Sie nickte und erhob sich. »Eine Frage noch, Herr Köhn.«

Er hielt ihre Hand, aber Regina ließ sich davon nicht beirren.

»Hat Ihnen Almut von ihrem Peiniger erzählt, dem Mann, der sie in Syrien so gequält hat?«

Es war nur ein kurzer Moment. Aber Regina hatte das Gefühl, dass Köhn zögerte. Ein kurzer Eindruck, der sich durch die Müdigkeit und die Erkältung nicht in ihrem Hirn festbeißen konnte. Und so antwortete der junge Köhn nur mit einem Kopfschütteln.

Wer lange in Großstädten lebt, verliert zuweilen das Gefühl für den dort herrschenden permanenten Lärmpegel. Dieses Grundrauschen verinnerlichen Großstädter. Auch wenn Regina auf dem Land aufgewachsen war, hatten die Jahre in Wien ihr Gehör auf stadttypische Geräusche trainiert. Sie war in ihrer Kleidung eingeschlafen und nach zwei Stunden wieder aufgewacht. Hier war alles still. Sie hatte sich ausgezogen, ausgiebig heiß geduscht und sich dann in einen übergroßen Pyjama von Jan geworfen. Er roch noch nach ihm. Erst war es ein Gefühl des Vertrautseins, dann aber rückten die ärgerlichen Momente des Streits in ihr Bewusstsein. Und so zog sie ihn wieder aus und tapste zu ihrer Tasche, um nach einem T-Shirt zu suchen. Dabei übersah sie eine kleine Stufe, die sich vor dem Bett befand, stolperte und fiel der Länge nach auf den Boden. Sie war zu müde, um sich abzurollen, und stürzte so mit großer Wucht mit dem Kopf auf den Eichenholzboden. Schmerz durchzuckte ihren erschöpften Körper. Mit einem Mal war sie hellwach. Sie fluchte mit gepressten Lippen, wollte keinen aufwecken und tapste leise vor sich hin zeternd zum Bad. Regina drehte den Wasserhahn auf kalt, wartete und hielt dann ein kleines Handtuch unter den Strahl. Sie vernahm eine Stimme und drehte den Kopf in alle Richtungen, weil sie nicht orten konnte, aus welcher Richtung die Stimme kam. Stille. Dann wieder die Stimme. Sie war weiblich und besaß definitiv einen strengen Unterton. War es Margot? Die Stimme kam von oben. Regina sah zur Decke. Der Raum hatte kein Fenster, nur eine leise vor sich hin blasende Lüftung, die kaum mehr als einen Quadratmeter maß, sog die Luft aus dem Raum. Regina stellte sich auf den Klodeckel und hielt ihren malträtierten Kopf nah an die Lamellen der Lüftung.

»Dreh dich, du Dreckstück.«

Regina hob die Augenbrauen. Was war das denn?

»Streck ihn mir entgegen.«

Der Schmerz an ihrem Kopf war wie weggeblasen, und das lag nicht an der Lüftung. Regina streckte ihr Bein zur Tür und löschte so das Licht im Badezimmer, um durch die Lüftung vielleicht etwas sehen zu können. Es gab für sie nicht einen Moment der Scham oder das Gefühl, Diskretion walten lassen zu müssen. Wer weiß, was man da sehen konnte. Sie war eben eine Ermittlerin, es diente der Sache. Und tatsächlich konnte sie durch das andere Badezimmer direkt auf das Bett im angrenzenden Schlafzimmer sehen. Sie erkannte eine Person auf einem Stuhl direkt vor ihr. Anhand der breiten Statur und des Hinterkopfs konnte

Regina sie als Mann identifizieren. Zwei Meter vor ihm, direkt an der Bettkante, stand eine Frau mit hohen glänzenden Stiefeln, einer äußerst engen Korsage und einer Reitpeitsche. Mit dieser dirigierte sie eine junge Frau, die sich mit verbundenen Augen auf dem Bett positionierte. »Was die Reichen nachts so anstellen, um in den Schlaf zu finden«, dachte Regina amüsiert.

»Spreiz deinen Po. Ich will dich sehen …«

Regina hatte genug. Köhn junior schien tatsächlich ein visueller Mensch zu sein. Sie hüpfte vom Klodeckel und schlich müde und mit schmerzendem Kopf ins Bett. Sofort schlief sie ein. Sie träumte von Jan, von dem Ascheturm in Syrien. Sie schrie, schwitzte und wälzte sich. Erst als schon Licht durch die Jalousien ihres Raumes drang, schlief sie ruhiger.

War sie wach? Etwas schien nicht zu stimmen. Sie öffnete die Augen und sah auf die Lichtstreifen, die sich durch die Jalousien des Fensters über das Parkett schoben. Regina gähnte, reckte sich, strampelte die Decke nach unten, schloss dabei die Augen, drückte ihren Rücken durch und ließ sich dann mit einem Grunzen wieder auf die Matratze fallen. Im letzten Augenblick hatte sie etwas an ihrer Seite bemerkt. Sie sah nach rechts und schrie auf.

Seine Wangen waren eingefallen, die Ohren dagegen wirkten riesig. Er saß in einem modernen Rollstuhl. An seinem Arm war eine Infusion gelegt worden, neben ihm hing an einer Aluminiumstange ein Beutel mit Flüssigkeit, auf seinem Schoß lag ein Ordner mit Papieren.

»Es ist eine dieser üblichen Legenden, dass Magenkrebs heilbar sein kann, nicht wahr?« Regina erkannte ihn sofort. Das war Köhn senior. Hastig zog sie die Decke über sich. Aber der Alte schien keinen Blick an ihren durchtrainierten Körper verlieren zu wollen.

»Sie sind gestern Abend gekommen, ich hörte Sie noch mit meinem Sohn sprechen.«

Regina fand ihre Sprache wieder. »Finden Sie nicht, dass Sie bis zum Frühstück hätten warten können? Ich meine, was wollen Sie hier bei mir?«

Der Mann war an Krebs erkrankt, eine Chemotherapie schien noch nicht lange her zu sein. Sie hatte allerdings noch nicht viele Patienten in diesem Stadium gesehen. Für einen kurzen Moment wünschte sie sich Jan herbei, der ihr mit seiner Professionalität als Arzt sicher hätte helfen können.

»Willkommen im Haus Ritterbusch. Bleiben Sie liegen. Nicht nur mein Krankheitsverlauf verbietet uns, verschwenderisch mit der Zeit umzugehen. Geht man den Weg, den der Krebs einem vorgezeichnet hat, so verliert man nicht nur das Gedächtnis, sondern auch Teile des Körpers. Sie haben mir den Magen entnommen, ein Stück des Darms hochgezogen, und jetzt bin ich genötigt, bis zu sieben kleine Mahlzeiten am Tag zu mir zu nehmen. Nicht schön, aber notwendig. Es hat auch positive Seiten: Dick werde ich in diesem Leben nicht mehr.« Sein Lachen glich eher einem Meckern. »Ich freue mich sehr, dass Sie der Bitte meines Sohnes nachgekommen sind. Ich hoffe, Sie haben alles zu Ihrer Zufriedenheit vorgefunden. Meine Schwester ist etwas ruppig, aber sie ist im Grunde ein herzlicher Mensch.«

Regina war nicht nach Konversation zumute. »Bei allem Respekt: Was wollen Sie hier? Hat unser Gespräch nicht noch etwas Zeit? Dann würde ich mich nämlich gern anziehen und Sie nicht mit meinem schlechten Atem belästigen.«

»Nun, Frau Bachmaier, Sie haben vollkommen recht. Ich schätze offene Worte. Als Unternehmer war ich zu oft von Speichelleckern und Günstlingen umgeben, als dass ich Ihre Art als unangenehm empfinden würde. Aber all das, was ich nun erzählen werde, unterliegt einer strengen Geheimhaltung. Und Zeit ist kostbarer für mich als Etikette. Ich möchte Sie bitten, die vor Ihnen liegenden Erklärungen zu unterzeichnen. Es ist eine reine Sicherheitsmaßnahme. Zu viele wollen über mich berichten und schmutzige Geheimnisse hervorkramen.«

»Gibt es denn welche?«, fragte Regina, während sie sich erhob und am Rollstuhl des Alten vorbeidrängte, wohl wissend, dass er ihr trotz Krankheit und Alter auf den Arsch starren würde, während sie zum Badezimmer ging. Der Alte war irre. Aber vielleicht konnte er etwas Interessantes zu diesem Fall beitragen. Sie spielte das Spiel lieber mit.

Köhn legte den Kopf ein wenig in die Schräge und lächelte. »Noch ganz Polizistin, nicht wahr? Eine Schande, wie man Sie behandelt hat.«

»Was meinen Sie genau, Herr Köhn?«, rief sie aus dem Badezimmer.

»Nun, Sie töteten doch einst diesen Tschuschen, wie man in Ihrer Heimat sagt, diesen Balkanverbrecher. Das war doch der Grund für Ihre Suspendierung.«

Regina wurde stutzig. Der Alte schien etwas über sie zu wissen. War der Auftrag nicht allein von seinem Sohn ausgegangen? »Es war ein mutmaßlicher Krimineller, richtig. Und darüber konnte man noch Wochen später ausführlich in der Zeitung lesen. Ich bin nicht überrascht. Sie oder Ihr Sohn und dessen Mitarbeiter scheinen einen guten Zugang zum Online-Archiv Wiener Medien zu haben.« Regina hatte sich einen Bademantel übergezogen und war in das Schlafzimmer zurückgekommen.

Wieder lächelte Köhn. »Ich schätze Diskretion, und ich weiß gern, mit wem mein Sohn zusammenarbeitet. Wenn Sie wie ich und mein Vater im Krieg waren, wollen Sie dem Mann oder der Frau im Graben neben sich vertrauen können. Das hat er mir immer eingebläut. Ich nehme an, bei Polizistinnen ist das ähnlich.«

Jetzt lächelte auch Regina. »Ich bin keine Polizistin mehr.«

Der Alte ignorierte ihren Einwand. »Mein Name ist Heinrich Köhn. Ich bin der Vater des Mannes, der Sie gestern Abend so charmant begrüßt hat, und der Sohn des Heinrich Köhn senior, des Gründers des Ihnen wohlbekannten Konzerns. Der Geburtsort meines Großvaters war Anklam im heutigen Mecklenburg-Vorpommern. Dort kam er am 12. Juni 1900 zur Welt, überlebte den Ersten Weltkrieg an der Westfront. Ich wurde 1921 geboren und diente im zweiten großen Krieg unserer Nation. Ich will Sie nicht mit meiner Familiengeschichte langweilen, sie ist aber vielleicht wichtig für Ihren Auftrag.«

Regina nickte, obwohl sie sich insgeheim fragte, ob der Sohn vom Sonderweg des Vaters wusste.

»Nun, nach dem Zweiten Weltkrieg konnte ich im Spielzeughandel einige Gewinne erzielen, die mir meinen jetzigen unabhängigen Lebensstil ermöglichen. Damit hätten wir das ›Wer‹ beantwortet.«

Schweigen erfüllte den Raum. Regina sah aus dem Panoramafenster. Aus einer Dachrinne hing ein meterlanger Eiszapfen. Es war kalt, aber eine strahlende Sonne stand am Himmel. Ideales Skiwetter, dachte sie. Gleichzeitig bemerkte sie das sehr dicke Panzerglas. Hier schien jemand Angst zu haben.

»Sagen Sie, eine kurze Frage …« Sie wollte den Alten ein wenig aus dem Konzept bringen. »Ich habe weiter unten einen Mitfahrer gehabt. Er warnte mich vor Ihnen. Kennen Sie zufällig einen Ezechiel?«

Köhn hob erstaunt die Augenbrauen.

»Ezechiel, weißes Leinengewand, keine Zähne«, ergänzte sie.

Er schüttelte den Kopf. »Nie gehört. Wir haben mit den Menschen hier nicht viel Kontakt. Wir sind gern allein«, sagte er streng.

Er griff in ein Seitenfach des Rollstuhls und zog einen weiteren Ordner hervor. »Ihr Husarenstück im Sommer ging ja durch alle Medien. Ihr Kampf gegen das Böse hat sicher viele beeindruckt.« Er blätterte und zeigte ihr Fotokopien mit Bildern von Jan und Regina in Syrien, Berlin und Israel. Es waren teils offizielle Bilder aus Zeitungen oder Fernsehsendungen, aber es gab auch Fotos, die unmöglich von Journalisten gemacht worden sein konnten.

Regina wurde unruhig. »Woher stammen diese Bilder?«

Köhn hob beschwichtigend die Hand. »Sie wurden seit Ihrer Einreise nach Deutschland von einer Gruppe observiert. Diese Gruppe hat mir das Material, sagen wir, überlassen. Ich konnte also Ihrem Abenteuer im Nachhinein folgen. Sie haben mit Ihrem Kampf gegen die Lilith-Sekte ein Tor aufgestoßen, dessen Ausmaße Sie nicht abschätzen können. Fischer und seine Bande waren nur ein kleiner Teil, der Kopf der Medusa sozusagen. Aber all das Böse, was es bedeutete, wächst nach. Sie haben in die Geschehnisse eingegriffen. Aber hier habe ich etwas für Sie ...« Er warf ihr eine kleine Sammlung von Papieren, eingeschweißt in eine Plastikfolie, auf den Schoß. »Das müssen Sie studieren. Das kann irgendwann einmal Ihre Chancen erhöhen, Ihr Leben nicht zu verlieren.«

»Aha, und warum tun Sie das?«, fragte Regina und warf gleichzeitig einen Blick auf die Dokumente. Sofort erkannte sie den Reichsadler der Nazis auf dem Briefkopf. Waren das Fälschungen? So einfach gab man doch so etwas nicht aus der Hand.

»Ich nehme an, dass Sie mit theologischen Fragen nicht allzu vertraut sind, da Ihre Arbeit eine Beschäftigung mit solchen Dingen sicher nicht zuließ. Lassen Sie es mich erklären: Das Böse, so wie wir es bezeichnen, spielte in vergangenen Zeiten immer eine andere Rolle. Sind Sie christlichen Glaubens? Glauben Sie, dass wir durch eine Erbsünde das Böse in uns tragen, sozusagen in Form des freien Willens? Ich glaube es. Es gibt das Böse, das von uns selbst ausgeht, als Gegenstück zum sittlich und moralisch Guten. Und es existiert das nominelle Böse, der Satan, der Dschini, die Dämonen. Jede Religion besitzt Begriffe für diese Form. Nur das Christentum und das Judentum beharren darauf, dass das Böse eine Gott untergeordnete Kraft sein müsse, somit also immer auf der Verliererseite stehen müsse. Denn wenn Gott einzigartig ist und die Welt allein erschaffen hat, kann keine böse Kraft daneben eigenständig gedacht werden. Ihre Freunde des Lilith-Kultes sahen das naturgemäß anders. Sie wollten das Böse, weil es die Kraft des Fortschritts ist, der Veränderung und die treibende Kraft auf dieser Welt. Sie suchten den Kampf mit den Mächten des Guten. Das alles setzt voraus, dass man an etwas Größeres glaubt. Was glauben Sie?«

»Vater, hier bist du ja!«

Köhns Sohn hatte, ohne zu klopfen, ihr Zimmer betreten. Regina sah erleichtert zur Tür, ließ aber die Dokumente unter ihrer Bettdecke verschwinden. »Das scheint eine Macke der Köhns zu sein, unaufgefordert bei Frauen aufzutauchen«, dachte sie.

Der alte Mann sah seinen Sohn mit einer Mischung aus Wut und Ekel an, was diesen aber nicht daran hinderte, weiterhin seinen Charme zu versprühen. »Behandeln wir so unsere Gäste? Verzeihen Sie, Frau Bachmaier. Mein Vater neigt dazu, Dinge, die ihm wichtig erscheinen, selbst in die Hand zu nehmen.«

Arwed Köhn lächelte Regina beschwichtigend an. Er trug einen knappen Sportdress, der seine sehnigen Muskeln betonte. Im nächsten Augenblick schob er sanft, aber bestimmt den Rollstuhl mitsamt seinem Vater aus dem Raum. Er sah sich noch einmal um, verdrehte die Augen, um ihr zu signalisieren, dass der Vater nicht zurechnungsfähig sei, und rief draußen nach seiner Tante. Regina hörte eilige Schritte, leise Vorwürfe, und dann erschien der Sohn wieder im Zimmer.

»Wie geht es Ihnen heute?«

»Na ja, ich bin schon netter geweckt worden«, antwortete sie trocken.

»Mein Vater ist mittlerweile nicht mehr so häufig in unserer Welt. Er vermischt die Dinge, vergisst Fakten, und daraus wird eine eigene Sphäre. Er weiß von unserem Auftrag, bringt ihn aber in Verbindung mit eigenen Erlebnissen aus der Vergangenheit. Es tut mir leid. Meine Tante hätte besser auf ihn aufpassen sollen. Er entwickelt zuweilen eine eigene Dynamik. Was macht die Erkältung?«

Sie hob die Hände. »Was immer Sie mir verabreicht haben, es hat geholfen. Ich bin fit.«

Er klatschte in die Hände. »Klettern Sie gern?« Sie nickte.

»Ich habe einen kleinen Trainingsraum. Wenn Sie sich anziehen, können wir uns noch vor dem Frühstück ein wenig austoben.«

Memmingen, Deutschland, 09. 12., 19.00 Uhr

Das Gewerbegebiet lag im Süden der Stadt, links und rechts der Eisenbahnlinie und wenige hundert Meter von einer Zufahrt zur A7 entfernt. Zwischen einem riesigen Baumarkt auf der einen und einer Moschee auf der anderen Seite hatte die

Gemeinde eine Lagerhalle angemietet. Der Verwalter hatte die Halle mit Bedacht ausgewählt. In zwei Stunden erreichte man mit der Bahn Stuttgart, in drei Zürich, und in einer Stunde stieg man in München aus. Zudem besaß die Stadt einen kleinen Flughafen, wo immer wieder kleine Maschinen landen konnten, ohne dass es jemandem groß auffiel.

Der Schotte war müde und dennoch aufgedreht. Er hatte seit 30 Stunden nicht mehr geschlafen. Er stand vor der rostigen Hallentür und blinzelte in das gelbe Licht der Straßenlaterne. 150 Meter weiter machten sich Jugendliche einen Spaß daraus, Eisbrocken gegen die Scheibe eines Wartehäuschens zu werfen. Seine Gedanken schweiften ab. Monate hatten diese Menschen darauf hingearbeitet. Wie oft waren sie fast gescheitert, hatten an ihren eigenen Zielen gezweifelt. All die Hoffnungen, aber auch die Rückschläge, die Zweifel und der immer wieder auftretende Verrat – sie schienen jetzt wie zu einem genauen Plan zu gehören. Ein Plan, der seinen ersten Höhepunkt heute Abend hier in einer schäbigen Lagerhalle im Allgäu finden würde.

Die acht waren seit 24 Stunden auf ihrem Weg. Sie hatten sich von ihren Familien verabschiedet, sich gereinigt, entleert und waren dann aufgebrochen. Es war eine gelöste Stimmung. Denn sie alle verfolgten ihre Ziele, jeder für sich, keiner kannte das Ganze, das Große, Zusammenhängende. Jeder war ein Stein in einem Mosaik, dessen gesamte Schönheit erst in wenigen Wochen zu erkennen sein würde. Der Schotte hatte sich auch für die Mission gemeldet. Aber sie wollten ihn für die Koordination einsetzen. So musste er zurücktreten, den Jüngeren Platz machen und den Abbau der Anlage verantworten. Jetzt konnte er nur warten. Die Kälte biss in sein Gesicht. Als Schotte war er diese Temperaturen aus den Highlands nördlich von Inverness gewöhnt, aber das hier war eine trockene Kälte, und er fröstelte. Mit einem lauten Knall zerbarst die Scheibe, Grölen folgte. Die Jungen auf der anderen Straßenseite bogen sich vor Lachen.

Er sah in den Nachthimmel. Es fiel kein Schnee mehr. Das war ein gutes Zeichen und sicher hilfreich für die Mission, wenn er den Doktor richtig verstanden hatte.

»Kommen Sie bitte, es ist so weit. Wir bauen jetzt ab.«

Der Schotte schrak zusammen, aus dem Dunkeln war Roeder getreten. Der Sektionsführer hatte die schlechte Angewohnheit, aus dem Nichts aufzutauchen und damit unbedarfte Menschen zu erschrecken. Vor 48 Stunden hatte der Schotte den Container aus Landsberg geholt. Es war als medizinisches Gerät deklariert und sollte zur Reparatur gebracht werden. Keinem der jungen Soldaten auf dem Fliegerhorst war etwas aufgefallen. Dazu waren die Ladungen auch mittlerweile zu umfangreich. Den ganzen Tag über hatten sie das Equipment nach Roeders Vorgaben zusammengebaut. Die letzten Stunden hatten er und seine zwei Mitarbeiter allein im Labor verbracht.

Er hielt Roeder die Tür auf, und beide schritten durch die zugige Halle auf einen Plastikvorhang zu. Dahinter lag ein mit Unterdruck abgesichertes mobiles Labor, mit den, wie Roeder schwärmte, allerneuesten Gerätschaften. Drei Sicherheitsschleusen mussten durchschritten werden, ehe man an die eigentliche Werkbank gelangte. Seine zwei Helfer sortierten schon die ersten Lösungen. In ihren aufgeblasenen gelben Anzügen sahen sie aus wie Michelin-Männchen. Auf Höhe ihrer Hüften befand sich ein Plastikschlauch. Er versorgte sie mit Sauerstoff. Der Schlauch wiederum war an einem silbernen Versorgungshahn unterhalb der Tische befestigt. Der Druck hinter dem gelben Plastikstoff war größer als der im Raum. Selbst wenn der Anzug reißen sollte, schützte die ausströmende Luft aus dem Anzug die Laboranten.

Zehn Jahre hatte Günther J. Roeder am Bernhard-Nocht-Institut in Hamburg geforscht. Zwei Jahre war er an ausländischen Zentren tätig gewesen. Seine Expertise wuchs und damit auch die Zahl der Neider. Er hatte das erste Labor in Hamburg mit Schutzfaktor vier eingerichtet. Immer wieder hatte er vor der Gefahr, die, wie er immer betonte, sein geliebtes Vaterland bedrohte, gewarnt. Keiner wollte ihn hören. Dann kamen die Dinge aus der Vergangenheit ans Licht, er musste über Nacht untertauchen, ein Geist werden. Aber die Gruppe hatte ihn aufgenommen, und noch nie in seinem Forscherleben war er so bedingungslos unterstützt worden. »Keine Grenzen«, hatten sie immer gepredigt. Und das war sein Credo, all die Jahre. Keine Moral, keine Ethik, nichts hielt ihn auf. Und mit jedem Schritt, mit dem er und sein Team aus der Vision eine greifbare Aktion schufen, fühlte er die Macht der Erkenntnis näher kommen. Forschung ohne Hürden, ein Traum der Wissenschaftler. Niemand aber sprach so etwas aus. Die meisten dachten es nur. Er lebte es.

Roeder stieg in seinen gelben Schutzanzug, Der Schotte drehte den Schalter, und die externe Versorgung füllte den Aufzug mit reinem Sauerstoff. Sie würden alles reinigen müssen, ehe sie mit dem Abbau beginnen könnten. Hier wartete das Böse in seiner kleinsten, aber wirkungsvollsten Form auf die Menschen. Er war von dieser Vorstellung wie berauscht. Es konnte beginnen. Die Bomben waren unterwegs.

Rohrbrunn, Österreich, 09. 12., 05.30 Uhr

Die Schmerzen waren kaum auszuhalten. Es war ihre erste Geburt. Die kargen Worte ihrer Stiefmutter waren kein Trost. Aber das war sie gewohnt. Sie nahm sie gar nicht mehr wahr. In der Nacht hatte es fürchterlich um das alte, aber sehr große Anwesen gestürmt. Dann hörte ganz plötzlich der Wind auf zu wehen und machte der Stille des Schneefalls Platz. Mit einigen Mühen hatte sie sich aus dem Bett erhoben, hatte sekundenlang auf der Bettkante gesessen, um ihrem Kreislauf ein wenig Zeit zu geben, und hatte dann den Rollkoffer unter dem Bett hervorgezogen. Die Aufbaupräparate, die Ergänzungsmittel legte sie sorgfältiger als ihre wenigen Hemden hinein. Sie brauchte nie viel für sich selbst. Aber jetzt galt es, alles für *sie* zu machen.

Und so stapfte sie schon kurze Zeit später durch den neuen Schnee zur Haltestelle, um den Bus mit den Arbeitern nach Passau zu erreichen. Ihr riesiger Bauch bewirkte, dass ihr jeder beim Ein- und Aussteigen half. Immer wieder kreisten ihre Gedanken um die vergangenen Wochen, die Eingriffe, das entschlossene Gesicht des Arztes. Aber dann hatte sie das Telefonat des betreuenden Arztes mit *ihm* belauscht. Noch in derselben Nacht war sie aus Wien geflohen. Auf der Zugfahrt nach Linz hatte sie einen seiner Männer im Abteil erledigt. Und auch die Frau, die sie auf dem Bahnhofsklo festhalten wollte, konnte sich ihres Elektroschockers nicht erwehren. Sie hatte sie in eine Kabine gezogen und ihr atemlos die Kehle durchschnitten. Sekundenlang hatte sie dem fast schwarzen Blut zugesehen, das vor der Kloschüssel eine Lache gebildet hatte. Mit einem Fuß hatte sie den zappelnden, sterbenden Körper fixiert, bis er endgültig erschlaffte.

Sie würde alles tun, um diese Wesen zur Welt zu bringen. Sie würde die neue Rasse zeugen.

Sie stand eine Weile auf dem Busbahnhof in Passau, ehe sie einen Gastarbeiterbus, der aus Kroatien kam, bestieg und weiter nach München reiste. So erreichte sie den neuen Zentralen Omnibusbahnhof der bayerischen Metropole, als die Sonne unterging. Sie musste ihn finden. Er war ihre letzte Hoffnung.

Bayerisch Gmain, Deutschland,
10. 12., 21.16 Uhr

Ihr Vater hatte im Gefängnis gesessen. Ihre Mutter kannte sie nicht. Aber das war auch nicht wichtig. Denn was Adolf Schondelmaier ihr mitgegeben hatte, wog alles auf. Maria konnte hellsehen. Sie wusste es schon als Kind. Sie hatte den Tod der Nachbarin gespürt. Drei Tage bevor die Bäuerin in den Häcksler fiel und alle das grausame Schicksal beklagten, war sie zu ihrem Vater nach Straubing in die Justizvollzugsanstalt gefahren und hatte es ihm ins Ohr geflüstert. Er hatte nur genickt, die Augen geschlossen und ihr davon erzählt. Von ihrer Gabe, und dass es keine Magie sei. Und keiner solle ihr einreden, dass sie verrückt sei. Er hätte seine Gabe zu oft falsch eingesetzt, aber jetzt, wo er die heilige Maria, die Muttergottes, gesehen habe, da wüsste er, wofür die Gabe gut sei. Sie solle darüber schweigen, und erst wenn er seine Haftstrafe abgesessen habe, würde er ihr die weiteren Geheimnisse erklären. So wuchs sie bis zu ihrem sechsten Lebensjahr bei Pflegeeltern in dem kleinen Ort südlich der Kurstadt Bad Reichenhall auf. Dann hatte man von dem stillen, etwas zurückgeblieben wirkenden Kind genug. Wieder wurde es weitergereicht. Ein Freund der Familie nahm sie mit nach Österreich in die Nähe von Linz. Dort machte sie eine Lehre als Schneiderin und fuhr Tag für Tag mit ihrem Fahrrad an der Donau entlang hinunter in die Kreisstadt und am Abend wieder hinauf. Als sie sechzehn Jahre alt wurde, kam ihr Pflegevater morgens in ihr Zimmer, drückte seine schwielige Hand auf ihren Mund und prophezeite ihr, dass, wenn sie nur einen Ton sagen würde, er ihre für die Schneiderei so wichtigen Finger brechen würde. Am nächsten Tag fuhr sie wieder mit ihrem Rad hinunter und wieder hinauf. Sie verstand nicht, warum sie das Erlebte nicht vorhergesehen hatte. Alles, was sie selbst betraf, schien sie nicht erkennen zu können. Und so sah sie auch nicht voraus, dass zehn Monate später ihr leiblicher Vater draußen im Schnee stand. Sie sah, wie der Pflegevater herausstapfte, sah, wie er die Hand hob, und sah auch, wie ihr Vater nach zwölf Jahren Haft dem großen Mann gegen den Kehlkopf schlug. Sie flüchteten gemeinsam noch in der Nacht über die Grenze nach Deutschland und schliefen in Scheunen, bei zwielichtigen Freunden aus der Knastzeit oder in leer stehenden Wohnwagen. Er erklärte ihr die Kräfte, die sie besaßen. Auch schon sein Vater hatte sehen können. Nach drei Wochen wurden sie von einem deutschen Sondereinsatzkommando gestellt. Der Schnee taute, und wie der Vater so dalag, mit einer Salve aus einer Maschinenpistole wie ein wild gewordener Ochse aus einem Viehtransport niedergestreckt, beschloss Maria Schondelmaier, ein anderes Leben zu führen. Heute gab es sie nicht mehr, heute gab es nur die »Prophetin«.

Der Bürgersaal der kleinen Ortschaft war bis auf den letzten Platz gefüllt. Sie standen eng aneinandergelehnt an den Wänden, noch draußen in der Vorhalle hatten sich Trauben von Menschen gebildet. Sie alle wollten sie hören. Hinter ihr am Ende des Saals wachte ein überlebensgroßes Kruzifix mit einem leidenden Jesus über die Menschen. Es war warm, die Fenster blieben angesichts der klirrenden Kälte draußen geschlossen. Es roch nach nassen Jacken, Mundgeruch und säuerlichem Schweiß. Alle flüsterten nur. Keiner wollte die Aura der Prophetin stören. Die saß auf einem Stuhl hinter einem Paravent. Statt der üblichen DVDs, Flyer, Bücher und anderem Merchandising, das solche Veranstaltungen wie ein Putzerfisch begleitete, hing nur ein Plakat im Raum. Es zeigte das Profil der Prophetin und dahinter eine aufgehende Sonne, die das Haupt der Frau illuminierte.

Der Pfarrer der örtlichen Gemeinde konnte solche Umtriebe nicht gutheißen. Aber da bereits einen Tag zuvor die Familie des Bürgermeisters eine Privatsitzung bekommen hatte, lief das Ansinnen des Geistlichen ins Leere. Die Begeisterung der Menschen hatte sich nicht über die Medien verbreitet. Es war von Ohr zu Ohr, von Wirtshaus und Friseurgespräch in die Häuser und Köpfe der Menschen gedrungen. »Die Prophetin kommt, sie heilt. Sie kennt die Zukunft«, ging es durch die Gemeinden. Wenig stand über sie und ihre Bewegung geschrieben. Und trotzdem waren auch aus den Nachbargemeinden Menschen aller Altersstufen gekommen.

Keiner ihrer auch hier anwesenden Anhänger trug eine auffällige Kleidung oder ein Abzeichen. Sie waren nicht zu erkennen. Zuweilen griffen sie ordnend ein, wenn eine alte Frau versuchte, aus ihrem Rollstuhl zu steigen und die Prophetin zu umarmen. Aber keine grimmigen oder gar beseelten Gesichter waren zu sehen. Immer stickiger wurde die Luft. Wasserflaschen wurden an die Menschen gereicht, die gierig daraus tranken. Die schwer körperlich Behinderten schrien und wurden von ihren Angehörigen mühsam beruhigt. Keiner, der nach wenigen Minuten hinter dem Paravent hervorkam oder geführt wurde, zeigte eine

Regung. Sie gingen stumm aus dem Raum, nicht nach rechts oder links blickend.

Für einen Augenblick machte die Frau eine Pause und trat vor den Paravent. Sie hatte ihr Äußeres in den vergangenen Jahren komplett verändert. Ihre einst wallenden feuerroten Haare hatte sie zu einem festen Zopf zusammengebunden, der einer Schlange gleich auf ihrer Schulter lag. Sie hatte ihre Brüste deutlich vergrößern lassen. Die Männer hatten Mühe, ihr ins Gesicht zu schauen. Sie trat zwei Schritte bis zum Rand der Bühne und hob leicht die Hände. Sofort verstummte jede Stimme im Raum. Ihr Atem ging stoßweise, aber leise. Ihr Brustkorb hob und senkte sich schnell. Sie schloss die Augen. Die Lippen begannen zu zittern, der Unterkiefer klappte nach unten. Es sah aus, als ob etwas aus ihrem Rachen kriechen wolle. Dann kamen die Worte. Sie purzelten förmlich aus ihrem Mund heraus.

»Rafft eure Sachen zusammen, verschließt die Türen, legt Tücher vor die Fenster. Füllt eure Vorratskammern, lasst keinen herein. Aus dem Osten und dem Süden kommt das Böse, klein und grausam, gierig und heimtückisch. Es bricht herein, will Macht über euch gewinnen. Euer Fieber ist seine Nahrung, euer Schmerz sein Labsal. Erst kommt die Krankheit, dann der Tod. Aber seid gewarnt, kein Beten wird helfen, kein Jammern erhört.« Immer noch waren ihre Augen geschlossen. Es war nicht ihre Stimme, mit der sie sprach. Etwas schien von ihr Besitz ergriffen zu haben. »Nur die starke, die wahre Saat wird überleben. Der Rest liegt auf den Feldern, die gefroren sind. Denn die Kälte wird größer, sie frisst eure Vorräte. Wartet nicht. Es sind nur noch wenige Tage. Sie sammeln die Truppen, warten, bis wir schwach sind, am Boden liegen. Dann wird die Zeit des Herrn kommen.«

Ihre Arme schlugen jetzt wild umher, ruderten wie die Flügel einer Windmühle. Ihre Beine knickten ein, und sie fiel äußerst unsanft nach hinten, schlug mit dem Kopf auf dem Boden auf. Einzelne Menschen schrien auf. Sofort eilten ihre Helfer auf die Bühne und bildeten einen Kreis um sie. Aber keiner rührte sie an. Stattdessen fassten sie sich an den Händen und schwangen ihre Arme. Ein Sanitäter, der bei solchen Veranstaltungen verpflichtend ist, drängte sich nach vorn. Mit Mühe kam er bis zum Bühnenrand. Er stützte sich ab und wuchtete sich auf die Bretter. Zwischen den Beinen der Helfer hindurch sah er, wie ihre Beine immer stärker zuckten, aus ihrem Mund quoll weißer Schaum. Er erhob sich und wollte die Helfer beiseitedrängen. Aber sie ließen ihn nicht vorbei. Er schrie sie an, drängte mit seinem Körper dagegen. Doch es war kein Durchkommen.

Wenige Sekunden später war das Spektakel zu Ende. Noch wacklig, aber entschlossen erhob sich die Prophetin. Jetzt ließ sie sich bereitwillig vom Sanitäter untersuchen, der aber nichts Auffälliges fand. Sie beschwichtigte ihn. Das würde häufiger passieren. Das sei normal, eine Art Trancezustand. Er müsse sich keine Sorgen machen. Außer einer Beule würde nichts zurückbleiben. Sie wurde zu einem Auto gebracht, und nach wenigen Minuten brausten drei Fahrzeuge vom Parkplatz des Bürgersaals. Zurück blieb zwischen all den nun lautstark diskutierenden Besuchern ein Junge, der sich seine Aufnahme auf seinem Smartphone ansah. Zwei Minuten später war die Prophezeiung im Netz bei YouTube zu sehen, schon am nächsten Morgen sollte der Film 25 000 Klicks haben. Am Mittag berichteten die ersten Privatsender darüber. Am Abend war es in den Boulevardsendungen und auf den Online-Seiten der Zeitungen. Und 48 Stunden später saß die Prophetin Birghid, wie sie sich nannte, in einer nationalen Talkshow an einem Buchentisch und ließ sich von einem alerten Moderator über die Zukunft und ihre Kunst ausfragen. Danach war das Video für Stunden nicht mehr herunterladbar.

München, Deutschland, 12. 12., 05.05 Uhr

Anders als in anderen deutschen Städten ruht die U-Bahn in München werktags zwischen ein und vier Uhr nachts. Dann soll die Stadt, nach Willen der Oberen, schlafen. Spätestens aber, wenn die Menschen zur Frühschicht an das Fließband eines Autoherstellers am Stadtrand, hinter die Kasse eines Warenhauses in der Innenstadt oder einfach zum Lernen in die Schule oder Universität fahren müssen, befördert die gute alte blaugestrichene Bahn auf einem über 100 Kilometer langen Streckennetz bis zu eine halbe Million Fahrgäste am Tag. Seit einigen Tagen durften Obdachlose in den Eingangsbereichen der Stationen ihr Nachtlager aufschlagen. Denn die ungewöhnlich niedrigen Temperaturen der vergangenen Wochen verursachten in den Nächten eine hohe Anzahl Todesopfer unter den Trebern. Die Wohnheime waren schon längst überlastet. Nun trieb die Dauerkälte die vermummten Gestalten weg von den Brücken und Hauseingängen, hinein in die Tunnel und Nischen der U-Bahn, sehr zum Missfallen der morgendlichen Pendler, die über Schlafsäcke und an bellenden Hunden vorbeihasteten. So früh am Morgen wollte man das Leid noch nicht sehen.

Der Bus hatte in der Nacht bis kurz vor fünf Uhr kreisförmig die sechs Personen an den Endhaltestationen der U-Bahn abgesetzt. Und so standen drei Männer und drei Frauen an der Bahnsteigkante, hustend und schniefend, aber bereit, im Untergrund der Stadt von Station zu Station zu fahren. Der Bus fuhr weiter Richtung Norden. Dort war sein Ziel oberirdisch.

Köln, Deutschland, 10. 12., 17.25 Uhr

Die Köln Arena ist Deutschlands größte Mehrzweckhalle. Sie fasst bis zu 20 000 Menschen und liegt in der Nähe des Rheins. Der Bus erreichte rechtzeitig den großen Parkplatz, wendete, die Türen öffneten sich, und zwei Personen stiegen aus. Am heutigen Abend würde die Halle ausverkauft sein, ein Berliner Spaßmacher trat auf. Es war sein neues Bühnenprogramm, aus ganz Deutschland waren seine Fans angereist. Das Fernsehen übertrug die Show zeitversetzt. Die beiden Männer, die den Bus verließen, gingen getrennte Wege. Der eine, sehr dick und kurzbeinig, trug einen blauen Overall. Er schwitzte. Jede seiner Bewegungen schien ihm Schmerzen zu bereiten. Sein Gesicht war verzerrt. Auch der zweite, dünn und schlaksig, schien nicht in guter Verfassung zu sein. Er strebte zum Haupteingang, wo schon Menschenmassen auf Einlass warteten. Er kämpfte sich ohne große Rücksicht nach vorn. Anders der Dicke, der am Seiteneingang, wo die Roadies noch das letzte Equipment für die Show hereintrugen, seinen Ausweis vorzeigte. Er sollte eine defekte Trockeneisnebelanlage reparieren. Die Security nahm ihn kaum wahr. Es gelang ihm schnell, die Maschine zu reparieren, doch er hielt es für angebracht, während der Show noch hinter der Bühne zu bleiben. Die Roadies sahen den äußerst krank wirkenden Mann mitleidig an, sie kannten das. Es durfte keine Krankheit geben, wenn man einen Auftrag zu erledigen hatte. Nach einer Stunde luden sie den Dicken in den Backstage-Bereich ein, wo es ein schlichtes Essen und Getränke gab. Der Dicke freute sich über Frikadellen und Bier. Kurz vor dem Ende der Show, das Gerät hatte mehrmals erfolgreich die Bühne sowie die ersten zehn Reihen in Nebel getaucht, war er verschwunden. Niemand ahnte, dass der Dicke, wenige Meter von der Arena entfernt, seinen massigen Körper über das Geländer der Severinsbrücke in den träge dahinziehenden Fluss wuchtete und wenige Sekunden später von der Schraube eines holländischen Containerschiffs zermalmt wurde. Der Auftritt des Spaßmachers war zu diesem Zeitpunkt bereits vorbei. Das Publikum war begeistert. Noch drei Konzerte würde er hier in den nächsten Tagen geben – alle waren bereits ausverkauft.

Schlagalm/Tegernsee, Deutschland, 16. 12., 12.35 Uhr

Der Tisch war überladen mit Obst, Getränken, Brötchen aller Art sowie, dem Geruch nach zu urteilen, Rühreiern mit Speck. Mit mühsam unterdrückter Gier setzte Regina sich an den

Tisch. Es war Sonntag, und sie wollte heute abreisen, obwohl sie gern geblieben wäre. Statt den Auftrag anzunehmen und sofort weiterzureisen, hatte sie sich von dem jungen Hausherrn dazu überreden lassen, ihre Skikünste vorzuführen. Und so hatten sie und Arwed Köhn den gestrigen Tag mit Skifahren im Tiefschnee verbracht. Ihre Erkältung war wie weggeflogen. Aber jetzt wollte sie die Gastfreundschaft dieser Leute nicht weiter strapazieren. Es waren schließlich Auftraggeber und keine Freunde.

Arwed Köhn starrte auf einen großen Fernseher, der an der Seitenwand befestigt war. Es waren Bilder aus dem deutschen Bundestag. Regina fiel es plötzlich wieder ein. Am Freitag war der Tag des Misstrauensvotums gegen die Kanzlerin gewesen. Jan hatte ihr davon in Wien erzählt. Nach den Unruhen der Muslime im Sommer war es immer chaotischer in der Koalition zugegangen. Neuwahlen sollten Klärung bringen, und dahin führte nur ein Vertrauensentzug des Parlaments.

»Stimmt ja, Sie wählen bald. Die Große Koalition ist am Ende«, versuchte sich Regina in Konversation.

Er biss in sein Brötchen und nickte nur kurz. Regina hörte den Nachrichten interessiert zu. Köhn schien von der Veranstaltung nicht besonders begeistert zu sein.

»Stört Sie das da?«, fragte sie und deutete auf die Bilder.

Er verzog das Gesicht. »Es ist immer dasselbe, alles folgt einer vorgegebenen Dramaturgie. Die Demokratie ist in Deutschland und erst recht im übrigen Europa zum Ritual verkommen. Die Frau dort geht, ein Mann kommt. Doch es wird sich nichts ändern. Die da«, er zeigte fast angewidert auf den Fernseher, »die da wollen nur ihre Ruhe. Sie leben den faulen Kompromiss, meist sind sie selbst lebende Kompromisse. Damit sie wiedergewählt werden, in ihren kleinen, wohligen Pöstchenhöhlen weiter vor sich hin vegetieren und ein klein wenig mitbestimmen dürfen.«

Regina war erstaunt über diesen Ausbruch von Abfälligkeit. Sie hatte ihn bisher als optimistischen, gut gelaunten Sportler und Unternehmer erlebt.

Prompt bemerkte er ihre Überraschung. »Verstehen Sie mich nicht falsch. Ich achte unsere Demokratie, aber ist sie auch dem

Ausnahmezustand gewachsen?« Er trank aus einer feinen Porzellantasse und fuhr dann fort. »Jemand sagte einmal, dass der Ausnahmezustand interessanter sei als der Normalfall. Das Normale beweise nichts, die Ausnahme alles. Verstehen Sie mich? Wir hatten über 60 Jahre Ruhe, aber das war reines Glück. Was ist das System in der Krise wert? Das interessiert mich, und das macht mir Sorgen.«

Er schaute zu Regina, die stumm auf das vor ihr liegende Dossier wies. Arwed Köhn wirkte angespannt.

»Regina, darf ich Sie bitten, noch etwas länger unser Gast zu sein? Ich muss mich noch um etwas Geschäftliches kümmern, und mein Vater schätzt die seltene Anwesenheit willkommener Gäste.« Er lächelte.

Sie war unentschlossen, aber hier oben fühlte sie sich auf eine gewisse Weise wohl. Jan hatte sich nicht gemeldet. Seine Ex schien ihn wohl mächtig in ihren Bann gezogen zu haben.

»Ich denke, dass ich mich an die Arbeit machen sollte. Das ist doch auch in Ihrem Sinne, oder nicht?« Sie konnte es selber kaum glauben. Sie versuchte tatsächlich, ihn anzuflirten.

Und Arwed Köhn reagierte darauf: »Wir haben hier oben eine schöne wilde Skistrecke, als Tirolerin sind Sie doch schwierige Pisten gewohnt. Vielleicht fahren wir zwei heute Nachmittag noch mal zusammen?«

Plötzlich musste sie wieder an Jan denken. Er hasste Skifahren, wie er immer betonte. Der Gedanke an ihn ernüchterte sie. Regina schüttelte abermals den Kopf. »Ich möchte mich auf den Weg machen, ehe es dunkel wird.«

Jemand hinter ihr hustete. Regina drehte sich um und sah in das verschlossene Gesicht Margot Köhns. Sie stand wie aus dem Erdboden geschossen neben ihnen und deutete stumm auf den großen Fernseher. Es waren Sondernachrichten, und rechts oben stand eine Dauerüberschrift. Regina konnte es nicht glauben. Das durfte nicht wahr sein. Sie las es noch einmal und noch einmal. Es war wahr.

Bad Bentheim, Deutschland,
13. 12., 15.12 Uhr

Julika Krabbe war mächtig sauer. Sie hatte am frühen Morgen erfahren, dass ihre Kollegin sich krankgemeldet hatte. Somit musste sie nicht nur ihre zwei eigenen Gruppen betreuen, sondern auch noch die 25 Kinder ihrer Kollegin in ihre Gruppen mit aufnehmen. Es war sehr ärgerlich. Statt einer Weihnachtsfeier hatte sie vor wenigen Tagen alle Mitarbeiter der Einrichtung nach Köln zu einem Konzert eingeladen. Prompt waren danach zwei Mitarbeiter wegen Krankheit ausgefallen. Gerade in der Vorweihnachtszeit, wo die Eltern den eigenen Stress gern auf die Kinder übertrugen und diese sich wiederum kaum bändigen ließen, waren sie unterbesetzt. Aber auch sie selbst hatte sich eine Erkältung eingefangen.

Am Morgen, als die Eltern ihre kostbaren Sprösslinge in ihren großräumigen Autos zu der privaten Kindertagesstätte brachten, hatte sie die Mütter und Väter mit einem heftigen Husten begrüßen müssen. Auch ihre Zwillinge schienen zu leiden. Die vierjährigen Mädchen durfte sie mitnehmen, da ihr Mann, als Feuerwehrmann bei der Stadt Bad Bentheim angestellt, keine Zeit für sie hatte.

Sie war schon jetzt erschöpft. Aber als Leiterin der Einrichtung galten für sie andere Regeln, wie sie fand. Somit war sie trotz ihrer schweren Erkältung durch den mühsamen Morgenverkehr von Gronau, einer Stadt direkt an der niederländischen Grenze, gefahren. Sie hatte hustend und mit triefender Nase den Kindern das Frühstück zubereitet und dann versucht, des Chaos in der Kita einigermaßen Herr zu werden. Nur eine Praktikantin unterstützte sie. Nach dem Mittagessen wollte sie sich auf der Couch im Besprechungsraum ein wenig hinlegen. Die Zwillinge lagen mit roten Wangen auf einer kleinen Matratze, und auch sie schlief sofort ein. Als sie eine Stunde später erwachte, schien ihr Kopf zu glühen. Ihr Mund war trocken, und ihre Glieder schmerzten unerträglich. Sie hielt noch zwei Stunden durch, bis die letzten Kinder abgeholt wurden, dann packte sie ihre Sachen, setzte die Mädchen auf ihre Kindersitze im Wagen und fuhr zu einem Arzt für Allgemeinmedizin, der gerade erst seine Praxis in der Innenstadt eröffnet hatte. Sie war Kassenpatientin und hatte keinen Termin. Fast zwei Stunden saß sie in dem überfüllten, heißen Wartezimmer. Immer wieder wurde ihr schwarz vor Augen. Aber sie riss sich zusammen. Mittlerweile schmerzte sogar ihre Haut. Der junge Arzt diagnostizierte sowohl bei ihr als auch bei den Kindern eine grippale Infektion, riet ihr zur Bettruhe und gab ihr für die Kinder eine kostenlose Probe eines neuen fiebersenkenden Mittels. Draußen wartete ihr Mann Stefan, dem sie per SMS die Situation geschildert hatte. Er begleitete sie zu ihrem Auto, küsste sie zum Abschied und riet ihr, sich schnellstmöglich ins Bett zu legen. Es war eine schnelle Verabschiedung. Er wollte noch rechtzeitig über die Grenze nach Enschede fahren. Dort spielte Enschede gegen Eindhoven, und sein holländischer Freund Claas hatte ihm Karten besorgt. Er versprach ihr, rechtzeitig nach Hause zu kommen. Schließlich müsse er ja am nächsten Morgen zur Frühschicht halbwegs ausgeschlafen sein.

Seine Frau fuhr nicht direkt in die gemeinsame Wohnung. Sie hatten am letzten Wochenende nicht eingekauft, und somit schob sie einen Zwischenstopp in einem großen Supermarkt ein. Dort fiel eines der Mädchen mit dem Kopf vornüber aus dem Einkaufswagen. Das andere bekam in der langen Schlange an der Kasse einen nicht enden wollenden Hustenanfall und drohte zu ersticken. Der alarmierte Notarzt tippte auf eine Grippe, und ein Rettungswagen fuhr die Zwillinge mitsamt der Mutter in das nächstgelegene Krankenhaus nach Gronau. Ihr Zustand verbesserte sich nach der Verabreichung einiger Medikamente leicht. So konnte sie ihr Mann, der noch die Halbzeit abgewartet hatte, schon auf dem Flur in Empfang nehmen. Zu diesem Zeitpunkt hatte Julika Krabbe 67 Menschen, davon 31 Kinder, angesteckt.

München, Deutschland, 13. 12., 18.15 Uhr

Während draußen ein Schneesturm über den großen Platz fegte und die am Fenster sitzenden und vor sich hin mampfenden Teenager nicht einmal die aufgebaute Schlittschuhbahn, die nur wenige Meter entfernt war, sehen konnten, schufteten der Türke Mehmet und sein libanesischer Freund Said in der von Hektik erfüllten Küche. Beide hatten fast eine Doppelschicht hinter sich. Und beide waren krank. Seit sie am Morgen die Nachtschicht abgelöst hatten, niesten sie um die Wette. Für den Schichtleiter war dies eigentlich ein Grund, die beiden nach Hause zu schicken. So schrieb es die Hausordnung und das Gesundheitsamt vor. Doch draußen hatte der Weihnachtsmarkt Tausende von Touristen angelockt, und die aßen nicht nur Maronen. Er konnte sich keinen Personalausfall leisten. Am Ende des Monats mussten die Zahlen stimmen.

Die kleinen Pusteln auf ihrer Brust und in ihrem Gesicht bemerkten die jungen Männer in der heißen und lauten Umgebung nicht, zumal beide mit einer veritablen Akne geschlagen waren. Die umsatzstärkste deutsche Filiale der Fast-Food-Kette befand sich am Karlsplatz in München. Sie galt als die Filiale, die europaweit die meisten Besucher zu verzeichnen hatte. An diesem Tag waren bereits mehr als 10 000 Menschen hereingeströmt. Bis zum Ende ihrer Schicht hatten die beiden Jungen mehr als 150 Personen, darunter Reisegruppen aus Italien, Spanien und Frankreich, infiziert.

Düsseldorf, Deutschland, 14. 12., 16.35 Uhr

Der Pfleger Georg Arnold hatte sich auf dem Hubschrauberlandeplatz der Uniklinik in eine windgeschützte Ecke gestellt und frierend eine Zigarette geraucht. Er hatte Angst. Zum ersten Mal in seinem Leben hatte er eine solche Erkrankung gesehen. Er hatte auch erstmals Panik und Angst in den Gesichtern der sonst so abgeklärten Ärzte bemerkt. Er wollte nicht so sterben. Und auch die Geheimnistuerei auf der Station machte ihn unsicher. Vielleicht sollte hier etwas vertuscht werden. Vielleicht ein Skandal in der Pharma-Industrie? Er musste etwas tun. Durch den dichten Schnee sah er die Positionslichter eines hereinfliegenden Hubschraubers. Er zog noch einmal kräftig an seiner Zigarette und dann mailte Georg Arnold seinem Freund und Liebhaber, der in der Online-Redaktion einer Boulevardzeitung arbeitete. Sekunden später schickte er ihm über sein Handy ein Foto des Patienten, den er vor einer halben Stunde noch betreut hatte. Eine Stunde später war das Foto auf der Website der Zeitung. Darüber stand in großen Lettern. »Pockenalarm in Deutschland?«, das Fragezeichen dahinter war deutlich kleiner.

Berlin, Deutschland, Kanzleramt, 16. 12., 08.25 Uhr

»Sie wollen das Land lahmlegen. Wir sind kein mittelständischer Betrieb, den man mal eben so in die Werksferien schicken kann. Wir sind Deutschland.«

Professor Vogel verkniff sich eine sofortige Reaktion. Er sah den Minister finster an. Dessen narbige Haut erinnerte ihn an Pockenüberlebende. Er kannte diese Art der Aufregung. Sie trat immer dann ein, wenn halbgebildete Politiker über komplizierte Sachverhalte stolperten. Pocken waren kompliziert. Kompliziert und rasend tödlich – im wahrsten Sinne des Wortes.

»Herr Minister, wir sollten keine Zeit mit Gewäsch vertun.« Vogel sah, wie der Politiker erstarrte. Hastig schob er hinterher: »Es tut mir leid, dass ich das so hart formuliere, aber es zählt wirklich jede Minute. Sonst werden Sie bald keine mittelständischen Betriebe in Deutschland mehr haben.«

Seit einer Stunde stand es fest. Die Proben, die das Gesundheitsamt Köln am Nachmittag zur Weltgesundheitsbehörde

WHO nach Genf geschickt hatte, waren positiv auf Variola major, bekannt auch als Pocken oder Blattern, getestet worden. In der WHO wurde das Krisenzentrum besetzt und sofort das Robert-Koch-Institut in Berlin alarmiert. Noch in der Nacht hatte der Leiter des RKI einen Krisenstab eingerichtet und um Mitternacht die Kanzlerin über die ersten Schritte informiert. Nach dem Misstrauensvotum war sie jetzt eine Kanzlerin auf Abruf. In wenigen Wochen würden Neuwahlen stattfinden. Sie hatte beschlossen, nicht mehr anzutreten. Drei Mal war sie gewählt worden. Jetzt, mit dem Auseinanderfallen der Großen Koalition, war sie müde und leer. All diese tagespolitischen Geschehnisse waren unbedeutend angesichts der Monstrosität der neuen Ereignisse. Sofort hatte sie das Kabinett einberufen.

Sie blieb auffällig ruhig, was an ihrem naturwissenschaftlichen Hintergrund lag. Als ehemalige Physikerin wollte sie zunächst alle Fakten kennen, ehe sie weitreichende Entscheidungen traf.

Die lieferte ihr der Institutsleiter in gewohnt knapper Form. »Diese Pocken werden von Mensch zu Mensch übertragen. Meist durch Husten oder Niesen. Aber auch in Staub, Gegenständen und Kleidung überleben die Viren und finden so neue Wirte. Die Sterblichkeitsrate liegt bei 50 Prozent und mehr. Seit 1980 gilt die Krankheit dank einer konsequenten Impfkampagne der WHO als ausgerottet. Aber natürlich haben interessierte Mächte wie die Russen, Nordkoreaner und Amerikaner immer weiter geforscht. Die Krankheit gilt als die beste Biowaffe überhaupt.«

»Gibt es auch Menschen, die nicht infiziert werden können?«, wollte die Kanzlerin wissen.

Der Experte nickte. »Ähnlich wie beim HI-Virus gehen wir davon aus, dass circa ein Prozent der Bevölkerung bereits von Geburt an gegen den Erreger immun ist. Die Gründe dafür sind unklar. Vielleicht haben Vorfahren eine Pockenerkrankung überstanden und diesen Immunisierungseffekt weitergegeben.«

Der Innenminister hob kurz die Hand. »Wenn ich Sie einmal unterbrechen und auf das Wesentliche kommen darf: Könnte das tatsächlich ein Anschlag sein?«

Vogel zuckte mit den Schultern. »Möglich, aber dazu fehlen uns weitere Erkenntnisse. Die Vielzahl der Erkrankten sowie die unterschiedlichen Ausbruchsorte legen das nahe. Wenn es ein synthetischer Erreger ist, ein Kampfstoff also, müssen wir mit weit schlimmeren Folgen rechnen. Denn dann hat eine interessierte Macht den Erreger bearbeitet und somit noch gefährlicher, weil impfresistenter, werden lassen.«

Die Teilnehmer sogen scharf die Luft ein. Jeder ahnte jetzt, dass es sich hier nicht um eine hysterische Schweinegrippenstory handelte, sondern die Bundesrepublik Deutschland womöglich einem gigantischen Terroranschlag ausgesetzt war.

Der Minister beugte sich diskret nach hinten und flüsterte seinem Staatssekretär zu, dass er in 15 Minuten Vertreter des Bundeskriminalamtes, des Verfassungsschutzes und des Amtes für Katastrophenschutz in seinem Büro zugeschaltet haben wollte – nacheinander.

»… wächst die Ansteckungsrate exponentiell. Das heißt, stellen wir die Ringimpfungen um die Erkrankten nicht in den nächsten 48 Stunden auf die Beine, ist die Gefahr eines Massenausbruchs in Deutschland extrem hoch. Wir haben das mathematisch berechnet. Wir nennen es die Basisreproduktionsrate R0. Sie sagt, wie viele Menschen ein Infizierter theoretisch anstecken kann. Bei Pocken gehen wir von bis zu zehn Menschen aus. Diese Schätzung basiert auf mehr als 30 Jahre alten Forschungen. Sollte das Virus länger als eine Woche unter uns sein, wird es sich nicht linear, sondern exponentiell ausbreiten.«

Ein Mitarbeiter Vogels hatte einen Laptop an einen Fernseher angeschlossen, und der Mediziner präsentierte das notwendige Anschauungsmaterial. Eine Deutschlandkarte erschien.

»Seit gestern Mittag registrieren die Krankenhäuser in den Großräumen Köln und Ruhrgebiet sowie München und hier in Berlin Menschen mit fast identischem Krankheitsbild. Hohes Fieber, schwerer Husten. Der Rachenraum ist entzündet. Brust und Arme sowie das Gesicht sind bei manchen bereits mit den bekannten Pusteln übersät, die sich stündlich vermehren und bei einigen wenigen schon den gesamten Körper bedecken …«

Der Außenminister fiel Vogel ins Wort. »Sind ausländische Bürger darunter? Touristen, Geschäftsleute?«

Vogel sah ihn entgeistert an. Das war sicher der Fall, aber in der jetzigen Situation völlig zweitrangig. Er fuhr ungerührt fort, die Frage komplett ignorierend. »... viele hatten Masern vermutet und sich nicht sofort bei ihrem Hausarzt gemeldet. Aber auch dort ist die Krankheit meist nicht diagnostiziert worden. Zum einen, weil sie seit 1979 als ausgestorben gilt, zum anderen, weil sie anfänglich die gleichen Symptome wie eine Erkältung oder Grippe zeigt.«

Er drückte auf seinen Laptop, und auf einem großen Bildschirm erschienen Fotos erkrankter Menschen. Die Runde stöhnte auf. Sie sahen hilflose Kinder mit aufgedunsenem und von Pusteln übersätem Körper. Es wirkte, als ob sie schrien. Ihre Augen waren zugeschwollen und der Mund wie nach einem Boxkampf aufgeplatzt.

»Die Beulen sind anfangs hart und trocken, nässen nicht – noch nicht. Bei fünf Patienten strömte aus einem kleinen Punkt in der Mitte der Delle eine eitrige Flüssigkeit. Die Flüssigkeit stank, aber nicht nach Fäulnis. Es war ein widerlicher süßlicher Gestank, der eher an Kot erinnerte. Bis zum Vormittag haben wir 121 gemeldete Fälle, die Zahl wächst – stündlich.«

»Was ist zu tun?«, fragte die Kanzlerin ruhig.

Vogel war ihr für ihre Souveränität dankbar. Er kam aus dem Allgäu, war Arzt in der dritten Generation. Politik, Diplomatie und Rücksichtnahme auf Eitelkeiten waren ihm fremd. Hier ging es um Menschenleben. Er hatte immer vor Seuchen in dieser Dimension gewarnt. Allerdings hatte Vogel eher mit einer Grippeepidemie gerechnet. Das hier übertraf seine Befürchtungen. 96 Stunden hatte das Virus gebraucht, um durch das Land zu rasen und Panik zu verbreiten. Wo würden sie in weiteren 96 Stunden stehen? Die Kanzlerin hatte ihm jede Unterstützung zugesagt. Sie würde sich um die Politik kümmern, ihren Koalitionspartner unter Kontrolle bringen. Er aber musste jetzt die Krankheit eindämmen. Sie vertraute ihm.

»Unsere Maßnahmen nach der Pockenmeldung sind in drei

Schritte unterteilt, die parallel angegangen werden. Erstens das Verhindern einer weiteren Ausbreitung, das heißt: Präventionsmaßnahmen für empfängliche Personen, Angehörige, Freunde, Nachbarn und Kollegen. Kurz: Massenimpfung. Zweitens das epidemiologische Nachverfolgen von Ansteckungsverdächtigen. Mit wem hatten die Erkrankten Kontakt? Wo ist die Ansteckung erfolgt? Aber vor allem das Absondern bzw. Isolieren und ihre Behandlung, um weitere Fälle zu verhindern. Kurz: Quarantäne.«

Der Innenminister nickte und fragte nach: »Was brauchen Sie sofort?«

Vogel wusste, dass jetzt die heiklen Themen kamen. Er schluckte, trank etwas Wasser und fuhr fort. »Wir benötigen Notlazarette, das setzt Personal, Räume und vor allem Sicherung voraus, also Polizei oder unter Umständen Bundeswehr.«

Die Justizministerin schüttelte den Kopf. »Der Einsatz der Bundeswehr im Innern ist, wie alle hier sicher wissen, ein schwieriges Feld, nicht nur für meine liberale Partei. Das Grundgesetz erlaubt dies nur in Ausnahmefällen, und das aus gutem Grund. Ich kann mir aber eine Unterstützung bei Sanitäts- und Logistikfragen vorstellen.«

Ihr Kollege aus dem Verteidigungsministerium stimmte nickend zu.

»Des Weiteren brauchen wir Quarantänehäuser und eine Vorsorge für eine hygienische Feuerbestattung Verstorbener. Daneben müssen alle relevanten Personenkreise, wie Ärzte, Polizisten, Laborpersonal und Pfleger, geimpft werden. Unser Impfstoffvorrat reicht nach unseren Schätzungen für mindestens zehn Millionen Menschen. Die Firma, die schon vor Jahren den Auftrag von der Regierung erhielt, einen Pockenimpfstoff herzustellen, wird morgen ihre Produktion komplett auf diesen Impfstoff umstellen. Alles, was jetzt zählt, ist Zeit. Je schneller wir die Infektion eindämmen können, desto größer ist die Chance, sie unter Kontrolle zu bringen. Aber in unserer mobilen Gesellschaft ist das …«

Die Kanzlerin schaltete sich ein. »Entschuldigen Sie, Herr

Professor, sind nicht bereits Ende der sechziger Jahre viele Bundesbürger gegen Pocken geimpft worden?«

Vogel nickte. »Aber wir glauben, dass der Wirkstoff nicht mehr ausreicht, dass er nicht mehr schützt. Wir haben seit mehr als 30 Jahren keinerlei Erfahrungswerte, in der Immunologie ist das eine Ewigkeit.«

Die Kanzlerin bat Vogel, mit seinem dritten Punkt fortzufahren. Sie wusste bereits, was jetzt kommen würde, und umso mehr war sie auf die Reaktion ihrer Minister gespannt.

»Nun, der dritte Punkt ist der schwierigste.« Er räusperte sich. »Um bei einem solchen Ausbruch die Bevölkerung schnell und effizient mit Impfstoffen zu versorgen und Erkrankte zu isolieren, kommen wir nicht umhin, die betroffenen Gebiete großflächig zu kontrollieren. Das heißt konkret: Schließung aller öffentlichen Einrichtungen wie Schulen, Universitäten, Kinos, Konzerthallen, Einkaufszentren sowie bis auf weiteres Fahr- und Reiseverbote innerhalb der definierten Zone. Wir frieren das Leben in den betroffenen Regionen sozusagen ein.«

Die Runde war zunächst sprachlos. Wieder begann der Wirtschaftsminister mit seiner Tirade von Deutschland als Wirtschaftsstandort. Auch die meisten seiner Kabinettskollegen hielten diese Maßnahmen für übertrieben. Alle hatten noch die Hysterie um die Schweinegrippe in Erinnerung. Damals sah es für die Politiker und die Medien so aus, als ob es nur ein Hype wäre, gesteuert oder zumindest befördert von der Eitelkeit der Forscher und der Gier der Pharmaindustrie. Die wenigsten wussten, wie haarscharf man damals an einer Katastrophe vorbeigeschrammt war. Man hatte Lehren daraus gezogen, neue Notfallpläne erarbeiten lassen und gewartet. Denn jedem Virologen war klar, dass es zu einem Ausbruch kommen musste. Zu sehr waren die Kontinente heute miteinander verwoben, durch Urlaubs- und Geschäftsreisen, Wirtschaft und Handel.

Der Pressesprecher kam lautlos herein und gab Vogel und der Kanzlerin jeweils zwei Blätter, eines mit stichwortartigen Informationen und das andere mit einem längeren Text. Die Kanzlerin stöhnte leise auf und las dann der Runde das Schreiben vor.

»Quid pro quo
Das deutsche Volk steht am Beginn seiner Vernichtung. Einst ist von Deutschlands Boden der Hass und die Zerstörung unserer Kultur beschlossen und umgesetzt worden. Und nach der Niederlage haben Sie mit Ihrem Geld versucht, sich herauszukaufen aus Schuld und Verantwortung. Heute werfen Sie an festgelegten Tagen brav Kränze ab, bauen Synagogen und schicken ein paar Waffen nach Israel und glauben, diese einmalige Tat des Grauens damit gesühnt zu haben. Aber die Seelen unserer Toten haben keine Ruhe gefunden. Sie rufen uns Lebenden zu: Rächt uns! SO steht es geschrieben: Auge um Auge, Zahn um Zahn. Es gibt keine Versöhnung, ehe nicht die Schuld wirklich beglichen ist. Unsere Gruppe hat keinen Namen, sie stellt keine Forderungen, sie will nicht zu etwas aufrufen. Sie hat über Euch die Pulsa diNura ausgesprochen.

Wir sind gekommen, um die Schuld einzulösen. Wie einst das Virus des Faschismus, senden wir nunmehr das Pockenvirus über Ihr Land. Sie werden impfen, Sie werden isolieren, aber Sie werden das Sterben nicht verhindern können. Hier ist unsere Rechnung: Sechs Millionen Juden gegen sechs Millionen Deutsche. NAKAM«

München, Deutschland, 14. 12., 08.03 Uhr

Das Zimmer konnte als klinisch rein bezeichnet werden. Trotz ihres mittlerweile zum Bersten gespannten Bauches, des vielen Wassers in den Beinen und der hämmernden Kopfschmerzen hatte sie nicht mit dem Putzen des Raums aufhören können, bis sie erschöpft auf das weiche Bett fiel, das nach strengem Reinigungsmittel und Mottenpulver roch. Ihre Gedanken flackerten in ihrem Kopf. Sie versuchte, sich auf Momente in ihrer Vergangenheit zu konzentrieren. Meist war das beruhigend. Sie dachte an ihn. Diesen Giganten. Wie er über ihr stand. Sie berührte. Trotz seiner unglaublich großen Hände. Alles an ihm wirkte wie durch ein Vergrößerungsglas. Sie hatte sich klein und schutzlos gefühlt. Er aber nahm ihr die Angst mit seiner zarten Unbeholfenheit. Mit heiligem Ernst hatte er sich, wie sein Gebieter ihm befohlen hatte, entkleidet. Er hatte sich über sie gebeugt, aber nicht auf sie gelegt. Denn er schien zu fürchten, sie zu erdrücken. Und just in dem Moment, in dem nur ein Teil seines Schwanzes in sie glitt, glaubte sie, Lilith zu sehen. Glaubte, sie erst als Schatten wahrzunehmen, dann als federleichtes Wesen an der Decke erkennen zu können. Ihre Flügel, die prallen, runden Brüste, deren Brustwarzen wie Tropfen hinabhingen. Und so öffnete sie ihre Beine, drückte sie an die massigen Hüften des Gogs aus Magog und nahm ihn trotz der Schmerzen tiefer in sich auf. Und unter den Augen Liliths, der Dämonin, der Göttin, der Führerin, empfing sie die Zwillinge. Die Giganten. Die Erben. Das war ihr Geschenk für ihren Vater.

Das kleine Militärfunkgerät funktionierte einwandfrei, der Raum zwischen Parkett und Estrich bot genügend Platz für ihre Lebensmittel und die Unterlagen. Die Kisten waren sicher und trocken nicht weit von hier deponiert. Nur wenige Stunden nach ihrer Ankunft waren sie in der Schreinerei angeliefert worden. Jetzt musste sie warten. In einigen Tagen war ihr Termin. Sie würden nicht aufhören, zu suchen. Aber sie waren egal. Das Leben in ihr war wichtiger. Sie aß und trank nur das Nötigste. Sie musste ihn finden. Er konnte ihr helfen. Ihm konnte sie vertrauen. Er war in München. Etwas in ihr ließ sie das spüren.

Anfangs war die Chefin der Pension noch misstrauisch gewesen. Bevor der Gast eintraf, waren viele Kisten in das Zimmer gebracht worden. Die Schwangere hatte ihr ein Kuvert mit einem erheblichen Geldbetrag unter die Zeitungen auf dem Tisch gelegt. Aufgrund ihrer finanziellen Lage schwieg die Wirtin und ließ das Geld schnell in ihrer Handtasche verschwinden. Aber natürlich wusste sie, dass im Zimmer acht im zweiten Stock kein normaler Gast wohnte. Doch eines wusste sie nicht: In diesem Zimmer wartete die Königin des Chaos auf die Geburt der neuen Könige.

Schlagalm/Tegernsee, Deutschland, 16. 12., 14.14 Uhr

Sie hatte genug gehört. Sollten die Pocken wirklich ausgebrochen sein, wollte sie Deutschland schnellstmöglich verlassen – am besten mit Jan, wenn er dazu bereit war. In Österreich war noch kein Ausbruch der Krankheit vermeldet worden. Pocken, das wusste sie, waren keine exotische Grippe aus Mexiko, die irgendwen betraf. Die Pocken, da war sie sich sicher, waren in der Erinnerung des Menschen, ähnlich wie die Pest, etwas unvorstellbar Grauenhaftes. Und die Angst vor dem Unbekannten schuf Chaos.

Die wenigsten kannten zum jetzigen Zeitpunkt den Krankheitsverlauf oder gar die mögliche Sterberate. Aber das würden die Massenmedien und vor allem das Internet mit seinen selbsternannten Spezialisten in den nächsten Stunden und Tagen »erklären«.

Noch während Regina im Gästezimmer ihre Taschen packte, hatte sie immer wieder versucht, Jan zu erreichen. In der Nacht hatte es noch einmal kräftig geschneit. Und so schaufelte Arwed Köhn in der klirrenden Kälte des Nachmittags den unter einer weißen Schneedecke versteckten Unimog wieder frei. Regina trat aus der Tür. Sie warf ihre Tasche auf den Rücksitz des Fahrzeugs, griff ebenfalls nach einer Schaufel und stieß sie in den Schnee. Die spröde Margot hatte für sie in einem Anfall von Freundlichkeit ein Lunchpaket gepackt. Dankend legte Regina es in den Fußraum.

»Margot wird Sie nach unten zum Parkplatz fahren. Ich muss mich angesichts der Seuche um unser Unternehmen kümmern.« Obwohl er gerade erhebliche Schneemassen bewegt hatte, war Köhn junior kaum außer Atem, wie Regina anerkennend bemerkte.

»Und machen Sie sich nichts aus den Geistergeschichten meines Vaters. Das Bild ist der Familie wichtig, und ich wüsste Almut gern in Sicherheit. Sie hatte nicht gerade eine leichte Kindheit, wissen Sie.«

»Sie müssen ihr sehr nahegestanden haben«, sagte Regina, ohne ihn dabei anzusehen.

Er nickte. »Sie ist da draußen jetzt allein, schwanger und schutzlos. Es liegt mir sehr viel daran, dass Sie sie finden.«

Unter dem Vordach saß der alte Köhn in seinem Rollstuhl und schaute sie aus seinen müden, von der tödlichen Krankheit gezeichneten Augen an. Sie verabschiedete sich freundlich von ihm. Margot Köhn startete den Unimog und fuhr in das dichte Schneetreiben. Kurze Zeit später erreichten sie den ersten Ort unterhalb des Wallbergs, der in seiner Form einem erloschenen Vulkan in Mittelamerika glich. Regina sprang aus dem Unimog, winkte kurz und rannte zu ihrem unter einer Schneemasse begrabenen Wagen. Es dauerte einige Zeit, bis sie mit klammen Fingern zumindest die Türen und Fenster freigeschaufelt hatte. Das Schloss war vereist. Mühsam kramte sie ein Feuerzeug aus ihrer wattierten Winterjacke hervor. Aber es war leer. Sie fluchte laut und derb. Langsam kroch die Kälte durch ihre Kleidung, und sie begann zu zittern.

»Ich habe etwas Enteiser dabei.«

Sie wirbelte herum. Vor ihr stand Jan und grinste schief. »Was machst du denn hier?«

»Schöne Begrüßung.«

»Ich dachte, du seist in München …«

»Ja, das war ich auch. Aber Andrea war nicht dort. Sie hat, so erzählte mir eine Nachbarin, die sie auf der Straße vor dem Haus angesprochen hatte, überstürzt das Haus mit einer großen Reisetasche verlassen. Das war vor dem Ausbruch. Sie konnte also nichts davon gewusst haben. Ich wollte in die Wohnung …«

»Du besitzt noch einen Schlüssel für die Wohnung deiner Exfrau?« Regina wurde trotz der Kälte heiß. Wurde sie gerade – wieder einmal – heftig betrogen? Hielt sich der feine Arzt aus Deutschland gleich zwei Frauen?

»Einige meiner Sachen stehen noch in der Wohnung. Aber der Schlüssel passte nicht mehr. Sie hat das Schloss auswechseln lassen.«

Regina sah ihn misstrauisch an. »Soso!«

»Ja, und dann kam ihre Putzfrau, die hat mich in die Wohnung gelassen. Jetzt schau nicht so ärgerlich. Wir sind geschieden. Und ich liebe dich.«

»Ich hoffe, das ist ein exklusives Gefühl.«

»Ja, das ist es.«

Sie schwiegen und froren.

»Und? Wie ist es so bei ihr? Bist du über ihre Dildo-Sammlung gestolpert, eifersüchtig geworden und zu mir gekommen?«, fragte Regina kühl.

»Das ist nicht komisch. Die Wohnung war total verwüstet. Überall lagen Bilder und Prospekte dieser Sekte, über die im Fernsehen berichtet wurde. Von dieser komischen Birghid.«

Regina lachte bitter. »Demut statt Dildos, auch gut. Und warum bist du jetzt hier?«

Jan wurde ungeduldig. Seine Stimme war jetzt lauter: »Als die ersten Meldungen kamen, dachte ich, dass ich zu dir fahren muss. Die Adresse hatte ich mir noch gemerkt. Dann sah ich unser Auto und wusste, dass du irgendwann kommen würdest.«

Noch immer war Regina sauer wegen des Streits. »Und jetzt erscheinst du hier so einfach und denkst, es wird alles so weitergehen?«

»Regina, dieser Pockenausbruch ist wirklich gefährlich. Ich bin mit dem Zug hierhergefahren und nur mit Mühe bis ins Tal gekommen. Ich bin mir ziemlich sicher, dass sie bald die Grenzen schließen werden.«

»Hast du die ganze Zeit hier gewartet? «

»Na ja, dort drüben in diesem Kiosk.« Er zeigte auf einen Bretterverschlag.

Regina fror jetzt erbärmlich und trat von einem Fuß auf den anderen. »Können wir die Details bitte im Wagen besprechen?« Sie streckte die Hand nach dem Fläschchen mit dem Enteiser aus.

»Wie heißt es?«

»Bitte!«

»Nein.«

»Bitte, lieber Jan.«

»Na ja, ein Kuss ist doch wohl drin.«

Sie schüttelte den Kopf, lächelte etwas verkniffen und küsste ihn dann auf die Wange. »Wir haben noch einiges zu besprechen«, rief sie.

»Dafür wechselt man nicht die Frau«, murmelte er leise.

Mit einem heftigen Ziehen öffnete sie die Fahrertür, zündete den Motor und wartete mit Jan im Innern, bis sich der Wagen ein wenig erwärmt hatte.

»Und, wie war es bei Familie Frankenstein?«

Sie sah ihn düster an. »Hier drin riecht es komisch.«

Jan schnupperte in alle Richtungen. »Es kommt von hinten«, rief er.

»Ja, ich habe auf der Herfahrt so einen Zausel mitgenommen. Aber der saß auf deinem Platz.« Jan drehte sich nach hinten und fischte einen Zettel hervor, der auf der Rückbank lag. Regina riss ihn ihm aus den Händen und überflog die Notizen. Sie runzelte die Stirn und las dann laut vor: *»Ich hatte gewarnt. Aber Ihr seid weitergegangen. Nun geht auch den Weg weiter. Der Schlüssel zu all dem Leid liegt im Öl. Nur Ihr dürft es finden. Und nur Ihr rettet so das Leben der Menschen, die jetzt noch nicht wissen, dass die Hölle auf sie wartet.«*

Jan stöhnte auf. »Das hat der Irre hier liegengelassen? Wir haben einen Riecher dafür, immer auf Irre und Propheten zu stoßen. Wir ziehen diese verschmorten Hirne an. Ich bin sicher, dass du der Köder bist.«

Sie reagierte nicht auf seinen Spott. »Hier steht noch was. *Die Krankheit ist heilbar, aber die Wahrheit ist eine andere. Der eine will dies, der andere das. Im Werk ist Segen. Im Werk ist Wahrheit. Das sage ich, Ezechiel* Und dann sind unsagbar viele kleine Figuren auf der Rückseite gemalt. Sieht aus wie die Hölle.«

»Ja, die Hölle. Die Hölle ist, dass wir noch einmal tanken müssen, sonst frieren wir hier fest.«

An der Uferstraße zwischen den Orten Rottach und Gmund fanden sie eine Tankstelle. Während Jan den Tank füllte, wollte Regina an der Kasse nach Ezechiel fragen. Der Raum war voller

Menschen. Sie alle starrten auf einen Bildschirm, der unter der Decke in einer Ecke befestigt war. Eine Sondersendung einer lokalen Fernsehstation lief. Auch sie schaute unwillkürlich nach oben.

»... sind nach letzten Meldungen allein in Nordrhein-Westfalen 150 registrierte Fälle von Pocken bekanntgegeben worden. Ersten Vermutungen nach hat die Gruppe, die sich heute mit einem Schreiben zu den Anschlägen bekannte, ein Konzert des ...«

»Sind Sie aus München?« Ein stämmiger Mann in einem Feuerwehranzug sprach sie an.

Sie drehte sich zu ihm um. »Wieso?«

»Das Auto gehört doch Ihnen, oder?«

»Ja, und?«

»Kommen Sie gerade aus München, oder fahren Sie nach München?«

»Was geht Sie das an?« Regina spürte, wie plötzlich nur noch die Stimme aus dem Fernseher den Raum erfüllte. Alle Blicke waren auf sie gerichtet.

»Eine Menge, wir wollen nämlich keine Infizierten hier haben.« Der Mann schaute sie mit grimmigen Augen an. Sein Gesicht war gerötet. Er schien viel an der frischen Luft zu arbeiten. Seine Hände glichen Pranken, und seine schwere Uniform roch nach Öl. Auf seiner Weste las sie »H. Zehetmaier«.

Sie verstand immer noch nicht ganz. »Nein, wir kommen von da oben, wieso?« Sie zeigte Richtung Alm. »Was ist denn los?«

»Haben Sie das nicht mitbekommen? Die wollen uns alle umbringen. In Köln, Berlin und München haben sie die Pocken auf die Menschen losgelassen. In München sind schon Hunderte krank und einige verreckt. Jetzt haben die Bürgermeister der anliegenden Gemeinden das Tal dichtgemacht. Hier kommt keiner von denen rein.« Der Mann gab sich redlich Mühe, sein bayerisches Idiom zu verbergen und verständliches Hochdeutsch zu reden.

Erst jetzt bemerkte sie es. Der ganze Raum war von Angst und blankem Entsetzen erfüllt. Hier saßen keine entspannten Menschen. Die Einwohner hatten eine unbändige Angst vor dieser Krankheit »da draußen«.

Jan kam herein. Er sah zu Regina und fragte mit einem stummen Blick, ob alles okay sei.

Sie nickte. »Mein Mann ist Arzt, vielleicht kann er Ihre Fragen beantworten. Im Fernsehen wird ja viel Unsinn geredet.«

Jan schaute sie verwirrt an und sah sich im nächsten Augenblick einem lauten Gewirr aus Fragen und Behauptungen gegenüber.

»Ja, Pocken sind hochinfektiös. Das ist keine Grippe. Nein, sie müssen nicht automatisch tödlich sein. Aber die Wahrscheinlichkeit ist groß. Besorgen Sie sich Lebensmittel, dann bleiben Sie zu Hause und warten auf die Impfung. Ja, soweit wir heute wissen, schützt die. Es ist alles nur eine Frage der Zeit. Die Infizierten werden isoliert, und nach einigen Wochen ist der Spuk vorbei. Ja, alle Impfungen sind mit einem Risiko verbunden. Nein, sogar ein Drittel aller Menschen sind vermutlich immun, teils durch Impfung, teils von Geburt an. Nein, wir sind auf so einen Fall gut vorbereitet.«

Nach einer halben Stunde Privataudienz bei Dr. Kistermann hatte Regina die Adresse von Ezechiel (»Der ist irre.« »Ach? Haben wir gar nicht bemerkt.«) und Jan den Status eines Heilers. Sie stiegen in das Auto. Regina hatte noch einen heißen Kaffee aus dem Automaten gekauft.

»Nach diesem Auftritt mache ich hier am See eine Praxis auf und werde steinreich.«

Regina legte den Kopf schief. »Dafür bist du 20 Jahre zu jung. Hier haben doch einige noch den Dreißigjährigen Krieg erlebt.«

»Zumindest den Ersten wie unser Herr Köhn senior. Gab es eigentlich auch einen Köhn junior?«, fragte Jan eine Spur zu energisch.

Sie lächelte. »Ja, sehr gut aussehend, sehr klug und sexuell abartig.«

»Woher weißt du das?«

»Ich durfte zusehen«, lachte sie.

»Echt witzig.« Jan versuchte sich auf die Straße zu konzentrieren.

Regina spürte seinen Ärger und wollte ihn etwas zappeln lassen. »Ich habe ihm beim Sex mit zwei Damen zugesehen.«

»Aha, gehörte das zum Entertainmentprogramm? So eine Art Hüttenzauber für Privatermittler?«

»So in etwa. Wenn deine Frau etwas weniger kunstinteressiert ist, dann können wir ja …«

»Regina, das ist nicht witzig. Was habt ihr da gemacht? Oder soll ich dich nicht mehr ernst nehmen?«

»Oh, der strenge Herr Doktor regt sich ein wenig auf.« Sie sah hinaus auf die angrenzenden Berge, die den See so verdammt kitschig-schön umgaben, hauchte ein wenig die Scheibe an und malte eine Sonne hinein. »Sie waren etwas zu laut. Ich lauschte und habe durch einen Luftabzug kurz in das Nebenzimmer gesehen. Nichts, was du nicht schon auf Pornoseiten gesehen hast. Reiche-Altherren-Phantasie-Nummer. Neuneinhalb Wochen auf Bayerisch. Fehlte nur noch die Musik von Joe Cocker.« Sie mussten beide lachen.

Die Hütte, in der der selbsternannte Prophet hausen sollte, lag auf der anderen Seite des Sees. Sie erreichten Gmund, den Ort, der das Tor zum See und Tal war. Ein Stau hatte sich gebildet. Im Schritttempo fuhren sie an menschenleeren Geschäften vorbei. Blaulicht flackerte. Die Straße, die steil aus dem Ort führte, war mit Feuerwehrwagen versperrt. Ein Polizist diskutierte lautstark mit einem Feuerwehrmann und einem älteren sehr dicken Mann in Zivil. Man war sich über die Sperrung wohl nicht einig. Der Polizist sah sie und winkte sie hektisch an der Sperre vorbei in Richtung Westen. Im Radio lief jetzt alle fünf Minuten eine Warnmeldung. Regina drehte lauter. Der Sprecher verlas eine offizielle Mitteilung der Bayerischen Staatsregierung. Darin bat der Ministerpräsident die Bevölkerung um Ruhe, die Situation sei unter Kontrolle. Impfstellen seien eingerichtet worden, und man würde alle rechtzeitig informieren. Danach folgten Stimmen anderer Mandatsträger zur Lage. Einige Politiker forderten bereits, den Verteidigungsfall auszurufen und das Land zentral von Berlin aus zu steuern. Das wurde besonders in dem selbstbewussten Bayern nicht gerade wohlwollend aufgenommen.

Allein in München waren bis zum späten Vormittag weitere 144 Pockenfälle dazugekommen. Die Krankenhäuser waren schon jetzt, 24 Stunden nach dem Ausbruch, an ihren Kapazitätsgrenzen.

Jan steuerte den Wagen nachdenklich hinter einem zerfallenen Gutshof auf Serpentinen wieder den Berg hinauf. Er war Arzt, und seine Hilfe würde sicher bald gebraucht werden. Er konnte nicht mehr lange bei Regina bleiben. Das spürte er.

»Hat Deutschland genug Impfvorräte?«, fragte Regina unvermittelt.

Jan wiegte den Kopf. »Nach den Anschlägen 2001 hat die Bundesregierung meines Wissens einen ganzen Schwung bei einer Firma aus der Schweiz bestellt. *Lancy-Vaxina* oder so. Aber die Frage ist, ob dieses Virus auch auf dieses Antiserum anspringt. Jedenfalls gehören Pocken zu den Dirty Dozen.«

Regina sah ihn irritiert an. »Den was?«

»Als Dirty Dozen bezeichnet die Forschung die zwölf Erreger, die sich am besten für einen Kampfstoff eignen. Pest, Anthrax, Staphylococcus aureus und so weiter. Das Tempo dieses Ausbruchs lässt mich als Mediziner ziemlich hellhörig werden. Ich habe ein sehr schlechtes Gefühl. Aber ich bin kein Immunologe, sondern nur ein schnöder Notarzt.«

Sie grinste. »Fehlt dir Lob und Anerkennung? Ich finde, du bist der Größte. Zumindest der größte Exfrauen-Versteher.«

Jan bremste kurz und heftig, so dass sich ein Schwall ihres Kaffees über Reginas Beine ergoss.

In einer Mulde, dem See abgewandt, sahen sie einen langgestreckten, für diese wohlhabende Gegend nahezu verrotteten Wirtschaftshof. Hier drang aufgrund der umliegenden Berghänge kaum ein Sonnenstrahl hinein. Feuchter Bodennebel hatte sich festgesetzt, nur mühsam kam Licht durch die Schwaden. Sie parkten und stapften durch den metertiefen Schnee. Seit Tagen schien hier keiner mehr den Schnee geräumt zu haben. An der Dachrinne hingen ein Dutzend tibetische Windspiele. Eine verzogene, mehrfach mit Holzplatten geflickte Bohlentür wies Gäste eher ab, als sie einzuladen. Darüber war, statt der üblichen Wünsche, nur ein lateinischer Satz hineingeschnitzt worden: *Gens absque consilio est et sine prudentia/Utinam saperent et intelligerent ac novissima providerent.*

»Das nenne ich mal eine positive Weltsicht«, meinte Jan, der mit seinen leidlichen Lateinkenntnissen den Satz mühevoll entziffern konnte. »*Denn sie sind ein Volk, dem es an Rat gebricht, und keine Einsicht ist in ihnen. Wären sie weise, so würden sie dies verstehen, würden merken, welches ihr Ende sein wird.* Keine Ahnung, woher das stammt.«

Regina verzog das Gesicht und rief nach Ezechiel. Jan klopfte gegen die Tür. Etwas schabte von innen, und sie hörten es hecheln. Regina schrak zurück. Hunde waren nicht ihr Spezialgebiet. Jan ging in die Knie und flüsterte auf das Tier hinter der Tür ein. Und tatsächlich schien es sich zu beruhigen.

Er drückte die Klinke herunter, und die Tür öffnete sich. Sie mussten sich bücken, um in die Diele zu gelangen. Ein alter, äußerst struppiger Hund mit glasigen Augen lag im Flur. Er wirkte blind und schien auch keine Zähne mehr zu haben. Beißender Gestank kam ihnen entgegen. Sofort mussten beide würgen.

»Kommen Sie herein, ich habe Sie erwartet.«

Über knarzende Holzbohlen gingen sie in gebückter Haltung in einen Wohnraum. Sie trauten ihren Augen kaum. Jeder Zentimeter Wand und Decke war bemalt. Gespenstische Motive waren zu erkennen. In der Ecke an einem Tisch saß Ezechiel und wies stumm auf die Plätze gegenüber. Regina schreckte unwillkürlich zurück. Der Mann schien sehr krank zu sein. Seine Haare hingen in langen fettigen Strähnen vom Kopf bis auf die Schultern herab. Eine große schwarze Hornbrille verbarg nur mühsam die weit hervorstehenden Augäpfel. Das Gesicht war aufgeschwemmt. Er trug eine verfilzte Wolljacke, darunter ein schmutziges weißes Hemd.

»Gefalle ich Ihnen nicht?«, fragte er provozierend und schnitt mit einem großen gezackten Messer kleine Stücke einer Salami ab, die er sich gierig in den Mund schob.

Der Hund drängte sich an Jan und Regina vorbei, kroch unter den Tisch, drehte sich zwei Mal und legte sich dann ächzend auf den Holzboden. Jetzt sahen sie, dass selbst der Boden bemalt war. Unwillkürlich hoben sie ihre Füße, um die Kunstwerke nicht zu beschädigen. Jan erkannte nach genauerem Hinsehen die Herkunft der Malereien. Es waren Kopien aus Werken des mysteriösesten Malers des 16. Jahrhunderts. Es waren die Visionen des Hieronymus Bosch.

In einer bewundernswerten Detailgenauigkeit hatte der Kopist die vom Maler entworfenen kleinen und großen Dämonen, die verzweifelten Seelen der Menschen und die mannigfaltigen Folterformen in diese kleine Hütte oberhalb des Tegernsees übertragen. An einigen Wänden waren die Gestalten nicht nur gemalt, sondern auch in das Holz hineingeschnitzt worden, was ihnen eine neue Tiefe gab. Jan kannte den Maler dank seiner Exfrau, einer Kunsthistorikerin. Sie hatte ihre Doktorarbeit über seine Werke geschrieben. In einer Szene saß ein Paar auf einem großen Heuwagen, eingerahmt von einem Flöte spielenden Teufel und einem betenden Engel. Daneben waren zwei Ohrmuscheln geschnitzt, aus denen ein Messer wuchs. Eine große Harfe hielt einen Gemarterten zwischen ihren Saiten. Obskure Hasen mit Fischschwänzen verschlangen Menschenleiber. Und auch auf dem Boden stiegen oder sanken scheinbar Tote aus Gräbern oder wurden von kleinen Teufeln hinabgezogen. Über allem prangte in der Deckenmitte ein Brunnen, der die Form einer Kugel besaß. Nackte stiegen darauf und tranken das Wasser, das aus großen Öffnungen herausschoss. Es musste Jahre gedauert haben, das ganze Haus zu bemalen und zu bearbeiten.

»Guten Tag, Ezechiel«, begrüßte Regina den Einsiedler freundlich. »Sie baten uns, bei Ihnen vorbeizuschauen, und da wir sowieso gerade in der Nähe waren, dachten wir uns …«

»Sparen Sie sich die Floskeln«, unterbrach er sie brüsk. »Sie sind aus einem anderen Grund hier. Er hat ihnen Geld geboten, viel Geld, nicht wahr? Und dafür sollen Sie für ihn suchen, wie ein Minenhund über die Felder laufen, bis es Klick macht und alles hochgeht. KlickKlickKlick.« Ein Lachen, dunkel und rasselnd, folgte. »Sie schauen so interessiert. Kennen Sie die Hölle?« Ezechiel beugte sich über den Tisch und starrte Jan aus sehr kurzem Abstand erwartungsvoll mit offenem Mund an. Ein Stück Wurst hing in seinem Mundwinkel.

Eher an Regina gerichtet, holte Jan aus: »Ich kenne den Maler, Bosch heißt er. Mitte des 15. Jahrhunderts im heutigen Holland geboren, bekannt für seine endzeitlichen Visionen, die einzigartig waren für die damalige Zeit und noch heute den Experten Rätsel aufgeben. Viele seiner Bilder sind nur auf den ersten Blick christlichen Ursprungs. Es gibt Außenseitermeinungen, die ihn als Mitglied einer spätmittelalterlichen Sekte sehen. Die Motive seien somit verschlüsselte Botschaften und …«

Barsch unterbrach ihn Ezechiel mit dem lauten Hochziehen seiner Nase und einem Hustenanfall, dann wandte er sich Regina zu. »Klug, der Bursche, den Sie da an Ihrer Seite haben. Der will Sie beeindrucken mit seinem halbgaren Wissen. Aber das reicht nicht, mein Junge. Von wegen Außenseiter. Sie glauben, was man Ihnen vorsetzt. Aber lassen wir die Bilder. Das kommt später.«

Er zwängte sich aus der Ecke der Sitzbank und schlurfte zu seinem gusseisernen Herd. Regina fühlte sich an etwas erinnert, aber sie wusste nicht, an was. Ezechiel öffnete die Klappe zur Feuerstelle und nahm aus einem Korb kleine Holzstücke, warf sie gekonnt in das Feuer und setzte einen Topf mit heißem Wasser darauf. In eine Kanne schaufelte er mehrere Löffel Tee. Dann zeigte er mit seinen knochigen Fingern auf eines der kleinen, mit Schneeblumen bedeckten Fenster. Urplötzlich ergoss sich ein wahrer Schwall an giftig vorgebrachten Worten über die beiden. »Da draußen ist die Hölle. *Die Hölle.* Der stinkende Atem der Krankheit zieht über das Land. Und keiner ahnt, welche Macht dahintersteckt. Keiner ahnt es. Sie sollen das Werk finden, aber in Wahrheit hetzt er Sie auf eine viel größere Spur. Viel größer. Sie sollen dem Alten das Wiederkommen ermöglichen und das Licht dabei zerstören.«

Regina war erstaunt, wie viel dieser scheinbare Irre von Köhn, seinem Vater und ihren Plänen wusste. Bestand zwischen den beiden eine Verbindung? Sie nahm die Kanne, goss das mittlerweile heiße Wasser hinein und ließ den Tee ziehen, bevor sie den Wortschwall des Alten stoppte. »Woher kennen Sie die Köhns?«

Ezechiel wiegte den Kopf. Jetzt erst sah Regina, dass er sich ständig an den vernarbten Händen kratzte.

»Köhn war schon immer hier. Mal mit diesem Namen, mal mit einem anderen. Auch mich, ja, auch mich wollte er benutzen, sah in mir mehr als ich.« Er schnappte nach Luft, zwängte sich aber wieder an den Tisch und fuhr fort. »Seine Anerkennung tat mir gut und war doch mein Niedergang. Jeder im Ort kennt ihn, weiß um seinen Einfluss. Seine Macht klettert über die Hänge, kräuselt sich über die Wellen des Sees. Tief unten ist sein Geheimnis, vermuten die einen, die anderen sehen es oben in seiner Burg. Aber sein Sohn ist grausamer. Wenn er will, öffnet er die Pforten des Bösen. So wie jetzt. Doch das Werk stoppt ihn. Es hält ihn auf. Es ist der letzte Damm, der Haken an der Sache.« Ezechiel lachte meckernd wie eine alte Ziege und zog dabei den herauslaufenden Speichel in den Mund, was ein immer wiederkehrendes Zischgeräusch verursachte.

»Sagen Sie, Ezechiel, woher kommen Sie?«, fragte Regina, der Ezechiels Dialekt seltsam erschien.

Er sah sie misstrauisch, aber auch für einen Moment unsicher an. »Von hier, immer schon, bin hier geboren. Unter den Augen des Teufels da oben.« Er spuckte auf den Boden.

Jan ergriff das Wort. »Wollen Sie behaupten, dass er hinter den Anschlägen steckt?«

Ezechiel schüttelte den Kopf, als ihn ein weiterer Hustenanfall befiel. »Ach was, der Alte ist schon fast tot, der Junge ist der Teufel …« Er würgte und spuckte dann ohne jede Regung wieder auf den Boden. Sein Hund, vom Krach aufgeweckt, schlabberte mit einer blassrosa Zunge den Auswurf vom Boden.

Jan goss etwas Tee aus der Kanne in einen Blechbecher und reichte ihn Ezechiel. Gierig trank er und wedelte dabei mit seiner Hand. Regina hatte sich nach unten gebeugt. Sie spürte, dass dieser Mann etwas wusste. Also kramte sie in gebückter Haltung in ihrer Tasche, ihr Smartphone suchend. Sie musste das Gespräch irgendwie aufzeichnen. Zwischen all diesen irren Prophezeiungen und Andeutungen blitzte etwas Bauernschlaues auf. Wenn sie das Smartphone offen auf den Tisch legen würde, da war sie sich sicher, würde Ezechiel verstummen. Während sie hektisch die Aufnahmefunktion suchte, sah sie in die blinden Augen des Hundes, der sich ihr unter dem Tisch knurrend zuwandte.

»... Nein, dafür ist der Junge zu schlau. Er weiß, wen er zu seinen Instrumenten machen kann ... Was machen Sie da? Nehmen Sie die Hände von meinem Hund.« Ezechiel hatte das Knurren des Hundes bemerkt.

Sofort erhob sich Regina und sah Ezechiel unschuldig an. »Ich wollte ihn nur ein wenig streicheln. Vielleicht braucht er etwas Zuneigung?«

Ezechiel sah sie wieder misstrauisch an. »Unsinn.«

Eine unangenehme Stille herrschte plötzlich im Raum. Regina war sich unsicher. Sollte sie den Irren vergessen und sich auf die Suche machen? Die Zeit drängte. Die Epidemie würde sich nach Jans Vorhersagen schnell ausbreiten. Sie würde unter Umständen nicht mehr so leicht nach Österreich kommen. Dort wollte sie mit der Suche nach Almut beginnen. Es war seltsam. Schon wieder verband sich ihr Schicksal mit jenem der Archäologin. Regina glaubte nicht an Bestimmung, aber sie verließ sich auf ihren Instinkt.

»Sagen Sie, Ezechiel«, fragte sie in die Stille hinein, »kennen Sie Almut Moser?«

Für den Bruchteil einer Sekunde sah Ezechiel auf den Boden, wich Reginas Blick aus, ehe er einen Hauch zu beiläufig die Frage verneinte. »Wer soll das sein?«

Regina ließ sich nichts anmerken, auch wenn Jan sie mit einem Stirnrunzeln ansah. »Almut Moser ist eine Archäologin aus Österreich. Ich habe sie in Syrien aus den Fängen eines Wahnsinnigen befreit. Jetzt ist sie wieder verschwunden, anscheinend hochschwanger, und Ihr alter Bekannter da oben«, sie deutete aus dem Fenster Richtung Berge, »sucht sie ebenfalls.«

Wenn Ezechiel etwas von Almut wusste, so konnte er es gut verbergen. »Der Satan dort oben und sein Sohn suchen nie ohne Grund. Sie machen sich einen Spaß daraus, andere in die Finsternis zu schicken. Die Pocken, das ist nur der erste Reiter. Aber bald hört ihr die Hufe des zweiten. Dann nehmt euch in Acht. Das Geheimnis der Dinge kennt nur er. Der erste Reiter ist der Letzte, und der Letzte ist der Erste. Er zieht euch auf einem Wagen aus Heu hinab in die Hölle. Ich zeige euch den Weg zum Stoff der Heilung. Lernt es, prägt es euch ein.« Seine Hände deuteten auf die Wände und Deckenmalereien. Sein Atem ging immer schneller, er atmete stoßweise. Während er versuchte, Luft zu holen, brachen die Worte aus seinem verzerrten Mund. »Sucht den Mann zwischen Sar … und … Donau …« Sein Gesicht lief rot an. »… er lässt euch trinken, er stärkt euch … zeigt euch den Weg zur Erlösung der fünf … Sie ist der Engel im Land der Qualen, der uns führt hinab in das Reich der Erlösung. Ihr ist beigestellt, ohne Wissen, ein Hüter der Rettung. Er ist ein Blinder der Schatzkammer auf dem Wasser. Merkt euch das!« Das laute Atmen wechselte mit einem infernalischen Husten. »Sucht es, und ihr werdet die Kranken heilen und die Gesunden schützen. Denn dort haben sie … Seid gewarnt vor der Spinne. Ihre Beine reichen weit. Sie zeugt Kinder, die hinauskrabbeln in die Welt, und auch die zeugen Kinder des Zorns …«

Sein Kopf zuckte und fiel nach hinten. Rasch zog Jan den Tisch beiseite und wollte sich um den Bewusstlosen kümmern. Dessen Gesichtsfarbe wechselte mittlerweile von Rot zu einem verwaschenen Blau. Jan schlug gegen Ezechiels Knie, und sofort wedelte das Bein wild umher.

»Er hyperventiliert. Schnell, bring mir eine Tüte.«

Regina lief in gebückter Haltung durch die Zimmer. »Verdammt, er hat so was nicht. Nur Bücher und Notizzettel.«

»Regina, dort ist eine Kühltruhe. Mach sie auf. Vielleicht hat er Fleisch in Frischhaltetüten dort drin.«

Sie stürzte auf eine prähistorische, gelb angelaufene Kühltruhe zu, riss den Deckel hoch, und tatsächlich lag Fleisch darin. Es waren Tüten mit gefrorenen Kuhaugen. Regina erschrak, stieß sich den Kopf an dem geöffneten Deckel und fluchte.

»Los, Regina, mach. Ich verliere ihn.«

Sie riss die Kordel ab, schüttete die eisverklumpten Augen auf den Boden und warf die Tüte zu Jan. Der stülpte sie über Ezechiels Kopf und drückte sie unter seinem Hals zusammen. Währenddessen war der Hund erwacht, schien sich aber nicht weiter um das Schicksal seines Herrn zu kümmern und tapste auf die Kuhaugen zu. Er schnappte sich eines und drehte es in seinem Maul herum.

Die Tüte befand sich immer noch über dem Kopf des Mannes, damit der überschüssige Sauerstoff ausgeatmet wurde und mehr Kohlendioxid in seinen Körper gelangen konnte. Für Laien sah das sehr martialisch aus, war aber eine gängige Methode, um Menschen, die hyperventilieren, wieder eine normale Sauerstoffversorgung zu ermöglichen. Nach einer Minute, die Regina wie eine Ewigkeit erschien, löste Jan die Tüte vom Kopf und der Einsiedler war wieder bei Sinnen.

Die verbliebenen Zähne im Mund des Hundes krachten auf das vereiste Auge. Jan öffnete den Janker des Mannes und sein Hemd darunter.

Er fluchte laut. »Verdammt, Regina. Ich hätte es wissen müssen. Raus hier. Er hat die Pocken.«

»Ja, und wir haben unerwarteten Besuch.« Regina deutete auf das kleine Sprossenfenster. Oberhalb des Hanges schritten zwei vermummte Männer geduckt aus dem Wald. Sie stapften auf Schneeschuhen und waren, wie Regina schätzte, knapp 300 Meter entfernt.

»Sie tragen Waffen, und zum Teetrinken werden sie wohl nicht kommen. Wollen die dich abknallen? Wer könnte das sein, Ezechiel?«

Der rang immer noch nach Luft, drehte sich aber jetzt auch zum Fenster. »Es sind die Jünger, sie wollen mich holen. Geht, sucht den einzigen Engel im Land der Qualen.« Sofort begann der ohnehin schon ausgemergelte Körper des Einsiedlers zu zittern.

Jan war unschlüssig. Sie hatten schon lange bei Ezechiel gesessen, eine Ansteckung war ziemlich wahrscheinlich. »Wir müssen die Männer da draußen warnen. Sie dürfen auf keinen Fall hier hereinkommen, sonst stecken sie sich an. Pocken sind hochgradig infektiös.«

Regina rannte zu den rückseitigen Fenstern, die Richtung Tal lagen, und pfiff durch ihre Zähne. »Von unten kommt auch ein Typ hoch, ebenfalls bewaffnet. Sie schwärmen jetzt aus.« Ihr dämmerte es. Kein Polizist würde so vorgehen. »Das sind keine Cops, das sind Soldaten oder Söldner. Sie formieren sich jedenfalls genauso.« Leise sagte sie zu Jan: »Und wir stecken mächtig in der Scheiße.«

Ezechiel flüsterte: »Versteckt euch auf dem Zwischenboden. Sie wollen mich nur holen. Ihr könnt euch nicht anstecken. Ihr tragt das Medaillon, es schützt euch.« Jan sah ihn spöttisch an. »Ihr müsst mir glauben, es hat eine besondere Bewandtnis damit. Ich bin weggelaufen von ihnen, wollte nicht mehr der Prophetin folgen. Ich weiß zu viel. Sie haben das Mittel der Wahl. Sucht das Werk, aber beschützt es vor den Teufeln.«

Systematisch suchte Regina in den Schubladen und Schränken nach einsetzbaren Waffen. Sie fand nur einen rostigen Werkzeugkasten, daneben lagen Angeln und verschiedene Schnüre, die auf Rollen aufgespult waren. Sie griff in den Kasten hinein und stopfte sich einige Schnüre in die Taschen ihrer wattierten Jacke. Dann streckte sie sich an die Decke und öffnete eine Holzluke. Diese war ebenfalls komplett bemalt, und sie hätte die Luke nicht erkannt, wenn Ezechiel nicht darauf gezeigt hätte. Sie zog sich hoch, kroch über den Boden und reichte Jan die Hand, der immer noch unschlüssig vor dem Tisch stand.

»Komm mit da hoch. Das ist unsere einzige Chance, die wollen bestimmt keine Zeugen haben.«

Regina zog Jan zu sich. Der Zwischenboden ließ den beiden kaum genug Platz, um zu knien. Sie lagen auf ihren Bäuchen direkt neben dem Kaminabzug. Zu ihren Füßen befand sich eine Kette, die die Abzugshaube des Ofens darunter regulierte. Sie hielten ihren Atem an, als sie die im Schnee knirschenden Schritte hörten. Jemand entsicherte ein Gewehr. Wispernd wurden Befehle gegeben. Leise schob Regina die Luke wieder in ihre Ausgangsstellung. Sie konnten durch die Ritzen nur eingeschränkt erkennen, was unten geschah. Jemand öffnete die Tür, klopfte seine Schuhe ab und rief nach Ezechiel.

»Bruder, wo steckst du? Wir bringen dir eine Nachricht.«

Die Stimme klang freundlich und hell, gar nicht nach martialischen Kriegern. Quietschend wurde die Tür geöffnet. Regina hielt den Atem an. Das Holz im Ofen knisterte und knackte. Sonst herrschte Stille. Der Eindringling blieb im Raum stehen, zog sich die Sturmhaube vom Kopf, und so konnte Regina zwei Handbreit unter sich seine blonden Haare sehen, die fettig glänzten. Auf seinem Rücken trug er eine Heckler & Koch-Maschinenpistole. Er sah zu Ezechiel, der jetzt hustend hinter dem Tisch in der Ecke des Raumes saß. Seine Augen waren weit aufgerissen. Der Mann wandte sich zu dem Ofen, griff sich die Kanne, roch daran und goss sich etwas Tee in die Tasse.

»Bruder, hast du uns erwartet und Tee gekocht? Draußen warten die anderen. Sie sind ganz neugierig darauf, dich wiederzusehen. Aber ich habe sie um Geduld gebeten. Ich möchte noch ein paar Worte mit dir wechseln, ehe sie dich in ihre Arme schließen können.«

Der Blonde schob sich einen Stuhl zurecht und setzte sich genau dorthin, wo Jan wenige Minuten vorher gesessen hatte. »Guter Tee, sammelst du etwa immer noch die Kräuter hier oben in den Bergen? Ja, du kennst dich damit aus. Du bist ja schließlich in den Bergen aufgewachsen.«

Ezechiel nickte stumm. Der Mann nahm seine MP vom Rücken und lehnte sie neben sich an den Tisch. Seine Kameraden schienen sich vor dem Eingang postiert zu haben. Er drehte den Kopf nach hinten, sah an die Decke und betrachtete mit gönnerhaft geschürzten Lippen die Schnitzereien.

»Sie will, dass du deine Aufgabe erfüllst. Geh mit uns in das Licht, lässt sie ausrichten, und sie will wissen, wo die Engel sind.«

Ezechiel schüttelte den Kopf. »Lukas, du weißt, dass es nicht für uns bestimmt ist. Wir sind nur Hörende, wir werden es nicht lesen können. Sie benutzt uns, wir sind nur ihre Instrumente.«

Der Blonde nickte langsam. Er erhob sich, ging zu einem Plattenspieler, der in einer Ecke stand, und schaute interessiert die Plattensammlung durch. »Da magst du recht haben. Aber ich bin gern ein Instrument in ihren Händen. Sie hat das Licht gesehen. Sie führt uns auf die Stufen. Du weißt, wo das Werk ist.

Also, komm mit uns zurück, geh mit uns auf die Reise, und schenke uns die Engel.«

Er zog eine Vinylscheibe aus ihrer weißvergilbten Hülle, legte sie auf den Teller und drückte auf Start. Der Tonarm erhob sich und setzte die Nadel auf die Scheibe.

»Aber ich habe sie nicht. Das weißt du doch. Wer immer das Werk jetzt hat, es soll ihm Trost spenden. Geh, Lukas, lass mich in Ruhe sterben.« Ezechiels Stimme war kaum zu verstehen.

Es knarzte, und dann erfüllte die göttliche Stimme der Callas den Raum. Es war eine Puccini-Oper.

Der Blonde schloss die Augen. Dann sprang er blitzschnell nach vorn, griff Ezechiels Kopf und schrie in die Arie hinein: »Ich weiß, dass du sie dir auf deinen Kopf hast malen lassen. Also komm, oder ich nehme sie mir.«

»Es ist nur ein Teil. Es wird euch nicht helfen«, flüsterte der Einsiedler.

Die Arie mündete in einer Cabaletta, expressiv und aufwühlend stemmte sich die Stimme der Diva in den engen Raum. Der Blonde drückte seine große Hand um Ezechiels dürren Hals, bis dieser japste und röchelte. Mit der anderen Hand griff der Söldner nach seiner Wade und zog ein langes, mit einer geriffelten Klinge ausgestattetes Messer hervor. Binnen eines Bruchteils einer Sekunde hatte er die Spitze an die Schläfe des Einsiedlers gelegt. Der blieb erstaunlich ruhig. Kein Husten mehr. Stattdessen flüsterte er anscheinend leise Psalmen. Immer höher drehte die Stimme. Dann drückte der Blonde das Messer in Ezechiels Kopfhaut und schnitt einmal um dessen Schädel herum, riss mit schneller Bewegung an den Haaren und hielt im nächsten Moment einen handtellergroßen Teil der Kopfhaut in den Händen.

Regina verfolgte stumm die Szene. Sie hatte währenddessen aus der Angelschnur eine Schlinge geknotet und unauffällig die Schnur an der Kette für den Kaminabzug befestigt. Jan schüttelte den Kopf und wackelte mit dem Finger, um ihr zu verstehen zu geben, dass das nie im Leben funktionieren würde. Sie ließ sich nicht beirren. Es musste alles sehr schnell gehen. Sie drängte Jan etwas zurück. Die Schnur schien stabil genug für ihr Vorhaben zu sein. Sie war, wie auf einem Etikett zu sehen, für große Welse oder Meeresräuber ausgelegt. Vorsichtig ließ sie die Schlinge durch den Schlitz hinab. Der Blonde beugte sich gerade nach vorn, als sie die Schlinge über seinen Kopf fallen ließ, ruckartig nach hinten setzte, die Kette mit aller Gewalt vom Kamin löste und das daran befindliche Gewicht aus einer Luke im Dach nach unten in den Schnee fiel. Der Blonde wurde mit einem Mal wenige Zentimeter nach oben gezogen, aber seine Schuhspitzen berührten noch die Dielenbohlen. Hektisch griff er an seinen Hals, seine Finger versuchten zwischen Hals und Schnur zu gelangen. Die schweren Bergstiefel schabten über den Boden. Regina riss die Holzluke beiseite und wollte sich an dem zappelnden Mann vorbei nach unten winden, aber der reagierte anders als erwartet. Er warf seine Beine nach oben, schlang sie um Reginas Körper und drückte sie zu sich. Ganz nah sah sie das schmerzverzerrte Gesicht und die heraustretenden Adern am Hals des Blonden vor sich. Wie Schraubstöcke umklammerten seine schweren Beine ihren Leib. Seine Hände griffen jetzt nach ihrem Hals, drückten auf ihren Kehlkopf. Sie sah nach oben, wo Jan einen Schraubenzieher in seinen erhobenen Händen hielt. Mit letzter Kraft wand sie sich aus der Umklammerung, stand nun auf dem Boden und drückte auf die Schultern des Mannes. Es knackte. Und der Körper zuckte spastisch, ehe er sich seinem Schicksal ergab. Ein stechender Geruch von Urin und Kot machte sich breit, und eine Lache bildete sich unter den Schuhspitzen des Erhängten.

Regina griff an dem Toten vorbei die Maschinenpistole, als auch schon der erste der beiden Söldner hereinstürmte. Sie gab nur einen kurzen Feuerstoß ab, der aber den engen Raum mit einem kurzen, ohrenbetäubenden Rattern erfüllte. Es stank nach verschossener Munition. Wo war der dritte Mann? Sie drehte sich um und sah im letzten Moment den Mann vor dem Fenster. Er trug schulterlange blonde Haare. Und mit seiner linken Hand zielte er auf sie. Im nächsten Moment schlugen auch schon Kugeln durch das Holz. Sie riss die MP nach oben, feuerte auf gut Glück in das Fenster und – traf. Der Mann fiel von einer Salve getroffen zurück in den Schnee und versank darin. Aber irgendjemand schien noch da zu sein, sagte ihr Instinkt. Sie sah hinüber in den Wald, machte einen Schritt nach vorn und glaubte für einen Moment einen riesigen Vogel gesehen zu haben, der sich über den Wipfeln der schneebedeckten Tannen erhob. Verwirrt senkte sie die MP.

Jan sprang vom Boden nach unten und wandte sich sofort zu Ezechiel, dessen blutüberströmtes Gesicht auf der Tischplatte lag. Zwischen dem Rot des Blutes schimmerte das Weiß der Schädeldecke. Auf dem Tisch lag sein Skalp wie der Leib einer zertretenen Maus. Ezechiel war noch bei Bewusstsein, aber eine Kugel des Soldaten war in seine Seite gedrungen. Jan wusste, dass er es nicht schaffen würde. Blutschaum quoll aus dem Mund des Einsiedlers. In einem letzten Aufbäumen schien er noch etwas sagen zu wollen.

»Sucht sie, aber sucht auch den Weg – zwischen Sar und Donau. Nehmt meine Haut, sie weist euch den Weg. Am Fluss, am Meer und im Bett des Kaisers.« Er stöhnte. Immer mehr Schaum füllte seinen Mund. Hautfetzen hingen von der Stirn in sein Gesicht. »Sucht ihr das Serum, sucht ihr das Werk. Findet es, und ihr findet die Wiedergeburt Deutschlands. Und sein ist das Verderben.«

München, Deutschland, 16. 12., 14.35 Uhr

Sie waren alle weiß. Jeder in dem Raum trug die Schutzkleidung, inklusive des Mundschutzes. Das gab der Sitzung eine skurrile Note in dieser ansonsten eher chaotischen Situation. Keiner wollte das Risiko eingehen, die Viren, die man draußen womöglich aufgeschnappt hatte, die sich in Kleidung und Haaren festgesetzt hatten, an wichtige Entscheider weiterzugeben. Das Krisenzentrum lag im ersten Stock der Feuerwehrzentrale am Altstadtring. Der Oberbürgermeister hatte ohne Absprache mit der Staatsregierung Bayerns um 14 Uhr den Notstand in seiner Stadt ausgerufen. Neben ihm saß der Polizeipräsident, auf der anderen Seite der Leiter des Gesundheitsamtes. Hinzugekommen in den zentralen Krisenstab waren der Geschäftsführer des Öffentlichen Nahverkehrs, der Leiter des Kreisverwaltungsreferates und noch weitere führende Kräfte der städtischen Bürokratie. Sie alle hörten den Ausführungen des Chefarztes der Quarantänestation des Krankenhauses Schwabing zu.

»… ist der Mensch das einzige Reservoir. Wir gehen nicht davon aus, dass Tiere es übertragen können. Das schließt natürlich nicht aus, dass ein Infektiöser seine Viren in das Fell eines Hundes überträgt und der Nächste, der den Hund streichelt, sich ansteckt. Aber das ist unwahrscheinlich. Je trockener die Luft, desto besser. In einem Aerosol, also bei einer Verbreitung auf Sprühnebelbasis, wenn Sie so wollen, beträgt die Überlebenszeit des freien Virus bis zu 24 Stunden. Eigentlich beträgt die Zeit von der Ansteckung bis zum Ausbruch der Krankheit 12 bis 14 Tage, doch bei unserem Freund scheint es deutlich schneller zu gehen. Wir gehen von drei Tagen aus. Wie lange der Patient dann ansteckungsfähig ist, hängt von vielen Dingen ab. Aber in der Regel dauert der Krankheitsverlauf bis zu drei Wochen. Dann ist der Patient geheilt oder – tot. Normalerweise würden wir sogenannte Ringimpfungen durchführen, das heißt, das gesamte Umfeld des Infizierten wird geimpft, damit wir so den Herd eindämmen können. Das ist aber jetzt nicht mehr möglich. Zum Impfstoff: Das Paul-Ehrlich-Institut, als zuständiges Bundesamt für Sera und Impfstoffe, hat immer wieder experimentell geprüft, dass das eingelagerte Serum die Anforderungen erfüllt, die die WHO in den Zeiten der Pockenbekämpfung an die Wirksamkeit gestellt hatte. Allerdings haben wir einen Engpass zu erwarten. Drei Lagerstätten gibt es, eine davon hatte vor zwei Jahren ein Kühlsystemproblem, der Impfstoff ist nicht mehr einsetzbar. Aber für die erste Welle wird es reichen.«

Der Bürgermeister hakte nach. »Das heißt konkret was? Die Pharmafirmen haben zwar von uns Geld für die Herstellung und Lagerung bezogen, aber den Wirkstoff versaut?«

Gemurmel machte sich breit.

»Ja, kurz gesagt ist das so. Aber die Menge, die jetzt eingesetzt wird, reicht für 200 000 Menschen. Mehr können wir in den ersten Tagen auch nicht impfen.«

Einige schüttelten den Kopf, aber die Schutzanzüge ließen sie wie neugierige Insekten aussehen, die ihre Köpfe nach links und rechts drehten.

»Zum Krankheitsverlauf: Nach Fieber und Gliederschmerzen, den ersten Symptomen, bricht die Krankheit auf der Haut des Patienten aus. Die Pusteln verschmelzen miteinander, und die Haut wird von Blut unterspült. Sie wird dunkel und aufgedunsen. Es bilden sich nach und nach Runzeln wie bei einem alten Menschen, nur eben im Stundentakt. Im Weiß der Augen bilden sich rote Flecken, und dickes schwarzes Blut beginnt aus allen Körperöffnungen zu tropfen. Das war der uns bekannte Verlauf der Pocken. Die hier in München nun aufgetretene Form ist schwerwiegender. Wir haben Fotos von Patienten im Klinikum rechts der Isar machen lassen.«

Auf einer großen Leinwand erschien das erste etwas unscharfe Bild. Es zeigte den Oberkörper und das schmerzverzerrte Gesicht eines Mannes mittleren Alters.

Der Arzt fuhr trotz des Raunens fort: »Das ist der schlimmste Verlauf, das sind hämorrhagische Pocken. Die Haut wirft keine Blasen, sie wird schwarz. Sie wirkt wie verkohlt. Bei dieser Form erleidet das Immunsystem einen Schock, bildet keinen Eiter und die Viren befallen alle lebenswichtigen Organe. Wichtig ist, dass die Krankheit zwar entsetzliche Schmerzen hervorruft, jedoch keine Ohnmacht und keinen Dämmerzustand zulässt. Der Patient bleibt hellwach, erlebt das Martyrium bei vollem Bewusstsein. Die Zytokine, die Botenmoleküle, mit deren Hilfe die Zellen des Immunsystems untereinander kommunizieren, geraten durcheinander. Wir nennen es den Zytokinensturm. Zum Schluss fällt der Blutdruck, das Herz rast, und es kommt zum Atemstillstand. Man kann kaum qualvoller sterben.«

Für einige Sekunden war es absolut still im Raum und nur die hektischen Rufe aus den Nebenräumen und das Läuten der

Telefone drangen herein. Der Oberbürgermeister gab das Wort weiter an den Leiter des Katastrophenschutzes, Dr. Kopper. Der erhob sich, steckte einen Speicherstick in den Computer am Kopfende des Tisches und begann seinen Vortrag.

»Pro Stadtteil werden derzeit drei Impfstationen errichtet. Bis 20 Uhr dürfte die erste Station einsatzbereit sein. In 78 Stunden könnten wir 50 Prozent der Stadtteile versorgt haben. Wir rechnen grob mit einem Ansturm von bis zu 10 000 Menschen pro Tag. Die Fernsehsender draußen in Unterföhring und die Radiostation im Stadtgebiet senden noch, aber die ersten Redaktionen berichten schon, dass die Mitarbeiter zu Hause bleiben. Spätestens mit der Ausgangssperre wird sich das Thema freie Presse erledigt haben.« Er lächelte. Wer sich wie Kopper jahrelang bei Großeinsätzen mit halbsmarten Medienvertretern herumschlagen musste, immer auf der Hut, dass ein Skandal erfunden oder aufgedeckt wurde, der freute sich in diesen düsteren Stunden über die Ängstlichkeit der sonst so selbstbewusst daherkommenden Journaille. »Der Andrang an den Stationen wird groß sein. Anfangs wird es mit Chaos und Reibereien einhergehen, aber das bekommen wir in den Griff. Personal wird aus den Krankenhäusern requiriert, ein Einsatzplan zusammengestellt. Bei Bedarf greifen wir auf niedergelassene Ärzte zurück. Das Gesetz gibt uns da viel Handlungsspielraum. Allerdings haben sich bereits einige freiwillig gemeldet. Es gibt jedoch ein Problem. Die Melderegister sind veraltet, sie basieren auf der Volkszählung aus den Achtzigern. Ich bin mir also nicht sicher, ob wir alle Einwohner erreichen. Um das sicherzustellen, habe ich in der letzten Stunde zusammen mit dem Polizeipräsidenten folgende erste Maßnahmenkette erarbeitet. Ich würde sie jetzt mit den Kollegen abgleichen.«

Auf der Leinwand erschien ein Fünfpunkteplan.

»Also erstens: Völliger Stillstand aller Nahverkehrsmittel wie Bus, Bahn und Tram.«

Der zuständige Kollege rief nur ein kurzes »Ist erfolgt!«.

»Sperrung aller Zufahrtswege sowie aller innerstädtischen Straßen für den Individualverkehr.«

»Vor einer Stunde erfolgt.«

»Zwangsräumung und Umbettung der Krankenhäuser für Quarantänestationen.«

»Das läuft noch und gestaltet sich ausgesprochen schwierig. Wir haben etliche Patienten, die dringend operiert oder notversorgt werden müssen. Eine Evakuierung der großen Häuser ist in den nächsten 24 Stunden absolut unrealistisch.«

Der Virologe des Gesundheitsamtes runzelte die Stirn. »Sie kennen die hohe Verbreitungsgefahr dort?«

»Ja, Herr Kollege, aber ich kann einen Infarktpatienten nun einmal nicht vertrösten. Dann würde er sterben.« Die letzten Worte hatte der Mediziner fast geschrien.

Der Oberbürgermeister hob beruhigend die Hände. »Wir wollen besonnen bleiben. Bitte, bleiben Sie ruhig.«

Dr. Kopper fuhr fort. »Bereitstellung aller krematorischen Einrichtungen im Stadtgebiet?«

Der Behördenleiter nickte. »Kapazität für 150 Personen pro Tag. Dann wird's eng. Lagerkapazitäten sind nur in überschaubarem Maße vorhanden. Alternativ kommen geräumte Hallen wie Industriegebäude etc. in Frage, die danach gut dekontaminiert werden können.«

Kopper kam zu seinem letzten Chart. Ein Wort stand in großen Lettern an der Wand. »Ausgangssperre. Wir müssen sie noch heute verhängen. Keiner geht raus, keiner kauft ein, keiner geht zur Schule oder auf den Spielplatz. Niemand joggt, niemand trinkt ein Bier in der Kneipe um die Ecke. Wir haben keine andere Wahl. Lieber schnell, aber dafür nicht allzu lange. So haben wir eine reelle Chance, das Virus einzudämmen.«

Der OB hakte nach. Ihm war nicht wohl bei einer solchen Maßnahme. Abgesehen vom wirtschaftlichen Desaster könnte solch eine Bestimmung schnell außer Kontrolle geraten. Er begann unter seinem Anzug heftig zu schwitzen.

Kopper wollte beschwichtigen. »Aber bestimmt nur für die nächsten drei Tage. Das heißt, wir holen die Menschen an ihrer Wohnung mit Bussen ab, fahren sie zur Impfstation und bringen sie wieder zurück. Aber Sie haben recht, Herr Oberbürgermeister. Das wird ausgesprochen haarig werden. Die Menschen werden kaum mit ihrer Angst zu Hause sitzen wollen. Sie werden es nicht ertragen, wenn sie nicht einkaufen können und stattdessen auf unseren Besuch warten müssen. Wir können aber nicht jeden bewachen. Also werden die, die auf der Straße herumlaufen und sich den Anordnungen widersetzen, kaserniert werden müssen.«

Der oberste Behördenleiter, ein in Ehren ergrauter Liberaler, begann unter seinem Atemschutz zu husten. Fast röchelnd rief er: »Sie wollen Lager errichten?«

Der Katastrophenschützer schüttelte den Kopf. »Nein, nicht wollen. Wir haben bereits Lager.«

Bad Bentheim, Deutschland, 16. 12., 16.04 Uhr

Stefan Krabbe wollte zu seiner Familie. Aber die beiden Polizisten hielten ihn auf.

»Das gesamte Krankenhausareal ist Sperrgebiet. Wenn Sie dort hineingehen, bleiben Sie drin. Das ist eine Anweisung, die wir ohne Wenn und Aber durchsetzen, auch zu Ihrem Schutz. Ihrer Familie geht es gut.«

Krabbe war fassungslos. Als Feuerwehrmann hatte er eben noch bei dem Aufbau der Notunterkünfte mitgearbeitet. Und natürlich war er als stellvertretender Brandmeister gleich geimpft worden. Sie durften ihn nicht aufhalten. Er wollte nicht zulassen, dass seine Frau und seine Mädchen in ein Quarantänelager interniert wurden. Vielleicht hatten sie nur eine Grippe, und in dem provisorischen Lager herrschte jetzt schon Chaos mit all den Infizierten aus dem benachbarten Ruhrgebiet. 300 Personen waren von den Behörden angekündigt worden. Tatsächlich entstiegen den hunderten Bussen, die man requiriert hatte und die die Autobahnen aus dem Süden herauf in das westliche Münsterland fuhren, schon bis zum Abend tausende

Infizierte. Im Lagezentrum Gronau verbreitete sich schnell hinter vorgehaltener Hand das Gerücht vom fehlenden Impfstoff. Nur in Holland seien noch ausreichend Mengen vorhanden. Krabbe hatte bis jetzt organisiert und bis zur Erschöpfung gearbeitet. Aber als er in einer Raucherpause draußen auf dem Parkplatz sah, wie ein Amtsarzt heimlich zu seiner Familie fuhr, um sie über die Grenze zu schaffen, stieg auch er in seinen Kombi.

Tegernsee, Deutschland, 16. 12., 16.34 Uhr

Jan war nackt. Er war aus der Hütte gestürmt und hatte Regina gezwungen, sich sofort auszuziehen. Kaum war sie nackt, lief sie noch einmal durch den knietiefen Schnee in das Haus. Sie durchsuchte die Taschen des Blonden, fand aber nur ein paar Quittungen und in einem Rucksack eine Pistole der Marke Beretta. Frierend rannte sie hinaus, wo Jan sich schon im Schnee wälzte. Beide wuschen sich den Kopf mit eiskaltem Wasser aus einem freigehackten Holztrog.

Sollten sich Viren an ihrem Körper oder an ihrer Kleidung befunden haben, glaubte Jan, sie auf diese Weise loszuwerden. Aus einem Anbau holten sie mehrere Kanister mit Benzin, die Ezechiel wohl für einen danebenstehenden Trecker gedacht hatte, und verteilten es, nackt, wie sie waren, auf dem Anwesen. Zwei Propangasflaschen warfen sie danach zu den Toten im Wohnraum. Es sollte ihnen etwas Zeit verschaffen. So sah es erst einmal nach einem Unfall aus, und die örtliche Feuerwehr schien derzeit auch andere Aufgaben zu haben. Es hatte Jan das Herz gebrochen, aber der Hund wollte partout bei seinem toten Herrchen bleiben. Bibbernd hatte Jan noch eine Flasche mit Spiritus gefunden, den Haarschopf von Ezechiel genommen und hineingedrückt. Regina zog Jan vom Haus weg.

Blaugefroren waren sie zu ihrem Auto gerannt, hatten sich frische Kleider angezogen und die Flasche mit Ezechiels Kopfhaut auf dem Rücksitz deponiert. Danach waren sie noch einmal hinunter in die Mulde gelaufen. Jan warf einen brennenden, mit Benzin getränkten Lappen in die Diele, und Sekunden später brannte das Haus lichterloh. Sie saßen schon in ihrem Auto, als die erste Explosion das Tal erschütterte. Die Feuerwehrwagen, die eben noch die Zufahrt zum Tal versperrt hatten, kamen ihnen auf Höhe des alten Gutes Kaltenbrunn sirenenheulend entgegen.

Die idyllische Landschaft, die da draußen an ihnen vorbeizog, registrierten sie nicht. Sie waren zu verwirrt. Sollten sie sich auch infiziert haben? Wer waren diese Killer?

»Was hast du im Haus noch gefunden?«

Regina kramte die Zettel, die sie bei dem Toten fand, aus ihrer Jackentasche. »Es sind Wirtshausrechnungen. Der Postleitzahl nach zu urteilen, stammen sie alle aus derselben Gegend. Hier sind noch Streifenkarten für die U-Bahn in München und ein Billett für eine Bootsfahrt in Venedig. Und ein Bild mit einer Gruppe. Das war's. Und du?«

Jan zeigte nach hinten. »Ich habe seinen Haarschopf mitgenommen. Wenn er so wichtig ist, kann er uns vielleicht helfen. Aber das ist jetzt wirklich zweitrangig.« Jan wollte so schnell wie möglich geimpft und untersucht werden. Er kannte die Risiken. Nach privaten Ermittlungen war ihm nicht zumute. Danach würde er in seiner Wohnung schnell die nötigsten Dinge zusammenpacken, und dann stand die für Regina schwierigste Hürde an: Jans Exfrau. Er wollte sie noch einmal kontaktieren. Denn sie war ausgewiesene Expertin in allen Fragen zu Hieronymus Bosch.

Wenig später bogen sie auf die Auffahrt nach München. Ihre Seite der Autobahn war völlig frei.

Regina war sich sicher: »Da steckt diese Sekte dahinter, und Ezechiel wusste von all den Ereignissen. Deswegen wollten sie ihn auch zurückhaben. Er war wichtig für sie. Er hat uns etliche entscheidende Hinweise gegeben. Ich weiß nur nicht, welche. Wir müssen die Aufnahmen abhören.«

»Vielleicht ist diese Sekte im Besitz der Pocken?«, warf Jan ein.

Regina war skeptisch, sie fürchtete vor allem etwas anderes. »Wir haben einen Tatort zurückgelassen, der uns als Mörder von vier Männern ausweist. In Gmund haben wir nach Ezechiel gefragt. Unsere Spuren sind trotz des Feuers noch vorhanden. Wenn die Polizei nicht zu sehr mit den Pocken beschäftigt ist, wird sie in kurzer Zeit auf uns kommen …«

Jan hatte sich das so noch nicht ausgemalt. Wieder einmal steckten sie in der Klemme, und das nur, weil Regina diesem Köhn den Auftrag nicht abgeschlagen hatte. Blut stieg in seinen Kopf auf. Eine Reaktion, die immer dann kam, wenn er sich eigentlich fürchterlich aufregen wollte.

»Lass uns die Behörden einschalten«, bat er vorsichtig.

»Zudem haben wir unvorsichtigerweise an der Tankstelle mit unserer Kreditkarte bezahlt. Das alles findet in Wien selbst ein Kripo-Praktikant heraus und somit selbst deutsche Ermittler«, wandte Regina ein.

Jan stöhnte auf. »Es war alles so schön ruhig, und kaum erhältst du einen Auftrag, geraten wir bis über beide Ohren in den Schlamassel. Du ziehst so einen Mist wirklich an.«

Ihre Finger klopften auf ihren Daumen, sie quakte und signalisierte, dass sie seine Einwände als Entengeschnatter empfand.

»Scheiße, Regina. Das ist nicht witzig. Da draußen fegt gerade eine irrsinnige Pockenepidemie durchs Land. Und ausgerechnet du willst die Drahtzieher schnappen. Ganz nebenbei werden wir als dringend tatverdächtig gesucht. Komm mir nicht mit dieser Handbewegung.«

Die Autobahn zwischen München und Salzburg ist zu Ferienzeiten meist ein einziger langer Stau. Längen von bis zu 40 Kilometern sind dann keine Seltenheit, obwohl man über die Jahrzehnte die Strecke in die Alpen auf drei Spuren ausgebaut hatte. Aber jetzt war alles anders. Jetzt zog ein Flüchtlingsstrom gen Süden. Unglaubliche Szenen spielten sich ab. Die Autos standen, darin ängstliche Menschen, zusammengequetscht zwischen schnell zusammengerafften Habseligkeiten. Die Tankstellen waren überfüllt. Menschen kampierten trotz der eisigen Kälte auf den Parkplätzen, schlugen sich um Benzin an den Zapfsäulen, und endlose Fußgängerkarawanen zogen auf dem Standstreifen an den stehenden Autos vorbei. Alle wollten vor dem Tod fliehen. Kein Polizist, keine Ordnungsmacht hielt sie auf.

Jan und Regina erreichten das Autobahnkreuz München-Süd, wo sich die Strecke in die Stadt hineinzieht und die Autobahn östlich wie auch südlich um München herumführt. Hier sahen sie schon von weitem die erste Sperre. Sie bremsten langsam. Der Tag neigte sich dem Ende zu, die Sonne ging, einem großen Feuerball gleich, gerade unter. Zwei Personen in weißen Schutzanzügen und mit Maschinenpistolen winkten sie heran. Sie sahen nach links, auf den schneeverwehten Feldern waren bis zum Horizont Soldaten und Bundeswehrfahrzeuge wie auf einer Perlenschnur aufgereiht. Sie bildeten einen Kordon, um zu Fuß Flüchtende aufzuhalten: Die Stadt München war hermetisch abgeriegelt worden.

»Sie wollen da rein? Keine Chance. Keiner kommt rein, keiner raus.« Der junge Polizist schaute mit erstaunten Augen durch seine Schutzbrille in das Wageninnere. »Bleiben Sie bloß weg«, mahnte er in einem ruhigeren Ton. »Oder sind Sie bereits geimpft? Selbst dann dürfen Sie die Stadt nicht betreten.«

Jan beugte sich an Regina vorbei zur Fahrerseite hinüber. »Ich bin Arzt. Am Klinikum rechts der Isar. Das ist schon okay.«

Der Polizist zuckte mit den Schultern. »Klar, für mich ist das okay. Aber Sie gefährden sich und kommen somit nicht rein. Drehen Sie, und fahren Sie auf die Nordumgehung.«

Schüsse knallten. Unwillkürlich zuckten alle zusammen. Jan sah, wie eine Gruppe von Menschen wenige Meter von ihm entfernt unterhalb der Fahrbahn auf einen Posten zulief, der Warnschüsse abfeuerte. Nach kurzem Innehalten rannten sie weiter. Die nächste Salve traf den Ersten in die Beine, schreiend und die Hände in die Luft werfend, fiel er vornüber in ein Schneefeld. Die anderen drei liefen weiter. Der junge Polizist suchte Schutz hinter Jans Auto, zog seine Waffe und feuerte. Und die Nächsten fielen wenige Sekunden später von Kugeln getroffen zu Boden. Dann zog der Letzte aus der Gruppe eine Waffe aus seinem Rucksack. Der Polizist hechtete nach vorn zur Leitplanke, um näher an das Ziel zu gelangen, als eine Kugel durch seinen Kopf jagte und die Rückseite des eben noch weißen Schutzanzugs rot färbte. Regina trat aufs Gaspedal und fuhr in einem Slalomkurs an den Sperren vorbei in die Stadt. Keiner beachtete sie angesichts des einsetzenden Chaos.

Der Mittlere Ring umfasst die Innenstadt der bayerischen Metropole, mehr als 150 000 Autos zwängen sich normalerweise täglich über die zweispurige Umgehung. Als Regina auf den Innsbrucker Ring einbog, waren sie allein auf der Straße. Die Ampeln blinkten in den dämmrigen Abend hinein durchgehend ein fahles Rot. Aber von Sicherheitskräften war nichts zu sehen. Das Radio meldete, dass die Großstädte Köln, München, Berlin sowie der Großraum Ruhrgebiet zu geschlossenen Zonen erklärt worden waren. Somit waren theoretisch mehr als zehn Millionen Deutsche isoliert. In den Abendstunden hatten sich lange Flüchtlingsströme auf allen großen Straßen gebildet. Die Menschen vertrauten den Behörden nicht. Immer wieder berichteten Menschen im Fernsehen und im Internet von den chaotischen Zuständen in den Krankenhäusern und auf den Impfstationen. Auch das hastige Einrichten von provisorischen Quarantänelagern in Schulen und requirierten Hochhäusern trug eher zur Panikmache als zur Beruhigung bei.

In der Ismaninger Straße sahen sie das erste Mal die Seuchenpatrouillen. Sie hielten in einer Seitenstraße und schalteten das Licht aus. Schneeflocken wirbelten im trüben Licht der Straßenlaterne und bedeckten die Fahrbahn mit ihren Trambahnschienen mit einer weißen Schicht. Kein Mensch lief über die Straße, kein Hupen, keine Sirene drang durch die Nacht. Stille, wie sie sonst nur in den Bergen zu erleben war, hatte sich der Stadt bemächtigt. Dann hörten sie durch den Schnee Fahrzeuggeräusche. Einer Prozession gleich ging eine Gruppe von sieben Personen auf jeder Straßenseite, bewacht wiederum von einer Eskorte aus Bundeswehrsoldaten in Schutzanzügen, von Haus zu Haus, klingelte oder brach die Tür wenn nötig auf, drängte die Bewohner auf die Straße und leitete sie zu den bereitstehenden Bussen.

Noch nie hatte Jan solch ein gespenstisches Szenario in dieser Stadt erlebt. Methodisch, wie Bauern bei der Aussaat, nahmen sich die weißen Männer jedes Haus vor. Ab und an war ein Schreien oder Wimmern der völlig verängstigten Menschen zu hören, die zu den Bussen geführt wurden. Dann das Zischen, wenn die Türen aufschwangen und eine Familie verängstigt hineintrat und sich einen Platz suchte.

Langsam näherte sich die Prozession ihrem Standort. Ein Polizist in einem gelben Anzug und mit einer großen Atemmaske watschelte zu den parkenden Autos und leuchtete hinein. Jan griff nach hinten auf den Rücksitz. Er hatte dort immer eine Decke deponiert, für den Fall, dass er einmal auf der Autobahn ohne Sprit liegen blieb. Sie drehten hektisch die Sitze nach hinten, warfen die Decke über sich und warteten. Würde man sie entdecken, liefen sie Gefahr, kaserniert zu werden. Jans Plan war es, sich bei einem befreundeten Arzt impfen zu lassen, mit seiner Exfrau zu sprechen und dann das Seuchengebiet schnellstmöglich zu verlassen.

Das Licht einer Taschenlampe kreiste in ihrem Wagen. Sie hörten das stoßweise Atmen des Polizisten. Die Decke war wohl noch voller Pollen von einem Frühlingsausflug, denn Regina spürte ein mächtiges Kribbeln, und kaum hatte sich der Polizist dem nächsten Wagen genähert, musste sie niesen.

Eine Minute später standen sie mit den Händen auf dem Wagendach draußen vor ihrem Auto, und der Schnee rieselte auf ihre Anoraks.

»Sie werden jetzt gemäß dem Seuchenschutzgesetz in die nächstgelegene Station gebracht.«

Die Stimme des Polizisten klang blechern und wütend. Dahinter vermutete Jan pure Angst. Handschellen klickten um ihre Gelenke, und sie wurden recht rüde zu einem bereitstehenden Bus gebracht.

»Hallo, Jan, bist du das?« Eine Person in einem Gummianzug ging forschen Schrittes auf den Bus zu. »Ich bin es, Dirk Sandmann.«

Jan erkannte ihn nur an der Stimme. Es war sein Lieblingskollege, an seinem Klinikum, nicht weit von hier. Sandmann arbeitete dort an einem Spezialgebiet der Gynäkologie, der Präimplantationsforschung. Oft hatten sie sich über das Für und Wieder des Eingriffs in die Natur gestritten, waren darüber aber so etwas wie Freunde geworden.

»Hattet ihr Kontakt mit Infizierten? Herr Wachtmeister, bitte, wir brauchen jeden Mediziner.«

Dieser verschränkte die Arme, ehe er erwiderte: »Wir haben unsere Anordnungen.«

Sandmann ließ nicht locker. »Ja, aber ich leite die Entwohnungsaktion hier, also bitte.«

Zweifelnd schaute der Polizist um sich. »Gut, auf Ihre Verantwortung.«

»Kommt mit mir, wir fahren runter zum Klinikum, dann untersuchen wir euch, und du kannst gleich mit dem Dienst beginnen.«

Das Klinikum rechts der Isar war nicht für die Behandlung von Seuchenfällen ausgewählt worden. Die Staatsregierung hatte dafür das Krankenhaus Schwabing vorgesehen. Doch schon am Nachmittag des ersten Ausbruchstages war es hoffnungslos überfüllt. So musste das Uni-Klinikum in Bogenhausen Kapazitäten frei räumen. Jeden Patienten, der nicht wirklich akut behandelt werden musste, schickten die Ärzte nach Hause. Sie mussten nicht lange bitten, die Menschen wollten fort von den Infizierten, in die scheinbare Sicherheit des eigenen Heims. Da wurden Magenschmerzen, Knochenbrüche und andere Akuterkrankungen plötzlich zu harmlosen Wehwehchen erklärt. Doch auch das reichte bald nicht mehr. Lang geplante Operationen wurden auf unbestimmte Zeit verschoben, nur um Bettenkapazitäten zu erhalten. Hektisch richtete der Krisenstab eine mobile Quarantänestation in einem abgesonderten Trakt des Klinikums ein, schon nach zwei Stunden lagen die infizierten Patienten auf den Fluren statt in einem Isolationsbett mit Plastikzelt. Mit provisorischen Schleusen versuchte man, der Situation Herr zu werden und die Kranken von den Gesunden bzw. nicht Infizierten fernzuhalten. Das Pockenvirus hat, das wusste man, eine mörderische Verbreitungsform. Es segelt stundenlang in der Luft, bleibt an Kleidung und Haaren hängen und kann mühelos aus dem ersten Stockwerk in höher gelegene Etagen gelangen, ohne seine tödliche Wirkung zu verlieren. Obwohl man die Klimaanlage sofort abgeschaltet hatte, waren binnen weniger Stunden Patienten auf anderen Stationen von dem Virus befallen worden. Die Belieferung mit dem Impfmittel verzögerte sich. Der gesamte Wiener Platz, der an das Klinikum angrenzte, war vom Technischen Hilfswerk in eine mobile Impfstation verwandelt worden. Zelte waren aufgestellt, Schleusen eingerichtet und Impfkarten erstellt worden.

»Noch läuft alles bemerkenswert ruhig, aber die nächsten Tage werden die Härteprobe sein.« Sandmann hatte sich mit Jan und Regina in sein Dienstzimmer im zweiten Stock des Westflügels mit Kaffee und Zigaretten zurückgezogen und auf die immer größer werdende Zeltstadt hinabgeblickt.

»Die wenigsten Menschen haben zu Hause Nahrung für mehr als zwei, drei Tage. Dann werden sie aus ihren Wohnungen kommen müssen. Bis dahin müssen wir feste Verteilungsstationen errichtet haben. Diese Form der Pocken ist uns völlig fremd.«

Regina rieb sich ihre Armbeuge. Sie hatte wie Jan einen Schnelltest über sich ergehen lassen müssen und war sofort negativ getestet worden. Beide waren bei der großen Impfaktion Ende der 60er Jahre gegen Pocken geimpft worden. Wie viele ihrer Generation trugen sie das charakteristische Pockenmal am Oberarm. Jan vermutete, dass ihr Impfschutz von damals Ezechiels Viren abwehren konnte.

»Was ist denn anders?«, fragte Regina.

Sandmann zog an seiner Zigarette und blies langsam den Rauch aus. Er hatte mit Jan lange in der Notfallmedizin zusammengearbeitet, sich aber auf die Innere Medizin konzentriert. Jan war eher der Typ für schnelle Entscheidungen unter hohem Druck, während Sandmann die ruhige, nachhaltige Diagnose lag. Er war auch an der ethischen Dimension ihrer Arbeit interessiert, wollte ihre Grenzen ausloten. Ein Bereich, dem Jan wenig abgewinnen konnte – bis zum Tod seines eigenen Sohnes. Sie hatten sich immer ergänzt, beide galten lange Zeit als die heimlichen Stars in der ohnehin von selbsternannten und wirklichen Koryphäen wimmelnden Uni-Klinik. Wer hier arbeitete, hatte es als Mediziner in den Olymp geschafft. Der kleine, untersetzte Sandmann wie auch Jan waren damit jedoch nie zufrieden gewesen.

»Also, das Variola-Virus entstammt der Gruppe der Orthopoxviren. Angeblich existiert das Virus nur noch in den USA und in Russland. Ansonsten galt es als ausgestorben. Aber natürlich haben Russen und vermutlich andere Nationen wie Israel und China mit Virenstämmen herumexperimentiert.«

»Natürlich immer nur, um ein Antiserum zu erhalten«, schob Jan sarkastisch ein.

Sandmann fuhr fort: »Das Virus kann in Abhängigkeit von Temperatur und Luftfeuchtigkeit in getrockneten Sekreten von Menschen über Jahre überleben. Die Inkubationszeit, also die Zeit von der Ansteckung bis zum Ausbruch der Krankheit, beträgt unseres bisherigen Wissens nach 12 bis 14 Tage. In dieser Zeit soll eine Impfung erfolgreich sein.«

Regina zuckte mit den Schultern. »Dann ist der Spuk doch bald vorbei. Ihr impft alle durch, und das Virus kippt aus den Latschen, weil es keinen Menschen mehr findet, den es anstecken kann.«

Sandmann lächelte bitter. »Das ist die erste Veränderung. Die Krankheit bricht nach unseren ersten Erkenntnissen innerhalb von 48 Stunden aus.«

Jan pfiff durch die Zähne. »Habt ihr noch andere Veränderungen bemerkt?«

Sandmann nickte. »Es gibt verschiedene Krankheitsformen der Pocken. Wir haben es ausschließlich mit den hämorrhagischen Verläufen zu tun, der schlimmsten Form der Pocken. Erst Fieber, Unwohlsein, Verhärtung der Muskeln, Erbrechen, Kreuzschmerzen und Schüttelfrost, wie bei einer Grippe. Dann aber binnen weniger Stunden Blutungen und innerhalb von 48 Stunden schon Exanthemausbreitung der Pusteln von Gesicht und Armen zentrifugal über Beine zum Rumpf. Es folgen Verwirrtheit, dauerhafter Husten, abdominelle Schmerzen, Furunkel und Abszesse in Rektum und Harnröhre. Am Ende stehen eine Kombination von Pneumonie und letztlich polytraumatisch-letale Erscheinungen, kurz Tod genannt. Seit heute Mittag haben wir hier im Osten der Stadt in zwei Krankenhäusern und einer ›Sammelstelle‹, wie der Krisenstab die Lager für die Infizierten noch nennt, 140 Tote! Sie sterben wie die Fliegen, und wir können nur zusehen. Es werden stündlich mehr. Das Impfmittel wird immer weiter verdünnt, die Wirkung lässt damit natürlich nach. Schon vor dem Ausbruch hat das zuständige Ministerium, um auf die gewünschte Zahl zu kommen, den Impfstoff verdünnen lassen. Man wollte die Bevölkerung beruhigen, ihr das Gefühl geben, es sei genügend Impfstoff vorhanden. Aber gleichzeitig wollte keiner die Kosten für die Herstellung und Lagerung übernehmen. Das rächt sich jetzt.«

Jan wollte wissen, wie sie nun im Klinikum vorgingen.

»Na ja, erst einmal steht eine symptomatische Therapie im Vordergrund. Wir haben keine Ahnung, ob die Virustatika helfen.«

»Wieso?«

»Normalerweise hemmen Virustatika die Vermehrung der Viren, das ist ihre Hauptaufgabe. Aber wie auch bei Herpes oder HIV verstecken sich die Biester, und das Mittel der Wahl kommt an sie nicht heran. Bei Herpes zum Beispiel sitzen sie jahrelang in den Ganglien. Das Robert-Koch-Institut rät zur Verabreichung von Cidofovir, dessen Wirkungsweise kennen wir aber nur aus Tierversuchen. Daneben soll es ein neues, noch nicht vollständig getestetes Supermittel mit dem Namen Atropos geben. Das wurde von einem kleinen Bio-Start-up-Unternehmen in Holland entwickelt.«

Jan konnte sich erinnern, davon in einem Fachblatt gelesen zu haben. »Wie heißt die Firma noch gleich? Auch irgendetwas Griechisches … Ach ja, Atalante, wie die Jägerin aus der griechischen Mythologie. »

Jan strahlte kurz in die Runde. Regina verdrehte die Augen.

Sandmann wirkte für einen Moment verwirrt. »Nun, im Übrigen glauben wir, dass das Virus ›heiß‹ gemacht worden ist. Das jedenfalls hat mir meine Frau, die in der molekularbiologischen Abteilung in Schwabing an der Untersuchung des Virusstammes arbeitet, erzählt.«

Jan sagte nur leise »Scheiße«, noch ehe Regina beide fragend ansah. Jan erklärte es ihr. »Pocken als Kampfstoff einzusetzen, besitzt eine alte Tradition. Das haben die Engländer im 18. Jahrhundert im Kampf gegen die Indianer gemacht. Aber im Kalten Krieg wurden die Viren permanent mit Antibiotika ›bearbeitet‹, um sie so resistent gegen Impfstoffe zu machen. Das geschah Gerüchten zufolge vor allem in russischen Versuchslaboren. Das wäre der absolute Horror. Ein rasend schnell ausbrechendes Virus, das keine Impfschranke kennt.«

Sandmann hob beschwichtigend die Hände. »Die Amis haben ein neues Mittel. Es nennt sich ST-246 und kann oral gegeben werden. Die Nebenwirkungen sind noch nicht bekannt, aber sie wollen noch nichts liefern. Es ist noch zu wenig davon produziert worden, und die US-Regierung fürchtet, dass sie dann nichts für die eigene Bevölkerung hat. Aber wenn alle Stricke reißen, schicken sie uns garantiert etwas. Und dann haben wir eben Atropos aus Holland. Bis dahin sind wir hier nur palliativ orientiert.«

Regina stutzte wieder.

Sandmann erklärte: »Wir lindern nur, heilen können wir derzeit nicht.«

Jan hatte die kurze Information seines Kollegen sichtlich geschockt. Eine Epidemie ist immer ein Lotteriespiel. Nichts geht dann nach Lehrmeinung, aber das alles entwickelte sich zu einem Alptraum.

Sein Kollege schubste ihn sachte und wies auf ein in Plastikfolie eingeschweißtes Paket. »Mach dich nützlich, wir gehen an die Front. Regina, Sie können hierbleiben und auf der Couch ein wenig schlafen, wenn Sie wollen.«

Regina bedankte sich und bat um einen Internetzugang. Sandmann klickte an seinem Computer auf das Icon und wies auf seinen Stuhl.

Jan zog sich währenddessen nackt aus, riss das Paket auf und schlüpfte in den Schutzanzug. Über die Plastikschuhe zog er noch extra Überschuhe. Es folgten der Atemschutzhelm und die Handschuhe. Dann betrat er mit seinem Kollegen die erste Station.

Nachdem sie zwei Schleusentüren, die von Sicherheitspersonal bewacht wurden, passiert hatten, sah Jan das Ausmaß der Krankheit. Auf dem ersten Flur standen hintereinandergereiht mehr als 100 Betten mit Patienten, die wenigsten unter einem durchsichtigen Zelt. Stöhnen, Husten und leises Weinen war zu hören.

»Ich zeige dir jetzt die Fälle nach ihrem Krankheitsverlauf.«

Sie schritten in das erste Zimmer.

»Herr Schwarzer, guten Abend. Wie geht es Ihnen?«

Der Mann, mittleren Alters, lag in seinem Bett, umgeben von vier weiteren Kranken. Er hustete, schien stark zu schwitzen, war aber ansprechbar und ohne Pusteln. Sie unterhielten sich kurz und verabschiedeten sich dann schnell, um im Nebenzimmer die nächste Phase der Krankheit zu sehen.

»Das ist Frau Anne Krüger. Sie arbeitete als Schichtleiterin in einem Fast-Food-Restaurant am ›Stachus‹. Der Ausbruch der Krankheit war schon gestern.«

Das Gesicht der Frau war mit Pusteln übersät, sie wimmerte. Das Weiß in ihren Augen hatte sich bereits in ein dunkles Rot verfärbt. Jan schlug die Decke vorsichtig zurück, und sofort schrie die Frau auf. Sie war nackt. Aber das war nicht der Grund für den Aufschrei.

»Sie sind außergewöhnlich druckempfindlich«, erklärte Sandmann.

Jan nahm einen fürchterlichen Gestank wahr, der selbst durch die Atemmaske in seine Nase drang und Übelkeit erzeugte. Jetzt sah Jan die kreisrunde Ausbreitung der Papeln, wie die Mediziner die Pusteln nannten, vom Bauch aus. Die Brüste waren schon ein einziges Schorf- und Wundfeld. Einige Pusteln nässten bereits. Die Haut zwischen ihren Beinen dellte sich. Das weiße Laken zwischen ihren Oberschenkeln hatte sich milchig gelb mit roten Einsenkungen gefärbt.

»Sie scheinen fast alle nach wenigen Stunden aus Rektum und Vagina zu bluten.«

Auf dem Krankenblatt stand ein großes »P« für »palliativ«. Sie würde in dieser Nacht bei vollem Bewusstsein mit kaum zu betäubenden Schmerzen, aus allen Öffnungen ihres Körpers blutend, qualvoll sterben.

Jan arbeitete bis in die Morgenstunden. Er impfte, versorgte Infizierte und fast »nebenbei« half er in der Notfallabteilung aus. Denn trotz Ausgangssperre und Epidemie kamen auch »normale« Fälle auf die Station. Ab Mitternacht war er mit einem Arzt im Praktikum und zwei Schwestern allein. Anders als sonst musste er jetzt improvisieren, zusätzliches Personal war kaum noch einsetzbar. So diagnostizierte, röntgte und operierte er bald selbst. Einen entzündeten Blinddarm behandelte er mit einer Schwesternschülerin, die beim ersten Schnitt prompt zu Boden sank.

Er kam gerade aus der Dusche, als Sandmann vor ihm stand. »Unten beim Chefarzt steht die Polizei. Ihr werdet wegen Mordes gesucht. Sie haben am Tegernsee vier Tote in einem heruntergebrannten Haus gefunden. Ist da was dran? Und erzähl mir keinen Scheiß, bitte.«

Jan schüttelte seinen nassen Kopf. »Nein, wir waren zwar da, aber eine Söldnertruppe hat einen Zeugen, den wir besucht hatten, töten wollen. Seltsame Story, aber wir sind sauber, glaub es mir.« Er nahm ein Handtuch aus einer Folie und rubbelte sich damit ab.

Sein Kollege sah ihn eindringlich an und seufzte. »Du hängst wieder mal in der Scheiße, oder?«

Jan nickte. »Kannst du uns helfen?«

Sandmann presste die Lippen zusammen. »Ich verliere also gerade einen Kollegen, den ich dringend benötige, und soll ihm auch noch zur Flucht verhelfen. Na, toll. Also gut, schwingt euch in die Schutzanzüge, auch deine Freundin. Euren Wagen haben sie bestimmt zur Fahndung ausgegeben. Holt schnell eure Sachen aus dem Wagen, und seht zu, dass ihr aus der Stadt verschwindet. Möglichst in Richtung Norden. Die Wege in die Nachbarländer werden schneller geschlossen sein als die zu den sauberen Bundesländern. Hier ist der Schlüssel zu meinem Schrank. Da ist der Autoschlüssel drin. Es ist ein Porsche. Sei also bitte vorsichtig. Ich habe bereits gehört, wie du mit dem Eigentum deiner Kollegen umgehst.«

Er spielte auf die dumme Sache in Berlin im letzten Sommer an. Ein Kollege hatte Jan und Regina, die auf der Flucht waren, Unterschlupf gewährt, und ihre Verfolger hatten die Wohnung verwüstet. Jan hatte alles bezahlt. Der Kollege redete dennoch kein Wort mehr mit ihm.

»Ich passe auf.«

»Ihr müsst hier raus. Das ist meine Impfkarte, und das ist ein Passierschein. Den haben sie mir vor wenigen Minuten ausgehändigt. Und jetzt fahr los.«

Dirk Sandmann sah dem rennenden Jan hinterher, dann drehte er sich um, nahm sein Handy und wählte eine Nummer.

»Sie sind unterwegs. Nein, sie haben nichts bemerkt.«

Berlin, Deutschland, Krisenstab, 17. 12., 00.45 Uhr

Die Kanzlerin sah aus ihrem Büro hinaus zum Reichstag und knabberte dabei an ihren bereits weit heruntergebissenen Fingernägeln. Sie waren entzündet. Es war eine Macke, der sie nie in Gegenwart von TV-Kameras nachgab. Aber jetzt war sie nur mit ihrem Innenminister und ihrer Büroleiterin zusammen. Bald würde sie all das hier verlassen. Sie hatte ihre Zeit gehabt, dachte sie. Gern wäre sie auf andere Art und Weise von der politischen Bühne abgetreten. Nun musste sie sich dem Willen des Parlamentes und der Gegner in der eigenen Partei unterwerfen. Sie hatte nach den Unruhen im Sommer lange gekämpft. Jetzt war sie einfach nur am Ende ihrer Kräfte.

Die gläserne Kuppel des Reichstages war hell erleuchtet.

Große Schneeblöcke hatten sich auf einzelne ihrer monumentalen Fensterbögen gelegt. Das extreme Wetter schien nicht aufhören zu wollen, als ob es sich mit der Epidemie verbündet hätte. Sie war, auch wenn sie es öffentlich beteuerte, niemals gläubig gewesen. Als Physikerin konnte sie der Theologie nichts abgewinnen. Aber diese Seuche in diesem außergewöhnlich harten Winter schien wie eine biblische Strafe. Und natürlich hatten sich schon die ersten Endzeitsekten wie diese Birghidianer zu Wort gemeldet. Wie schnell die Menschen doch offen für das Übersinnliche waren, wenn sie Angst und Verzweiflung spürten.

Eine gewaltige Windböe fegte große Schneemengen vom Vorplatz zum Treppenaufgang des Kanzleramts, zog über die Straße, vorbei an dichtgedrängten Polizeiwagen, setzte sich über die weite Fläche des Reichstages fort und wirbelte dort die Front hinauf. Dort würde in den nächsten Wochen keine Sitzung des Bundestages stattfinden. Zu viele Mitglieder waren erkrankt, in Quarantäne oder versteckten sich schlicht aus Angst vor einer Ansteckung.

Für solche Fälle hatten die Verfasser des Grundgesetzes vorgesorgt: Ein sogenannter Gemeinsamer Ausschuss würde von morgen an als ein Notparlament Bundestag und Bundesrat vertreten. Die Sitzungen sollten außerhalb Berlins stattfinden. So würde das ehrwürdige Denkmal deutscher Demokratie verwaist bleiben. Der Brand dieses Gebäudes im Jahr 1933 war der Startschuss für eine widerliche Diktatur. Die braune Katastrophe nahm danach ihren entsetzlichen Lauf. Würde jetzt eine Krankheit das Land in eine solche Krise stürzen? Ein Terroranschlag radikaler Juden? Das klang völlig absurd. Araber, Kommunisten oder Irre würden vielleicht so etwas tun. Aber mehr als siebzig Jahre nach der Shoa sollte eine Urenkelgeneration der Opfer aus Israel sich gegen die Urenkel der Täter aus Deutschland stellen?

Ihr Innenminister saß vor ihr und referierte. Zwei Stunden hatten beide mit ihren engsten Beratern über notwendige Schritte diskutiert. Sie hatten den Vorsitzenden des Bundesverfassungsgerichts zugeschaltet. Nach einer kurzen Pause, in der sie leise mit ihrem Mann telefoniert hatte, wurden die kritischen Punkte fixiert. Sie würde das Kabinett in der nächsten Sitzung darüber informieren. Aber jetzt wollte sie noch etwas über die Täter wissen.

»Mit dem Wort NAKAM, das am Ende des Bekennerbriefs steht, nimmt die Gruppe Bezug auf eine jüdische Untergrundgruppe, die nach 1945 das Ziel hatte, Rache für den Holocaust zu üben. Ihr Chef war ein gewisser Abba Kovner. In Israel ist er sehr berühmt. Die Gruppe, meist Überlebende des Holocausts, plante damals, das Trinkwasser der deutschen Bevölkerung zu vergiften. Es gelang ihnen nicht. Aber sie konnten Arsen in Brote für ein Lager bei Nürnberg schmuggeln. Dort waren Mitglieder der SS interniert. Es gab keine Todesfälle, wohl aber eine hohe Zahl an Vergifteten. Kovner wurde später bei seiner Rückkehr in Israel von der britischen Mandatsregierung verhaftet, und wir haben ...«

Die Kanzlerin hob den Kopf und unterbrach ihren Minister. »Aber das ist doch Jahrzehnte her und geschah unter dem unmittelbaren Eindruck der massenhaften Tötung des jüdischen Volkes. Ich habe eben mit dem israelischen Premier darüber gesprochen. Dem Mossad ist keine solche Gruppierung bekannt. Und deren Dienst wüsste das.« Es war eine kleine Spitze gegen ihren Minister, dessen eigener Geheimdienst nicht die geringsten Hinweise über die möglichen Täter vorzuweisen hatte. BKA wie auch Verfassungsschutz waren völlig überrascht worden. Und das badete ihr Chef jetzt gerade aus.

»Das mag sein, Frau Kanzlerin.« Er machte eine Pause, um der servilen Anrede mehr Raum und Bedeutung zu geben. »Aber dem Forschungslabor der Bundeswehr ist es gelungen, einen Stamm der Viren zu isolieren, und sie können schon jetzt sagen, dass das Virus mit israelischem Antibiotikum behandelt wurde, mit Mitteln, die nicht frei erhältlich sind. Die Spur führt zumindest in Richtung Israel.«

Er atmete tief durch. Schließlich wusste er, wie viel der Kanzlerin an der Unschuld des kleinen Staates lag. Schon immer hegte sie eine sentimentale Sympathie für die Israelis. Und gleichermaßen fürchtete sie unter ihrer Kanzlerschaft Ausschreitungen gegen Juden in Deutschland. Zu der Sorge um die Epidemie gesellte sich schon jetzt die Angst vor der unkontrollierbaren Wut der Bevölkerung und der Reaktion des Auslands darauf.

»Das mag sein, aber Israel hat uns jegliche geheimdienstliche und logistische Hilfe zugesagt. Sie schicken uns mehrere Teams. Ein deutschlanderfahrener Experte wird sie leiten. Er soll schon hier sein. Nehmen Sie bitte Kontakt mit ihm auf.«

Der Minister verstand. Sie wollte die Spur des BKA nicht weiter verfolgen. Sie glaubte fest daran, dass es sich um eine andere Gruppierung handelte. Schon kurz nach der Veröffentlichung des Bekennerbriefs hatte sie andere Theorien bevorzugt. Vielleicht Araber, die Pogrome in Deutschland provozieren wollten? Er hatte müde abgewinkt. Es waren mehr Hinweise auf eine israelische Spur als auf irgendwelche islamistischen Hintergründe eingegangen. Sie erhob sich und ging mit energischen kleinen Schritten hinauf in den sechsten Stock. Dort gab es einen abhörsicheren Raum mit Standleitungen zu den Krisenstäben draußen im Land.

»Wir haben die Epidemie noch nicht unter Kontrolle. Das ist die bittere Wahrheit.« Professor Vogel sah in die müden Augen der wenigen Anwesenden. »Bislang liegen uns bundesweit 811 Todesfälle vor. Tendenz: stark zunehmend.«

Das Kabinett war in den letzten Stunden immer weiter geschrumpft. Von 16 Mitgliedern lagen bereits neun auf einer gesonderten, schwer gesicherten Quarantänestation in der Berliner Charité. Drei von ihnen waren bereits im Delirium, ihr Tod nur noch eine Frage von Stunden. Nach den ersten Erkrankungen im Kabinett ließen sich die restlichen, bislang impffeindlichen Mitglieder sofort mit dem neuen amerikanischen Impfstoff behandeln. Der amerikanische Botschafter hatte diese Ration unter strengster Geheimhaltung in das Kanzleramt bringen lassen.

Die Kanzlerin erfreute sich bester Gesundheit. Die war auch dringend notwendig angesichts der apokalyptischen Meldungen, die minütlich auf ihrem Tisch landeten. Sie hörte den Ausführungen des Gesundheitsministers ruhig und konzentriert zu. Er gab einen Lagebericht zur aktuellen Situation.

»Die Krankheit breitet sich rasend schnell aus. Es ist uns nicht gelungen, sie auf die Städte Köln, Berlin und München einzugrenzen. Der erste Todesfall ist nun mehr als fünf Tage her. Uns läuft die Zeit davon. Wir müssen zu radikalen Mitteln greifen. Das Ruhrgebiet ist einfach nicht ohne massive militärische Unterstützung abzuriegeln. Immer wieder gelingt es einigen Infizierten, die Barrieren zu überwinden. So kommt es auch außerhalb der ›heißen‹ Zonen zu Ansteckungen.«

»Wie ist die Stimmung in der Bevölkerung?«, wollte sie wissen.

Der Innenminister drehte nur unmerklich den Kopf. Er musste sich sehr konzentrieren, ein Mitarbeiter hatte ihm auf dem Weg in den Konferenzraum noch eine kleine Nachricht zugesteckt.

»Nun ja, noch sind die größten Bevölkerungsteile ruhig und ohne Panik. Aber die neuesten Meldungen verstören die Menschen. Die Ersten reden schon von Deutschland als einem riesigen Gefängnis. Unsere Nachbarländer haben die Grenzübergänge heute Nacht, ohne große Rücksprache mit uns, auf unbestimmte Zeit gesperrt. Der Flugverkehr auf allen deutschen Airports ist vorerst eingestellt, da auch kein Land mehr deutsche Fluggäste aufnimmt. Dennoch melden mehr als 25 Staaten Pockenfälle durch Reisende aus Deutschland. Fast alle Staaten weltweit haben oder werden in den nächsten Stunden Einreiseverbote für alle Bürger aus Deutschland verhängen. Illegale Einreisende sollen interniert und, wenn möglich, wieder zu uns zurückgeschickt werden. Einige Länder wie die USA, China, Russland und die EU-Nachbarstaaten fordern alle Deutschen in ihren Ländern auf, sich bei den Behörden zu melden und sich untersuchen zu lassen.«

Die Angst der anderen Staaten war berechtigt. In einer Telefonkonferenz mit ihren Kollegen aus den G10-Staaten vor drei Stunden hatte die Kanzlerin schonungslos und offen die rasante

Verbreitung der Pocken geschildert. Ihr blieb nichts anderes übrig, wenn sie nicht wollte, dass von deutschem Boden eine weltweite Pockenpandemie ausging.

Der Innenminister fuhr fort.

»Die Polizeikräfte wurden in den betroffenen Ländern weitestgehend durchgeimpft. Auch hier gab es vereinzelt Widerstand, aber das Beamtengesetz lässt dem Einzelnen keinen Spielraum. Das gilt für das medizinische Personal wie auch für Feuerwehr und Rettungskräfte. Hier die Probleme der nächsten 24 Stunden: Wir geben keine Garantie für die Grundversorgung der Bevölkerung. Es fehlen schlicht Menschen, die unsere für einen Katastrophenfall bereitstehende Nahrung und Trinkwasser an vorbereiteten Stellen verteilen. Mit zunehmenden Erkrankungen und Todeszahlen, die ja der Herr Professor gleich noch näher erläutern wird, ist mit Panik zu rechnen. Auch darum ist der Einsatz aller verfügbaren Bundeswehrkräfte nicht nur opportun, sondern zwingend. Wir haben sonst eine Katastrophe vor der Tür.«

Die Kanzlerin bedankte sich.

»Stand der Epidemie, Herr Professor, bitte.«

Vogel rutschte mit seinem Stuhl nach hinten und erhob sich räuspernd. Mit einem Laserpointer leuchtete er auf eine Landkarte.

» NRW, einschließlich Köln: 8436 bislang registrierte Fälle, stündliche Aufnahmefrequenz derzeit größer als 50. München: 2100 Fälle, Aufnahmefrequenz größer als 50 …«

Die sichtlich angespannte Familienministerin fragte mit hoher Stimme dazwischen: »Was genau heißt Aufnahmefrequenz?«

Vogel reagierte unwirsch. »Das ist nicht schwer zu verstehen, oder? Wir haben in allen Quarantänekrankenhäusern pro Stunde mehr als 50 neue Fälle registriert, das macht allein in NRW eine Quote von 500 Patienten – stündlich. Bundesweit sind das derzeit mehr als zweitausend Fälle. Schon jetzt ist die Bettenkapazität längst überschritten. Schulen, Pflegeheime, Hotels und Sanatorien werden geräumt und mit Infizierten belegt. Die Zahl sinkt hoffentlich in den nächsten Tagen durch die hohe Impfquote, aber wenn wir das hochrechnen, sind wir bis zum Wochenende bei mehr als 200 000 Erkrankten. Die gute Nachricht ist, dass die Infrastruktur um die ›heißen Zonen‹ herum, in Frankfurt, Ost- und Norddeutschland, weiterläuft. Die Menschen gehen, soweit es möglich ist, ihrem normalen Alltagsleben nach. Aber es ist nur eine Frage der Zeit, bis auch dort vereinzelte Herde ausbrechen.«

Der Vertreter des Außenministers meldete sich zu Wort. Sein Parteikollege lag vor Schmerzen schreiend 1000 Meter entfernt unter einem mit Unterdruck versorgten Zelt. Damit besaß er in seinen letzten Stunden auf dieser Welt einen Luxus, den Tausende Bürger des Landes derzeit nicht hatten. Sie verreckten im wahrsten Sinne des Wortes auf Fluren, in schäbigen Pensionen oder in kahlen Klassenräumen. Aber seine Angst vor dem nahenden Tod war dieselbe, ganz gleich, welche Leistung er vollbracht hatte oder welche Position er innehatte.

»Wir haben mehrere Angebote aus den EU-Staaten, die uns mit geschultem Personal und mobilen Einheiten unterstützen wollen. Die sollten wir schnell annehmen. Nur beim Impfstoff sind alle sehr zurückhaltend. Es kursiert das Gerücht hier in Berlin, dass der Impfstoff zu sehr verdünnt worden ist und seine Wirkung verloren hat. Ist da was dran?«

Jetzt setzten auch die anderen Teilnehmer mit Fragen ein. Die Kanzlerin hob die Hand. Vogel verachtete nichts mehr, als selbstbewusste Menschen mit profundem Viertelwissen. Wenn sie ihm ruhig zugehört hätten, dann wären ihre Fragen schon längst beantwortet.

Laut rief er dazwischen: »Ja, wir sind dank der Koordination der WHO schon mit den ausländischen Instituten und Ministerien in Kontakt. Aber auch dort befürchtet man, durch grenzüberschreitende Infektion, ähnliche Ausmaße. Am Ende sind wir auf uns selbst gestellt. Der Impfstoff wurde sicher verdünnt, auch weil diese Regierung und ihre Vorgänger keine finanziellen Mittel für eine Auffrischung bereitgestellt haben.«

Jeder im Raum verstand die Kritik. Jeder wusste aber auch, wie schwer der Bevölkerung ein dreistelliger Millionenbetrag zu vermitteln war, für einen Impfstoff gegen eine Krankheit, die als ausgerottet galt. Schon beim Ausbruch der Schweinegrippe, Jahre zuvor, waren Experten der Panikmache bezichtigt worden.

Der Gesundheitsminister warf sich fast theatralisch nach vorn. »Ich werde heute mit einem Vertreter der Firma Atalante sprechen, die scheinen einen neuen Wirkstoff zu haben. Sie wären ebenfalls bereit, ihn zu testen.«

Vogel verzog das Gesicht. Bis ein solches Impfmittel gegen eine derart lebensbedrohliche Krankheit als einsatzfähig bezeichnet werden konnte, vergingen Jahre. Die großen Pharmakonzerne hatten schon lange kein Interesse mehr an der Forschung an diesem Serum. Man hatte zu viel Aufwand und damit verbundene Kosten für eine fast ausgerottete Erkrankung. Mehr Geld ließ sich mit der sogenannten Weiterentwicklung bestehender Medikamente machen, die gegen die üblichen Zivilisationserkrankungen wie Bluthochdruck, Krebs und Herzinfarkt eingesetzt wurden. Wurde im vergangenen Jahrhundert der überwiegende Teil der Investitionen im Pharmabereich in Forschung und Entwicklung völlig neuer Wirkstoffe gesteckt, nutzte man die Gewinne jetzt lieber für die scheinbare Verbesserung der Präparate, deren Vermarktung und die Auszahlung der Dividenden. Bei Antiseren wie Mitteln gegen die Pocken hielten viele Konzerne die Entwicklung im »kalten« Bereich. Klinische Tests waren vielleicht schon durchgeführt worden, aber Langzeittests auf Nebenwirkungen noch nicht abgeschlossen. Kritiker wie Vogel wussten, dass die Konzerne sich im Falle eines Ausbruchs unschuldig gaben, die nicht genehmigten Produkte anboten und den Schwarzen Peter so der Politik zuschoben.

»Vogel, friss oder stirb«, dachte der Professor bitter, fuhr aber sachlich fort: »Bei einer exponentiellen Ausbreitung dürfte es eng werden, aber zum jetzigen Zeitpunkt ist eher die Logistik als die Quantität das Problem. Wir bekommen die Seren nicht zu den Stationen. Witterung, fehlendes Personal und unnötige Schwierigkeiten an den Kontrollpunkten. Noch sind die Krankenhäuser und Quarantänestationen überfüllt, und alle leiden unter dem Chaos. Ich bin aber sicher, dass das Technische Hilfswerk und die Bundeswehr diese Situation sukzessive in den Griff bekommen werden ...«

Der Innenminister nickte zustimmend. Die Kanzlerin aber atmete schwer. Selten hatte sie sich in ihrem Leben so beherrschen, so stark sein müssen. Jeder Fehler, jede Schwäche, würde fatale Konsequenzen für die Existenz von Millionen ihrer Landsleute haben. Ihr Kopf dröhnte, für einen kleinen Augenblick ließ sie das Gefühl der Panik zu. Dann riss sie sich wieder zusammen.

»... wichtig sind in den nächsten Stunden primär zwei Punkte: die Maßnahmen und ihre Kommunikation.«

Vogel sah die Kanzlerin eindringlich an. Die hatte wie hypnotisiert auf die Landkarte gestarrt. Es war ihre schwerste Stunde. Nie zuvor lag eine solche Verantwortung auf ihren zumeist hochgezogenen Schultern. Sie schloss kurz die Augen und atmete tief durch, ehe sie ihre Position darlegte.

»Von dieser kleinen Gruppe hier heute Nacht hängt in den nächsten Stunden und Tagen, lassen Sie mich das so pathetisch sagen, das Wohl unseres Landes ab. Die Bevölkerung braucht eine klare Führung, die beruhigend, aber auch hart schwere Entscheidungen erklärt und durchsetzt. Wenn ich Sie richtig verstanden habe, Professor Vogel, sind die nächsten 30 Tage entscheidend. So lange wird es dauern, bis wir die Ausmaße erkannt, die Gegenmaßnahmen eingesetzt haben und die Wirkung spüren werden.« Sie holte noch einmal Luft. »Bis dahin werden tausende von deutschen Mitbürgern elend sterben, Verzweifelte flüchten wollen und andere in Panik verfallen. Wir müssen das verhindern. Aber das geht nur mit einer massiven Einschränkung der meisten Bürgerrechte. Die Demokratie, das muss uns allen hier klar sein, wird, um unseres Überlebens willen, die Luft anhalten müssen.«

Schweigen breitete sich in dem kleinen Kabinettsaal in der sechsten Etage des Kanzleramtes aus. Eine Stunde später trat die Kanzlerin vor die hauseigenen Kameras, die ihre Rede in das kranke Land da draußen übertrugen. Sie rief für das Land, das über 60 Jahre keinen Krieg auf eigenem Boden kannte, den Verteidigungsfall aus. Sie war die Oberbefehlshaberin aller militärischen Truppen in Deutschland, und Deutschland befand sich seit 01.30 Uhr im Notstand.

Tel Aviv, Israel, 17. 12., 07.30 Uhr

Elijah sah hinüber zum militärischen Teil des Flughafens Ben Gurion. Wahre Wassermassen fielen vom Himmel, die Betonflächen der Start- und Landebahnen glichen zeitweise einer Seenplatte. Ganz am Ende parkte der Airbus der Lufthansa. In der Nacht war er aus München gekommen, und noch in der Luft wurde der Pilot über die besonderen Maßnahmen am Boden informiert. Die Maschine durfte landen, aber die Passagiere konnten nicht eher aussteigen, bis die israelische Armee in einem Hangar eine mobile Quarantänestation aufgebaut hatte und alle Insassen des Fluges isoliert waren.

Elijah hatte nach den Ereignissen im Sommer für zwei Monate die offizielle Funktion des Leiters der Terrorabwehr des Innengeheimdienstes Shin Bet übernommen. Nur drei Monate nach der Gründung der Arabischen Union war diese schon wieder Geschichte. Zu groß waren die Unterschiede zwischen den Ländern. Aus dem Traum war ein Alptraum geworden. Syrien befand sich in einem Bürgerkrieg, der längst auf den Libanon übergeschwappt war. In Jordanien hatten die Unruhen und der massive Einsatz des Militärs zu einem blutigen Putsch gegen den König geführt. In letzter Minute waren er und seine Familie ausgeflogen worden. Niemand hatte interveniert. Nur Ägypten blieb unter Führung des gemäßigten Präsidenten halbwegs stabil.

Elijahs Mann auf der anderen Seite war in den ersten, noch friedlichen Wochen der Arabischen Union der ehemalige Distriktchef des syrischen Geheimdienstes und Berater des kommissarischen Führers der Union gewesen, Faruk Al-Ali. Doch jetzt lebte der einst mächtige Mann aus Syrien in einem Ferienort an der Küste des Roten Meers. Sein Land versank im Chaos. Al-Ali hatte sein Refugium am Meer dem neuen ägyptischen Machthaber zu verdanken. Der hatte ihn als Berater berufen. Er sollte die verkrusteten Geheimdienststrukturen des Lands am Nil analysieren und reformieren. Ein schwieriger und undankbarer Job. Und so war er gern der Aufforderung Elijahs gefolgt, nach Tel Aviv zu kommen. Ägypten versuchte trotz aller Vorbehalte der sehr starken Opposition, den Kontakt zu dem kleinen widerspenstigen Staat Israel aufrechtzuerhalten. Al-Ali hatte das direkte und geheime Go des ägyptischen Präsidenten, mit den Israelis zusammenzuarbeiten – und eben auch mit Elijah, mit dem ihn eine Hassliebe verband. Denn Faruk war nicht nur dank seines vornehmen Äußeren anders als der grobschlächtige Israeli. Seine Denkweise und seine Arbeit waren von Stille, Präzision und Akribie geprägt. Der hagere Mann mit der Falkennase hasste nichts mehr als Hauruckaktionen ohne Rückversicherung. Gleichzeitig wusste er um die Stärken Elijahs, schätzte sein schnelles Denken und seine profunde Kenntnis des arabischen Raums, die nicht wie bei so vielen seiner israelischen Landsleute von Vorurteilen geprägt war.

Und so standen an diesem frühen Morgen ein Araber und ein Jude einträchtig am Eingang des Hangars B vor dem deutschen Pockenflugzeug.

Elijah zündete sich zum Missfallen Faruks eine Zigarette an. Er war einfach noch nicht wach. Und Kaffee schien es hier nicht zu geben.

»Das ist ein Flugplatz. Die Luft ist von Kerosinschwaden durchzogen, und du rauchst.«

Elijah grinste. »Du möchtest nur nicht mit einem Juden vor Allah treten müssen. Stimmt's?«

Faruk schloss die Augen und erwiderte müde: »Du vergisst das Adjektiv ›blöd‹, wie ›blöder Jude‹.«

»Faruk, dir fehlt die Liebe. Du musst eine Frau finden, die dich der Sünde wieder zuführt. Du bist so, wie soll ich sagen, trocken wie Pessachbrot.«

Al-Ali hatte viel Geduld mit seinem israelischen Kollegen,

aber Frotzeleien dieser Art konnte der distinguierte Araber am frühen Morgen kaum ertragen.

»Deine Allegorien waren auch schon mal besser. Deinen Sinn für Sprache scheint der Alkohol weggeschwemmt zu haben. Trink besser mehr Tee. Also, magst du mir etwas über eure Terrorgruppe erzählen?«

Elijah zog lange an seiner Zigarette. »Großer Scheiß, es ist natürlich Unsinn, dass eine jüdische Terrorgruppe gegen deutsche Zivilisten vorgeht. Hier interessieren sich nur Politiker und sehr alte Menschen für Rache an den Deutschen. Das Thema hat bei uns kaum noch Relevanz. Einzig an den Gedenktagen kommt es noch mal hoch. Das sind Trittbrettfahrer, keine Frage.« Er schnippte den noch glühenden Stummel in eine vom Öl buntschimmernde Wasserlache. Zischend wurde die Glut gelöscht.

Faruk sah ihn an. »Und was ist mit den Pocken? Ich bin, was das Thema Viren angeht, nicht besonders bewandert. Auch wenn ihr uns, wie auch Saddam und überhaupt jedem Araber, immer böse Biowaffenproduktionen unterstellt habt. Meine Leute in Deutschland sagen, dass Spuren nach Ness Ziona führen?«

Der Araber spielte auf das mikrobiologische Forschungszentrum südlich von Tel Aviv an. Dort sollte Israel, den Gerüchten nach, sein geheimes Biowaffenlabor betreiben. Das Zentrum war mystischer Mittelpunkt aller Internet-Verschwörungstheoretiker weltweit. Und mit dem Bekennerbrief war es in jedem Artikel und Beitrag über die Hintergründe des Anschlags in Deutschland zu finden. Ob Ethno-Bomben, die nur Araber töten konnten, oder das Schweinegrippe-Virus – all das sollte dort in unterirdischen Labors entwickelt und eingesetzt worden sein.

Elijah stöhnte auf. »Weißt du was, mein arabischer Freund? Ehe ich jetzt lautstark dementiere, fahren wir dorthin. Bis dahin frische ich deine Kenntnisse über Biowaffen auf.«

Sie rannten durch den Regen zu Elijahs Auto, das rechts von dem großen Hangartor stand.

Während Elijah seine Jacke über den Kopf zog, spannte Faruk einen kleinen Taschenschirm auf und wartete auf der Beifahrerseite, bis Elijah ihm von innen die Tür gegen die Beine stieß. Sie fuhren erst westwärts auf der A1, ehe sie nach Süden auf die völlig verstopfte A4 bogen. Eigentlich war es eine Fahrt von maximal einer halben Stunde, doch der Dauerregen, der seit Tagen vom Mittelmeer auf das kleine Land hereinströmte, sowie das nahende Lichterfest sorgten für einen Dauerstau auf den wenigen, aber gut ausgebauten Autobahnen des Landes.

Die Israelis lernen schon früh, dass Regen kein Grund zum Jammern, sondern zur Freude ist. Landwirtschaft, die Hauptzutat im Gründungskuchen der Kibbuz-Erfinder, beinhaltet immer die Sehnsucht nach Feuchtigkeit in dem von Wüsten und Trockenheit heimgesuchten Land. So war Elijah jetzt bester Laune, er genoss die Regengüsse. Faruk hingegen schaute missmutig aus dem Seitenfenster. Jahrzehntelanger gegenseitiger Hass ließ sich nicht in Monaten auflösen. Er fühlte sich auf Feindesland, ließ das aber seinen neuen Kollegen nicht spüren. Stattdessen hörte er Elijahs Ausführungen interessiert zu.

»… und zudem haben biologische Waffen das Dual-use-Problem: Fast alles, was man über sie weiß, kann für einen Krieg ebenso wie für zivile Forschungszwecke in Biologie und Medizin genutzt werden. Die Grenze zwischen offensiver und defensiver B-Waffen-Forschung ist völlig vage. Immer wieder wurde über eine genetische Veränderung der Viren gemutmaßt. Man glaubte, dass mittels neuer Erkenntnisse in der Mikrobiologie und der Gentechnik bestehende B-Waffen manipuliert werden können. Das ist nicht unrealistisch. So wäre beispielsweise denkbar, dass die Umweltstabilität, Virulenz oder auch Resistenz gegenüber Antibiotika künstlich erhöht wird, um die Wirkung eines Erregers zu potenzieren. Die Russen haben in den 80er Jahren definitiv daran geforscht.«

Faruk lächelte mokant. »Und nach dem Zusammenbruch der UdSSR habt ihr euch mit großen Geldkoffern nach Russland aufgemacht.«

Elijah wiegte den Kopf. »Vielleicht nicht gerade mit Koffern, und suchen mussten wir auch nicht. Die Forscher kamen auf uns zu. So würde ich es ausdrücken.«

Sie lächelten beide. Elijah stellte den Wischer auf volle Kraft, und dennoch konnte man nicht mehr als zehn Meter weit sehen. »Viren mit Seuchenpotential wurden schon früh für militärische Zwecke entdeckt. Aber die Biester wollten nie so wie ihre Erfinder. Bei Metallbomben wird bei der Explosion die meiste Biomasse zerstört. Aber dann ließen die Russen erstmals Aerosolbomben mit Pockenviren abwerfen, und der Erfolg war überwältigend. Das Gebiet liegt genau an der Grenze zwischen Usbekistan und Kasachstan.«

Sie sprachen Arabisch miteinander, aber Faruk beherrschte die Sprache der Juden ebenso gut. Elijah wollte sich eine Zigarette anzünden, legte die Packung aber angesichts Faruks bösen Blickes wieder in die Mittelkonsole.

Faruk hakte ein: »In den Besitz wirksamer B-Waffen zu kommen gestaltet sich, so dachte ich bislang, um einiges schwieriger, als ein Flugzeug zu entführen. Einen erfolgreichen und breit angelegten Bioanschlag zu verüben, würde enormes Fachwissen, Geld, Zeit und äußerst diskret arbeitendes Personal erfordern. Das könnte doch nur ein Staat aufbringen. Einfach eine Petrischale voll Bakterien in der Küche zu züchten reicht da nicht. Selbst diese Aum-Sekte, die in den 90ern in der Tokyoter U-Bahn einen Anschlag mit chemischen Waffen verübte, war gut präpariert, besaß außergewöhnliche finanzielle und wissenschaftliche Mittel und hat es dennoch in neun Anläufen nicht geschafft, eine B-Waffe zu entwickeln. Also, was glaubst du?«

Elijah zuckte mit den Schultern. »Zum einen weiß keiner, außer den Russen selbst, wo die Bestände aus ihrer Pockenforschung geblieben sind. Alle Forscher, die an den Projekten beteiligt waren, sind tot. Wir haben das in den letzten Jahren sehr genau recherchiert. Den letzten fanden wir auf einer Mülldeponie außerhalb Moskaus.«

Langsam fuhren sie auf das Tor zum Forschungszentrum Ness Ziona zu. Es lag in einem Gewerbegebiet zwischen Computerherstellern und Designfirmen. Europäer vergaßen häufig, dass sich Israel in den 90er Jahren des letzten Jahrhunderts vom Agrarstaat, der seine Apfelsinen und Datteln mühsam verkaufen musste, zu einem Hightech- und Finanzstandort entwickelt hatte. Manche Experten verglichen es schon mit Singapur oder Hongkong. Aber dieses Gebäude diente nicht dem Profit. In diesem Gebäude wurde der Tod erforscht. Nur die umfangreiche Bewachung und Sicherung ließ auf einen wichtigen Ort schließen. Ein verlorener Trupp junger Demonstranten harrte im strömenden Regen auf einer Verkehrsinsel vor dem Tor aus. Sie hielten jedem entgegenkommenden Auto Schilder mit Aufforderungen zum Stopp von Biowaffenforschung vor die Windschutzscheibe. Müde wurden Parolen skandiert. Ein Jeep der Armee parkte neben den jungen Menschen. Darin saßen junge Soldaten mit heraushängenden Beinen und rauchten.

Elijah ließ den Motor laufen und suchte seinen Ausweis, während ein Soldat sich, genervt von der Unterbrechung, aus dem Auto schälte und mit einem Spiegel den Unterboden des Wagens untersuchte. Eine völlig durchnässte Flagge mit dem Davidstern hing rechts an einem Pfahl, darunter waren drei Videokameras installiert. Der junge Soldat, der die Papiere der beiden mit einem kurzen Nicken entgegennahm, rannte mit gebeugtem Kopf zum Wachhäuschen. Dann wurde das erste gelbgestrichene Rolltor geöffnet. Sie fuhren über mehrere Metallzangen, die bei einem Zurücksetzen in die andere Richtung sofort die Reifen zerstört hätten. Noch zwei Mal wurden sie kontrolliert. Erst dann konnten sie in die Tiefgarage unterhalb des Hauptgebäudes fahren.

Dr. Sergej Liebkos bat die beiden, Platz zu nehmen. Zwei Mal hatte er am Morgen mit seinen militärischen Vorgesetzten gesprochen und insistiert, einen Araber nicht auf das Gelände zu lassen. Aber immer wieder hatte es grünes Licht für den Fremden aus Syrien gegeben. Entsprechend frostig war seine Begrüßung.

»Shalom, Sie scheinen gute Freunde bei der Führung unseres Landes zu haben. Ich bin mir nicht sicher, ob diese Verbindung zum Wohle unseres Landes ist. Ich jedenfalls arbeite noch für das Volk der Juden und nicht der Araber.«

Seine Kippa, der lange dunkle Bart und die Schläfenlocken wiesen Liebkos als strenggläubigen Juden aus. Unter seinem weißen Kittel trug er die traditionelle schwarze Tracht. Nur im Labor selbst zog er sie aus. Aber dem Araber gegenüber musste er sie einfach tragen.

Faruk ließ die Feindseligkeit an sich abperlen und erwiderte stattdessen mit ausgesuchter Höflichkeit und Respektbezeugungen, die einem Orientalen wie ihm naturgemäß gegeben waren. »Ich achte Ihre Vorsicht sehr. Zu lange waren wir Feinde, aber Ihre lange und erfolgreiche Forschung ist für uns Araber, die nicht ansatzweise dieses Know-how in Zeiten der Bedrohung besitzen existentiell wichtig. Wir würden gern von Ihnen lernen und profitieren.«

Liebkos nickte. »Sie werden dennoch verstehen, dass ich dieses Gespräch aufnehmen möchte.«

Die beiden nickten, während der Professor auf den Startknopf eines Tonbandgerätes drückte. Nicht mehr ganz so feindselig gestimmt, fasste Liebkos die bisherigen Erkenntnisse zusammen.

»Unsere ersten Untersuchungen mit den Erregern aus Deutschland lassen den Schluss zu, dass der Stamm, der in Deutschland wütet, synthetisch bearbeitet wurde. Die Genstruktur wurde, laienhaft ausgedrückt, erweitert. Sie müssen wissen, dass Viren im Gegensatz zu Bakterien keine Lebewesen im biologischen Sinne sind. Es fehlen, nennen wir es mal die wichtigen Zutaten. Sie haben eine Eiweißhülle und darin einen Kern mit dem Erbmaterial. Sie suchen einen Wirt, den sie dazu bringen, weitere Viren zu produzieren. Diese Genstruktur ist massiv bearbeitet worden.«

Elijah pfiff durch die Zähne. Das klang nicht nach Kellerexperimenten einzelner Verrückter.

Liebkos machte eine merkwürdige Pause, ehe er fortfuhr. »Nehmen wir an, ein Land irgendwo auf dieser Welt würde an dem Pockenvirus forschen und hätte ein Verfahren zur genetischen Behandlung gefunden. Das könnte zum Beispiel die Außenhaut des Virus resistent gegen Angreifer machen. Das heißt nicht automatisch, dass andere Länder das nicht auch erfolgreich versucht haben.«

Faruk verstand. Der Israeli wollte partout nicht aussprechen, dass sie an solchen Dingen forschten.

»Und nehmen wir weiter an, dass dieses Land plötzlich das Verfahren erkennen und bis zu seinem ›Schöpfer‹ zurückverfolgen könnte, dann heißt das noch nicht, dass sie automatisch auch den Impfstoff dafür hätten.«

Elijah hakte nach. »Wenn ich Sie richtig verstehe, könnte das Virus keine Reaktion auf Antibiotika zeigen. Und gleichzeitig wurde kein Schutz entwickelt. »

Liebkos nickte.

Faruk hob leicht die Hand. »Erlauben Sie mir eine Frage, Professor.«

Dieser nickte gnädig.

»Wenn das Virus gegen einen Impfstoff immun ist, warum führen die Deutschen dann landesweite Impfungen durch?«

Liebkos atmete tief durch. »Sie beruhigen ihr Volk, indem sie es belügen.« Liebkos schaute aus dem Fenster, drehte sich dann wieder den beiden Männern zu, verabschiedete sich laut und drückte auf die Stopptaste des Rekorders. »In diesem Land, das ich eben fiktiv beschrieben habe, arbeitete ein Molekularbiologe aus Europa an der Hülle des Virus. Er wurde mehrfach vom Sicherheitsdienst überprüft. Seine Forschungen galten als nicht wirklich realistisch. Aber vor anderthalb Jahren verschwand er plötzlich.«

Elijah versuchte, ruhig zu bleiben. Das könnte die Spur sein. »Tauchte er irgendwann wieder auf? Haben unsere Dienste nach ihm gesucht?«

»Nein, soweit ich weiß, soll er kurze Zeit später in Deutschland bei einem Autounfall gestorben sein.«

»Das ist nicht ungewöhnlich, dann ist die Spur ja tot.«

Liebkos verzog das Gesicht. »Ungewöhnlich ist nur, dass seine Forschungsergebnisse hier gelöscht wurden und nun mit dem neuen, modifizierten Pockenvirus wieder auftauchten.«

»Wie lautete sein Name?«, fragte Faruk.

Liebkos atmete durch, schrieb etwas auf einen Zettel und hielt ihn dem Syrer vors Gesicht. Faruk las stumm: »Izzakh Roth.«

Würzburg, Deutschland, 17. 12., 12.45 Uhr

Die Raststätte war mit Autos und Menschen überfüllt. Mehrere Privatsender hatten über eine drohende Benzinknappheit berichtet und dem Gerücht, dass nur noch die großen Verkehrsadern mit Benzinvorräten eingedeckt werden, Raum gegeben. Prompt fuhren immer mehr Menschen zu den Autobahntankstellen und deckten sich dort mit Kanistern voll Benzin ein.

Nach endlosem Warten hatten sie tanken können und saßen jetzt in dem von Frittenfettgeruch erfüllten Autobahn-Restaurant.

»Die Schüssel frisst zu viel Sprit. Und bei Schnee ist sie ein Totalausfall – definitiv das falsche Fluchtfahrzeug«, maulte Regina.

»Du meinst, wir wären zu Fuß oder mit der Bahn schneller aus München geflohen?«

Beide waren genervt. Noch vor 24 Stunden sah alles nach einem netten Fall für Regina aus. Dann hatten sich die Ereignisse dramatisch überstürzt. Sie würden nur schwer erklären können, was sich am Tegernsee wirklich ereignet hatte. Und Regina bestand darauf, die Spur zu Almut und dem Bild weiterzuverfolgen. Sie musste an diese Sekte herankommen, denn Ezechiels Hinweis war zwar etwas nebulös formuliert, aber für Regina deutlich genug. Er musste die Sekte meinen, und auch der junge Köhn hatte von der Sekte als möglichem Aufenthaltsort Almuts gesprochen. »Vielleicht ist sie ja wirklich bei der Sekte untergetaucht, oder sie haben sie entführt?«

Jan sah Regina müde an. »Und jetzt willst du inmitten des größten Chaos diese Sekte kontaktieren und nach Almut und einem ominösen Bild suchen? Das ist doch irre. Wir müssen erst einmal nach Hessen, da scheint es noch sicher zu sein. Hier in Bayern werden bald die Grenzen dichtgemacht.«

Regina rührte in ihrem Kaffee und sah hinab, vorbei an schneebedeckten Weinhängen, ins Maintal, wo sich der Fluss, der nun unter einer dicken Eisschicht lag, in großen Bögen unterhalb der berühmten Residenz entlangschlängelte.

Jan konnte sie nicht verstehen. Er hatte nicht ihre Existenzängste, Geldsorgen waren ihm fremd. Er war Sohn eines reichen Arztes und selbst ein erfolgreicher Mediziner. Nie würde er ihre Paranoia vor Verarmung verstehen. Dieser Auftrag von Arwed Köhn konnte ihr für lange Zeit finanzielle Unabhängigkeit schenken. Sie musste Almut, die angesichts ihrer fortgeschrittenen Schwangerschaft nicht besonders mobil sein dürfte, finden und sie dazu bringen, etwas über die Herkunft dieses ominösen Bildes zu sagen. Der wichtigste Hinweis war für sie dieser Maler, dessen Werke Ezechiel so exzessiv kopiert hatte.

»Sie ist schwanger«, sagte sie leise, »sie wird bald in ein Krankenhaus gehen müssen.«

Jan schüttelte den Kopf. »Sie kann mit einer Hebamme entbinden. Sie kann in dem Chaos, das derzeit in den Krankenhäusern herrscht, von einem Notarzt entbunden werden, in einem provisorischen Lazarett. Das kann überall passieren und wird in den Wirren, die jetzt kommen, nicht auffallen.«

»Und wir brauchen einen Kunstsachverständigen.«

Jan seufzte. »Und? Hast du einen an der Hand?«

Regina lächelte. »Fahren wir zu deinem dicken Freund nach Frankfurt.«

Jan verstand auf Anhieb. Im Sommer waren sie im Strudel der Ereignisse in Berlin in eine Schießerei verwickelt worden. Sie hatten in Frankfurt bei einem alten Historiker und Kunstgeschichtler Unterschlupf finden können. Sein Name war Ivan Poch. Regina und Ivan waren keine Freunde. Und das lag nicht nur daran, dass der Alte schwul war und Jan anschmachtete. Auch seine grenzenlose Verachtung Frauen wie Regina gegenüber ließ eine friedliche Koexistenz nicht zu.

»Okay, wir fahren zu Ivan Poch, aber nicht nach Frankfurt. Er ist umgezogen, in irgendein kleines Kaff direkt hinter der bayerischen Grenze. Er hat mir vor einiger Zeit seine Adressänderung geschickt.«

Regina sah ihn mit verkniffenen Augen an. »Aha, dir schickt er so etwas und mir nicht!«

Jan verdrehte die Augen. »Du weißt doch, dass er Männer mehr schätzt als Frauen.«

»Ach was, er mag dich und findet mich scheiße. Das ist kein Schwulending, das ist pure Antipathie.«

»Mag sein«, beschwichtigte Jan, der um das schwierige Verhältnis der beiden wusste. »Aber du hast recht, er wird uns unsere Kunstfragen beantworten können. Und dann gehen wir dort zur Polizei und stellen uns. Ich hab keine Lust wieder quer durch die Republik verfolgt zu werden.«

»Ezechiel wollte, dass wir das Serum suchen. Aber wenn es einen Impfstoff gibt, warum dann ein Serum? Oder weiß er mehr? Und diese Gruppe scheint mit dem Anschlag in Verbindung zu stehen. Nur können wir schlecht mit den Aussagen eines toten Irren zur Polizei gehen. Noch dazu, wenn die glaubt, dass wir ihn skalpiert haben.«

»Regina, das entscheiden wir später. Ich kenne einen guten Strafverteidiger in Frankfurt. Der wird uns helfen können. Ich mache deine Undercover-Nummer nämlich nicht mehr mit.«

Er stemmte sich über den Tisch und küsste die etwas schmollend wirkende Regina, bis sie lachte.

Ivan Poch hatte von Frankfurt genug gehabt. Im Spätsommer war er in eine kleine Stadt in der Nähe der Bankenmetropole gezogen. Bei Seligenstadt wand sich der Main noch in weiten Schleifen. Poch hatte sich ein Domizil mit direktem, unverbaubarem Blick auf den Fluss gekauft. Sichtlich stolz, aus einem düsteren Bungalow der frühen 60er Jahre ein Refugium der Kunst und Kultur gemacht zu haben, schob der dicke Mann sie durch die Räume.

»Das Haus ist für den ersten Direktor des Kernkraftwerkes gegenüber erbaut worden.« Wenige hundert Meter flussabwärts lag das mittlerweile zurückgebaute Werk. »Damals war man so stolz auf diese neue Energieform, dass die Bürger das Atomkraftwerk sogar ins Stadtwappen aufnahmen. Aber deshalb sind Sie ja nicht hier. Setzen Sie sich.«

Wie auch in Frankfurt legte Poch nicht viel Wert auf Ordnung. Überall lagen Bildbände, Aktenordner und Gerätschaften herum. Somit räumte Jan erst einmal die Couch frei, ehe sie sich setzen konnten. Der Blick aus dem Terrassenfenster war zweifellos schön, wenn man nicht zu weit nach links schaute. Dort rauchte das Kohlekraftwerk Großkrotzenburg und verschandelte den Blick. Jan sah an kahlen Bäumen vorbei hinunter bis zum Main. Regina stand draußen in ihrer dicken Daunenjacke und rauchte. Poch hatte sie strafend angesehen, als sie arglos im Haus rauchen wollte, und sie stumm vor die Tür gewiesen.

»Jan, Sie stecken, nehme ich an, in der Klemme. Was ist es diesmal? Die …« Er legte eine Pause ein. »… Dame hat Sie wieder einmal in eine unangenehme Situation gebracht. Ich habe Sie schon im Sommer gewarnt.«

Er strich mit seinen fleischigen Fingern über den Sesselsaum, wenige Zentimeter von Jans Bein entfernt. Ivan Poch besaß eine Schwäche für Jan, seit sie sich im Juni zum ersten Mal begegnet waren. Der Mediziner hatte ihn mit seinen profunden Musikkenntnissen beeindruckt und schien mit seiner schlanken und hochgewachsenen Statur dem Alten sehr zu liegen.

Jan fasste rasch die bisherigen Ereignisse zusammen. »Uns interessiert die Sekte, die dahintersteckt. Und was hat das Ganze mit Hieronymus Bosch zu tun? Vielleicht gibt es eine Verbindung zwischen der Epidemie und der Sekte. Ezechiel hat dies zumindest angedeutet.«

Regina klopfte von draußen an die Terrassentür. Poch schaute nicht einmal auf. Jan erhob sich, während der Alte über seinen massigen Bauch strich. Er trug eine Art Tunika, blau mit goldenen Stickereien besetzt. Es war nicht gerade die übliche Kleidung für einen älteren Gelehrten, aber Ivan gefiel es.

»Sie müssen wissen, dass alle Welt nur die scheinbar psychedelischen Bilder von Bosch kennt. Alles, was er malte, war mit einer in der damaligen Zeit verständlichen, aber heutzutage völlig in Vergessenheit geratenen Symbolik versehen. Von der Mehrheit der Kunstexperten wird er als ein etwas exzentrisches, aber durchaus frommes Mitglied der Kirche mit einem Hang zu Endzeitbildern betrachtet. Eine kleine Gruppe von Kunsthistorikern sieht in ihm jedoch ein Mitglied einer geheimen Sekte, der Katharer oder Neu-Manichäer. Die Katharer wurden ob ihres Glaubens gnadenlos von der katholischen Kirche verfolgt. Ihre Religion wurde und wird als gnostisch bezeichnet, und … »

Jan hatte den Begriff schon einmal gehört, konnte ihn aber nicht einordnen. »Ivan, helfen Sie mir. Gnostiker sind …?«

Der Alte nickte. »Fragen Sie ruhig. Das wird jetzt alles etwas komplizierter. Heute würde man diese Bewegung unter New Age subsumieren, Esoteriker eben. Ihre Hochzeit hatten sie im dritten Jahrhundert, als im Mittelmeerraum unzählige christliche Sekten existierten. Es gab zahllose Spielarten der Gnosis, aber im Kern handelte es sich immer um einen radikalen Gegensatz zwischen einer geistigen und der materiellen Welt. Letztere galt als schlecht. Ganz oben steht ein sogenanntes Höchstes Wesen.«

Jan nickte. »Also Gott.«

»Ja, so könnte man es sagen. Unterhalb dieses Wesens gab es nach ihrem Verständnis niedrige geistige Wesen oder Geister. Einer der niedrigen Geister oder Äonen, wie man sie in der Theologie nannte, der nicht in unmittelbarem Kontakt mit dem ›Höchsten Wesen‹ stand, war für die Erschaffung der Welt verantwortlich. Die Schöpfung war, wenn nicht eindeutig schlecht, dann doch zumindest wenig gelungen und ohne Erkenntnis – eine Ebene, aus der die Menschheit sich lösen musste. Und um dies zu tun, war die einzige Rettung das geheime Wissen über den wahren Gott. Unter Erlösung verstand man die Überwindung der Unwissenheit durch Selbsterkenntnis oder Zerstörung. Christus hatte in diesem System die Funktion, als Abgesandter des höchsten Gottes aufzutreten und die ›Gnosis‹ zu bringen. Da er ein göttliches Wesen war, nahm er aber nach dem Verständnis der Manichäer weder einen echten menschlichen Körper an noch starb er. Das fanden die Christen von der katholischen Fraktion natürlich falsch oder, wie sie sagten, häretisch. Aber das ist nur eine Form. Die Katharer oder Neu-Manichäer, einzelne Forscher nehmen an, dass Bosch ihnen angehörte, hatten ihre Glaubensursprünge in noch älteren Lehren: Buddhismus, die Ideen der Zoroaster, der Hinduismus und sogar Schamanenkulte aus dem Nordosten Chinas gehörten dazu. Es ist eine einzige tiefe Mystiksuppe, die alle Zutaten religiösen Denkens beinhaltete. Im Grunde geht es immer um den Gegensatz von Gut und Böse, Licht und Schatten. Sie sahen zum Beispiel in Satan, dem Prinzip des Bösen, nur den älteren und ursprünglich geliebten Sohn Gottes. Aber er war kein Feind, er richtete nur die, die nicht sehen wollten. Somit war auch die Verdammnis immer eher eine Abneigung gegen stilles Erdulden. Immer ging es um Erkenntnis. Wer die besaß, war ein Erleuchteter, ein Sehender, ein von Gott Geküsster. Innerhalb dieser Gruppe der Erleuchteten gab es genau die zwei Bereiche, die wenigen, die das Heil erkannten, und die Mehrheit, die langsam lernen musste.«

Regina hatte sich gegenüber auf einen Hocker gesetzt. »Das ist mir zu kompliziert. Geht es etwas einfacher?«

Poch sah sie böse an, ehe er erwiderte: »Werteste, ich bin nicht verantwortlich für das desolate österreichische Bildungssystem. Wenn Sie in Ihrer Jugend lieber mit Schusswaffen gespielt haben, als Bücher zu lesen, ist das Ihr Problem. So was rächt sich eben.«

Regina fiel in sofortige Schnappatmung. »Ja, aber so eine Schusswaffe verkürzt zuweilen akademische Ergüsse.«

Poch lächelte maliziös. »Sie sollten nicht von Ergüssen reden wie ein Blinder von der Farbe.«

Jan wurde es nun zu viel. »Gibt es heute noch Gnostiker oder Manichäer?«

Poch wiegte den Kopf. »Wenn man es genau nimmt, sind Menschen, die den Gegensatz, den Kampf zwischen Gut und Böse, so scharf betonen, auf ihre Weise Gnostiker. Sie sehen den Lauf der Welt in einem fortwährenden Kampf. Der ehemalige US-Präsident und seine Berater waren sicher auch Gnostiker, wenn sie vom Kampf gegen die Achse des Bösen sprachen. Aber natürlich gibt es auch heute noch Sekten, die diesen Gegensatz und die Suche nach dem Licht der Erkenntnis propagieren. Ich meine mich an eine Gruppe hier in der Nähe erinnern zu können. Irgendetwas mit ›absoluter Liebe‹ oder so.«

Regina hatte ihren Zorn halbwegs heruntergeschluckt. »Dürfte ich Ihren Computer benutzen?«

Poch schaute sie mit hochgezogenen Augenbrauen an. »Sicher, solange Sie keine Waffen bestellen.«

Sie stand auf und ging hinüber zum Schreibtisch, der von Akten und Büchern überquoll. Unter einem Stapel Fotos lag ein brandneuer Laptop. Poch liebte neueste Technik. So lagen zwischen antiken Büchern und Folianten die neuesten Gadgets aus den USA. Poch sah sich in der alten Tradition des Universalgelehrten.

Er wartete, bis Regina den Rechner eingeschaltet hatte, und fuhr dann fort: »Aber die Manichäer halte ich, wenn Sie mir diesen Begriff gestatten, für ›ausgestorben‹.«

Jan war noch nicht zufrieden. »War Bosch Ihrer Meinung nach ein Anhänger dieser Geheimsekte?«

Poch nickte vage. »Zumindest ist das bei dieser Symbolik nicht ausgeschlossen. Die Welt zu Boschs Zeiten war grausam. Im 15. Jahrhundert brachen immer wieder die Pest und andere schreckliche Krankheiten aus. Krieg, Fehden und Pogrome waren an der Tagesordnung. Feudalherren konnten sich gegenüber Bauern alles erlauben. Das Leben war für die meisten eher ein Überleben. Die Kirche war notorisch korrupt. Die Situation war nicht neu, doch gegenüber dem 12. und 13. Jahrhundert wurde es im 14. und 15. Jahrhundert noch schlimmer. Menschen suchten also verständlicherweise die Gründe für all dieses Unheil gern im Bereich der Dämonen und Teufel. Es war eine zutiefst negative, von ständiger Angst erfüllte Weltsicht.«

Jan fügte hinzu: »Ähnlich wie sie heute in der postmodernen westlichen Welt herrscht.«

»Ja, das ist durchaus vergleichbar. Die offiziellen Kirchen verlieren immer mehr an Glaubwürdigkeit und Deutungshoheit, der Kapitalismus hat schon mehrfach seine dunkle Seite gezeigt und taugt nicht als spirituelle Kraft. Da suchen viele nach neuen Glaubensformen. Suchen Sie nach …«

»Ich hab's«, kam es vom Schreibtisch. Regina las vor: »Die Vereinigung der absoluten Liebe. Ihre Seite strotzt nur so von Bosch-Bildern.«

Poch warf seinen massigen Körper nach vorn und wuchtete

sich aus dem Sofa. Er knipste einen großen Fernseher an, wackelte zu Regina, murmelte »Verzeihung« und tippte auf der Tastatur des Laptops. Regina roch sein scharfes Parfum, als sie im nächsten Moment die Internetseite der Sekte direkt auf dem Fernseher sah.

»Das ist der Bosch-Orden. Er war in den 90ern sehr bekannt und berüchtigt. Sektenforscher warnten immer schon davor. Kopf der Gruppe ist diese Prophetin, die auch in letzter Zeit im Fernsehen zu sehen war. Sie heißt … warten Sie … da ist es: Birghid. Ich habe kürzlich einen Artikel dazu gelesen. Warten Sie. Ich finde ihn.« Poch blickte auf und wandte sich an Regina: »Werteste, wenn es Ihrem feministischen Weltbild nicht zu sehr entgegenläuft, würde ich mich freuen, wenn Sie uns in der Küche einen Tee und vielleicht ein paar Leckereien zubereiten würden.«

Jan sah sie flehentlich an. Widerwillig, aber ohne jeden Kommentar stapfte Regina in die Küche. Ivan Poch kramte auf seinem Schreibtisch, ehe er den Artikel fand, wieder umständlich nach einer Brille suchte und sich erst dann erschöpft in einen Sessel warf. Regina hatte ein Tablett auf den Tisch gestellt und wollte sich gerade Tee in ihre Tasse gießen, als Poch sie erstaunt ansah und vorwurfsvoll nach Zucker fragte. Regina verdrehte die Augen, verschwand aber. Poch las und fasste dann zusammen. Umständlich, fand Jan. Aber er schob es auf seine Eitelkeit und den Wunsch des Präsentierens.

»Der Bosch-Orden, hm. Schwieriges Terrain. Das sind ziemlich dunkle Strukturen. Sie gelten als sogenannte Neu-Offenbarer. An der Spitze steht unumstritten diese Prophetin Birghid. Sie soll direkten Kontakt mit dem höchsten Lichtwesen haben. Ihre Herkunft liegt im Dunkeln. Angeblich hat sie früher als Schneiderin gearbeitet. Aber niemand weiß das genau. Irgendwann hatte sie Eingebungen und wollte Menschen heilen. Das war so um 1990 herum. Schnell scharten sich die Menschen um sie, denn einige ihrer Prophezeiungen haben wohl gestimmt, und ein Dutzend Menschen galt auch als geheilt. Zumindest behauptet der Orden das.«

»Ist das wissenschaftlich belegt?«, fragte Jan.

»Nun ja, es sind immer Krankheiten, bei denen kurzzeitige Spontanheilungen möglich sind, wie Multiple Sklerose zum Beispiel. Doch das wissen Sie als Arzt besser, das kann jederzeit wiederkommen. Aber es ist eben nicht dokumentiert.«

Jan lächelte bitter. Wie oft hatte er als Arzt die verzweifelten Menschen erlebt, die von einem Wunderheiler kamen, um dann in seinem Krankenhaus eben doch qualvoll zu sterben. Er hatte nie an so etwas glauben wollen und können.

»Heute ist das keine kleine Sekte mehr, sondern eher ein Wirtschaftsunternehmen. Dank großzügiger Spenden von sehr reichen Gönnern und Gläubigen schuf die Frau ein völlig im Dunkeln agierendes Imperium aus Sanatorien, Supermärkten, Kindergärten, Apotheken, Privatschulen und Biobauernhöfen. Sie mixt ihre Endzeitvisionen mit Tierschutz und urchristlichen Riten. Sie hat, so einige Sektenexperten, aber auch Verbindungen zu rechten Esoterikgruppen. Bis zu 10 000 Anhänger soll sie im deutschsprachigen Raum haben. Sie tingelt über die Dörfer und hält ihre Vorhersagen vor großem Publikum. Bislang lehnte sie Öffentlichkeit oder Medien strikt ab. Aber seit wenigen Tagen erscheint sie auch im Fernsehen. Sie hat was von einer … na ja, sie ist …« Pochs bislang flüssiger Vortrag geriet ins Stocken. »Sie ist nicht unattraktiv, und auf eine seltsame Weise entspricht sie dem Idealbild der barocken Mutter Maria mit … also … eher erotischen Untertönen.«

Regina hob ihre Stimme und wollte etwas fragen, aber Jan kam ihr zuvor.

»Wo ist der Hauptsitz der Gruppe?«

Poch bat um etwas Geduld. »Ich muss das in meinem Artikel suchen. Warten Sie bitte. »Ja, hier. Nicht weit von hier, im Unterfränkischen. Rottershausen heißt der Ort. Seien Sie vorsichtig. Das Dorf ist fest in der Hand des Ordens. Nach und nach sind ihre Anhänger da hingezogen und stellen nun die Mehrheit dort. Sie gelten als recht rabiat bei der Durchsetzung ihrer Interessen …«

Regina verdrehte wieder die Augen. Im nächsten Moment fiel der Strom aus.

Bad Bentheim, ehemaliger Grenzübergang nach Holland, 17. 12., 19.44 Uhr

Still und zitternd saßen die vier Menschen im Unterholz. Ein Wildschweineber war schnaubend und grunzend wenige Zentimeter von ihnen entfernt durch den Schnee gepflügt. Die beiden vierjährigen Kinder waren auch wegen des Fiebers zu schwach, um zu erschrecken. Zudem hatte die Mutter ihnen den Mund zugehalten.

Krabbe hatte seine Töchter am Nachmittag aus der Klinik geholt. Er war unerkannt und unbemerkt an den Schleusenaufsichten vorbeigekommen. Draußen wartete schon seine Frau im Wagen. Auf dem Gelände eines verwaisten Gewerbegebietes nahe der Grenze hatten sie auf den Einbruch der Dunkelheit gewartet. Der Vater hatte ein GPS-Gerät dabei. Es war nur handtellergroß. Jetzt konnte er damit seine Position bestimmen. 200 Meter fehlten noch zur Rettung. Mit dem Wagen war es unmöglich, nach Holland einzureisen. Alle Straßen waren gesperrt worden. Bundeswehrsoldaten in schweren grünen Schutzanzügen patrouillierten mit angelegten Waffen. Seit der Ausrufung des Verteidigungsfalles war der Gebrauch der Schusswaffe auch für Soldaten in Deutschland erlaubt, und zum ersten Mal seit dem Mauerfall würden wieder deutsche Soldaten auf ihre Landsleute zielen.

Daran aber dachte der Familienvater nicht. Seine beiden Töchter waren von den Pocken befallen, und auch seine Frau zeigte erste Symptome an Brust und Armen. Im Krankenhaus war der Impfstoff ausgegangen, auch die Versorgung mit den wichtigsten Schmerzmitteln wurde stündlich mangelhafter.

Machte er gerade das Richtige? Dort drüben in Holland sollte alles noch vernünftig laufen, dort gab es deutlich weniger Erkrankte und auch noch genug Impfstoff. Das hatte man ihm zumindest unter der Hand auf der Dienststelle gesagt. Er wollte alles versuchen, um seine Familie zu retten. Seine Frau und er hatten eine jahrelange Odyssee durch Frauenarztpraxen hinter sich, ehe nach unzähligen und würdelosen Versuchen die Zwillinge zur Welt kamen. Es versetzte dem Mann einen tiefen Stich ins Herz.

Die grüne Grenze zu Holland zieht sich von der Nordseeküste über 300 Kilometer nach Aachen. Noch waren die Wiesen und Wälder nicht völlig gesichert. Er wusste zu gut, wie schnell die Behörden eine komplette Abriegelung durchführen konnten. Gut 50 Meter waren es bis zu dem zugefrorenen Baggersee, dessen Westufer an die Grenze heranreichte. Die Strecke über den See dürfte knapp 100 Meter betragen. Bis auf das nun leiser werdende Geräusch des Wildschweins war nichts zu hören. Nur der Wind strich durch das Geäst der Buchen über ihnen. Schnee und eine solche Kälte waren hier im Nordwesten Deutschlands eine Seltenheit. Aber ein Nachbar hatte ihnen seine Skisachen geschenkt. Er brauchte sie nicht mehr. Seine Frau und sein einziges Kind waren am Vormittag qualvoll gestorben. Als Krabbe das Auto aus der Garage geholt hatte, konnte er den Nachbarn sehen, wie er einen Strick am Klettergerüst seines Sohnes befestigte.

Leise zählte er bis drei. Seine schlafende Tochter saß warm eingepackt in einem Gestell auf seinem Rücken. Seine Frau hielt dagegen den anderen Zwilling in den Armen. Gebückt liefen sie los. Gleich nach wenigen Metern fiel der Mann über einen im Schnee verborgenen Stamm nach vorne. Das Metall des Gestells schlug in seinen Nacken. Seine Frau blickte nach hinten, mit schmerzverzerrtem Gesicht bedeutete er ihr stumm, dass sie weiterlaufen sollte. So erreichte sie als Erste die Lichtung, rutschte hastig den Ufersaum hinab und stand unversehens auf dem Eis. Sie tastete sich vorsichtig nach vorn, das Eis prüfend, aber schnell spürte sie, dass es meterdick gefroren war. Ein fahler Halbmond schimmerte über der Eisfläche. Hier war es noch einmal bedeutend kälter. Sie sah in das Gesicht ihres Kindes. Nur die Augen und ein wenig von den Wangen waren zu sehen. Es schlief. Hinter sich hörte sie ihren Mann schnaufen. Sie schlitterten mehr, als dass sie gingen, kamen aber trotzdem gut voran. Im Norden lag Oldenzaal, im Süden Enschede. Er hatte sich für Enschede entschieden. Vor Jahren war dort eine Feuerwerksfabrik explodiert.

Die deutsche Feuerwehr hatte den holländischen Kollegen geholfen. In dieser Zeit war eine tiefe Freundschaft zwischen den Feuerwehrmännern entstanden.

Etwas knackte. Er pfiff leise und seine Frau verharrte. So hatten sie es vorher vereinbart. Er hielt die Luft an, hörte in den Wind hinein. Nichts. Leuchtete da etwas? Er sah in das Schwarz hinein. Seine Augen spielten ihm einen Streich. Ihm war, als ob sich im Schwarz noch einmal ein viel schwärzeres Schwarz abzeichnete. Etwas Feindliches, Bedrohliches. Es sah ihn an. Für einen kurzen Augenblick krausten sich seine Nackenhaare. Es musste eine Sinnestäuschung sein. Er winkte. Sie liefen weiter. Gleißendes Licht blendete sie plötzlich von rechts.

Eine Stimme ertönte, sie hörten ein schrilles »Stopp«.

Krabbe sah, dass die Soldaten knapp 200 Meter rechts auf der Uferseite standen. Das war die Chance. Sie mussten nur aus dem Mondlicht und in den Wald dort drüben kommen. Er rannte, und auch seine Frau blieb nicht stehen, sondern folgte. Rechts von ihm erhob sich etwas aus den Wipfeln. Ein Raubvogel wohl. Er hastete weiter.

Es waren noch zehn Meter, als der Feuerwehrmann Claas Rejkert sie auf sich zukommen sah. Er gehörte zur Bürgerwehr von Enschede, die sich eigenmächtig zum Ziel gesetzt hatte, jeden Pockenkranken aus Deutschland abzuwehren. Denn auch Claas hatte Kinder, und die Bürgerwehr gab keine Schutzkleidung heraus. Er fürchtete, mit den Infizierten in Kontakt zu kommen. Seine Jagdflinte hatte er von seinem Vater geerbt. Der Holländer war kein guter Schütze, und so trafen die 52 Gramm Schrot statt der anvisierten Beine der Frau hauptsächlich den Rücken des schlafenden Kindes. Einzelne Schrotkugeln aber zerfetzten die Halsschlagader der Mutter, die mit aufgerissenen Augen nach hinten fiel. Ihr Mann war noch vom Mündungsfeuer und Knall paralysiert und warf sich nach vorn. Das Mädchen auf seinem Rücken war von dem Krach aufgewacht und schrie, als die zweite Ladung Schrot über den Kopf des Mannes hinweg in das weinende Gesicht des Mädchens drang. Schreiend robbte der Vater über das Eis, vor ihm lag zuckend und mit den Armen wild gestikulierend seine Frau. Das tote Kind war von ihrem Bauch gerutscht. Von seinem Körper entstiegen, durch die Aufprallhitze verursacht, Rauchschwaden. Blut pulsierte aus dem Hals seiner Frau. Hilflos drückte er seine Hand auf die Wunde. Das Blut lief an seinen Händen vorbei auf das Eis und bildete dort eine dickflüssige Lache. Er sah, wie das Leben aus ihrem Gesicht wich. Der Vater hörte die Schritte nicht, auch nicht das Geschrei der Männer. Er sah nicht den Jeep mit den Soldaten, der über die Eisfläche fuhr. Er sah nur in das Gesicht seines Kameraden Claas von der Brandweer Enschede.

München, Deutschland, 18. 12., 21.54 Uhr

Sie war erschöpft. Die Diskussionen mit ihm hatten ihre ganze Konzentration erfordert. Sie hatte, was er wollte. Und das wusste er. Aber er ahnte eben auch, dass ihr Zeitfenster begrenzt war. So belauerten sie sich am Funkgerät wie zwei Raubtiere. Jeder wartete darauf, dass der andere aus der Deckung sprang und seine schwache Seite offenbarte. Das Inferno war losgebrochen, die Saat aufgegangen. Jetzt galt es, den richtigen Zeitpunkt für die Ernte zu bestimmen.

»Bedenke, welch wertvollen Schatz du in deinem Leib trägst. Ich habe dir die notwendigen Bedingungen geschenkt, die dein Wunder benötigte. Den Arzt, die Wohnung, das Geld, die Medikamente. Jetzt sag uns, wann und wo wir unsere Lieferung erhalten.«

Niemals, das hatte ihr Vater ihr eingeimpft, darfst du zuerst zucken. Darauf warten sie. Er hatte sie alle gekannt, wusste um ihren Wunsch nach Macht und noch mehr Geld. Aber ihm war nur an dem Serum gelegen. Dem Serum, das sein Licht größer als das seines Vaters scheinen lassen würde. Sie aber wollte das Chaos. Das Chaos, in das ihre Kinder als Gründer einer neuen Rasse hineinkommen würden. Sie trug die Sehnsucht danach weiter. Jetzt durfte sie keinen Fehler machen. Sie war ganz allein – nur ihre ungeborenen Söhne würden bald an ihrer Seite stehen. Groß, stark und ohne Schwächen wie Schmerz oder Angst. Eben jene aus Magog.

Frankfurt/Main, Deutschland, 17. 12., 23.45 Uhr

Die Swissair-Maschine flog bei leichten Turbulenzen auf die westliche Landebahn zu. Das Kabinenlicht wurde heruntergedimmt, und Faruk sah die Lichter der Mainmetropole. Wo würden die beiden wohl sein? Jan war ihm nicht so wichtig. Er freute sich auf Regina.

Sie waren als Vertreter der Weltgesundheitsorganisation über Genf eingereist. Während man Faruk, der einen dunklen Anzug und einen Hermès-Schal um den Hals trug, die Legende abnahm, sah Elijah mit seiner verwaschenen Militärjacke und der ausgebeulten Jeans eher wie ein in die Jahre gekommener Rucksacktourist aus.

Schon die Entscheidung, gemeinsam zu reisen, erwies sich als zähes Politikum. Elijah und Faruk hatten sich dann aber, ohne die Entscheidung ihrer Vorgesetzten abzuwarten, in die Royal-Jordanian-Maschine von Amman nach Genf Cointrin eingebucht. Die Papiere kamen vom israelischen Auslandsgeheimdienst, die Israelis würden auch die Vorbereitungen für Deutschland übernehmen. Dort wartete ein Team des Mossad, mit dem Elijah mögliche Erkundungen schnell und zielsicher durchführen konnte. Am Abend war die Spur, die in das israelische Labor führte, publik geworden. Ein »Leck« in der deutschen Regierung schien dafür verantwortlich zu sein. Aber das war zweitrangig. Elijahs Regierung fürchtete zu Recht, dass nun antiisraelische Stimmungen aufkommen würden, die bei einer europaweiten Ausbreitung katastrophale Folgen haben konnten. Einige Abgeordnete in der Knesset, dem israelischen Parlament, waren äußerst besorgt.

»Sie fürchten Pogrome, wie einst im Mittelalter, als man die Juden des Brunnenvergiftens verdächtigte«, erklärte Elijah noch im Flugzeug.

»Ach, habt ihr das etwa nicht gemacht? Und auch das Verzehren von Säuglingen gehört doch zu eurem Repertoire, oder nicht?«

Faruk lächelte. Er wusste, womit er seinen jüdischen Partner hochnehmen konnte. Aber Elijah ließ sich nicht ärgern.

»Und eigentlich sind wir alle Geldwechsler, tief in unserem Herzen. Geldwechsler, Spekulanten, und gleich schneide ich dir ein Stück Fleisch aus deiner Brust.«

Hart setzte die Maschine auf und rollte zu einer Außenrampe, wo schon zwei Busse warteten. Während die anderen Passagiere in die Busse stiegen, verschwanden die beiden im Fond von zwei wartenden Vans mit schwarz verdunkelten Scheiben.

»Wenn Poch recht hat, sind unsere Freizeitagenten auf einer heißen Spur«, meinte Elijah, bevor er in ein Sandwich aus einem bereitgestellten Lunchpaket biss.

Faruk sah ihn kopfschüttelnd an. »Du isst immer noch diesen Fraß. Du wirst fett und unansehnlich. Reiß dich mal zusammen. Im Übrigen freue ich mich, die beiden wiederzusehen.«

Elijah grinste mit vollem Mund. »Die beiden?«

Faruk reagierte nicht. Der alte Poch hatte Elijah noch am späten Nachmittag erreicht und über seinen unerwarteten Besuch informiert. Obwohl schon lange außer Dienst, waren solche Informationswege für ihn selbstverständlich.

Das Gelände des Flughafens wurde von Soldaten der Bundeswehr streng abgeschirmt. Ihre Papiere wiesen sie jetzt als Mitarbeiter des diplomatischen Corps des Staates Israel aus, und so ließ der Posten am Südtor die Vans anstandslos ziehen. Obwohl er als Mossad-Agent gut für solche Operationen geschult war, fiel dem jungen Posten der weiße Kleintransporter nicht auf, der sich auf dem Autobahnzubringer hinter die Vans geschoben hatte.

»Wir kümmern uns erst einmal um Roth. Das Team hat schon erste Ergebnisse. Mordechai, leg los.«

Ein athletischer junger Mann mit kurzgeschorenen Haaren

und dunklem Teint beugte sich vom Beifahrersitz nach hinten zu Elijah und Faruk.

»Izzakh Roth hat es nie gegeben. Wir haben seine Grabstätte auf dem jüdischen Friedhof in München ausfindig gemacht. Im Sterbeverzeichnis war er als Roeth eingetragen. Wir dachten an einen Schreibfehler. Sicherheitshalber ließen wir das Grab öffnen. Alles, was wir fanden, war ein verwester Hund. Die Adressen, die sich noch zurückverfolgen ließen, sind unergiebig. Er ist ein Gespenst.«

Elijah war enttäuscht und gleichzeitig elektrisiert. »Da scheint ja was dran zu sein.«

Faruk, der während des Vortrags mit halbgeschlossenen Augen auf den Verkehr gestarrt hatte, schaltete sich nun ein. »Haben Sie Namensähnlichkeiten mit ähnlichem Profil überprüft?«

Fast beleidigt bestätigte der junge Agent: »Es gibt einen Virenexperten mit dem Namen Günther Roeder. Auch er ist tot. Grabstätte unbekannt. Aber …«

Die beiden waren plötzlich hellwach.

»Aber was?«, fragte Elijah.

»Der Typ war ein leidenschaftlicher Puffgänger. Wir haben eine seiner Stammnutten befragt.« Elijah verstand nicht.

»Sie und zwei andere Mädchen schwören Stein und Bein, dass der geile Günther unbeschnitten war.«

»Verdammt, also nicht unser Jude. Wäre auch zu einfach gewesen.«

Faruk schaute ihn zweifelnd an. »Ist das bei euch ein Einstellungskriterium? Schaut ihr da nach?«

Elijah schüttelte den Kopf. »Aber die Forscher in Ness Ziona duschen nach der Arbeit in kontaminierten Bereichen. Zudem müssen sie sich monatlich ärztlich checken lassen. Es wäre aufgefallen.« Elijah beugte sich nach vorn. »Also Zieländerung. Wir fahren zu Ivan.«

Der Fahrer gab das neue Ziel an den vorausfahrenden Van durch, zog von der Überholspur nach ganz rechts und fuhr auf die nächste Ausfahrt. Die Straße machte einen weiten Rechtsbogen, ehe sie an einer T-Kreuzung mündete. Es regnete mal wieder. Faruk mochte dieses kalte Land da draußen. Es war reich und fruchtbar, besaß sogar zwei Meeresküsten. Auch die Mentalität der Leute gefiel ihm. Trotz des Ausnahmezustandes waren die Bewohner immer bemüht, eine gewisse Ordnung aufrechtzuerhalten. Vor ihnen zeigte ein großes gelbes Schild nach Seligenstadt. Sie bogen auf die Landstraße. Der junge Fahrer hatte Mühe, dem ersten Van zu folgen. Er fuhr mit hoher Drehzahl im zweiten Gang, als von der gegenüberliegenden Autobahnausfahrt links ein Fahrzeug auftauchte. Es war keine 40 Meter entfernt. Ein amerikanisches Modell mit zwei gigantischen Auspuffrohren an der Kabinenseite. Wie in einem Traum sah Faruk das Monstrum mit Vollgas auf den ersten Van zufahren. Er hatte gerade den Mund geöffnet, als der Truck die Seite des Vans erfasste, den schwarzen Wagen von der Fahrbahn rechts in ein Wäldchen katapultierte und ihr Wagen von hinten gerammt wurde. Das alles geschah gleichzeitig. Elijah und Faruk wurden nach vorn geschleudert.

Ihr Fahrer bremste instinktiv. Elijah schrie auf Hebräisch, dass er weiterfahren sollte. Aber der Truck versperrte die gesamte Landstraße. Zwei Männer sprangen mit schweren Waffen aus dem Führerhaus und eröffneten vom auf dem Dach liegenden Van aus das Feuer. Faruk sah, wie eine junge Frau versuchte, aus dem zersplitterten Heckfenster herauszuklettern. Einer der Schützen machte zwei Schritte auf sie zu und schoss ihr mit zwei Feuerstößen in den Kopf, der wie eine auf den Boden fallende Melone zerplatzte. Der andere richtete seine Waffe auf den Van mit Faruk und Elijah, wurde aber von einem verletzten Insassen des ersten Vans angeschossen.

Sie duckten sich, als von hinten jemand die Scheiben mit einem Hammer zerschlug und etwas in den Fond warf. Es war eine Tränengasgranate. Sie landete in Elijahs Schoß, der sie sofort vor sich auf den Boden fallen ließ. Mit einem Schlag zischte es, und beißender Rauch waberte nach oben. Immer wieder knatterten kurze Salven aus Schnellfeuergewehren durch die Nacht. Sie sahen noch, wie die beiden vorne sitzenden Agenten, von Salven getroffen, spastisch in ihren Sitzen zuckten.

Faruk, der vor Elijah im Fußraum gelandet war, schob die Seitentür auf, warf die zwei Sporttaschen heraus und zog Elijah mit sich. Beide fielen auf den harten schneebedeckten Asphalt. Sie trugen keine Winterkleidung. Zu ihrem Glück hatten beide schon am Flughafen ihre Kurzwaffen übernommen. Elijah hustete stark und blutete im Gesicht. Faruk hatte noch den Schal vor sein Gesicht ziehen können. Immer noch wurde geschossen. Faruk packte Elijah am Jackenkragen und zog ihn in den Graben. Dann sah er hinter dem Heck ihres Vans zwei mit Atemschutzmasken vermummte Gestalten mit Maschinenpistolen im Anschlag. Sie suchten sie. Er griff nach seinem Holster, fand es aber leer. Die Waffe musste beim Aufprall herausgefallen sein. Er fluchte stumm. Sie würden sie gleich bemerken. Der Mond schien zu hell, als dass sie sich hier unten wegducken konnten. Er tastete nach Elijah und hielt ihm mit der anderen Hand den Mund zu. Einer der beiden Killer leuchtete mit einer Taschenlampe in das Innere des Wagens und wandte sich dann abrupt um. In diesem Moment ertastete Faruk Elijahs Holster und zog die Waffe. Er lag jetzt auf dem Rücken, hob den Oberkörper, spreizte seine Beine und zielte. Der erste Schuss traf, durch die ungünstige Lage, nur die linke Schulter des Mannes, er wirbelte nach rechts. Das nächste Projektil aus Faruks Glock drang durch die Gummischlaufe der Maske in die Schläfe des Killers und riss beim Austritt auf der rechten Seite ein handtellergroßes Loch. Er fiel nach vorn in den Graben. Der zweite Mann drückte auf Dauerfeuer seiner MP. Schnee, Asphaltsplitter und Gras wirbelten auf. Aber die Salve war ungenau. So konnte Faruk den Mann mit zwei Schüssen in den Bauch und in die Beine von den Füßen holen. Dann bemerkte Faruk eine Bewegung in seinem rechten Augenwinkel. Er drehte sich ruckartig dorthin. Im Graben neben der Straße sah er kurz einen Mann mit langen blonden Haaren, der sich umdrehte, zwei Mal feuerte und dann über eine Kuppe verschwand.

Faruk wusste, dass er keine Chance hatte, ihn zu verfolgen. Er drehte sich zu Elijah. Dieser war immer noch orientierungslos, aber nicht lebensgefährlich verletzt. Dann wanderte sein Blick wieder zum Auto. Faruk sah auf den sich krümmenden und schreienden Mann vor sich. Er hielt sich den Bauch. Seine Jacke war aufgerissen. Unter dem Hals prangte eine Tätowierung auf der Brust. »Scotland, my Love« las Faruk. Der Mann trug am Gürtel zwei eiförmige Tränengasgranaten. Faruk sprang nach vorn, zog beide heraus, nahm den Stift der ersten, hob die Gasmaske des Mannes und setzte die Granate direkt auf sein Gesicht. Für einen Moment zögerte er, dann schlug er den Mann mit einem Hieb gegen die Schläfe bewusstlos, um ihm den Schmerz zu ersparen, der gleich seinen Rücken zum Kopf hinauflaufen würde. Die zweite Granate warf er, nachdem er sie scharfgemacht hatte, unter ihren Van. Wenige Sekunden später war Faruk im Schutz der Gasnebelschwaden mit dem Israeli auf den Schultern im Wäldchen verschwunden.

München, Deutschland, 19. 12., 23.45 Uhr

Der Alte Südfriedhof grenzt an das Münchener Glockenbachviertel. Mit seinen opulenten Gräbern aus dem 19. Jahrhundert ist er ein Anziehungspunkt für viele Besucher. »Brauereibesitzer«, »Offizier« oder »Privatier« liest man auf den mannshohen Marmorsteinen. Bis ins späte 19. Jahrhundert hinein lag der Friedhof aufgrund einer Verordnung der Stadt München vor der Stadtmauer. Man wollte den Tod nicht mehr in der Stadt haben. Aber mittlerweile war München gewachsen und der Tod somit wieder zurückgekommen.

Sie war im Schutz der Dunkelheit von ihrer Pension am Sendlinger Tor über verlassene Straßen und vorbei an patrouillierenden Polizeistreifen hierhergekommen. Das Tor war nicht verschlossen, und so schlüpfte sie neben der kleinen, geduckten Kirche auf den Gottesacker. Der Schnee lag jetzt fast meterhoch. Mit ihrem zum Bersten gefüllten Bauch schob sie sich schwitzend und leise stöhnend durch die weiße Masse. Vor einer Tafel mit der Gräberübersicht verharrte sie, verglich sie mit den eigenen Aufzeichnungen und eilte an schiefen Grabkreuzen und hohen Bäumen vorbei weiter. Nach wenigen Minuten, und unter Aufbringung ihrer ganzen Kräfte, sah sie ihn. Er hatte sie zwei Mal wie vereinbart mit der Taschenlampe angeleuchtet. Sie grüßte den hageren Mann nicht, sondern sah nur schnaufend auf das Loch. Er blickte sie skeptisch an. Sie sollte die Amulette haben? Diese Frau war hochschwanger und wirkte mit ihrem verschwitzten Gesicht und den verklebten Haaren unter einem schwarzen Tuch eher wie eine naive Irre. Wut stieg in ihm auf, sein Kontaktmann schien ihn getäuscht zu haben.

»Haben Sie die Amulette dabei?«

Sie sah immer noch in das Loch, wo, wie verabredet, die drei Kisten auf einem zerbrochenen und verrotteten Sarkophag lagen. Leise, fast sanft, erhob sie die Stimme.

»Und wer schiebt den Stein wieder darauf?«

»Erst die Amulette.«

»Damit Sie damit weglaufen? Ich habe es bei mir, seien Sie unbesorgt. Aber Sie schieben jetzt.«

Ihr Ton war nun nicht mehr leise und sanft, sondern eher herrisch und deutlich. Der rechteckige Grabstein maß knapp zwei Quadratmeter und bestand aus Granit. Er hatte den Stein mit einer improvisierten Seilwinde nach oben gezogen und wollte den Zug schon lösen, als sie ihn stoppte.

»Sie müssen den Stein richtig positionieren, sonst sieht man es sofort. Ich kann den Zug auch lösen.«

Mürrisch und vor Kälte zitternd folgte er ihren Anweisungen. Sie hielt den Seilzug, und er brachte mit beiden Händen den Stein langsam in die richtige Position. Nur noch ein Meter fehlte, ehe der Basalt das Loch wieder verschlossen hatte, als sie spitz aufschrie. Er drehte sich am Stein vorbei und sah in ihr erschrockenes Gesicht.

»Was ist?«

»Da ist eine Katze drin, sie ist gerade vorbeigehuscht. Holen Sie sie raus.«

Er kniete sich nieder, kroch in den Spalt zwischen Grab und Stein, leuchtete mit der Taschenlampe in das Loch und wollte gerade ärgerlich rufen, als er einen mächtigen Stoß gegen den Rücken verspürte. Er fiel nach vorn, versuchte sich festzuhalten, aber rutschte direkt auf die Kisten. Wenige Sekunden später rauschte mit einem gewaltigen Erschüttern der Basaltstein über ihm auf das Loch. Er schrie, klopfte. Aber niemand hörte ihn. Binnen einer halben Stunde hatte der Schnee, der aus dem Nachthimmel auf München hinabrieselte, die Platte mehrere Zentimeter bedeckt.

Berlin, Deutschland, 17. 12., 05.45 Uhr

Sie nahmen den östlichen Ausgang, der von Besuchern und Schaulustigen nicht einsehbar war. Der Wind biss in ihre herunterhängenden Wangen. Sie sah schlecht aus. Sie hatte kaum Schlaf gefunden, immer neue Hiobsbotschaften waren in dem langsam verödenden Kanzleramt eingegangen. Jetzt, wo sie auf die Kolonne wartete, ließ sie all die Nachrichten der letzten Stunden noch einmal Revue passieren. Die Plünderungen nahmen zu. An den Grenzen hatte es bei illegalen Übertritten immer wieder Schießereien gegeben. Impfstationen wurden überfallen, auf der panischen Suche nach Seren. Zwei Passagiermaschinen, die aus anderen Ländern in München gelandet waren, wurden von Verzweifelten gestürmt und zum Start gezwungen. Zum Glück hatten Sondereinheiten schnell reagiert und die Reifen der Flieger zerstört.

Aber vor einer Stunde war die wirklich schlimmste Botschaft von Vogel selbst überbracht worden: »Der Impfstoff schlägt nicht bei allen Patienten an.«

Sie hatte für einen sehr kurzen Moment die Fassung verloren und war an das große Fenster ihres Büros getreten, um die aufsteigenden Tränen zu unterdrücken. Die Lage schien ihr zu entgleiten. Es war wie ein Erdrutsch, der sich erst mit dem Fallen einzelner Felsen bemerkbar macht, dann rutschen Bäume, zum Schluss riesige, unaufhaltsame Erdmassen.

»Das heißt, dass auch die Geimpften sterben werden?«

Sie hatte sich zu Vogel umgedreht. Noch nie hatte er die Kanzlerin so gesehen. Ihre Augen waren gerötet, Flecken im Gesicht und am Hals zeugten von ihrer Anspannung. Die Hände zitterten. Niemand konnte ihr in dieser Stunde helfen. Sie war völlig einsam in ihren Entscheidungen. Das begriff der Mediziner jetzt. Er suchte fieberhaft nach tröstenden Worten.

»Der amerikanische Impfstoff scheint ein wenig wirkungsvoller zu sein. Die Vertragspartner in der Pharmaindustrie haben der US-Gesundheitsbehörde zugesichert, ihre Produktion in 72 Stunden zu verdreifachen. Dann können auch wir davon profitieren. Und dann haben wir noch das Angebot, einen Wirkstoff ohne Zulassung von Atalante auszu…«

Sie schüttelte den Kopf. »Wir werden das deutsche Volk nicht zu einer Laborratte machen.« Er nickte.

In wenigen Stunden würde sie in einem TV-Studio in Hamburg ihre nächste Erklärung abgeben müssen. Dann würde ihr Hubschrauber auch sie auf die Insel bringen. Sie hatten lange darüber beraten, wo das Notparlament und die Kanzlerin sicher und dennoch nicht außerhalb der Landesgrenzen wären. Zum jetzigen Zeitpunkt war damit zu rechnen, dass wirklich jedes Bundesland von der Pockenepidemie erfasst würde. Ihre Freundin, die Verlegerin, hatte ihr eine Insel empfohlen: Helgoland. Das kleine Stück Fels, 40 Kilometer vom Festland entfernt inmitten der winterlichen Nordsee liegend, schien nicht wirklich einladend, bot aber absoluten Schutz und war dennoch zum deutschen Staatsgebiet zu rechnen. Die 1200 Einwohner waren auf Pocken geprüft und für unbedenklich eingestuft worden. Aufgrund des harten Winters hatten die Einwohner die Insel nicht verlassen und Besucher waren ausgeblieben. Das rettete sie jetzt vor einer Gesamtevakuierung, die der Innenminister vorgeschlagen hatte. Von Helgoland aus würde sie in den kommenden Tagen ihre Geschäfte führen.

Einheiten der Marine hatten die notwendigen Kommunikationseinrichtungen aufgebaut. Mehrere Schiffe der Bundesmarine sowie der Nachbarstaaten kontrollierten See- und Luftraum. Denn noch immer glaubten der Innenminister und seine Experten an einen gewaltigen Anschlagkomplott. Dass nun auch noch die Antiseren nicht anschlugen, verstärkte auch bei der Kanzlerin den Glauben an eine Verschwörung gigantischen Ausmaßes. Konnte sie das Ergebnis länger verschweigen? Welche Folgen hätte das?

»Wie wollen wir die Bevölkerung von einer zweiten Impfaktion überzeugen? Es gehen ja schon jetzt aus Angst vor den Nebenwirkungen nicht alle zu den Impfstationen. Die Krankenhäuser sind voll mit Kranken, die aufgrund von Nebenwirkungen schwere Schäden davongetragen haben.« Ihre Stimme klang nun verzweifelter. »Das Land wird immer mehr zum Totenhaus.«

Sie hörte das Zünden von Motoren. Die Wagenkolonne stand im Hof des Kanzleramts bereit. Sie würden sie nur wenige Meter zur Wiese vor dem Reichstag bringen, wo drei Hubschrauber der Bundespolizei schon mit laufenden Rotoren warteten. Der gemeinsame Ausschuss, das sogenannte Notparlament, hatte sich auf der Insel bereits eingerichtet.

Seit heute Nacht galten die von den Medien als Kriegsrecht bezeichneten Notverordnungen. Die Nordländer hatten in einem Eilverfahren ihre Grenzen zu den südlichen Bundesländern abgeriegelt. Auch um Berlin herum war ein Sperrgürtel errichtet worden. Die Seuche breitete sich schneller aus, als die Experten angenommen hatten. Zeit war jetzt der entscheidende Faktor. Auch wenn die Maßnahmen im ersten Moment radikal wirkten, so stießen sie in den nicht so stark betroffenen Gebieten auf Wohlwollen. Nach und nach fiel das Programm der Fernsehsender aus. Das Gleiche galt für die Radiostationen und Zeitungen. Die gesunden Mitarbeiter blieben aus Angst zu Hause, die Infizierten wurden interniert. Und mit jedem Ausfall an Informationsquellen wurde die Lage für die Bürger unübersichtlicher. Einige versuchten die englischen und französischen Nachrichten zu übersetzen. Doch das schürte umso mehr die Panik. Noch in der Nacht wurden alle Rundfunkfrequenzen im deutschen Sendegebiet vom Innenminister per Eildekret abgestellt, und nur ein öffentlich-rechtlicher Sender aus Hamburg konnte über den

Zustand der lahmgelegten Republik berichten. Die Versorgung mit Lebensmitteln sollten das Technische Hilfswerk sowie Einheiten der Bundeswehr übernehmen. Aber immer weniger Menschen traten den Dienst an. Die Bundesrepublik unterhielt seit den 50er Jahren über das gesamte Bundesgebiet verteilt geheime Getreidelager. Dort wurde für den Notfall mehr als eine halbe Million Tonnen Weizen, Roggen und Hafer deponiert.

»Offiziell nennen wir das Bundesreserve-Getreide, aber das ist nicht die ganze Wahrheit. Es gibt in einem Lager in der Bayerischen Rhön noch eine zivile Notfallreserve, dort sind säckeweise kanadische Linsen, französische Erbsen und vor allem amerikanischer Reis«, hatte der zuständige Staatssekretär des Bundesernährungsministeriums erklärt.

Die Kanzlerin hatte davon nicht zum ersten Mal gehört. Immer wieder waren aus den Depots Säcke mit Getreide für Krisengebiete in aller Welt genutzt worden.

»Glauben Sie wirklich, dass das nötig ist?«, hatte sie mit leicht genervter Stimme gefragt.

Der Minister nickte düster. »Die Menschen gehen nicht mehr vor die Tür, und ihre eigenen Vorräte reichen nur wenige Tage. Dann aber wird es Plünderungen im großen Stil geben. Also müssen wir die Versorgungspunkte verstärken. In wenigen Tagen werden die Getreidelager von THW-Einheiten angefahren, das Gut in Großbäckereien, die von Bundeswehrpersonal geführt werden, verarbeitet und dann an die Versorgungsstellen weitergegeben. Aber das sind nur Notfallreserven für einen kurzen Zeitraum. 82 Millionen Deutsche lassen sich damit nicht monatelang verköstigen.«

Sie nickte und erhob sich dann müde. Sie war sich nicht sicher, ob sie die Räumlichkeiten hier jemals wiedersehen würde.

Stumm waren sie zu den Autos geeilt, die am nördlichen Eingang warteten, und eingestiegen. Bis sie die Verbindungsstraße zum Landeplatz erreicht hatten, verlief alles ruhig. Soldaten mit Schutzanzügen und schweren Waffen sicherten das Gelände vor der davor demonstrierenden Menschenmenge. Über Nacht waren es immer mehr geworden. Keiner hatte sie aufhalten können. Die dringenden Empfehlungen, die Häuser nicht zu verlassen, waren ignoriert worden. Die Angst, die Verzweiflung suchte ein Ventil, einen Sündenbock. Immer war in den offiziellen Medien klargestellt worden, dass es keine Spur nach Israel gab. Und dennoch kursierten im Internet viele Verschwörungstheorien. Dort wurde zum Widerstand gegen »das System« aufgerufen. Aber die Mehrheit war noch zu gelähmt. Erst als die Nachricht durchsickerte, dass die Notregierung Berlin verlassen und zum sicheren Helgoland reisen würde, machten sich die wütenden Bürger der Stadt zum Bundeskanzleramt auf.

Der Sicherheitschef war leichenblass, als er, im ersten Wagen sitzend, die schreienden Menschen vor dem Tor sah. Die Kanzlerin war entgegen der üblichen Vorgehensweise in den ersten Wagen gestiegen. Neben ihr hatte ihre Büroleiterin Platz genommen. Sie ignorierte die brenzlige Situation und schien sich ganz auf ihr Sicherheitspersonal zu verlassen. Gerade einmal 150 Meter südöstlich standen die blauen MIG-Hubschrauber der Bundespolizei zwischen dem Abgeordnetenhaus und dem Reichstag bereit. Aber dazwischen befanden sich schon jetzt mehrere Hundert, wenn nicht Tausende Menschen, die ihren Frust an den Politikern auslassen wollten. Der Sicherheitschef funkte seine Leute an der Landezone an.

»Könnt ihr die Zone A halten?«

Die Antwort war kaum zu verstehen, aber dennoch eindeutig: »Negativ, Ausweichen auf B, ASAP.«

Zwischen den grünen Wasserwerfern und Mannschaftswagen der Berliner Polizei wurden Gegenstände geworfen. Eine Flasche zerschellte, und binnen Sekunden brannte Benzin auf der Straße. Es folgten in kurzen Abständen immer mehr Flaschen. Der Sperrriegel würde dem Ansturm nicht mehr länger standhalten. Jetzt kam vom letzten Fahrzeug die Meldung, dass sich die Menschenmenge hinter ihnen geschlossen hatte. Der Rückweg ins Kanzleramt war nicht mehr möglich. Der Sicherheitschef nickte seinem Fahrer zu, und der informierte die hinter ihm fahrende Kolonne. Sie bremsten scharf und fuhren mit quietschenden Reifen rechts die Paul-Löbe-Allee hinunter Richtung

Spree. Alles geriet außer Kontrolle. Die Kolonne würde auf den Spreebogen zufahren müssen. Dazu müssten sieben Autos über flache Treppenstufen rasen und am Ende scharf rechts auf einen Fußweg entlang des Flusses fahren. Ein Sondertor dort würde hoffentlich jetzt schon geöffnet werden. Da, so hoffte er, würden sie wieder auf das noch sichere Gelände kommen. Der Sicherheitsberater schwitzte. Seine Jahre bei der GSG 9 hatten ihn gelehrt, immer auf das Schlimmste vorbereitet zu sein. Aber diese professionelle Sicht konnte er nicht jedem im Wachschutzteam vermitteln. So ein Fehler hätte nicht passieren dürfen. Er hatte zu spät vom Mob erfahren. Er griff an seine Wade und nahm aus dem Holster, das er dort befestigt hatte, eine Beretta, eine italienische Pistole. Notfalls müssten sie den Weg auf diese Weise freibekommen. Über ihnen kreiste der erste Hubschrauber. Wie eine riesige Libelle schwankte er über den flachen Dächern des Kanzleramts. Schnee wirbelte in hausgroßen Fontänen auf. Der Garten fasste gerade einmal einen Hubschrauber. Sie würden nacheinander »liften« müssen. Seine Truppe hatte so etwas noch nie geübt.

Sie erreichten die Treppen. Die Audis wurden kräftig beansprucht. Bei jeder Stufe wurden die Insassen durchgeschüttelt. Es war glatt und abschüssig. Die Kurve würde für den Fahrer haarig werden. Er bremste und lenkte gleichzeitig nach rechts. Das Heck schlug aus, trotz Quattro-Antrieb und ESP schlitterte die durch die Panzerung schwere Limousine nach links. Das Heck traf auf ein Geländer, das am Ufer der Spree befestigt war. Knirschend riss es aus der Verankerung und flog auf das Eis der zugefrorenen Spree, wo es noch ein paar Meter weiterschlitterte. Der Fahrer schaltete in den ersten Gang und gab Vollgas. Die Räder griffen, und der Wagen schoss so stark nach vorn, dass die Kanzlerin in den Sitz gedrückt wurde. Sie verhielt sich ruhig. Der Audi fegte über den Radweg, der zwischen der Mauer des Kanzleramts und der Spree lag. Noch 50 Meter, bis das provisorische Tor kommen würde. Der Fahrer krallte seine Hände fester um das Lenkrad. Direkt vor ihm sah er im Scheinwerferlicht eine schreiende Menschentraube den Weg hinablaufen. Hinter ihm schloss die Kolonne auf, aber alle würden es nicht schaffen. Es gab kein Ausweichen, links lag die zugefrorene Spree, rechts die Mauer. Das Loch muss jetzt kommen, dachte er. Über sein Headset hörte der Sicherheitschef die schreiende Stimme seines Stellvertreters, der im Kanzlergarten wartete.

»Betontor öffnet sich nicht. Bleibt auf Höhe des Aufgangs stehen. Wir öffnen das kleine Tor. Keine Alternative. Bestätigen und Ende.«

Der Fahrer hatte mitgehört. Er drückte noch einmal aufs Gas, um nach wenigen Metern abrupt zu bremsen. Der Sicherheitsberater sprangt aus dem Auto und zog die Kanzlerin und ihre Begleiterin hart und entschlossen aus dem Wagen. Rechts neben dem Wagen sahen sie eine Treppe, über die man in den Kanzlergarten gelangte. Er schaute nach hinten, wo die ersten Demonstranten um die Ecke bogen. Das wird knapp, dachte er noch, als die erste Flasche mit Benzin über ihm an der Mauer zerbarst. Er drückte seinen massigen Körper gegen den Rücken der Kanzlerin und schob sie mit Kraft die Treppen hinauf, als ihn etwas Spitzes im Rücken traf. Er hatte keine Schutzweste angezogen, und so bohrte sich die Klinge einer Axt, die der wütende Bruder eines an Pocken verstorbenen Mädchens in seine Richtung geworfen hatte, in seinen Rücken. Er ächzte. Aber er schaffte es, seinem Stellvertreter das »Paket« zu übergeben. Dann fiel er auf die Stufen. Rechts von ihm sah er schon die schwarzen Räder des Hubschraubers, der sich schaukelnd wenige Meter über dem Garten des Kanzleramts hin und her bewegte. Der Mob war vor dem Eingang zur Treppe stehen geblieben. Trotz des Rotorenlärms nahm er das klirrende Geräusch auf der Motorhaube vor ihm wahr. Und da schlugen auch schon die Flammen empor. Jemand hatte einen Molotowcocktail auf den jetzt leeren Wagen geworfen. Der Wagen des Innenministers, der mit dem Geheimdienstkoordinator und der des Ministers für Gesundheit schienen es nicht zu schaffen. Er hörte nur noch das infernalische Schreien, die Rotoren und spürte das warme Blut, das an seinem Rücken hinunterlief. Er zog die Beretta und lud durch.

Als der Hubschrauber schon 20 Meter vom Boden entfernt

war, sah die Kanzlerin, wie der Mob durch das Loch in der Mauer in ihr Kanzleramt strömte. Ein Anblick, der fast jeden in der Kabine resignieren ließ. Doch bei der Kanzlerin bewirkte das Bild das Gegenteil. Es war Krieg, die Verhältnisse waren klar. Sie musste, egal mit welchen Mitteln, für Ruhe und Ordnung sorgen. Noch im Hubschrauber ließ sie eine vorläufige Ausgangssperre für die gesamte Bundesrepublik verhängen. Von nun an galt der sofortige Schießbefehl bei Plünderungen, was faktisch der Todesstrafe gleichkam. Strom würde reglementiert, die Kommunikationsmöglichkeiten massiv eingeschränkt. Das Internet, das hatte sie mit dem US-Präsidenten sowie den EU-Mitgliedern bereits abgestimmt, würde bis auf weiteres in Deutschland nicht nutzbar sein. Sie wollte Panikmachern keinen Nährboden mehr geben. Mochten ihr ihre Richter später vorwerfen, dass sie für eine Weile diese Demokratie in einen totalitären Staat verwandelt hatte, so wäre ihr das egal. Sie hatte keine Wahl und würde sowohl dem Terror als auch dem verzweifelten Mob da unten nicht das Land überlassen. Etwas gab ihr in diesem Moment der tiefsten Niederlage eine große innere Kraft. Sie würde dieses Land nicht aufgeben.

Seligenstadt, Deutschland, 18. 12., 06.10 Uhr

Regina konnte nicht schlafen. Seitdem vor zwei Stunden der Strom ausgefallen war und Ivan den Kamin mit immer größeren Scheiten befeuerte, saß sie im Schneidersitz auf dem Sofa und blickte in die Nacht hinaus. Die Waffe lag neben ihr. Sie hatte in Pochs Bücherschrank ein altes Backgammonspiel entdeckt, es leise aufgeklappt, die Steine sortiert und ein wenig gegen sich selbst gespielt. Es war eine Art Meditation, eine Vorbereitung, um ihre Gedanken besser fließen zu lassen. Sie war dann nur auf die Züge konzentriert. Doch irgendwann hatte sie die Würfel zur Seite gelegt und ins Nichts gestarrt.

Sie schloss die Augen, hörte auf ihren Atem und versuchte,

sich von den vergangenen Ereignissen frei zu machen. Aus einer lokalen Epidemie war eine gigantische Katastrophe geworden. Jan und sie wurden gesucht. Ihr Auftrag konnte somit schon ein Ende finden, noch ehe sie begonnen hatte. Sie sortierte diesen Gedanken rasch in ein hinteres Schubfach ihres Hirns. Dann atmete sie tief ein und aus. Nach diesem schrecklichen Einsatz in Wien, bei dem sie einen Verdächtigen getötet hatte und suspendiert worden war, war sie gezwungen worden, psychiatrische Hilfe in Anspruch zu nehmen. Andernfalls hätte man sie angeklagt. Der Seelenklempner hatte, statt lange Gespräche mit ihr zu führen, zunächst diese Atemübungen mit ihr gemacht, ehe sie überhaupt irgendetwas sagen musste. Erst erschien es ihr lächerlich, dann aber genoss sie das Ruhigwerden. Sie war jetzt 39 Jahre alt. Nie hatte sie in der Vergangenheit einen Gedanken an einen womöglich tief in ihr versteckten Kinderwunsch verschwendet. Nur mühsam bekam sie ihr eigenes Leben unter Kontrolle. Die Verantwortung für ein weiteres wollte sie nicht übernehmen. Wie ein Mantra hatte sie sich das immer gesagt. Und jetzt war Jan da. Ein Mediziner. Pragmatisch und kontrolliert. Es gefiel ihr. Auch weil für Jan nach dem Tod seines Sohnes ein weiteres Kind nicht mehr in Frage kam. Sie hatten einmal vor dem Einschlafen leise im Dunkel der Nacht darüber geredet. Jan hatte bei der Erinnerung an den Unfall seines Kindes still geweint und dann leise festgestellt, dass das Thema für ihn abgeschlossen sei. Sie hatte damals Erleichterung verspürt und war zudem zu scheu gewesen, um ihn zu trösten. Und so waren sie mit der stillen Übereinkunft, keine Kinder haben zu wollen, eingeschlafen. Aber jetzt schlich sich seit einigen Stunden ein anderes Gefühl in ihre Welt. Da draußen starben die Menschen, und diese Tatsache ließ einen fast archaischen Traum in ihr entstehen. Es war, als ob jemand oder etwas an der Tür zu ihrer Seele klopfte …

»Ich bin überrascht, Sie meditieren zu sehen«, kam leise, aber dennoch spöttisch eine Stimme von hinten.

Sie öffnete langsam die Augen. Regina hatte Ivans Anwesenheit schon länger gespürt, ihm aber nicht die Freude der Überraschung nehmen wollen.

»Leisten Sie mir Gesellschaft, Ivan.« Sie legte ihre Hand auf ihre rechte Seite.

Er hatte Wasser gekocht und goss sich und ihr eine Tasse grünen Tee ein. »Sie dürfen nie zu heißes Wasser darauf gießen, das ist schlecht für die Entfaltung des Aromas. Lassen Sie ihn maximal zwei Minuten ziehen …«

Sie lächelte ihn an.

»Danke, Ivan. Ich trinke nur Tee, nie Kaffee. Es ist ein Vorurteil, dass Polizisten immer nur rauchen und Kaffee aus Automaten trinken.«

Zum ersten Mal lächelte er zurück. Er schnaufte, als er es selbst bemerkte.

»Haben Sie geschlafen, Ivan?«

Er rieb sich die kleinen Augen, die tief in seinem Gesicht lagen. »Nein, aber ich habe ein wenig nachgedacht.« Er gähnte dezent. Seine Haare standen wirr vom Kopf ab, mit einer fahrigen Bewegung versuchte er sie zu bändigen, was ihm nur mäßig gelang. Die feine Teetasse aus China wirkte zwischen seinen wulstigen Fingern wie eine Spielzeugtasse. »Sagen Sie, Regina, an was glauben Sie?«

Sie stutzte. Mit einer solchen Frage hatte sie am frühen Morgen nicht gerechnet.

»Ich meine, Sie haben im Nahen Osten mit fanatischen Gläubigen gekämpft. Jetzt ist es eine Sekte. Wie steht es mit Ihrem eigenen Glauben?«

Er schien wirklich interessiert zu sein. Sie zog die Beine an die Brust und umschlang sie mit ihren Armen. Sie dachte nach. Gott war ihr immer in Gestalt dieser jämmerlichen, an einem Kreuz festgenagelten Figur präsentiert worden. Den sollte sie anbeten. Er schien ihr tot. So wie alles, was da in der Kirche hing und erzählt wurde. Ihre frühesten Erinnerungen an Glauben waren drückende Stille, feuchte Kälte und der Mundgeruch alter Damen. Wenn sie im Winter den langen Weg hinunter ins Tal gingen, schwiegen sie alle. Der Vater stapfte meist vornweg, um zu spuren. Unten saß er mit den Bauern in der alten Kirche auf der rechten Seite, die Kinder mit der Mutter auf der linken Seite.

Sie musste ihre Hände zusammendrücken. Das sollte Beten sein. Aber glauben konnte sie nicht. Danach verschwand ihr Vater immer im Wirtshaus. Er kam nie rechtzeitig zum Mittagessen hoch auf den Berg. Meist war er betrunken, schlug seine Frau oder die Kinder, je nach Verfügbarkeit und Laune. So verlor ihr Bruder seine vorderen Zähne und sie den Glauben, dass es einmal gut werden würde. Später bei der Polizei sah sie nur Elend, selten Glück. Woran also sollte sie glauben? An die Gerechtigkeit? An die Liebe eines Gottes zu den von ihm geschaffenen Menschen? An einen Gott, der zuließ, dass Babys in Mikrowellen gesteckt, Töchter jahrelang in Kellern gehalten und Menschen zersägt und achtlos in die Donau geworfen wurden? Ihre Augen hatten jahrelang nur in den Abgrund gesehen. Seit dieser Zeit gab es für sie nur Leben und Überleben. Dazwischen ein wenig Freude. Und am Ende wartete der Tod, früher oder später. Endlich Ruhe und Stille. Es gab Momente in den vergangenen Jahren, da hatte sie sich nach dieser Stille gesehnt. Ein letzter Atemzug und dann Ruhe. Das alles sagte sie Ivan, während langsam und müde die kalte Sonne an diesem klaren Wintertag über dem Main aufzog.

»Sie lieben das Leben nicht?« Er war von ihren Berichten innerlich schockiert, ließ es sich aber nicht anmerken.

Sie fuhr fort: »Ich liebe die Momente kurzen Glücks. Das ist schon viel. Mein letzter Fall war eine 22-jährige Prostituierte aus der Ukraine. Ihre Zuhälter hatten ihr mit 14 Jahren die Füße amputiert, so konnte sie nicht weglaufen. Sie war in der Wohnung gefangen. Es gab wohl auch eine Nachfrage für solche Amputationen bei den Freiern. Über zehn Jahre lebte sie so in einem Verlies, ohne natürliches Licht. Vier Schwangerschaften konnten wir dokumentieren. Ein Säugling lag mumifiziert in einer Plastiktüte in ihrem Schrank. Und als ich sie verhörte, sagte sie mir nur, dass sie es schade fände, keine Schuhe mit hohen Absätzen mehr tragen zu können. Alles andere hätte sie verdrängt. Wo ist da Gott? Wo ist da Trost?«

Sie war, ohne es zu merken, laut geworden. Aber Poch ließ sie gewähren. Er wollte von ihren Dämonen hören.

»Und Ihre Liebe zu Jan?«

Regina war noch in Fahrt. »Wie lange wird es gehen? Bis er die Lust an meinem Körper verliert? Ich bin keine gebildete, aus seinen Kreisen stammende Frau. Ich bin realistisch, genieße das Jetzt. Es wird auch wieder schlimm enden. Es ist immer so. Glück währt nie lange. Glück ist, kein Unglück zu spüren. Glauben ist ein nasser Lappen, wo man ein Meer benötigt.«

Poch sah sie lange und durchdringend an. »Und Sie meinen nicht, dass es eine Seele gibt?«

»Nein, wir sind nur Fleisch und Knochen. Seele ist nur eine Umschreibung für Dinge und Zustände, die wir nicht kennen. Aber wenn Sie schon so hartnäckig fragen: Das Böse, das gibt es. Nur ist eben das Gegenteil davon nicht eine gute Macht, sondern nur schlicht nicht böse. Verstehen Sie, was ich meine?« Ihre harten Worte hallten wie Explosionen in der ruhigen Atmosphäre des anbrechenden Morgens.

»Sie sind gut vorbereitet auf das, was auf Sie und auf uns zukommen wird. Ich habe Ihre Aussagen mit einigen meiner Aufzeichnungen und Bücher verglichen. Diese Neu-Manichäer sind mehr als nur eine dumpfe Sekte. Wie alle gnostischen Eiferer sehen sie sich als Elite, die die allein selig machende Erkenntnis über die Zusammenhänge der Welt besitzt. Aber mittlerweile verfügen sie über weitreichende Wirtschaftszweige. Darüber hinaus scheinen sie auch wohlmeinende Fürsprecher in hohen Positionen von Wirtschaft und Politik zu haben. Sonst wären sie schon längst verboten worden. Ganze Dörfer in Unterfranken sind von ihnen besetzt worden. Aber bis auf einige Sektenexperten der etablierten Kirchen gibt es keine Kritiker. Sie leben in einer eigenen Welt.«

Regina verstand nicht. »Na und? Warum sollten wir vorsichtig sein? Diese Lilith-Bande war genauso gut vernetzt und reich.«

Poch lächelte mokant. »Richtig, aber genau das ist der entscheidende Punkt: Bosch-Orden und Lilith-Code gehören zusammen. Sie alle eint eine Suche. Die Suche nach einem …«

Noch ehe Ivan den Satz beenden konnte, bemerkte Regina

einen Schatten vor der Terrassentür. Instinktiv griff sie nach ihrer Waffe. Gebannt sah sie nach draußen.

»Was ist?«, fragte Poch.

»Still, da draußen ist jemand.« Sie löschte das Licht der Stehlampe neben ihr, bedeutete Poch mit einem Finger auf den Lippen, still zu sein, und kroch Richtung Tür. Sie kniete, lud die Waffe durch und kniff die Augen zusammen, um die Umrisse im Garten besser erkennen zu können. Der Rasen, der zum Fluss führte, war von dichten Sträuchern und Bäumen umgrenzt. Irgendwo da unten hatte sie etwas gesehen. Sekunden vergingen. Poch fragte flüsternd, was denn los sei, als es an der Haustür klingelte. Sie schrak zusammen. Alter Trick, dachte sie. Einer kommt von vorn, der andere geht von hinten rein. Regina drehte sich zu Poch, zeigte auf die Tür und schüttelte den Kopf. Sie suchte den Schalter für die Außenbeleuchtung, fand ihn und erkannte jetzt auch draußen eine Person, die auf dem Bauch lag. Sachte drückte sie den Hebel der Terrassentür herunter, bis sie einen Spalt geöffnet war. Mit einer schnellen Bewegung knipste sie das Licht an. Der Garten war flutlichthell erleuchtet, und sie sprintete auf die in zehn Metern Entfernung liegende Person zu, die sich gerade erheben wollte. Aus vollem Lauf hieb sie ihren Fuß in den Unterleib des Menschen und hörte nur ein Stöhnen. Es war ein Mann. Sie sah seine blonden Haare. Sie schrie ihn an und richtete die Waffe auf seinen Kopf. Jetzt erst erkannte sie ihn.

»Elijah?«

»Du blöde Kuh, hätte der Bauch nicht auch gereicht?« Elijah konnte kaum sprechen.

»Was machst du denn hier?«, brach es aus der schnell atmenden Regina heraus. »Bist du allein?«

»Nein, der wohlerzogene Faruk hat brav an der Tür geklingelt.«

Sie half ihm auf. »Du meinst, ein Araber ist um diese Uhrzeit vertrauenerweckender als ein blonder Israeli?«

Er stützte seine Hände auf die Knie und versuchte, den Schmerz in seinem Unterleib halbwegs zu ertragen. Von der Terrasse kam eine bekannte tiefe Stimme.

»Regina, begrüßt man so seine Freunde?«

Sie sah hinauf und erkannte Faruk. Poch musste ihm die Tür geöffnet haben. Sie ließ den stöhnenden Elijah stehen, rannte hinauf und umarmte ihn überschwänglich.

»Schön, dich zu sehen, Faruk Al-Ali.«

Sie hatten im Sommer in Syrien zusammen einen äußerst haarigen Fallschirmsprung überlebt und fühlten seitdem eine tiefe Verbundenheit miteinander. Dann sah sie den schlaftrunkenen Jan, der hinter Poch im Haus stand und konsterniert versuchte, das Bild, das sich ihm im Garten bot, zu verstehen. Ivan löste die seltsame Szenerie auf.

»Kommen Sie bitte alle herein. Ich heize ungern umsonst.«

Jan sah sich die Wunde an. Reste eines Querschlägers steckten noch in Elijahs Arm, ein weiterer hatte die rechte Gesichtshälfte gestreift. Jan hatte seinen Notarztkoffer dabei und konnte nach wenigen Minuten auch das verformte Metall aus dem Bizeps holen. Er betäubte den Arm lokal und reinigte nun die Streifwunde.

»Schöner macht es dich nicht, aber sterben wirst du auch nicht daran.«

Elijah verzog das Gesicht zu einem spöttischen Grinsen. »Hörst du noch immer diese grauenhafte Altrockermusik?«

Jan drückte auf eine Wunde, und Elijah stöhnte kurz auf. »Du redest von den Göttern? Von Led Zeppelin? Ja, die Band mit dem besten Gitarristen der Welt.«

Elijah schüttelte den Kopf. Seitdem sie sich im Nahen Osten zum ersten Mal begegnet waren, stritten sie über Musik, und jeder wollte dem anderen beweisen, dass er alles besser wusste. »Zipfelspiele«, wie Regina es einmal nannte. Denn auch die Telefonate, die die beiden Freunde in den vergangenen Monaten geführt hatten, drehten sich immer auch um Musik.

»Okay. Die drei besten Gitarrensoli aller Zeiten?«

Jan packte die restlichen Utensilien in den Koffer. »Du fängst an. Ihr Israelis fangt ja immer an.«

Elijah blieb ungerührt. »Gut, also erstens: *Star-Spangled Banner* von Jimi Hendrix. Woodstock, kompletter Vietnamkrieg mit einer Fender Stratocaster, inklusive Bomben, Schreien, alles dabei ...«

Jan lachte. »War klar, das ist schlicht. Jeder Spießer würde das nennen. Hast du bestimmt aus dem Buch *Die 1000 wichtigsten Rocksongs.*«

»Unsinn, hör zu und lerne: *Hotel California,* von den Eagles, bis in die letzte Note arrangiert, melodiös, wiedererkennbar, Song im Song, gute Spannungsbögen durch die zwei Gitarren, und drittens *All Along The Watchtower* – Jimi Hendrix, psychedelisch, virtuos, studiotechnisch perfekt für die Zeit ...«

Jan unterbrach ihn. »Es fehlen *Stairway To Heaven* von Led Zeppelin, der erste Riff von *Whole lotta love,* klar, inzwischen natürlich tausendmal zu Tode geritten, trotzdem gnadenlos gut, und natürlich *Highway Star* von Deep Purple, das Headbanger- und Luftgitarren-Solo schlechthin.«

So ging es weiter. Regina konnte es nicht fassen, wie man sich so lange über so etwas Unwichtiges auslassen konnte. Aber sie verstand, dass die Männer es brauchten, um das Geschehene zu verarbeiten.

Faruk hatte währenddessen den Grund ihrer Mission und die Details des Überfalls beschrieben.

»Seid ihr die einzigen Überlebenden?«, wollte Regina wissen.

»Ja, wir konnten aus der Deckung sehen, wie sie nacheinander die Kameraden erschossen. Danach nahmen sie ihre eigenen Toten und fuhren mit dem Transporter wieder auf die Autobahn. Sie machten keinerlei Anstalten, uns zu verfolgen. Elijah hat noch seine Leute aus der Botschaft alarmieren können. Sie klären das jetzt vor Ort. Uns gibt es offiziell gar nicht.«

»Aha, aber wenigstens lebt ihr.«

Faruk sah Regina an. Etwas in ihrer Stimme erfreute ihn. Er zeigte es aber nicht.

»Ihr glaubt also, dass diese Bosch-Sekte hinter den Anschlägen steckt. Dann sollten wir sie uns einmal genauer ansehen«, presste Elijah mit schmerzverzerrter Stimme heraus.

»Jetzt frühstücken wir erst einmal«, rief Ivan aus der Küche.

Sie hatten aus Ivans reichhaltigen Lebensmittelvorräten ein grandioses Frühstück gezaubert. Lachs, Wachteleier, köstlich duftendes Olivenbrot, Croissants und dazu allerlei Marmeladen. Dank einer gigantischen, einer italienischen Espressobar entstammenden Maschine genossen sie einen wunderbar starken Kaffee.

Regina berichtete von Köhn und seinem Auftrag. Elijah hörte sehr aufmerksam zu, der Name schien ihn zu elektrisieren. Jan erzählte von dem schrecklichen Überfall auf Ezechiel und den Malereien. Jeder glaubte, eine Spur zu den Pocken zu haben. Und es dauerte nicht lange, bis alle lauthals stritten und sich gegenseitig blanke Ignoranz vorwarfen. Bis Faruk zwei Mal leicht in die Hände klatschte.

»Ich würde mir gern einmal die Aufnahme von eurem Gespräch mit diesem Ezechiel anhören. Dann wissen wir vielleicht mehr.«

Regina deutete auf das auf dem Tisch liegende Smartphone. Poch griff danach, ehe Regina es erreichen konnte.

»Ich schließe es an die große Soundanlage an, dann können wir es besser verstehen.«

In der nächsten Sekunde war der Raum erfüllt mit Stöhnen und Ächzen. Flüstern war zu hören, plötzlich ein »Fick mich«. Dann wieder das typisch rhythmische Geräusch zweier Körper. Sofort sprang Regina auf und hechtete zu ihrem Handy.

»Das ist die falsche Datei … das ist eine … Verdammt«, rief sie nach hinten, wo Jan sich eine Hand vor die Augen hielt und nur noch den Kopf schüttelte, während Elijah laut lachte und Faruk betreten aus dem Fenster schaute.

Schuldbewusst sah Regina zu Jan. »Ich wusste wirklich nicht, dass es mitlief …«

»Solange du nicht auch aus Versehen Videos machst, die dann aus Versehen bei Youtube landen, bin ich beruhigt und freue mich, die Herren hier mit meinem Sexualleben belustigt zu haben.« Er verneigte sich kurz in Richtung des immer noch kichernden Elijah. Dann hörten sie sich gemeinsam die Aufnahme mit Ezechiel an.

Elijah war der Erste, der sie kommentierte. »Er klingt nur vordergründig wirr, das ist Show. Aber was genau will er sagen? Er kennt Almut, das steht für mich fest. Er kennt auch den alten Köhn und weiß um seine Suche nach diesem Bild. Mit den Flüssen gibt er uns einen Hinweis …«

Ivan Poch hatte lange schweigend zugehört. Eigentlich war ihm das alles viel zu viel Trubel. Er war schließlich nicht aufs Land gezogen, um sich jetzt dieser Hektik auszusetzen. Zudem erwartete er auch noch Besuch. Also mussten die Kinder, wie er sie insgeheim bezeichnete, mal wieder an die frische Luft, zumindest aus seinem Haus heraus. Aber zwei Dinge in Ezechiels Aussagen hatten ihn elektrisiert.

»Entschuldigen Sie meine ungemein laienhafte Frage, aber sagte er etwas von Sar und Donau?«

»Ja«, antwortete Jan, »ich dachte, damit ist Bayern gemeint. Zwischen dem Saarland und der Donau eben.«

Poch schüttelte den Kopf. »Er meinte nicht die Saar, sondern die Sar mit einem A. Ein Fluss, der nördlich von Santiago de Compostela fließt.«

Elijah sah enttäuscht zu Poch. »Toll, dann ist das Gebiet noch größer. Irgendwo zwischen Nordspanien und Österreich sollen wir suchen.«

Poch sah ihn indigniert an. »Junger Freund, ich bin mir bewusst, dass ihr Kibbuz-Bengel Ballern, aber selten Bildung gelernt habt. Nur muss nicht ich darunter leiden. Also schweig und lerne.«

Elijah blieb für eine Sekunde der Mund offen stehen, zweifellos das Ziel Pochs, konnte er doch unvermindert mit der Lehrstunde fortfahren.

»Compostela ist der christliche Wallfahrtsort von …? Na, wer weiß es?«

Jan antwortete brav. »Des heiligen Jakobus.«

Poch war erfreut über seinen Lieblingsschüler. »Aber Sie sagten noch etwas. Ezechiel soll von einem Fluss, einem Meer und einem Kaiser gesprochen haben. Und da fiel mir ein Bild ein.«

Er wuchtete sich von seinem Stuhl hoch und ging laut schnaufend zu einem der vielen Bücherstapel. Für einen Mann seiner Statur und seines Alters zog er erstaunlich schnell, ohne dass einer der Stapel umfiel, einen Bildband heraus.

»Voilà, die Gesamtwerke Boschs. Die meisten befinden sich in Spanien, der letzten Ruhestätte des Kaisers Karl V., des Kaisers, der ganz vernarrt in Boschs Bilder war. Aber ein Fluss fehlt dort. Also könnte sein Vorgänger, Kaiser Maximilian, gemeint sein, begraben im österreichischen Wels, welches, wie sogar Regina sicher weiß, an der schönen blauen Donau liegt. Genauso wie Wien, wo ein großartiges Werk Boschs in der Wiener Kunstakademie hängt: Das Weltengericht. Es ist ein Triptychon …«

»Für alle Nichtwissenden hier im Raum, das ist ein Flügelaltar, der aufklappbar ist«, warf Regina ein.

Poch sah sie missbilligend an. »Haben Sie das aus einem Kreuzworträtsel?«

Ehe sie etwas auf diese Beleidigung erwidern konnte, schaltete sich Jan ein. »Was hat das mit dem heiligen Jakobus zu tun?«

Poch hatte den Bildband aufgeschlagen und zeigte der Runde nun das Werk. »Vorne sehen Sie links den Paradiesflügel, in der Mitte der Tafel mit dem eigentlichen Weltengericht und Jesus als Richter. Rechts schuf Bosch die Figuren, für die er berühmt wurde, die Dämonen der Hölle und die Darstellung der sieben Todsünden. Klappt man aber die Außenflügel zusammen, sehen Sie links, sozusagen auf der Rückseite …«, er deutete auf ein kleines Foto, »… das Bild des heiligen Jakobus.«

Sie blickten auf. Stolz lehnte Poch sich zurück und rieb sich seinen voluminösen Bauch. Keiner verstand etwas.

»Und was will uns der Künstler damit sagen?«, fragte Elijah, seine Wunde am Arm streichelnd.

Jan griff nach seiner Hand und zog sie weg. »So heilt das nie. Hör auf damit.«

Poch ließ sich nicht beirren. »Nun, das Bild in Wien gilt als ein spätes Werk. Es beinhaltet viele Motive, die Bosch schon früher malte. Aber der Verweis bezog sich auf den heiligen Jakobus. Er ist als Wanderer dargestellt. Und ich vermute, als solche wollte Ezechiel Sie sehen. Sie sollen wandern und erkennen. Daran besteht für mich kein Zweifel. Nach meinem Dafürhalten, so auf die Schnelle, meint Ezechiel mit dem Fluss die Donau. Aber Wien ist nicht das Ziel, es ist nur eine wichtige Etappe. Dann kommt sein Hinweis mit dem Meer. Und das könnte das Mare Mediterraneum sein. Das ›Mittelmeer‹ für alle Nichtlateiner hier im Raum.«

Regina schnaufte deutlich, und Poch freute sich.

»Wie kommen Sie jetzt darauf?«, wollte Jan wissen.

»Ezechiel spielt, glaube ich, auf das Polyptychon des Dogen an.«

Poch sah in verständnislose Gesichter. Er genoss es, trank in langsamen Zügen aus seiner Teetasse und dozierte: »Ich sagte eben, dass die meisten Werke Boschs in Spanien und Holland hängen. Heutige Betrachter sehen vornehmlich die absurden und bösen Darstellungen der Dämonen, der Hölle und der Gewalt und können das nicht einordnen. Sie glauben, dass Bosch unter Drogen malte. Oder dass er einer geheimen Sekte angehörte.«

Faruk gähnte dezent. Poch übersah es geflissentlich.

»Also, die mysteriösesten Gemälde befinden sich in Venedig, der Lagunenstadt. Bosch hat, wenn er nicht selbst auch dort war, zumindest reiche Venezianer mit seinen Werken beliefert. Unter anderem kaufte der legendäre Antonio Grimani fünf Werke von Bosch.«

Jan unterbrach. »Grimani war doch so etwas wie ein Kunstmäzen.«

»Ach, hast du das aus einem Kreuzworträtsel?«, fauchte Regina leise. Jan legte einen Finger auf seine Lippen.

»Nicht schlecht, mein lieber Freund. Aber das waren vornehmlich seine Kinder. Diese Grimanis waren eine illustre Familie. Einer von ihnen verdiente in jungen Jahren auf Reisen nach Syrien und in den Mittleren Osten ein Vermögen, das war sozusagen der Grundstock für den Aufstieg dieser Familie, die über die Jahre zur einflussreichsten Familie Venedigs wurde. Aber nicht jeder in Venedig war damit einverstanden. Die Familie galt als liberal und aufklärerisch, damals eher Schimpfworte. Es gibt da eine kuriose kleine Legende. Venedig führte in dieser Zeit häufig gegen die Osmanen Krieg, hauptsächlich auf See. Antonio Grimani wurde vom Großen Rat Venedigs gezwungen, als Generalkapitän die Osmanen anzugreifen. Das war 1499. Er verlor diese Schlacht, gewann aber, wie eine Ermittlung herausfand, zur gleichen Zeit ein gigantisches Vermögen. Ihm wurde der Prozess gemacht, er musste fliehen. In dieser Zeit soll Bosch in der Lagunenstadt gelebt und gearbeitet haben. Grimani, der ihn vor der Schlacht beauftragt hatte, ihm einen gigantischen Hochaltar zu fertigen, bezahlte ihn heimlich. Dann verschwand Bosch. Es heißt, dass er auch fliehen musste, weil er den Hohen Rat bestohlen hatte. Grimani kehrte erst Jahre später zurück, stieg erneut auf, wurde Doge und begründete eine einflussreiche Dynastie. Von Bosch gab es nach seiner Flucht keinerlei Aufzeichnungen oder Hinweise. Sein Todesdatum ist umstritten, sein Grab unauffindbar. Vier dieser Venedig-Werke von Bosch sind bekannt und existieren noch. Aber das fünfte ist verschollen. Das ist vermutlich das Bild, das sich Familie Köhn gern über den Kamin hängen möchte.«

Regina zuckte mit den Schultern. »Was ist an dem Bild so Besonderes?«

Poch sah sie unwirsch an und erhob sich, sein Gewand dabei mit dramatisch-opernhafter Geste raffend. »Also, wie bereits erwähnt, ist es nicht ein Gemälde, sondern ein Teil eines großen Werkes, eines fünfteiligen Zyklus in Form eines mehrgliedrigen Altarbildes. Es beginnt mit der Erschaffung der Welt.« Er machte einen ausfallenden Schritt. »Es zeigt, wie die Menschen von Gott erschaffen werden …«, ein weiterer Schritt folgte, »… im Paradies leben und vertrieben werden, wie sie sich den Sünden in dieser Welt hingeben«, er sah eine Spur zu lüstern auf Jan und machte dabei einen kleinen Schritt, »… ihre Beurteilung am Jüngsten Tag und wie sie«, jetzt hüpfte er fast, »… ob ihrer Sünden bestraft werden und viertens in die Hölle gelangen oder in den Himmel geleitet werden.«

Elijah kratzte sich weiter an der Wunde, ehe er sagte: »Okay, Erschaffung und Paradies, Vertreibung und Sünde, Jüngster Tag und Hölle oder Himmel. Macht vier oder acht, aber nicht fünf Bilder?«

»Sie haben das eigentlich richtig zusammengezählt. Allerdings ist auch die zweite Zählweise, also mit acht Bildern, möglich. Auf dem einen Bild sehen Sie Gottvater, auf der Rückseite beziehungsweise auf dem zweiten Bild das Paradies. Im zweiten oder dritten sieht man die Vertreibung, im dritten oder vierten das lasterhafte Diesseits, und so geht es weiter, wie eben beschrieben. Das heißt, je nach Zählweise ist das fünfte oder neunte Bild des Altars verschwunden. Ein Bild, das sozusagen den Zustand oder den Ort zeigt, der nach Himmel oder Hölle kommt. Nur, was soll nach der Ewigkeit kommen?«

Die vier sahen Poch fragend an, der den Kopf schüttelte. »Ich bin da der falsche Ansprechpartner. Ich bin Agnostiker.« Er sah zu Regina. »Für Sie: Ich glaube nicht an die Existenz Gottes.«

»Sehr liebenswürdig«, zischte sie zurück.

»Wo hängen diese anderen Bilder?«, fragte Jan dazwischen.

»Nun, vier der fünf hängen im Palast der Dogen in Venedig. Entscheidend ist, dass keiner weiß, was auf dem letzten Werk zu sehen ist, aber dennoch irgendwann im Laufe der Jahrhunderte der Zyklus aus Venedig verschwand, eine Odyssee durch Europa machte und am Ende wieder in der Lagunenstadt auftauchte – ohne das fünfte oder neunte Bild, aber mit einem Schwung an Legenden.«

Elijah schmunzelte. »Reicht da nicht eine?«

Poch sah ihn indigniert an. »Junger Freund, Sie werden gleich verstehen, warum dieser Einwand – wieder einmal – nicht witzig war. Der alte Köhn scheint ja kurz vor einem qualvollen Krebstod zu stehen. Nun, eine der Legenden besagt, dass, wer dieses letzten Bildes ansichtig wird, seine Zeit und seinen Ort nach seinem Tod sehen könne. Und er gewinnt daraus die Erkenntnis, was er ändern könne. Sozusagen ein optischer Ablass.«

Regina drückte ihren Rücken durch, ehe sie sagte: »Das würde zumindest das Interesse des alten und sterbenskranken Köhn erklären. Der will wissen, wie seine baldige Hölle so ausschaut. Aber dafür so einen Aufriss?«

Elijah wiegte den Kopf. »Na ja, schließlich geht es um die Ewigkeit. In Jerusalem lassen sich die besonders Frommen für viel Geld am Ölberg beerdigen. Sie glauben, dass alle Menschen sich dort am Jüngsten Tag versammeln. Gegenüber auf dem Tempelberg soll Gott auf einem Richterstuhl sitzen und über die Menschen richten. Und die Menschen, die dort beerdigt wurden, wären sozusagen in der ersten Reihe.«

Jan wurde ungeduldig. »Was könnte all das mit den Pocken zu tun haben? Bei allem Respekt für deine Recherche, Regina, aber wir müssen uns auf die Epidemie und die Attentäter konzentrieren.«

Poch fuhr unbeirrt fort. »Etwas mehr Geduld, Jan. Eine weitere Legende sagt, dass Bosch mit diesem Werk etwas äußerst Wertvolles aus Venedig hinausgeschafft haben soll. Etwas, was den dann bald beginnenden Aufstieg seiner Heimat Holland zu einer Handelsmacht begründet haben soll. Der Grundstein des Goldenen Zeitalters der Niederlande!«

Elijah pfiff durch die Zähne. »Ist das nur ein Märchen?«

Poch schüttelte den Kopf. »Bis heute streiten sich die Experten, wie ein kleines und eigentlich unbedeutendes Land wie Holland binnen kürzester Zeit zu einer weltweiten Wirtschaftsmacht aufsteigen konnte. Es besaß Ende des 15. Jahrhunderts nur eine kleine Flotte, die Einwohnerzahl war klein, und Rohstoffe oder besondere Fertigkeiten waren nicht oder kaum vorhanden. Plötzlich explodierte die Wirtschaft förmlich. Neue Länder wurden entdeckt, besetzt und als Kolonien erschlossen. Das ist nach wie vor rätselhaft. Und Bosch soll mit seinem Werk etwas, das dies alles begründete, über die Alpen nach Brabant, also in die späteren Niederlande geschmuggelt haben.«

Elijah verstand immer noch nicht. »Aber warum hätte das heute noch eine Bedeutung?«

Jan lächelte. »Weil es vielleicht noch heute etwas ist, was plötzlichen Reichtum und Macht versprechen kann.«

Regina war skeptisch. »Das könnte für jemanden wie Arwed Köhn natürlich von Interesse sein, aber glaubt so ein Mensch wirklich an Legenden?«

Poch wiegte den Kopf. »Fakt ist, dass die Suche nach diesem Bild lange Zeit für sehr reiche Menschen eine Art Zeitvertreib war, über den aber seltsamerweise wenig gesprochen wurde. Nur wenigen in der Kunstszene ist die Suche ein Begriff. Das mag auch am Schicksal der Suchenden liegen.«

»Was ist damit?«

Poch lächelte maliziös. »Sie sind verschollen.«

Elijah lachte auf. »Das ist doch ein Witz.«

Poch schüttelte den Kopf. »Mir allein sind vier Fälle bekannt. Drei im vergangenen Jahrhundert, zwischen 1900 und 1918 und kurz nach dem Krieg. Der Letzte, Nummer vier, ein Professor der Universität in Bologna, hinterließ einen mysteriösen Abschiedsbrief. Man fand später in einer Kleinstadt in Usbekistan Teile seines Reisepasses, Kleidungsreste und ein Haarbüschel von ihm. Ihr solltet gewarnt sein.«

Für einen Moment schwiegen alle, tranken still ihren Kaffee und folgten ihren Gedanken.

Regina unterbrach die Stille als Erste. »Also den Hinweis mit dem Fluss haben Sie erklärt, mit dem Meer auch. Aber was meinte Ezechiel mit dem Bett des Kaisers?«

Poch zuckte mit den Schultern. »Ich bin sicher sehr klug, aber eben nicht mehr so schnell. Vielleicht wollte Ezechiel Sie auch in eine Falle locken, damit Sie das gleiche Schicksal wie das der verschollenen Forscher ereilt.«

Regina schluckte. »Das würde vielleicht auch erklären, warum alle Versuche Köhns, das Werk mit seinen eigenen Leuten zu finden, scheiterten und er den Hinweis auf Almut mir anvertraute.«

»Und dann ruft er dich an, weil du Superwoman bist?«, scherzte Elijah.

»Nein«, antwortete sie ärgerlich. »Weil Almut diesen wohl sehr wichtigen Hinweis über den Verbleib des Werkes hatte. Zwischen Ezechiel und Almut gibt es eine Verbindung. Ich weiß nur nicht, welche. Sie ist Archäologin, und er hat sich auf eine fanatische Art und Weise mit Bosch beschäftigt.«

»Hat es was mit Almuts Ausgrabungen im Orient zu tun?«, fragte Jan.

Poch spitzte ein wenig die Lippen, ehe er erneut ausführte:

»Die Venezianer waren in diesen Jahren die bedeutende Handelsmacht schlechthin und in einem dauerhaften Kampf gegen das Osmanische Reich. Vielleicht liegt da die Verbindung zu den Pocken. Die meisten Viruserkrankungen wie die Pest und die Pocken stammen aus Zentralasien. Sie wurden von Reisenden nach Europa getragen. Gut möglich, dass es damit etwas zu tun hat.«

Jan war mittlerweile aufgestanden und hatte sehr zum Missfallen von Poch in dessen Küche herumgeräumt. Er kam mit einem Korb in der Hand zurück an den Frühstückstisch, wischte wortlos ein Paar Zeitschriften und leere Spritzen, die er für die Behandlung Elijahs benötigt hatte, zur Seite und zog sich Gummihandschuhe über. Noch aßen die anderen genüsslich ihr Frühstück und diskutierten. Dann sahen sie, wie Jan ein Küchenbrett mit Spiritus befeuchtete, aus einer grünen Flasche ein grauschimmerndes, nasses Hautstück mit einer Pinzette herausholte und es sorgfältig und langsam auf dem Brett ausbreitete. Elijah verdrehte die Augen, Poch kreischte. Völlig unbeeindruckt rollte Jan Ezechiels Kopfhaut aus.

Eher entschuldigend erklärte Regina, woher sie diese hatten. »... na ja, und da ist eben etwas eintätowiert, und ob ihr es glaubt oder nicht, er bat uns, seine Kopfhaut mitzunehmen.«

Elijah schüttelte etwas blass den Kopf. »Was ihr so geschenkt bekommt: Amulette, Kopfhäute. Was kommt als Nächstes? Augen als Vergissmeinnicht?«

Keiner lachte. Jan hatte mit Rouladenspießen die Haut vorsichtig auf ihre ganze Fläche hin gespannt. Langsam konnte jeder Konturen und Zeichnungen erkennen. Es waren Striche, Punkte und dann auch Figuren zu sehen. Poch hatte mit angewidertem Gesicht ein Vergrößerungsglas mit eingebauter Lampe von seinem Schreibtisch geholt. Jan sah als Erster hindurch.

»Das ist doch ein Löwe, oder?«

Poch schob ihn zur Seite und verengte seine Augen. »Es scheint mir eher ein Wappen oder etwas Ähnliches zu sein, aber es sind auch noch Punkte und Striche zu sehen.«

Elijah drängte auch nach vorn. »Was könnt ihr sonst noch erkennen?«

Jan schüttelte den Kopf. »Einen Löwen, Flügel, ein Kreuz mit drei Punkten daneben und die Zahl Acht, die alles umschließt.«

Poch besaß eine eingebaute Kamera in seinem Vergrößerungsglas, einem Gimmick, welches er aus einem Katalog für Sonderartikel erstanden hatte. Obwohl kunstsinnig und feingeistig, hatte er ein kindliches Vergnügen an solchen eher unnützen Erfindungen. Jetzt half das Gerät sehr. Er schoss Fotos, solange der Alkohol die Haut noch in einem guten Zustand beließ.

»Ich schaue mir das später in Ruhe an, Jan. Wenn Sie das jetzt einfach vom Tisch räumen würden. Ich möchte gern weiter essen, und das ungern in Gegenwart der stinkenden Kopfhaut eines vermutlich Pockenkranken. Danke.«

Faruk machte sich jetzt auch Platz auf dem Tisch vor sich. Faruk war das alles zu viel an Information. »Also, wir suchen ein Bild, eine notorisch Verschollene und diverse Attentäter und vermutlich suchen wir auch ein Antiserum.«

Elijah stöhnte auf. Er wusste, dass Faruk jetzt Struktur brauchte.

»Was haben wir?«, fragte Faruk rhetorisch. »Wir haben einerseits den verschwundenen Wissenschaftler, der sich um das ›Heißmachen‹ von Pockenviren verdient gemacht hat. Ein deutscher Mabuse, um nicht Mengele zu sagen, werkelt in israelischen Geheimlabors – was für eine Mischung. Kein islamistischer Hassprediger käme auf eine solche Verbindung. Und der Deutsche vergiftet dazu mit Hilfe einer deutschen Sekte die eigenen Landsleute, ob beschnitten oder nicht. Das ist alles etwas zu viel Fiktion. Wir haben noch deinen Auftraggeber, Regina, der dich mit Almut und mit einem Kunstbeschaffungsauftrag geködert hat.«

Die vier starrten den Syrer entrüstet an.

Jan fand zuerst Worte. »Weiser Wüstenscheich, lass uns Unwürdige teilhaben an deinem Quell des Wissens.«

Faruk überhörte den Spott. »Noch wissen wir nur eins: Die Pocken sind da, und sollten sie, was sehr wahrscheinlich ist, die

Landesgrenzen missachten, wird es in allen nicht so hochentwickelten Ländern wie dem meinigen zu mehr als apokalyptischen Szenen kommen. Wir haben also keine Zeit. Nach den letzten Meldungen verbreitet sich das Virus rasend schnell. In spätestens drei Tagen wird es über die Türkei den Nahen Osten erreicht haben. Meine Verbindungen sagen, dass der Impfstoff hier nicht oder nur vermindert wirkt. Es ist also ein Rennen gegen die Zeit. Was wissen wir also genau?«

Er nahm ein großes Blatt, das er von Ivans Schreibtisch genommen hatte, und begann zu malen. Es war ihm ein Anliegen, die Puzzleteile zu visualisieren. Lange bevor irgendwelche FBI-Agenten ihre Profiling-Künste der Öffentlichkeit präsentierten, war er in seiner Abteilung schon diesen Weg gegangen. Auch das war seiner Zeit bei der Staatssicherheit geschuldet. Der DDR-Dienst war in Akribie und Analyse kaum einer Organisation unterlegen gewesen. Man hörte das in diesem Land ungern. Aber Faruk ging mit dieser Erkenntnis auch nicht hausieren.

»Gut, ich gebe euch recht, die Indizien sprechen dafür, dass die Sekte etwas damit zu tun haben könnte. Zumal die Killer von Ezechiel ohne großen Schutz vor den Pocken operierten. Entweder waren sie lebensmüde, oder sie besaßen ein Antiserum – im Gegensatz zum Rest eurer Landsleute.«

»Seiner Landsleute«, betonte Regina lächelnd. Aber Jan fand das gar nicht komisch.

»Okay, kommen wir zum nächsten Verbrecher aus Deutschland, dem Wissenschaftler.«

Elijah begann: »Er kam für einige Jahre nach Israel, um an den Pocken zu forschen. Verschont mich mit Verschwörungstheorien über Israels Bestreben, die arabische Welt mit Pocken auslöschen zu wollen. Diese Wissenschaftler lassen sich in zwei Gruppen unterteilen. Die, die das Pockenvirus komplett ausrotten wollen, um jede Gefahr des Missbrauchs damit auszuschließen. Und jene, die damit forschen wollen, weil sie glauben, dass es niemals aussterben wird und man sich darauf vorbereiten muss. Izzakh Roth gehörte zur zweiten Gruppe. Seine Spur verliert sich hier in Deutschland. Es gibt kein Grab. Und ein Wissenschaftler mit ähnlichem Namen, Günther Roeder, ist nachweislich kein Jude, wie Roth es eben war.«

Faruk lächelte spöttisch. Elijah reagierte sofort. »Diesen Beweis haben meine Kollegen von zwei Nutten, die …«

Regina winkte ab. »Schon klar, er war nicht beschnitten. Das ist etwas vage, ein Nachfragen allemal wert.«

Elijah blickte in die Runde. »Für eine Kunstreise fehlt uns die Zeit. Wo ist der Hauptsitz dieser Sekte, Ivan?«

Poch wirkte enttäuscht, aber antwortete artig. »Er liegt nicht weit von hier an der ehemaligen deutsch-deutschen Grenze in Unterfranken. Der Ort heißt Rottershausen.«

Faruk sah seinen israelischen Partner besorgt an. »Willst du dahin?«

Elijah zuckte mit den Schultern. »Wir müssen jeder Spur nachgehen. Nach dem, was Regina und Jan über die Militanz dieser Pfeifen am Tegernsee erzählen, ist das ja nicht unwahrscheinlich. Wenn die einen paramilitärischen Dienst haben, dann schrecken die auch nicht vor dem Verbreiten von Viren zurück. Endzeit? Verstehst du?«

Faruk sah ihn genervt an. »Aber willst du dich nicht erst ein wenig erholen? Du bist so nicht einsatzfähig.«

Elijah schüttelte den Kopf. »Faruk, uns fehlt die Zeit.«

»Ist doch nur ein Kratzer«, wandte Poch ein.

Es klingelte an der Tür. Wie von der Tarantel gestochen, stieß sich Poch vom Stuhl ab und watschelte eilig zur Tür. Regina, Faruk und Elijah griffen zu ihren Waffen. Nur Jan trank noch einen Schluck Kaffee. Er hatte Ivans Unruhe schon längst bemerkt und ahnte, was jetzt kam. Eine sehr junge Männerstimme drang in das Esszimmer. Alle reckten ihren Kopf in Richtung Flur. Dann war Ivan zu hören.

»Ja, geh schon mal hoch … Ja, ich komme gleich.«

Mit großer Geste wackelte er wieder zu den Freunden, ließ sich aber nichts anmerken.

Elijah durchbrach das Schweigen. »Ivan, ich will Ihnen nicht zu nahe treten, aber der junge Mann schien mehr jung als Mann zu sein.«

Poch errötete leicht am Hals. »Versuchen Sie bitte Ihre im Kibbuz erlernte Unhöflichkeit auf ein Minimum zurückzuschrauben, solange Sie mein Gast sind. Der junge Mann ist erstens ein Schüler und zweitens volljährig, Sie Meisterspion. Und dabei wollen wir hoffen, dass Ihre vergangenen Sexualpartner jeden Standard an Hygiene und Diskretion erfüllt haben.«

Diese Napalmreplik brachte selbst Elijah zum Schweigen. Niemand sagte mehr etwas. Keiner wollte den Gastgeber, der sie alle so großherzig aufnahm, beleidigen.

Schließlich durchbrach Poch selbst die peinliche Stille. »Faruk, fahren Sie doch mit dem Ordnen der Dinge fort. Mir scheint, dass die anderen etwas Licht benötigen.«

Faruk hatte die Szenerie still beobachtet. Er konnte nicht verstehen, warum man die sexuelle Orientierung eines Menschen thematisieren musste. Sie war privat, und als Gastgeber und Ältester der Runde besaß Ivan Poch jedes Recht, darauf zu bestehen. Respekt war das Schlüsselwort. Doch dies existierte sowohl bei den Israelis wie auch bei den meisten westlich geprägten Menschen nicht. Dort war alles möglich. Aber das stimmte eben nicht.

»Diese Sekte sollten wir uns baldmöglichst ansehen. Ich schlage vor, wir fahren noch heute zu diesem Ort, wie hieß er gleich, Ivan?«

»Rottershausen.«

»Genau, wir werden vorsichtig agieren.« Das war in Elijahs Richtung gemeint.

»Ich nehme auch an, dass der deutsche Staatsschutz trotz der Epidemie ermitteln wird. Jan und Regina – ich sage es ungern, aber da wir keine Mobilität besitzen, würde ich gern auf euer Fahrzeug zurückgreifen.«

Jan schüttelte den Kopf. »Das kannst du vergessen. Das ist der Wagen eines Kollegen, ein Porsche. Da kommst du mit vier Leuten nicht rein. Im Übrigen kann ich Elijah mit seinem ›Kratzer‹ nicht empfehlen, Aktionen, wie ihr sie bestimmt wieder vorhabt, durchzuführen.«

Elijah schüttelte den Kopf. »Da draußen, nicht wenige Kilometer entfernt, liegen Kameraden von mir, Jan. Wenn diese Sekten-Pfeifen damit etwas zu tun haben, möchte ich der Erste sein, der sie ›behandeln‹ darf. Dann kommst du halt als Sanitäter mit.«

Jan verdrehte die Augen. Aber es sollte noch schlimmer für ihn kommen.

Regina war es, die den entscheidenden Vorschlag machte. »Wir teilen uns auf. Faruk und ich reisen als bewährtes Pärchen nach Wien, in die Stadt am Fluss. Wir fangen mit Almuts letztem Aufenthaltsort an, gehen in die Akademie und suchen dort nach Hinweisen. Wien kenne ich nun einmal besser als jeder andere hier. Vielleicht können mir auch noch meine alten Verbindungen helfen. Wir reisen heute Abend …« Poch konnte sein Unglück kaum fassen. »… dann sehen wir auch, wie es dir mit deiner Verletzung geht, und wir können uns besser abstimmen. Jan und Elijah nehmen den Porsche, und wir schlagen uns mit dem Zug durch. Da wir beide keine deutschen Staatsbürger sind, dürfte die Ausreise etwas leichter sein. Wir müssen in Kontakt bleiben. Hat jemand angesichts der Stromausfälle eine Idee?«

Sie sah zu Elijah. Der schmunzelte, schrieb mit einem Stift eine Nummer auf und reichte sie Regina. »Ruf dort an. Du – nicht Faruk. Nicht in allen Außenstellen unseres Büros werden Syrer schon so geschätzt wie von mir.«

Faruk blieb unbewegt.

»Über diesen Kontakt werden wir kommunizieren. Ich sorge dafür.«

Regina nickte, ehe sie schmunzelnd zu Poch sah. »… Und dann treffen wir uns wieder hier bei unserem großzügigen Gastgeber. Lieber Ivan, stellen Sie uns doch jetzt den jungen Mann einfach mal vor.«

Ivan Poch stöhnte auf und warf den Kopf nach hinten. Und plötzlich funktionierten die Handys wieder. Bei allen piepste und brummte es. Eingehende Mails und SMS konnten nunmehr endlich gelesen werden. Wie Dürstende auf einen Brunnen stürzten sich die vier auf ihre Telefone. Auch Jan griff nach seinem Smartphone. In diesem Moment klingelte es. Er runzelte die Stirn, als er die Nummer sah, und hob schweigend die Hand, als Regina ihn fragend ansah.

Jan begann zu sprechen.

»Was willst du?«

Alle zuckten zusammen.

»Was? … Was ist passiert? … Wo steckst du, Stefan? … Um Gottes willen … Ja, ich komme.«

Bad Bentheim, Deutschland, 18. 12., 19.49 Uhr

Er lag im Sterben und dachte dabei an die Weihnachtsgeschenke. Ausgerechnet jetzt. Er hatte sie auf Drängen seiner Frau schon frühzeitig gekauft. Ein rosa Prinzessin-Lillifee-Roller für beide Mädchen und zwei Puppen lagen jetzt gut verpackt in seiner Garage in Bad Bentheim. Eine der kleinen Empfängerinnen aber befand sich zwischen anderen gefrorenen Leichen, die man in einem hastig aufgestellten Containerfriedhof in einem hässlichen Gewerbegebiet an der Autobahn zwischen der holländischen Grenze und Osnabrück zwischengelagert hatte. Auch ihre Mutter lag dort in einem steifen Knäuel aus toten Leibern. Nur die andere Tochter hatte auf seinem Rücken überlebt. Die Treffer des Schrots hatten wie durch ein Wunder nur Schrammen auf ihrem Gesicht verursacht. Die Patrouille hatte sie zu einem Kontaktpunkt gebracht. Dort sollten sie warten.

»Ich gehe jetzt nach Hause«, hatte er einem jungen Offizier gesagt. »Sie können mir in den Rücken schießen. Aber ich werde jetzt gehen.«

Und obwohl drei Soldaten ihre Waffen erhoben hatten, konnte Krabbe weitergehen. Der Offizier, selbst Vater einer Tochter, hielt seine Männer zurück. Zu sehr waren die Bilder der Leichen der Frau und des Kindes in seinem Kopf hängen geblieben. Er wollte in dieser Nacht nicht noch weitere Menschen auf dem Gewissen haben. Krabbe hatte den Weg zurück nach Bad Bentheim nur mühsam gefunden. Er hatte ständig gehustet und dann, kurz vor dem Haus, die Schwellung an seinem Bauch gespürt. Die Krankheit hatte nun auch ihn erfasst. In seiner Verzweiflung hatte er sein Telefon genommen und wahllos versucht, alle Nummern, die er gespeichert hatte, anzurufen. Jemand musste sich nach seinem Tod um seine Tochter kümmern. Und dann wählte er, in einem Moment, in dem das Gerät senden und empfangen konnte, ausgerechnet die Nummer seines verhassten Schwagers.

Jenes Schwagers, der ihn immer so von oben herab behandelt hatte. Dem sein kleines Haus in Bentheim zu miefig und langweilig erschien. Und der ihm selbst bei der Beerdigung seines Sohnes nicht die Hand geben wollte. Aber Krabbes Schwester hatte damals reinen Tisch gemacht. Den Kerl rausgeworfen. Wer sein Kind ersaufen lässt, kann nur ein Schwein sein. So hatte er es Andrea am Grab zugeflüstert. Und ausgerechnet dieses Schwein hatte er angerufen: Dr. Jan Kistermann. Und dieses Schwein war jetzt gekommen, um seine Tochter zu holen. Tränen liefen über Krabbes dreckiges, bereits von Beulen gezeichnetes Gesicht, als er den großen, schlanken Mann vor sich sah. Er hätte kotzen können.

Jan war mit Pochs Auto an unzähligen Barrieren und Straßensperren vorbei in zehn Stunden nach Bad Bentheim gefahren. Regina hatte angeboten mitzukommen. Aber er wollte das allein machen. So vereinbarten sie, dass Regina mit Faruk nach Wien und Elijah nach Rottershausen fahren sollte. Dort würde Jan ihn treffen, aufnehmen und nach Wien weiterreisen. Österreich schien sicher, und Elijah wollte, bevor er aufbrach, in Frankfurt bei dem dortigen Konsulat Pässe für Jan und das Mädchen besorgen, so dass sie ungehindert über die Grenze kamen.

Stefan Krabbe und er – das war vom ersten Tag ihrer Begegnung an ein Kampf gewesen. Jetzt lag Stefan dort im Sterben. Jan erkannte es sofort. Er lag röchelnd auf dem Sofa, dort, wo er die großen Reden beim ersten und einzigen Besuch Jans mit Andrea hier oben im Nordwesten der Republik geschwungen hatte. Krabbe spielte immer den toughen Sheriff, redete von Kameltreibern, »die unser Geld nehmen und nur faul herumsitzen«. Er,

Krabbe, hätte es mit eigenen Augen gesehen. Jan hatte widersprochen. Es kam zum Streit. Jan und Andrea fuhren früher ab. Noch auf der Autobahn hatte er sich mit seiner Exfrau fürchterlich gestritten. Und jetzt lag dieser Unsympath vor ihm. Und auf dem Boden spielte seine Tochter selbstvergessen und friedlich mit Memory-Karten. »Du musst auf sie aufpassen«, hatte er noch sagen können. Dann war sein Herz stehengeblieben. Einfach so, während seine Tochter die Sonnenblumenkarte umdrehte.

Hastig hatte Jan im ganzen Haus nach Kleidung und Nahrung für das Mädchen gesucht, als ihn ein Geräusch aus dem Flur aufschrecken ließ. Er rief nach der kleinen Martha und ging langsam die Treppe hinunter. Im letzten Moment sah er die Gestalt, aber zum Ausweichen war es zu spät. Der Kolben des Sturmgewehrs traf ihn an der Schläfe. Eine Stunde später war er mit fürchterlichen Kopfschmerzen wieder aufgewacht. Eine Patrouille der Bundeswehr, die schon jetzt nach Plünderern suchte, hatte ihn gestellt. Glücklicherweise hatte die kluge Martha den Männern erklärt, dass es sich bei dem bewusstlos auf dem Boden liegenden Mann um ihren Onkel handelte, ehe sie weiter mit den Karten spielte. Dann sahen die Männer das geschwollene Gesicht der Kleinen, sahen die schwarzen Punkte im Gesicht und nahmen Jan und sie mit zu einer mobilen Sanitätsstelle. Ein fetter Bundeswehrarzt hatte dort das Mädchen mit einem starken Schmerz- und Beruhigungsmittel behandelt, die kleinen Kugeln mit einer Pinzette aus Wange und Ohr geholt, die Wunden gereinigt und mit einem Verband geschützt. Dann sollten sie zu einem Lager, nicht weit von Bentheim, gebracht werden. Aber irgendetwas stimmte mal wieder nicht in der Logistik des Militärs, und so war Jan mit seiner durch die Betäubung schlafenden Nichte und anderen Flüchtlingen bei schneidender Kälte am Rand einer Bundesstraße auf der Ladefläche eines Lastwagens festgehalten worden. Junge Rekruten der Bundeswehr in grünen Gummischutzanzügen, die eigentlich für einen Atomschlag gedacht waren, hielten sie mit vorgehaltenen G36-Sturmgewehren in Schach. Keiner wollte mehr fliehen. Alle sehnten sich nach Wärme.

Bad Bentheim, Deutschland, 19. 12., 17.30 Uhr

Gegen Morgen war ein Rentnerpaar still gestorben. Die Kälte, die Angst und nicht zuletzt die Verzweiflung ließ sie einfach dahingehen. Jan sah es und konnte nichts für sie tun. Sie schoben die Alten zum Rand der Ladefläche. Die Soldaten zogen sie herunter, und die mittlerweile steif gefrorenen Leiber fielen auf den harten Teer des Parkplatzes. Goldmünzen purzelten aus dem Jackenkragen des Mannes. In der Stille war das Brechen der Schädel beim Aufprall zu hören gewesen. Unauffällig, aber für Jan sichtbar, trat ein Soldat auf eine Münze und bewegte sich erst wieder, als die Leichen weggeschafft wurden. Dann bückte er sich und nahm verstohlen die Münze in seine Hand.

Im Morgengrauen fuhr man sie endlich in ein provisorisches Lager an der Autobahn. Hier gab es Verpflegung. Aber Jan war nicht dazu in der Lage, irgendetwas anderes zu tun, als in die kalte, frostige Landschaft zu schauen. Nur Martha war ihm hier als Trost geblieben. Sie hatte erste Symptome der Krankheit gezeigt, aber die Krankheit schien jetzt bei ihr den Höhepunkt bereits überschritten zu haben. Überhaupt waren die Verläufe völlig unterschiedlich. Nicht geimpfte Personen schienen sich nicht anzustecken, obwohl mittlerweile eine Trennung angesichts der chaotischen Bedingungen nicht mehr aufrechterhalten wurde. Geimpfte wiederum fielen beim Essen oder beim Gang zu den Dixi-Klosetts um wie Skulpturen bei einem Erdbeben, schrien, spuckten Blut und verreckten ohne jede Beachtung durch die Umstehenden. Patrouillen informierten dann sogenannte Cleaningteams, die alle zwei Stunden mit Transportern durch das Lager fuhren und die Toten einsammelten.

Das Lager glich einer Wirklichkeit gewordenen Apokalypse. Es war das Gelände einer großen Spedition für Baumaschinen und Kipplader, und der Parkplatz, vor kurzer Zeit noch mit großen LKW belegt, war in Windeseile vom Roten Kreuz und dem Technischen Hilfswerk in eine Zeltstadt verwandelt worden. In einem Teil einer angrenzenden, fast 40 Meter hohen Lagerhalle waren Kinder und Schwerstverletzte in einem Lazarett der Bundeswehr untergebracht. Im anderen Teil lagerten Lebensmittel und die meisten Wertgegenstände, die man den Insassen abgenommen hatte, um Unruhen im Lager zu vermeiden. Auch die Kleidung war allen weggenommen worden, da man Ansteckungen über verseuchte Kleidungsstücke befürchtete. So trugen alle Trainingsanzüge, Stiefel und Anoraks aus Bundeswehrbeständen. Am nächsten Morgen sollten zudem allen Insassen die Haare geschnitten werden. Schon jetzt schickte die Lagerleitung Neuankömmlinge gleich bei der Einweisung zu den Friseuren. Hier kam man nur noch mit einem der äußerst seltenen grünen digitalen Unbedenklichkeits-Sticks der behandelnden Ärzte und der Lagerleitung heraus. Dieser Minisender wurde subkutan unter die Haut gespritzt und war somit nicht übertragbar und fälschungssicher. Die Eingänge zur Halle wurden von bewaffneten Soldaten bewacht, und jeder Widerstand wurde sofort mit Schusswaffengebrauch geahndet.

Seit einem Tag war er jetzt hier. Seine Nichte hatten sie von ihm separiert. Jan schüttelte den Kopf, wie um die düsteren Gedanken zu verscheuchen, und machte sich auf zu seiner Unterkunft. Er musste mit der Kleinen in den Süden gelangen.

In einem Großraumzelt, das einst wohl auf Schützenfesten in der Umgebung zum Einsatz gekommen war, hatten Pioniere große Fernseher und Lautsprecher, die man aus umliegenden Fachgeschäften requiriert hatte, installiert. Halbstündig liefen die Nachrichten aus Hamburg. Um sich ein wenig aufzuwärmen, trat er ein. An langen Biertischen saßen Kranke wie Gesunde und stierten kopfschüttelnd und zuweilen auch nur lethargisch auf die Bildschirme. Sie sahen die Deutschlandkarte, und ein Sprecher erklärte aus dem Off, dass die Notregierung jetzt grüne, also saubere, und rote, also heiße, Zonen definiert hatte. Der Norden, mit den Bundesländern Schleswig-Holstein, Hamburg, Bremen und größeren Teilen Niedersachsens, war noch grün eingezeichnet. Immer wenn die jeweiligen Bundesländer eingeblendet wurden, zeigte die Grafik auch die Todesrate der letzten 72 Stunden. Berlin war ein roter Punkt inmitten einer großen grünen Fläche, 913 Tote verzeichnete der dortige Krisenstab. In der Weite der Flächenstaaten ließ sich das Virus besser eindämmen, nahm der Sprecher an. Mecklenburg-Vorpommern, Sachsen und Thüringen kamen auf nicht mehr als 121 Pockentote. Das klang fast erfreulich. Allerdings sprach gegen diese Theorie das fast gänzlich rot eingefärbte Bayern mit nunmehr 834 Toten in den Großregionen München, Nürnberg und Würzburg. Das südwestliche Deutschland war ein einziger Flickenteppich aus grünen und roten Punkten und Kleinflächen. Stuttgart und die nördlichen Industriestädte wie Ludwigshafen und Mannheim hatte es schwer getroffen. Ein großes schwarzes Kreuz tauchte neben dem Namen der Landeshauptstadt auf: 1000 Tote und eine außergewöhnlich schnelle Verbreitung. Nur Hessen war mit 110 Toten kaum befallen, was angesichts des größten Flughafens der Republik einem Wunder gleichkam. Experten, so der Reporter, sprachen vom Segen der frühen Schließung des Flughafens. Das letzte Bild zeigte Nordrhein-Westfalen. Fast 18 Millionen Einwohner lebten vor dem Ausbruch in dem bevölkerungsreichsten Bundesland, bis jetzt waren weit mehr als 1000 Menschen dort an den Folgen der Pockenepidemie gestorben. Hier hatte das Virus bis jetzt am schlimmsten gewütet. Das Bundesland wurde von Sicherheitskräften hermetisch abgeriegelt. Bilder zeigten Schützenpanzer der Bundeswehr, die auf Autobahnkreuzen postiert waren. Auf der Kölner Domplatte, dem Vorplatz der Kathedrale, lagen in selbstgebauten Kartonbehausungen Kranke und Sterbende, sie hatten sich von der Nähe zur Kirche Linderung oder gar Rettung erhofft. Der eisige Wind hatte in der vergangenen Nacht noch kältere Polarluft nach Westen geführt. So starben die meisten an Erfrierungen und Erschöpfung. Die wenigen Hilfskräfte, die noch ihren Dienst versahen, waren komplett überfordert und ließen die Menschen dort sterben, wo sie hinsanken und einschliefen. Die Bilder waren von Hubschraubern aus aufgenommen worden, denn kein Reporterteam wollte aus der sicheren Zone über Land in diese Stadt des Todes reisen. Jan erinnerte das Gesehene an die Bilder von Tschernobyl. Auch dort hatte man anfangs die Katastrophe nur von oben gesehen und gruselte sich über die Zustände, die dort herrschten.

Die Kanzlerin kam ins Bild. Die Menschen im Zelt, die noch dazu in der Lage waren, pfiffen und buhten. Einige warfen Pappbecher nach vorn. Die Mundwinkel der Kanzlerin hingen noch weiter herunter als sonst. Die dicke Fernsehschminke konnte ihre Augenringe nicht verbergen. Sie sah müde aus. Aber ihre Stimme demonstrierte Entschlossenheit. Es war, als ob sie im fernen Hamburg den Hass und die feindselige Stimmung erahnen konnte. Sie erinnerte in ihrer Rede die Menschen an die früheren Nachkriegsjahre, die Generationen vor ihnen so stoisch und geradlinig bewältigt hatten. Sie sprach von Hilfe aus dem Ausland und davon, dass nun jeder seine deutschen Tugenden unter Beweis stellen müsse. In der größten Not stünden die Deutschen zusammen. Bilder der Flutkatastrophen aus den 90er Jahren wurden eingespielt. Immer mehr verkam ihre Rede zu einem Wahlkampfspot. Wer immer das empfohlen hatte, kannte die Verzweiflung der Menschen im Land nicht. Langsam drohte die Stimmung im Zelt zu kippen. Die Menschen standen auf den Biertischen, schrien, stachelten sich gegenseitig an und warfen immer größere Gegenstände in Richtung Monitore. Eine Wasserflasche zerbarst am Rand eines Flachbildschirms. Sofort verliefen die Farben des Bildes zu einem unnatürlichen Grün. Es sah aus, als ob die Kanzlerin damit zeigen wollte, dass sie im sicheren grünen Bereich lebte.

Wut stieg in Jan auf. Plötzlich wurde ihm klar, dass er von dieser Frau da vorne keine Hilfe zu erwarten hatte. Er musste seine Rettung und die seiner Nichte selbst in die Hand nehmen. In einer Ecke schlugen sich bereits die ersten Streithähne. Jan kam gerade noch rechtzeitig aus dem Zelt, bevor ein Zug Militärpolizisten mit Schlagstöcken und Pfefferspray auf die Eingänge zustürmte. Er musste jetzt fliehen, diese Entscheidung stand fest. Das hier war nur ein Ort des Todes. Hier würden bald alle verrecken. Immer mehr Kranke wurden hereingebracht, immer weniger konnten adäquat versorgt werden, und somit starben immer mehr. Als Arzt hatte er einen guten Blick für Situationen, die kippten. Dies hier war so eine. Aber er würde seine Nichte mitnehmen. Nie mehr würde er ein Kind verlieren. Hass gegen sich selbst, gegen die Krankheit, gegen das Lager stieg in ihm auf. Er hatte schon am Morgen an seinem Feldbett einen Bauchbeutel mit Wertsachen und Pässen zusammen mit dem kleinen GPS-Gerät deponiert und mit einem stabilen Schloss an das Bett gekettet. Elijah hatte ihm das GPS überreicht, ihm eine kleine Einweisung gegeben und gehofft, dass der Arzt damit zurechtkommen würde. Das war sein Überlebenspäckchen, sein Ticket in die Freiheit. Er hatte es unter Mühen an den Kontrollen vorbeigeschmuggelt. Neben ihm im Zelt lag ein alter Mann aus Bentheim, der die Nichte kannte und dem er vertraute. Der passte darauf auf.

Aber vorher musste er erst unbemerkt Kleidung aus der Halle und danach seine Nichte holen. Beides war hochriskant. Am frühen Abend hatte die Leitung, aufgrund von Vorfällen wie diesem gerade im Zelt, beschlossen, im Lager einen Extrabereich für Renitente und Fluchtwillige einzurichten. Es sollte dort weniger Verpflegung und schlechtere medizinische Versorgung geben, das besagten jedenfalls die Scheißhausparolen, die umgingen. Das würde er seiner Nichte nicht antun können. Er musste also vorsichtig agieren.

Jan eilte zu seinem Zelt zurück. Hilfssanitäter fuhren auf überdachten Tragen, wie er sie vom Oktoberfest kannte, Personen aus seiner Unterkunft heraus. Er schlängelte sich an ihnen vorbei, lief den Weg an den Heizstrahlern entlang und sah schon sein Feldbett. Aber etwas war anders. Wo war der alte Mann? Er sprang förmlich nach vorn und sah unter dem Stoff des Bettes nach. Sein Atem ging schneller. Er rutschte um das Gestell herum, schaute unter den Nachbarbetten nach, beide waren leer. Er drehte wild den Kopf und schrie. Aber die Menschen blickten nur kurz von ihren Betten hoch und drehten sich dann wieder weg. Jans Augen schienen aus den Höhlen herauszutreten. Das konnte doch nicht wahr sein. Er rannte hinter den Sanitätern her und erreichte sie, bevor sie am Ausgang waren. Er schob die Plane von der Trage beiseite. Die beiden Sanitäter wollten ihn wegstoßen, aber er sah es noch. Der alte Mann lag tot auf der Trage, in seinem Hals steckte eine Gabel. Er rannte zurück, sprang über einzelne Reihen. Es konnte noch nicht lange her sein. Und das war der einzige Ausgang. Die Diebe mussten noch hier sein. Kurz vor seinem Bett stolperte er und flog mit dem Kopf gegen einen Heizstrahler. Ein stechender Schmerz durchzuckte seinen Kopf, für einen Moment war ihm schwarz vor Augen. Jan rappelte sich benommen wieder auf. Jemand sprach leise mit ihm. Er schüttelte den Kopf und sah in das Gesicht einer alten Frau mit einem Kopftuch. Sie schälte mit langsamen Bewegungen einen Apfel und schien eine Türkin zu sein. Fragend sah er sie an. Statt zu antworten, zeigte sie nur stumm auf die hintere linke Ecke des Zeltes, wo sich hinter einem Plastikvorhang mehrere Jugendliche über etwas beugten. Jan stemmte sich hoch und sah vor sich die Hand der Türkin, in der ein kleines Obstmesser lag. Instinktiv griff er zu, warf ihr noch einen eiligen dankbaren Blick zu und stapfte auf die Jungen zu. Er roch es schon von weitem. Der ekelhafte Geruch der aufbrechenden Pockenpusteln kroch ihm entgegen. Das Zelt war notdürftig in zwei Hälften geteilt. Plastikplanen sollten den Kontakt zwischen Kranken und Gesunden vermeiden. Er schob sie beiseite. Wenige Meter noch. Jetzt sah einer der vier Jugendlichen auf. Sein Gesicht war fast zugeschwollen. Aber er schien trotzdem munter zu sein. Denn er warnte seine Kameraden blitzschnell. Jan erkannte den Stoff des Rucksacks. Er wollte keinen Streit. Aber das hier war keine Diskussion, das war Krieg. Sie würden ihn genauso abstechen wie den Alten.

Der Erste kam mit wiegenden Schritten auf ihn zu: »Ey, Alter, was willst du?«

»Ist das mein Rucksack, Trottel?«

»Ja, Mann, und wenn sch…« Mit der rechten Hand hatte Jan in die Haare am Hinterkopf des Jungen gegriffen, mit der linken Hand gegen den Kehlkopf geschlagen und ihn dann zu Boden gedrückt. Es war eine fließende Bewegung, die Regina ihm im Herbst auf einer Wiese in einem Wiener Park gezeigt hatte. Nun fand sie eine Anwendung. Er würde nie töten wollen. Er war Arzt, aber er würde sein Leben und das seiner Nichte verteidigen. Er sah nicht mehr, wie der Junge auf den Boden fiel, sich fassungslos an den Hals fasste und dann zusammenbrach. Stattdessen hatte er dem Zweiten mit einem Tritt das Standbein weggetreten. Der Junge fiel auf den Kopf und verlor sofort das Bewusstsein. Die anderen zwei stoben auseinander. Er griff mit der rechten Hand nach vorn zum Rucksack, hielt den nächststehenden Typen mit dem Messer in Schach und ging langsam wieder zurück.

Bald würden die Soldaten hier sein. Mittlerweile hatten andere Bewohner neugierig die Plastikplanen beiseitegeschoben und den Kampf verfolgt. Er hechtete mit dem Rucksack zum Ausgang. Die Menschen stoben auseinander. Keiner hielt ihn fest. Jan musste improvisieren, es war stockdunkel, eine überstürzte Flucht würde jetzt keinen Sinn ergeben. Er musste sich auf dem Gelände verstecken, die Lage sondieren und später seine Nichte aus der Krankenstation befreien. In geduckter Haltung rannte Jan zwischen den Zelten in Richtung Lagerhalle. Die Kälte biss in seinen Lungen. Der Kampf hatte ihn geschwächt, aber er spürte noch immer keine Symptome der Pocken. Er gehörte wohl zu den »happy few«. Der Gedanke klang wie Hohn in seinem Kopf. Die Krankheit hatte die Familie seines Schwagers fast ausgelöscht, seine Nichte lag, mit Pusteln übersät, nicht weit von hier und kämpfte mit dem Tod. Nur ihn verschonte das Virus.

Die Scheinwerfer, die das Lager umgaben, waren eingeschaltet und tauchten das Gelände in fast taghelles Licht. Doch direkt hinter dem Zaun wartete das Schwarz der hereinbrechenden Nacht. Plötzlich jaulten Sirenen auf. Galt das ihm? Atemlos stellte er sich in den Lichtschatten einer mobilen Kloreihe. Menschen liefen zu ihren Zelten, Bundeswehr-Jeeps rasten über die Wege zwischen den Zelten und stoppten tatsächlich vor seiner Unterkunft. Kein Zweifel, sie suchten ihn. Und schon bei kleineren Vergehen wurden die Sträflinge in ein anderes, streng gesichertes Lager einige Kilometer von hier abgesondert. Dann konnte er seine Nichte endgültig vergessen, dachte er verzweifelt. Der Weg zwischen der Halle und den Toiletten war jetzt taghell erleuchtet. Er musste bis zur Außenwand der Halle sprinten. An der Kopfseite der Halle befanden sich Ladezonen. Dort waren zu viele Menschen. Mit aller Kraft, die ihm noch zur Verfügung stand, rannte er zur Lagerhalle. Er rutschte auf einer gefrorenen Pfütze aus, fiel nach vorn und schlug sich trotz Handschuhen die Hände und die Knie am Streusplitt auf. Sofort rappelte er sich wieder auf, fast auf allen vieren erreichte er die Wand und drückte sich erschöpft gegen sie. Er hörte das rostige Quietschen. Er schaute nach links, sah, wie eine kleine graue Eisentür sich öffnete, ein Mann im Schutzanzug heraustrat, den Helm abnahm und sich eine Zigarette anzünden wollte. Der Mann bemerkte Jan nicht, zu sehr war er mit dem Anzünden des Streichholzes beschäftigt. Jan musste handeln. Er sah auf das Abzeichen und erkannte, dass es ein Doktor der Bundeswehr war. Seine Augen, die Hände – alles schmerzte. Denk nach, Jan. Denk nach. Das Jaulen der Sirene sirrte in seinem Kopf wie das Quietschen von Kreide auf einer grünen Tafel. Das konnte die Lösung sein. Noch einmal raffte er sich auf, nahm Anlauf und sprang mit aller Kraft gegen die Tür. Sie prallte mit großer Wucht gegen den geneigten Kopf des Helfers, schleuderte ihn nach rechts, und Jan beugte sich über ihn, nur um festzustellen, dass sein Kollege definitiv lange bewusstlos bleiben würde. Rasch zog Jan den Mann aus, schlüpfte selbst in den Schutzanzug und setzte sich den Helm auf. Er konnte den Arzt nicht hier draußen liegen lassen, binnen kürzester Zeit hätte ihn die Kälte getötet. Er griff gerade unter die Arme des Mannes, um ihn in den Eingang zu schleifen, als ein Jeep mit großer Geschwindigkeit auf ihn zufuhr. Instinktiv ließ er den Bewusstlosen fallen. Aber der Wagen brauste an ihm vorbei. Die Soldaten hatten ihn nicht erkannt. Er knebelte und fesselte den Mann, drückte ihn zwischen zwei Container mit medizinischen Geräten und blickte misstrauisch in die Halle. Wo sonst Baumaschinen standen, war jetzt ein Meer von Betten. Sie waren in vier Abteilungen, die A- bis D-Areale, eingeteilt, er befand sich am untersten Ende. D bedeutete, dass die Cleaner pausenlos die Betten leerten, die Toten in Plastikbeutel verstauten und zusammen mit dem kontaminierten Bettzeug zu den Toren am Kopfende brachten, der sogenannten Endrampe, und dort in große LKW verluden. Mobile Krematorien waren in größter Eile, nicht weit vom Lager entfernt, auf einem ehemaligen Luftwaffenstützpunkt der Bundeswehr errichtet worden. Danach wurden neue Patienten aus dem C-Areal hinüber in das letzte Areal geschoben, das der Hoffnungslosen.

Überall an der Decke waren Videokameras installiert. Er durfte nicht auffällig agieren. Er griff nach einem Stoß Akten, der auf einem kleinen Tisch am Rande einer Bettenfront stand, und eilte an den Patienten vorbei. Es mussten einige Hundert Erkrankte sein. Noch am Nachmittag hatte er Martha besuchen dürfen. So wusste er in etwa, wo er sie finden konnte. Er hetzte förmlich, als für ihn kaum sichtbar von links jemand nach ihm griff. Der Helm des Anzuges schränkte sein Gesichtsfeld massiv ein, und so erschrak er, als eine Hand sich in seinen Arm krallte. Er sah hinunter. Eine junge Frau, sichtbar schwanger, sah ihn aus blutroten Augen an. Sie schwitzte. Dekolleté und Hals waren schon mit eiternden Pusteln übersät.

»Sagen Sie es mir, stimmt es?«

Er musste stehen bleiben, wenn er kein Aufsehen erregen wollte.

»Was denn?«, fragte er blechern und stumpf aus seinem Helm heraus.

»Kann sie wirklich heilen?«

Er verstand die Frau nicht. Sie schien im Fieberwahn zu sein.

»Die Prophetin? Kann sie uns helfen? Nicht mir, ich werde sterben, aber meinem Kind.« Sie tippte mehrmals auf ihren Bauch. »Sie kennen doch auch das Gerücht. Die Prophetin aus dem Fernsehen, sie lebt da unten in Bayern. Sie heilt. Und es sind schon viele.«

Er sah in ihre irren Augen. Angesichts einer solchen Katastrophe klammerten sich die Verzweifelten immer an noch so kleine Strohhalme der Hoffnung.

»Vertrauen Sie uns, wir sind auf einem guten Weg.«

Die Frau kam näher zu ihm. Sie griff in ihren Bademantel, nahm ein Handy heraus, klappte es auf, drückte auf eine Menütaste und hielt Jan den Bildschirm vor die Nase. Ein verwackeltes, sehr undeutliches Video erschien. Eine Frau sprach direkt in das Objektiv. »Ich war bei ihr. Sie hat uns geheilt. Schau, Tanja, was sie mit uns gemacht hat. Komm nach Rottershausen.«

Die Kamera schwenkte nach unten, und man sah sehr undeutlich mehrere, anscheinend gesunde Kinder. Dann endete das Video.

»Wer war das?«, fragte Jan.

Die Frau atmete jetzt schwer. »Das war meine Schwester, sie ist nach Bayern gereist. Sie haben sie nicht bekommen. Das hat sie mir überspielt, als sie die Frequenzen noch frei gehalten haben. Sie war krank, ihre Kinder, ihr Mann – alle. Jetzt ist sie gesund. Ich muss dahin. Sie müssen mir den Stick einsetzen. Bitte.«

Er sah sie lange an. Die Gedanken kreisten in seinem müden Kopf. »Ich will sehen, was ich für Sie tun kann«, log er. Er nahm ihre Hand, schaute ihr lange ins Gesicht und wandte sich dann ab.

Dann sah er Martha. Man hatte sie gerade in das D-Areal verlegt. Schwach und völlig fiebrig lag sie in dem weißen Bett. Ihre blonden dünnen Haare fielen nass über ihre Stirn. Aber Pusteln hatten sich noch nicht gebildet. Warum war sie also hier? Eine Infusion hing an ihrem Arm. Vor ihrem Bett steckte in einem Plastikbehälter ihre Akte. Jemand hatte ihr fürsorglich einen kleinen Bären in den Arm gelegt. Das Bild von seinem sterbenden Sohn sprang in seinem Kopf umher. Wie er nass und bleich und tot im Rettungswagen lag. Eingehüllt in die goldene Rettungsplane, wie ein Rauschgoldengel. Und jetzt sie. Sie durfte nicht sterben. Das konnte nicht wahr sein. So viel Elend auf einmal könnte er nicht ertragen. Er griff nach der Akte und verstand sofort. Die Rubrik »Ex Ex.« kannte er. Erwarteter Exitus, Tod, und dahinter nur eine Zahl: »72 h.« Dieses Mädchen würde, so die ärztliche Prognose, spätestens in drei Tagen tot sein. Das würde er nicht zulassen. Er hatte seinen Sohn verloren. Aber dieses kleine, erschöpfte Mädchen würde leben.

Er beugte sich, so gut es ging, in seinem klobigen Schutzanzug zu ihr hinunter. Ihr Atem ging stoßweise und flach. Die Pocken hatten auf ihrer jungen Haut kleine, pergamentartige Falten entstehen lassen. Im Weiß ihrer Augen sah er die typischen roten Flecken. Das Gesicht war angeschwollen, und aus ihrer Nase lief ein schwarzes Rinnsal, das Pockenblut. Es brach ihm das Herz, diesen Sonnenschein so verunstaltet und gequält zu sehen. Tränen schossen in seine Augen. Er konnte sie nicht wegwischen, und so brannten sie und ließen seinen Blick verschwimmen. Aber, das war für ihn die gute Nachricht, die Haut warf eben Falten, und die Pocken hatten sich noch nicht großflächig zusammengefügt. Sie schien nicht der schlimmsten Variante der Pocken ausgesetzt und zudem widerstandsfähig zu sein.

Jan löste die Bremsen des Bettes, zog das Laken über ihren Kopf und schob seine Nichte an den anderen Leidenden vorbei, die keinerlei Regungen zeigten. Vermutlich stand an der Endrampe ein Wechsel der Mannschaften bevor. Jedenfalls zog das Gros der Cleaner ab und trottete in Richtung eines Aufenthaltsraumes. Nur einer blieb an der Rampe stehen, verschwand dann aber in der Ladefläche eines der bereitstehenden LKW. Jan drückte mit aller Kraft gegen das Bett, um unbemerkt zur Endrampe zu gelangen. Er hatte bereits den Eingangsbereich, in dem Leichen und Wäsche sortiert wurden, erreicht, als ihm jemand von hinten auf die Schulter klopfte. Er hörte eine verärgerte Stimme.

»Nehmen Sie ihr die Infusion ab. Oder wollen Sie das kostbare Equipment mit verbrennen?«

Er drehte sich um, sah in das wütende Gesicht eines Cleaners und nickte kurz. Der Mann schob sich an ihm vorbei und wollte die Kanüle selber aus dem Arm reißen.

Jan hielt ihn fest und schrie: »Das ist immer noch Sache der Ärzte, kümmern Sie sich um den Dreck da drüben.«

Er deutete auf einen Berg von OP-Binden, Tupfern und mit Blut und Eiter verschmutzter Bettwäsche. Der Cleaner sah ihn noch einmal hasserfüllt an und drehte sich dann um. Jetzt musste er schnell handeln. Er hob seine Nichte sachte aus dem Bett und rannte, so schnell es ihm in dem Anzug möglich war, zu einer der offenen LKW-Ladeflächen. Er wählte einen bereits gut gefüllten Wagen aus. Kaum hatte er dem Mädchen einen halbwegs sauberen Platz inmitten der gelben und roten Laken und Binden geschaffen, hörte er Schreie. Er drückte sich an die Metallwand des Laders. Wachmannschaften in grünen Schutzanzügen und mit Maschinenpistolen im Anschlag rannten in die Halle. Eine Sirene ertönte. Wenige Meter vor ihm schien ein Offizier seine Befehle zu bellen.

»Wir suchen einen Infizierten. Er hat zwei junge Männer verletzt, einen Arzt niedergeschlagen und ist jetzt wohl auf der Suche nach einem Kind. Sperrt alle Ausgänge, verschließt die LKW, damit er nicht dort hineinflüchten kann.«

Wenige Sekunden später schlugen zwei große Metalltore vor seinen Augen zu. Er hörte, wie sie die Riegel verschlossen und auf die Tür schlugen, um dem Fahrer zu signalisieren, dass er fahren könne. Schlagartig war es dunkel, und wenige Momente später ruckelte die Ladefläche und der Motor wurde gestartet. Jan nahm den Helm ab und musste angesichts des süßlichen Eitergestanks sofort würgen. Gerade als er den Helm wieder aufsetzen wollte, bremste der LKW noch einmal abrupt. Berge von nassen Laken und Verbänden fielen auf Jan und Martha und begruben sie fast vollständig. Schmierige Flüssigkeiten zogen sich über Jans Körper. Sein Magen revoltierte, es schoss aus seinem Mund. Er hörte Hundegebell. Sie schienen am Ausgangstor des Lagers angekommen zu sein. Jemand schritt laut schimpfend um den Hänger herum, das schabende Geräusch der Riegel ertönte. Jans Mund war gefüllt mit Erbrochenem. Aber er hielt die Luft an.

Jemand leuchtete hinein und schrie: »Das stinkt ja erbärmlich, fahr bloß weiter.«

Laut krachend fielen die Türen wieder zu. Jan bettete den Kopf seiner Nichte in seinen Schoß und säuberte ihr Gesicht, so gut er konnte, als der LKW seinem Ziel, dem nahen Krematorium, entgegenfuhr.

Wenig später hatte der LKW den Eingang passiert. Jan sah durch einen Schlitz im Metall hinaus. Das war nicht ein Krematorium, das war die Müllverbrennungsanlage im benachbarten

Rheine, einem Ort kaum größer als Bentheim. Der Fahrer setzte zurück. Martha schlief. Ihr Gesicht war immer noch angeschwollen. Als der Fahrer abrupt bremste, wurden die beiden in die Stapel mit benutzten Mullbinden geschleudert. Der Gestank war atemraubend. Jan hörte dumpfe Schritte, die Türen wurden aufgerissen und an der Außenseite des LKW befestigt. Sie durften ihn auf keinen Fall sehen. Er drückte sich mit seiner Nichte im Arm weiter auf der Ladefläche nach hinten, mitten in die Laken und Binden hinein. Druckluft wurde abgelassen. Er hörte, wie die Männer beiseitegingen. War das etwa …? Etwas stimmte nicht. Jan rutschte nach vorn. Sie befanden sich in einem Kipplaster, und die Ladefläche wurde jetzt hinter ihm nach oben gezogen. Er drückte einen Packen mit eitrig gelben Laken beiseite, sah hinunter zur Rampe und wollte schreien. Die Ladefläche grenzte an eine gusseiserne Rutsche, die direkt zu einem massiven Eisentor führte. Dahinter befand sich das Feuer der Verbrennungsöfen. Noch war das Tor zum Ofen geschlossen. Panisch suchte er die Wände nach einer Halterung ab, aber der Boden schob sich immer höher. Er rutschte immer mehr, seine Beine strampelten, seine Hände konnte er kaum nutzen, da er seine Nichte fest umschlossen hielt. Langsam schoben sich ihm die Laken und Verbände entgegen. Auf der glatten Fläche rutschte er, drehte sich und prallte so mit dem Rücken gegen die Tür zum Ofen, die sich jetzt langsam öffnete. Er drehte verzweifelt den Kopf nach hinten. Durch den ersten Spalt sah er in das glühende Inferno. Immer mehr Bettwäsche türmte sich vor ihm auf und würde im nächsten Moment zusammen mit ihnen ins Feuer fallen. Und zwischen all den gelben, weißen und roten Flammen, der Glut und der Hitze glaubte er auch Puppen zu sehen, die sich bizarr drehten. Er stemmte sich mit aller Kraft gegen den Rahmen. Eine Stimme schrie etwas von oben. Er konnte es nicht verstehen. Als er wieder in den Ofen blickte, sah er es jetzt ganz deutlich. Auf großen Trassen lagen stapelweise Leichen, die sich in der Hitze immer mehr verbogen. Jetzt bemerkte er auch den widerlich süßen Geruch des verbrannten Fleischs, den er als Notarzt so gut kannte. Das Tor schob sich immer noch weiter auf, die

Hitze, die herausdrang, nahm ihm den Atem. In der nächsten Sekunde würde er hinabrutschen. Er drückte seine Nichte noch einmal, küsste sie auf die geschwollene, mit Pusteln übersäte Stirn und dachte an seinen Sohn. Seine Stimme war in dieser Hölle nicht zu verstehen, als er leise murmelte: »Ich komme zu dir.«

Scheveningen, Niederlande, 20.12., 11.15 Uhr

Arwed Köhn hatte eine harte Erektion. Sein Schwanz stand so weit ab, dass er sich ein wenig nach vorne beugen musste, um nur mit seinen Händen ihren Körper zu berühren. Ihre Haut sog das Öl auf wie ein Sandstrand das auflaufende Wasser. Er strich über die trockenen Stellen ihres Rückens. Sie stand am Fenster, die Beine weit auseinandergespreizt, ihre Hände drückten gegen das Glas, als ob sie sich hindurchpressen wollte. Er verfolgte ruhig und ohne Eile die Bahn eines Öltropfens. Sah, wie er an ihrem rechten Schulterblatt hing, sich vergrößerte, wenige Zentimeter tief auf ihren Po fiel und ein wenig seines Volumens verlor, ehe er in ihre Haut einsickerte. Kein Laut kam aus ihrem Mund. Sie blickte hinaus, er konnte in der Reflexion des Fensters sehen, dass ihre blauen Augen nicht geschlossen waren. Er ölte nun ihre Seite ein, strich über ihre Rippen, wanderte dann horizontal nach vorn und umfasste in kreisenden Bewegungen ihre Brüste. Immer noch gab sie keinen Laut von sich. Mit dem Fingernagel seines linken Daumens strich er um ihre Brustwarzen. Die zeigten deutlich, dass es ihr gefiel. Er hatte mit den Beinen angefangen, jetzt hatte er jede Stelle ihres Körpers mit diesem sündhaft teuren Öl eingerieben. Sie glänzte wie ein Fabergé-Ei. Seine linke Hand umgriff eine Pohälfte, zog sie sacht zur Seite, und im nächsten Moment glitt er langsam, aber ohne zu stoppen, tief in sie hinein. Jetzt hielt sie hörbar den Atem an. »Das wirst du noch häufiger tun«, dachte er, als seine Hände ihren Hals umschlossen.

Sie hatten als Ehepaar De Koiper eingecheckt. Köhn besaß dank des Sicherheitschefs seines Vaters auch einen niederländischen Ausweis. Das Hotel lag direkt am Strand des holländischen Strandbads und Stadtteils der Hauptstadt Den Haag, Scheveningen. Es war in den letzten Jahren immer weiter verkommen, trotz der Bemühungen der Stadtväter, es wieder mondän erscheinen zu lassen. Frittenbuden, schmierige Souvenirläden und Pubs reihten sich an der Strandpromenade. Jetzt, im Winter, wirkte es noch düsterer und verlassen. Schräg gegenüber lag, hineinragend in die von nassem Nebel überzogene See, der Pier. Die überwiegende Zahl der Hotelgäste waren zu dieser Jahreszeit Seminarteilnehmer. Arme Schweine, die kurz vor Weihnachten von irgendwelchen Trainern und Motivationscoaches auf das neue Jahr eingestimmt wurden. Abends saßen sie dann alle in einem schleiflackhöllenartigen Restaurant, betranken sich und glotzten den jungen Bedienungen hinterher. Dann würden sie besoffen und mit schlechtem Atem ins Bett fallen, vielleicht noch einmal mit der Phantasie, die Kellnerin zu fesseln und zu bespringen, masturbieren, um dann erschöpft unter dem feuchten Laken einzuschlafen.

Das hatte Köhn sich vorgestellt, als er vor einer Stunde den Fahrstuhl betreten wollte und ihm eine Gruppe solcher Männer entgegenkam. Er aber hatte sie: Clara Ridder. Vor zwei Jahren waren sie sich auf einem dieser halbgeheimen Zirkel junger deutscher Wirtschaftsführer in Wiesbaden zum ersten Mal begegnet. Er hatte vor einem erlesenen Publikum aus halbgebildeten Investmentbankern und kreuzdummen Erben, die nun qua Geburt auf dem Chefsessel einer nordhessischen Ölheizungsfirma saßen, eine kurze Rede gehalten. Es ging um sein neues Spielzeug, die Biotechnologie. Schon nach zwei Minuten sah er in den talgigen Gesichtern der Zuhörer Unverständnis und Desinteresse. Noch schlimmer erwies sich das Plaudern am Kamin. Dann kam sie. Ihre weizenblonden langen Haare hatte sie zu einem kunstvollen Gebilde am Hinterkopf zusammengeknotet. Sie trug einen schwarzen Gucci-Anzug, keinen Schmuck, bis auf einen goldenen Ring an ihrer rechten Hand. Clara Ridders blaue Augen lagen tief in ihrem Gesicht. Die Lippen waren voll und dezent rot geschminkt. Ihre blasse Haut erschien nobel, nicht krank. Unter dem Blazer zeichneten sich große, aber eben nicht vulgär große Brüste ab. Lediglich ihre Arme wirkten ein wenig zu lang. Ihre Beine standen auf schwarzen Prada-High-Heels. Sie war, das mussten selbst Neider zugeben, eine imposante Erscheinung. Alles an ihr strahlte Ehrgeiz und Willenskraft aus. Selbst ihre Stimme war perfekt. Sie war tief und warm und konnte doch im nächsten Moment schneidend kalt und scharf sein. Sie war die Göttin der Redekunst.

Aber jetzt konnte sie nicht reden, sie hatte ihn tief in ihren Mund genommen und sog so stark, dass ihr die Tränen in den Augen standen. Sein Schwanz schmerzte. Sie setzte ihre Zähne ein, die vor und zurück über die weiche Haut seines Schwanzes fuhren. Draußen sah er Menschen dick vermummt in wattierten Jacken über den Strand laufen. Die Wirkung des Kokains ließ nach, sonst hätten ihn diese Menschen dort unten nicht ablenken können. Er spürte, wie seine Erektion nachließ. Wenn er nicht ihren verächtlichen Gesichtsausdruck ertragen wollte, musste er etwas tun. Am Tegernsee hatte sie eine Kollegin mitgebracht, das war zwar kräftezehrend gewesen, aber er hatte nicht geschwächelt. Er riss sie hoch, warf sie auf das Bett, wo sie sich wie eine Katze wand, sprang hinterher und griff zum Nachttisch. Sie hatte einen schwarzen Dildo aus Hartgummi mitgebracht, und während er diesen in ihren Anus einführte, erwachte auch sein Schwanz, den er ihr ebenfalls gab.

Eine Stunde später betrat er den Konferenzraum im Erdgeschoss. Die Angestellten des Hotels hatten die Fenster geöffnet, um die verbrauchte, nach Schweiß und schlechtem Atem riechende Luft notdürftig zu vertreiben. Eisig und feucht wehte es vom Meer hinein. Köhn fröstelte, schritt aber dennoch zu der geöffneten Terrassentür. Der nach altem Fett und Zigarettenrauch riechende gelbe Vorhang wehte ihm, vom Wind getrieben, durch das Gesicht. Mit einer ärgerlichen Bewegung zog er den Stoff zur Seite, so heftig, dass er am Saum aus den Nähten riss.

»Sie sollten nicht so ungeduldig sein.«

Köhn schreckte unmerklich zusammen. »Hermel, verdammt. Sie …«

»Ein ›Guten Tag‹ würde reichen.«

Vor ihm stand sein Sicherheitschef, der Mann fürs Grobe. Er war nicht groß, aber auch nicht klein. Er war eigentlich unsichtbar. Nur wer näher an ihn herantrat, sah, dass er eine künstliche Nase besaß. Niemand wusste es. Aber serbische Soldaten hatten sie ihm im Kosovo während seiner Zeit als Mitglied der KSK-Truppen abgeschnitten. Vier Jahre hatte Hermel gebraucht, um jeden von ihnen mitsamt der Familie zu finden und qualvoll zu töten.

»Gibt es für Sie nur die Möglichkeit, sich anzuschleichen?«, fragte Köhn pikiert.

»Ich überrasche gern.«

»Mag sein«, knurrte Köhn, »aber Sie sind nicht der Weihnachtsmann und nach der missglückten Aktion Ihrer Leute in Seligenstadt sollten Sie ein wenig Demut zeigen …«

Für einen Moment sah er den Ärger in Hermels Gesicht aufblitzen.

Mit leicht gepresster Stimme antwortete Hermel: »Wir haben alles so präpariert, dass es wie ein Überfall unserer Judenterrortruppe aussah. Nach meinen Informationen sind die Ermittlungsbehörden auch noch auf dieser Spur.«

Köhn trat ganz nah an Hermel heran. »Ich wollte so wenig Wissende wie möglich. Jetzt sind es schon der Syrer, der Israeli, Regina Bachmaier und dieser Arzt. Und so verbreiten sich die Mutmaßungen von Person zu Person. Ich werde ein Scheitern so kurz vor dem Ziel nicht zulassen. Sie werden dem mit Ihren Mitteln Einhalt gebieten. Sobald wir etwas über Almuts Aufenthaltsort wissen, sie sich zum Beispiel bei Regina gemeldet hat, schlagen Sie zu. Schnell, still und diesmal erfolgreich. Haben Sie das verstanden?«

Hermel nickte und sah an Köhn vorbei.

Clara Ridder trat mit zwei Männern ein. Köhn drehte sich um und wies auch ihnen einen Platz zu.

»Ich möchte Sie kurz miteinander bekannt machen. Dr. Meschede, unser leitender Forschungsdirektor bei Atalante. Er wird uns über Atropos und den letzten Stand der Zulassung updaten. Frau Dr. Ridder dürften Sie alle kennen. Sie setzt uns in Kenntnis, inwieweit die politischen Konstellationen eine schnelle Zulassung gewährleisten. Herr Hermel ist so freundlich, uns über die Ereignisse in Deutschland und den Nachbarländern aufzuklären. Später hören wir via Videokonferenz von unserer Fachkraft vor Ort in Deutschland. Dr. Meschede, Sie haben das Wort.«

Köhn setzte sich an das Kopfende, goss sich ein Glas Wasser ein, rieb sich die müden Augen und sah dann kurz zu Ridder hinüber, die ein Hermès-Tuch um ihre roten Male am Hals gebunden hatte. Sie hatte es offenkundig genossen, als er sie im Hotelzimmer gewürgt hatte. Bei dieser Vorstellung zuckte es zwischen seinen Lenden.

Dr. Meschede erfüllte nicht das Bild eines Mediziners oder seriösen Wissenschaftlers. Seine Zeit in Harvard, Melbourne und an der Charité hatte sich nicht auf sein Erscheinungsbild ausgewirkt. Seine hochgewachsene Gestalt, das lange fettige Haar, das ihm auf die Schultern fiel, und die Metallbrille verliehen ihm die Aura eines Gesamtschullehrers oder Streetworkers. Nur wenige aus dem engsten Kreis der kompetentesten Immunologen kannten und fürchteten seine Fähigkeiten. Und nur Köhn wusste von dessen heimlichen Wünschen nach jungen Damen. Köhn war davon eher gelangweilt. Aber Meschedes Expertise war unersetzlich. So hörte er ihm ungern, aber dennoch sehr interessiert zu.

»Atropos hat die letzte Phase der klinischen Humantests bestanden. Wir haben bemerkenswerte Fortschritte gemacht. Der Wechsel von Spritze zu Pille war ein dramatischer Sprung. Infizierte wie auch noch nicht Infizierte können so schnell und einfach geschützt und immunisiert werden. Die Nebenwirkungen sind zum jetzigen Zeitpunkt mehr als akzeptabel. Nur einer von 100 Probanden wurde dennoch angesteckt, vier erlitten mittelschwere Magenblutungen. Aber alles hielt sich bis jetzt im Rahmen. Wir könnten die Produktion hier in unserem Werk in

Arnheim sofort hochfahren und bis zum neuen Jahr circa zwei Millionen Einheiten vertriebsfertig haben.«

Köhn war zufrieden. Er wusste offiziell nichts von den fast 400 toten Illegalen, aus dem Irak, Afghanistan und Somalia, die Meschede im Rahmen der Erprobung in verschiedenen Kliniken hatte sterben lassen müssen. Die Leichen waren mittlerweile in verschiedene Verbrennungsanlagen in Deutschland geschafft worden.

»Das sind gute Nachrichten, Dr. Meschede. Was ist mit den Langzeittests? Sie hatten Komplikationen angedeutet.«

Meschede nickte betreten. »Ja, wir haben eine kleine Gruppe, die über Juckreiz im Intimbereich und Kopfschmerzen klagt. Beides haben wir medikamentös zufriedenstellend behandelt.«

Köhn sah ihn an. »Hoffentlich mit unseren Programmen?«

Meschede nickte eifrig. Er würde nicht über den Verdacht seines Mitarbeiters reden, der ihn noch am Morgen auf leichte Anomalien bei den Aufzeichnungen der Testpersonen aufmerksam gemacht hatte. 80 Prozent seines Vermögens hatte Meschede in Aktien dieses kleinen Biounternehmens des ihm gegenübersitzenden Mannes investiert. Das Präparat musste Erfolg haben, nur so konnte er seine immensen Schulden begleichen. Und die Männer, die ihm das Geld gegeben hatten, würden keine Verzögerungen akzeptieren. Sie würden töten.

Köhn schien zufrieden und drehte sich nach rechts. »Frau Ridder. Wie steht die deutsche Regierung zu unserem Angebot?«

Ridder lächelte nur kurz, ehe sie begann. »Nun, es hat sich sicher ausgezahlt, dass der Köhn-Konzern der Bundesregierung spontan Lebensmittel aus den eigenen Beständen seiner Lebensmittelketten zur Verfügung gestellt hat. Auch die logistische Unterstützung mit Fahrzeugen und anderen Gerätschaften wird im provisorischen Kanzleramt auf Helgoland positiv aufgenommen. Die dortige Situation ist mit panisch nur schlecht umschrieben. Jeder Tag, der ins Land geht, ohne dass die üblichen Antiseren anschlagen, lässt sie verzweifelter nach jedem Strohhalm greifen. Und den reichen wir ihnen ja nun. Ich reise morgen nach Bremen. Von dort wird mich ein Hubschrauber der

Marine nach Helgoland bringen. Ich denke, dass einer nachhaltigen und exklusiven Vertragsbindung mit der Bundesrepublik und vermutlich auch mit den Nachbarstaaten nichts im Wege stehen wird. Die zuständigen Stellen haben so weit alles vorbereitet. Wenn alles gut läuft, kann noch zwischen den Jahren mit der Auslieferung begonnen werden.«

Köhn sah zu Hermel, der sich sofort erhob. Er drückte auf eine Fernbedienung, die auf dem Tisch lag, und hinter ihnen flackerte ein fast drei Meter großer Bildschirm auf. Hermel räusperte sich kurz, als die ersten Bilder aus Deutschland erschienen. Verwaiste Straßen, Militärtransporter, die Leichensäcke auf der Straße stapelten. Es waren keine offiziellen Bilder. Hermel hatte sie aus seinen »Bundeswehrkreisen« bekommen.

Er begann mit einem kurzen Lagebericht: »Tag sieben seit Ausbruch der Pocken. Kein Seuchenzentrum hat den Gencode bislang dechiffriert.« Er sah zu Dr. Meschede. »Ihre Kollegen am Bernhard-Nocht-Institut in Hamburg konnten zwar erste Aminosäureverbindungen und Proteinblocker feststellen und haben somit den Beweis, dass an den Viren selbst experimentiert wurde, aber von der Entwicklung eines Serums sind sie noch weit entfernt. Die Todesrate steigt täglich mit zunehmend schlechter werdender Versorgung. Obwohl die meisten Menschen in ihren Häusern bleiben, infizieren sie sich. Die Gründe dafür sind noch nicht bekannt. Schätzungsweise ein Prozent der Bevölkerung scheint auch ohne Impfung immun gegen die Pocken zu sein, ähnlich wie beim HI-Virus. Auch hier tappt man im Dunkeln, denn für die Forschung bringen diese Immunisierten nichts. Ihre Abwehrmechanismen sind nicht übertragbar.«

Ridder lachte: »The happy few.«

Hermel fuhr fort. »Zurück zur Todesrate: Bislang verstarben circa 14 000 Menschen, die Zahlen sind nicht ganz exakt, da nicht alle Bundesländer ihre Daten zur Verfügung stellen können oder wollen. Weitere 55 000 Deutsche liegen infiziert in Krankenhäusern. Wir rechnen mit über 100 000 Toten in den nächsten sieben Tagen. Und solange kein Impfstoff zur Verfügung steht, blutet das Land im wahrsten Sinne immer weiter aus.«

Köhn lächelte. Eine Redensart seines Vaters schoss ihm durch den Kopf: »Ein Guter hält's aus, um einen Schlechten ist es nicht schad'.«

Hermel fuhr fort. »Mittlerweile schwappt es in die Nachbarländer über. Polen meldet 320 Fälle, Österreich und die Schweiz haben jeweils mit knapp 500 Fällen zu kämpfen, und in Frankreich hat man gestern die 1000er-Grenze überschritten. Die Skandinavier haben mit einer sehr konsequenten Isolationspolitik ihre Fälle im zweistelligen Bereich halten können. Boote aus Kiel, Fehmarn und Rostock werden rigide gestoppt und nach Rügen eskortiert, wo die dortige Landesregierung ihre Infizierten in requirierten Kliniken und Sanatorien behandelt und kaserniert.«

Köhn lächelte wieder müde. »Die bekommen es über das Baltikum und Russland, quasi durch die Hintertür. Das ist nur eine Frage von Tagen.«

Hermel nickte. »Die Südländer wie Griechenland, Spanien, Portugal oder auch Italien sind noch weitgehend frei von den Pocken. In den Großstädten liegt die Zahl der Infizierten dort immer noch im unteren dreistelligen Bereich. Aber auch hier rechnen wir mit einem Sprung in den nächsten Tagen. Diese Länder kämpfen eher gegen illegale Flüchtlinge, die aus Deutschland in die sicheren Länder wie Nordafrika reisen wollen. Mehrere privat gecharterte Fischerboote mit deutschen Flüchtlingen wurden bereits von der italienischen sowie der arabischen Marine gestoppt. Die Türkei hat Rückkehrer aus betroffenen Ländern auf Inseln im Bosporus interniert. Erste Tumulte sind zu vermelden. Sollten die Türken dem nicht Einhalt gebieten, steht zu befürchten, dass das Virus auf den Osten überspringt. Schlechte medizinische Versorgung und miese Infrastruktur würden dort zu deutlich schlimmeren Epidemien führen. Zudem spielt das ungewöhnliche Wetter eine erhebliche Rolle. Laut Vorhersage wird sich an der Kälte wie auch an den Schneefällen vorerst nichts ändern. Das heißt, dass schon unter normalen Bedingungen ein Aufrechterhalten der Infrastruktur wie Transport, Versorgung und Kommunikation Schwierigkeiten bereitet. Aber da niemand räumt, repariert oder wartet, wird die Situation immer konfuser. Hinzu kommt, dass die meisten Menschen in Deutschland mittlerweile verstanden haben, dass der Impfstoff nicht wirkt. Die Regierung ist hilflos, und ihr konfuses Vorgehen wird sich wohl auf absehbare Zeit nicht bessern.«

Er machte eine Pause, trank einen Schluck aus einem Glas und drehte seinen Kopf wie ein Boxer, ehe er an Clara Ridder gewandt fortfuhr. »Zur Regierung: Acht Minister sind tot beziehungsweise hochgradig infiziert und komatös. Der Bundespräsident sowie der Bundestagspräsident und 12 von 16 Ministerpräsidenten sind ebenfalls gestorben. Lediglich zwei der 16 Richter aus dem ersten und zweiten Senat des Bundesverfassungsgerichtes in Karlsruhe konnten rechtzeitig ausgeflogen werden. Die Reste der Regierung befinden sich auf Helgoland. Die Insel ist weiträumig abgeriegelt. Nach den Ereignissen in Berlin befürchten die Sicherheitskräfte weitere massive Übergriffe gegen die Kanzlerin. Sie lebt mit ihrem Stab in einem Hotel. Die EU berät zur Stunde, ob ein militärisches Eingreifen notwendig ist.«

Köhn schüttelte den Kopf. »Die lassen uns Deutsche eher verrecken, als uns ernsthaft zu unterstützen. Deren Wirtschaft wird doch, so glauben sie jedenfalls, davon profitieren.«

Hermel ließ auch diese Aussage unkommentiert. »Zur Lage in den Bundesländern: Wasser- und Stromversorgung sind nur in Intervallen gewährleistet. Es fehlt an Personal, auch wenn aus dem Ausland Kräfte mit hohen Zahlungen und unter erheblichen Anstrengungen eingeflogen werden. Alle Atomkraftwerke sind vom Netz, da man Anschläge befürchtet. Somit ist auch in den anderen europäischen Ländern die Energieversorgung massiv unterbrochen, da sie mit unseren Anbietern stark vernetzt sind. Die Kommunikation, also Handy, TV, Radio, Internet etc., ist, sollten sich die Zustände weiter verschärfen, in spätestens 24 Stunden nicht mehr aufrechtzuerhalten. Kräfte der Bundeswehr, des Technischen Hilfswerkes sowie die Sicherheitskräfte der Bundes- und Landespolizei haben die Aufgabe, die Landesgrenzen zu den Hochrisikogebieten wie Bayern, Baden-Württemberg, NRW und

Berlin massiv abzuriegeln. Hinzu kommen gut 40 000 Soldaten der in Deutschland stationierten US-Streitkräfte, die sich aber primär um die Sicherung ihrer Areale kümmern.«

Ridder schüttelte stumm den Kopf. Es schmerzte. Die Hämatome am Hals schwollen an. »Wie ich höre, gilt seit heute Nacht der Schusswaffengebrauch bei Zuwiderhandlung.«

Hermel nickte. Er nutzte die Unterbrechung, um einen raschen Blick in seine Unterlagen zu werfen. »Tatsächlich haben sich bereits in einzelnen Bereichen der Republik Bürgerwehren gebildet. Das ist nicht zu verhindern. Trotz Schließung aller Tankstellen versuchen noch immer Menschen aus den betroffenen Gebieten in sichere Zonen zu gelangen. 15 Großlager sind mittlerweile auf alten Kasernengeländen sowie Industriegebieten errichtet worden. Die Menschen dort verhalten sich auch angesichts einer halbwegs gesicherten Versorgung noch ruhig, wenngleich schon erste Aufstände gemeldet wurden.«

Arwed Köhn hob leicht die Hand. »Eine Zwischenfrage: Von den Skandinaviern haben wir schon etwas gehört. Wie sichern unsere anderen Nachbarn die Grenzen?«

Hermel nickte, als ob er mit der Frage gerechnet hätte. »Nun, der Westen mit knapp tausend Grenzkilometern ist da vorbildlich. Frankreich und Holland sichern sehr radikal ab. Anders die beiden Länder mit den längsten Grenzen zu Deutschland: Österreich und Tschechien mit jeweils knapp 820 Kilometern sind äußerst lasch gewesen. Somit konnten die ersten Flüchtlinge sich schnell über diese Länder absetzen. Auch deswegen kam es in Rumänien vorgestern zu diesen Massakern.«

Köhn hatte davon gehört. Auf einem Rastplatz waren zwölf Wohnmobile deutscher Familien von Einheimischen mit Molotowcocktails beworfen worden. Flüchtende wurden mit Jagdgewehren aus weiter Distanz niedergestreckt. Noch ehe die dortige Polizei den Tatort erreichte, waren die Wagen ausgebrannt. 72 Menschen verbrannten, 13 starben im Kugelhagel. Die Täter filmten alles mit ihren Handys, stellten es ins Internet, und seitdem wurden überall in Europa Angriffe auf deutsche Flüchtlingstrecks vermeldet. Die Angst trieb die Menschen zu absurden Taten. In einer Ortschaft in Oberitalien nagelten Bewohner eines Dorfes, durch die ein alter Schleichweg, fernab der streng kontrollierten Strada del Sole, gen Süden führte, eine junge Deutsche nackt an das Ortsschild und wickelten eine deutsche Flagge um ihren Kopf – als Abschreckung.

»Mittlerweile wollen aber die meisten Infizierten nicht mehr ins Ausland flüchten. Seit diese Prophetin ihre«, Hermel hob seine Zeigefinger und deutete Anführungsstriche an, »Wunder verbreitet, konzentrieren sich die Ströme auf dieses Dorf in Unterfranken.«

Er sah in die Runde, konnte jedoch keine Reaktion in den Mienen der anderen entdecken, also fuhr er fort. »Sie verspricht sofortige Heilung, und tatsächlich sollen schon erste Heilungen stattgefunden haben. In den Lagern verbreitet sich die Nachricht natürlich wie ein Lauffeuer, trotz der eingeschränkten Kommunikation dort. Schon jetzt kampieren Hunderte in den Wäldern der Rhön. Es liegt zwar auf bayerischem Gebiet, aber die Hessen sind froh, wenn sie die Leute aus ihrem Gebiet herausbringen können. Für die nächste Woche sind kontrollierte Transitkonvois geplant. Ziel sind dann improvisierte Auffanglager auf der anderen Seite der Grenze. Versorgungslage: Noch positiv, aber die festen Punkte in den Groß- und Kreisstädten werden kaum angelaufen. Es kam bereits zu ersten Plünderungen von Supermärkten.«

Köhn nickte leicht mit dem Kopf. »So in etwa haben wir uns das vorgestellt. Wenn der Deutsche eine Woche lang kein fettes Bauchfleisch und keine Süßigkeiten bekommt, neigt er zum Tumult. Das wird ihm die Krankheit schon austreiben.« Er kicherte.

Hermel sah noch einmal kurz auf seine Notizen. »Da wäre noch ein Punkt. Mittlerweile glauben viele, dass die Juden dahinterstecken. Es gab seltsamerweise vor allem in den weniger betroffenen Gebieten wie Frankfurt oder Bremen erste Übergriffe. Einige Menschen sind davon überzeugt, dass diese jüdische Terrorgruppe tatsächlich hinter der Epidemie steckt.«

Köhn zuckte nur mit den Schultern. »Das kann man nie verhindern. Wenn der Pöbel Blut sehen will, sollte man nicht dazwischengehen.« Köhn wandte sich Meschede zu. »Herr Dr. Meschede, wir danken Ihnen für die bisherige, ausgesprochen erfolgreiche Arbeit an Atropos. Es hat, so glaube ich, die Marktreife erlangt. Frau Ridder wird in unserem Auftrag die Verhandlung mit der Bundesregierung führen. Fahren Sie jetzt nach Arnheim. Wie versprochen, steht für Sie der Privatflieger nach Aruba bereit. Die Daten für Ihr Konto auf den Antillen dürften Ihnen zugekommen sein. Ihre Aktienanteile werden über verschiedene kleine Privatbanken gehandelt. Die Spur ist nicht zu Ihnen zurückzuverfolgen. Ich gehe davon aus, dass wir uns nicht mehr sehen werden. Ich möchte Sie bitten, von weiteren Kontakten zu uns abzusehen und ein weitgehend unauffälliges Leben dort zu führen.«

Meschede zuckte kurz zusammen, er verstand den diskreten Hinweis. Es versetzte ihm einen kleinen Stich, dass er den Triumph des Erfolgs nicht würde auskosten können. Aber Arwed Köhn hatte ihm sehr deutlich vor Augen geführt, dass seine private Obsession eine öffentliche Ehrung behindern, wenn nicht gar ad absurdum führen könnte.

Meschede hatte auf der A12 bereits Zoetermeer hinter sich gelassen. Der Wagen des Biochemikers war erst zwei Tage zuvor durch die Inspektion des hauseigenen Fuhrparks gegangen. Dennoch zog der Wagen von der linken Spur ganz nach rechts, zwang so einen holländischen LKW zu einer Vollbremsung und durchbrach, ohne zu bremsen, die Leitplanken und ein Geländer. Wie der Zufall es wollte, geschah dies auf Höhe eines kleinen Flusses. Durch die Wucht des Aufpralls versank die schwere Limousine in weniger als einer Sekunde im Wasser. Niemand sah, wie sich die Zentralverriegelung des Wagens wie von Geisterhand schloss. Kein Mensch war da, als Meschede zusehen musste, wie das Seitenfenster ohne sein Zutun ein Drittel herunterfuhr. Seine Panik angesichts des kalten hereinströmenden Wassers währte nur kurz. Die holländische Polizei konnte eine Stunde später nur noch die Leiche des Forschers bergen. Da war

Hermel schon auf dem Weg nach Wien, und Ridder und Köhn warteten auf den Beginn der Videokonferenz.

Clara Ridder sah Köhn zweifelnd an. »Ein Maler soll vor mehr als 500 Jahren ein Antiserum gegen Pocken aus Venedig geschmuggelt haben? Und ausgerechnet deine Schulfreundin weiß, wo das Werk ist? Das klingt alles etwas sehr … zweifelhaft. Seit wann verlässt ausgerechnet du dich auf diese halbgare Mystery-Sauce? Das ist doch eher was für deinen todgeweihten Vater.«

Köhn schüttelte den Kopf. »Du wirst gleich hören, wie real diese ›Sauce‹ ist und dass sie uns bei unserem neuen Geschäft auf den Magen schlagen könnte.«

»Glaubst du, dass irgendeine Zulassungsbehörde auf dieser Welt Rückstände aus einem Ölgemälde für die Herstellung eines Antiserums gegen eine der gefährlichsten Krankheiten genehmigen würde? Warum also diese Aufregung? Man wird Atropos brauchen, man wird darum betteln.«

Köhn schwieg. Zu viel stand auf dem Spiel. Almut hatte ihn von der Wirkungsweise dieses alten Antiserums überzeugt. Sie war im Besitz einiger Mengen, die sie auf ihren Ausgrabungen zusammengetragen hatte. In diesen Chaostagen reichte ein vager Hinweis, dass so ein altes Gegenmittel existiert, und schon brach sein Kartenhaus zusammen. Nicht, dass man sofort das Antiserum aus den Höhlen des Iraks einsetzen würde. Aber, da war sich Köhn junior sicher, man würde mit der Auslieferung seines Präparates warten. Und das konnte er sich zum jetzigen Zeitpunkt nicht leisten. Denn auch seine Verpflichtungen waren ungewöhnlich hoch. Und wenn sein Vater recht hatte, dann hatte es im Krieg bereits funktioniert. Wie oft hatte sein Vater ihm erzählt, dass die Russen vor Stalingrad die deutschen Soldaten mit Tularämie, der Hasenpest, infiziert hatten. Tausende Tote waren die Folge. Dann fanden sie das Gegenmittel irgendwo in den Ebenen des Ostens. Den Sowjets wurde das hinterbracht. Sofort verzichteten sie auf den weiteren Einsatz solcher Kriegsmittel. Verständlich, denn die Russen hatten damals, so hatte es sein Vater jedenfalls berichtet, nur das Virus, nicht aber ein Antiserum.

Aber nun hatte er beides in der Hand. Mittel und Gegenmittel. Es war ein großartiges Spiel, dessen Regeln er allein festgelegt hatte. Wie in einem Theater sah er die Akteure, die er führte. Sein Vater, mit seinen Kontakten nach Russland, der nie den Mut gehabt hatte, daraus seinen Nutzen zu ziehen und aufs Ganze zu gehen. Nun würde er sterben, ohne die Chance wahrzunehmen, Geschichte zu schreiben.

Almut, die ein Antiserum besaß. Ihre Not war groß gewesen im Spätsommer. Sie wollte die Kinder zur Welt bringen, wusste aber, dass sie kaum Chancen hatten. Er aber, Köhn, gab ihr alles. Die medizinischen Mittel, die Betreuung und nicht zuletzt die Zuversicht. Dann war da noch ihr Bruder, der fest daran glaubte, dass das Antiserum in einem alten Ölschinken versteckt war. Und natürlich Birghid.

Die gute alte Birghid. Köhn schmunzelte, während er versonnen einer fetten Möwe zusah, die sich da draußen im dichten Grau des Meeres in einer Plastiktüte verfangen hatte. Almut, Birghid, die vier aus dem Orient – sie alle waren seine Puppen. Er ließ sie tanzen. Und wenn Clara auf Helgoland Erfolg hatte, würde er Hermel einsetzen, um »alle Puppen wieder in die Kiste zu räumen«. Jetzt musste er nur noch an das Bild kommen.

Die Möwe flog mit dem Kopf in der Tüte auf, drehte sich in der Luft und schwang wild ihre Flügel. Eine Böe erfasste sie, und der weiße, dicke Körper prallte gegen das Hotelfenster. Ridder erschrak und sah dann zu Köhn, der nur mit den Schultern zuckte, während er belustigt auf den zuckenden Vogelleib sah.

»Guten Abend, Herr Köhn.« Eine Frau erschien auf dem Bildschirm vor ihnen.

Ridder wollte aufstehen, aber Köhn wies ihr wieder ihren Platz zu. »Sie kann uns nicht sehen. Unsere Stimmen hört sie nur durch einen Verzerrer. Sie kennt ihre Aufgabe, geht davon aus, dass wir reiche Amerikaner sind. Wir aber können sie sehen.«

Ridder nickte beruhigt.

Sein Kontakt in Deutschland schien sehr aufgewühlt zu sein.

»Also, ich habe die letzten Quellen ausgewertet, die Sie mir zugesandt haben. Sie können sich vorstellen, dass es hier nicht gerade einfach war, ungestört und nachhaltig die Angaben zu überprüfen.«

Es folgte ein Schweigen. Köhn reagierte nicht.

Sie fuhr fort. »Nach den Aufzeichnungen aus dem großen Buch soll Bosch das Gemälde tatsächlich fertiggestellt haben. Es taucht in einem Reisebericht seines Bekannten Erasmus von Rotterdam auf. Die Entzifferung der Geheimcodes seiner Bruderschaft in ’s-Hertogenbosch ist dagegen erfolglos geblieben. Nun wären Ezechiels Erkenntnisse sehr wertvoll. Sind Sie da weitergekommen?«

Jetzt betätigte Köhn das Mikrofon und antwortete. »Ezechiel konnte uns leider nicht mehr weiterhelfen. Er ist tot.«

»Somit bleibt uns nur die Chance, die Spur in Wien und Venedig zu verfolgen.«

Köhn schien sich nicht aus der Ruhe bringen zu lassen. Er spielte mit seinem Smartphone, während er sprach. »Haben Sie neue Erkenntnisse, die den Verdacht erhärten?«

Die Kontaktperson schnaufte, unterdrückte mühsam ihre Verachtung. »Dieses Werk ist nicht nur ein Bild, Herr Köhn. Es scheint für sehr viele Menschen mehr zu sein. Ich kann nicht einschätzen, ob die Aussagen Birghids relevant sind. Fest steht, dass die drei Legenden um das Bild noch immer von sehr vielen Menschen ernst genommen werden. Ich bin mir sicher, dass die Wiener Kuratorin Setner uns weiterhelfen kann. Allerdings bin ich hier sehr involviert und kann nicht reisen. Ich verstehe auch nicht, warum Sie mich nötigen, dieses Medaillon zu tragen.«

Ridder, die die Vorhänge zugezogen hatte, damit das Videobild besser zu sehen war, blickte erstaunt zu Köhn. »Du schickst dieser naiven Ermittlerin ein Medaillon, und ich gehe leer aus?«

»Meine Liebe, du hast von mir in den letzten Stunden derart viele Antiviren über meine Körperflüssigkeiten aufgenommen, dass selbst das hartnäckigste Virus vor dir kapitulieren würde.«

Sie lächelte fein und griff sich an den Hals.

Köhn wandte sich wieder dem Bildschirm zu und drückte auf

den Mikrofon-Knopf. »Sind Sie bei Ihren Gastgebern in der Rhön noch sicher? Und was kann Ihnen unsere Prophetin denn noch so verkünden?«

»Das ist hier nicht sehr lustig. Ich habe noch nie auf diese Art und Weise nach Kunstwerken gesucht. Ich bin Historikerin, keine Detektivin. Und ich hoffe, dass ich meine Vergütung in Form eines gut gefüllten Bankkontos bald sehen darf. Ich werde hier weitersuchen. Sie aber müssen Almut finden. Sie ist im Besitz des Schlüssels, davon bin ich überzeugt.«

Köhn nickte müde, sah zu Ridder und machte mit seinem Zeigefinger eine kreisende Bewegung.

»Wir unterhalten uns in exakt 48 Stunden wieder.«

Und während Clara Ridder sich auf den Tisch legte und die Beine spreizte, so dass Arwed Köhn sofort erkennen konnte, dass sich die Dame wenig aus Unterwäsche machte, verabschiedete er sich formvollendet: »Ich wünsche Ihnen alles Gute bei der Suche.« Er machte eine kleine Pause. »Und passen Sie auf sich auf, Frau Doktor Kistermann.«

Das zweite Buch

Namur, 01. 10. 1578, Mitternacht

Die Leiche roch erbärmlich. Seine Höflinge hatten zwar Fackeln aufstellen lassen, aber der Landsknecht-Oberst Hans Straßberger rümpfte dennoch die Nase, als er den Teppich, der vor dem Eingang hing, beiseiteschlug. Der Sommer war noch nicht endgültig vorüber, obwohl schon bald die Herbststürme vom Westen herein in das Tal der Maas drücken und die schwere Luft des Spätsommers vertreiben würden. Aber jetzt lag der Körper des jungen Mannes im Zelt und stank. Sein Halbbruder hatte darauf bestanden, dass der Leichnam unverzüglich in seine Heimat nach Spanien gebracht wurde – heimlich, mitten durch das Land des verhassten Feindes Frankreich. Und da auch der engste Freund und Berater des Toten, Juan de Escubedo, vor wenigen Monaten einem Anschlag zum Opfer gefallen war, war es an ihm, dem deutschen Hans Straßberger aus Korbach, über alles Weitere zu bestimmen. Er riss sich aus seiner Starre und stapfte hinüber zu dem Zelt der Feldärzte. Ihnen musste er das Ungeheuerliche vorschlagen. Doch die Ärzte, die den Tross begleiteten, lehnten seine Bitte entsetzt ab. Und so blieb Straßberger nur noch eines: Er ließ einen Schlachter aus dem Marketender-Tross holen. Beine und Arme sowie der Kopf des Toten waren schnell vom Körper getrennt, aber der Rumpf musste ausbluten. Zudem sollte der Schlachter das Herz herausnehmen, denn der Deutsche wollte das wichtige Organ und Sitz der Seele seines Landsmanns hier oben im Norden bestatten lassen. In der Stadt, die er, Juan de Austria, im Namen des Heiligen Römischen Reiches Deutscher Nation sowie der spanischen Krone und zur Mehrung seines eigenen Ruhmes bezwungen hatte, ehe er unter grausigen Schmerzen die letzte Ölung erhalten und schreiend den letzten Atemzug getan hatte. Trotz seines spanischen Namens war Juan de Austria wie Straßberger im Süden der deutschen Lande geboren. Das verband.

Und so brach der Tross in der Abenddämmerung des nächsten Tages auf, im Gepäck die Teile Juan de Austrias, des unehelichen Sohnes des letzten großen Kaisers Karl V. und einer Magd aus Regensburg, des Siegers der Seeschlacht von Lepanto, keine 32 Jahre alt geworden. Alles war verteilt auf acht Satteltaschen.

Mons und Valenciennes passierte der Tross jeweils in der Nacht. Tagsüber lagerten sie in den nahen und dichten Wäldern der Städte Nordfrankreichs. Sie hatten gerade in den ersten Strahlen des Morgens abgesessen, als der Deutsche von seinen Spionen, die überall im Feindesland seine Augen und Ohren waren, erfuhr, dass die Franzmänner schon nach ihnen suchten. In ihrem Gepäck aber lag nicht nur der Leichnam des Statthalters, nicht nur dessen Gliedmaßen mussten ohne Schaden nach Süden gebracht werden. Juan hatte seinem Vater Karl V., mit dem er nie gesprochen hatte, dennoch an dessen Grab im Kloster sein Ehrenwort gegeben, dass das Werk des Meisters Bosch in das Herz des wahren Glaubens, nach Spanien, zurückkommen würde. Es durfte auf keinen Fall in die Hände des französischen Königs fallen. Straßberger sah keine andere Möglichkeit. Sie mussten sich teilen. Er würde das Werk verstecken und die anderen Männer mit dem Leichnam ziehen lassen. Niemals hätte er das Werk aus der Hand gegeben. Der Typhus hatte seinem Herren schon den Tod ins Gesicht gezeichnet, aber dennoch war er nah an sein Ohr gerückt, hatte ihn mit fauligem Atem angefleht, ihn fast angebettelt, das Werk niemals in falsche Hände zu geben, es bis Spanien zu schützen, notfalls mit seinem Leben. Denn dort sollten all seine Werke, alle Bilder liegen. Im Schoß der einzigen Verteidigerin des wahren Glaubens. Fern all der protestantischen Bilderstürmer, die hier im Norden Kirchen und Klöster stürmten, die Bilder und Kunstwerke zerstörten und alles nur für ihren falschen Glauben. Dieses Bild von Hieronymus Bosch aber, das er jetzt aus dem Planwagen nahm, war anders. Es war heilig. Und sie würden es nie zerstören können. Er hatte es versprochen. Sicher hatte auch die in Aussicht gestellte Menge an Gulden ihr Übriges getan. So musste er das Werk verstecken, und nur er durfte wissen, wo.

Während seine Männer, die schon die ganze Nacht durchgeritten waren, wieder murrend aufsaßen, blieb er mit dem Werk zurück.

Straßberger hatte wenige Meilen zuvor eine kleine Steinkirche am Rande des Waldes erblickt. Er würde sein Pferd in einer Senke des Waldes anbinden und zu Fuß zurückeilen, immer schnell im Gebüsch und hinter Bäumen Deckung suchend, wenn Gefahr drohte, und dann das Werk verstecken.

Es war nicht besonders groß, in zwei schweren Bleiplatten versteckt, ohne Verzierungen nur mit zwei Eisenscharnieren und einem ebenso unscheinbaren, nicht verriegelten Schloss versehen. Aber es besaß ein erhebliches Gewicht. Schon nach wenigen Metern schwitzte er: Der dicke Landsknecht, der so viele Schlachten, so viel Gemetzel und Grauen in der Alten wie auch in der Neuen Welt gesehen hatte, spürte ein unbestimmtes Grauen. Etwas ließ seine verbliebenen Nackenhaare sich aufstellen. Seit er die Hände an die Platten gelegt hatte, kribbelten diese wie toll. Er trat aus dem Schatten. Jetzt brannte die späte Sonne noch stärker. Straßberger zuckte zusammen. Zwei Rebhühner sprangen aus dem Dickicht und flogen mit lautem Ruf in den blauen Himmel. Sein Wams, mit dicken Eisenplättchen unterlegt, und eine Arkebuse, die kleine Feuerwaffe der Landsknechte, hatte er schon bei seinem Pferd gelassen. Er stolperte, fiel nach vorn, fluchte und prallte mit großer Wucht mit seinem Gesicht auf die Bleiplatte. Seine Nase blutete, als er seine schmerzverzerrten Augen wieder öffnete. Der Turm der Kirche war im gleißenden Licht der im Osten stehenden Sonne zu erkennen, aber nicht weit im Süden sah er auch eine Gruppe Reiter herannahen. Geduckt lief er über die schon abgeernteten Felder, fiel wieder, fluchte erneut und erreichte völlig außer Atem das Kirchlein. Es musste die Klause eines Klosters sein. Hier zogen sich Mönche zurück, um still zu beten, wenn sie auf den Feldern die Arbeit der Tagelöhner und unfreien Bauern begutachteten. Er drückte sich gegen die Tür. Muffige und feuchte Luft schlug ihm entgegen. Es war ihm egal. Sein Leib war schweißnass, ihm schien, als liefe ihm das Wasser in Strömen die Beine herab in die Stiefel. Er hatte kaum geschlafen, seine Narbe, die ihn seit dem Kampf gegen die Mauren in den Alpujarras begleitete und an sein Ende erinnerte, schmerzte, das galt leider auch für den Schanker, den ihm die kleine Andalusierin »geschenkt« hatte. Er sah sich hektisch um, lief durch die Bankreihe nach vorn und umrundete den kleinen Steinaltar. Das Werk musste sicher sein, selbst wenn die Kirche gebrandschatzt wurde, was in diesen Zeiten alltäglich war, durfte es nicht beschädigt werden. Er sah den Kerzenständer mit dem Ewigen Licht, riss ihn um und stieß das schmale Ende in die breite Fuge der Bodensteine hinter dem Altar. Die Adern an seinem Hals quollen hervor, fast drückte es seine Augen aus den Höhlen, als er die schweren Platten hinter dem Altar anhob. Er grub mit bloßen Händen in den darunterliegenden trockenen Sand ein Loch und legte dennoch behutsam das Werk hinein. Sollte er es öffnen? Die Versuchung war zu groß. Er öffnete die Verschlüsse. Quietschend bewegten sich die Scharniere. Der alte Krieger hatte viel gesehen. Nichts konnte ihn scheinbar noch erstaunen. Aber jetzt durchfuhr ihn ein Glühen, wie er es noch nie in seinem Leben in sich gespürt hatte. Er zwinkerte mit den Augen. Das war es also. Etwas in ihm schien ihm zu sagen, dass seine Reise hier ihr Ende finden würde. Dennoch glücklich verriegelte er wieder das Bild und setzte die Steinplatten darüber. Den restlichen Sand verteilte er in den Fugen und erhob sich ächzend. Straßberger, schon länger auf einem Ohr taub, was er einem explodierenden Munitionslager in Gent verdankte, hatte in diesem Moment nicht auf die Geräusche gehört. Und so schritt der deutsche Landsknecht in tiefer Genugtuung, seine Pflicht erfüllt zu haben, und der großen Freude, in das Jenseits gesehen zu haben, wieder hinaus in das milde Licht des Spätsommers, als ihn die Lanze des Franzosen oberhalb des Bauchnabels durchbohrte, die Milz, Leber und den Magen aufriss, ehe sie die Wirbelsäule durchstach und den alten Mann an die schwere Eichentür der Einsiedlerkirche des Klosters Saint Emmanuel zu Péronne fixierte.

Rottershausen, Deutschland, 21. 12., 12.34 Uhr

Zum ersten Mal seit drei Tagen riss der Himmel auf und zeigte ein strahlendes Blau. Auch der Wind hatte nachgelassen. Sonnenstrahlen ließen die Eiskristalle glitzern. Es war absolut still, als Jan sterben wollte.

War der Winter bislang schon eine Tortur gewesen, schienen die Blizzards der letzten Tage einen neuen schrecklichen Höhepunkt zu setzen. Tag wie Nacht blies aus dem Osten ein Schneesturm nach dem anderen über das Land und bedeckte Mitteleuropa mit Millionen Tonnen Schnee. Da nur staatliche Fahrzeuge bewegt werden durften, blieb ein Verkehrschaos aus. Deutschland wurde still.

Trotz der Strapazen schien es Martha ein wenig besser zu gehen. Das Virus kämpfte mit dem kleinen Körper, stieß aber wohl auf Widerstand. Das Mädchen wollte nicht sterben und kämpfte. So jedenfalls interpretierte es Jan. Aber jetzt war er am Ende. Auch die Sonnenstrahlen konnten ihn nicht mehr motivieren. Er hatte Martha in den Wagen gelegt, die Standheizung laufen lassen und war ausgestiegen. Gerade zwei Meter hatte er gehen können, ehe er erschöpft in eine Schneewehe fiel und einfach auf dem Rücken liegen blieb. Bald würde das Benzin zur Neige gehen, dann fiel der Motor aus, die Kälte würde in den Wagen kriechen, und wenn man das Mädchen bis dahin nicht fand, würde sie still und friedlich einschlafen und nicht mehr aufwachen. Er hatte ihr zwei Beruhigungstabletten gegeben. Es konnte nicht mehr weit sein bis zu diesem ehemaligen Swingerclub. Dort hatte er sich mit Elijah verabredet. Sein GPS war ausgefallen, aber er hatte sich, kurz bevor es den Geist aufgab, die Karte und die Daten aufgezeichnet. Demnach lag das Haus irgendwo südlich der Bundesstraße, auf der sie sich befanden. Die grelle Helligkeit brannte in seinen Augen. Er vermutete, dass er schneeblind wurde. Hinter ihm hörte er ein kratzendes Geräusch. Mit letzter Kraft drehte er sich auf den Bauch, griff nach seinem Messer und blickte nach oben. Irgendwo da oben in dem Licht sah er etwas Dunkles, das sich bewegte. Er kniff die Augen zusammen. Es verschwamm. Er stemmte seine steifen Beine gegen den Boden und drückte sich nach vorn. Es war ein Schild. Ein gelbes Schild. Auf dem oberen Rand saß etwas. Ein Raubvogel, kein Bussard – etwas Größeres, das auf einen Gegenstand mit seinem Schnabel hackte. Er stützte sich auf seine Arme und robbte weiter nach vorn. Der Vogel, so sah es Jan verschwommen, hob den kleinen schmalen Kopf und stieß einen hohen Schrei aus, blieb aber sitzen. Er versuchte zu entziffern, was auf dem Schild stand. Er konnte es in dem strahlenden Licht nicht erkennen, sosehr er auch die Augen zusammenkniff. Er musste näher an das Schild herankommen. Stöhnend warf er sich auf die Knie, drückte seine Hände gegen die Beine und wuchtete sich ein letztes Mal hoch. Er tapste zwei Schritte nach vorn und las die nicht vom Schnee verdeckten Buchstaben. »… shausen 3 km« Ein Pfeil deutete nach rechts. Er schwankte und wollte sich irgendwo abstützen. Jan sah den Vogel. Sah, auf was er da einhackte. Es war ein Kinderarm. Dann fiel er hart nach hinten auf den kalten Asphalt der Straße. Er sah in den blauen Himmel und dachte nur noch an seine Flucht durch das verschneite und menschenleere Deutschland.

»Das ist das falsche Tor, verdammt. Hier kommt das Zeug nicht rein. Das verstopft mir die Roste. Sieh zu, dass du das morgen früh wieder herauskratzt. Sonst schmeiße ich dich hinterher.«

In letzter Sekunde schloss sich das Tor vor dem Inferno. Die eben noch brennend heiße Luft verwandelte sich wieder in schneidend kalte Winterluft. Ein Vorarbeiter schien sich heftig zu erregen. Jan wartete, bis der LKW von der Rampe fuhr, der Fahrer stoppte, die Bremsen zischten und der Fahrer aus dem Führerhaus sprang, um sich zu entfernen. Stille kehrte ein, ehe Jan sich mit viel Mühe wieder die Rutsche heraufhangelte. Schnee fiel auf das Metall, und ein harter Wind blies ihm ins

Gesicht, als er auf dem jetzt menschenleeren Hof stand. Der Arbeiter schien eine Pause zu machen. Jan musste nicht lange nachdenken. Er lief mit Martha im Arm zum LKW. Der frische Schnee auf dem Hof dämpfte seine Schritte. Jan drückte sich in den Schatten des Wagens und schob sich vorsichtig an den großen Zwillingsreifen vorbei nach vorn. Er musste seinen rasselnden Atem unterdrücken, als er seine Hand auf den Türgriff legte. Tatsächlich war der Wagen nicht verschlossen. Hastig hangelte er sich die zwei Stufen nach oben. Es roch nach kaltem Schweiß, nach Zigaretten und Alkohol. Jan hob seine Nichte auf den Sitz, dahinter entdeckte er eine Schlafkoje. Er schob den Vorhang beiseite, legte Martha vorsichtig hinein, sah sich um und entdeckte neben dem Fahrersitz zu seiner Verwunderung eine Schrotflinte, die er sofort zu sich nach hinten nahm. Er sah, wie der Fahrer in seiner weißen Schutzkleidung durch das gelbe Licht der Hoflaternen schlenderte. Schnaufend setzte er sich auf den Sitz. Jan schob ihm den Lauf der Flinte gegen den weißen Schutzanzug.

»Wir fahren jetzt zusammen«, bestimmte Jan lakonisch.

Die Flinte war aussagekräftig genug. Der Fahrer nickte.

»Setz deinen Helm ab, und zieh dir was anderes an. Ich nehme deinen Schutzanzug, und du nimmst meinen.«

Der Fahrer sah ihn mit entsetzten Augen an und schüttelte den Kopf. Er fürchtete die Infektion. Jan lud die Waffe mit einem schnellen Schieben durch. Der Fahrer nahm hastig den Helm ab.

»Wie heißt du?«

»Zeljko Dedic. Ich bin nur ein Fahrer. Bitte, lassen Sie mich gehen. Ich will nicht krank werden.«

Jan sah ihn kalt an. »Das kann ich nicht. Ich bin auf der Flucht. Du würdest sofort Alarm schlagen. Du musst mit uns fahren, wir kommen nur mit deinem biometrischen Ausweis durch die Sperren. Also, auf geht's.«

So waren sie vom Gelände der Verbrennungsanlage gekommen, und dank der Passierscheine für alle bundeseigenen Lager, die Dedic mit sich führte, hatten sie am Morgen bereits auf der menschenleeren Autobahn die Kasseler Berge erreicht. Der Fahrer war immer noch in Panik angesichts des pockenkranken

Mädchens in seiner Koje und des anscheinend irren Vaters neben sich.

»Dir wird nichts geschehen. An der nächsten Raststätte lasse ich dich raus. Solltest du dich bis dahin infiziert haben, kommst du mit zur Heilerin. In das ›Rotland‹, das infizierte Bayern, werden sie mich wohl nicht verfolgen.«

Der Mann hatte steif genickt. Die deutschen Mittelgebirge trennen die norddeutsche Tiefebene von den südlichen Bundesländern. Hier oben hatte der Schnee ganze Arbeit geleistet, er lag meterhoch. Nur eine schmale Spur, gelegt von Militärkonvois, war auf der Fahrbahn zu sehen. Immer wieder rutschte der LKW über die Fahrbahn. Natürlich wurde nicht geräumt. Wer hätte es tun sollen, und wofür auch? Die Menschen warteten zu Hause darauf, dass der Tod an ihnen vorbeizog. Jan ging kein Risiko ein. Tagsüber waren Kontrollen wahrscheinlicher. Im Scheinwerferlicht erschien ein großes blaues Schild mit weißer Schrift. Stumm zeigte Jan darauf. Dedic blinkte und hielt neben den mit Schnee zugewehten Zapfsäulen der Tankstelle. Jan wollte sich erst umsehen. Er fixierte den Fahrer mit starkem Paketband am Lenkrad und sprang aus dem Führerhaus.

Der Morgen dämmerte schon, als er über das zersplitterte Glas in den völlig ausgeplünderten Laden trat. Alle Regale waren leer geräumt, vereinzelt lagen noch Flaschen mit Alkohol auf dem Boden. Er verspürte einen mächtigen Hunger. Von diesem Raum ging er vorsichtig, mit der Schrotflinte im Anschlag, zu den Toiletten. Auch hier war es bitterkalt. Keine Heizung lief. Aber beißender Gestank drang aus den Toilettenräumen. Ein nackter junger Mann, an seinem Bein eine Tätowierung, lag in der Urinrinne. Das Gesicht war von Pusteln förmlich aufgeblasen. Nichts war zu hören. Jan sah durch die Tür, die zum hinteren Parkplatz führte. Zwei Doppeldeckerbusse standen auf dem Gelände und wurden von den Laternen hell erleuchtet. Die Türen waren geöffnet. Schneetreiben setzte ein. War er wirklich allein? Er versuchte, hinter den Fenstern Menschen zu erkennen. Etwas beunruhigte ihn, seine Nackenhaare stellten sich auf. Er stieß die Tür der Tankstelle auf und sicherte nach links und rechts. Aber alles war immer noch still. Langsam bewegte er sich über die Behindertenparkplätze auf den Bus zu. Auf der Windschutzscheibe klebte etwas Großes. Er schob sich langsam in den Bus und erkannte ein Plakat, das dort befestigt war. Es war ein Bild der Prophetin. Er stieg vorsichtig die drei Stufen zum Fahrersitz hinauf und wich dann angewidert zurück. Auf den Sitzen saßen Menschen. Einige waren vornüber mit dem Kopf gegen den Sitz des Vordermanns gedrückt, andere hingen mit dem Kopf nach hinten. Manche lagen gekrümmt auf dem Durchgang. Aber alle hatten eine Gemeinsamkeit. Sie waren sichtbar infiziert und erfroren.

Langsam durchschritt Jan den Bus. Vielleicht lebte ja noch jemand. Seine Arbeit als Notarzt hatte ihn geprägt. Er konnte nicht anders. Aber wohin er auch sah, erblickte er tote Menschen. Links neben ihm hatte sich ein älteres Ehepaar in seinen letzten Minuten eng zusammengekauert und war so in inniger Umarmung erfroren. Vor ihm im Gang lag ein Junge, der wohl beim Spielen mit Legosteinen einfach umgekippt und erfroren war. Jan stieg vorsichtig und bedächtig über ihn hinweg. In der letzten Sitzreihe am Heckfenster waren Decken aufgestapelt. Niemand war dort zu sehen. Er wollte sich schon umdrehen, als ihm das Bild nicht korrekt erschien. Bei dieser Kälte hätte jeder die Decken genommen, statt sie zu stapeln. Er trat näher, ging in die Hocke. Der Deckenberg wurde hochgeworfen. Jan kippte nach hinten und lag mit dem Rücken auf dem Boden, neben sich sah er die aufgerissenen Augen des Kindes. Die Schrotflinte hatte sich unter einen Sitz verkantet. Hektisch versuchte er, sie zu befreien.

»Ich mach dich kalt. Du willst tote Menschen ausrauben …« Die Frau wuchtete sich nach vorn und fiel auf Jan, der noch immer die Flinte unter dem Sitz hervorzuholen versuchte. Es war viel zu eng in dem Gang, als dass er seine Kraft hätte ausspielen können. Plötzlich blieb ihm die Luft weg. Sie war mit ihren Knien direkt auf seinem Brustkorb gelandet und hob beide Arme über ihren Kopf. Jan erkannte, dass sie etwas darin festhielt. Im letzten Moment sah er die Axt und riss den Kopf instinktiv nach links. Das Metall fuhr in den Boden des Busses und blieb dort stecken. Seine letzte Chance, dachte er. Wenige Zentimeter von ihm sah er in die hasserfüllten Augen. Er drückte den Schaft der Flinte mit aller Macht gegen die Metallbefestigung des Sitzes, um die Waffe freizubekommen. Die Frau war nicht schwer, aber sie hatte sich so auf ihn gesetzt, dass er sich nicht nach oben wuchten konnte.

Er schrie sie an. »Ich will nichts klauen, ich bin mit einem LKW da draußen …«

Sie riss das Werkzeug aus dem Boden, hob es mit Schwung nach oben, verlor aber für einen kurzen Augenblick das Gleichgewicht. Jan drückte sie mit einem Aufbäumen nach hinten, ließ die Flinte los und schlug seine Faust in ihr Gesicht. Der Schlag war zwar von unten nach oben geführt, traf aber dennoch mit großer Wucht Nase und Stirn. Der Kopf der Frau flog nach hinten. Jan wand sich unter ihr hervor, nahm im Knien die Flinte unter dem Sitz hervor und hielt ihr den Lauf vor den Bauch.

»Schluss jetzt. Ich will nicht plündern«, rief er fast atemlos. »Was ist hier geschehen?«

Die Frau robbte weiter nach hinten. »Bleiben Sie da, und dann reden wir.«

Sie begann zu sprechen. Trotz des Kampfes klang sie ruhig und gelassen. »Sie wollten alle sterben. Uns ging das Benzin aus. Wir sind Pilger auf dem Weg zur Prophetin. Aber dann blieb der Bus liegen. An der Tankstelle gibt es schon längst kein Benzin mehr. Also beschlossen sie, die Türen aufzumachen, damit es schneller geht mit dem Erfrieren. Ich wollte noch nicht sterben.«

Jan sah sie an. Sie hatte keine Anzeichen der Krankheit im Gesicht. Erstaunlich, angesichts der infizierten Insassen. Er schien nicht allein mit seiner Immunität zu sein.

»Sie sind nicht krank.«

Sie nickte. »Aber mein Sohn.« Sie deutete auf die letzte Reihe. »Komm, es ist alles gut.«

Aus dem Wust an Decken kroch ein vielleicht elfjähriger Junge mit dunklen Haaren und sah ihn angsterfüllt an.

Sofort senkte Jan den Lauf der Waffe. »Ich fahre zur Prophetin. Ich nehme Sie beide mit. Ich habe meine kranke Nichte dabei.«

Er reichte ihr die Hand und half ihr hoch. Während sie und

ihr Sohn ihre wenigen Sachen zusammenpackten, durchsuchte er den Bus nach brauchbaren Dingen, fand aber nur Streichhölzer, Draht und ein paar Messer.

Zusammen stapften sie durch den mittlerweile tiefen Schnee.

»Wie heißen Sie eigentlich?«

»Verena Engert, und Sie?«

»Jan Kistermann. Ich komme aus München, aber jetzt gerade aus Bad Bentheim. Das ist in Niedersachsen. Die Tochter meines Schwagers ist …«

Er stockte. Die Erinnerung an sein eigenes Kind traf ihn wie ein Faustschlag und ließ ihn verstummen. Er blieb stehen. Der Wind biss in seine Wangen, und er hätte schnell wieder zu seiner Nichte gehen müssen, aber er hatte seine Gefühle nicht unter Kontrolle. Solange er handeln musste, war der Schmerz versteckt. Aber jetzt, hier oben in den Kasseler Bergen, übermannte ihn die Traurigkeit. Sie kannte ihn nicht, eben noch hätte sie ihn ohne zu zögern getötet, wenn er ihr und ihrem Sohn etwas angetan hätte. Aber jetzt merkte die Frau, dass sie etwas tun musste. Sie trug einen viel zu großen gelben Anorak mit einer kunstpelzbesetzten Kapuze. Darunter lugten feuerrote lange Haare hervor, ihre Haut war fast elfenbeinfarben. Sie war annähernd so groß wie er, und in einem Moment des tiefen Mitleids umschloss sie ihn mit ihren wattierten Armen. Er konnte sich nicht beherrschen, und sein Schluchzen und Wimmern drang laut in ihr Ohr. Ihr war, als ob er auch für sie trauern und weinen würde. Nach wenigen Minuten hatte er sich gefangen, und die Sachlichkeit gewann in seinem Kopf wieder die Oberhand.

Jan deutete auf den großen grünen Kipplaster. »Das ist unserer. Der Fahrer ist unfreiwillig dabei, ich habe ihn mitnehmen müssen, er ist …«

Jan wie auch die Frau sahen nach links. Jemand lief über die weite Fläche der Tankstelle durch den Schnee. Es war der Fahrer. Aber das war nicht das Beunruhigende. Die Tankstelle lag auf einer Kuppe, und von dort oben sah man, wie sich die einst vielbefahrene Autobahn durch die schneebedeckten Berge schlängelte. Und sie erkannten, dass vier Fahrzeuge in ihre Richtung fuhren. Die Autos waren olivgrün, das konnte er in der weißen Landschaft erkennen. Sie waren vielleicht noch vier Kilometer oder weniger vom Rastplatz entfernt. Auch ihnen schien der Schnee Probleme zu bereiten, denn sie fuhren äußerst langsam.

Jan fluchte. »Los, zum Wagen.«

Er drückte die Frau und ihren Sohn in das Führerhaus, rannte um den LKW herum und startete den Wagen. Der LKW schüttelte sich, die großen Reifen knirschten nur langsam durch den neuen und mittlerweile tiefen Schnee. Der Fahrer war ihm jetzt egal. Sie mussten so schnell wie möglich verschwinden, wenn sie nicht in wenigen Stunden wieder in einem Lager vegetieren und auf den Tod warten wollten.

Und als der Dekontaminationszug des dritten Panzergrenadier-Bataillons aus Kassel den kroatischen Fahrer aufnahm, war der Kipplaster schon zu weit entfernt. Der Kommandeur des Zugs entschied, dass sich die Grenztruppen darum kümmern sollten, und gab eine Fahndung per Funk an die Kameraden in Fulda weiter. Doch Jan dachte nicht daran, auf der Autobahn wieder in die Fänge der Sicherheitskräfte zu geraten. Zudem war der LKW mit Funk ausgestattet, so dass er die ersten Befehle zur Suche mithören konnte. Er verließ die Autobahn und erreichte über verschiedene Landstraßen, die angesichts des akuten Personalmangels nicht abgesperrt und gesichert waren, bald das hessisch-bayerische Grenzgebiet nördlich der Stadt Gersfeld.

Jan hatte der Frau seine Fluchtgeschichte in leisen Worten erzählt. Hinter ihm schlief seine Nichte neben dem Sohn der Frau. Beide hatten starkes Fieber und halluzinierten immer wieder. Die Frau hatte wortlos zugehört und genickt.

»Und Sie?«, hatte er gefragt.

»Ein evangelischer Pfarrer aus Bielefeld hat die Fahrt organisiert. Er glaubte fest daran, sagte er. Er hat von jedem einen hohen Betrag kassiert und war am Abreisetag plötzlich verschwunden. Jemand aus der Gruppe beschaffte dann den Bus, und so fuhren wir illegal Richtung Bayern. Dann ging der Sprit aus …«

Jan verstand. »Sie sind auch allein. Warum?«

Sie strich sich über das Gesicht. Müde antwortete sie: »Der

Vater meines Sohnes hat Angst bekommen, nachdem wir die Diagnose erfahren haben. Er hat heimlich seine Koffer gepackt und ist wohl als einer der Letzten noch ausgereist. Er hat uns einfach sitzenlassen.«

Sie weinte still.

»Seine Angst war wohl zu groß«, versuchte Jan sie zu trösten.

»Lässt man deshalb seine Familie im Stich?«, fragte sie schluchzend.

Er schüttelte nur den Kopf. Er durfte das Leid der Frau nicht an sich heranlassen. Schließlich hatte er schon genug Elend zu schultern. Er wollte ablenken. »Da vorn ist Wildflecken. Ein Truppenübungsplatz der Amis. Elvis Presley hat hier einige Wochen verbracht.«

»Woher wissen Sie das?«

Zum ersten Mal seit Tagen schmunzelte Jan. Der King war einst das Hobby seines Vaters gewesen. Er hatte alles über ihn gesammelt. Ganze Sonntage hatte er in seinem Kellerraum mit all den Devotionalien und Platten verbracht, bis Jans Mutter ihn an seine Vaterpflichten erinnerte. Doch dies war eine Geschichte aus einem anderen Leben.

Jans Plan war, in einem kleinen Dorf nahe der Grenze erst einmal die Lage auszukundschaften, um dann sogar gegebenenfalls mit dem LKW hinüberzufahren. Wenn das nicht möglich wäre, müsste er mit Martha zu Fuß nach Rottershausen gelangen. Nach seinen Berechnungen waren es noch knapp 50 Kilometer. Vielleicht nähme sie auch jemand mit. Ohne Zwischenfall erreichten sie das Dorf Rodenbach. Es lag in einer Senke. Jan steuerte den Wagen durch das verlassen wirkende Dorf. Hunde schlugen an. Die Eingangstüren und Fenster zur Straße waren allesamt mit großen Brettern vernagelt. Warnschilder machten darauf aufmerksam, dass Plünderer erschossen würden. Am Ortsausgang hing an einem kahlen Obstbaum die steifgefrorene Leiche eines Teenagers. Er trug ein Schild mit der Aufschrift »Ich war ein Plünderer«. Etwas oberhalb des Dorfes sahen sie Lichter auf einem Anwesen. Sie konnten ein wenig Ruhe gebrauchen. Vielleicht ließ der Bauer sie ja zumindest vor seinem Hof rasten.

Es blieb wenig Zeit. Er hatte mit Elijah ausgemacht, dass sie sich spätestens 48 Stunden nach ihrer Verabschiedung in Seligenstadt in Rottershausen treffen würden.

Er steuerte langsam auf den Vorplatz des Bauernhofs zu. Kaum hatte er den Motor ausgestellt, hörte er schon das laute Bellen mehrerer Hunde.

»Verdammt, Scheißhunde«, fluchte die Frau.

Jan sah beschwichtigend zu ihr. »Wir sind unverdächtig. Wir lassen die Kinder hinten schlafen, gehen rein und fragen nach dem Weg. Sie dürften keine Angst haben, wir kommen schließlich aus der gesunden Zone.«

Sie nickte unwillig. Er sprang vom Führerhaus, und sofort sah er sich zwei ausgewachsenen Rottweilern gegenüber, die ihn anknurrten.

»Was wollen Sie?« Eine dunkle, abweisende Stimme erscholl. Zudem blendete sie ein grelles Licht. Jemand leuchtete mit einem Strahler auf die beiden.

»Wir kommen aus dem Norden und müssen in ein Lager auf der anderen Seite. Ich habe mich völlig verfahren. Können Sie uns helfen?«, log Jan schnell. Ihm fiel einfach nichts Besseres ein.

»Sind Sie krank? Wollen Sie zu der verrückten Prophetin auf der anderen Seite?«

Sie schienen nicht die Ersten zu sein.

»Nein. Wir wollen nur nach Bad Kissingen. Wir müssen eine Impfladung dort hinbringen.« »Und warum trägt sie keinen Schutz?«, kam es misstrauisch und äußerst aggressiv aus dem Licht.

»Sie ist immun und wird an der Grenze aussteigen. Ich habe sie als Anhalterin mitgenommen.«

Das Licht erlosch. Immer noch tanzten Lichtsterne in Jans Augen. Er kniff die Augen zusammen, als er einen heftigen Schmerz am Hinterkopf spürte und das Bewusstsein verlor.

Wenig später erwachte er in einem überheizten Raum. Etwas knisterte. Sein Mund war trocken, er konnte kaum sprechen. Jemand hatte ihn mit einem Kabelbinder an die Schranktür eines Küchenbords gefesselt. Das Plastik schnitt in seine Haut.

Er war nackt. Jan bewegte den Kopf, und der Schmerz fuhr durch seinen ganzen Körper. Links neben ihm saßen drei Männer an einem Tisch und aßen mit großem Appetit kleine Stücke eines Hähnchens. Der Duft drang jetzt auch in Jans Wahrnehmung. Sofort kam ein Hungergefühl in ihm auf. Er hatte seit fast zwei Tagen nichts mehr gegessen. Wo war seine Nichte? Wo war die Frau? Neben ihm brannte ein großes Feuer in einem Kamin. Daher kam also die Hitze, die seine linke Gesichtshälfte zum Glühen brachte. Es war eine schöne alte, etwas heruntergekommene Bauernküche. Aber die drei schienen nicht hierherzugehören. Die Einrichtung ließ auf ältere Menschen schließen. Er sah, dass zwei Pistolen auf dem Tisch lagen.

»Er ist wach«, rief jemand am Tisch.

Jan drehte den Kopf. »Was wollen Sie von uns? Lassen Sie mich gehen. Ich habe keine Pocken. Sie können unbesorgt sein.«

Die Männer lachten. Jemand warf ihm einen Hühnerknochen zwischen die Füße. »Wir bekommen von unserem Bürgermeister für jeden infizierten Flüchtling, den wir festsetzen, tot oder lebendig, 100 Euro. So läuft das. Und tot gefallt ihr uns besser. Hol die Alte.«

Ein ausgesprochen fetter Mann mit einem Zopf schob sich von der Bank und blieb vor Jan stehen. Sein riesiger Bauch quoll über den Saum seiner speckigen Trainingshose. Er wischte sich seine fettigen Finger an seinem T-Shirt ab und trat nach Jan.

»Jetzt schauen wir mal, was dir so gefällt.«

Die beiden anderen aßen ungerührt weiter. Sie waren wohl Brüder, denn sie hatten eine gewisse Ähnlichkeit, waren dick und nur wenige Jahre auseinander. Der Fette mit dem Zopf verschwand, kam nach wenigen Augenblicken wieder und schob die Frau hinein. Auch sie war nackt und an den Händen gefesselt. Jan sah sie entsetzt an; er versuchte, Blickkontakt mit der Frau aufzunehmen. Ihr Körper wies an vielen Stellen Schürfwunden und blaue Flecken auf. Das rote Haar hing in langen Strähnen von ihrem Kopf über die Schulter. Sie wirkte teilnahmslos. Der Fette warf sie nach vorn, und sie stolperte auf den Tisch zu.

»Ich nehme sie, das stört euch doch nicht.«

Die anderen lachten. »Nee, rostiges Dach, feuchter Keller. Die muss doch abgehen.«

Der Dicke drückte den Oberkörper der Frau auf die Platte, so dass einige Teller vom Tisch fielen und auf dem Boden zerbarsten. Dann trat er mit fast beiläufiger Gewalt ihre nackten Beine auseinander und zog sich die Hose herunter. Jan sah das wellige, weiße Fleisch seines Hinterteils, die roten Pickel, die Haare, die sich vom Anus den Rücken hinaufzogen. Er musste sich befreien. Vorsichtig drehte sich Jan. Er wollte die Hände so nah wie möglich an den Kamin halten. Der Fette griff unter die Massen seines Unterbauchs und bearbeitete seinen Schwanz. Die anderen johlten, bezweifelten lautstark seine Potenz. Jan zog jetzt an der Schranktür, die sich auch öffnete, schob seine Hände näher an den Kamin, die Hitze wurde immer qualvoller. Wenige Zentimeter entfernt stand ein Rost, der an dem Kamin befestigt war. Jan öffnete seine Hände und hielt die zusammengebundenen Handballen gegen das Stück Metall. Unerträgliche Schmerzen durchzuckten seine Hand. Der Rost war glühend heiß. Er durfte nicht schreien, biss die Zähne zusammen. Er sah, wie seine Handballen verbrannten, aber der Kabelbinder nur langsam nachgab. Er wendete den Kopf zum Kamin und drückte die Hände mit letzter Kraft auseinander. Das Plastik quoll auf und riss. Er war befreit.

Hektisch sah er sich um. Allein hatte er gegen die drei keine Chance. Er musste an die Waffen auf dem Tisch kommen. Der Fette griff nach seinem fleischigen Schwanz. Regungslos lag die Frau mit verbundenen Händen auf der Tischplatte. Aus dem Mund des Fetten tropfte Geifer auf ihren Rücken.

»Ich besorg's dir, du geiles Stück. Ich spritz es dir …«

In einer schnellen Bewegung griff sie nach einer Pistole und zog sie zwischen ihre Hände. Keiner der beiden anderen bemerkte es. Aber Jan sah es, und im nächsten Moment drückte sie einfach ab, die Kugel drang aus kurzer Distanz in den Unterleib des Mannes, der eben noch seinen Schwanz in ihren Mund stecken wollte. Als der Zweite begriff, dass etwas aus dem Ruder lief, hob er seinen mächtigen Arm und hieb mit aller Macht auf den Rücken der Frau. Aber es war zu spät. Sie drückte noch einmal ab. Das Projektil durchfuhr den schwingenden Arm, trat in das Gesicht des Bruders ein und kam aus dem Hinterkopf wieder heraus. Die Wucht des aus kurzer Distanz erfolgten Schusses riss ihn herum. Der dritte Mann, eingeklemmt hinter dem Tisch, versuchte verzweifelt hervorzukriechen. Er hatte sich gerade befreit, als die Frau ein drittes Mal schoss. Die Kugel traf den Bauch. Schreiend stürzte der letzte Mann auf den Boden, hielt seine breiten Hände über die Wunde, aus der das Blut sickerte. Die Frau stieg, nackt, wie sie war, auf die Bank und schoss das Magazin leer.

»Wir müssen hier weg«, sagte Jan leise, auf zwei Tote und einen Schwerverletzten schauend.

Sie bewegte sich nicht. Er erhob sich. Sie stieß mit dem Fuß gegen den Dicken, der sie vergewaltigen wollte und jetzt nur noch wimmerte. Sie drückte fester gegen die Hüfte, er rollte sich auf den Rücken.

»Der hat genug«, wollte Jan die Frau beruhigen.

»Nein, hat er nicht.«

Sie griff nach dem Schürhaken und stieß ihn in den weißen, aufgeblähten Bauch des Mannes. Die Spitze rutschte ein wenig ab, und so fuhr das Metall schräg in den Unterbauch. Die Frau stemmte sich ein letztes Mal auf den Haken. Das heftige Schreien des Fetten schien sie gar nicht zu hören.

Sie hatten dann ihre Sachen im Haus zusammengesucht. Die Kinder lagen immer noch schlafend in der Koje des LKW. Die Männer schienen sie übersehen oder schiere Angst vor einer Ansteckung gehabt zu haben. Im Hof stand noch ein Geländewagen.

»Den nehme ich«, sagte die Frau. Sie hatte sich lange und ausgiebig in einer kleinen Dusche im ersten Stock gewaschen.

»Wollen wir nicht zusammenbleiben?«, fragte Jan.

Sie schüttelte nur den Kopf. »Ich kann die Gesellschaft von Männern kaum ertragen. Die Chance ist so außerdem größer, und es ist ja nicht mehr weit. Zeigen Sie mir den Weg, und wenn alles gut läuft, sehen wir uns bei der Prophetin.«

Jan ließ sie und den Jungen zuerst fahren. Eine Stunde später fuhr er mit dem LKW auf die Grenze zu. Sein Sprit ging langsam zur Neige. 400 Meter vor dem Grenzstreifen hatte die Bundeswehr auf der linken Fahrbahnseite einen Kontrollpunkt in einem ehemaligen Gasthof eingerichtet. Den eigentlichen Grenzverlauf konnte man von dort nicht sehen. Er lag hinter einer weit geschwungenen Rechtskurve. Jan stoppte, und ein junger Soldat ohne Schutzanzug, aber in der Winterkleidung der Gebirgsjäger kam mit einem G36, dem Standardgewehr der deutschen Bundeswehr, auf ihn zu.

»Guten Morgen, wollen Sie nach Bayern?«

Jan reichte seine Passierscheine, die der Fahrer neben seinem Sitz deponiert hatte, aus dem Fenster nach unten. »Ja, wir nehmen kontaminiertes Material auf, da drüben quillt alles über. In Fulda wird wieder verbrannt, und das wird die nächsten Tage auch so weitergehen. Ein Scheißjob.«

Jan hatte sich die Legende auf dem Weg zum Kontrollpunkt mehr schlecht als recht ausgedacht.

Der Soldat blieb regungslos. »Warten Sie hier, ich telefoniere mit der bayerischen Seite. Sie können den Motor abstellen und mit reinkommen. Das wird länger dauern.«

Das konnte sich Jan auf keinen Fall leisten. Noch einmal würde seine Nichte die klirrende Kälte in einem abgestellten LKW nicht überleben. Er sah auf die Litzen des jungen Soldaten, erkannte den Rang. »Hören Sie, Stabsgefreiter. Ich bin in fünf Stunden wieder hier. Ich will am Abend wieder bei meiner Familie sein. Geht das auch weniger bürokratisch?«

Aber der Soldat hatte sich schon umgedreht und war auf den alten Rasthof zugegangen. Jan entschied sich in der Sekunde, als der Soldat im Haus verschwunden war. Er schob den ersten Gang ein, drückte auf das Gaspedal und fuhr los. Der Soldat rannte heraus, legte an und schoss zwei kurze Salven auf den LKW. Jan fuhr zusammen, etwas war in seine Seite gefahren. Er griff dorthin und spürte das herauslaufende Blut. Er war getroffen. Sofort überkam ihn Panik. Der Schmerz raubte ihm fast den Atem. Dennoch fuhr er mit zunehmender Geschwindigkeit auf den Kontrollpunkt zu. Der bestand aus nicht mehr als vier Ölfässern, die auf der Straße standen, und an der Seite hatte man zwei Schützenpanzer vom Typ Marder postiert. Aber seine Fahrbahnseite war frei. Auf der anderen Seite hatten sich Schlangen mit Einreisewilligen gebildet. So rauschte er an verdutzten Soldaten vorbei und war in wenigen Augenblicken auf bayerischem Boden. Nach fünf Kilometern fuhr er in einen Waldweg und untersuchte die Wunde. Das Geschoss musste durch die Wagentür gekommen sein und war dann mit verminderter Wucht unterhalb seines Rippenbogens in die Seite eingedrungen und dahinter wieder ausgetreten. Er verband sich mit Material aus einem fragwürdigen alten Verbandskasten und setzte die Fahrt fort. Trotz des schlechten Wetters kam er bis zur Mittagszeit gut voran. Aber dann wurde das Schneetreiben immer dichter. Er hatte bewusst die größeren Straßen gemieden und stattdessen die zwar nicht geräumten, dafür aber kaum kontrollierten Straßen durch die Rhön gewählt. Immer wieder war der LKW steckengeblieben, und er hatte, trotz seiner immer noch blutenden Wunde, die Zwillingsreifen freischaufeln müssen. Er hatte gerade Münnerstadt passiert, als er nur noch dichtes Weiß gesehen und in einem Moment der Müdigkeit das Lenkrad verrissen hatte. Knirschend war der LKW mit der rechten Seite in den Graben gerutscht. Er hatte noch scharf gebremst. Unter großen Schmerzen war Jan ausgestiegen und hatte gesehen, dass der Wagen unrettbar in tiefen Schneewehen versunken war. Dieser Anblick hatte ihm alle Hoffnung genommen. Er würde nicht mehr lange auf den Beinen stehen können. Der Blutverlust war zu groß. Er hatte die Standheizung des LKW angestellt und sich in den Schnee gelegt. Und so lag er da. So hatte er sterben wollen.

Der Vogel hackte immer noch auf den menschlichen Arm ein. Zwischendurch umspannte er mit seinen großen schwarzen Flügeln das Stück Fleisch, als ob er es beschützen wollte, statt es mit stetigem Hacken aufzureißen. Das Hacken verursachte ein regelmäßiges Geräusch, das Jan auf eine sonderbare Weise beruhigte. Sein Atem ging jetzt stoßweise. Es konnte nicht mehr lange dauern. Seine Beine spürte er schon nicht mehr. Er erfreute sich an dem plötzlichen Blau des Himmels. Selbst wenn Rottershausen nun wenige Meter entfernt war. Er war gescheitert. Dann sollte er eben hier sterben. Er hörte auf das langsame Pochen seines Blutes im Ohr. Bald war es vorbei.

Etwas knirschte neben ihm. Es war ihm egal. Metall klappte. Er wollte sich nicht mehr umdrehen. Sollten sie ihn eben hier töten. Ob nun die Kälte oder diese Bestien, die eben noch brave Bürger waren. Er schloss die Augen.

»Du bist gerettet, kleine Frostbeule.«

Jan lächelte. Das waren Halluzinationen. Er genoss es. Er glaubte zu spüren, dass jemand ihn trug. Er hörte noch, wie jemand vorwurfsvoll mit ihm sprach.

»Dich kann man auch nicht allein aus dem Haus lassen. Übrigens, welches sind die drei größten Popsongs aller Zeiten?«

Es dauerte Ewigkeiten, bis er begriff, dass es Realität war. Und diese Realität hatte einen Namen: Elijah.

Er besaß nur noch die Kraft, um zu sagen: »Meine Nichte liegt im LKW, hol sie … und … Hey Jude …«

Dann glitt er hinüber in einen tiefen Schlaf.

Wien, Österreich, 20. 12., 08.45 Uhr

Faruk verdrehte die Augen. Warum musste sie auch halbnackt vor ihm auf und ab laufen? Nur ein schmales Handtuch verdeckte ihren Körper bis zu den Oberschenkeln. Ihr nasses blondes Haar hatte sie ebenfalls unter ein großes Handtuch gewickelt. Seine Schmerzen wurden langsam von den Medikamenten betäubt. Aber ruhiger wurde er bei diesem Anblick nicht. Sie verarztete ungerührt seine Wunden, während Faruk mit unbewegtem Gesicht auf dem Sofa saß, in der Hand einen Becher mit Kamillentee. In den Becher war eine stilisierte Kobra eingraviert, ein Hinweis auf Reginas Vergangenheit bei dem österreichischen Spezialkommando. Seit er in Deutschland angekommen war, quälte er sich mit einer Erkältung herum, was ihm gerade jetzt zu schaffen machte. Direkt vor seinem Gesicht prangte ihr Dekolleté. Er konnte trotz seiner verstopften Nase ihre Hautcreme riechen. Kaum klebte das Pflaster an seiner Stirn, drängte er sich an ihr vorbei.

»Also, dann können wir ja jetzt ins Museum gehen.«

Regina sah ihm belustigt nach, während er im Flur hastig seinen Mantel überzog und noch einmal schnell ein Taschentuch benutzte und es in eine volle Mülltüte warf, die sie mit nach unten nehmen wollten. Europäer, dachte er, bewahren ihre benutzten Taschentücher immer in ihren Jacken- oder Hosentaschen auf. Das war unvorstellbar für einen Orientalen. Nasensekrete waren unrein, man bewahrte sie nicht am Körper auf. Die Leute hier mussten noch viel lernen.

Gestern waren sie am frühen Morgen mit dem letzten Zug von Dresden über Prag nach Wien gereist. Die Kontrollen an den Bahnhöfen in Tschechien waren nervenaufreibend gewesen. Immer wieder wurden Flüchtlinge mit deutscher Nationalität aus den Zügen geholt. Nur ihre österreichische und seine syrische Herkunft bewahrte sie vor dem Schicksal all der deutschen Flüchtlinge, die sofort wieder auf deutschen Boden zurückgeschickt wurden. Dort untersagten die deutschen Behörden eine Rückreise, und man brachte sie in riesigen Sammellagern außerhalb Dresdens unter.

Am Abend hatten sie dann erschöpft den Wiener Westbahnhof erreicht. Die Bahnsteige waren mit Sicherheitskräften abgeriegelt. Auch hier wurden sie erst durch einen langen Kordon des österreichischen Bundesheeres geführt und dann an zentralen Anlaufstellen auf dem Bahnhofsvorplatz auf Pocken hin untersucht. Ausgerechnet dort rief sie Arwed Köhn an, um sich auf den neuesten Stand bei der Suche nach Almut zu bringen.

»Ich verstehe Sie ja, Herr Köhn«, hatte Regina mit mühsam unterdrückter Wut in der Stimme gesagt, »aber angesichts der widrigen Umstände in Deutschland konnten wir erst jetzt nach Wien kommen. Ich bin sicher, dass wir hier mehr erfahren als Ihre Leute.«

Sie konnte sich den letzten Seitenhieb nicht verkneifen. Nichts war ihr mehr zuwider als eine permanente Kontrolle ihrer Ermittlungen. Sie hatte ihre eigene Methode, und das sollte auch dieser reiche Sexmaniac vom Tegernsee verstehen.

Sie schliefen in Reginas Wohnung, die glücklicherweise nicht weit entfernt von der Kunstakademie in einer Seitengasse der Mariahilfer Straße lag. Österreich war von der Epidemie in Deutschland nicht unberührt geblieben. Zu nah lag die Alpenrepublik an dem großen Nachbarn im Norden. Die gewohnten Warenlieferungen der deutschen Lebensmittelkonzerne blieben nun schon seit mehreren Tagen aus. Die Supermärkte, Kaufhäuser und Restaurants mussten sehr schnell auf Lieferungen anderer EU-Staaten umstellen. Aber die blieben an den Grenzstationen in riesigen Staus hängen. Ein Dilemma entstand. Einerseits war das Land auf Einfuhren angewiesen, andererseits wollte die Regierung die Bevölkerung vor Infizierten schützen. Das Bundesheer hatte zwar strikte Anweisungen erhalten, wirklich jeden Meter Grenze abzuriegeln, aber dennoch kam es immer wieder zu Übertritten und Erkrankungen. Vor allem grenznahe Städte wie Salzburg, Innsbruck und Linz waren betroffen. Dort herrschten in den Auffanglagern und Krankenhäusern Verhältnisse, wie man sie sonst nur aus Katastrophengebieten der Dritten Welt kannte. Die Einwohner der Städte forderten schon jetzt von ihren Bürgermeistern und Landeshauptmännern eine Räumung der Lager und eine Abschiebung der Infizierten nach Bayern.

Wien blieb noch weitestgehend von Infizierten verschont. Die schiere Angst der Menschen wie auch die Knappheit der Waren wurden aber auch hier langsam sichtbar. Wirklich jeder trug, sobald er seine eigenen vier Wände verlassen musste, Mundschutz und Handschuhe. Viele Ladeninhaber hatten ihre Geschäfte geschlossen, teils, weil die Kundschaft ausblieb, teils, weil das Personal schlichtweg nicht zur Arbeit erschien. Binnen weniger Tage waren die Supermärkte leer gekauft worden. Die Gesundheitsämter versuchten mit gezielten Maßnahmen, zur Beruhigung der Massen beizutragen. Überall wurde an zentralen Anlaufstellen geimpft, obwohl mittlerweile aus Deutschland das

Gerücht durchgesickert war, dass die Impfstoffe weitgehend wirkungslos waren.

Faruk hatte, während Regina noch schlief, die Wohnung verlassen, um fürs Frühstück einzukaufen. Ein schwarzer metallener Fahrstuhl brachte ihn quietschend ins Erdgeschoss. Kaum öffnete er die schwere Eichentür zur Straße, blies ihm ein eiskalter Wind entgegen. Er schlug den Kragen seines Mantels nach oben, zog den Kopf zwischen die Schultern und stapfte durch den tiefen Schnee. Die Mariahilfer Straße ist in normalen Zeiten die Einkaufsmeile der Wiener. Aber aufgrund des Wetters und der Epidemie war die Straße fast menschenleer. Faruk musste einige hundert Meter gehen, ehe er eine Bäckerei fand.

Dort hatte sich bereits eine Warteschlange gebildet. Alle trugen einen Gesichtsschutz. Es hatte etwas von einem gespenstischen Karnevalsgeschehen. Geduldig stellte sich der Syrer an. Die Menschen trippelten auf ihren Füßen, in der Hoffnung, dass die Bewegung ein wenig Wärme erzeugte. Jeder schien mit seinen Gedanken bei sich und seinem Leben zu sein. Niemand unterhält sich, dachte Faruk gerade, als er plötzlich ein lautes Rufen vernahm und es blitzartig zu Tumulten kam. Faruk fragte eine vor ihm stehende ältere Dame, was denn los sei. Missmutig erklärte sie ihm, dass die meisten Brotwaren wohl ausverkauft waren. Aber das schien nicht der wirkliche Grund für das Geschrei zu sein. Ein hagerer Mann mit langen Koteletten und einem grünen Janker, der landestypischen Trachtenjacke, zeigte mit hasserfülltem Gesicht auf eine Frau in einer Burka.

»Was geben wir den Drecksausländern noch unser Brot. Sollen sie sich doch in Kamelistan oder Turbanland ihr Brot holen.«

Einige lachten. Er spuckte in Richtung der Frau. Die Menge murmelte beifällig, nur wenige widersprachen beschwichtigend. Der Bäcker ließ die Jalousien des Geschäfts herunter, was den Mann im Janker noch weiter anstachelte. Die Frau drehte sich um, aber der Mann lief hinter ihr her.

»Zieh das Tuch aus, wir wollen so was hier nicht sehen.«

Er griff nach dem Schleier und versuchte ihn der Frau herunterzureißen. Das war selbst Faruk zu viel. Er stellte sich dazwischen und sah den Mann unbewegt an.

»Lassen Sie sie in Ruhe. Das ist eine Frau, und Sie sind ein Mann. Wissen Sie nicht, was sich gehört?«

In einem sehr breiten Wiener Dialekt rief der Mann nun dem Rest der sich langsam an der Eskalation erfreuenden Menge zu: »Seht's her, so sind sie, die Kanaken. Die brauchen alle eins aufs Maul.«

Faruk sah aus den Augenwinkeln, dass sich die Menge in einem Halbkreis um sie herumgestellt hatte. Vor ihm lag der verschlossene Eingang zur Bäckerei. Das wird eng, dachte er. Jemand trat ihm in den Rücken. Er hatte nicht so schnell mit einem Gewaltausbruch gerechnet. Also stolperte er nach vorn und fiel auf seine Knie. Er sah nach hinten, konnte aber nicht mehr rechtzeitig reagieren. Er sah nur das Gesicht des Mannes. Dann verpasste ihm der Mann einen Tritt ins Gesicht. Der Syrer rappelte sich hoch, stand aber kaum, als er schon den nächsten Schlag erhielt. Er musste hier weg. Aber es war, als ob die Menschen nach einem Sündenbock für die Krankheit, den Mangel und die Angst suchten und er da gerade richtig kam. Wieder fiel er auf den Boden. In seinem Kopf rauschte das Blut. Plötzlich herrschte Lynchstimmung. Er kannte so etwas, wenn es gegen religiöse Minderheiten ging, aus seiner Heimat. Ein Funke genügte da meist.

Er krabbelte jetzt auf allen vieren, als mit einem Mal zwei mächtige Beine vor ihm aus der Erde wuchsen. Er blickte nach oben, sah aber nur den Saum einer schwarzen Kunstlederjacke. Dann, mit einem Mal, zerstreute sich die Menge. Er drehte sich auf den Rücken, sah nach oben und konnte noch gerade erkennen, wie der hagere Janker-Träger mit eiligen Schritten davonlief. Er rappelte sich auf. Ein massiger Mann mit einer Ledermütze auf dem Kopf sah ihn belustigt an.

Mit einem sehr harten osteuropäischen Akzent sagte er zu Faruk: »Ihre Frau ist schon mal vorgegangen« und deutete auf die andere Straßenseite, wo die Frau in der Burka gerade weglief.

Faruk sah ihr hinterher. »Jede gute Tat wird bestraft. Das da ist nicht meine Frau. Aber sie wollten sie angreifen. Und da musste ich wohl einschreiten. Vielen Dank …«

Faruk drehte sich um, aber da war der Mann schon verschwunden.

Mit einer Platzwunde und diversen Prellungen kam Faruk kleinlaut in Reginas Wohnung zurück. Sie hatte gerade geduscht und stand mit einer Tasse Espresso in der Hand in ihrer Küche. Erschrocken riss sie die Augen auf und suchte hektisch nach Pflastern und Desinfektionsmittel. In kurzen Worten berichtete er ihr von dem Übergriff, während sie ihn für ihre Verhältnisse fast zärtlich versorgte.

»Verdammt, Faruk, geh nicht allein aus dem Haus. Ich will dich nicht verlieren.«

Trotz des stechenden Schmerzes in seinem Gesicht sah er sie verblüfft an.

»Ich kann so eine Aktion nicht allein durchziehen«, beeilte sie sich hinzuzufügen. »Aber dass ein Russe dich rettet, ist schon ungewöhnlich. Sie sind in dieser Stadt nicht gerade für ihre Hilfsbereitschaft bekannt.«

»Keine Ahnung, ob es wirklich ein Russe war. Aber er wirkte so auf mich.«

Sie tätschelte seine Wange. »Egal, Hauptsache, du bist gesund.«

Zu Faruks Erleichterung drehte sie sich um und konnte die Röte in seinem Gesicht nicht sehen.

»Ich muss dir was zeigen.« Sie hielt ihm das Display ihres Handys vor die Nase. Er nahm ihre Hand, drückte sie etwas weiter weg und versuchte, die Zeilen zu lesen.

»Geht zum Bild, sucht SIE. SIE ist gut zu euch, nehmt euch bei der Hand, und sie wird euch in die Hölle begleiten. Vertraut ihr. PS. Ich lebe. A!«

Faruk rieb sich die Augen. »Meinst du, dass Almut das geschrieben hat? Es könnte auch eine Falle sein. Vor allem: Wer ist SIE?«

»Schauen wir mal«, rief Regina und setzte sich eine ziemlich dämlich aussehende Mütze auf den Kopf.

Selbst der kurze Fußmarsch hinunter zur Akademie der

Künste war eine Qual. Die Kälte biss in ihre Haut, und so stapften sie die wenigen hundert Meter schweigend. Die Gemäldegalerie in der Akademie war ein typisch österreichischer Sonderfall. Nur wenige Meter von der großen Gemäldesammlung des Kunsthistorischen Museums entfernt war die kleine Galerie im ersten Stock der Akademie untergebracht. Und so mussten die Besucher an den etwas heruntergekommenen Uniräumen vorbeilaufen, um zu den Meisterwerken zu gelangen.

»Hitler war hier!«

Faruk sah entgeistert in Reginas Gesicht, das von einer roten Fellmütze mit langen Pelzohren umrahmt war. Trotz der Kälte zündete sie sich direkt vor dem Eingang eine Zigarette an. Er schüttelte missmutig den Kopf, blieb aber aus reiner Höflichkeit neben ihr stehen.

»Nein, wirklich. Hitler hat sich, bevor er nach Deutschland ging, hier als Kunststudent beworben. Sie haben ihn nicht genommen. Das war genau hier.«

Faruk verstand. »Komm, lass uns hineingehen. Der Mann ist tot und taucht zu häufig bei den Deutschen wieder auf.«

Sie stiegen eine breite Treppe hinauf und staunten über die reich verzierten Deckenmalereien. Faruk wollte nicht glauben, dass man hier junge Menschen studieren ließ. Eine zierliche kleine Frau huschte mit laut klackernden Absätzen an ihnen vorbei. Als sie den obersten Absatz der Treppe erreicht hatte, sah sie mit einem kurzen Blick auf die beiden Besucher herab, ehe sie ihr Klackern fortsetzte. Der Saal mit den Gemälden roch nach frisch verlegtem Parkett und neuer Farbe.

»Ihr« Bild hing im letzten Raum. Eine lärmende Schulklasse, der sie schon am Eingang begegnet waren, tummelte sich gelangweilt in dem mit rotem Samt bespannten Raum und ignorierte das perfekt ausgeleuchtete Altarbild. Es war, wie Poch es schon gezeigt hatte, in drei Tafeln aufgeteilt. Links sah man eine Szene aus dem Paradies. Die Mitteltafel war deutlich größer. Sie war fast drei Meter hoch und anderthalb Meter breit. Hier sah man gequälte, aber sündige Menschen, die inmitten von brennenden Ruinen ohne Tageslicht ihrem Ende entgegengingen. Die rechte

Tafel zeigte die Hölle mit all ihren schrecklichen Dämonen und den Qualen, die die Verdammten dort erlitten. Je länger man darauf starrte, desto tiefer drang man ein in die geniale, aber brutale Gedankenwelt eines gequälten Künstlers. Faruk war wie Regina fasziniert, aber der Krach und die Unruhe um sie herum störte sie. Einige Schüler spielten mit ihrem Mundschutz, zogen anderen das weiße Tuch vom Gesicht und rannten damit im Saal herum.

»Wir müssen näher an das Bild heran, von hier erkenne ich gar nichts«, flüsterte Regina.

Faruk schlängelte sich an den kaugummikauenden und mit ihren Handys spielenden Schülern vorbei. Der Lärm und das Desinteresse der Jungen und Mädchen waren fast nicht zu ertragen. Regina bemerkte im Eingang wieder die kleine rothaarige Frau, die sie erneut mit einem durchdringenden Blick ansah. Regina erwiderte fragend den Blick. Die Frau schaute zu der überforderten Lehrerin der Schüler, nickte kurz mit dem Kopf zum nächsten Raum, und tatsächlich trieb diese die Schüler in beachtlicher Geschwindigkeit weiter. Die Rothaarige schloss die Flügeltür, und mit einem Mal kehrte Stille in den Raum ein. Regina glaubte, dass der Saal geräumt werden musste.

»Entschuldigen Sie, wir sind gleich weg. Aber wir wollen noch einen schnellen Blick …«

Die Rothaarige legte einen Finger auf ihren Mund, kam näher, streckte ihre lange, knochige Hand aus und stellte sich leise vor: »Dr. Maria Setner, Kuratorin und Vorsitzende des Stiftungskreises dieser Gemäldegalerie.«

Regina war überrascht. »Regina Bachmaier und mein Kollege Faruk Al-Ali aus Damaskus. Wir sind …«

Setner nickte und unterbrach sie: »Ich weiß. Ezechiel schickt Sie.«

Faruk hatte sich zu den beiden Frauen gesellt. Er hatte sich verbeugt, und sein Handkuss endete, wie es sich gehörte, kurz vor der Hand von Dr. Setner. Regina war immer wieder überrascht, welch sonderbare Höflichkeitsvorstellungen der Syrer manchmal offenbarte. Aber viel mehr interessierte sie, woher diese Dame von Ezechiel wusste. Als ob sie diesen Gedanken lesen konnte, begann Setner leise zu sprechen.

»Ezechiel war ein Freund, er liebte wie ich die Werke des größten Meisters Bosch. Mein Leben lang habe ich mich mit Bosch beschäftigt, lernte alles über seine Technik, seine Motive und seine Inspiration. Vor fünf Jahren lernte ich Ezechiel hier kennen. Er verbrachte ganze Tage vor diesem Werk. Damals gab ich noch Führungen für ausgewählte Gäste, und immer sah ich ihn dort hinten in der Ecke still in sich versunken sitzen.« Sie deutete auf eine Stelle, wo jetzt eine grimmige dicke Frau stand, die ihrer blauen Uniform nach zum Aufsichtspersonal gehörte. »Er saß auf einem dieser Klappstühle, die dicke Hornbrille auf den Kopf geschoben, ein Okular vor einem Auge und auf dem Schoß einen Skizzenblock. Ezechiel war ein stiller, schüchterner Mann. Sein Aussehen stieß die meisten Menschen ab. Ihm zuzuhören war schwer. Aber wir kamen ins Gespräch, und seine Sichtweise auf Bosch, die mehr spirituellen Charakter besaß, inspirierte mich …«

Die kleine Frau machte eine Pause und wirkte, als ob sie einen Augenblick lang ihren Erinnerungen nachhängen würde. Regina nickte schweigend. Setner verscheuchte mit einem fast unwilligen Kopfschütteln ihre Gedanken und fuhr fort.

»Wir tauschten uns aus, erzählten einander von unseren Besuchen in den Museen, die die großen Werke Boschs ausstellten. Aber vor circa fünf Monaten veränderte sich Ezechiel. Er hatte eine Frau kennengelernt. Eine sehr starke Frau. Sie ist diese Prophetin, die jetzt in Deutschland für Furore sorgt. Und binnen weniger Wochen glaubte er, dass Bosch mit seinen Werken die Zukunft der Menschheit vorausgesehen hatte. Als die Pocken ausbrachen, muss es aber zum Bruch zwischen dieser Prophetin und Ezechiel gekommen sein. Er rief mich an, erzählte mir«, sie machte eine Pause, »… dass er sich losgesagt hatte und … dass die Schergen der Sekte kommen würden … dass er sie in Tegernsee gesehen hatte … dass sie vom Teufel in die Welt gesandt wurden und ›das Werk‹ zerstören wollten. Er wollte sie in die Irre führen und bat mich, ihm zu helfen.«

Regina war unschlüssig. Warum sollte sie dieser Frau glauben? Jemand öffnete zaghaft eine Tür und steckte den Kopf herein.

»Frau Doktor?, Telefon für Sie.«

»Ja, ich komme gleich.«

Sie machte eine unwirsche Bewegung, und sofort schloss sich die Tür wieder. Setner fuhr fort: »Er hatte dann noch Kontakt zu einer anderen Frau. Auch so eine Irre, genauso fanatisch wie die Prophetin. Ezechiel kannte sie von früher, sagte er.«

»Wie sah sie aus? Hat er Ihnen zufällig einmal ein Foto von ihr gezeigt?«

»Ja, einen Zeitungsausschnitt. Sie muss eine Hexe sein. Sie hat aus einem introvertierten, sehr gebildeten Mann ein psychisches Wrack gemacht. Ich kenne ihren wirklichen Namen nicht, aber sie kommt aus Österreich – aus demselben Ort wie er. Ezechiel fuhr immer stundenlang mit dem Zug dorthin. Irgendwo in der Nähe von Linz in Oberösterreich. Rohrbrunn, hieß der Ort, glaube ich. Dann wurde sie schwanger, das hat er zumindest erzählt. Ezechiel glaubte, dass diese Person das Licht gebären wird. Das redete sie ihm jedenfalls ein.«

Faruk schaltete sich ein. »Und wo ist die Frau jetzt?«

Setner hob ihre schmalen Schultern. »Das weiß ich nicht. Aber sie, so sagte mir Ezechiel, schien die Lösung zu kennen. Nur kannte ich das Problem nicht, wenn Sie verstehen, was ich meine.«

Regina ging zwei Schritte nach vorn auf das Bild zu. Mit einem Schlag erkannten Regina und Faruk, dass Ezechiel die lange gesuchte Almut meinte. Das war es. Und die Verbindung musste in diesem Kaff Rohrbrunn liegen. Aber keiner der beiden ließ sich etwas anmerken.

Leise sprach Regina aus der Erinnerung. »Sie ist der Engel im Land der Qualen, der uns führt hinab in das Reich der Erlösung.«

Setner kam nun auch näher. »Wie bitte?«

»Wir suchen einen Hinweis, den uns Ezechiel mitgab, als wir ihn besuchten«, erklärte Regina, während sie den Altar auf der Suche nach einem Anhaltspunkt anstarrte. Alles war kleiner, als es auf den Abbildungen in Pochs Buch gewirkt hatte. Zudem war das Bild hinter Glas gesetzt worden. Regina begann links, wusste aber nicht so recht, wonach sie suchen sollte.

Faruk wandte sich an die Kuratorin. »Lassen Sie uns teilhaben an Ihrem Wissen, Sie sind ja die Expertin und wir nur Laien. Als Araber bin ich mit der mittelalterlichen, christlichen Kunst nicht gerade vertraut.«

In dieser Sekunde hatte Faruk die Frau auf seine Seite gebracht. Regina konnte fast körperlich spüren, wie Setner den Syrer anhimmelte.

»Nun, zum einen ist es wohl nur vordergründig ein christliches Motiv. Aber das ist erst einmal unwichtig.« Sie griff in ihre Jackentasche und zog einen kleinen metallenen Teleskopstab heraus. Mit einer herrischen und eingeübten Bewegung deutete sie auf den linken Flügel. »Hier sehen Sie den Paradiesflügel. Adam und Eva erkennen Sie im unteren Teil des Flügels, der Baum der Erkenntnis oder, je nach Glauben, der Versuchung, mit der Schlange, ist zu sehen. Darüber befinden sich der Kampf und der Sturz der Engel. Der Erzengel Michael kämpft gegen die gefallenen Engel um Luzifer. Vor Bosch ließen alle Künstler diese Engel in die Hölle fallen, er nicht.« Ihr Teleskopstab wanderte vom linken oberen Rand quer nach unten. »Hier stürzen sie in das Paradies. Das war sehr ungewöhnlich für diese Zeit. Aber er sah das Geschehen als erstes Gericht Gottes an. Wir kennen vom Christentum her meist nur das sogenannte Jüngste Gericht. Aber einige frühe Sekten wie die Manichäer glaubten, dass es bereits bei der Erschaffung des Paradieses ein erstes Gericht gab. Im Zuge dieses Gerichts kam das Böse in Gestalt des gefallenen Engels Luzifer in die Welt.«

Setner wirkte wie beseelt, als sie zwischen den beiden stand und dozieren durfte.

»In der Mitte nun das Weltgericht. In einem Halbkreis sitzt Jesus und richtet, flankiert von den üblichen Gestalten: den Aposteln, der Mutter Maria und Johannes dem Täufer. Nur wenige kommen in die winzige Lichtöffnung links oben. Entscheidend aber ist hier der untere Teil. Es ist die Zeit des Jüngsten Gerichts. Tod und Qualen herrschen. Einerseits erkennen Sie die sieben

Todsünden in Gestalt der jeweiligen Personen und anhand ihrer Strafen.« Sie deutete mit dem Stab auf eine winzige Szene. »Das ist die Sünde der Habsucht und des Geizes.«

In siedendem Metall wurden Sünder geröstet, daneben zwangen Teufel einen fettleibigen Mann, ein großes Weinfass auszutrinken.

»Hier sehen Sie die Faulheit. Den Menschen werden von Teufeln glühende Hufeisen an die Füße genagelt.«

Regina schüttelte den Kopf. »Wir müssen uns auf Engel konzentrieren.«

Setner sah sie skeptisch an. »Warum?«

»Wie ich schon sagte: ›Sie ist der Engel im Land der Qualen, der uns führt hinab in die Kammer der Erlösung.‹ Das war Ezechiels Hinweis.«

Faruk hatte seinen Kopf weit über die Absperrung geschoben, nur wenige Zentimeter vom Glas entfernt. »Was ist mit dieser Szene?«

Die Frauen beugten sich ebenfalls vor. Vor einer Hinrichtungsstätte, an der Teufel gerade im Begriff waren, einen nackten Mann aufzuhängen, führte eine Frau mit großen Flügeln einen ebenfalls nackten Menschen in eine Grotte.

Setner reagierte als Erste. »Ach, das ist die Errettung eines Auferstandenen durch einen Engel. Nichts Besonderes.« Sie winkte ab.

Faruk ließ sich nicht beirren. »Es ist der einzige Engel auf der Erde, der Rest schwebt im Himmel. Nirgendwo sonst im Mittelteil ist einer zu sehen.« Sein Blick wanderte über das gesamte Werk. »Und das Allerbeste ist, dass er den Erretteten nicht hinaufführt, sondern hinab, in eine Höhle oder etwas Ähnliches. Genauso hat Ezechiel es gesagt.«

Die Kuratorin schüttelte vehement den Kopf. »Wie Ezechiel glaube ich, dass Bosch ein heimlicher Anhänger der Manichäer war. Die wiederum glaubten, dass der Körper nur Ballast ist, auf der Erde verbleibt und nur die Seele in das Licht der Erlösung reisen kann. Insofern ist es klar, dass der Engel den Körper in das Grab begleitet.«

Faruk wollte gerade seine Ideen erklären, als er sah, wie Regina hinter dem Rücken der Kuratorin schnell den Finger auf ihre Lippen legte. Er verstand. Regina wandte sich mit der größten ihr zur Verfügung stehenden Freundlichkeit der Kunsthistorikerin zu.

»Dürfen wir Sie zu einem kleinen Mittagessen in der Cafeteria im Kunsthistorischen Museum gegenüber einladen? Wir würden gern noch ein paar Fragen mit Ihnen erörtern.«

Setner nickte erhaben.

Das Café lag im ersten Stock des Museums. Man gelangte unter einem gewaltigen Deckengemälde auf einer imposanten Marmortreppe hinauf. Wollte man dann zu den alten niederländischen Meistern oder den großformatigen Tintorettos, musste man den Duft von Kaffee und Rindssuppe mit in die Räume hineinnehmen. Die Schulklassen waren verschwunden und Touristen in diesen Zeiten ein seltene Erscheinung. Das Personal hatte sich unter einem Fernseher, der oberhalb der Theke installiert worden war, versammelt und verfolgte kommentierend die Nachrichten. Faruk, der die Toilette aufsuchen musste, blieb ebenfalls davor stehen. Währenddessen machte ein Kellner im schwarzen Frack und mit einem abweisend arroganten Gesichtsausdruck die Frauen auf das schmale Angebot an Kuchenstücken aufmerksam. Als er Setner erkannte, wurde er merklich freundlicher. Regina betrachtete die Kuratorin interessiert. Sie war klein, reichte ihr gerade bis zu den Schultern. Die grünen wachen Augen beobachteten schnell und nahmen Veränderungen im Raum sofort wahr. Die Haut war, wie bei vielen Rothaarigen, weiß. Kleine braune Flecken auf der Hand zeugten von ihrem Alter. Friedhofsblumen nannte man dies hier in Wien, dachte Regina. Faruk war mittlerweile zurückgekehrt und hatte sich mit besorgtem Gesicht wieder gesetzt. Regina sah ihn fragend an, aber Faruk schüttelte nur ganz leicht den Kopf.

Regina wandte sich an Setner: »Können Sie uns ein paar Hintergrundinformationen über Bosch geben? Er scheint ja nicht nur ein Maler gewesen zu sein, wenn sich sogar eine Sekte nach ihm benennt.«

Setner griff in ihre Handtasche und nahm eine Mappe heraus, die mit Plastikfolien gefüllt war. »Hieronymus Bosch wurde als Sohn einer Malerfamilie um das Jahr 1450 in ’s-Hertogenbosch geboren. Sein richtiger Name lautete Jeroen oder lateinisch Hieronymus van Aken. Über sein Leben ist wenig bekannt. Er stammt aus einer Malerfamilie und hat vermutlich in der Werkstatt seines Vaters das Kunsthandwerk gelernt. Wie damals üblich übernahm Hieronymus van Aken den Namen seiner Geburtsstadt für seine Signatur und wurde bekannt als Hieronymus Bosch. Im Jahr 1478 heiratete er die wohlhabende Aleyt Goyaert van de Mervenne, wodurch er ein unabhängiges Leben führen konnte. In seiner Geburtsstadt gehörte er der Bruderschaft ›Unserer Lieben Frau‹ an. Er reiste vermutlich nur einmal nach Venedig und wurde von der dort bereits in Blüte stehenden Renaissance-Malerei kaum beeinflusst. Vielmehr schien er dort Kontakt zu einer Sekte bekommen zu haben, den Katharern oder den Manichäern. Aber darüber streitet sich die Kunstwelt. Mit seinen Visionen, seinen Gewaltphantasien, seinen bösartigen, aber auch witzigen Figuren ist er einzigartig in der Malerei seiner Zeit.«

Am Nachbartisch schob eine junge Mutter ihren von Flecken übersäten Pullover hoch, zog den fleischfarbenen BH darunter hoch, griff nach ihrer Brust und stillte unbekümmert ihr Baby.

Faruk sah angewidert weg und lenkte sich mit einer Frage ab: »Soll er dort nicht auch Leonardo da Vinci getroffen haben?«

Setner, ebenfalls von dieser abrupten Konfrontation mit mütterlicher Fürsorge eher abgestoßen, antwortete geistesabwesend: »Es gibt kaum Hinweise darauf. In Boschs Werken schon gar nicht. Nur eine Legende besagt, dass er vom damaligen Dogen, also dem gewählten Oberhaupt der Stadt Venedig, gejagt wurde. Er wurde als Dieb oder Schmuggler gesucht. Wenige Jahre später, unter der Herrschaft eines anderen Dogen, wurde die Anklage fallengelassen. Da war Bosch vermutlich aber schon gestorben.«

Die Mutter neben ihnen schloss beseelt die Augen, während ihr Baby mit ernstem Gesicht an der weißen, vollen Brust saugte.

Regina wollte auf die Visionen zu sprechen kommen. »Glauben Sie, dass er prophetische Kräfte besaß?«

Setner dachte einen Augenblick nach, dann schüttelte sie den Kopf. »Nein, versetzen wir uns in seine Zeit. Er malt, was er sieht und was er glaubt. Das Elend, die Gewalt, die so oft in vielfacher Weise in seinen Werken zum Vorschein kommt, ist surrealer Realismus. Das Land, in dem er lebt, ist Kriegsgebiet. Die Spanier, zu denen die Provinz Holland damals gehörte, kämpfen mit grausamen Mitteln. Bosch verfremdet diese Szenen nur, aber die Hölle als Motiv hat er quasi vor der Haustür. Boschs Bilder bestehen aus dem Stoff, aus dem Träume, gute wie schlechte, sind. Für ihn ist die Welt, in der er lebt, das Hier und Jetzt, nur ein Traum, die physische Welt ist irreal. Unser aller Bewusstseinszustand ist, weil er ohne Erkenntnis ist, wie ein Schlaf. Erst wenn wir in unsere spirituelle Heimat zurückkehren, werden wir erkennen, dass unser Leben in Wirklichkeit nur ein Traum war. Das materielle Dasein ist ein Zwang. Aber nur wenige werden erleuchtet. Und die einfachen Menschen brauchen dafür die Vollkommenen. Diese führen dann die reuigen Sünder in das Licht.«

Ihre Stimme hatte zum Schluss einen beschwörenden, fast pastoralen Klang angenommen. Sie blätterte in der Mappe und schlug eine Seite mit einem Bild auf.

»Hier sehen Sie, Sie erwähnten doch Venedig.« Setner breitete das Bild vor ihnen aus.

»Das kenne ich«, rief Regina.

»Viele kennen das Bild als Illustration zu Nahtoderfahrungen. Im Volksmund nennt man das Werk auch den ›Lichttunnel‹. Aber der Titel lautet ›Der Aufstieg in das himmlische Paradies‹. Es hängt im Dogenpalast in Venedig.«

Man sah tatsächlich einen Tunnel, in dem fünf von Engeln begleitete Personen einem gleißenden Licht entgegenflogen. Alles war heiter und leicht.

Faruk lächelte. »Das muss für Menschen, die kurz vor dem Tod stehen, ein unglaublicher Trost sein. Kein strafender Gott ist zu sehen, nur Licht und Glück.«

Setner gab das Lächeln zurück. »Genau darum geht es. Niemand richtet. Alles ist Licht. Und die Glücklichen streben danach.«

Faruk murmelte etwas auf Arabisch.

»Was sagst du?«, fragte Regina.

»Entschuldigt, ich erinnerte mich gerade an eine Aussage Mohammeds, der von einer seiner Reisen mit dem Engel Michael in den Himmel berichtete. Er sagte: ›Er führte mich durch viele Schleier des Lichts, so dass das Universum, das ich erblickte, mit dem, was ich je auf der Welt erfuhr, nichts gemein hatte.‹«

Setner schien begeistert zu sein. »Sind Sie Theologe?«

Faruk verneinte schmunzelnd. »Nein, das bin ich nicht. Aber ich bin mit den Geschichten des Propheten aufgewachsen. Und wir alle wollen doch wissen, was nach diesem Leben kommt.«

Setner sah ihn mit ihren grünen Augen lange an, ehe sie erwiderte: »Vielleicht wusste er, was nach dem Leben kommt.«

Faruk wartete. Setner aber ließ sich nicht locken.

Regina war das alles zu ungenau. »Gibt es verschollene Werke von Bosch?«, fragte sie bemüht beiläufig.

Setner streckte ihren knochigen Rücken durch. Sie wirkte, selbst wenn sie sich wie jetzt reckte, immer noch klein und zerbrechlich, aber ihre Augen funkelten. »Es gibt die andere Seite, zumindest das Gerücht darüber«, murmelte sie.

Darauf hatten die beiden gewartet. Wusste auch Setner von dem verschollenen Bild? »Angeblich soll es ein Gemälde Boschs geben, das aus der berühmten Figdor'schen Sammlung stammt.«

Regina musste angesichts des Namens lachen. »Aus welcher Sammlung bitte?«

Setner hüstelte verächtlich. »Albert Figdor war ein Wiener Bankier um die Jahrhundertwende. Seine Sammlung war bedeutend. Er sammelte niederländische Kunst. Nach seinem Tod wurde die Sammlung versteigert, gelangte unter anderem nach Deutschland, und einige Werke wurden bei Bombenangriffen der Alliierten im Zweiten Weltkrieg zerstört. Das berühmteste Werk aus der Sammlung ist die Figdor'sche Kreuzabnahme. Aber Figdor besaß auch ein Werk von Bosch, so sagt man. Er soll es versteckt haben.«

Regina verstand immer noch nicht. »Na und?«

Setner lächelte maliziös. »Es zeigt die andere Seite des Tunnels.« Sie wies auf die Folien. »Ein Bild von der Welt nach der Ewigkeit, so klar und erhaben, dass derjenige, der es betrachtet, danach unbeschwert und glücklich den Tod erwartet, weil er weiß, was er tun muss, um dorthin zu gelangen. Wenn Sie so wollen, ist es eine Handlungsanweisung zum ewigen Glück. Aber ich habe es noch nie gesehen, und nur sehr dürftige Quellen berichten davon. Ich glaube, dass es ein Hirngespinst ist. Aber wenn es wahr wäre, hätte der Besitzer einen unglaublichen Schatz in seinen Händen.«

Regina rührte in ihrem Kaffee. Sie glaubte ihr kein Wort. »Was sehen die Bosch-Jünger wirklich in diesen Bildern? Eine Art Anleitung?«

Setner ließ sich mit ihrer Antwort ungewöhnlich viel Zeit. »Alle Endzeitgläubigen haben eines gemeinsam: Ungeduld. Warum auf den Untergang und das Jüngste Gericht warten? Warum nicht einfach das Chaos selbst herbeiführen, um dann eine neue Weltordnung zu schaffen? Erst im existentiellen Kampf zeigen sich die wahren Werte, erscheint das Gute und Böse klar vor unseren Augen.«

Regina verstand die Anspielung. »Sie glauben, die Bosch-Sekte habe die Pocken bewusst gestreut, um eine weltweite Pandemie, ausgehend von Deutschland, zu erzeugen?«

»Ich bin Expertin für Kunst, nicht für Terror. Das alles ist reine Spekulation. Aber ich kannte Ezechiel und sah, wie er sich veränderte, eben noch ein scheuer Kunstliebhaber, plötzlich hasserfüllt und ängstlich. Zum Schluss sah er nicht mehr das Licht, sondern nur noch die Qualen. Er fürchtete sich vor den Flammen der Sünde. Und sein Ende gab ihm recht …«

Reginas Puls begann zu rasen. Woher wusste Setner von Ezechiels Tod und vor allem, wie er gestorben war?

»… vergessen Sie nicht: Da, wo Bosch Licht malte, hat er der Beschreibung der Hölle meist mehr Platz eingeräumt. So wie in dem Werk, das wir heute Morgen sahen, wie auch bei diesem hier, das in Venedig hängt.« Sie zeigte auf die Folien.

Faruk hatte nichts von Reginas Verdacht bemerkt. Er wollte mehr über diese Sekte erfahren. »Haben Sie je mit den Bosch-

Jüngern zu tun gehabt? Ich meine, hat Ezechiel einmal jemanden mitgebracht?«

»Nein, ich kenne keinen von denen. Mir ist Fanatismus ein Graus. Ich habe mich der Kunst verschrieben.«

Regina lächelte. Zum zweiten Mal betonte sie ihre berufliche Neigung. »Ja, das spürt man. Faruk, wir müssen weiter. Es hat mich sehr gefreut.«

Sie legte zwei zerknitterte Euroscheine auf den Tisch und winkte dem Kellner, der sich nur widerwillig vom Fernseher lösen konnte. Faruk war ebenso wie Setner überrascht über Reginas abrupten Aufbruch, ließ es sich aber nicht anmerken. Er nickte nur freundlich und lächelte entschuldigend.

»Natürlich, das verstehe ich«, murmelte Setner.

Regina stand bereits. »Eines noch, Frau Doktor, woher wissen Sie von Ezechiels Tod? Er hat keine Angehörigen. In Deutschland herrscht der Ausnahmezustand.«

Setner hielt inne und blickte versonnen auf die Muster des Marmorbodens. »Ezechiel sagte mir, dass er das Geheimnis des letzten Engels nur bei seinem nahenden Tod weitergeben würde. Also hieß Ihre Ankunft, dass er nicht mehr lebt.«

»Ja, natürlich. Das klingt plausibel. Aber wusste er auch etwas über die Art seines Todes?«

Jetzt erhob sich die kleine Person. Sie musste zu Regina hinaufschauen, aber das störte sie keineswegs. Sie machte nicht den Eindruck, als ob sie sich ertappt fühlte. Stattdessen wirkte sie müde und resigniert.

»Die Schwangere wusste es. Sie rief mich vor zwei Tagen an und erzählte mir, dass Ezechiel in seiner Hütte verbrannt ist.«

Regina hob die Augenbrauen. »Ach, Sie hatten doch Kontakt zu der Frau, die Ihrem Schützling den Kopf verdrehte?«

Setner war jetzt sehr nah an Regina herangetreten. »Nehmen Sie sich in Acht, Sie bewegen sich auf dünnem Eis. Diese Frau ist stärker als alles, was Sie jemals erlebt haben. Sie ist …« Der Kellner schob sich zwischen die beiden Frauen. »Die Damen möchten zahlen?«

Regina deutete stumm auf die Scheine, die auf dem Tisch lagen. Aber die Wiener Ober sind nicht gerade für ihre Servilität bekannt.

»Darf ich fragen, was Sie damit meinen?«

Regina wendete sich dem störrischen Mann zu, der sie blasiert ansah. Seine Nase war rotgeädert, er schien sich häufiger selbst zu bedienen – und zwar hochprozentig. Denn auch sein Atem roch nach Schnaps. Dazu kam ein stechender Schweißgeruch, der bei jeder seiner sparsamen Bewegungen unter der schwarzen Weste hervordünstete.

»Das nennt sich Geld und dient dazu, Ihre außergewöhnliche Serviceleistung zu entlohnen.«

Mürrisch griff der Ober nach seinem großen schwarzen Portemonnaie, was wieder eine Wolke des üblen Geruchs verbreitete, und suchte umständlich nach Wechselgeld. Die Kuratorin nutzte die Gelegenheit, packte ihre Tasche und verließ grußlos den Tisch. Sie war außergewöhnlich schnell, und Faruk hatte Mühe, sie auf der großen Marmortreppe einzuholen.

»Entschuldigen Sie, Frau Doktor. Eine Frage noch.«

Setner wurde zunehmend ungeduldig. »Ich habe wie Sie noch einen anderen Termin. Ich muss jetzt gehen.«

Faruk lächelte. »Wir wollen Sie nicht bedrängen. Aber wo können wir Sie erreichen, wenn wir noch weitere Fragen haben?«

Setner blickte ihn fast enttäuscht an. »Morgen habe ich mir freigenommen. Da bin ich nicht in der Galerie.«

Sie nahm ein Silberetui aus ihrer Handtasche, klappte es auf und reichte Faruk eine Visitenkarte aus schwerem Büttenpapier.

»Auf der Rückseite sehen Sie meine Privatadresse. Da können Sie mich erreichen, die Betonung liegt auf ›Sie‹. Ihre Begleitung kann derweil etwas Anstand lernen. Rufen Sie mich aber erst an, wenn Sie wirklich Fragen haben. Ich werde ungern gestört.«

Wenig später standen Regina und Faruk vor dem Eingang und blickten hinüber zum Naturhistorischen Museum. Ehe Faruk murren konnte, zündete Regina sich hastig eine lang ersehnte Zigarette an. Ein starker Wind blies über den großen Freiplatz, der sich zwischen den Museen auftat.

»Warum wollte sie wohl so schnell weg?«, fragte Faruk und sah missbilligend auf den Rauch der Zigarette.

Regina bemerkte es, drehte den Kopf und blies den Rauch mit gespitzten Lippen in die andere Richtung. »Ist dir klar, was die Alte gerade gesagt hat? Zwischen Ezechiel und Almut gibt es eine Verbindung. Und beide stammen aus diesem Kaff in Niederösterreich. Denn diese Hexe wird Almut sein. Da bin ich mir sicher.«

Faruk machte ein zweifelndes Gesicht. »Ich traue der Frau nicht. Sie lügt und weiß mehr, als sie sagt. Aber der Hinweis mit den Engeln hat mich mehr interessiert. Dieser Engel, der den Erretteten in eine Höhle führt; das ist für mich auch eher ein lokaler als ein spiritueller Hinweis.«

»Mann, Faruk, das mag ja sein. Aber wir müssen so schnell wie möglich in dieses Kaff. Da liegt ein weiterer Schlüssel.«

Faruk blickte auf die Schneeberge, die die Räumdienste auf dem Vorplatz aufgetürmt hatten. Kleine Kinder rodelten bereits auf den künstlichen Schneebergen. Die schneidende Kälte schien ihnen nichts auszumachen. Aber auch sie trugen alle einen Mundschutz.

Regina sah, dass Faruk noch über die Geschichte mit dem Engel nachdachte. Mühsam unterdrückte sie den Impuls, sofort loszufahren. »Also glaubst du, Ezechiel wollte uns sagen, dass sich die Rettung der Infizierten in einer Höhle befindet?«

»Warum nicht? Vielleicht ist es auch nur eine Allegorie. Aber ich kann nicht so gut nachdenken in eurer ekelhaften Kälte.«

»Gut, dann gehen wir zu mir, packen wieder, und vorher wärmen wir uns erst einmal mit einem heißen Bad auf.«

Regina lachte und warf einen Schneeball nach den Kindern. Faruk verdrehte hinter ihrem Rücken die Augen.

Im Treppenhaus roch es stark nach Kohl. Aber nach der beißenden Kälte draußen war der Gestank leicht zu ertragen. Faruk zog die Tür des alten Fahrstuhls auf, und Regina kramte ihren Schlüssel aus der Jackentasche hervor. Fast beiläufig hob Faruk seinen Arm, strich über den Rahmen der Tür zu Reginas Wohnung und hielt Regina, die gerade den Schlüssel in das Schloss stecken wollte, zurück. Er legte den Finger auf seine Lippen, und sie verstand sofort. Faruk hatte die Tür präpariert. Jemand war in der Wohnung. Faruk schnupperte. Der Kohlgeruch schien aus Reginas Wohnung zu kommen. Regina hatte ihre Waffe, die sie sonst immer bei sich trug, in ihrem Schlafzimmer liegengelassen. Jetzt wäre sie äußerst brauchbar gewesen. Mit einem Ruck wurde die Wohnungstür aufgerissen. Die beiden blickten auf einen Mann, der eine Schürze mit aufgedruckten kyrillischen Buchstaben trug. Er schien keinen Hals zu besitzen. Der Kopf wirkte, als sei er auf den Rumpf aufgeschraubt worden. In der rechten Hand hielt er eine große, tropfende Schöpfkelle, in der linken Hand eine Schweizer SIG Sauer, eine praktische, weil gut zu verdeckende 9-mm-Pistole. Er lächelte und bat Regina in ihre eigene Wohnung. Angesichts der Waffe war ein Angriff in dem engen Flur sinnlos, zumal sie nicht wussten, ob der Schürzenschütze noch Freunde zum Kochkurs mitgebracht hatte. Sie schritten in die Küche, die angesichts Reginas mangelnder Kochkenntnisse eher spartanisch eingerichtet war.

»Lebt hier überhaupt jemand?«, kam es in einem harten Akzent vom Küchentisch, der von der Tür verdeckt war.

Regina blickte in das freundlich lächelnde Gesicht eines älteren Herrn.

»Ah, Sie haben Ihren Freund aus Damaskus mitgebracht. Dann hat Leonid doch nicht zu viel eingekauft. Sie müssen wissen, dass seine Silhouette nicht ohne Grund so ausladend ist.«

Er lachte. Faruk gefiel die Situation gar nicht.

»Darf ich mich vorstellen? Mein Name ist Juri Timoschenko. Ich arbeite für die russische Regierung.« Er sprach etwas schleppend, so als ob er seinen eigenen Worten lauschen würde.

»Und was machen Sie in meiner Wohnung?« Reginas Stimme war jetzt kalt und schneidend. Es schienen nur der Fette und der Alte hier zu sein. Das wäre zu schaffen.

»Liebe Frau Bachmaier, ehe Sie voreilig an Gewalt denken, lassen Sie mich bitte erklären, warum wir Sie mit einem wirklich guten russischen Essen überrascht haben. Wir wissen, dass Sie nach einem Antiserum suchen. Wir wissen, dass Sie zudem im Auftrag eines Herrn Köhn ein Bild suchen. Und zu guter Letzt wissen wir, dass die beiden anderen Helden Ihres illustren Quartetts derweil durch tiefen deutschen Schnee stapfen. Und weil wir das wissen, würden wir gern mit Ihnen zusammenarbeiten. Ach, als Vorspeise gibt es übrigens Blini und danach ein hervorragendes Lachsfilet in einem Estragon-Teigmantel.«

Faruk erkannte den Hünen wieder: Es war der freundliche Herr, der ihn am Morgen aus den Fängen des Wiener Mobs befreit hatte. Er konnte kein schlechter Mensch sein. Und Faruk hatte tatsächlich Hunger. Er und Regina setzen sich.

»Probieren Sie die Suppe mit Stör. Oder den Borschtsch, unsere Nationalsuppe. Leonid hat wirklich etwas Feines gezaubert.«

Timoschenko schob, obwohl Faruk und Regina bereits aßen, einen Teller nach dem anderen unter ihre Nase: handgemachte Teigtaschen, gefüllt mit Kartoffeln, Pilzen und Sauerrahm, Lachsfilet in Estragon-Sahnesauce, dazu gedämpftes Gemüse und grüne Fisolen mit scharfem Reis. Zwischenzeitlich wurde eine kräftige Kohlsuppe gereicht. Anders als Regina, die schon das zweite Glas in der Hand hielt, wies Faruk das Wasserglas mit Wodka freundlich, aber bestimmt ab.

Er sah mokant lächelnd zu Timoschenko. »In Gegenwart des russischen Geheimdienstes FSB bleibe ich gern nüchtern.«

Timoschenko erwiderte ebenso lächelnd: »Gospodin Al-Ali, Sie waren ein gelehriger Schüler, und wir sehen mit großer Traurigkeit auf Ihren rasanten Abstieg in Ihrem Heimatland. Dabei war Ihre Karriere doch so vielversprechend, nicht wahr?«

Regina sah gespannt auf die beiden Männer. Es herrschte keine echte Sympathie zwischen ihnen. Es war eher ein respektvolles Taxieren. Faruk war, seit sie die Wohnung betreten hatten, auffällig still und beherrscht. Sie konnte ihn nicht fragen, ahnte aber, dass er Timoschenko mehr als nur flüchtig kannte.

»Ja, Genosse, Sie begleiten mich schon lange durch mein Leben. In Berlin hat es begonnen«, erwiderte Faruk.

Der Russe nickte versonnen. »Ja, als unsere Ideen noch groß und unsere Länder stark waren.« Langsam reichte er seine knochige Hand über den Tisch. Und tatsächlich schlug Faruk, zwar zögernd, aber dennoch ein.

»Ich möchte nur ungern Ihr Schwelgen in der Vergangenheit unterbrechen, aber was wissen Sie über Köhn?«, rief Regina einen Tick zu laut dem alten Mann zu, der sich wieder über ein roséfarbenes Lammstück gebeugt hatte.

Mit großer Langsamkeit nahm er die Serviette, ehe er erklärte: »Der Vater Ihres Auftraggebers, Herr Köhn senior, ist kein Unbekannter für uns. Er ist für uns Russen so etwas wie diese Bläschen an der Lippe, wie nennt man sie noch?«

»Herpes«, half Regina ihm.

»Ja, genau. Es kommt immer wieder, und man braucht viel Geduld. Aber irgendwann geht es wieder weg. Köhn trat uns im Zweiten Weltkrieg das erste Mal unter die Augen. Es war am Aralsee. Er suchte im Auftrag Himmlers nach einem geheimen Buch. Der Versuch scheiterte. 1945 geriet er in Gefangenschaft und tauchte mit einem anderen älteren hohen Wehrmachtsoffizier in der Lubjanka, unserem allseits bekannten Gefängnis in Moskau, auf. Aus nicht näher erklärbaren Gründen konnte er bald zurück nach Deutschland reisen. Dort baute er ein gigantisches Wirtschaftsimperium auf. Wir haben ihn immer beobachten lassen. Er wusste das. Wenn es ihm zu unangenehm wurde, ließ er den einen oder anderen Beobachter verschwinden. So signalisierte er uns, dass wir ihm zu nah gekommen waren. Wir respektierten das. Dann brach unser Land auseinander. Seither galt er bei uns als ›geschlossen‹, also nicht mehr aktiv. Vor mehreren Jahren trat aber sein Sohn auf den Plan, kaufte einen Wissenschaftler aus unserem Land und sorgte für eine sichere Ausreise nach Israel. Dort wurden dann mit seiner Hilfe diese Pocken entwickelt, die den Deutschen geradeso zu schaffen machen.«

»Izzakh Roth, der Forscher aus dem Labor in Israel«, dachte Faruk, ließ sich aber nichts anmerken.

Regina zündete sich eine Zigarette an, inhalierte tief, legte den Kopf leicht in den Nacken und blies den Rauch zur Decke. »Also glauben Sie, dass Köhn die Pocken verbreitet hat?«

Timoschenko wiegte leicht den Kopf. »Nein, das glauben wir

nicht. Aber der junge Köhn hat dafür gesorgt, dass es passiert ist. Wir wissen nur nicht, warum. Es gibt zu dieser Bosch-Sekte, die Sie wohl zu Recht verdächtigen, keinerlei Kontakte von Köhns Seite. Und glauben Sie mir, wir haben großes Interesse daran, die Schweine, die das begangen haben, zu erwischen. Aber die israelischen Pocken sind nicht von Köhns Seite über Deutschland gekommen. Das gilt als sicher. Vielleicht war es wirklich diese jüdische Terrorgruppe.«

Faruk schnalzte mit der Zunge über seine Zähne und wiegte den Kopf, ehe er Timoschenko in dessen Sprache anredete. »Mein Freund, es ist ein netter Versuch, mich als Araber antiisraelischer Ressentiments zu verdächtigen. Natürlich glaubst du, dass ich das schlucken werde. Die Juden töten Deutsche aus Rache. So war es all die Jahre ja auch. Ihr habt uns ja auch immer ins Feuer geschickt, und wir haben es mitgemacht. Aber auch wenn wir in euren Augen nur dumme Kameltreiber und Teppichhändler sind, haben wir in letzter Zeit dazugelernt. Also halte mich nicht für dumm. So etwas rächt sich. Wir sind nicht mehr ein buntes Ländergemisch, das sich einfach von Väterchen Russland ausspielen lässt. Wir sind erwachsen, versteht du das?«

Timoschenko reagierte äußerlich ruhig auf diese Warnung und nickte nur sacht. Faruk wechselte ins Deutsche zurück. »Entschuldige, Regina, aber es gibt Dinge, die in der Sprache unseres Gastes einfacher zu sagen sind.«

»Kein Problem, ich bin sicher, es waren nur wohlmeinende Worte, die du unserem russischen Catering-Service an den Kopf geworfen hast.«

Faruk schmunzelte. Sie war wirklich härter als manch einer seiner syrischen Kollegen. Mit ihr wollte er keinen Streit haben.

Er fuhr fort: »Jetzt sprechen wir offen. Jemand hat aus euren Giftküchen irgendwo in Sibirien Pockenviren gestohlen, nicht wahr? Das ist zweifellos ärgerlich, weil eure Regierungen doch immer bestreiten, dass ihr welche zu militärischen Zwecken bereithaltet. Und wenn das bekannt wird, dann wird es eng für euch: Klar, denn das hieße ja für die russische Regierung Entschädigungen für die nächsten Jahrzehnte, eine Offenlegung eures Biowaffenarsenals auf den dann einsetzenden internationalen Druck hin, und weltweit steht ihr als der schlimmste Sündenbock für Tausende Tote da. Dagegen war Tschernobyl ein Kinderspiel.«

»Die Herkunft, Al-Ali, die ist jetzt doch nicht wichtig. Und wenn, dann haben schon jetzt Experten in aller Welt die Herkunft des Virusstamms auf Israel festgelegt. Aber wir wollen das Antiserum. Denn das, glauben Sie es mir, hat tatsächlich dieser Bastard entwickelt und mitgenommen.«

Der Syrer tupfte seine Lippen mit einem Taschentuch ab. Regina stand auf, um sich mit einem der wenigen Küchengeräte, einer Espressomaschine, einen Kaffee zu machen. Leonid hob die Hand und wollte das erledigen, aber Regina sah ihn nur böse an.

»Darf *ich* das in meiner Küche machen? Danke.«

Der Riese lächelte jovial. »Dann nehme ich auch gern einen«, rief er ihr zu.

Regina blickte fragend in die Runde.

»Mach mir bitte einen Tee«, bat Faruk.

Sie war diesen scharfen Ton nicht gewohnt, spürte aber die Anspannung des Syrers und setzte, ohne zu widersprechen, heißes Wasser auf.

»Was wisst ihr über den jungen Köhn?«, fragte Faruk den Russen.

Dieser griff nach links und legte ein iPad auf den Tisch. »Er hat einen illustren Freundeskreis, allesamt ehrenwert, vermögend und stockkonservativ: Verleger, Mediziner und Politiker. Versucht, mit einer Biotechfirma in den Niederlanden an die Börse zu gehen. Typ Playboy. Wieso?«

Faruk sah auf das Display, auf dem der Russe nun flink mit seinen Fingern die Bilder der Freunde auftauchen und verschwinden ließ. Diagramme und Verbindungsnetze erschienen. Alles war in Kyrillisch gehalten, so dass er Mühe hatte, die Erkenntnisse zu verstehen.

»Die Köhns besitzen ein gigantisches Firmenkonglomerat, das der Alte nach dem Krieg sehr geschickt und skrupellos mit Hilfe alter Wehrmachtsseilschaften aufbauen konnte.«

Faruk hob die Hand. »Ist der junge Köhn ein Faschist?«

»Nein, der nicht. Der will nur Geld für seine Eskapaden. Auch den Alten würde ich nicht so bezeichnen. Er ist ein glühender Konservativer, der an die Führung durch eine kleine Gruppe Auserwählter glaubt. Seine Stiftung unterhält mit hohem finanziellen Aufwand Elite-Internate und Universitäten. Dort rekrutiert er auch sein Personal. In den Siebzigern soll er auch Kadettenschulen in südamerikanischen Ländern finanziert haben. Das konnte ihm jedoch nicht nachgewiesen werden. Bis in die Achtziger sah man ihn bei Veranstaltungen am Tegernsee. Aus dieser Zeit stammen die letzten offiziellen Bilder. Paparazzi werden von ihm auf ungewohnt harsche Weise an das Recht auf das eigene Bild erinnert.«

»Also mit Klagen überzogen?«, fragte Regina.

»Nein, mit Schlägen, die Brüche zur Folge haben.«

Sie pfiff durch die Zähne.

»Heute aber taucht er nicht mehr in der Öffentlichkeit auf. Stattdessen setzt er bei Hauptversammlungen und Pressekonferenzen Doubles für sich ein.«

Regina hakte ein. »Und was wollen Sie jetzt von uns?«

Der Russe lächelte. »Sie sind für den jungen Köhn auf der Suche. Was wollte er genau? Wirklich nur ein Bild?«

Sie konnte sich ein Lächeln nicht verkneifen und stichelte: »Der große russische Geheimdienst, der in seiner Vergangenheit so viele Coups landen konnte, war nicht in der Lage, das herauszufinden, sondern muss diesen Kochzirkus veranstalten, um mehr von uns zu erfahren?«

Leonid sah sie enttäuscht an. »Hat es Ihnen nicht geschmeckt?«, fragt er mit einem sehr harten Akzent.

Faruk und Regina bestätigten dem Hünen rasch die Kunstfertigkeit seines Schaffens. Sein Chef wedelte unwirsch mit der Hand in der Luft herum.

»Liebe Frau Bachmaier, Sie sollten angesichts Ihrer prekären Finanzsituation dank Ihrer Liebe zum Backgammon kooperativer sein …«

Faruk sah Regina nicht an, war aber sehr erstaunt. Regina

hatte Spielschulden? Das war ihm neu. Er wusste noch nicht, wie er das einzuordnen hatte.

Der Russe war sich sicher, dass er mit dieser Bemerkung einen kleinen Keil zwischen die beiden getrieben hatte. Umso sachlicher fuhr er fort: »Sehen Sie, die Geschichte hat etwas von unseren Matroschkas. Sie kennen diese kleinen Puppen, die so wunderbar ineinander verschachtelt sind. Wenn man eine aufmacht, kommt die nächste.«

Faruk und Regina nickten.

»Gut, ich habe eine davon mitgebracht.«

Timoschenko griff in seine Tasche und stellte eine bunt bemalte kleine Holzpuppe auf den Tisch. »Dann erzähle ich Ihnen mehr von Heinrich Köhn. Er war vor dem großen Krieg in einem Club von Studenten, wie sagt man?«

Regina half. »Studentenverbindung?«

»Genau, das ist der Beginn.«

Er drehte am Bauch der Puppe, zog den oberen Teil ab und nahm die nächste, kleinere Puppe heraus.

»Er hatte dort einen engen Freund, den Sie sehr gut kennen.«

Faruk schwante etwas, aber er wollte sich keine Blöße geben und sah nur belustigt, wie der Russe dieses Klischeespielzeug benutzte, um seiner Geschichte Nachdruck zu verleihen.

»Beide Männer stiegen dank ihrer Skrupellosigkeit, Härte und Klugheit in der Hierarchie der SS schnell auf. Köhn konzentrierte sich auf die Waffen-SS. Dort gelangen ihm tatsächlich erstaunliche Erfolge. Vor allem bei den Abwehrkämpfen im Westen 1944 soll er mit wenigen Truppen die Alliierten ziemlich unter Druck gesetzt haben. Hätte Deutschland den Krieg gewonnen, so wäre er ein Held. Heute unterbindet er jegliche Recherche über seine Tätigkeit im Krieg. Sein Freund wiederum hielt nicht viel von Fronteinsätzen. Er kümmerte sich, wenn Sie so wollen, um die inneren Feinde des ›Reichs‹, die Juden. Das tat er sehr erfolgreich. Zudem gehörten beide dem Esoterikkreis Heinrich Himmlers an. Sie wissen schon: Woher kommen die Arier? Wo ist die Bundeslade? Der ganze Hokuspokus der Nazis eben. Aber der Freund war anders. Er forschte auch nach dem

Krieg noch weiter. Allerdings nicht mehr in Deutschland. Sie kennen ihn.«

Regina schloss die Augen. Fischer, dachte sie. Alois Fischer, das Monster aus Syrien. Das Blut pochte in ihren Ohren. Der Alptraum im Nahen Osten war gerade sechs Monate her. Die körperlichen Wunden waren vernarbt, aber vor allem die seelischen Schmerzen traten noch immer hervor. Oft wachte sie in der Nacht schreiend auf. Seit sie dieser Irre in die Kammer aus Asche gesperrt hatte, mied sie enge, dunkle Räume. Jan hatte die Winterkleidung aus ihrem Keller heraufholen müssen. Es war etwas zurückgeblieben, auch wenn sie Fischer am Ende an die Israelis ausliefern konnten.

Auch deswegen sagte sie etwas zu laut: »Er ist tot.«

Der Russe sah auf und blicke sie lange und durchdringend an. »Sie haben ihn übergeben, aber ob er tot ist, das wissen Sie nicht.«

»Wo sind die Beweise, dass sich Köhn und Fischer kannten?«

Timoschenko drehte das iPad herum, damit Regina besser sehen konnte. Das erste Bild zeigte zwei junge Studenten in der Uniform einer schlagenden Verbindung. Sie kreuzten die Klingen ihrer Florette. Das zweite war viel unschärfer. Sie konnte zwei herzhaft lachende Männer in schwarzer SS-Uniform sehen, die vor einem Schützenpanzer standen. Daneben, das erkannte sie sofort, befand sich der Chef der beiden: Heinrich Himmler. Das nächste Foto war schon farbig, aber immer noch sehr undeutlich. Es musste im Vorbeigehen aufgenommen worden sein, die Perspektiven waren schief. Man sah zwei Herren in weiten Anzügen und mit Sonnenbrillen vor einem Meeresufer sitzend.

»Das ist an der Strandpromenade in Beirut 1962«, erklärte Timoschenko.

»Es sind unsere letzten Fotos. Danach verlieren sich die gemeinsamen Spuren. Fischer war uns dann lange Zeit nicht wichtig genug. Wir wussten, dass er die Syrer um Assad unterstützte. Aber in der glorreichen Zeit haben wir das geduldet. Denn Syrien gehörte damals im Kalten Krieg zu ›unserer Mannschaft‹.« Er lächelte.

Faruk konnte das kaum ertragen. Wegen Fischer war seine

Frau vor über 16 Jahren gestorben. Und Fischer hatte auch ihn töten lassen wollen.

»Aber Sie wissen eigentlich nur, dass sich die beiden kannten. Das ist bei Nazis so und wird auch in der sieg- und glorreichen Roten Armee häufig der Fall gewesen sein«, kam es ätzend, wenn auch leise aus Faruks Mund.

Er wollte den Russen provozieren. Faruk ahnte, dass er noch ein Ass im Ärmel hatte. Timoschenko schwieg. Aber dieser Trick zog wirklich nur bei den üblichen Klienten. Schweigen ist das Mittel der Wahl, um Verdächtige langsam unter Druck zu setzen. Faruk wusste das. Die wenigsten Menschen halten Stille in einem Raum aus. Meist dauert es nur wenige Minuten, dann plappern sie sich um Kopf und Kragen. Aber hier saßen nur Experten des Verhörs an einem Tisch. Regina genoss regelrecht die Stille, ließ diese doch zu, dass sie in Ruhe die Bausteine, die das Zusammentreffen mit den Russen bislang hervorgebracht hatte, in ihrem Kopf zusammensetzen konnte. In ihrer Ausbildung zur Kriminalerin hatte sie eine virtuelle Hilfe für sich entwickelt. Sie erbaute in ihrer Gedankenwelt ein Haus der Logik. Jeder Hinweis war ein Teil dieses Gebäudes. Ein Indiz diente als Keller, kleine Hinweise als Zimmer. So errichtete sie langsam, aber strukturiert ein fertiges Haus, das meist dann auch die Lösung darstellte. Sie war sich sicher, dass auch der Hinweis der Kunsthistorikerin Setner wichtig war, eine Wand des Hauses. Aber sie konnte ihn noch nicht ganz in das Gefüge einsetzen.

Timoschenko durchbrach die Stille. »Gut, Sie sollten wissen, dass wir alle unter einem gewissen Zeitdruck stehen. Die Viren sind, wie soll ich sagen? Sie sind wohl gefährlicher, als wir denken.«

Faruk sah ihn verständnislos an. »Was kann da denn noch schlimmer sein? Die Menschen sterben doch gerade reihenweise, und die deutsche Regierung hat das Land bald gar nicht mehr unter Kontrolle.«

Der Russe atmete tief durch. »Wir wissen, dass das Virus in einem bestimmten Zeitraum konform auftritt. Dann aber ändert es sozusagen seine Strategie.«

Jetzt sah er in zwei völlig verdutzte Gesichter.

»Wir sind keine Mediziner. Sind Sie so nett und lassen uns an dem medizinischen Fachwissen eines ehemaligen KGB-Offiziers teilhaben?«, fragte Faruk spitz.

»Leonid wird Ihnen das besser erklären können. Er ist unser Genforschungsexperte und hat Jahre an diversen Pockenprojekten mitwirken dürfen.«

»Wie man sich täuschen kann«, dachte Regina. »Eben noch den tumben Koch geben und dann schon als Fachkraft für Biowaffen auf der Bühne.«

Der Berg von einem Mann setze sich auf den schmalen Küchenstuhl. Sein Gesäß überlappte auf beiden Seiten die Sitzfläche. Aber es schien ihn kaum zu stören. Leonid hatte schnell ein Blatt Papier und einen Stift parat und malte in beeindruckender Schnelligkeit Kurven und Stränge.

»Das ist in groben Zügen der Aufbau eines Genomstammes des stärksten Pockenvirus. Bislang war es so: Griffen die Pocken an, gab es eine Impfung mit einem sogenannten Vakzin, einer schwachen Form der Kuhpocken, die schützte die Mehrheit der Menschen. Sie waren immunisiert. Die Pocken galten als ausgestorben. Noch vor dem Zusammenbruch einigten sich die UdSSR und die USA, das waren damals die bekannten Big Player im Biowaffenspiel, auf die fast vollständige Vernichtung aller Pockenbestände. Nur zu Forschungszwecken behielt man einen kleinen Teil an Stämmen. Doch natürlich wurde weitergeforscht. Weil natürlich jede Seite der anderen misstraute. Zudem waren neue Spieler auf das Spielfeld getreten. Die Chinesen forschten still und unbehelligt, die Israelis hatten bereits Stämme und forschten ebenfalls, und auch in einigen arabischen Ländern wurde versucht, an kleinen Pockenvorräten zu experimentieren.«

Regina fiel ihm kurz ins Wort. »Aber man hat doch, wenn man experimentiert, auch gleichzeitig das Ziel, ein Mittel gegen die eigene Waffe zu finden. Sonst bestünde ja eine gigantische Gefahr auch für die eigene Bevölkerung.«

Leonid nickte freudig. »Ja, genau. Die meisten waren auch überzeugt davon, dass sie ausreichende Gegenmittel hatten. Wir forschten ja auch nicht, um eine Waffe zu haben, sondern um bei einem etwaigen Angriff ein Gegenmittel zu haben …«

Faruk schmunzelte. Er wusste, dass dies natürlich nur eine Seite der Medaille war. Wer das Gegenmittel exklusiv für sich hat, besitzt auch eine perfekte Waffe. Das war die Denkweise im Kalten Krieg. Faruk war damit aufgewachsen.

»… Um 2001 herum wurde erstmalig in Australien und in den USA am Genaufbau des Pockenvirus experimentiert, zwar nicht an Menschenpocken, sondern an Mäusepocken.«

Leonid malte einen kleinen Kreis in das von ihm skizzierte Gewirr aus Bahnen und Strichen. »Konkret hieß das: Man schleuste das Protein Interleukin 4 in das Virusgenom ein. Interleukin setzte so, geborgen im Pockenaufbau, das Immunsystem der befallenen Maus nach einer gewissen Zeit außer Kraft. Zunächst war man in der Forschung enttäuscht. Das Immunsystem wurde erst angegriffen, als der infizierte Körper bereits im Sterben begriffen war. Es raffte die Mäuse zu schnell dahin. Dann erkannte man aber die Chance darin. Denn nach einiger Zeit begriffen die australischen Forscher, dass auch nach einer Impfung und einer Behandlung mit Antivirostatika die Pockenerscheinungen zwar rückläufig waren, aber mit einem Schlag das Immunsystem zusammenbrach. Und zwar schneller und grausamer, als es beispielsweise bei dem HI-Virus der Fall war und ist. Es gibt also einen Zusammenhang zwischen der Impfung und der weiteren Erkrankung.«

Regina zuckte mit den Schultern. »Schade um die Mäuse.«

Leonid sah sie sardonisch lächelnd an. »Vor zwölf Tagen wurde der Versuchsablauf in Deutschland erstmalig an Menschen getestet. Und er war erfolgreich. Die ersten Menschen, scheinbar sicher dank einer Impfung, starben bereits qualvoll. Wenn wir das Gegenmittel, das es zweifellos gibt, nicht finden, werden binnen der nächsten 96 Stunden alle infizierten und geimpften Personen in Europa den Weg der australischen Mäuse gehen. Sie verrecken.«

Rottershausen, Deutschland, 21. 12., 15.46 Uhr

Der Porsche hatte Elijah tatsächlich trotz des Schnees einwandfrei weit über die bayerische Grenze gebracht. Auf der Fahrt über die leergefegten Straßen hatte er den Sound von Kraftwerks *Autobahn* im Ohr gehabt und lächelnd daran denken müssen, wie Jan sich stets ereiferte, wenn Elijah ihn damit aufzog, dass Deutschland niemals relevante moderne Musik hervorgebracht hatte. »Can« schrie Jan dann immer nahezu hysterisch. »Und auf die bezog sich dann Kraftwerk – ist das etwa nicht relevant?« Zusammen mit einem Team des israelischen Konsulats in Frankfurt hatte Elijah sich in den letzten Tagen an der Spurensicherung des Überfalls beteiligt. Aber angesichts der neuen Sicherheitslage in diesem Land war an eine Kooperation mit den völlig überforderten deutschen Behörden nicht zu denken. Am zweiten Tag nach dem Feuerüberfall hatte Elijah auf eigene Faust weiterrecherchiert. Aber aufgrund seiner eingeschränkten Möglichkeiten und der kurzen Zeit war er nur auf eine Verbindung in die Niederlande gestoßen. Zwei Waffen, die die Täter zurückgelassen hatten, konnte er einem Waffenhändler in den Niederlanden zuordnen. Der tote Schotte war einst Mitglied des britischen Sonderkommandos SAS, dann war er von einem Vermittler für Söldner aus Südafrika in dieses Team gebracht worden. Die Auftraggeber waren unbekannt. Das war's dann auch schon. Bereits jetzt verfluchte er den Auftrag. Er mochte es nicht, immer zu improvisieren. Pläne konnten geändert werden, aber aufs Geratewohl zu suchen, widerstrebte ihm. Zudem war seine Ausstattung sehr dürftig. Sein Equipment bestand neben einem modernen israelischen GPS-Gerät, das dank der israelischen Satelliten unabhängig von westlichen Netzen lief, auch aus diversen Waffen. Er führte zudem lediglich Jans Notarztkoffer und ein paar Textilien mit sich. Zweimal hatte Elijah auf einem menschenleeren Rastplatz mit Kontaktleuten seines Dienstes gesprochen. Sein Interesse galt dieser Sekte. Er war immer schon abgestoßen, aber auch fasziniert gewesen von Volksfrömmigkeit, Esoterik und Aberglaube. Es war so gegensätzlich zu seiner Arbeit. Den deutschen Sicherheitskräften schien es unmöglich zu sein, wirklich alle Zufahrtswege in das Krisengebiet abzuriegeln. So war er über eine ausgestorbene A 71 bis fast ans Ziel in Unterfranken gefahren, ehe der silberne Porsche in einer Schneewehe steckenblieb. Danach hatte er die Rucksäcke mit den Nahrungsmitteln aus Ivan Pochs gutbestücktem Vorratskeller genommen und war mit Hilfe des GPS-Gerätes die restlichen Kilometer nach Rottershausen gelaufen. In seiner Ausbildung beim israelischen Militär und auch später beim Geheimdienst waren Gewaltmärsche von mehr als 50 Kilometern eine Selbstverständlichkeit. Aber mittlerweile war er jenseits des 40. Lebensjahres, und so spürte auch er die Strapazen eines solchen Marsches durch die kalte und karge deutsche Winterlandschaft.

Als Israeli, der aber in Europa aufgewachsen war, erlebte er Deutschland immer ambivalent. Hier waren seine Vorfahren millionenfach verfolgt und ermordet worden. Aber dennoch besaßen dieses Land und diese Menschen einen Zauber für ihn. Sie waren geradlinig, eigensinnig, romantisch und dennoch ohne Charme. Sie liebten Technik, Berechnungen, doch das Leben einfach zu genießen, schien ihnen schwerzufallen. Und dann diese Landschaft. Nicht trockene Wüste, Sand, Geröll und mühsam abgerungene Oasen. Sondern satte Wiesen, feuchte und dunkle Wälder. Irgendwo tief in ihm war etwas, was ihn für dieses Land einnahm. Wie sonst hätte er jemanden wie Jan, diesen dürren Kerl, als seinen Freund akzeptieren können. Der, ohne mit der Wimper zu zucken, erzählt hatte, dass sein Vater Arzt im Zweiten Weltkrieg gewesen war. Er ahnte nicht, dass einen Israeli dann sofort Zweifel und Argwohn beschlichen. War er der Sohn eines Täters? Eines Täters, der womöglich Elijahs Großvater ins Gas geschickt hatte? Mit diesen wirren Gedanken war er auf der Bundesstraße 19, die sich kilometerlang in einer tiefen Welle schnurgerade wie ein langes Schiff durch die Landschaft zog, allein auf dem Mittelstreifen gelaufen. Auf den Standstreifen hatte er immer wieder liegengebliebene PKW gesehen, in denen sich Paare und ganze Familien befanden – erfroren oder an den Pocken verstorben.

Dann hatte er am Mittag Jan auf der Bundesstraße oberhalb der Siedlung neben dem LKW entdeckt. Mit viel Mühe hatte Elijah ihn halbwegs ins Diesseits zurückgebracht. Sein Kreislauf war instabil, Frostbeulen hatten sich gebildet, und er war völlig dehydriert. Kaum war er wieder bei Bewusstsein, schrie er vor Schmerzen. Jan spritzte sich selbst ein schmerzdämpfendes Mittel.

Während Jan schlief, fand er das fiebernde Kind in der Schlafkabine. Die Pocken schienen bei dem Mädchen zwar ausgebrochen zu sein, aber ihr kleiner Körper kämpfte tapfer dagegen an. Nach drei Stunden hatte Elijah sie mit hochrotem Gesicht aus dem Wagen getragen, Jan geweckt und die Wunde erneut verbunden. Als er auf seinem Gaskocher Essen zubereitete, hatte Jan leise und schwach von seiner apokalyptischen Reise von Bentheim hierher erzählt. Es ging ihm besser. Das Schmerzmittel tat seine Wirkung. Und auch das Mädchen schien sich stündlich zu erholen.

»Bist du in der Lage weiterzulaufen? Oder willst du mit dem Mädchen zurück nach Seligenstadt?«, fragte Elijah besorgt.

Jan hatte den Kopf geschüttelt. »Sie wird mit uns kommen. Was hast du denn da unten bei der Sekte vor?«

Elijah hatte nur mit den Schultern gezuckt und lakonisch gesagt: »Nur anschauen, nicht mehr.«

Was sollte Jan schon machen? Allein hatte er keine Chance, und er wusste, dass Elijah, wo er schon einmal hier war, unbedingt die Drahtzieher des Anschlags finden wollte. Trotz des wieder einsetzenden Schneetreibens waren sie zu Fuß von der Bundesstraße zu der Waldsiedlung der Sekte gewandert.

»Also, die drei größten Popsongs«, fing Elijah an, und Jan stöhnte.

Er spielte mit, allein, um sich von den immer stärker werdenden Schmerzen abzulenken. »Also jedenfalls nicht *Billie Jean* von Jackson. Das ist echt zu billig. Eigentlich belegen die Beatles die ersten drei Plätze mit *While My Guitar … Yellow Submarine* und *Hey Jude.*«

Elijah äffte den Refrain von *Hey Jude* nach. »Das ist doch

nicht dein Ernst. Weiße können einfach keinen guten Pop machen. Was ist mit *Purple Rain*?«

So ging es noch eine ganze Zeit. Die geteerten Zufahrtswege waren mit großen Betonteilen versperrt. Dann sahen sie Zelte in vielen verschiedenen Farben im Wald, der sich von der Straße hinab in eine weitgeschwungene Senke ausbreitete. Ein Dutzend Menschen kauerten in dicken Jacken und Mützen in kleinen freigeschaufelten Senken oder stapften durch den Schnee, um sich einigermaßen warm zu halten. Jan konnte es kaum fassen. Bei diesen Temperaturen war ein Leben in der Natur ein Spiel mit dem Tod.

»Sie alle sind wegen der Prophetin hier«, raunte Jan.

Elijah wollte eine bissige Antwort darauf geben, aber ein langer, tiefsitzender Husten hielt ihn davon ab. Jan sah ihn besorgt an. Das klang nicht gut. Nach kurzer Diagnose war sich Jan aber sicher, dass der Israeli lediglich an einem schweren grippalen Infekt litt. Anzeichen der Pocken fand Jan nicht. Elijah hatte sich ganz auf seine sehr moderne Impfung gegen die Krankheit in Israel verlassen.

Keiner der Zeltbewohner im Wald schien sich für sie zu interessieren. Sie stierten auf die Feuer, die sie vor sich entzündet hatten, und flüsterten nur leise. Stumm schlängelten sich Jan, Elijah und das Mädchen an den Menschen und ihren Behausungen vorbei. Der Rauch der Feuer biss ihnen in die Augen. Immer wieder versanken sie bis zur Hüfte in Schneelöchern. Als Jan schon erschöpft eine Pause machen wollte, erreichten sie den Waldrand, und allen stockte der Atem. Vor ihnen tat sich eine 50 Hektar große Ackerfläche auf. Im Süden und Osten wurde sie von Wäldern begrenzt. Nördlich traf sie auf eine kleine Ansiedlung von Häusern. Doch statt Winterruhe herrschte hier ein Bild des Wahnsinns. Der Acker war von einer gigantischen Menschenmenge bevölkert. Überall standen, saßen oder lagen Kinder, Erwachsene und Alte in Gruppen oder allein vor Ölfässern, aus denen qualmender schwarzer Rauch emporstieg. Sie schienen in Zelten, Containern, Autos oder Wellblechverschlägen zu leben. Es stank bestialisch. Absurderweise musste Jan zunächst an ein winterliches Woodstock-Festival denken. Aber hier gab es keine Musik, kein Feiern. Hier warteten verzweifelte Menschen mit einem Fünkchen Hoffnung auf Rettung. Je näher sie hinunter in die Mulde kamen, desto stärker roch es nach verbranntem Plastik und Dieselöl. Kaum hatten sie das freie Feld erreicht, sahen sie schon die ersten Leichen. Die Menschen mussten allein und verzweifelt in der Kälte erfroren sein. Keiner kümmerte sich um sie. Sie lagen, wie sie gestorben waren. Einigen hatte der Schnee gnädig das Gesicht bedeckt, andere starrten mit aufgerissenen Augen und nach oben gereckten Armen in den weißen Himmel. Eine Gruppe Saatkrähen hatte sich auf die Leiber gesetzt und pickte mit harten Stößen in den Gesichtern der Toten. Kaum hatte ein Vogel aus dem steifgefrorenen Leib ein Auge oder gar ein Stück Fleisch herausgerissen, schwang er sich auf und wurde sofort von seinen Artgenossen verfolgt.

»Das ist die Hölle«, murmelte Elijah leise.

Hier unten war der Schnee niedergetrampelt worden, Ackerfurchen waren zu erkennen, die ein schnelles Gehen kaum zuließen. Immer wieder stolperten sie oder mussten einer Gruppe Erfrorener ausweichen. Einzelne schienen sich ausgezogen zu haben, um schneller zu sterben. Jan sah wenige Meter von ihm entfernt, wie eine Frau mit müden Bewegungen einem toten Kind, das in den Armen seiner ebenfalls erfrorenen Mutter lag, ungerührt die Schuhe auszog, die Mütze vom Kopf nahm und selbst die Hose von den kleinen steifen Beinen herunterriss. Jan erkannte die tote Frau wieder. Es war seine rothaarige Begleiterin mit ihrem Sohn. Sie hatten es also nicht geschafft. Fassungslos sah er, wie der Junge nun nackt im Schnee lag. Jan wollte eingreifen, aber Elijah hielt ihn zurück.

»Es ist besser so. So hart es für uns aussieht. Der Kleine spürt es nicht mehr.«

Jan schüttelte wortlos den Kopf und machte einen schnellen Schritt nach vorn. Er riss die Frau nach hinten, so dass sie mit dem Rücken hart auf eine der Furchen fiel.

»Hören Sie auf, verdammt! Sie sind doch warm genug angezogen. Reicht das nicht?«

Doch statt zu keifen, lächelte sie Jan böse an. »Du wirst auch noch deine Lektion lernen.«

Sie wälzte sich auf den Bauch und erhob sich dann ächzend. Ein älterer Mann in einer Thermojacke hatte die Szene von der Tür seines Campingwagens aus verfolgt. In zwei Schritten war er bei Jan, der immer noch vor Zorn bebte.

»Junger Mann, ich weiß, dass Sie das kaum mitansehen können. Aber die Frau Fassler ist noch nicht so weit. Sie kennt das Licht noch nicht.«

Jan blickte den Mann irritiert an. »Wovon reden Sie? Die Alte hat ein totes Kind geschändet.«

»Nein, sie glaubt, dass sie sich selbst helfen kann. Sie hat kein Vertrauen.«

Stumm hatte Elijah die Szene verfolgt. Mit Mühe drückte er jede menschliche Regung wieder in die letzten Winkel seiner Seele. Es durfte ihn nicht berühren. Er griff in seine wattierte Jacke und kramte eine Schachtel Zigaretten hervor. Er hielt sie dem Alten hin, doch der lehnte dankend ab.

»Welches Licht?«

Ein Schatten von Zweifel und Misstrauen huschte über das faltige und von Narben gezeichnete Gesicht des alten Mannes.

»Warum seid ihr dann hier, wenn ihr noch nicht vom Licht gehört habt?«

Im Türrahmen des Campingwagens erschien ein junger, ausgemergelter Mann. Lange fettige Haare hingen ihm vom Kopf und lagen schmierig auf seinen Schultern. Er hielt die Arme hinter dem Rücken verschränkt, aber Elijah bemerkte sofort, dass er etwas in den Händen hielt. Ehe er reagieren konnte, sprach Jan.

»Wir wollen auch den Segen der Prophetin. Mein Kind …« Er stockte. »Meine einzige, die mir … Meine einzige *Nichte. Sie* soll sie retten. Können wir uns bei Ihnen etwas aufwärmen?« Der Alte blickte Jan lange ins Gesicht. Und der hatte das Gefühl, als ob der Alte in seine Seele blicken würde.

»Dein Mädchen kann sich bei mir in den Wagen legen. Wir sind wohl immun. Ach ja, mein Name ist Albert Albers, und das ist mein Sohn.«

Jan und Elijah stellten sich ebenfalls vor.

»Wollt ihr einen Tee haben? Tomas, hast du noch heißes Wasser?«

Der junge Mann hinter ihm knurrte, nickte aber ergeben. Wenig später saßen sie zu fünft um den kleinen Tisch im Campingwagen herum. Hinter ihnen war die Wand mit Postkarten von verschiedenen europäischen Ferienzielen beklebt. Die kleinen Gardinen vor den Fenstern rochen nach Bratenfett, und auch die Polster gaben einen merkwürdigen Geruch ab. Aber Jan und Elijah waren froh über die leidliche Wärme, die ein Gaskocher hier absonderte, und dass jemand sie über diese Szenerie aufklären konnte. Der Teebeutel, den der alte Mann ausdrückte, schien schon mehrfach benutzt worden zu sein. Das Wasser verfärbte sich auch nach Minuten kaum noch. Er bemerkte es gar nicht, sondern begann zu erzählen.

»Sie sind schon seit Jahren hier. Immer wieder soll die angebliche Prophetin hier geheilt und die Zukunft vorausgesagt haben. Zuletzt warnte sie alle, und das konnte man ja auch im Fernsehen sehen, vor einer großen Seuche. Sie allein soll die Menschen heilen können. Aber eben nicht jeden. Sie sieht dich an, und wenn du nicht bereit bist, schickt sie dich weg. Du musst das Licht erkennen.«

Jan hakte vorsichtig nach. »Sie heißt Birghid, nicht wahr?«

Albers nickte.

»Und Sie glauben nicht an ihre Fähigkeiten?«

Der Mann schloss die Augen. »Sie sagen, sie sei eine Sehende.«

»Was heißt das genau?«, fragte Jan.

»Sie kann die Zeichen erkennen. Sie sei die Letzte der Sehenden. Von Ezechiel über Johannes und Mani zu Hieronymus.«

»Woher wissen Sie das so genau? Kennen Sie sie?«

Der Alte lächelte bitter. »Ich war evangelischer Pfarrer auf Sylt. Ich war bekannt, alle wollten meine Predigten hören. Im Sommer rissen sich die Prominenten darum, von mir getraut zu werden. So manchen von ihnen geleitete ich hinüber in das andere Licht, wie sie hier sagen. Aber dann ergriff Satan Macht über meinen Sohn.« Er zeigte mit einem kleinen dicken Finger auf seinen Sohn, der hinter ihm an einem Waschbecken stand und kleine

Schneehaufen schmolz. »Tomas war in Hamburg der Droge und der Sünde verfallen. Was habe ich alles versucht. Kalter Entzug, Methadon, Gebete, Meditation. Immer wieder Rückfälle. Im Sommer dann raubte er das Haus eines Brautpaares aus, während ich es in meiner Kirche traute. Ich musste zurücktreten.«

Jan konnte nicht verstehen, wie offen und hart der Vater im Beisein seines Sohnes über dessen Verfehlungen sprach. Aber vielleicht gehörte diese Härte dazu.

»Mein Gott ließ mich mit ihm allein, und so nahm ich ihn, krank, böse und befallen, wie er war, mit zu *ihr*. Sie gastierte im Herbst in einem Ort namens Geesthacht. Drei Tage mussten wir warten – in diesem Campingwagen auf dem Parkplatz eines stillgelegten Kernkraftwerkes. Dann schickte sie jemanden zu uns. Sie hörte zu, sah ihn und bezeichnete ihn als geheilt. Aber natürlich half das nicht. Als Theologe hätte ich es besser wissen müssen. Doch die Sorge um mein Kind ließ mich erblinden. Meine Wut auf mich selbst trieb mich fast in den Freitod. Mein Sohn rettete mich …« Er stockte. Stille breitete sich in dem engen stinkenden Raum aus. Nur das Wasser im Kocher blubberte. »… das war vor zwölf Wochen.«

Er machte wieder eine Pause und nahm zwei schnelle Schlucke aus seiner Tasse, ehe er fortfuhr. »Als wir die Bilder von der Epidemie sahen, dachten wir, dass wir hier helfen müssten, die Enttäuschten trösten und die Hoffenden warnen sollten. So kamen wir hierher.«

Jan war erstaunt. Der Pfarrer war kein Anhänger, vielmehr wollte er der Scharlatanerie etwas entgegensetzen. Vielleicht konnte er ihnen weiterhelfen.

Elijah sah aus den Augenwinkeln, wie der Sohn heimlich seinen Arm an der Spüle rieb. Der Alte folgte seinem Blick. Schnell lenkte Elijah ihn mit einer Frage ab.

»Was ist das hier für ein Platz? Wissen Sie, warum diese Birghid hierherkam?«

Albers zog lange den Atem ein, ehe er eine Antwort gab. »Offiziell ist das da oben die Waldsiedlung. Die Einheimischen nennen es nur die ›Muna‹. Es ist eine Verballhornung ihrer einstigen

Bestimmung. Die Nazis legten hier im Zweiten Weltkrieg mitten im Wald ein gigantisches Munitionslager für Fliegerbomben an. Sie tarnten es so gut, dass nicht ein Luftangriff der Alliierten die Anlage traf. Die Häuser dort wurden für die Wachmannschaften und Offiziere gebaut. Überall legten sie unterirdische Bunkersysteme an. Es sollen fast 150 Hektar sein. Später nutzten es die Amerikaner, dann fiel es an den Staat, und der verkaufte es an diese Sekte. Auch die Äcker, auf denen wir hier stehen, sowie die Wälder gehören der Gemeinschaft. Sie sind weitgehend autonom. Ein befreundeter Pfarrer aus Schweinfurt, der uns ein paar Tage bei sich übernachten ließ, erzählte es mir. Über Jahre haben sie Nahrung und Treibstoff auf das Gelände geschafft. Sie sind dank eines ausgeklügelten Wirtschaftssystems sehr vermögend und gelten dank ihrer Sanatorien, Biobauernhöfe, Werkstätten und anderer Sozialeinrichtungen als wichtiger Wirtschaftsfaktor in dieser strukturschwachen Gegend.«

Jan schüttelte den Kopf. »Ich kann das gar nicht verstehen, davon war nie etwas bekannt in Deutschland. Das ist doch nicht Scientology!«

Pfarrer Albers grunzte verächtlich. »Seit dem Niedergang der etablierten Kirchen haben sich in unserem Land in der Grauzone der Esoterik und der Fundamentalchristen einige sogenannte ›Neukirchen‹ gegründet. Sie ähneln ein wenig den kirchlichen Splittergruppen in den USA und Brasilien. Aber keine hatte eine echte Prophetin vorzuweisen. Ein Alleinstellungsmerkmal sozusagen.«

Elijah mischte sich ein. »Aber dazu müssen ihre Vorhersagen doch stimmen, sonst ist der Spuk doch bald vorbei.«

Wieder nickte Albers. »Sie hat tatsächlich einige richtige Prophezeiungen ausgesprochen. Aber vielleicht war das Zufall. Ihre ›Heilungen‹ sind medizinisch kaum nachweisbar. Aber was dem einen Lourdes und Fatima ist, das ist dem anderen eben eine Näherin namens Birghid. So einfach kann Glauben sein. Sie soll im Besitz eines heilenden und helfenden Werkes sein. Ein Altarbild, sagt man. Ich habe es nie gesehen und bezweifle auch die Echtheit eines solchen Werkes.«

Jan war wie elektrisiert. Aber ein Blick zu Elijah genügte, der ihn stumm, nur mit einem Stirnrunzeln, warnte. Also lenkte Jan ab.

»Was sind das für Namen, die Sie da eben nannten? Ezechiel, Hieronymus? Die kommen mir bekannt vor.«

Stolz trat in das Gesicht des Geistlichen. »Der Erste war der Prophet Ezechiel. So steht es im Alten Testament. Ein Priester der Juden. Er hat in die Zukunft sehen können. Sein Werk verstanden und verstehen angeblich nur die wenigsten. Juden ist es erst ab dem 30. Lebensjahr gestattet, die Prophezeiungen zu lesen und zu deuten. Mani ist ...«

Plötzlich erklang Sirenengeheul von draußen. Jan schob eine der Gardinen beiseite und blickte hinaus. Draußen auf dem Feld kam Bewegung in die Menschenmenge. Ein kleiner Weg führte durch die Ackerlandschaft. Wie auf ein geheimes Kommando hin erhoben sich die Menschen, krochen aus ihren Zelten und Erdlöchern, stießen die Wagentüren ihrer Campingwagen auf und strömten auf den Weg zu.

»Wollen die etwa zu uns?«, fragte Jan.

Albers zeigte hinunter, wo jetzt ein großer LKW mit einem Hänger und ein Bus zu sehen waren, die langsam über den Weg ruckelten.

Zum ersten Mal sprach nun der Sohn. »Sie bringen Essen und Wasser. Danach müssen alle eine halbe Stunde lang ein Gebet sprechen. Zum Schluss suchen sie die aus, die heute Abend zur Prophetin kommen dürfen. Sie heilt sie dort oben in der Siedlung.«

Sein Vater sah ihn mitleidig an. »Du weißt doch am besten, dass sie nicht heilt.«

Der Sohn presste seine rissigen, von Herpesbläschen überzogenen Lippen zusammen. Aus einem zweiten Bus sprangen Männer in schneeweißen Tarnanzügen und bildeten mehrere Gassen vor dem LKW. Jemand schwang die Plane des Hängers zur Seite. Eine weibliche Stimme ertönte aus einem Megaphon und erfüllte das gesamte Tal.

»Ihr, die ihr dürstet, hungert und friert. Euch wollen wir

helfen. *Sie* sieht euch. *Sie* hört eure Klagen. *Sie* lindert euren Schmerz. Doch vorher lasst ab von euren Sünden. Kehrt zurück auf den Pfad des Lichts. Beugt eure Knie vor dem Licht.«

Die Stimme klang nicht hart oder martialisch. Sie war fast liebevoll und voller Zuversicht, so erschien es jedenfalls Jan, und auch Elijah verzog anerkennend den Mund. Jan glaubte fast, die Stimme zu kennen. Aber das musste eine Täuschung sein. Er kannte schließlich keine Sektenanhängerin.

Vor den Fahrzeugen hatten sich mehrere Hundert Menschen versammelt. Sie alle knieten mit einer einzigen Bewegung nieder auf den harten gefrorenen Boden. Männer schwangen sich auf das Dach des Busses und hoben große Musikboxen hinauf. Und während die Menschen knieten und die weißen Männer Säcke und Kanister von der Ladefläche des LKW warfen, erklang machtvoll eine unfassbar laute, aber auch schöne Musik. Jan kannte sie. Es war eine Bachkantate.

»O ewiges Feuer, o Ursprung der Liebe«, murmelte er leise.

Schon hier oben war die Musik so laut, dass sie kein Wort sprechen konnten. Wie laut musste es erst da unten an der Straße sein? Die Menschen verharrten trotz der Nahrungsmittel in ihrer knienden Haltung. Selbst Siechende schienen die Minuten in dieser schwierigen Position hoffend zu ertragen. Erst als das Stück deutlich leiser in ein weiteres Werk des großen Kirchenmusikers überging, durften sie sich erheben. Auch wenn man nicht an das glaubte, was diese Sekte postulierte, so musste man doch zugeben, dass diese Show äußerst gekonnt und professionell war. Ohne Tumulte konnten die Sektenmitglieder ihre Gaben verteilen. Wo eben noch Tod und Verderben war, herrschte jetzt, so Jan es erkennen konnte, eine fast heitere Stimmung.

»Das will ich mir mal aus der Nähe ansehen«, flüsterte Elijah Jan ins Ohr.

Der Pfarrer blickte sie verstört an. »Wieso denn? Ich sagte Ihnen doch bereits, dass die Prophetin nicht heilen kann. Bleiben Sie hier, helfen Sie uns.«

Jan legte beschwichtigend seine Hand auf den Arm des Mannes. »Ich bin Mediziner, an Wunderheilungen glaube ich nicht.

Aber ich will mir das ansehen, um zu verstehen, was da vor sich geht. Heute sind es nur Hunderte, wenn die Epidemie weiter wütet, werden hier bald Tausende hoffen, und keiner wird sie aufhalten können.«

Der Pfarrer sah ihn resigniert an. »Ich bete für Sie.«

Der Himmel war aufgerissen, und eine tiefstehende Wintersonne strahlte mit fast rötlichem Licht die Szene der Speisung unwirklich an. Wenige Meter vom Campingwagen entfernt, hatte sich Elijah eine Zigarette angezündet und sah still auf die unter ihm liegende Menschenmenge, die die Hilfspakete und Wasserkanister dankbar entgegennahm.

»Wir irren hier etwas ziellos umher. Wir sollten Regina und Faruk kontaktieren. Lässt du mich teilhaben an deiner Strategie, Elijah?«

Der blies den Rauch in kleinen Kringeln aus und schaute Jan nicht an, als er antwortete. »Ich habe unterwegs eine Nachricht von Faruk erhalten, dass die beiden in Wien mit den Russen reden. Die Russen scheinen auch tief in dieser Pockensache zu stecken.«

»Okay, das hättest du mir auch etwas früher sagen können, du Topagent.«

»Ich wollte es dir nicht in Anwesenheit des Pfarrers erzählen, sondern lieber auf Nummer sicher gehen.«

»Und nun?«

»Wir müssen unauffällig da oben in die Siedlung kommen. Da liegt der Schlüssel. Zwei Dinge sagen mir, dass wir dort die Lösung oder zumindest einen Teil der Lösung finden könnten. Zum einen das Bild oder das ›Werk‹, wie es der Pfarrer nannte. Zum anderen sagt mir mein Bauch, dass diese schrägen Vögel dort irgendwie mit drinhängen. Sie profitieren doch am meisten von dieser Pockenepidemie. Schau dir das mal an. Die haben Dreck am Stecken!«

»Aha, und wer sagt dir das? Ein Judenorakel, dein Geheimdienst oder nur dein dicker Bauch?«

Statt zu antworten, sang Elijah leise das Lied der Schlange Kaa aus dem Dschungelbuch: »Vertrau mir … Trust in meeeee, trust in meee.«

Jan verdrehte die Augen. »Singen ist nicht gerade deine Stärke. Ich würde jetzt gerne mit Regina sprechen.«

Elijah verzog die Lippen zu einem Kussmund. »Wer wird der jungen Liebe alter Menschen im Weg stehen wollen?« Er deutete auf einen in einer Schneewehe steckengebliebenen Kombi, dessen Türen weit aufgerissen und der augenscheinlich ohne Insassen war. »Machen wir es uns hier bequem.«

Es war ein Familienwagen, die hinteren Scheiben waren mit Comicjalousien verhängt. Jan setzte sich auf den Beifahrersitz.

»Das stört dich hoffentlich nicht«, sagte Elijah und deutete nach hinten. In einem bunten Kindersitz lag zusammengesunken ein kleines Mädchen. Der Tod hatte sich seiner schon bemächtigt. Das Gesicht war wächsern, die Augen geschlossen, die Lippen bereits nach oben geschoben, so dass es wie ein irres Lachen wirkte. Überall im Gesicht prangten Pusteln, die mit Raureif überzogen waren. Jan presste die Augen zusammen, blieb aber sitzen. Er wollte Reginas Stimme hören, nur das war ihm jetzt wichtig. Er war sowieso vom Tod umgeben. Elijah griff in seinen Rucksack, nahm ein kleines, kompaktes Satellitentelefon heraus, wählte eine Nummer und wartete. Quietschende und knarzende Geräusche erfüllten den Wagen. Und dann war Faruk zu hören. In abgehackten Sätzen klärte sie der Syrer über die Erlebnisse mit der Kuratorin und den Russen auf. Elijah hatte Mühe, seinen Ausführungen zu folgen.

»Also, die Russen beschuldigen uns, die Pocken entwickelt zu haben? Das ist doch absurd. Sie schieben uns den Schwarzen Peter zu, weil sie nicht die Verantwortung tragen wollen.«

Regina schien sich einschalten zu wollen, und nach einem kurzen Rauschen erklang ihre Stimme. »Jan, ich verstehe zu wenig davon. Aber die Russen behaupten, dass das Virus nicht resistent gegen die Impfung ist, sondern noch davon befeuert wird, also eine zweite Phase der Erkrankung bevorsteht. Was meinst du dazu?«

Sosehr Jan sich freute, die Stimme seiner Freundin zu hören, so sehr war er von ihrer Nachricht schockiert. »Das wäre eine Katastrophe, ein gentechnisch veränderter Stamm ist nicht mehr einzudämmen. Es sei denn, derjenige, der es entwickelt hat, besitzt auch ein künstlich entwickeltes Antiserum. Und das in gigantischen Mengen.«

Er sah Elijah an. Der zuckte nur mit den Schultern. »Euer Auftraggeber, dieser Köhn, scheint ja eine immens wichtige Rolle zu spielen. Steht er hinter dieser Sekte?«

Regina antwortete zögerlich. »Das glaube ich nicht. Warum sollte er? Er will nur dieses Bild haben.«

Elijah lachte bitter. »Ein guter Punkt. Es könnte sein, dass diese Sekten-Hampelmänner und diese Prophetin dein lang gesuchtes Bild aufbewahren. Zumindest deutete ein skeptischer Pfaffe das hier an. Dann wärt ihr in Wien aber ganz schön weit weg von deinem Bild.«

Er hörte, wie Regina aufstöhnte. »Das ist doch Unsinn. Wenn das so wäre, hätte Köhn davon schon etwas mitbekommen.«

Elijah wiegte den Kopf. »Wieso? Es ist ja noch ein Geheimnis. Wenn wir es hier finden, bekomme ich dann eigentlich die Hälfte deiner Tantiemen ab?«

Regina seufzte. »Handeln und Geldabknöpfen scheint ja wirklich in euren Genen zu liegen … Aber ihr solltet euch tatsächlich mal diese Gruppe von nahem ansehen. Aber nur ansehen, Elijah. Keine blöde Aktion. Jan ist kein Agent oder Soldat.«

Reginas Fürsorge war Jan zwar peinlich, aber irgendwie empfand er sie auch als zärtlich. »Wir passen schon auf«, schob er hastig ein.

Elijah wollte noch etwas loswerden. »Unser Freund Poch hat das Land verlassen. Er ist nach Venedig gereist und trifft sich dort mit einem, wie er es nennen würde, befreundeten jungen Mann.«

Regina verstand nicht. »Na und, was macht er denn da?«

»Ich bat ihn, gegen ein kleines Entgelt ein wenig über das Bild zu recherchieren. Er meinte, Venedig sei ein ästhetisch ansprechender Ort in diesen schrecklichen Zeiten, und der Freund, den er da besuche, sei ein absoluter Hieronymus-Bosch-Experte. Poch hat von uns allen wohl die beste Rolle. Wir suchen das Gemälde jetzt erst mal hier in der Ödnis der Rhön.«

Faruk meldete sich. »Gut, seht euch um. Wir fahren heute

Nachmittag nach Rohrbrunn und suchen diese Frau, die Ezechiel instrumentalisiert hat. Diese Kunstexpertin will auch mitkommen. Passt auf euch auf.«

Es raschelte, Faruk reichte den Hörer wohl an Regina weiter, und Elijah gab sein Gerät an Jan. Dann stieg Elijah aus dem Auto in die Kälte und zündete sich eine Zigarette an, um die beiden ungestört miteinander reden zu lassen.

Jan begann. »Regina, die Kleine ist bei mir, aber es war furchtbar. Es war die Hölle … ich bin unglücklich, wenn du nicht an meiner Seite bist. Es war eine blöde Idee, dich gehen zu lassen.«

Er hörte in die Stille hinein. »Ich weiß, du fehlst mir auch, Jan. Wenn ihr in Deutschland fertig seid, treffen wir uns wieder. Sei vorsichtig.«

Ehe er etwas erwidern konnte, hatte sie bereits aufgelegt.

Sie umrundeten den Konvoi und stellten sich brav in die Reihe der Wartenden. Auf Bahren, provisorischen Tragen und in Rollstühlen brachten Angehörige die pockenkranken Menschen an die Absperrungen. Hier entschieden Sektenmitglieder, wer zur Prophetin vorgelassen wurde. Weinen, Wimmern und lautes Schreien mischten sich mit der feierlichen Musik Bachs und machten die Szene noch surrealer.

Jan beugte sich zu Elijah vor. »Dir ist doch klar, dass es wenig Sinn ergibt, um Hilfe zu bitten, wenn man keine Pocken hat.«

»Du bist zu negativ. Warte es ab.«

Jan schüttelte den Kopf und sah sich um. Die Menschen hatten nur noch ein Ziel. Sie wollten die Prophetin sehen. Und doch lag in diesem absurden Theater etwas Beruhigendes. Einige schienen sich auch mit ihrem Schicksal abgefunden zu haben. Nachdem sie von den Sektierern abgelehnt wurden, machten sie stumm kehrt oder legten sich in die Ackerfurchen. Keiner hinderte sie daran. Dort starben sie still.

Plötzlich zuckte Jan zusammen. Das konnte nicht sein. Er musste sich täuschen. Die Frau, die da oben mit verschränkten Armen auf einer provisorischen Bühne stand, kannte er. Es war seine Exfrau!

»Bist du dir sicher?« Elijah sah nach vorn auf den Vordermann. Sie standen in einer fast 30 Meter langen Menschenschlange. Jan hatte ihm leise seine Entdeckung ins Ohr geflüstert. »Willst du mich auf den Arm nehmen? Ich war fast zehn Jahre mit dieser Frau verheiratet. Natürlich ist sie das.«

Die Frau trug einen langen Lodenmantel und war von mehreren Männern umringt, denen sie anscheinend Anweisungen gab. Sie hatte noch nicht zu ihm hingesehen.

»Und was macht sie ausgerechnet hier?«

»Keine Ahnung, sie scheint dieser Sekte … Also … sie ist über den Tod unseres Sohnes nie hinweggekommen …«

Jan stockte. Das konnte doch nicht wahr sein. Für so einen Mumpitz hier war Andrea viel zu intelligent. Sie war Akademikerin und hatte sich wie er der Logik und der Aufklärung verschrieben. Aber ihr Fachgebiet war nun einmal der Künstler Hieronymus Bosch. Er erinnerte sich an die verwüstete Wohnung, an die Prospekte der Sekte auf dem Boden. Ergab das alles einen monströsen Sinn? Hatte der Unfall vor zwei Jahren sie so sehr verändert? Nach der Beerdigung hatte sie ihn nicht mehr ertragen können und aus der gemeinsamen Münchener Wohnung geworfen. Ihr Bruder Stefan hatte sie aufgehetzt. Ihr Bruder, dessen Leiche gerade in irgendeiner Müllverbrennungsanlage zu Asche wurde.

Jans Gedanken gingen zurück zur Zeit der Trauer. Einem harten Schwinger gleich schlug ihn die Erinnerung in den Kopf. Der Sommer, als sein Sohn mit ihm in den Eisbach sprang. Wie der Sog ihn hinabzog. Wie er seine Augen aufriss. Wie Jan die Gewissheit des Todes im Gesicht seines Sohnes sah. Das entsetzte, von Schmerz, Wut und Trauer verzerrte Gesicht seiner Frau am Grab des Sohnes. Die harten, vorwurfsvollen Blicke der Verwandten. Lange hatte Jan sich von dem Chaos seiner Vergangenheit abgeschottet. Aber jetzt stieg es wieder in ihm auf. Tränen füllten seine Augen. Sie brannten. Er wischte sie verstohlen von seiner Wange.

Seine Exfrau stieg in einen Geländewagen und verließ den Acker. Er blickte ihr nach, sah, wie der Wagen über die Anhöhe zur Siedlung mehr holperte als fuhr und dann hinter einem massiven Eisentor verschwand. Elijah hatte sich kurz zu ihm nach hinten gedreht, die Tränen gesehen, sich dann aber rasch wieder nach vorn gewandt. Er wusste von Jans Schicksal. Aber in der Ausbildung beim israelischen Geheimdienst war ihm wie mit einer heißen Fackel das Mitgefühl abtrainiert worden. Es behinderte nur die Einsätze. So schwieg er und starrte auf die Menschen vor ihm. Jan war sein Freund, soweit man als Jude einen Deutschen zum Freund haben konnte. Ihn leiden zu sehen, schmerzte auch Elijah. Aber er war im Einsatz. Hier durfte nichts emotional betrachtet werden. Die Epidemie musste gestoppt, die Hintermänner identifiziert und ausgeschaltet werden. Wie ein Mantra hatte er sich das auf dem Weg hierhin immer wieder still gesagt. Wieder einmal wurde sein Land angegriffen. Jemand wollte den Ausbruch dieser Krankheit dem Staat Israel oder zumindest den Juden in die Schuhe schieben. Und wieder einmal ging es von Deutschland aus. Jedes Gefühl konnte die eigene Urteilskraft schwächen. Er sah zu Jan.

»Wir bleiben heute Nacht hier draußen. Ich will mich noch ein wenig umsehen. Morgen gehen wir mit.«

Jan sah ihn missmutig an. »Und wo schlafen wir? Etwa beim Pfaffen?«

»Ja, gute Idee. Näher an Gott, sagt ihr doch immer, oder?«

Am nächsten Morgen hatten sie sich aus ihren Thermoschlafsäcken geschält, still einen von dem Sohn des Pfarrers aufgebrühten Tee getrunken und hinunter zur Straße gesehen. Der Auftritt der Sektenmitglieder hatte sich wiederholt. Elijah hatte das Equipment in dem ihm schon vertrauten Autowrack versteckt und stapfte mit Jan zu der Menschenmenge.

»Warum wollen Sie das Licht sehen, wenn Sie nicht krank sind?«

Der Typ hatte sie gleich wieder wegschicken wollen. Er war untersetzt, sein Gesicht von groben Aknenarben verunstaltet. Wie alle Sicherheitsleute der Sekte trug er einen weißen Schneeanzug. Keiner von ihnen schien Angst zu haben, sich anzustecken. Niemand hatte einen Mundschutz. Sie waren sich der Wirkung ihres Glaubens wohl sehr sicher.

»Also, Sie sind nicht erkrankt. Dann treten Sie bitte beiseite und lassen anderen den Vortritt, die wirklich in Not sind. Aber selbstverständlich dürfen Sie sich dort drüben ein Verpflegungspaket nehmen.«

Elijah suchte fieberhaft nach einer Lüge. »Aber unsere Krankheit ist viel tiefgehender, unsere Sünden schwerer.«

Der kleine Dicke sah ihn leicht genervt an. »So? Was meinen Sie denn damit?«

Elijah legte seine Hand auf Jans Schultern. »Nun, wir sind der Sünde der gleichgeschlechtlichen …«

Der Dicke hob eine Hand und legte die andere an sein Ohr. Anscheinend sprach jemand in sein Headset. Er nickte, und Jan meinte, den Anflug eines boshaften Lächelns auf seinem Gesicht gesehen zu haben. Dann sah er die beiden freundlich an und wies sie mit einem »Sie fahren mit« zum Bus mit den Angehörigen, während die Kranken auf die Ladeflächen der LKW gehievt wurden.

Die Siedlung war einem Dreieck gleich in den Wald hineingebaut worden. Zur Straße hin, die die Bundesstraße mit dem kleinen Ort Rottershausen verband, zog sich ein drei Meter hoher und blickdichter Zaun mit NATO-Stacheldraht auf seiner Krone um das Gelände. Der Bus fuhr im Schritttempo durch das Tor an der südlichen Ecke des Dreiecks. Eine ganz andere Welt tat sich auf. Kinder spielten im Schnee, Mütter standen zusammen und lachten. Männer hackten Holz oder saßen an einem Feuer zusammen und redeten einträchtig miteinander. Erst beim zweiten Hinsehen erkannte Jan, dass jeder der Männer ein Schnellfeuergewehr neben sich bereithielt. Und selbst die Frauen trugen Gewehre auf ihrem Rücken. In den USA war das sicher ein gewohntes Bild. Unwillkürlich dachte Jan an die Davidianer-Sekte, die in den 90ern in Texas nach mehreren Wochen Belagerung durch die Polizei in einer wilden Erstürmung untergegangen war. Aber das war in Deutschland unvorstellbar. Nur in dem rechtsfreien Raum dieser Epidemie konnte so etwas ungestraft passieren. Womit rechneten diese Menschen wohl?

Sie wurden aus dem Bus in einen Vorraum geführt. Links und rechts von einem großen Eisentor wachten zwei fast zehn Meter hohe geflügelte Fabelwesen, geschnitzt aus dunklem Holz. Links war es ein Tier mit menschlichem Gesicht, das große, sehr fein herausgearbeitete Schwingen schützend vor seinem Leib hielt. Rechts war ein Wesen dargestellt, das scheinbar nur aus Flügeln bestand.

»Cherub und Seraph – die Erzengel Gottes«, flüsterte Jan leise zu Elijah, der kopfschüttelnd zu den Kunstwerken emporblickte.

Dann öffneten sich die Eisentüren, und sie wurden in einem Spalier aus lächelnden Menschen in weißen Leinengewändern in eine fast 20 Meter hohe und bestimmt 80 Meter lange Halle geführt. Sie konnten noch letzte Reste von Öl und Metall riechen, aber Düfte von Weihrauch überlagerten den alten Geruch immer stärker, je weiter sie in die Halle schritten. Es schien der Versammlungsraum der Sekte zu sein. Wieder erklangen Kantaten Bachs. Diesmal aber kam die Musik nicht vom Band. Ein Kinderchor auf einer den Raum umlaufenden Brüstung sang mehrstimmig in hohen Tönen die Kantaten. Immer unwirklicher wurde die Situation. In einem scheinbar nicht enden wollenden Strom schleppten sich die Kranken mit letzter Kraft, zum Teil gestützt, zum Teil allein, hinein. Andere Kranke wurden von Helfern hereingetragen und vorsichtig auf Gummimatratzen, die auf den kalten Betonplatten des Bodens lagen, gelegt. Schon bald stank es in dem warmen Raum nach den Wundflüssigkeiten der Pockenkranken. Frauen in weißen, körperbetonten Gewändern, mit streng zurückgekämmten Haaren und fast entrückt aussehenden Gesichtern versorgten die schwersten Fälle, schlossen Kanülen an und wechselten die Verbände an den eiternden Wunden.

An allen Seiten des Raumes hingen lange Stoffbahnen aus Leinen mit Motiven aus den Werken Hieronymus Boschs von der Decke herab. Sie wurden mit geschickt postierten Scheinwerfern angestrahlt, so dass einzelne Szenen besonders plastisch, fast dreidimensional wirkten. Vorsichtig schritten Jan und Elijah hinter einem Platzanweiser her. Ihnen wurden sehr weit vorn Plätze auf Bierbänken zugewiesen. Neben ihnen lagen wimmernde und übelriechende Menschen, einige wälzten sich vor Schmerzen, andere starrten apathisch an die Wände. Jan folgte ihren Blicken. An der linken Seite erkannte er Szenen aus einem Gemälde mit dem Namen »Der Garten der Lüste«. Nackte Menschen aller Altersgruppen schienen orgiastisch in einer Traumwelt frivolen und wollüstigen Taten nachzugehen. Andrea hatte es ihm einst erklärt. Mit großer Leidenschaft verwahrte sie sich gegen eine These, die lange in der Kunstwelt vorherrschte. Es sei kein Hinweis, dass der Künstler ein Häretiker, ein Anhänger einer mittelalterlichen Sekte, gewesen sei. Vielmehr zeige das Bild jene alttestamentarische Zeit vor Noah. Also bevor die große Sintflut, wie in der Genesis beschrieben, die sündige Menschheit bis auf wenige hinwegspülte. Das Original hing im Prado in Spanien, daran erinnerte Jan sich. Andrea war hochschwanger mit ihrem ersten und einzigen Sohn, als sie damals trotz seines Widerstandes nach Madrid gefahren waren.

Auf der rechten Seite des Saales waren hingegen die berühmten Dämonenszenen mit dem Sturz der Verdammten in die Hölle zu sehen. Doch am Kopfende der Halle hing das berühmteste Bild des Malers. Jan zeigte Elijah das Bild und erklärte es leise.

»Eine von Engeln, wie die, die wir eben am Eingang gesehen haben, begleitete Gruppe strebt in einem Tunnel einem strahlenden Licht entgegen. Sie schweben durch die sieben konzentrischen Kreise, die heller werden, je weiter sie sich einem Höhepunkt aus purem Licht im Zentrum nähern.«

Elijah nickte gebannt. »Das ist sehr schön.«

»Aber das ist nicht alles. Und du weißt das, Jan Kistermann.«

Sie zuckten zusammen. Hinter ihnen saß Jans Exfrau, auch sie in einem weißen, engen Leinengewand, und sah die beiden milde lächelnd an.

»Magst du mir verraten, wen du zu uns mitgebracht hast?«

Jan stellte die beiden einander vor. Diese förmliche Geste

wirkte so absurd, dass Jan unpassenderweise lachen musste. Sofort entschuldigte er sich.

Doch seine Exfrau lächelte weiter unbewegt. »Es ist schön, dass du da bist. Sie wird dir sicherlich helfen.«

Er versuchte, in ihren Augen eine Spur von Ironie oder Spott zu entdecken, aber da war nur ein Leuchten. Ein Leuchten, das er als Arzt nur von Schwangeren oder Wahnsinnigen kannte.

»Siehst du das Bild aus dem ›Garten der Lüste‹? Erinnert dich das an etwas?«

Jan nickte. »Unsere Reise nach Madrid. Ja, ich erinnere mich. Es ist Boschs Vorstellung von der Zeit vor Noahs Bau der Arche, richtig?«

Sie nickte und rezitierte mit geschlossenen Augen: »Der Herr sah, dass die Menschen auf der Erde völlig verdorben waren. Alles, was aus ihrem Herzen kam, ihr ganzes Denken und Planen, war durch und durch böse. Das tat ihm weh, und er bereute, dass er sie erschaffen hatte. Er sagte: ›Ich will die Menschen wieder von der Erde ausrotten – und nicht nur die Menschen, sondern auch die Tiere auf der Erde, von den größten bis zu den kleinsten, und auch die Vögel in der Luft. Es wäre besser gewesen, wenn ich sie gar nicht erst erschaffen hätte.‹«

Sie machte eine Pause. Dann beugte sie sich noch weiter nach vorn, legte ihre Hände auf Jans und Elijahs Schultern und drückte ihre Köpfe zusammen. »Ihr seid hier, um alles zu zerstören. Aber das wird euch nicht gelingen. Ihr sucht das Werk, nicht wahr? Jemand ist schlauer und hat euch längst erkannt. Rennt, solange ihr es noch könnt.«

Selbst Elijah standen angesichts dieser Drohung die Nackenhaare empor.

Aus den in den Ecken aufgestellten Audioboxen knackte und fiepte es. Der Saal wurde mit einem Schlag in Dunkelheit gehüllt. Auch die Bühne unterhalb des Tunnelgemäldes war nun nicht mehr sichtbar. Nur die Bilder an den Seiten der Halle wurden weiterhin angestrahlt. Sphärische Musik löste die Rückkopplungen aus den Boxen ab. Erst wirkte sie auf Jan und Elijah wie billige Fahrstuhlmusik, aber nur wenige Augenblicke später spürten sie die fast hypnotische Wirkung der Klänge. Eine siebenköpfige Gruppe kam hinter einem Vorhang hervor und betrat die Bühne. Sie stand mit dem Rücken zu den Kranken und Siechenden. Alle trugen eine rote Leinenhose, ein rotes Hemd und darüber eine ebenso blutrote Joppe. Die sieben, fünf Männer und zwei Frauen, ließen die Jacken fallen und knieten sich nieder. Keiner war jünger als 20, aber auch nicht älter als 60 Jahre, schätzte Jan. Dicke und dünne, junge und alte Körper zeichneten sich unter den leinenen Kleidern ab. Sie alle blickten lächelnd und ein wenig entrückt zum erwartungsvollen Publikum hinab, das die Zeremonie gebannt verfolgte. Das Bühnenlicht erlosch. Spots wurden auf die einzelnen Personen geworfen, und über ihren Köpfen warf ein Projektor eine Buchstabenreihe an die Wand. S A L I G I A. Jan schmunzelte. Seine Exfrau hatte ihm einmal die Bedeutung erklärt.

Elijah sah ihn verstohlen an und beugte sich zu ihm. »SA verstehe ich, aber was wollen diese Deutschen mit den anderen Buchstaben?«

Jan schüttelte den Kopf. » SALIGIA steht nicht für etwas Faschistisches. Wenn du so willst, ist es eine Art Eselsbrücke, ein Kunstwort, um sich an Worte zu erinnern. SALIGIA sind jeweils die lateinischen Anfangsbuchstaben der sieben Todsünden. Die Mnemotechnik benutzten die Gelehrten im Mittelalter, um sich Vokabeln, Götternamen und eben die Bezeichnungen für die Todsünden zu merken.«

Elijah nickte spöttisch, aber anerkennend. »Ihr Deutschen seid eben ein Volk von Gelehrten.«

»Genau, und jetzt hör gut zu, dann kannst du noch mehr lernen.«

Plötzlich war ein Raunen von den hinteren Rängen zu hören. Elijah drehte sich um. Jans Exfrau, die eben noch hinter ihnen gesessen hatte, hatte sich entfernt. Stattdessen sah er am Eingang der Halle eine Frau in einem weißen Gewand und mit dunkelroten Haaren. Einen Schutzkreis bildend, standen um sie herum junge Männer, die brennende Kerzen hielten. Neben ihnen murmelten die Menschen von ihren Bänken und Matratzen aus: »… das ist sie, das ist die Prophetin …« Jemand rief laut »Danke«, wurde aber vom Sicherheitspersonal sofort zum Schweigen ermahnt. Sie ging von Mensch zu Mensch, beugte sich nieder, griff nach ihrem Hals und wartete, bis sich die Kranken zu ihr aufgerichtet hatten. Mehr konnte Elijah nicht sehen.

Plötzlich erklang eine Stimme über die Lautsprecher. »Seht, *sie* ist für euch da. *Sie* hat vor euch geheilt. Und *sie* heilt auch nach euch. Denn *sie* hat das Licht erblickt.«

Dann kam die Person, der diese Stimme gehörte, auf die Bühne. Es war Jans Exfrau. Sie trug ein Headset am Kopf mit einem Mikrofon direkt vor ihrem Mund, wie es oft im Fernsehen oder bei Verkaufs- oder Motivationsveranstaltungen benutzt wurde. In der Hand hielt sie ein weiteres Mikrofon. Sie schritt zu der Gruppe und hielt es dem ersten Knienden vorsichtig vor den Mund. Ihre andere Hand legte sie sacht auf die Schulter des kräftigen Mannes.

»Und du, erzähl uns von dir.«

Der Mann auf der Bühne schlug die Augen auf und begann zu sprechen. »Ich war ein Mörder.«

Die Menge murrte auf.

»Ich tötete als Soldat in Afghanistan. Ich brannte Dörfer nieder, schoss auf Zivilisten und richtete meinen Zorn gegen die Menschen dort. Ich sündigte. Die Pocken waren meine Erlösung.« Er zerriss sein Hemd, und alle konnten die Narben auf seiner Brust und auf seinem Bauch sehen. »Ich war krank und bin nun geheilt. Sie gab mir das Licht.«

Er deutete auf die Prophetin, die sich langsam inmitten der Kerzen von Reihe zu Reihe schob und die Menschen zu heilen schien. Jans Exfrau schritt zur nächsten Person. Einige in der Halle hatten sie bereits erkannt. Es war eine berühmte deutsche TV-Talkmasterin. Sie galt ob ihrer Härte und ihres aggressiven Nachfragens als heimliche Königin des Gewerbes.

»Ich habe gesündigt, weil ich meine Gäste mit meinem Hochmut verletzt habe. Weil ich glaubte, im Mittelpunkt aller Geschehnisse zu stehen. Ich war krank und bin nun geheilt. Sie gab mir das Licht.«

Auch sie zerriss ihr Hemd, und zwei von Jan sofort als künstlich erkannte Brüste wurden sichtbar. So trat nach und nach jeder der Menschen nach vorn an den Bühnenrand, bezichtigte sich der Habgier (ein Investmentbanker), der Wollust (ein Schauspieler), der Völlerei (ein Feinkosthändler), des Neids (ein Politiker) und der Feigheit (eine Richterin). Dann zogen sie sich aus und standen ohne Scheu nackt vor all den siechenden Menschen. Auf Jan und Elijah wirkte es wie eine absurde Mischung aus einem Bauerntheaterstück und der Erweckungsmesse einer Baptistengemeinde im Süden Amerikas.

Ein heiserer Schrei erklang hinter ihnen. Sie sahen sich um. Inmitten des Kerzenkreises hob die Heilerin ihre Hände empor und schrie etwas Undeutliches. Dann sackte sie zusammen. Sofort stürzten die Männer um sie herum zu ihr und hoben sie empor.

Nach einem kurzen Moment der Erstarrung trug ein baumlanger Hüne mit einem Pferdeschwanz sie auf seinen großen Armen nach vorn und setzte die Frau wie in einer Opernaufführung auf einen Stuhl, wo sie mit geschlossenen Augen sofort in sich zusammensackte. Die Menschen in der Halle wirkten wie eingefroren. Keiner wagte etwas zu sagen, bis eine schneidende Stimme die Stille zerriss.

»Heute heilte *sie*. Aber es ist eine Mühsal. Ihr seht es. Nicht alle sind hier, um das Licht zu sehen. Unter euch Hoffenden und Verzweifelten sitzen noch immer die Frevler und Sünder. Sie feixen und lachen insgeheim, weil sie nicht *ihre* Kraft erkennen. *Sie* aber kann so nicht alle heilen.«

Ein Raunen ging durch die Reihen. Die Menschen waren unsicher. Sie warteten auf die Heilerin, aber diese Nachricht schien sie zweifeln zu lassen. So viele Strapazen hatten sie auf sich genommen, und nun sollten sie ihre letzte Hoffnung wegen ein paar Sündern verlieren?

»… Wer also den Segen nicht spürt, muss wissen, dass die Sünder euch diese Kraft mit ihrer fehlenden Reue verwehren. Einem speckigen alten Mantel gleich werfen sie ihre Sünden vor das Licht, das euch die Krankheit nimmt. Mögt ihr noch so sehr glauben, es euch wünschen, inbrünstig bitten, die Sünder unter uns halten euch auf, das Licht zu sehen.«

Die Ersten, die es noch konnten, standen auf. Eine Frau in einer gelben Skijacke rief schrill: »Zeigt sie uns, wir werfen sie hinaus.« Andere applaudierten beifällig. Das wiederum ermutigte weitere. »Zeigt sie uns, dann holen wir sie uns.« Langsam entstand aus der andächtigen Stimmung der Wunsch nach Gewalt und Eskalation. Schon zu lange gab es kein Ventil für die Wut und Ratlosigkeit der Menschen. Die Krankheit war in ihr Leben eingebrochen wie ein Sturm aus heiterem Himmel. Ihr Land, das gewohnte Umfeld, der Rhythmus der Sicherheit eines zivilisierten Staates war außer Kontrolle geraten. Aber wer war dafür verantwortlich? Wer hatte sie alle so sehr gehasst, dass er Unschuldige so strafen wollte? Früher hatten Medien und Politiker die Hintergründe für sie erklärt, eingeordnet. Jetzt aber, im schlimmsten Chaos seit dem letzten Krieg, waren sie auf sich gestellt. Wie Tiere in einem bedrohlich dunklen Wald, umgeben von gefährlichen Feinden, ließen sie ihren Instinkten freien Lauf. »Zeig sie uns, wir wollen sie sehen.«

Jans Exfrau hatte sich neben die in ihrem Stuhl versunkene Heilerin gekniet und schien ihren Anweisungen zu lauschen. Sie nickte und flüsterte noch ein paar Worte. Dann erhob sie sich und zeigte mit einer herrischen Geste auf Jan und Elijah.

Helgoland, Deutschland, 22. 12., 11.47 Uhr

Der Boden des Hubschraubers war mit Erbrochenem übersät. Sie waren vier Zivilisten sowie ein Militär mit hohem Rangabzeichen, und bis auf Clara Ridder hatten sich alle übergeben müssen.

Am Nachmittag waren sie und ihre Assistentin auf dem Marinestützpunkt Nordholz angekommen, hatten sich wie selbstverständlich im Beisein der Männer bis auf die Unterwäsche ausgezogen und sich in ihre Overalls gezwängt. Hier war ein

Shuttle-Service zur provisorischen »Regierungsinsel« eingerichtet, hier wurde der Flug- wie auch der Schiffsverkehr überwacht. Die Base war mit mehreren Sicherungskordons hermetisch abgeriegelt. Kräfte des Heeres verstärkten den Abwehrschirm. Es hatte fast eine Stunde gedauert, bis Ridder und ihre Assistentin auf das Gelände vorgefahren werden durften. Es folgten ärztliche Schnelltests, ehe sie zum Hangar gebracht wurden. Erst dann waren sie in den Sea Lynx Hubschrauber, der sonst auf einer Fregatte der Bundesmarine stationiert war, gestiegen und hatten sich dem Können des jungen Piloten anvertraut. Über das Headset hatte er alle Passagiere mit den Worten »Willkommen in Deutschlands größter und längster Achterbahn« aufmuntern wollen. Er kam nicht gut an, denn schon über Cuxhaven reichten die mitgebrachten Spuckbeutel nicht mehr aus. Immer wieder sackte der Helikopter ab und wurde vom böigen Ostwind geschüttelt. Die 40 Kilometer bis zu dem kleinen Eiland im Norden waren ein Höllenritt. Ridder hatte die Augen geschlossen, den unangenehm säuerlichen Geruchsmix aus Kotze und Öl ignoriert und sich auf das anstehende Treffen mit dem engsten Immunologieberater der Kanzlerin, dem äußerst unsympathischen und dickköpfigen Professor Dr. Vogel, vorbereitet.

Die Insel Helgoland misst gerade einmal einen Quadratkilometer. Sie besteht aus einem Ober-, Mittel- und Unterland. Wegen ihrer charakteristischen roten Felshänge ist sie seit Jahrhunderten ein beliebtes Reiseziel. Mehrfach wechselte sie ihre Besitzer. Zuletzt ging sie Ende des 19. Jahrhunderts aus britischer in deutsche Hand über. Während der Saison wird die kleine Felseninsel täglich von einer Heerschar deutscher Rentner »überfallen«, die dort günstige zollfreie Ware in Dutzenden von kleinen Geschäften einkaufen. Wenn sie am späten Nachmittag wieder abgereist sind, fällt die Insel in beschauliche Ruhe, die nur im Frühjahr von Tausenden von Seevögeln, die in den Felsennischen brüten, unterbrochen wird.

Jetzt war alles anders. Und das lag nicht daran, dass gerade Winter war. Allein zwei Fregatten der deutschen Marine kreuzten trotz schwerer See wenige Seemeilen vor der Insel: Der Luftraum war für jeglichen Flugverkehr gesperrt. Knapp 1400 Menschen leben auf dieser Insel. Sie waren sozusagen in Gewahrsam genommen worden, als sie sich nachhaltig weigerten, die Insel mit mehreren Fähren Richtung Niederlande zu verlassen. So lebte die Kanzlerin mit ihrem Stab in einem in die Jahre gekommenen Designhotel am Hafen. Wenige Meter von dort fuhren die kleinen Fährboote zu einer vor der Insel gelegenen großen Sanddüne, Heimat vieler Seehunde und Robben.

Der Hubschrauber flog schlingernd über der Mole den kleinen Flugplatz am südwestlichen Ende der Insel an. Dort wurden Ridder und ihre Assistentin schon von einem Elektroauto der örtlichen Polizei empfangen. Ihr Fahrer war ein junger, von einer schlimmen Akne geplagter, aber äußerst gesprächiger Friese, hoch erfreut, zwei schöne Frauen entlang der bunten Hummerbuden zu chauffieren.

»Ich bin Hinnerk Osbahr, und das ist meine Insel«, startete er die einseitige Konversation, kaum dass er den Zündschlüssel umdrehte. Auf den wenigen Metern bis zu ihrer Unterkunft hatte er ihnen alles über die neuen Inselherren erzählt: von der Dickköpfigkeit der Insulaner, der Arroganz Berliner Regierungsbeamter und der Dummheit vieler Sicherheitsleute, die der Kanzlertross mitgebracht hatte.

»Sie haben ein Mittel, nicht wahr? », fragte er plötzlich, als er ihre Gepäckstücke aus dem Kofferraum hob.

Ridder sah ihn an, zwang sich ein Lächeln ab und nickte.

»Wissen Sie, meine Freundin, also, die wohnt drüben in Cuxhaven und die … na ja, die ist halt krank. Also ich nicht, verstehen Sie?«

Wieder nickte Ridder, jetzt schon sichtlich genervt, denn der kalte Wind zog selbst durch ihre wattierte Winterjacke.

So leise es ging, flüsterte Osbahr ihr zu: »Sie ist schwanger und … und … sie darf nicht sterben. Sie wurde geimpft, aber es wirkt nicht. Verstehen Sie? Ihr Mittel muss helfen.«

Ridder riss sich zusammen und antwortete nur kurz: »Das hängt nicht von uns ab. Hoffen Sie auf diesen Dr. Vogel. Der hebt oder senkt den Daumen.«

Der Polizist sah sie wütend an, aber ehe er eine Antwort geben konnte, waren die beiden Frauen schon zum bewachten Hoteleingang gespurtet.

Wenig später hatte man Clara Ridder und ihrer Assistentin ein kleines Einzelzimmer mit Meeresblick zugewiesen. Bevor sie duschten, durchsuchten sie mit einem kleinen, hochmodernen Scanner das Zimmer nach Wanzen, untersuchten den Fernseher und waren froh, als sie nichts fanden. Sie würden noch heute auf Vogel treffen. Sein Widerstand stellte die größte Herausforderung dar. Die Kanzlerin vertraute dem Professor für Immunologie fast bedingungslos. Geschickt hatte er in den letzten Jahren in ihrem Umfeld nur Personen aus seinem Dunstkreis positionieren können. Somit war Kritik an seinem Vorgehen selten. Vor wenigen Jahren konnte er die Kanzlerin von der Konstituierung einer Europäischen Seuchenbehörde und eines Krisenreaktionsteams überzeugen. Mit ihnen und der Hilfe der WHO hatte er erst die sofortigen Massenimpfungen durchsetzen und höhere Todesraten vermeiden können. Und nur dank seiner weitreichenden Kontakte waren die jüngsten Forschungsergebnisse zu Atropos von der CDC, der US-Seuchenbehörde mit Sitz in Atlanta, sofort und ohne Umwege über die Geheimdienste hierher nach Helgoland geschafft worden. Und die Ergebnisse waren bizarr, wie er es in einem Vieraugengespräch mit der Kanzlerin knurrig formulierte.

»Atropos ist mir zu perfekt. Es dämmt tatsächlich die Ausbreitung der Pockenviren radikal ein, senkt sofort das Blutfieber und gibt wohl auch einen nachhaltigen immunologischen Schutz.«

»Das klingt doch gut«, hatte die völlig übermüdete Politikerin geantwortet.

»Es wirkt so, als ob es exakt für dieses Virus gemacht wurde. Verstehen Sie? Der Schlüssel passt sozusagen perfekt in das Schloss. Das ist mehr als ein Sechser im Lotto.«

Die Kanzlerin hatte müde den Kopf geschüttelt. »Wenn es schnell hilft und keine dramatischen Nebenwirkungen hat, dann spricht aus meiner Sicht nichts dagegen. Kann Atalante denn schnell die erforderlichen Mengen liefern?«

Vogel hatte gegrunzt. »Genau das ist es ja. Sie haben genug Volumina auf Lager, zudem wird das Mittel oral eingenommen, lästiges und risikoreiches Spritzen fällt also weg.«

Sie hatte nur mit den Schultern gezuckt.

Vogel sah sie noch einmal an. »Wissen Sie, was Atropos eigentlich heißt?«

Die Kanzlerin verneinte.

»Atropos«, dozierte Vogel, »ist eine der griechischen Schicksalsgöttinnen.«

»Na, dann passt das doch«, wollte die Kanzlerin einen Scherz machen.

Vogel ging näher auf sie zu. »Atropos ist die Göttin, die den Lebensfaden der Menschen durchschneidet und ihre Todesart bestimmt.«

Sie schüttelte den Kopf und ließ ihn stehen.

Um 15 Uhr trafen sie sich zum ersten Mal in einem Konferenzraum im Erdgeschoss. Ridder hatte eine halbe Stunde Zeit, um den neuen Wirkstoff Atropos vorzustellen. Klugerweise hielt sie sich mit Fachchinesisch zurück, wissend, dass mehr Politiker denn Forscher anwesend waren. Wenn die Situation nicht so brisant, so existentiell, gewesen wäre, hätte ein Unbeteiligter den Eindruck haben können, dass es sich um eine Heizdeckenverkaufsfahrt handelte. Nach exakt 30 Minuten beendete Ridder ihren Vortrag. Vogel blieb unberührt. »Sie können noch immer nicht ausschließen, dass häufig erhebliche Nebenwirkungen bezüglich des Immunsystems eintreten?«

»Wie ich bereits sagte: Auch wir hätten gern mehr Zeit für weitere klinische Tests gehabt, aber bislang können wir gravierende Nebenwirkungen ausschließen.«

Vogel sah sie jetzt direkt an. »Was ist mit dem Langzeitfolgentest? Er ist abgebrochen worden, wie ich hörte.«

Ridder schenkte ihm ihr süßestes Lächeln. »Ja, wir haben keinerlei nachhaltige Nebenwirkungen feststellen können. Das Präparat ist perfekt. Und Sie wissen das, Herr Professor Dr. Vogel. Hätte Ihr Liebig-Institut weniger bürokratische Hürden aufgebaut, so wären wir schon viel weiter. Wie viele Menschenleben wollen Sie noch riskieren, nur weil Sie mit Ihrem Impfmittel nicht richtig lagen? Es hat versagt. Sie haben versagt. Gestehen Sie es ein, und blockieren Sie nicht aus purer Eitelkeit die Rettung unserer Nation.«

Vogel kannte diesen Vorwurf. Sein jahrelanger Kampf mit den Pharmakonzernen hatte ihn gegen solche Vorwürfe quasi immun gemacht. Er wusste zu genau, dass für diese scheinbar kleine Firma aus Holland der Exklusivauftrag der Bundesregierung ein gigantisches Geschäft bedeutete. Und er wusste, dass hinter dieser Firma der junge Köhn stand. Vogel roch Unheil, aber die klinischen Tests, auch seiner Behörde, waren zu gut. Unter normalen Umständen wäre dieses Präparat nur wegen bürokratischer Barrieren noch nicht zugelassen worden. Er wusste das, Ridder wusste das. Aber jetzt galten die Notstandsregeln. Er konnte sein Veto einlegen, und die Kanzlerin würde seinem Rat folgen, zumindest war es bislang so.

»Wir brechen hier ab und machen morgen früh weiter. Ich will noch einmal mit den Kollegen vom Pasteur Institut in Paris sprechen. Dort scheint es neue Erkenntnisse über Atropos zu geben. Ruhen wir uns also alle etwas aus«, befahl Vogel.

Die Sitzungsteilnehmer erhoben sich müde und erlöst. Nur Ridder blieb stehen und sah aus dem Fenster. Was konnten die Franzosen wissen, das sie nicht wussten? Sie sah hinaus zur Mole. Langsam brach der Abend an. Die fahle Wintersonne verschwand hinter einer Wolkendecke.

»Ich werde heute Abend der Kanzlerin meine endgültige Entscheidung über die Zulassung mitteilen. Aber vorher gehen wir noch spazieren. Ich möchte mit Ihnen reden.«

Vogel war hinter sie getreten, und sie war zusammengezuckt.

»Ziehen Sie sich warm an. Ein harter Gegenwind erwartet Sie.«

»Der will das Mittel nicht, oder?«, fragte Hinnerk Osbahr, während er rauchte.

Der Polizist, der Ridder zum Hotel gebracht hatte, begleitete sie – Ridder hatte darum gebeten. Nun standen sie vor dem Hotel in einer windgeschützten Ecke und warteten auf Vogel, der erst noch einmal mit Paris telefonieren wollte.

»Wie meinen Sie das?«, fragte Ridder.

»Na, der Alte, der blockiert doch Ihr Mittel, das sagen jedenfalls die Kollegen, und das haben Sie ja auch angedeutet. Sonst wären bald alle gesund, oder?«

Sie nickte. »Wir können Ihrer Freundin helfen. Das verspreche ich Ihnen.«

Dann kam Vogel aus der Tür. Sie stiegen stumm die Treppen zum Oberland empor, wo sie eine wellige, mit einigen alten Kratertrichtern übersäte baumlose Ebene erwartete. Osbahr lief zwei Schritte hinter ihnen, er trug eine blaue Winterjacke. Ein Rundgang führte entlang der Klippen einmal um die Insel herum. Möwen kreischten, als Vogel ihr seine Bedenken erklären wollte. Er musste fast schreien, denn der Wind blies zu stark.

»Sie wollen mit aller Macht Ihr Mittel durchsetzen. Das ist Ihr gutes Recht. Nur, und das werden Sie verstehen, trage ich die Verantwortung für das Wohl von 82 Millionen Deutschen, von in Angst und Verzweiflung lebenden Menschen ...«

Ridder hob die Hand und unterbrach die Tiraden des Professors. »Da drüben«, und sie zeigte auf das Festland, das irgendwo hinter dem Horizont sein musste, »da warten Menschen auf unser Mittel. Sie liegen krank, siechend und verzweifelt in ihren Betten. Wir können ihnen helfen. Wer sind Sie, dass Sie das verhindern?«

Sie hatten sich in den Windschatten eines alten Bunkereingangs gestellt. Die ganze Insel war noch immer von solchen Relikten des Zweiten Weltkriegs übersät. Trotz der verheerenden Bombenangriffe und der Sprengungen durch die Briten waren sie nicht zerstört worden.

Vogel sah in das rotgefrorene Gesicht Ridders. »Ich habe mit Paris gesprochen. Sie haben einen Hinweis, dass Ihr Präparat bei neugeborenen Mäusen erhebliche enzephalitische Symptome erzeugen kann.«

Ridders Blutdruck stieg. Meschede hatte genau davor gewarnt. Ein Enzym, das dem Präparat zunächst die schnelle Wirkung gab, konnte auch zu einer Entzündung des Gehirns führen. Meist bliebe es unbemerkt, aber es konnte, so Meschede, als Spätfolge auch Parkinson erzeugen. Doch die Wahrscheinlichkeit war gering. Wie konnten die verdammten Franzosen das nur herausgefunden haben? Das wäre der Tod des Projekts. Hermel musste das klären.

Vogel redete sich in Rage. »Ich will nicht dafür verantwortlich sein, dass in wenigen Monaten ein Großteil der deutschen Bevölkerung an einer Nebenwirkung Ihres Präparates erkrankt, nur weil wir hektisch und verantwortungslos gehandelt haben. Ich werde dem nicht zustimmen. Das ist mein letztes Wort!«

Sie lächelte verständnisvoll wie bei einem bockigen Kind. »Professor Vogel, ich möchte Sie auf noch etwas aufmerksam machen.« Sie ging einen Schritt auf ihn zu. »Wenn Sie glauben, dass wir vom Verkauf des Mittels profitieren, so irren Sie sich. Mein Chef, Arwed Köhn, telefoniert gerade mit Ihrer Chefin, der Kanzlerin. Er informiert sie, dass wir das Patent für Atropos der Bundesrepublik Deutschland schenken werden – quasi als Aufbauhilfe. Die Firma Atalante will nicht am Elend der Menschen verdienen.«

Vogel war für einen Moment sprachlos, fing sich dann aber wieder. »Das ist ein feiner Schritt, führt aber weg vom Problem des nicht definierten Risikos.«

Mittlerweile lehnte er an der Wand des Bunkereingangs. Clara Ridder war nur wenige Zentimeter von seinem Gesicht entfernt. Er roch ihr Parfum, sah ein Hämatom an ihrem Hals.

»Und nun zu Ihnen. Mein Chef wird der Kanzlerin außerdem von den morgen in England erscheinenden Dossiers berichten, die zeigen, wie intensiv Sie in der Vergangenheit für einen französisch-schweizerischen Pharmakonzern tätig waren.«

Vogel schnaufte. »Ich habe lediglich Expertisen und Beratungen im Rahmen meiner Lehrtätigkeit angenommen. Das Honorar wurde an meine Alma Mater gespendet.«

»Sind Sie da so sicher?«

Sie griff nach ihrem iPad und klickte eine Datei an. Er sah erst widerwillig und dann immer verstörter hin.

»Das ist nicht möglich. Das ist eine unfassbare Intrige …«

Zum Schluss sah er die Schlagzeile einer englischen Tageszeitung, die ihre Headline bereits online gestellt hatte. Vogel war lange genug im politischen Betrieb als Berater tätig, um zu verstehen, was das für ihn bedeutete. Sein Handy klingelte. Er drückte Ridder zur Seite und wies sie aus dem Windschatten heraus, um in Ruhe zu telefonieren. Es war die Kanzlerin. Ridder verstand zwar nicht, was der Mediziner sagte. Aber das war auch nicht nötig. Als er sich umdrehte, war Vogel kalkweiß. Er schritt aus dem Windschatten hinaus, sah hinüber zu den roten Klippen, in deren Felsnischen jetzt die Möwenschwärme zur Nacht Schutz suchten. Er taumelte in Richtung Kliffkante und sprang mit einem gewaltigen Schwung über den zweifach gespannten Draht. Vogel schrie nicht, als er den Boden unter den Füßen verlor. 40 Meter tiefer schlug sein Körper auf den mit Eisschollen bedeckten Kiesstrand und zerplatzte. Noch in der Nacht sagte Hinnerk Osbahr, wohnhaft in Cuxhaven, übereinstimmend mit Clara Ridder, wohnhaft in Bad Homburg, aus, dass der ehrenwerte Professor Vogel aus ihnen nicht bekannten Gründen vor ihren Augen über die Klippe sprang. Dann rief Clara Ridder Arwed Köhn an.

Arnheim, Niederlande, 22. 12., 20.14 Uhr

Am Abend noch lief die Produktion von Atropos an. Nach Weihnachten, noch vor Silvester, sollte das Mittel ausgeliefert werden. Arwed Köhn war zufrieden. Jetzt konnte er zuschlagen.

Hermel wurde ihm per Videokonferenz zugeschaltet und fragte nach den nächsten Schritten.

Arwed Köhn grinste. »Ist Ihnen in Ihrem Auto kalt? Wo stecken Sie gerade?«

Hermel reagierte nicht auf die Spitze. »Auf einem Rastplatz in der Nähe von Linz. Ich würde gern weitere Instruktionen erhalten.«

»Wo haben Sie Ihren Kontakt bei der Kanzlerin, diesen Mißfeld, eigentlich kennengelernt?« Köhn wusste es, wollte es aber aus dem Mund seines Sicherheitschefs selber hören. Er wollte wissen, ob der sich genieren, sich winden würde.

Aber Hermel schien unbeeindruckt. Er blickte starr in den kleinen Bildschirm in der Mittelkonsole seines schweren Fahrzeugs. »Er wischte in einem Lederkostüm steckend das Sperma vom Boden einer Bar in München. Ich erkannte ihn trotzdem. So entstand unsere, nennen wir es mal, Geschäftsbeziehung. Wann immer er aus Berlin nach München kam, machte er bei mir sauber. Unsere gemeinsame politische Überzeugung half sicher dabei, ihn auf unseren Kurs zu bringen.«

Hermel war homosexuell. Arwed Köhn war das egal. Er nutzte Hermels Kontakt bei der Kanzlerin, denn so musste er sich nicht auf Ridder allein verlassen. Das Werk war wohl nicht im Besitz der Sekte. So viel stand fest. Und sie war untergetaucht, denn sie hatte sich nicht mehr gemeldet. Er musste sie zu einer Reaktion zwingen. Also würde er den ersten Schritt machen, dann würde sie sich garantiert melden. Hermel hatte bereits ihre Position geortet. Dann wäre sie die Letzte im Bunde. Und er hätte die Familie endgültig ausgelöscht.

»Sagen Sie Ihrem Kontakt, dass er der Kanzlerin das Dossier zuspielen soll. Dann wird sie zweifellos reagieren, allein schon, um Handlungsvollmacht zu demonstrieren. Zudem hat sie einen Sündenbock auf dem Tablett bekommen. Den wird sich die spröde, aber kluge Ostdeutsche nicht entgehen lassen. Sie kümmern sich jetzt um *sie.*«

Rottershausen, Deutschland, 22. 12., 20.43 Uhr

In der Ausbildung des israelischen Geheimdienstes werden zukünftigen Agenten viele Formen der Folter nahegebracht. Teils, um sie auf Schmerzen vorzubereiten, teils, damit sie diese Methoden selbst einsetzen können. Elijah hatte länger als andere seines Jahrgangs solche Torturen überstanden. Aber das hier war zu viel für ihn. Er blickte mit einem gequälten Lächeln auf das Folterinstrument: eine deutsche Tischorgel.

Ein kleiner, sehr dicker Mann mit schwarzer Hautfarbe und einem weißen Gewand spielte darauf mit einer an Wahnsinn grenzenden Begeisterung. Immer wieder sah er lachend und dabei seine gelben Zahnstümpfe zeigend zu dem Israeli und forderte ihn zum Mitsingen der Lieder auf. Deutsche Kirchenlieder, gesungen von einem Schwarzafrikaner. Elijah sah zu Jan, der lauthals mitsang, als ob es um sein Leben ginge. Und das war ja nicht ganz falsch. Seit sechs Stunden waren sie im innersten Kreis dieser Sekte. Seit sechs Stunden waren sie in der Falle. Noch immer brummte beiden der Schädel, alle Muskeln schmerzten von dem Elektroschockangriff. Aber sie lebten. Das war noch vor wenigen Stunden keinesfalls sicher. Sie hatten es Jans Exfrau zu verdanken, dass sich die enttäuschten Menschen gegen sie gewandt hatten und in ihrer Lynchstimmung kaum zu bremsen waren. Erst nachdem zwei der Sicherheitsleute sie, wie sie lächelnd sagten, »fixiert« und von dem Mob entfernt hatten, schienen sie in Sicherheit zu sein. Dann betäubte man sie mit Elektroschocks und sie waren in einem kleinen schmucklosen Raum auf zwei alten Holzbetten, jeweils links und rechts an der Wand, aufgewacht. Zwischen ihnen, an der Kopfseite, befand sich ein Fenster. Es war von innen und außen massiv vergittert.

Jan sah hinaus. Draußen wehte der Schnee im Licht einer gelben Laterne. Kein Mensch war zu sehen. Für einen Moment tauchte in seinem noch immer leicht betäubten Kopf ein absurder Gedanke auf. Bald war Weihnachten. Und es lag Schnee. Das war in Deutschland immer ein wichtiges Thema. Aber jetzt dachte niemand daran. Er sehnte sich nach Regina. Wie es ihr wohl erging?

Es roch sehr streng nach Haushaltsreinigern und Chlor. Von fern hörten sie irgendwo im Gebäude Menschen singen. Elijah hatte sich als Erster stöhnend von seinem Bett erhoben und war zur Tür gewankt. Sie war verschlossen. Er schlug wütend dagegen. Nichts rührte sich. Jan hörte dem Klang des Schlages nach. Er war fürchterlich müde. Elijah warf sich zurück auf das Bett.

»Sie haben mir meine Zigaretten weggenommen. Das ist das eigentliche Problem aller Eiferer. Rauchen ist bei denen immer ein Ausdruck von Dekadenz und wird als Erstes auf die Verbannungsliste gesetzt. Danach kommt meistens Sex.« Elijah spuckte auf den Boden. »Eine tolle Exfrau hast du da. Sie muss dich wirklich hassen.«

Jan winkte müde ab. »Du weißt es doch. Sie gibt mir die Schuld am Tod unseres Sohnes. Aber so habe ich sie noch nie erlebt. Sie war immer kontrolliert und besonnen. Ja, der Tod unseres Sohnes damals hat sie aus der Bahn geworfen, aber so verändert sich doch kein Mensch.«

Elijah lächelte bitter und wischte sich mit den Händen über das Gesicht. Sie mussten irgendwie hier rauskommen. Der Israeli suchte den Raum systematisch nach einer Lücke ab. Der Raum war offensichtlich nicht als Gefängniszelle gedacht. Er ähnelte eher einem Meditationsraum. Die Decke schien abgehängt worden zu sein. Elijah hustete. Seine Kehle war trocken, und seine Bauchmuskeln fühlten sich immer noch angespannt an. Ihm war übel.

»Ich muss dir doch nicht erklären, wozu Frauen in der Lage sind, wenn sie ihr Kind verlieren«, sagte Jan.

»Sie hätte uns draufgehen lassen, wenn die Typen uns nicht ins Koma geschockt hätten. Komm, hilf mir mal.«

Jan sah ihn irritiert an. »Was willst du?«

Elijah legte einen Finger auf den Mund und machte dann damit eine drehende Bewegung. Nach einem Moment der Begriffsstutzigkeit verstand Jan. Sie wurden abgehört. Elijah redete laut weiter. Er ließ sich über die Dummheit der Frauen aus, während Jan ihm half, an der Wand hoch zur Decke zu gelangen. Jan rief geistesgegenwärtig laut, dass Elijah jetzt schlafen solle, er würde seine Kraft noch brauchen. Wenn sie wirklich abgehört wurden, so würde dies die Stille erklären. Tatsächlich bestand die Zwischendecke aus drei Rigipsplatten, die einen Kabelboden verdeckten. Ehe Jan sich's versah, hatte sich der Israeli hochgezogen und verschwand in der vielleicht einen halben Meter hohen Zwischendecke.

Vorsichtig zog Elijah die Platte zurück und kroch im Wirrwarr der Kabel und einer großen Schicht Staub vorwärts. Die Platten hielten ihn, das merkte er gleich, und nicht alle waren sauber verlegt worden, so dass er durch die Ritzen auf die Nachbarräume sehen konnte. Im Nebenraum saßen zwei Männer mit Kopfhörern, zweifellos hatten sie ihr Gespräch mit Wanzen belauscht. Klassische Musik erklang aus Lautsprechern, und sie wurde lauter, je weiter er kroch. Vor ihm versperrte ein großes Knäuel Kabel den Weg. Er sah nach unten. Im nächsten Zimmer waren Monitore aufgebaut, sie schienen die gesamte Umgebung mit Nachtbildkameras abzubilden. Dahinter saßen wieder Männer mit Kopfhörern. Vermutlich nicht nur, um Befehle anzunehmen, sondern auch um die penetrante Musik nicht hören zu müssen. Das schien die Schaltzentrale zu sein. Elijah erkannte Handfeuerwaffen auf den Tischen und schwere Langwaffen, die an der Wand lehnten. »Gewaltlosigkeit scheint nicht in ihrem Programm zu stehen«, dachte Elijah, ehe er vorsichtig weiterkroch. Der Kabelboden machte eine 90-Grad-Biegung, jetzt wurde es sehr eng. Prompt blieb Elijah in einem Knäuel aus Leitungen und Drähten hängen. Mühsam befreite er sich, der Schweiß lief ihm in Strömen über den Körper. Anscheinend blies hier eine Klimaanlage verbrauchte Luft durch. Als er sich befreit hatte, musste er angesichts der Anstrengung kurz verschnaufen. Er merkte auf. An den ruhigen Stellen der Dauerbeschallung hörte er andere Geräusche, die nur wenige Meter von ihm entfernt waren. Auf seinen Ellenbogen schob er sich sachte nach vorn. Durch einen Spalt drang Licht nach oben.

Er blickte nach unten und sah in die weit aufgerissenen Augen eines schwarzen Mannes. Das Weiß seiner Pupillen stach aus seinem pechschwarzen Gesicht hervor. Elijah drehte den Kopf etwas, so dass er weiter in den Raum hineinsehen konnte. Der Schwarze war sichtbar nackt und lag auf einem Bett. Und dann musste Elijah schmunzeln. Über ihn beugte sich die eben noch so schwache und ätherisch wirkende Prophetin und setzte sich auf ein auch für Elijah neidlos anzuerkennend großes Geschlechtsteil. Stoßweise atmete sie ein und aus. »Dann stimmen die Gerüchte über die Ausstattung also doch«, dachte er und grinste dabei. Nicht nur aus nachrichtendienstlichen Gründen konnte Elijah seinen Blick nicht abwenden. Die Frau war zwar deutlich über 40 Jahre alt, aber ihre Figur konnte sich immer noch sehen lassen. Die Brüste sahen künstlich vergrößert, aber nicht unnatürlich aus. Ihr Bauch war weich und die Hüften ausladend, jedoch nicht fett. Die weiße Haut mit ihren üppigen Leberflecken hob sich vor dem fast tintenschwarzen Körper des Mannes wie Mondschein in der Nacht ab. Sie hatte die Augen geschlossen. Ihre Hände pressten die Brüste zusammen. Ihr feuerrotes Haar lag jetzt in großen Wellen über ihrer Schulter und ihren Brüsten. Als der Mann danach griff, schlug sie ihm auf die Hände. Es war ihre Show, und das verstand spätestens jetzt auch er. Sie schrie, verkrampfte, erhob sich kurz und sackte dann in sich zusammen wie eine Marionette, der man die Fäden abgeschnitten hatte. Sie beugte den Kopf nach vorn. Ihre roten Haare fielen zur Seite. Er sah etwas in ihrem Nacken. Als sie sich erhob und mit zitternden Oberschenkeln über ihm kniete, wurde es deutlich. Es war eine liegende Acht. Klein, aber deutlich in den Haaransatz des Nackens eintätowiert. Verdammt, dachte Elijah, das hatte er schon einmal gesehen.

»Los, spritz ab. Ich will deinen Samen nicht.«

Die hart hervorgestoßenen Worte der Frau überraschten den Mann nicht. Sein Gesicht verzerrte sich kurz, er bäumte sich auf und ergoss sich dann still. Nach endlosen Sekunden, in denen Elijah in einer äußerst unbequemen Position liegend dem Entspannungsdämmern der beiden zusah, begann der Mann zu flüstern.

»Wann ist die Übergabe des Werkes?«, fragte er mit einem starken französischen Akzent.

Sie grunzte nur.

»Wir können ihm nicht trauen, und das Werk ist unser einziger Vorteil«, flüsterte der Mann wieder.

Sie nickte nur träge. Dann öffnete sie die Augen. »Herr, das

Werk ist sicher verwahrt. Ganz in seiner Nähe. Aber er weiß es nicht. Und wenn er uns nicht das gibt, was wir wollen, sieht er es in diesem Leben nicht mehr und fährt ohne Trost in die Hölle. Wir können den Kreuzzug nach Berlin auch einen Tag später starten. Meine Schwester hat Geduld.« Mit einem Ruck erhob sie sich. »Mach dir keine Sorgen, mein schwarzer Freund. Die Welt wird in ein neues Zeitalter treten. Ich mache mich jetzt sauber, du ziehst das Bett ab, und dann sehe ich nach den Agenten.«

Elijah erstarrte. Die neuen Informationen tanzten in seinem Kopf. Er musste sofort in die Zelle zurückkehren. Denn mit den Agenten waren zweifellos Jan und er gemeint. Er robbte zurück, doch als er fast schon den Schacht zur Zelle erreicht hatte, verhedderte er sich wieder – diesmal direkt über der Schaltzentrale. Er sah hinunter, während er sich vorsichtig entwirrte. Da unten war jetzt mehr Hektik. Ein Mann rief einem anderen zu, dass die Sensoren größere Bewegungen im Wald wahrgenommen hatten. Auch seien Informationen über massive Flugbewegungen im Luftraum bei ihm eingegangen. Man müsse die Prophetin informieren. Dann wurde die Tür des Raums aufgerissen, und Jans Exfrau stürmte herein.

»Wer kontrolliert die beiden? Die sind hochgefährlich, meine Herren. Wer hat die Schlüssel?« Jetzt wurde es Zeit. Er musste sofort zurück. Elijah drückte sich weiter, schob die Platte beiseite, und ohne auf Jan zu warten, sprang er auf den Boden. Er konnte sich gerade noch den Staub abklopfen und sich hinsetzen.

Die Tür öffnete sich, und zwei Männer in weißen Overalls traten ein.

»Bleiben Sie bitte sitzen, und strecken Sie einen Arm in Richtung Fenster aus. Ihnen geschieht nichts. Wir möchten nur sichergehen, dass ein normales Gespräch möglich ist.«

Sie unterstrichen diese Aussage mit zwei Maschinenpistolen, die sie sehr lässig in der Armbeuge hielten. Jan streckte als Erster den Arm aus, Elijah folgte zögernd. Mit einer geübten Bewegung wurden sie an den gusseisernen Fenstergittern gefesselt. Es musste sehr komisch wirken, wie die beiden Männer, jeweils einen Arm wie zum Gruß erhoben, auf dem Bett saßen.

»Männer, ihr könnt mich jetzt mit ihnen allein lassen.«

»Ja, Frau.«

Andrea war urplötzlich hinter den beiden Typen aufgetaucht. Mit einem Schritt stand sie genau zwischen Jan und Elijah. Die beiden mussten zu ihr hochsehen. Sie trug ihre blonden feinen Haare zu einem festen Zopf geflochten. Das Gesicht war stark geschminkt. In den Händen hielt sie etwas. Ihre sehr attraktive Figur wurde von einem äußerst engen weißen Hosenanzug deutlich hervorgehoben. Das Dekolleté war tief ausgeschnitten. Sie wirkte irgendwie overdressed, aber Elijah gefiel es. Wieder eine Blondine. Das schien bei seinem deutschen Freund ein Muster zu sein. Der gute Jan besaß einen etwas einseitigen, aber exzellenten Geschmack, dachte er, während er auf ihre Brüste starrte – einen Tick zu lange.

Mit kalten blauen Augen fixierte sie ihn. »Herr, in Israel scheint man von sexueller Belästigung noch nichts gehört zu haben. Oder ist das eine alte jiddische Tradition: Brüste glotzen?«

Elijah wich ihrem Blick nicht aus. »Nein, das ist ein weltumspannendes Phänomen. Wenn etwas so schön ist, dann ist der Blick doch eher ein Kompliment.«

Sie lächelte süßlich. »Mich wundert nicht, dass mein Exmann mit Ihnen befreundet ist.«

Jan schaltete sich ein. »Andrea, was sollte das eben? Du hast uns in Lebensgefahr gebracht. Du bist doch nicht so verblendet, diesen Spinnern hier zu folgen.«

Statt zu antworten, schlug sie ihm mit der flachen Hand ins Gesicht.

»Spinnst du?« Er war außer sich. Noch nie hatte es körperliche Auseinandersetzungen zwischen ihnen gegeben. Seine Wange schmerzte.

»Rede nicht so über die Prophetin. Sie ist hier deine einzige Fürsprecherin. Dein Judenfreund ist sowieso verloren. Aber du kannst dich noch retten.« Sie schrie die Worte.

Jan konnte es nicht glauben. Was war aus der Frau geworden, die er einst geliebt hatte? Wie konnte sie sich so verändern? Sie war eine kalte Furie. Vor ihm stand eine ihm unbekannte Frau.

»Heute, Jan Kistermann, kannst du deine Schuld begleichen. Die Prophetin wird euch in den innersten Kreis aufnehmen und euch läutern.«

»Andrea, hör auf. Du musst nicht so schreien.«

Elijah saß ruhig auf seinem Bett und beobachtete das Spektakel nahezu amüsiert. Er ahnte, dass etwas nicht stimmte. Aber er wusste nicht, was es war. Die Frau griff in die Seitentasche ihres Hosenanzugs, nahm ein Smartphone heraus, drückte auf einen Knopf, und sofort leuchtete ein rotes Licht.

Jan redete weiter auf seine Frau ein. »Was für eine Läuterung? Du hast doch …«

Sie legte einen Finger auf ihre Lippen. Jan sah sie verdutzt an. Sie legte das Smartphone vor sich auf den Boden. Dann erhob sie sich, öffnete das Fenster und ließ die kalte Luft herein. Sie zog Jan und Elijah hoch und drückte sie ans Fenster. Ihre Worte kamen fast zischend aus ihrem Mund.

»Wir haben wenig Zeit. Die Frequenzen des Handys werden die Wanzen hier stören. Aber nur, solange das Internet meines Handys funktioniert. In 15 Minuten beginnt das Allgemeine Gebet mit dem Nigerianer und dann das Nachtmahl mit der Prophetin. Sie wird euch sehen und testen wollen.«

»Was? Welcher Nigerianer?«

»Stellt jetzt keine Fragen, hört zu.«

Jan sah ziemlich dämlich aus. Sein Mund war leicht geöffnet, und die Augen waren aufgerissen. Er verstand nichts mehr.

Seine Frau verdrehte die Augen. »Seit sechs Monaten bin ich hier.«

»Aber warum hast du mich dann nach München gelotst?«

Wieder bedeutete sie ihm, ruhig zu sein. »Jemand hatte unsere, äh, meine Wohnung durchsucht. Ich wollte, dass jemand, dem ich vertrauen kann, sich das anschaut. Du musst mir das glauben. Ich habe mit diesem ganzen Sektierermist nichts am

Hut. Ich war froh, endlich wieder in meinem Metier arbeiten zu können, statt in muffigen Auktionshäusern alten Säcken schlimme Ölschinken aufzuschwatzen.«

Jan sah sie immer noch fassungslos an.

»Es war mühsam genug, in den innersten Kreis dieser Wahnsinnigen vorzudringen. Sie glauben an Geistheilungen und Magie und daran, dass bestimmte Gegenstände Glück und Segen, Heilung und Schutz vor dämonischen Mächten und dem Fall in die Hölle bringen. Meist sind diese Gegenstände westliche Konsum- und Luxusgüter wie Seife und Parfum. Hier ist es ein Bild. Ein Werk von Bosch. Und ich war auf der Suche nach diesem Werk. Es ist hier!«

Jan unterbrach sie. »Welches Werk?«

Sie sah ihn lange an, ehe sie mit einer Frage antwortete: »Köhn hat euch geschickt, oder?«

Jan nickte.

»Köhn ist auch mein Auftraggeber. Er hat mich vor einem halben Jahr in Berlin über einen Verbindungsmann kontaktiert. Ich sollte ein Bild von Hieronymus Bosch für ihn begutachten und wenn möglich ersteigern. Ich erkannte es als Fälschung. Später wurde mir klar, dass es ein Test war. Danach lud er mich in sein Haus an den Tegernsee ein. Erst dort rückte er mit seinem wahren Anliegen heraus. Er war auf der Suche nach der ›Erlösung‹.«

Jan sah sie fragend an. Draußen regte sich etwas. Sie hob den Finger, dann schlug sie Jan wieder mit roher Gewalt ins Gesicht. Von der Wucht des Schlages stolperte er nach hinten. Lauthals beschwerte er sich. Sie forderte ihn stumm mit den Händen wedelnd auf, weiterzuklagen. Einen Augenblick später schienen die Wachen draußen sich wieder zu entfernen.

»Gut, ›das Werk‹ ist Boschs letztes Gemälde, das er in Venedig gemalt haben soll. Der Legende nach soll Bosch drei Nächte lang sehr intensiv geträumt haben. Am Tag nach seinem letzten Traum soll er mit Hilfe eines Freundes bis in die Nacht hinein ein Gemälde erstellt haben und dann im Morgengrauen geflohen sein.«

»Und was ist auf dem Bild zu sehen?«, wollte Jan wissen.

Sie atmete tief ein, ehe sie leise, fast flüsternd sagte: »Das Jenseits. Die andere Seite. Die Zeit nach unserem Tod. Nicht irgendeine Paradiesmalerei, sondern so, wie es wirklich ist.«

»Wer sagt das?«, fragte Elijah.

»Die Legende, dokumentiert in der Notiz eines Schülers, die ich in Wien aus dem Nachlass eines Kunstsammlers erhielt.«

»Aber du glaubst doch nicht an so einen Hokuspokus, das ist doch für dich nur kunstgeschichtlich relevant, oder?« Jan schüttelte den Kopf.

Sie sah ihn lange an. »Keiner weiß, ob es wirklich im Jenseits so aussieht, aber jeder, der das Werk erblickt, ist, so die Erzählung, frei von jeder Angst. Manche sagen, es lösche die Sünden, andere meinen, es spende ewigen Trost. Einige, so sagt man, wollten danach sofort sterben. Kaiser Karl V., der, in dessen Reich niemals die Sonne unterzugehen schien, weil es von der Westküste Südamerikas bis zum Osten Europas reichte, erblickte es bei einem Besuch in Boschs Werkstatt. Wenige Tage später dankte er ab und tauchte bis zu seinem Lebensende in die Stille und Abgeschiedenheit eines spanisches Klosters ein. Er war zu diesem Zeitpunkt der mächtigste Mann der damaligen Welt. Und gab alles auf. Einfach so. Danach verschwand das Bild für lange Zeit. Noch einmal soll es im Ersten Weltkrieg aufgetaucht sein. Laut einem Bericht eines Lazarettarztes, der im französischen Péronne stationiert war, soll ein deutscher Sturmtrupp unter der Führung eines bekannten Offiziers das Bild in einer zerschossenen Kirche unweit der Front entdeckt und dann kollektiv die Waffen niedergelegt haben. Die einfachen Soldaten wurden nach einem Verhör wegen Defätismus erschossen, der Offizier soll wieder an die Front versetzt worden sein. Darüber gibt es kaum Aufzeichnungen. Danach verlaufen sich die Spuren über den Verbleib des Werkes im Sand. Die Quellen sind sehr dürftig. Wer es findet, erhält mehr als nur ein teures Kunstwerk.«

Jan lächelte verächtlich. »Was bekommt er denn mehr?«

Andrea schloss die Augen. »Vielleicht ewigen Trost.«

Jan war enttäuscht. »Und dafür hast du dich in diese Sekte

eingeschleust? Du riskierst dein Leben, manipulierst andere Menschen, machst diesen ganzen faulen Zauber mit für ein … Ölgemälde, eine Legende?«

Elijah hob die Hand, um Jan zum Schweigen zu bringen, und bat Andrea fortzufahren.

»Du hast keine Ahnung, Jan, was dieses Bild bei vielen Menschen auslösen kann. Noch einmal: Nach meinen Erkenntnissen ist die Sekte im Besitz des Bildes, zumindest weiß die Prophetin, wo es ist. Sie wollen es als letzte spirituelle Heilkraft gegen die Pocken einsetzen, quasi als Prozession damit nach Berlin reisen. Aber Köhn will das verhindern. Er hat mehr mit dem Werk vor, dieser Pockenanschlag hängt damit zusammen.«

»Also steckt Köhn hinter dem Anschlag?«, fragte Elijah.

Andrea wandte sich dem Israeli zu. »Nein, nicht direkt. Das war …«

Die Tür flog auf, und vor ihnen stand die Prophetin. Ihr rotes Haar leuchtete gespenstisch im Neonlicht.

»Frau Andrea, willst du uns deinen Mann und seinen Freund etwa vorenthalten? Darf ich Sie zu unserem bunten Abend einladen?«

Helgoland, Deutschland, 22. 12., 22.05 Uhr

Der Staatssekretär Missfeld war ganz in seinem Element. Mit kurzen, sehr sorgsam gewählten Worten schilderte er die Optionen. Er sah in das erstarrte Gesicht der Kanzlerin. Sie war, das schien für ihn festzustehen, einem Nervenzusammenbruch näher als je zuvor. Seine Worte, das sah er förmlich an ihrer Körperhaltung und ihren flehenden Augen, waren Labsal und Hoffnung zugleich. Er fühlte sich wie von einer Welle getragen. Aber jede falsche Bewegung konnte ihr altes Misstrauen wieder beleben, und der Plan müsste schmutzig ausgeführt werden. Was das heißen würde, hatte ihm Hermel am Abend noch einmal in allen Einzelheiten geschildert. Am Ende war das Wort nicht gefallen, aber es hatte dennoch in seinem Kopf gekreist: Putsch! Aber noch war alles gut.

»Wir scheinen die Situation langsam wieder unter Kontrolle zu bekommen. Dank der internationalen Hilfe sind die Lager mit den Evakuierten in einem besseren Zustand. Die Vorbereitungen für die neue Immunisierung mit Atropos scheinen gut voranzukommen. Atalante wird vom zweiten Weihnachtstag an über die Grenze bei Enschede in die betroffenen Gebiete liefern. Köhn besteht darauf, die offizielle Lizenzübergabe an Deutschland zu kommentieren. Das wird ein weiteres Stück Vertrauen in die Bevölkerung bringen. Die Sicherheit in einzelnen, schwer betroffenen Gebieten wird dank der EU-Truppen aus Frankreich und Großbritannien immer stärker garantiert. In fast allen Nachbarstaaten können die Flüchtlingslager mit den derzeitigen Kapazitäten mehrere Wochen gut geführt werden. Langsam weisen unsere Ermittlungen zu den Hintermännern auch in eine Richtung.«

Er legte die Dossiers mit seinen feinen, dünnen Händen auf den Tisch. Die Kanzlerin wie auch der Generalinspekteur, derzeit dritthöchster Dienstherr der deutschen Truppen, entnahmen müde die Papiere.

Missfeld kommentierte: »Die Geschichte der Bosch-Sekte ist geprägt von der Prophetin Birghid, mit bürgerlichem Namen heißt sie Maria Schondelmaier. Ihre Herkunft ist umstritten und liegt im Dunkeln. Sie soll im Grenzgebiet zu Österreich bei Salzburg geboren sein. Sie ist die unumstrittene spirituelle und strategische Führungspersönlichkeit und wird intern als ›Prophetin und Botschafterin Gottes‹ bezeichnet. Ihre Verkündungen sind nach ihrer Aussage ›der zu erfüllende Auftrag Gottes eines Propheten‹. Sie hat sich mit dem einstigen Führer einer christlichen Mystikgruppe aus Afrika zusammengeschlossen. Akinso Emmaus, ein Magier, wie er selbst glaubt, aus Nigeria, sah diese Prophetin 1982, damals als eine Schneiderin aus Augsburg firmierend, auf einem Erweckungsgottesdienst einer Baptistengemeinde und bezeichnete sie nach einem Gespräch als Seherin und Heilerin. Emmaus wurde daraufhin aus seiner ›Cherubim und Seraphim Gesellschaft‹ in Afrika ausgestoßen. Zusammen gründeten sie dann die Bosch-Sekte mit einem weitverzweigten Wirtschaftsimperium. Bislang waren sie nur ein Fall für die Sektenbeauftragten der Kirchen.« Er machte eine Pause und trank langsam aus einem Glas. Er spürte, als er es absetzte, die Spannung unter den Zuhörern: »Diese Sekte ist nach dem derzeitigen Ermittlungsstand dringend verdächtig, den Anschlag geplant und ausgeführt zu haben.«

Die Kanzlerin sah ihn überrascht an. »Welche Beweise haben wir?«

Missfeld musste ruhig bleiben. Alles hing jetzt von seinen nächsten Worten ab. »Wir haben ein Labor in der Nähe von Memmingen ausfindig machen können. Eine Einheit der KSK hat den Komplex geklärt. Dort fanden wir Personal und Technik vor, die zur Vervielfältigung von Virenstämmen eingesetzt wurden. Der Leiter ist uns bekannt, aber flüchtig. Darüber hinaus hat ein Pockenpatient in einem Münchener Krankenhaus kurz vor seinem Tod dahin gehende Aussagen gemacht. Die Sekte hätte ihn geschickt.«

Die Kanzlerin zog die Augenbrauen hoch. Das war ihr zu dünn.

Jetzt musste er nachlegen. »Zur Stunde planen sie weitere Aktionen. Diesen Hinweis hat uns ein Informant aus dem engsten Kreis der Gruppe unter sehr schwierigen Umständen zukommen lassen.«

Die Kanzlerin blieb noch ungerührt. »Welche Art von Aktionen sollen das sein?«

»Sie wollen von ihrem Hauptquartier aus eine Pilgerreise mit ihren Anhängern nach Berlin initiieren. Schon jetzt kampieren Tausende bei ihnen. Ihre vermeintliche Heilkraft treibt die Menschen aus allen Teilen des Landes dorthin. Obwohl es kaum noch Kommunikationsmöglichkeiten gibt, verbreitet sich die Botschaft der Prophetin wie ein Lauffeuer. Schon jetzt brechen Menschen in Scharen aus den Internierungslagern aus.«

Die Kanzlerin knabberte ungeniert an ihren Fingernägeln. Der Stress beherrschte sie jetzt. »Was raten Sie?«

Missfeld sog die stickige Luft des Konferenzraumes ein. Er nickte dem General zu. »Hier sind unsere Pläne. Schnell, robust und konsequent.«

Die Kanzlerin sah das erste Blatt, las aufmerksam und schnell. Dann blickte sie beide entgeistert an: »Das kann nicht Ihr Ernst sein.«

Rottershausen, Deutschland, 23. 12., 00.31 Uhr

Jan Kistermann war nicht gläubig. Obwohl er im katholischen Südwestniedersachsen aufgewachsen war, hatte er nie den Zugang zur Kirche oder zum Glauben allgemein gefunden. Man wurde geboren, lebte und starb. So hatte sein Dogma immer gelautet, wenn im Ärztekreis die Sprache darauf kam. Die letzten Tage des Schreckens aber schienen ihn verändert zu haben. Alles war aus den Fugen geraten. Der Weg hier in die Einöde der bayerischen Rhön hatte ihm erstaunliche Erkenntnisse geschenkt. Blanken Hass und Gier hatte er gesehen. Teilnahmslose, jeden Befehl blind ausführende Menschen, die für das eigene Überleben zu allem bereit waren. Aber auch Menschen, die ihm unerwartet und ohne Grund geholfen hatten. Und Leute, die damit etwas verbanden, wie eben diese Sekte.

Jan musste auf die Toilette. Der versprochene »bunte Abend« verdiente seinen Namen lediglich wegen der Anwesenheit des Afrikaners. Die Musik, das Essen, das Gerede über Himmel und Hölle, Sünde und Versuchung war ein einziger kopfschmerzerzeugender Grauton. Er hatte den dünnen roten Tee literweise getrunken, so dass seine Blase binnen kürzester Zeit zu platzen drohte. Also musste er die Prophetin wie ein Schuljunge bitten, austreten zu dürfen, und die hatte nur müde genickt. So war er kurz vor die Tür gegangen und atmete gierig die kalte Luft ein. Er stand im Windschatten eines Nachbargebäudes und sah in den sternenklaren, unfassbar kalten Nachthimmel, während er sich in einen Schneehaufen erleichterte. Er musste Regina wiedersehen, egal wie, dachte er, als er über sich das Geräusch eines sich öffnenden Fensters vernahm. Er drückte sich an die Wand und sah hinüber zum Wald, der das Gelände zum größten Teil einrahmte. Der Komplex war auf einem Hügelrücken angelegt worden, der Wald fiel zum Osten hin teilweise stark ab. Tannen und Buchen mit schweren Schneeplatten im Geäst waren im gelben Licht der Straßenlaternen zu erkennen. Etwas irritierte Jan. Ihm schien, als ob ihn jemand beobachten würde. Er nahm eine kurze Bewegung in einem Baum nicht weit von ihm entfernt wahr. Eine Eule? Schnee fiel von einem höhergelegenen Ast. Wieder eine Bewegung. Das Tier musste größer sein als ein Vogel. Jan zwängte sich in den Versorgungsspalt eines Kamins. Heizungsrohre führten aus dem Keller auf das in knapp 15 Meter Höhe befindliche Dach. Er klemmte seine Füße zwischen Rohr und Wand und zog sich dann leise Stück für Stück hoch. Als Jugendlicher hatte er so etwas Dutzende Male an öffentlichen Gebäuden gemacht, um mit Freunden ungestört auf den Dächern zu kiffen und Musik zu hören. Wenige Sekunden später erreichte er das Dach, hangelte sich hinauf, legte sich flach auf den Schnee, der die Teerplatten bedeckte, und sah erneut hinüber in den Wald. Das Licht der Laternen lenkte hier oben nicht mehr ab. Und mit einem Mal erkannte er sie. In den Bäumen hockten keine Raubtiere. Dort saßen Menschen mit Stahlhelmen, Nachtsichtbrillen und – Gewehren!

Elijah saß zunehmend verstört in dem kleinen holzverkleideten Saal. Er schien einst zu einer Gaststätte gehört zu haben. Der dumpfe Geruch von Rauch und fettem Essen hing in den alten Balken. An zwei großen Eichentischen saßen jeweils acht Personen. Andrea hatte mit Elijah und Jan am Tisch der Prophetin Platz genommen. Diese wirkte jetzt wie aufgedreht. Die schwache, fast vergehende Heilerin von eben war nicht mehr in ihr zu erkennen. Die Frauen trugen, wie Andrea, weiße, enge und bis zu den Knöcheln gehende Röcke. Darüber aber waren sie ebenso tief dekolletiert. Das Hervorheben der Weiblichkeit schien dieser Sekte sehr wichtig zu sein, dachte Elijah. Neben der Prophetin saß ein tiefschwarzer, dürrer Mann mit einem totenkopfähnlichen Gesicht. Aus tiefliegenden Augen sah er Elijah an.

Jan hetzte herein und sah sich verstohlen um. Keiner schien seine Panik zu bemerken. Er musste Elijah und Andrea warnen, ohne dass es diese Sektenführerin mitbekam. Denn hier würde gleich ein blutiges Chaos ausbrechen. Sie mussten sich irgendwie in Sicherheit bringen. Aber es ergab sich keine Möglichkeit, ungestört mit Elijah und Andrea zu reden. Alle Anwesenden flüsterten nur leise miteinander. Wenn die Sektenmitglieder einander ansprachen, benutzten sie immer ein »Herr« oder »Mann« bzw. ein »Frau« oder »Dame« vor dem Vornamen. Nachnamen schienen unbedeutend zu sein. Das Geschlecht aber war ihnen sehr wichtig.

Andrea erklärte, nachdem die Musik verstummt war, mit schwülstigen Worten die Idee der Sekte. »Die Damen und Herren sind davon überzeugt, dass wir in einer großen Zeitenwende leben. Gott spricht erneut durch Prophetenmund zur Menschheit. Frau Birghid verkündet uns die Lehren von Gottes-Geist, vom Licht, das alles Schlechte verbrennt und alles Gute erneuert und vertieft – entsprechend Seiner Ankündigung: Vieles habe Ich euch noch zu sagen, aber ihr könnt es jetzt noch nicht tragen. Wenn aber jener, der Geist der Wahrheit, kommen wird, so wird Er euch in alle Wahrheit leiten, aus Johannes, Kapitel 16,12.«

Jan unterdrückte seine Unruhe und versuchte so sachlich wie möglich zu klingen, als er sie fragte: »Und warum ausgerechnet ›Frau Birghid‹?«

Andrea lächelte und antwortete professionell und glaubwürdig: »Die Gottesprophetie unserer Frau Birghid in der Jetztzeit enthält Aussagen über die Entstehung der Welt und die Zukunft der Menschheit. Sie lehrt den Inneren Weg zu Gott, auf dem jeder im täglichen Umgang mit seinen Mitmenschen sich selbst erkennen und seine Fehler überwinden kann. Es geht um das Wiedereinswerden mit Gott. Aus den Gottesoffenbarungen durch Frau Birghid ergibt sich, dass die Seele des Menschen schon vor seiner Geburt existierte und sich mehrmals auf Erden inkarnierte, um sich zu läutern. Das irdische Dasein ist vom Gesetz von Saat und Ernte geprägt, welches besagt, dass alles, was wir Mitmenschen, Tieren und Pflanzen antun, wieder auf uns zurückfällt – durch Unglück, Krankheit und Not, es sei denn, wir bereinigen die sündhaften Ursachen dieser Wirkungen, indem wir unsere Fehler erkennen, bereuen, um Vergebung bitten, selbst vergeben und die alte Sünde nicht mehr tun …«

Und während Andrea monologisierte und die Litanei dieser Sekte von sich gab, merkte nur Jan, wie seine Exfrau sich tief in ihrem Inneren über ihre eigenen Worte lustig machte. Er war erleichtert, dass Andrea nicht den Verstand verloren hatte, aber gleichzeitig auch besorgt, dass sie hier in einer gefährlichen und nicht kalkulierbaren Gruppierung ein doppeltes Spiel treiben wollte. Er kannte sie als Intellektuelle, die Rolle als investigative Forscherin konnte für sie lebensgefährlich sein.

Der Nigerianer hatte sich erneut an die Tischorgel gesetzt und mit großer Geste ein altes Kirchenlied angestimmt. »Auf, auf, mein Herz, mit Freuden, nimm wahr …«

Die Prophetin beugte sich zu Elijah. »Herr Elijah, als Jude aus Palästina sind Ihnen diese Lieder sicher nicht bekannt. Aber hören Sie gut zu, dann erkennen Sie die deutsche Seele darin.«

Säuerlich nickte der Israeli.

»… was heut Geschicht, wie kommt nach großem Leiden nun ein so großes Licht! …«

Jan kannte das Lied. Und es zerriss ihm das Herz. Er sah zu Andrea, auch sie schien sich zu erinnern, wie sie mit ihrem Sohn am Sonntag vor dem Unfall in München in der Kirche gesessen hatten und dieses Lied sangen.

»… da, wo man uns hinträgt, wenn von uns unser Geist *gen Himmel ist gereist …«*

Andrea saß ganz dicht neben ihm, keiner sah es, aber unter dem Tisch berührte ein Finger seine Hand. Er schaute zu ihr, doch sie blickte starr nach vorn und sang mit Inbrunst. Nach einigen Minuten, die Elijah endlos erschienen, beendete die Gruppe das Singen. Das Essen wurde hereingebracht. Die Menschen aßen still, keiner erhob das Wort.

Jetzt war es so weit. Jan griff hinter Andrea, wollte Elijah anstoßen, um ihm ein Zeichen zu geben. Nur das metallische Geräusch der Messer und Gabeln war zu hören. Jemand schlürfte. Niemand sprach. Bis auf Elijah.

»Frau Prophetin, ich hätte da eine Frage.«

Alle sahen auf, Entrüstung und Angst stand in ihren Gesichtern. Es war wohl nicht korrekt, die Heilerin direkt anzusprechen. Jan zog seinen Arm zurück, alle blickten in seine Richtung.

Prompt antwortete ein älterer Herr: »Herr Elijah, es ist nicht erlaubt, *sie* einfach anzusprechen. Essen Sie, und antworten Sie nur, wenn Sie gefragt werden.«

Wie eine satte Katze drehte die Angesprochene mit geschlossenen Augen den Kopf. Leise kamen die Worte aus ihrem Mund. »Danke, Herr Stefan. Aber lassen wir unseren Gast heute ruhig sprechen. Fragen Sie.«

Elijah nickte und lächelte dankbar. »An was genau glauben Sie? Ich meine, Sie glauben ja nicht an einen Künstler, oder?«

»Nein, das tun wir nicht. Wir glauben an das Eingehen in das Licht. Das Licht ist unser Ziel. Es ist ein Glaube, der lange verschüttet war. Verschüttet unter den Trümmern des Wohlstandes, des Intellekts und der Jahrtausende.«

Elijah schaute die Prophetin unverwandt an. »Und wie erreichen Sie das?«

»Nun, der Mensch versuchte in den letzten Jahrhunderten alles verstandesmäßig zu erfassen. Darüber vergaßen wir all die Gesetze, die das Leben in seinem Inneren zusammenhalten. Einst waren die Menschen intuitiv mit der Welt im Einklang. Sie erlebten das Zyklische als Urerfahrung. Tag und Nacht, die Wege der Sterne, aber auch die Jahreszeiten bestimmten ihr Dasein. Heute treten wir die Natur mit Füßen, stehen dem Wunder der Vegetation verächtlich gegenüber. Die Menschen glauben, Zeit und Raum zu beherrschen …«

»Na schön«, dachte sich Jan, »das ist das übliche Öko-Esoterik-Gewäsch, das sich in Deutschland seit den Gründungstagen der GRÜNEN immer weiter verbreitete und mit dem Hype um den Klimawandel noch mehr Nahrung erhielt.«

»... und dann kommt der Tod. Dann ist der Mensch wieder bei den existentiellen Fragen. Nicht wahr, Herr Jan? Sie kennen das doch aus eigener Erfahrung.«

Wie ertappt zuckte Jan zusammen. »Ja, der Tod ist dem Mediziner ein ständiger Begleiter«, antwortete er ungewöhnlich gestelzt.

Elijah sah ihn mit einem Stirnrunzeln an.

»Aber nein, ich rede vom Tod Ihres Kindes. Dem Kind, das vor Ihren Augen ertrank. Dem Kind, dessen Lungen sich füllten, obwohl Sie nur eine Handbreit entfernt waren. Dem Kind, das mit entsetzten Augen seinen Vater ansah, ehe seine Seele sich verabschiedete ...«

Jan erstarrte, suchte in den Gedanken, die in seinem Kopf herumschwirrten, nach Wut und Zorn. Etwas, was ihn aus der Erstarrung lösen konnte.

»Und dort, Herr Jan, erschien Ihrem Kind das Licht. Durch die Massen des Wassers steigt die Seele empor zu den Sphären der Sterne. Aber dort muss sie sich entscheiden. Wird die Seele dem Licht, das Wahrheit und Leben schenkt, entgegengehen oder der Lüge, die in der todbringenden Finsternis liegt? Sie haben es in der Hand, Herr Jan. Ihre Lüge hält die Seele fern von Licht und Wahrheit.«

Elijah sah Jan durchdringend an. Er spürte, wie der Arzt innerlich kochte. Leise flüsterte er ihm beschwichtigend zu: »Bleib ruhig, sie will dich nur provozieren. Zeig ihr deine Wut nicht.«

Birghid schien nicht aufhören zu wollen. »Jetzt steigt der Zorn in Ihnen hoch«, stichelte sie weiter. »Lassen Sie den Dämon heraus. Er ist in Ihnen.«

Jan versuchte zu lächeln. »Sagen Sie, *Frau* Birghid«, er betonte dieses Wort eine Spur zu deutlich und blickte ihr dabei ungeniert auf den Busen. »Ich werde den Gedanken nicht los, dass Ihnen und Ihrer – sagen wir, Gefolgschaft –, dass Ihnen diese Pockenepidemie sehr gut ins Weltbild passt.«

Ein feindseliges Murren ging durch den Raum.

»Was wollen Sie damit sagen?«, fragte Birghid, ohne seinen Blick zu kommentieren.

»Nun«, fuhr Jan ungerührt fort: »Pocken fallen ja nicht vom

Himmel, und an die Schuld dieser Judenterrorgruppe glauben auch nur Dummköpfe. Oder Menschen, die nur noch von heilloser Angst befallen sind. Angst, die einer Endzeitsekte bei der Verwirklichung ihrer Ideen helfen könnte.«

»Aha, und da glauben Sie als Arzt, der der Wissenschaft und der Aufklärung verbunden ist, diese Irren besorgen sich über dunkle Kanäle Viren, verbreiten sie in Deutschland und behaupten hinterher: Das haben wir schon lange vorhergesehen. In etwa so, Herr Jan?«

Jan hob die Schultern. »Die Idee ist ja nicht neu, das haben Ihre Sektenkollegen in Japan schließlich auch schon angedacht und ausgeführt.«

Birghid lächelte wieder. »Herr Jan, wir sind eine Gruppe Gläubiger, zweifellos mit einer sehr schnell wachsenden Anhängerschaft. Aber wir sind keine Terrorgruppe. Wir leben von der Hoffnung, nicht von Hass und Zerstörung. Aber Ihr Zorn nagt in Ihnen. Und dennoch habe ich Sie empfangen. Sie haben in Ihrem Leben bereits Großes erreicht. Sie haben Menschen gerettet, die es verdient haben. Auch deswegen sollen Sie das Wunder …«

Einer der Wächter schob sich durch die Tischreihen, stellte sich hinter die Prophetin und wartete, bis diese eine harsche Handbewegung vollführte. Noch ehe Jan antworten konnte, flüsterte der Wächter mit ernstem Gesicht etwas in Birghids Ohr. Jan blieb auf seiner Replik sitzen, denn mit einem Händeklatschen beendete Birghid den Abend.

Sie erhob sich, sah in die Runde und sagte nur einen Satz: »Das Ende ist da.«

Stühle quietschten, die Anwesenden wirkten ernst, aber sehr gefasst. Jan und Elijah sahen sich verwirrt um. Man ignorierte sie. Keiner wollte sie wegführen, alle waren mit sich selbst beschäftigt. In kurzer Zeit war der eben noch gut gefüllte Raum bis auf Jan, Andrea und Elijah leer.

»Und wo gehen wir jetzt hin?«, fragte Jan gerade, als plötzlich ein ohrenbetäubender Lärm die Erde erzittern ließ. Instinktiv warfen sich Jan und Elijah auf den Boden, im Fallen riss Jan auch seine Exfrau mit. Er drückte sie unter eine der massiven

Holzbänke. Elijah robbte auf allen vieren zum Fenster. Und das, was er sah, erschien ihm so unglaublich, dass er nur noch den Kopf schütteln konnte.

»Da draußen stehen die Menschen und beten.«

»Und?«, rief Jan entsetzt. »Das ist doch nicht alles.«

Elijah drehte sich zu ihnen um. »Sie werden reihenweise abgeknallt. Das Lager wird gerade gestürmt.«

Schlagalm/Tegernsee, Deutschland, 22. 12., 09.20 Uhr

Heinrich Köhn würde bald sterben. So, wie er da saß, auf seiner beheizten Terrasse, in seinem Rollstuhl, das dünne blonde Haar wirr vom Kopf abstehend, sah er aus wie einer der vielen alten Menschen dort unten im Tal des Tegernsees. Sie alle waren, nach einem mehr oder weniger mühsamen Arbeitsleben, hierher in die für sie so schöne Bergwelt gezogen und warteten – auf den Tod. Das Land hier war satt und konservativ. Im Sommer grün, im Winter garantiert schneebedeckt. Und man war unter sich. Niemand störte sich daran, dass Köhn vor Jahrzehnten mit Billigung des Ministerpräsidenten hier sein Domizil auf über 1000 Metern Höhe aufbauen durfte. Und diese beheizte Terrasse war seine größte Freude. Dank Bodenheizungen und Heizstrahlern herrschte genau bis zu einem Meter vor dem Geländer eine angenehme Wärme. Erst dahinter lag der Schnee, lauerte die Kälte des Winters. Aber Margot, die gute Seele, hatte ihn in die Wärme geschoben.

Heinrich Köhn atmete schwer. Er besaß nur noch einen Lungenflügel, der andere war, schwarz vor Krebsgeschwüren, vor vier Jahren entfernt worden. Seine Hände zitterten. Die Medikamente unterdrückten nur ansatzweise seine Parkinsonerkrankung. Auf der roten Kaschmirdecke lagen zwei Bilder. Das eine war eine Reproduktion von einem Teil eines Bosch-Gemäldes. Es gehörte einst zum »Narrenschiff«, einem Werk, das im Louvre hängt. Diesen Teil besaß die Yale University in Connecticut, USA. Zumindest glaubte man es dort. Köhn hatte es heimlich austauschen lassen. Nun lagerte es in einem seiner Tresore, tief unter ihm im Gestein der Bayerischen Voralpen. Das zweite Bild war ein altes Foto, mit gelben gewellten Rändern. Es zeigte einen Jungen, kaum älter als 13 Jahre alt. Der Junge lächelte. Er saß auf einem Koffer im Schnee. Im Hintergrund konnte man den Eingang einer Schule erkennen. Es war Arwed Köhn, sein einziger Sohn. Das Foto war von einem Lehrer aufgenommen worden. Arwed sah fröhlich aus, denn die Winterferien hatten gerade begonnen. Die für ihn so schlimme Zeit in der Schule in Österreich war zumindest für einige Wochen vorbei. Dort sollte er die nötige Strenge lernen, die für seinen späteren Lebensweg so wichtig sein würde. Das dachte Heinrich Köhn damals. An Klugheit hatte es seinem Sohn ja nicht gemangelt. Die Schönheit hatte er von seiner Mutter geerbt. Katharina Bohrer war Heinrich Köhns Sekretärin gewesen und bald darauf auch die Mutter seines Sohnes. Er hatte sie geliebt. Sie war sicher nicht klug, aber sie hatte ihm den Sohn, den er sich so sehr gewünscht hatte, geschenkt. Seine Gedanken gingen an diesen Tag zurück, an dem er sie und wohl auf eine gewisse Weise auch Arwed verloren hatte. An diesem Tag, an dem das Foto geschossen wurde. Arwed war aufgeregt gewesen. Seine Mutter würde ihn abholen. Der Vater hatte den Fahrer dafür nicht losschicken wollen. Sie war keine gute Fahrerin, hatte Angst. Auf der Rückfahrt passierte es. In einer langgestreckten Kurve mitten in einem Wald, nicht weit von der Schule entfernt, überholte die Mutter einen LKW, geriet auf glattes Eis, stürzte die Böschung hinab und prallte gegen einen Baum. Die Lenkstange bohrte sich in ihren Unterleib. Arwed saß neben ihr, eingeklemmt. Er konnte sich nicht befreien und musste den qualvollen Tod seiner Mutter mitansehen. Sie musste geschrien haben. Aber niemand außer ihm hörte sie. Die Maschinen eines wenige Meter entfernten Kieswerks machten einen ohrenbetäubenden Lärm. Erst Suchtrupps, die Köhn kurze Zeit später losgeschickt hatte, fanden die beiden.

Nie hatte der Junge darüber gesprochen. Erst unter einer von seinem Vater zwangsweise angeordneten Hypnose hatte sein Unterbewusstsein sich von der Erinnerung befreit – scheinbar. Er absolvierte danach alle Abschlüsse mit Bravour, aber das Verhältnis zu seinem Vater war gestört. Heinrich wusste von Arweds Obsessionen, aber niemals ahnte er, dass sein Sohn weitergehen würde. Mit seiner Bedingung, dass er das verschollene Bild des Hieronymus Bosch finden musste, wollte er ihn zurückbringen – zu sich, zu den normalen Dingen. Aber jetzt offenbarte sich sein Sohn als ein Monster. Er hatte ihm den Kontakt nach Russland vermittelt, nicht um das Virus zu holen, sondern um mehr von den Gegenmitteln zu finden, die er und Fischer einst dort unten in der Steppe des Ostens gefunden hatten. Er hatte nichts von Arweds Plan gewusst. Sollte sein Lebenswerk jetzt zerstört werden? Und das so kurz vor seinem Tod, den er spürte, der da war, den er überall roch und sah. Sollte der Tod jetzt triumphieren? Wie gern hätte er dieses Werk von Bosch gesehen. Und sicher stimmte diese Legende, dass nur ein Blick genügen würde … nur ein einziger.

»Hallo, hier draußen ist es aber kalt.«

Der alte Köhn zuckte zusammen. Er versuchte sich herumzudrehen und drückte seinen zitternden Arm gegen die Lehne. Was er sah, ließ ihn erstarren. Margot stand an der Terrassentür, ihre Hände stützten sich an dem Glas ab. Ihre Augen hatte sie weit aufgerissen. Die Kehle war von einer Seite bis zur anderen durchtrennt worden. Das Blut schoss in Schüben an das schusssichere Glas. Dann rutschte sie herunter. Neben ihm stand sein Sohn.

»Komm, Vater, ich schiebe dich ein wenig an die frische Luft.«

Rottershausen, Deutschland, 23. 12., 01.35 Uhr

Die Prophetin sah ihn mit traurigen Augen an.

»Ich hätte gerne geantwortet, Sie in Ihrer Wut getröstet. Aber dafür ist jetzt keine Zeit mehr. Wir sind verraten worden.«

Jan nickte stumm. Man hatte ihm einen Notarztkoffer gegeben und mit Mühe hatte er die Wunde verbinden können. Aber Birghid verlor zu schnell zu viel Blut. Eine Handgranate hatte sie trotz ihrer Leibwächter getroffen. Die hatten sie, als der Angriff begann, von allen Seiten abgeschirmt. Aber Birghid hatte sich aus dem menschlichen Schutzwall herausgewunden, um zu ihren »Schülern«, wie sagte, zu gehen und sie zu schützen. Sie war zurück in das Gebäude getorkelt, trug ihren linken abgerissenen Arm in der Hand.

»Der lag am Eingang, aber es ist wohl zu spät«, hatte sie unter Schock gerufen, ehe Jan sie auf den Boden gedrückt und notdürftig versorgt hatte. Kurze Zeit später wurden sie von überlebenden Wächtern in einen Kellerraum gebracht. Dort lagen sie nun und hörten auf die dumpfen Schüsse und Explosionen über ihnen. Andrea lehnte neben Elijah, der sich die Waffe eines getöteten Sicherheitsmanns genommen hatte, an der Wand. Sie saßen wie in einer Mausefalle.

»Das war keine Polizeiaktion. Das ist klar kalkulierte Vernichtung«, rief er Jan zu.

Der sah nur zu Birghid, die etwas sagen wollte und tief Luft holte. Sie musste unsagbare Schmerzen haben, auch wenn Jan ihr aus dem Notarztkoffer erhebliche schmerzstillende Mittel verabreicht hatte. Dennoch ließ sie es sich nicht anmerken.

»Er wird die Siedlung völlig vernichten. Er darf keine Zeugen haben.«

»Wer ist *er*?« fragte Jan.

»Ihr Auftraggeber.«

Jan verstand nicht.

»Arwed Köhn. Er hat Sie und auch Andrea bezahlt, um mich und uns auszuspionieren.«

Andrea wollte widersprechen. Aber Birghid schloss nur die Augen, ehe sie weitersprach. »Ihre Vermutung, dass wir die Pocken verbreitet haben, teilen Sie mit – nennen wir es einmal halbstaatlichen Stellen. Sie sind gekommen, um uns zu vernichten. Sie werden uns auch die Schuld für die Apokalypse geben.«

Jan und Elijah verstanden nichts mehr.

»Ich wollte meine Freunde um mich sammeln und gemeinsam mit ihnen hinaus in die Welt nach Berlin, dem neuen Babylon, gehen. Ich wollte Zeugnis ablegen, dass wir ohne Schuld sind, sondern statt des Todes das Leben bringen. Er versprach es mir ...«

Elijah wurde ungeduldig. »Geht es etwas konkreter?«

Birghid sah ihn mit wässrigen Augen an. »Noch heute Nacht werde ich bei meinem Vater sein ... Mir war schon lange klar, dass sich Köhn die Rettung des deutschen Volkes nicht entgehen lassen würde. Er will das Antiserum von meiner Schwester. Uns hat er nur benutzt. Unsere Jünger sollten die Krankheit verbreiten.«

Jan riss den Mund auf. »Wer hat ein Antiserum, das gegen diese Pockenform wirkt? Sie besitzen es nicht, obwohl Sie das behauptet haben? Sie sind ebenso schuldig ...«

Sie schüttelte den Kopf. »Auch Sie besitzen es. Sie tragen es um den Hals. Es steckt darin, je mehr Sie schwitzen, desto stärker wirkt es.«

Elijah und Andrea starrten Jan an. Unwillkürlich griff er nach seinem Amulett, das ihm Regina zum Abschied bei Poch gegeben hatte. Es war eine unbeholfene Geste der Hoffnung gewesen. Sie hatte es ihm aus einer Laune heraus umgehängt und ihm gesagt, dass er es heil wieder mitbringen sollte. Jetzt war ihm einiges klar. Das Amulett hatte ihn die ganze Zeit vor den Pocken geschützt. Und nur einer konnte es den Menschen geschickt haben, die er so dringend brauchte.

»Das Amulett haben Sie von Köhn, nicht wahr? Er schickte es ihnen. Es ist aus dem Mittleren Osten und besteht aus gestampften Vakzinen, also einem trockenen Antiserum, das gegen die schlimmsten Formen immunisiert und auch bereits bestehende Erkrankungen lindert und sogar heilt. Köhn hat es von uns erhalten. Aber eben nur gerade so viel, dass wir seine Wirksamkeit beweisen konnten. Unser Vorrat reichte, um den Menschen hier vor Ort zu helfen. Mehr haben wir nicht mehr. Es ist alles aufgebraucht. Das wusste er. Wir wollten nach Berlin gehen. Als lebendes Beispiel dafür, dass man Sünde und Krankheit überwinden kann. So war es mit ihm vereinbart. Aber Köhn brach sein Wort. Jetzt will er das Antiserum einsammeln. Ihr müsst das

Werk suchen. Es wird euch mehr geben, als ihr euch vorstellen könnt. Glaubt es mir. Denn auch das Werk besitzt die Hinweise auf weitere Vakzine. Bosch hat es in Venedig …« Sie stöhnte auf.

Jan kam noch näher zu ihr. »Was? Was ist in Venedig? Wo ist das Bild, das Werk?«

Birghid schwitzte jetzt. Er konnte es riechen.

»Ich habe nur eine Kopie. Das Original liegt im Bett des Kaisers …« Blut sickerte auf den Boden. »… er wird, das weiß ich, uns die Epidemie in die Schuhe schieben. Aber noch hat er nicht gewonnen.«

Jan spürte, wie ihre Haut immer kälter wurde, das Blut wich aus ihrem Gesicht. Sie hatte keine Chance, selbst wenn er jetzt operieren könnte, würde er Transfusionen benötigen. Er würde sie verlieren. Birghid schaute Jan intensiv an und winkte ihn mit ihrem gesunden Arm näher zu sich heran. Als Elijah dazukommen wollte, wies sie ihn ab.

»Sie können fliehen, Herr Markus wird Sie von hier über einen alten Tunnel hinausführen.« Ihre Stimme wurde immer leiser.

Jan beugte sich zu ihrem Mund. »Ich höre Sie.«

Sie nickte und lächelte ihn an. »Sie müssen mir helfen. Meine Schwester …«

»Ja, was ist mit ihr?«

»Er will auch sie töten. Aber sie hat das Antiserum. Es ist genug für eine Massenimpfung. Sie müssen sie vor ihm schützen. Er will dieses alte Gegenmittel um jeden Preis vernichten. Er darf nicht triumphieren. Sie und der Jude dort. Gehen Sie zu ihr, sie weiß, wo das Bild …« Ihre Augen schlossen sich. Jan kniff in ihre Wange und griff gleichzeitig nach einer Spritze mit einem Kreislaufmittel. »… sie wird morgen in München Zwillinge gebären.« Sie stoppte, schien nachzudenken. Wieder lief ein Schwall Blut aus ihrem Mund. »Gehen Sie … wo die … Toten sind …«

Elijah schrie fast. »Wo ist das?«

»Wer ist *sie*? Wie heißt *sie?*«, fragte Jan leise, aber bestimmt.

»Sie haben sie schon einmal beschützt … wissen Sie … Gehen Sie …« Ihr Kopf sackte zur Seite. Sie war ausgeblutet.

»Was hat sie gesagt?«, fragte Elijah hektisch. »Wir sollen nach München fahren. Dort irgendwo sei das Antiserum. Eine Frau mit Zwillingen wisse mehr.«

Sie kamen tatsächlich aus dem Bunkereingang heraus. Markus hatte sie über feuchte und stinkende Röhren und Gänge zum Heizwerk des Komplexes geführt und war dann wieder darin verschwunden. Andrea, Jan und Elijah sahen sich vorsichtig um. Überall wurde noch geschossen, Leichen und Schwerverletzte lagen in den Straßen und Gärten der Häuser. Aber in diesem Bereich schienen die Soldaten schon vorgerückt zu sein. Jan sah ihn zuerst. Ein weißgestrichener Sanitätswagen mit einem roten Kreuz auf der Fahrertür, wie ihn die Bundeswehr benutzte. Soldaten luden gerade einen Verletzten in den Rückraum.

Er zeigte mit dem Finger darauf. »So kommen wir raus.«

Elijah nickte. »Der Kranke muss noch warten«, flüsterte Elijah und lief über einen Vorgarten zum Wagen, als sich einer der Soldaten umdrehte und Elijah sah. Sofort ließ er die Trage mit seinem Kameraden fallen, griff nach seinem Gewehr, das er auf dem Rücken trug, und wollte feuern. Elijah hob seine Waffe, drückte ab, aber nichts passierte. »Jetzt werde ich getroffen«, dachte er instinktiv. Er spannte seine Muskeln an, erwartete den Treffer, aber statt von vorn knatterte von links eine Salve. Die beiden Soldaten prallten von der Wucht gegen den Wagen und sackten dort zusammen. Elijah drehte sich blitzschnell um und sah den Sohn des alten Pfarrers, der mit hasserfülltem Gesicht ein Gewehr im Anschlag hielt.

»Fahren Sie, ich werde hier noch ein paar mitnehmen.«

Andrea trat vorsichtig vor.

»Warum?«, fragte sie nur.

»Sie haben mir meine letzte Hoffnung genommen«, schrie er.

Speichel rann ihm aus dem blutverschmierten Mund. Andrea streckte ihre Hand aus. Jan wollte sie zurückhalten, aber sie ging einen Schritt auf ihn zu. Sofort zielte er auf sie. Sie wich kaum zurück und sprach dennoch weiter.

»Waren Sie in der Halle?«

Sie zeigte auf die brennende Ruine, aus der Flammen schlugen. Er nickte wortlos. Wieder streckte sie ihre Hand aus.

»Kommen Sie mit uns. Sie können uns bestimmt helfen, statt hier zu töten.«

Er sah sie an.

»Ich weiß, was Sie fühlen. Auch ich habe meine Hoffnung verloren.«

Er schüttelte den Kopf, drehte sich und rannte den Hang hinunter. Dann verschwand sein Körper in der Explosion einer Granate.

Wenig später rumpelten sie über einen heruntergezogenen Zaun. Sie wollten auf das Feld. Denn dort lagerte in einem Autowrack noch Elijahs Equipment, das Satellitentelefon, aber vor allem schlief dort hoffentlich noch Jans Nichte. Niemand stoppte sie, als sie aus dem Chaos herausfuhren und den Wohnwagen des Pfarrers erreichten.

Er trug sein Ornat und stand vor seinem Wagen, während sich am Horizont das erste Licht zeigte.

»Ihr lebt, was für eine Freude.«

Neben ihm stand Jans Nichte. Andrea schrie auf, als sie das Mädchen erkannte. Sofort rannte sie auf sie zu und schloss das übermüdete Mädchen in die Arme. Der Pfarrer riss sie von Martha fort. Jan hob beschwichtigend die Hand.

»Sie ist meine Exfrau, alles okay. Sie war sozusagen in geheimer Mission dort drüben.«

Der Pfarrer verstand nicht, ließ aber von ihr ab. Er sah Jan hilfesuchend an.

»Ich wollte gerade hinüber zur Siedlung, meinen Sohn suchen und den Sterbenden Trost zusprechen und mit ihnen beten.«

Wie er da so stand, dachte Jan, wirkte er wie die Reinkarnation Martin Luthers. Furchtlos und dickköpfig. Trotz seiner katholischen Herkunft war Jan das Nüchterne und Geradlinige der Protestanten sympathischer. Aber was er dem Gottesmann jetzt sagen musste, war grausam.

»Haben Sie ihn gesehen, wie geht es ihm? Er ist doch noch so schwach, wissen Sie?«

Jan antwortete tonlos. »Er ist mit den anderen gegangen. All seine Hoffnungen, dass diese Prophetin ihn von seinen Dämonen befreit, sind heute Nacht von ihm gewichen. Er half uns und rannte dann in den Tod.«

Der Pfarrer blieb stehen, Tränen rannen über seine dicken Wangen. Sein massiger Körper wankte. Aber er fiel nicht. Er blieb in seinem langen schwarzen Mantel einfach stehen und flüsterte nur: »Möge Gott ihm beistehen. Ich konnte es nicht.« Er machte eine Pause. »Wo wollt ihr jetzt hingehen?«

Jan zuckte mit den Schultern. Still tranken sie einen Tee. Hier waren sie erst einmal sicher, die Soldaten würden die Flüchtlinge in Ruhe lassen. Zwei Stunden später hatte Elijah seinen Rucksack aus dem weiter unten stehenden Autowrack herausgeholt und war mit dem Satellitentelefon am Ohr zum Wohnwagen zurückgekehrt.

»Was? Ich versteh dich nicht. Was ist euch passiert?« Er sah entgeistert zu Jan. »Almut? Um 12 Uhr? Aber wo? In München?«

Rohrbrunn, Österreich, 21. 12., 22.05 Uhr

Sie hatte bereits auf die beiden gewartet und stand in einem grauen Wintermantel, Wanderschuhen und einer feuerroten Strickmütze auf dem Trottoir vor ihrer Wohnung. Aus den Kanaldeckeln vor ihr strömte heißer Abwasserdampf. Es war klirrend kalt, als Faruk aus dem Wagen stieg und lächelnd auf Dr. Maria Setner zuging. Er gab ihr die Hand und wollte ihr den kleinen Koffer tragen. Sie wehrte ab.

»Ich weiß diese Unterlagen gern in meiner Nähe, bemühen Sie sich nicht. Vielen Dank.«

Faruk öffnete unbeeindruckt davon die Tür, und die kleine Person setzte sich mit großer Selbstverständlichkeit auf die rechte Seite des Fonds. Und natürlich bekam Regina kein Lächeln geschenkt. Setner verteilte ihre Gunst sehr einseitig an den Syrer.

Faruk hatte nach den heimlichen Drohungen der Russen noch einmal mit ihr sprechen wollen und war zu ihr gefahren. Ihre Wohnung war gut bestückt mit Büchern und Bildern. Selbst in der Küche stapelten sich großflächige Bildbände auf der Herdplatte. Faruk wollte mehr über das verschollene Bild des Künstlers wissen. Sie hatte minutenlang in ihren Unterlagen gekramt, ehe sie einen vergilbten Ordner aus einem Stapel zog.

»Da sind sie. Meine Aufzeichnungen für ›Das fließende Licht der Gottheit‹, von Mechthild von Magdeburg.«

Faruk verstand nicht. »Wer ist das?«

Setner sah ihn mitleidig an. »Natürlich, einem Orientalen wird dieser Name nichts sagen, und ich fürchte, auch Ihrer Freundin nicht. Sie war eine Mystikerin, lebte Anfang des 13. Jahrhunderts und verfasste zu ihren Lebzeiten ein sieben Bücher umfassendes Werk. Das letzte Buch ist verschollen. Darin soll sie die andere Seite geschildert haben, das Jenseits. Denn sie will es zu Lebzeiten kennengelernt haben. Ihr Werk ist hocherotisch, erzählt aber auch detailreich von Teufeln und Dämonen. Bosch scheint sich auf dieses Werk berufen zu haben. Der Legende nach befinden sich Buch und Werk immer zusammen, was bei zwei so kultisch aufgeladenen Gegenständen unwahrscheinlich ist. Aber nur die Kombination aus Wort und Bild soll Einblick in die nächste Welt geben.«

»Und was glauben Sie?«

Setner setzte sich auf die Kante eines Stuhls, der ebenfalls mit Büchern besetzt war. »Vielleicht ist es nicht schlau, dass ich Ihnen vertraue. Aber mir bleibt in diesem Kampf nichts anderes übrig, als Ihnen sozusagen einen Vorschuss an Vertrauen zu geben.« Sie machte eine Pause, ehe sie fortfuhr. »Seit Jahrzehnten suche ich das Werk, und nie war ich dabei allein. Immer schon wurde von sehr klugen, aufgeklärten Menschen danach gesucht. So ganz abwegig kann es nicht sein. Und es ist ja auch verlockend. Sie können ein Leben lang sündig und falsch leben, erkennen Sie aber das Bild und ändern sich sofort, selbst in der letzten Minute, ist Ihnen ewiges Glück sicher. So jedenfalls lautet die Legende.«

Faruk lächelte. In der Tat, das wäre ein hübscher Freibrief. »Eine interessante Form des Ablasses, den Ihre Kirche ja einst gern erteilte.«

»Nicht meine Kirche, die katholische Kirche.«

Er nickte verständig. Sie sinnierte, um dann leise zu sagen: »Wo immer ich nach dem Bild suchte, tauchten Männer dieses reichen deutschen Industriellen auf. Für ihn war kein Hinweis absurd oder skurril genug. Er verfolgte wirklich jede Spur. Er bot mir viel Geld für den Fall, dass ich es wiederfinde. Aber als ich schon zusagen wollte, warnte mich Ezechiel, dem ich davon erzählt hatte. Der Mann sei gefährlich und der Sünde anheimgefallen. Ich solle mich in Acht nehmen. Dann reiste er zurück in sein Heimatdorf und kam völlig verändert wieder zurück. Und wenn Sie mich fragen, ja, ich glaube, Ezechiel wusste, wo sich das Werk und auch das Buch befinden. Suchen Sie in diesem Dorf!«

Faruk hatte einen kurzen Augenblick nachgedacht, ehe er ihr einen Vorschlag machte.

So waren sie am Nachmittag aus der österreichischen Hauptstadt mit einem Leihwagen zu einem horrenden Mietpreis der untergehenden Wintersonne entgegengefahren. Faruk hatte lange auf Regina einreden müssen.

»Sie kennt sich sehr gut mit diesem Kunstkram aus. Sie hat Ezechiel nicht nur gekannt, sondern war mit ihm befreundet. Und sie sieht eine Verbindung zwischen Köhn, Ezechiel und diesem komischen Bild. Sie weiß mehr als wir. Warum nehmen wir sie nicht mit?«

Regina hatte ihr Gesicht schmollend hinter einer dampfenden Tasse Tee versteckt. »Sie wirkt nicht echt. Ich habe ein sehr schlechtes Gefühl. Was, wenn wir in eine brenzlige Situation geraten? Dann ist sie ein echter Klotz am Bein.«

»Wir recherchieren in einem österreichischen Dorf, nicht in einem Kriegsgebiet.«

Irgendwann hatte Regina grollend zugestimmt, Faruks Telefonat mit Setner mit grimmigen Gesichtsausdrücken kommentiert und dann den Leihwagen abgeholt.

Am Abend wollten sie Rohrbrunn erreicht haben. Der Ort lag

am Ufer der Donau, nahe Linz, einer Stadt in Oberösterreich. Faruk hatte die Fahrt mit gemischten Gefühlen angetreten. Er kannte Kälte und Schnee auch aus Syrien. In einigen Gegenden des Nordens und an den Hängen des Antilibanons war der Winter oft kalt, und auch Schnee lag zuweilen im Norden. Aber diese Schneemassen hier waren ihm fremd. Wann immer sie ausstiegen, ob zum Tanken oder weil Regina rauchen wollte, was ihr Setner schon nach wenigen Minuten im Auto verbot, nahm er die Landschaft als abweisend und gefährlich wahr. Wenn Menschen in den Dörfern, die sie passierten, zu sehen waren, trugen sie Schal und Mütze, gingen geduckt und mit einer Atemwolke vor dem kaum erkennbaren Gesicht. Er verstand ihre Sprache, hörte auch die Zwischentöne, bemerkte den Unterschied zwischen der deutschen und der österreichischen Ausdrucksweise. Aber dennoch war ihm dieses Volk seltsam fremd geblieben. Einerseits gaben die Menschen sich höflich und zurückhaltend, hielten Distanz, lachten selten. Aber andererseits waren sie wieder unfassbar unfreundlich und offen feindselig. Oder sie überschritten mit eindeutig erotischen Andeutungen und Witzen jede Anstandsgrenze. Dabei besaß dieses Volk eine Fülle an Kultur, selbst einfache Menschen wirkten gebildet, kein Vergleich zu Syrien mit über 23 Prozent Analphabeten. Hier war es gerade einmal ein Prozent der Bevölkerung. Aber waren sie darauf stolz? Nein, sie liefen missmutig, melancholisch über die Zukunft klagend herum. Romantisch, klug, hart und unfreundlich – so hatte sein Freund aus der UdSSR es einmal auf den Punkt gebracht.

Dr. Setner besaß ein profundes Wissen über Kunst, Literatur und Geschichte. Wie konnte Regina nur so abweisend sein? In seinem Land brachte man Akademikern immer Respekt, zuweilen sogar Demut entgegen. Man hörte ihnen zu, wollte von ihrem Wissensschatz profitieren. Regina starrte stattdessen nur mürrisch aus dem Fenster auf die zugefrorene Landschaft, die früh in das Dunkel der Nacht tauchte.

»Was ist das hier für eine Gegend? Verzeihen Sie meine Unkenntnis, Frau Doktor Setner. Aber wie die meisten kenne ich leider nur Wien und Salzburg«, sagte Faruk charmant.

»Nun, Linz ist immer im Schatten der von ihnen genannten Städte geblieben. Obwohl es nach Wien und Graz die drittgrößte Stadt ist, gibt es dort wenig offensichtliche Sehenswürdigkeiten. Das liegt einerseits an den Stahlwerken, die hier Arbeit und Wohlstand, aber eben auch Dreck und Gestank brachten. In den letzten Jahren hat man hier aber viel getan. Doch das dort lässt sich eben nicht verheimlichen.«

Sie zeigte auf ein blaues Hinweisschild.

»Mauthausen«, las Faruk. »Was ist da?«, fragte er, denn er hatte noch nie etwas davon gehört.

Regina seufzte. »Schon wieder diese Platte«, nörgelte sie.

Setner stieß mit der Zunge an die Zähne. »Ts, ts, ts. Es ist ein Phänomen dieser Generation, dass sie dem Grauen mit Gleichgültigkeit und Ignoranz entgegentritt.«

»Frau Setner, wir sind in der Schule damit zugeballert worden, das ist …«

»Na, was ist das?«

Faruk unterbrach Setner freundlich. »Ich weiß es jedenfalls nicht. Würden Sie es mir erklären? Regina wird sich derweil sicher um den Verkehr kümmern wollen.«

Regina verzog das Gesicht, schwieg aber.

»Nun, in Mauthausen war das erste Konzentrationslager Österreichs. Die Nazis töteten dort mehr als 150 000 Menschen auf unglaublich grausame Art und Weise. In 49 Außenlagern wurden mehr als 400 000 Gefangene aus allen europäischen Ländern zu qualvoller Arbeit gezwungen. Das Motto hieß Vernichtung durch Arbeit. Hier überall entlang der Donau wurden in den Jahren des Naziregimes unliebsame Menschen getötet. Nicht weit von hier ist das Schloss Hartheim. Dort vergasten die Nazis behinderte Menschen, Alte und Unliebsame. All das geschah in der Idylle dieser im Sommer zweifellos schönen Gegend. Aber eben auch inmitten ihrer Einwohner. Nach 1945 wollte es keiner gewusst haben oder gar daran beteiligt gewesen sein. Man stilisierte sich zum ersten Opfervolk der Nazis. Aber das ist natürlich der reinste Hohn. Kaum einer der Täter wurde je von der Justiz belangt. Ärzte, die nachweislich furchtbare Experimente an Häftlingen durchführten, praktizierten noch bis weit in die siebziger Jahre hier in der Gegend oder in Deutschland. Sie hatten Benzin in Herzen gespritzt, Häftlinge Meerwasser trinken lassen und ihnen beim Sterben zugesehen. Und natürlich die Führer selbst: Zwei Drittel aller KZ-Kommandanten der Nazis stammten aus Österreich. Der SD-Chef und SS-Mann Kaltenbrunner, sein Mitarbeiter Eichmann und 70 Prozent seiner Mitarbeiter kamen aus diesem kleinen Land.«

Keiner widersprach. Regina fuhr mit hohem Tempo rücksichtslos durch den Feierabendverkehr von Linz und überquerte auf einer großen Brücke die zugefrorene Donau.

»Ein mächtiger Fluss, es muss wirklich sehr kalt sein«, kommentierte Faruk beeindruckt.

Links und rechts der Straße türmten sich Schneeberge, die die Räumdienste kontinuierlich aufstapelten. Nun kamen ihnen immer weniger Fahrzeuge entgegen. Die Nacht schluckte jede Kontur der Landschaft, und erst als Regina tonlos »Wir sind gleich da« sagte, erkannte Faruk wieder den Fluss auf der rechten Seite. Sie verließen die Bundesstraße, die die Ansiedlung teilte, in einer langgezogenen Rechtskurve und fuhren im Schritttempo in das fast dunkel am Ufer des Flusses liegende Zentrum des Dorfes. Setner schwieg, und Regina murmelte: »Hier gibt es eine Pension mit dem Namen ›Viehbacher‹, so stand es jedenfalls im Internet.«

Gemeinsam suchten sie nach Hinweisschildern und hätten dabei fast eine alte Frau mit Krücken übersehen, die am Straßenrand stand. Regina bremste abrupt. Faruk schleuderte nach vorn, aber der Gurt straffte sich. Strafend sah er zu Regina, die nur die Schultern zuckte.

»Wäre ja kein guter Beginn der Recherche, gleich eine örtliche Oma umzufahren, oder?«

Faruk verdrehte die Augen.

»Da vorn ist es«, rief Setner von hinten, und tatsächlich leuchtete rechter Hand schwach ein Schild mit dem Namen Viehbacher.

»Ich gehe schnell rein und frage nach drei Zimmern für uns.« Regina sprang heraus.

»Sie schlafen nicht in einem Zimmer?«, fragte Setner spitz von hinten.

Da war es wieder, dachte Faruk. Keine Distanz. Er hätte sich eher die Zunge abgebissen, als solch private Dinge zu erfragen.

»Nein, wir sind …«

Regina kam wieder heraus und hob den Daumen. Sofort sprang Faruk aus dem Auto, öffnete den Kofferraum und nahm die Taschen. Sie bezogen ihre einfachen, aber sehr sauberen Zimmer und trafen sich kurze Zeit später im Wirtsraum. Regina wies den Wirt darauf hin, dass die Heizung in ihrem Zimmer ausgefallen war, und er versprach, sich gleich darum zu kümmern.

Im Sommer war diese Pension, wie so viele entlang der Donau, ein typischer Anlaufpunkt für Radfahrer, die den Fluss entlang stromabwärts fuhren. Die Strecke von Passau nach Wien hatte, wie Regina zu berichten wusste, »speziell für ältere Herrschaften ihren Reiz. Auf ihren fast 400 Kilometern gibt es kaum heftige Berganstiege, dafür eine bezaubernde Flusslandschaft mit Sehenswürdigkeiten an jeder Ecke.«

»Du fährst Rad?«, fragte Faruk erstaunt.

»Nein, in meiner Zeit bei der Polizei hatten wir einen Sommer lang hier zu tun«, antwortete sie ausweichend.

Setner hakte spitz nach. »Sie haben bestimmt die Bremsen und das Licht kontrolliert, oder?«

Regina lächelte. »Nein, wir suchten den Omafreund.«

Setner verstummte.

»Ein Mann, der speziell Rentnern auflauerte, den Männern in den Kopf schoss, die alten Damen vergewaltigte und sie dann an Seilen befestigt in die Donau warf, wo ihre Körper sich in Schiffsschrauben verfingen. Kein hübscher Anblick, wenn die Überreste aus den Stauwerken herausgezogen wurden.«

Der Wirt kam an den Tisch. Regina sah immer noch lächelnd zu ihm: »Ich nehme das Kutschergulasch.«

Nur noch vier ältere Männer saßen an einem Tisch in der Ecke und spielten mit gedämpften Stimmen Karten, als sich Regina nach dem Essen eine Zigarette anzündete. Das Rauchverbot hatte zwar auch Österreich erfasst, aber hier auf dem Land blieb man gegenüber diesen Direktiven aus der Hauptstadt gelassen. Und in dieser Gaststätte sowieso: Die braunen Resopalverschalungen an den Wänden und die schweren Eichentische ließen den Schankraum dunkel und ein wenig verrottet erscheinen. Die Wirtin spülte Gläser und schaute immer wieder verstohlen zu ihnen herüber.

Faruk und Regina waren kurz nach draußen gegangen und hatten mit ihrem Satellitentelefon Kontakt zu Jan und Elijah aufgenommen. Sehr besorgt waren sie zum Tisch zurückgekehrt, wo Setner mit einer Tasse Tee über einem Buch saß.

»Verraten Sie mir, was Sie da lesen?«, fragte Faruk.

Sie schob ihm das Buch entgegen. »Das ist ein Heimatbuch. Hier sind die Vereine, ihre Aktivitäten und ihre Mitglieder aufgeführt. Neben Volkstanz scheint das Wandern hier sehr beliebt zu sein, es gibt allein hier in diesem Flecken zwei Wander- und Geselligkeitsvereine.« Sie stutzte, als sie es vorlas, fuhr dann aber fort: »Und erstaunlich viele Mutter-Kind-Gruppen sind aufgelistet.«

»Aha, sehr schön. Und was ist daran so auffällig?«

Setner sah sie über den Rand ihrer Lesebrille an, schüttelte den Kopf und sagte nur: »Nichts.«

Faruk rührte in seinem Tee, sah zu den Kartenspielern hinüber und erwischte auch prompt einen der Männer dabei, wie er zu ihnen herüberstarrte. Sofort senkte der Mann den Blick und vertiefte sich wieder in seine Karten.

»Hier also ist Ezechiel aufgewachsen. Kein Ort für kunstsinnige junge Menschen, wie ich finde. Frau Doktor, wie lautete sein richtiger Name?«

»Anton Gusenbauer. Seine Familie besitzt ein Bauunternehmen hier im Ort.«

Setner schlug eine Seite des Heimatbuches auf und wies auf eine Anzeige der Firma. Die Inhaber, zwei Brüder, zeigten sich dort umrahmt von ihren Frauen vor einem großen Bagger stehend. Alle waren fett, es ließ sich nicht anders sagen. Dicke Köpfe prangten scheinbar ohne Hals auf voluminösen Rümpfen. Selbstgefällig verschränkten sie die Arme.

»Man kann nicht sagen, dass Anton ihnen ähnlich gesehen hat«, spottete Regina, die sich an Faruks Seite drückte, um auch in das Buch zu schauen.

Faruk hielt den Atem an. Musste sie ihm so nahe kommen? Er schob das Buch nach rechts. »Gut, was machen wir morgen?«

»Wir begeben uns auf Ezechiels Spuren. Mittlerweile dürfte er ja hier bestattet worden sein, oder?«, meinte Setner.

»Na ja, er ist wohl in der Hütte verbrannt. Da wird nicht mehr viel übriggeblieben sein«, wandte Regina hart ein.

Setner schluckte. »Was für ein trauriges Ende.«

»Gut, fangen wir mit dem Friedhof an, dann die Eltern, die Schule, halt das ganze Programm, und jetzt gehen wir schlafen«, beschloss Faruk.

Der Syrer war zwar in islamischer Tradition religiös erzogen worden, aber in seiner Jugend hatte er seinen Glauben verloren. All die Jahre beim Geheimdienst seines Landes ließen ihn an der Existenz Gottes oder gar an den strengen Regeln des Islams mehr als zweifeln. Er lehnte sie ab. Dann starb seine Frau, hingerichtet von seinen Feinden, die er erst vor wenigen Monaten zur Strecke bringen konnte. Und dann, mit all den neuen Herausforderungen, seiner neuen Position und dem damit verbundenen Druck, war wieder etwas in ihm entflammt. Er hatte wieder begonnen, fünfmal am Tag zu beten. Nicht immer war es ihm möglich. Aber jetzt, nach der langen Reise, den neuen Eindrücken, wollte er diesem Licht oder Gott oder was immer es war, danken. Und das konnte er nur auf die Weise, wie er es in seiner Kindheit gelernt hatte.

Faruk wusch sich Hände, Nase, Ohren, Mund und Füße und stellte sich barfuß vor sein Fenster. Er nahm seinen Kompass vom Nachttisch, suchte die Richtung nach Mekka und begann leise das Nachtgebet zu sprechen: »Ich suche Zuflucht bei Allah, vor dem gesteinigten Satan. Im Namen Allahs, des Allerbarmers …« Die Tür öffnete sich. »… dem Herrscher am Tage des Gerichts …«

Er erkannte sie schon an ihrem Gang.

»… führe uns den geraden Weg …«

Sie räusperte sich, wartete aber, ehe sie leise sagte: »Die Heizung ist immer noch kalt.«

Er verbeugte sich noch einmal, »… Gepriesen sei mein Herr, der Erhabene«, drehte sich zu ihr und wandte sofort den Blick wieder zum Fenster. Sie trug nur ein T-Shirt und einen Slip. Er wies auf das Bett.

»Leg dich rein, ich schlafe im Stuhl.«

»Tut mir leid, aber morgen wäre ich ein Eiszapfen.«

Er schloss die Augen. »Es ist kein Problem.«

Faruk hatte sich bereits angezogen, als Regina erwachte.

»Wo gehst du hin?«, fragte sie noch schläfrig.

»Ich sehe mich ein wenig im Ort um. Wir treffen uns zum Frühstück. Lass dir Zeit.«

Faruk ging in Reginas eiskaltes Zimmer und verrichtete sein Morgengebet. Vorsichtig stieg er die knarzenden Treppenstufen zum Wirtsraum hinunter, ging auf die Straße und stand im nächsten Moment am Pier einer Schiffsanlegestelle. Raureif hatte sich über die Poller gelegt. Die Donau hatte nicht viel Wasser geführt, als der Frost sich ihrer annahm. Aber breit war sie. 200 Meter, schätzte Faruk, waren es bestimmt bis zum anderen Ufer. Wie Glassplitter ragten Eisplatten in der Mitte auf. Als es noch möglich war, waren wohl eisbrechende Schiffe den Fluss hinaufgefahren, um eine Fahrrinne zu schaffen. Aber die war mittlerweile auch zugefroren. Gegenüber erhob sich ein Höhenzug, gekrönt von einer Burgruine. Kinder standen auf dem Eis oder liefen an vom Schnee freigeschaufelten Stellen Schlittschuh. Wenn der Himmel jetzt noch blau gewesen wäre, dann wäre das Postkartenidyll perfekt gewesen. Aber stattdessen hatte sich Nebel gebildet, der sich in wabernden Schlieren über Fluss und Hänge legte.

Faruk zog die Mütze, die Regina ihm in Wien in die Hand gedrückt hatte, tiefer ins Gesicht. Er musste komisch aussehen mit diesen Felllappen über den Ohren, aber sie wärmte. Er ging die Hauptstraße, die vom Fluss durch den Ort hinauf zur Bundesstraße führte, entlang und begegnete in wenigen Minuten allein drei Menschen unterschiedlichen Alters mit Krücken. Sie alle konnten sich nur mühsam auf den Beinen halten. Faruk vermutete, dass in der Nähe ein Heim für Behinderte war. Die Straße wurde steiler. Rechts von ihm erhob sich auf einem Hügel die Ortskirche. Er erklomm die steile Treppe, die zum Eingang des Grundstückes führte. Die Kirche selbst war klein, an ihrem Ende schloss sich ein winziger Friedhof mit Eisenkreuzen und Grabmalen an. Der Duft von Weihrauch ließ ihn an seine Heimat denken. Es war ein friedlicher Gedanke. Eine alte Frau mit kurzen weißgrauen Haaren und einer Krücke folgte ihm. Rasch hielt er ihr die Tür auf. Er setzte sich, wie die Frau auch, in eine der Bankreihen. An der Seite saß noch ein Mann, seine Mütze hatte er nicht abgenommen. Er war tief ins Gebet versunken. Links an der Wand hing ein Holzkasten mit vergilbten Fotografien. Er rutschte ein wenig näher, um die Schriften, die darüberstanden, zu entziffern. »Für unsere Helden«, las er. Es waren Bilder von Soldaten des Zweiten Weltkriegs, wie Faruk erkannte. Allesamt sehr junge Männer mit ernstem Blick. Einige trugen graue, andere schwarze Uniformen.

»Mein Bruder, der Johannes, ist auch dabei.«

Faruk schreckte unmerklich zusammen. Die alte Frau redete mit ihm. Er fühlte sich ertappt. »Ja, wer ist es denn?«

Sie hatte sich umgedreht, erhob sich jetzt stöhnend und schob sich durch ihre Reihe, ehe sie sich dicht neben ihm stöhnend wieder niederließ. Ihre Hand, mit der sie auf ein Bild zeigte, war verkrüppelt, die Finger verkrümmt, und ein fauler Atem kam aus ihrem Mund, der nicht mehr viele Zähne beherbergte. Faruk wich ein wenig zurück, wollte aber nicht unhöflich wirken.

»Er lebt noch.«

»Aha«, sagte Faruk, »dann muss er doch nicht hier hängen.«

Sie sah ihn verschwörerisch an. »Doch, für sie ist er tot.«

Er nickte. Die Alte schien dement zu sein. Er erhob sich höflich, und sie ließ ihn zögernd an sich vorbeiziehen. Draußen sog er fast gierig die kalte Luft in seine Lungen ein. Sie folgte ihm noch, als er über den Friedhof schritt. Er schloss die Augen. Hier war der Platz der Toten. Und er wollte hier an seine Toten denken. Seine Frau, hingemetzelt von Assads Schergen. Und er gedachte all jener, die er getötet oder hatte töten lassen. Auch er war nicht ohne Schuld. Das wusste Faruk Al-Ali. Aber hier, fern seiner Heimat, in der nebligen Kälte eines österreichischen Kaffs drang die eigene Schuld in jede Ritze seines Wesens. Zum ersten Mal. Es war Zeit, die Dinge anders zu sehen, dachte er.

Er las die Namen, die Todesdaten. Aber da gab es nichts Auffälliges. Zumindest erkannte er es als Syrer nicht. Aber alle Grabsteine waren wie blankpoliert und wirkten geradezu neu. Er sah Reihe für Reihe, aber nicht ein verwitterter Stein oder ein rostiges Eisenkreuz waren zu sehen. Aber das war es nicht allein. Es konnte Zufall sein, oder man hatte die Gräber umgebettet. Doch dann fiel es ihm auf. Auf mindestens jedem zweiten Grab waren Kinder vermerkt. Er stoppte, drehte sich um und las. Wieder. »Johanna Weißgerber, 02. 10. 1967–03. 07. 1969«. Er stapfte durch den Schnee, vorbei an den Steinen, las und zählte. Als er die letzte Reihe durchmessen hatte, schloss er die Augen und zählte. 88 Gräber, und tatsächlich die Hälfte verzeichnete tote Kinder, die nicht älter als drei Jahre alt geworden waren. Aber alle waren innerhalb der letzten 60 Jahre gestorben.

Etwas knirschte hinter ihm. Faruk öffnete die Augen und sah den Mann, der in der Kirche gesessen hatte, aus dem Friedhof treten. Er hatte ihn schon einmal gesehen. Faruk besaß ein gutes Gedächtnis für Gesichter. Und den kannte er. Da war er sich sicher. Er zog sein Handy heraus und schoss rasch ein Foto von ihm, aber er konnte ihn nur noch von hinten fotografieren. Enttäuscht wandte er sich um und knipste Bilder von den Gräbern. Was war hier los?

»Sie sind zu lange bei den Toten. Suchen Sie das Leben. Hier sterben nur alle.«

Wieder war die Alte hinter ihm aufgetaucht. Faruk nickte stumm. Schnee fiel aus den grauen Nebelschwaden, und er sah nach oben, bis ihm eine Schneeflocke direkt ins Auge fiel.

Sie hatten wild aufeinander einredend zusammengesessen und selbst den Wirt mit diesem Verhalten eingeschüchtert. Als Faruk, den Schnee von seinem Mantel klopfend, das Wirtshaus betrat, sah ihn der Mann dankbar an. Faruk blickte zu den Damen und verstand.

»... Aber Sie hören mir ja gar nicht zu, Sie könnten etwas lernen ...«

Faruk trat an den Tisch heran. »Guten Morgen, haben die Damen gut geschlafen?«

Regina und Dr. Setner sahen nur kurz auf, nickten und stritten dann weiter.

»Mystik ist kein Esoterikgefasel. Mystik ist eine tragende Säule unserer Kultur. Seit Jahrhunderten sind es immer dieselben Fragen, die die Menschheit beschäftigen. Was kommt danach? Das fragen Sie sich doch auch.«

Regina schnaufte verächtlich. »Danach kommt nichts. Man lebt, man stirbt. Nur Einfältige glauben an mehr.«

Setner war ob dieser, wie sie fand, ignoranten Haltung, die typisch für eine ganze Generation war, entsetzt. »Aber was wäre, wenn Sie es wüssten? Wenn Sie hinter den Vorhang schauen könnten? Und Ihr Leben ändern müssten? Oder es eben nicht täten und dafür ewige Schmerzen und Leid auf sich nehmen müssten. Ihr Schicksal würde nur von Ihrer Trägheit oder Ihrer Hartnäckigkeit abhängen.«

Für einen kurzen Moment ließ Regina zu, dass Zweifel über ihre Haltung die Oberhand gewannen. Dann fand sie zurück zu ihrer Überzeugung. »Für mich ist es irrelevant, aber ich kann mir vorstellen, was Menschen alles dafür tun würden.«

Faruk setzte sich, goss sich Kaffee aus einer Kanne ein und genoss, wie die Wärme langsam in seinen Körper zurückkehrte. Er hörte den Frauen, die immer noch in ihren Streit versunken waren, still zu. Der Glaube an ein ewiges Leben hatte ihn nie berührt. Je älter er wurde, desto mehr Fragen als Antworten hatte er. Und so schwieg er lieber, als Theorien und Vermutungen aufzustellen. Er hörte, wie Setner sagte, dass »auch die Nazis ein großes Interesse an diesem Werk hatten, wie überhaupt an allem, was ihnen übersinnlich erschien«.

Regina schnaubte. »Sie haben einen Nazikomplex, Sie sehen überall Hakenkreuze.«

Setner lehnte an der Wand, den rechten Arm hatte sie ausgestreckt und rührte in ihrem Tee. »Junge Frau, ich …«

Faruk unterbrach sie mit Blick auf den unbeteiligt tuenden Wirt. »Ist es Ihnen möglich, die Konversation leiser oder an einem anderen Ort weiterzuführen? Es sei denn, Sie sind an einem regen Austausch mit der Dorfbevölkerung interessiert.«

Missmutig sahen ihn beide Frauen an, erhoben sich aber, und kurze Zeit später standen sie am Ufer der zugefrorenen Donau. Erst sahen sie den spielenden Kindern zu, dann betrat Regina das Eis und Faruk folgte widerwillig. Er reichte Dr. Setner die Hand, und beide rutschten zu Regina, die am Rand der wieder zugefrorenen Fahrrinne stand und rauchte. Faruk berichtete von seinem morgendlichen Spaziergang über den Friedhof.

»Ich kann nicht sagen, warum. Aber irgendetwas stimmt hier nicht. Der Mann in der Kirche war komisch. Er schien mich zu verfolgen.«

Regina sah ihn zweifelnd an.

Setner hatte still zugehört, ehe sie leise sagte: »Wir sollten mit Ezechiels Lehrerin sprechen.«

Ein Mädchen kam mit hohem Tempo auf Schlittschuhen auf die drei zu, bremste gekonnt und fragte Regina freundlich nach einer Zigarette. Setner wollte sich gerade echauffieren, als Faruk sie wegzog. Regina kramte ihre fast zerknüllte Schachtel aus ihrer Jackentasche und hielt sie dem Mädchen, das kaum 16 Jahre alt war, hin.

»Sag mal, wo ist denn hier eure Volksschule?«

Das Mädchen zog an der Zigarette, während Regina ihr Feuer gab. »Mmmh, bis letztes Jahr war sie hier in Rohrbrunn. Aber dann wurde sie geschlossen.«

»Und die Lehrer sind mitgegangen?«

Das Mädchen schaute verwundert. »Ja, nur die alte Jelinek ist pensioniert worden.«

Regina sah sie lächelnd an. »Ach, die kann mir vielleicht weiterhelfen. Ich suche einen alten Freund. Wo wohnt sie denn?«

»In der alten Schule, da ist auch ihre Wohnung.« Sie deutete über Reginas Rücken hinweg auf den schneebedeckten Hang.

»Über die Bundesstraße, Richtung Aichberg. Vielleicht kenne ich deinen Freund ja auch. Wer ist es denn?«

»Der ist viel älter als du. Aber seine Familie, die Gusenbauers, kennst du vielleicht. Die Bauunternehmer.«

Das Gesicht des Mädchens veränderte sich schlagartig. »Und mit dem Sohn warst du mal zusammen?«

»Nur kurz, an der Uni. Wir haben lange nichts mehr voneinander gehört.«

»Und das war der Gusenbauer?«

»Ja, genau. Sind die so schlimm?«

Das Mädchen warf die gerade angerauchte Zigarette wieder weg. »Nein, aber …«

Sie drehte sich rasch zur Seite und stieß sich dann im Eis ab. Regina wollte ihr noch hinterherrufen, aber das Mädchen war schon zu weit entfernt. Faruk blickte ihr nach.

»Familie Gusenbauer scheint ja nicht sehr beliebt zu sein …«

Auch Regina schnippte ihre Zigarette in den Schnee. »Fahren wir doch mal zu der Pensionistin und fragen nach dem kleinen Ezechiel.«

»Ich würde eher mal im Archiv oder in der Dorfchronik stöbern«, entgegnete Setner.

Regina zuckte mit den Schultern. »Umso besser. Dann teilen wir uns auf. Sie schnüffeln in den Akten, und wir gehen in die Schule.«

Setner sah sie beleidigt an, schwieg aber.

Regina und Faruk fuhren westlich aus dem Ort hinaus. Die Straße zur ehemaligen Schule schlängelte sich steil nach oben.

»Was für ein Problem hast du mit der Frau Doktor? Warum bist du so unfreundlich zu ihr? Sie hilft uns doch.«

Regina schnaubte. »Ich glaube, sie hält uns nur auf.«

Vor ihrem Auto räumte ein Unimog den Schnee von der Fahrbahn. Plötzlich tauchte linker Hand ein großer Hof mit einer Fabrikhalle auf. Auf einer Freifläche standen schneebedeckte Kräne und Bagger, daneben lagen etliche Pflastersteinhaufen.

»Das ist also die Firma Gusenbauer«, bemerkte Regina leise,

während sie langsam an dem Anwesen vorbeifuhr. Niemand war zu sehen. Aufgrund des Wetters schien man nicht zu arbeiten. Aber dann nahm sie drei schwarze Vans im Innenhof wahr. Doch der Unimog vor ihr bremste abrupt, und so musste sie sich wieder auf die Straße konzentrieren. Sie stellten den Wagen auf dem ehemaligen Lehrerparkplatz ab und schritten auf den Eingang zur separaten Wohnung der Schulleiterin zu. Regina las mit Mühe »Jelinek« auf dem vergilbten Klingelschild. Doch sosehr sie auch auf die Klingel drückte, es war nichts zu hören.

»Scheint defekt zu sein, wir müssen mal klopfen ...«

Plötzlich wurde die Tür aufgerissen.

»Was wollen Sie hier?«

Eine Dame, nicht älter als 65 Jahre, hocherhoben, die schlohweißen Haare zu einem langen Zopf gebunden, stand wie ein Racheengel mit hartem Gesichtsausdruck und veilchenblauen Augen vor ihnen. Regina erklärte, dass sie auf der Suche nach einem alten Freund von der Uni in Wien waren. Er wäre hier zur Schule gegangen. Ob sie ihnen weiterhelfen könnte. Die Frau sah an Regina vorbei auf Faruk, drehte sich um und winkte sie dann müde in ihre Wohnung. Sie musste verreisen wollen, denn der Flur war mit Koffern und Taschen vollgepackt.

»Wir halten Sie nicht lange auf«, entschuldigte sich Faruk mit Blick auf das Gepäck.

»Mein Taxi kommt in einer Stunde. So lange haben Sie doch nicht vor zu bleiben, oder?«

Es gibt einen Typus Lehrer, der auf der ganzen Welt den gleichen Habitus besitzt und bei jedem, egal welchen Alters, mindestens Respekt, wenn nicht gar ein latent schlechtes Gewissen hervorruft. Hedwig Jelinek gehörte zu dieser Gattung. Ihr Gesicht war schmal, ein stark ausgeprägter Oberkiefer gab ihr den Ausdruck einer weisen Ziege. Etwas angespannt saßen sie auf einem muffig riechenden Sofa und schauten aus dem Fenster hinab ins Donautal. Jelinek durchsuchte ihren Schrank.

»So, so, an der Uni haben Sie den jungen Gusenbauer kennengelernt. Das wundert mich.«

Regina fühlte sich schon die ganze Zeit unwohl mit dieser

Notlüge. Sie hatte nie studiert und fürchtete, dass man ihr das anmerkte.

»Na ja, ich habe dann sehr schnell abgebrochen«, beeilte sie sich zu sagen.

Die alte Dame setzte sich. Sie trug noch ihren Morgenmantel aus roter Seide. An den Füßen baumelten jetzt, wo sie saß und ihre Beine übereinandergeschlagen hatte, malvenfarbene Samtpantöffelchen. Sie zündete sich eine Zigarette an, die sie in eine gelblich schimmernde Spitze gesteckt hatte, und zog daran. Faruk roch es sofort. Das waren seine geliebten Rosenzigaretten, die er seit Monaten nun nicht mehr genießen durfte. Heimlich sog er den Rauch, den sie ausblies, ein.

»Und … diesen Herrn … haben Sie den nach Ihrem Abbruch kennengelernt?«

Faruk zuckte unmerklich.

»Nein«, erwiderte Regina, »wir sind Kollegen, und ich zeige ihm meine Heimat.«

»So?« Jelinek musterte ihn lange, sah ihm tief in die Augen und ließ dann den Blick von den Haaren bis zu seinen Füßen wandern. Faruk empfand es fast als obszön. »Sie sind aus dem Nahen Osten, nicht wahr?«

Faruk lächelte. »Ja, das stimmt. Ich komme aus Syrien.«

Sie griff in die große Tasche ihres Morgenmantels. Wie zufällig verrutschte er dabei ein wenig und gab Faruk Einblick auf ihren Oberkörper. Irritiert sah er weg. Das konnte nicht sein. Dem Gesicht nach zu urteilen, musste die Frau im Rentenalter sein. Aber unterhalb des Halses sah sie eher aus wie eine junge Frau. Sie hielt ihm die Packung mit den dünnen Zigaretten vor die Nase. Er sah ihr in die Augen und schüttelte stumm den Kopf. Sie lächelte zurück.

»Sehr schade.«

Dann beugte sie sich vor, schlug ein buntbemaltes Fotoalbum auf und blätterte darin.

»Das war der Jahrgang 1975 oder 76 … Moment …«

Regina sah zu Faruk, der nun, statt auf die Fotos zu schauen, seinen Blick aus dem Fenster schweifen ließ. Er sah hinunter auf die Straße, die sich vom Ort zum Schulgebäude hochschlängelte. Unten erkannte er den Unimog, und er sah, wie der Fahrer neben seinem Fahrzeug stand und sich mit jemandem unterhielt. Plötzlich schien das Gespräch beendet zu sein. Der Fahrer stieg zurück in seinen Unimog, und der andere wechselte hektisch auf die andere Straßenseite, wo ein dunkler Van in einer Schneewehe am Rand parkte. Er sah zu Regina und bemerkte, dass auch sie die Szene verfolgt hatte.

»Hier, das sind sie.«

Jelineks langer, knochiger Finger, an dem ein seltsamer Ring mit einer Zahl prangte, zeigte auf ein Bild. Ein vergilbtes, schwach farbiges Foto. Vielleicht 30 Kinder saßen und standen in drei Reihen vor einer Schultafel. Vier von ihnen standen etwas abseits, als wollten sie sich von den anderen Schülern absetzen. Daneben, die Arme unter den Brüsten verschränkt, stand Jelinek.

»Sie haben sie bestimmt geliebt, oder?«, fragte Regina.

Jelinek beugte sich nach vorn. »Gott, wenn Lehrer Kinder lieben, hat das immer was von schwitziger Turnhalle. Ich war und bin kein Muttterersatz. Das war eine Arbeit, ein Beruf, mehr nicht. Ich habe sie, so gut es ging, bis zur Mittelschule erzogen. Dann sind sie entweder zum Gymnasium oder zur Depperlschule im Trappistenkloster nach Engelhartszell, nördlich von hier.«

Frau Jelinek schien ein besonderes Exemplar österreichischer Pädagogik zu sein.

»Und wo ist er?«

»Na dort – bei den vieren.«

Ihr Finger – an dreien prangten Ringe – wischte über das Foto. Ein blässlicher Junge mit einer großen Hornbrille stand links außen. Das Mädchen neben ihm hatte ihren Arm um seine Schultern gelegt.

»Da ist seine Schwester. Das ist Almut. Daneben steht die Adoptivschwester von Anton und Almut, Maria und – Arwed. Das sind die Kinder vom Fischer Alois. Der liegt ja da unten.« Jelinek zeigte zum Friedhof. Dabei übersah sie, wie bleich Faruk und Regina wurden.

Venedig, Italien, 20. 12., 17.41 Uhr

Angewidert sah der dürre Italiener auf den fetten Mann aus Deutschland. Seiner Überzeugung nach kamen hier zwei Krankheiten in einer Person zusammen. Der Mann kam aus Deutschland und war somit ein potentieller Pockenkranker, und schwul war er auch noch. Beides war ansteckend, dachte er mit Schaudern.

Ivan Poch lag auf einem Berg von Kissen und eingehüllt in mehrere Decken in einer Gondel. Mit ihm fuhr sein Begleiter, der gerade volljährige Jürgen aus Gießen, der sich, statt den Ausführungen seines Meisters und Freundes zu lauschen, in eine Frauenzeitschrift vertieft hatte. Poch übersah die Ignoranz seines Schülers. Er würde früh genug in die wunderbare Welt eintauchen, das hatte er sich und auch ihm versprochen. Sie hätten auch zu Fuß über den Markusplatz gehen können, aber Poch wollte dem Jungen noch etwas bieten und seine Füße schonen. Er war müde, und auch das mürrische Gesicht des Gondoliere, der sie von ihrem Hotel zu der Hinterseite des Stadtmuseums, des Museo Civico Correr, rudern sollte, heiterte ihn nicht auf. Immerhin war es hier in Venedig nicht so kalt und die Kanäle waren nicht befahrbar.

Die Reise hierher hatte einer Odyssee geglichen. Der israelische Geheimdienst hatte ihn auf Geheiß Elijahs nach Tel Aviv gebracht, und von dort waren sie mit einer Linienmaschine nach Venedig gereist – Economy! Er war solche Strapazen nicht mehr gewohnt. Aber der Israeli zahlte gut, und wenn er die Suche nach Informationen über Boschs Bild mit einem süßen Liebeswochenende verbinden konnte, war ihm das nur recht. Lediglich der übliche Geiz des Mossads ärgerte ihn. Tatsächlich hatten sie nur ein Zimmer in einer Touristenhölle für ihn gebucht. Und seinen jungen Begleiter Jürgen wollten sie schon gar nicht bezahlen. Er musste sich wieder einmal schrecklich aufregen. So wurde schließlich ein Doppelzimmer im Hotel Danieli reserviert. Das war das mindeste.

Er war mit einem pensionierten Kurator des Museo Correr

verabredet. Poch kannte Giovanni von den Wagner-Festspielen auf dem Bayreuther Hügel. Sie teilten einst ihre exzessive Liebe zu Wagner auf harten Holzstühlen und später in einer kleinen Pension in Franken mit Austern, Champagner und zwei Landjungen. So etwas, wie auch die Liebe zur Kunst, zur Geschichte, verband – und ein Geheimnis. Giovanni war alles, nur kein echter Italiener. Er kam mit 18 Jahren aus Deutschland in die Lagunenstadt, studierte in Bologna Kunst und Geschichte und verliebte sich, zurück in Venedig, in einen Hotelbesitzer. Seine Familie, aus einem Dorf an der Elbe stammend, wollte das nicht gutheißen. So italienisierte er seinen Namen und nannte sich fortan Macanzone. In einem schwachen Moment hatte er es Ivan gestanden und unter Tränen seine Verschwiegenheit erbeten. Binnen kürzester Zeit verwandelte er sich von einem niedersächsischen Landadelsvertreter in einen echten Venezianer, dessen örtlicher Dialekt perfekt und selbst für Einheimische nicht zu unterscheiden war. Nach Jahren des vorsichtigen Beäugens übertrug ihm die Stadt Venedig und später das Land Italien die Betreuung sämtlicher Kunstschätze des Dogenpalastes. Macanzones Stolz war unermesslich. Kurz vor seinem Ruhestand aber geriet er in Intrigen und verlor seine Position.

Mit schmerzverzerrtem Gesicht hievte der dürre Gondoliere den in einen Pelzmantel gehüllten Poch aus seinem schon ziemlich der Wasserlinie näher gekommenen Boot. Mit einem Anflug von Ekel sah er auf die vielen Ringe mit kleinen roten und grünen Steinen, die Poch an seinen monströs fleischigen Fingern trug. Sein Begleiter sprang dagegen behände auf die Platten des schmalen Fußwegs, der sie zu einem kleinen Restaurant im Schatten des Markusplatzes führte. Die Stadt war fast menschenleer. Touristen aus Übersee waren angesichts der schrecklichen Pockenbilder aus Deutschland zu Hause geblieben. Der ohnehin schon touristenarme Dezember hatte den Venezianern nun einen Komplettausfall zu Weihnachten beschert. Poch gefiel das. Kein Tourist bedrängte ihn, wollte ein Foto von sich und seiner hässlichen Freundin mit dem Campanile im Hintergrund haben. Wie er sie verachtete: »Sie sehen das Leben nur noch durch eine Linse, statt einzuatmen und es aufzusaugen. Komm, es ist gleich hier.«

Sein Begleiter zeigte sich maulig. »Ich bin zum ersten Mal hier. Kann ich mir den Markusplatz und den Dom ansehen?«

»Morgen, mein Engel, morgen. Der Dom ist bereits geschlossen. Aber …« Poch hielt inne. Vielleicht war es besser, den Jungen ein wenig herumlaufen zu lassen. Dann war er mit dem Kurator allein und ungestört. »Gut, in einer Stunde treffen wir uns in der Enoteca Carla. Hier ist eine Visitenkarte des Restaurants. Zeig Sie einfach irgendjemandem. Er wird dir den Weg weisen. Macanzones Wohnung liegt direkt darüber. Uhrenvergleich!«

Der Junge sah gelangweilt auf seine große Uhr, die ihm Poch noch am Flughafen in Tel Aviv geschenkt hatte. Dann verschwand er im kalten Nebel.

»Du siehst blendend aus«, rief jemand aus der Ecke der kleinen Trattoria.

Ein langgezogener Gang mit sechs kleinen Tischen führte auf einen unwesentlich größeren Eckraum, an dessen rechter Seite sich eine Theke befand. Gegenüber saß in einer Eckbank Pochs Freund und strahlte, als er den Deutschen sah. Giovanni di Macanzone war ein schmaler, streng aussehender Mann mit zu stark zurückgegelten Haaren, die er im Nacken zu einer pomadigen Welle hatte gestalten lassen. Sein Anzug, geschneidert in Neapel, saß perfekt. Unter dem Hemd zeichnete sich seine dürre Brust ab, und sein Parfum war dezent, aber einprägsam. Poch dagegen, der schon jetzt angesichts des kurzen Ganges von der Mole bis zum Restaurant außer Atem war, schwitzte fürchterlich, was seinem Geruch eine eher stechende Note verlieh. Sie umarmten sich und küssten sich auf die Wangen, ehe Poch ächzend auf eine Eckbank fiel. Der Italiener sah ihn belustigt an.

»Das ist alles nicht gesund, mein Freund«, ermahnte er ihn in immer noch makellosem Deutsch.

Poch verzog das Gesicht. »Die Anreise in der Gondel hat mich schwermütig und hungrig gemacht. Was kannst du hier empfehlen?«

Macanzone lächelte und hob kurz die Hand. Eine ältere Frau kam schlurfend zu ihnen, und er bestellte wortreich auf Italienisch. Kurze Zeit später stand ein herrlich schwerer Rotwein auf dem Tisch, Brot und Öl, welches Poch großzügig auf einen Teller goss, um das Weißbrot mit Oliven darin zu ertränken.

»Was führt dich in diese Stadt?«

»Ich interessiere mich für Hieronymus Bosch. Und da du lange Zeit im Ducale ein und aus gegangen bist, ehe dieser Kretin das Regiment übernahm, wollte ich von dir ein paar Hintergründe erfragen.«

Poch spielte auf den Leiter aller Museen der Stadt an, einen Vertrauten des ehemaligen Ministerpräsidenten. Der alte Gockel war vor wenigen Wochen an einem Schlaganfall auf der Toilette gestorben. Sein Vertrauter aber durfte vorerst noch die Geschäfte weiterführen. Und so hatte Macanzone seine letzten Tage als Kurator im Stadtmuseum fristen müssen.

»Bosch? Hier? Da ist aber der Prado die erste Adresse. Soll ich dir …?«

Poch beugte sich zu Macanzone vor. »Giovanni, ich bin mir durchaus bewusst, dass das Museum Prado in Madrid die größte Bosch-Sammlung besitzt. Aber ich bin auf der Suche nach dem verschollenen Werk. Und erspar mir das offizielle Gewäsch. Ich bin, um ein kleines Wortspiel zu nutzen, im Bilde.«

Macanzone sah ihn lange an, nahm sich eine kleine Olive aus einem Schälchen und begann. »Bosch hat hier gelebt. Daran gibt es keinen Zweifel. Er musste flüchten. Seine Bilder mit den Szenen der Auferstehung und der Hölle befinden sich …«

»Ich weiß«, unterbrach ihn Poch unwirsch, »im Dogenpalast. Mein Freund, ich brauche etwas mehr. In Deutschland gibt es Menschen, die glauben, dass zwischen dem Ausbruch der Pocken und dem verschollenen Werk eine Verbindung besteht. Es geht da um deutlich mehr, und es ist wohl kein Schatzsuchermist, versteht du.«

Macanzone setzte sich neben Poch, und mit einer ruckartigen Bewegung tastete er den massigen Leib des Mannes ab, der ihn erschrocken, aber auch etwas wohlwollend ansah.

»Giovanni, bitte, nicht hier. Ich bin außerdem nicht allein gekommen.«

Macanzone ging auf den Scherz nicht ein. »Das ist mir egal, du bist nicht der Erste, der danach fragt. Hört jemand mit? Für wen arbeitest du?«

»Unsinn, ich habe von Freunden einen Hinweis bekommen. Diese Freunde erforschen gerade die Hintergründe des Anschlags in Deutschland. Seriöse und gute Leute.« Poch dachte an Elijah, der alles war, nur nicht seriös, aber das war nun wirklich egal. »Vertrau mir, bitte. Wer hat denn schon danach gefragt?«

»Das kannst du dir nicht vorstellen. Eine Deutsche, sehr apart, Kunstkennerin, aber eher naiv. Sehr zwielichtige Holländer, ein Franzose. Und vor etwa vier Wochen ein übel riechender Österreicher. Ich musste sie alle enttäuschen.«

Poch schüttelte den Kopf. »Nehmen wir einmal an, dass es dieses Bild wirklich gibt. Was ist das Besondere an dem Werk?«

Mittlerweile hatte die Bedienung viele kleine kalte und warme Vorspeisen auf den Tisch gestellt, die Poch sofort zu verschlingen begann.

»Offiziell wollte Bosch hier einen Auftrag entgegennehmen. Er gehörte künstlerisch ja noch in die Zeit des Mittelalters, der flämischen Gotik, wenn du so willst. Er traf hier aber auf andere Künstler wie Leonardo da Vinci. Politisch war Venedig zu diesem Zeitpunkt darauf aus, seinen Machtbereich auf das Festland auszuweiten. Nach den lombardischen Kriegen 1454 galt die Stadt als die größte Landmacht Italiens. Der Doge Fascari wollte das noch erweitern, er wollte Venedig zu einer Weltmacht aufbauen. Man setzte ihn zwar 1457 ab, aber dennoch befand sich die Stadt auf ihrem Höhepunkt. Ihr einziger großer Feind war das Osmanische Reich. In dieser Zeit soll, und hier beginnen die Ungenauigkeiten, der Rat der Zehn, das offizielle Gremium oder quasi die Regierung, im Besitz eines unglaublichen Schatzes gewesen sein. Aber kein Gold oder Besitzurkunden.«

»Lass mich raten: Das Wissen um die ewige Jugend?«

Macanzone verdrehte die Augen. »Nein, auch nicht das Wissen um die perfekte Diät, mein Lieber …« Er wies auf den prall gefüllten Bauch seines Freundes, »... sondern schnöde Karten. Seekarten, die sie in dieser Zeit bei einer Seeschlacht von den Türken erbeutet haben sollen.«

»Was hat das mit dem Bild zu tun? Du schweifst schon ab wie ein Italiener«, mahnte Poch und griff in das Schälchen, um sich gleich vier Oliven herauszunehmen. Genüsslich leckte er sich die öligen Finger einzeln ab.

Macanzone ließ sich nicht beirren. »Im Sommer des Jahres 1505 soll ein Geheimbund diese Karte gestohlen haben. Manche meinen, dass es die Manichäer, eine gnostische Sekte, gewesen seien. Sie haben ein heiliges Buch, in dem sie jahrtausendealtes Wissen niederschrieben. Und da kommt dein Künstler ins Spiel. Bosch soll das Buch studiert und die Karten an sich genommen haben. Während meiner Zeit als Kurator im Dogenpalast forschte ich nach dieser Legende. Ich vermute, dieser Künstlerkreis wollte nicht, dass mit dem Wissen, welches diese Karten bargen, nur eine Macht oder ein Staat groß wurde.«

Poch lächelte, als er eine kleine eingelegte Sardine verspeiste. »Gleichwohl vernichteten sie es nicht. Das wäre die einfachste Lösung des Problems gewesen.«

Macanzone zuckte mit den Schultern. »Vielleicht brauchten sie ein Druckmittel. Jedenfalls wurde monatelang eine Hetzjagd auf alle vermeintlichen oder echten Mitglieder der diversen Geheimbünde und Logen dieser Stadt gemacht. Aber man fand nichts mehr. Besonders eine Seekarte soll von unschätzbarem Wert gewesen sein. Ich habe Aufzeichnungen aus den Ratssitzungen in der Biblioteca Marciana und in der Libreria Sansoviana gefunden, die diese Treibjagd belegen. Im Winter wurden mehrere Golddukaten auf die Festnahme eines flämischen Künstlers namens Aken, auch bekannt als Bosch, ausgelobt. Er verschwand aber spurlos aus der Stadt. Das war Bosch. Ob er im Besitz der Karten war, weiß ich nicht. Das Bild aber, welches er malte, muss tatsächlich spektakulär gewesen sein. Nur wenige Menschen durften es sehen: sein Freund da Vinci, der Auftraggeber, der später als Doge eine großartige Karriere machte, ein Onkel des Dogen und der deutsche Künstler Albrecht Dürer. Von ihm wissen wir, dass es ein Bild mit einer ganz besonderen, na, nennen wir es Ausstrahlung sein musste.«

Poch verstand nicht. »Und wo hat Dürer diese Erkenntnis hinterlassen?«

»Nun ja, Dürer schrieb 1505, im Jahr seiner zweiten Italienreise, einen Brief an seine Frau in Nürnberg. Dieser Brief wurde mit einer Kutsche transportiert, die auf einem Höhenpass in den Alpen in eine Gletscherspalte fiel. Dort wurde sie vor wenigen Jahren dank der Klimaerwärmung gefunden. Niemandem sagte der Inhalt des Briefes etwas. Es war in der Geheimschrift der Manichäer verfasst. Ich hörte davon, bat um Einsicht und bekam sie. Ich war sehr nah dran, eine Künstler- und Forschergruppe um da Vinci, Bosch und Dürer zu identifizieren. Aber ich scheiterte.«

»Warum?«, fragte Poch, während er einen Olivenkern ausspuckte.

»Ich konnte den Brief entschlüsseln und fügte diese Erkenntnisse mit anderen Informationen aus Urkunden und Niederschriften zusammen. Dummerweise wurde zwei Tage vor meiner Präsentation in mein Büro in der Kunstakademie eingebrochen, und alle Aufzeichnungen inklusive dieses eigentlich nur für die Kunstwelt interessanten Briefes verschwanden.«

»Was? Hattest du nicht irgendwo eine Sicherungskopie hinterlegt?«

Macanzone sah ihn indigniert an. »Ich weigere mich, mit diesem elektronischen Mist zu arbeiten. Ich bin ein Mann der Schrift.«

»Und warum ist davon nie etwas an die Öffentlichkeit gedrungen?«

»Zwei Tage später erhielt unser Museum eine hohe einstellige Millionenspende von einem anonymen Spender. Absender ›Dürer‹. Und ich bin sicher, dass nicht nur das Museum eine Spende bekam. Man riet mir von höchster Stelle aus, die Sache ruhenzulassen. Wir sind in Italien. Aber ich habe oben noch ein paar Dokumente. Wir können sie uns später anschauen.«

Poch spürte, dass er eine sehr heiße Spur verfolgte. Das alles

hing miteinander zusammen. Er wusste nur noch nicht, wie.
»Warum sind die alle zu dir gekommen, dieser Österreicher und die Franzosen? Ich meine, ja, du bist ein Experte für diese Kunst, warst Kurator im Dogenpalast. Aber das waren andere auch …«

»Ivan, das hat etwas mit meiner Familie zu tun. Mein Großvater hat ebenfalls immer von diesem Werk Boschs gesprochen. Du weißt, dass er im Ersten Weltkrieg im Generalstab an der Aufklärung eines äußerst seltsamen Falles beteiligt war?«

Poch verneinte.

»Sein Spezialgebiet war eigentlich die Frühzeit, das Mittelalter. Neuere Geschichte hatte ihn nie interessiert und schon gar nicht das Massensterben im Ersten Weltkrieg.«

»Was war das für ein Fall?«

Macanzones Stimme wurde leiser. »Kurz vor Ende des Krieges kam es an der gesamten Westfront immer wieder zu Desertationen, die Soldaten hatten den langen Krieg, das Gemetzel, satt, wollten fliehen. Aber speziell in einem Fall drehte ein hochrangiger Offizier durch. In einem Verhör gestand er, dass er mittels eines Bildes eine Erleuchtung hatte. Im Nachlass meines Großvaters, den ich auch aufbewahrt habe, fand sich nur eine kurze Notiz, dass man ein Bild eines niederländischen Künstlers gefunden, es zusammen mit weiteren Werken irgendwo deponiert und ansonsten die Akten zu diesem mysteriösen Fall geschlossen habe. Magst du mir denn jetzt deinen Kenntnisstand mitteilen?«

Poch spürte, dass sein Freund ungeduldig wurde. Macanzone fühlte sich ausgehorcht. Und das Ganze schien auch noch ein emotional schwieriges Thema für ihn zu sein.

»Freunde von mir haben diesen Kauz, der wohl bei dir war, auch getroffen. Er gab vor, zu wissen, wo das Bild sei. Es ist ein Einsiedler vom Tegernsee in Bayern. Er ist mittlerweile tot, nannte sich Ezechiel.«

Macanzone schüttelte den Kopf. »Nein, der nannte sich Fischer und war Kunsthistoriker aus Wien. Fettige Haare, schmieriges Auftreten.«

Poch nickte. »Das wird er sein. Ich bin mir sicher. Einiges spricht dafür. Er wurde ermordet, anscheinend von Menschen, die auch das Gemälde suchten. Bevor dieser Mann starb, hat er uns ein Rätsel mitgegeben.«

»Aha, und?«

»Man solle am Fluss, am Meer und im Bett des Kaisers suchen.« »Hm, das kann vieles bedeuten …«

Poch nickte. Er sah sich in der kleinen Trattoria um, sie waren allein. Der Mann, der eben noch die Gläser gespült hatte, hatte sich einen Mantel angezogen und war aus dem Essraum hinaus in die kalte Nacht verschwunden. Poch wollte unbedingt noch eine Flasche Wasser. Sein Sodbrennen hatte sich wieder einmal gemeldet.

»Kommt die Frau noch?«

Macanzone nickte. »Es ist Winter, die Dienstleistungsbereitschaft in dieser Stadt ist jetzt auf dem Nullpunkt angelangt.« Er lächelte. »Also, das Rätsel kann für alles stehen!«

»Nein, er bezog das auf Bosch und seine Triptychon-Werke. Eines hängt in Wien, am Fluss Donau, eines war hier in Venedig im Dogenpalast, am Mittelmeer. Es fehlt der verschollene Teil des Altarbildes. Der hängt im Bett des Kaisers. Aber was und vor allem wo ist das? Und Durst habe ich auch.«

Macanzone nippte kurz an seinem Wein, ehe er sagte: »Aber wir haben in Europa keine Kaiser mehr. Vielleicht ist es eine Allegorie?«

Poch lächelte ironisch. »Eine Allegorie auf Kaiser oder auf Bett oder auf beides?«

Macanzone ging auf den leichten Spott nicht ein. »Du hast mit dem Rätsel begonnen. Also, die wichtigsten Werke von Bosch hängen in Madrid, Wien und eigentlich in den Beneluxländern. Die Venedig-Werke sind sicher wertvoll, spielen aber nicht so eine große Rolle wie zum Beispiel ›Der Garten der Lüste‹ im Prado. Nehmen wir an, dass Wien richtig ist. Hier hat dieser Ezechiel oder Fischer studiert. In Venedig suchte er nach dem Werk, das könnte also auch stimmen. Fehlt nur noch … meinte er Madrid? Liegen dort irgendwelche Kaiser begraben?«

Poch stemmte seine dicken Arme auf den Tisch und schob sich stöhnend aus der Eckbank heraus.

»Ich suche die Dame einmal, aber vorher werde ich mich noch erleichtern. Wo darf ich denn mal …?«

Macanzone wies um die Ecke. Schwankend, weil sein Kreislauf die für ihn ungewohnt schnelle Bewegung kaum vertrug, wackelte Poch Richtung Toilette, die appetitlicherweise neben der Küche lag. Poch verstand sich als Gourmet und so glaubte er, mit einem Blick in die Küche auf die Qualität des Essens schließen zu können. Ein Mann am Herd drehte ihm den Rücken zu. Er trug einen Overall.

»Kein Stil, diese venezianischen Köche«, dachte Poch.

Das WC war wohl einst ein Kühlraum gewesen, denn die Tür bestand aus schwerem Gussstahl und besaß ein Bullauge. Er drückte sie auf und blickte mit entsetztem Gesichtsausdruck auf die völlig verdreckte Toilette, die nur aus einem Porzellanloch bestand. Jemand hatte wohl Probleme mit dem Essen respektive seiner Verdauung gehabt, und so waren vertrocknete Spritzer am gesamten Wandbereich zu erkennen. Poch schloss angewidert die Augen, als er Wasser ließ. Ein hartes, knopfgroßes Stück Seife drehte er in seinen Händen, bis es einen Hauch Schaum ergab. Poch sah auf die Uhr. Sie hatten sich verplaudert. Und Jürgen hätte schon längst da sein müssen. Der Junge war um diese Uhrzeit sicher hoffnungslos verloren und hatte sich verlaufen. Er drückte sich aus der engen Toilette und bemerkte, dass gerade etwas anzubrennen schien. Dem Gestank nach musste es Öl sein. Er sah in die Küche, aber der Mann im Overall war nicht zu sehen.

»Also, eure Köche sind auch eher Handwerker und vergesslich dazu. Der Koch lässt gerade das Öl anbrennen, also wirklich, mein Lieber …«

Macanzones Kopf lehnte an der holzverschalten Wand hinter der Eckbank. Von seinem rechten Ohr bis zu seinem Schlüsselbein klaffte eine rote Wunde, aus der das Blut pulsierte. Poch begriff sofort. Er trat zur Seite, und etwas schlug ohne großen Knall in die Holzverschalung der Wand. Splitter wirbelten auf. Er sah nach links in einen Spiegel. Der Mann im Overall saß am Ende des Ganges, der zum Ausgang führte, und zielte seelenruhig, wie an einem Schießstand, auf ihn. Aber noch etwas konnte er für einen kurzen Moment erkennen. Jürgen stand im Eingangsbereich des Restaurants. Poch schwankte und fiel nach hinten gegen die Klotür. Reflexartig griff er nach der Klinke und drückte seinen massigen Körper hinein. Er verriegelte sie hektisch und presste sich an die braungesprenkelte Wand. Jemand rüttelte an der Tür. Es ploppte, und er sah, wie sich das Eisen verbog. Dann klirrte es. Der Overalltyp hatte in das Bullauge geschossen. Die Kugel schlug in dem engen Raum gegen eine Fliese, wirbelte als Querschläger herum und blieb, ohne Poch zu treffen, im Boden stecken. Er besaß nichts, womit er sich hätte wehren können. Eine behandschuhte Hand griff durch das zertrümmerte Fenster, den Riegel suchend. Sollte er darauf schlagen? Er war in völliger Panik erstarrt, als er einen Schrei hörte. Dann ein Klatschen und ein dumpfer Schlag. Jemand fiel scheppernd zu Boden. Dann nur noch gellendes Schreien. Die Tür wurde aufgerissen, und Jürgen stand vor ihm. Poch trat hinaus und sah den Overalltypen auf dem Boden liegen. Jürgen hielt seine zusammengerollte *Vogue* in der Hand, zitterte und kreischte: »Ich habe ihn getötet, um Gottes willen.«

Poch verstand nicht. »Komm, mein Engel, hol tief Luft, und erzähl mir, wie du das gemacht hast.«

Jürgen legte beide Hände auf die Augen und tat, wie ihm Poch geheißen. »Das haben wir … also, nachdem wir immer so doof von der Landjugend angedisst wurden, also … das haben wir in einem Selbstverteidigungskurs in so einem Kickboxerstudio von einem Serben in Gießen gelernt. Wenn du nichts in der Hand hast außer einer …«, er hob die Septemberausgabe der Zeitschrift hoch, »… so eine Zeitschrift, roll sie zusammen und schlag so stark, wie du kannst, auf den Kehlkopf. Das habe ich gemacht. O Gott, ist er tot?«

Poch trat einen Schritt vorwärts und sah im engen Vorraum zur Küche den Mann im Overall auf dem Boden liegen. Alles stank erbärmlich. Poch wirkte erleichtert.

»Der wird uns nicht mehr verfolgen. Durchsuche ihn, mein Engel, aber mit den dort liegenden Handschuhen.«

»Auf gar keinen Fall. Was, wenn er aufwacht?«

»Dann sind wir weg. Ich fürchte, dass sich unser Venedigaufenthalt ein wenig verkürzt.«

Poch wackelte zum Tisch, wo Macanzone immer noch mit aufgeschnittener Kehle saß. Zärtlich drückte er ihm die aufgerissenen Augen zu und legte ihn vorsichtig auf die Bank. So wirkte es, als ob der Kurator schliefe.

»Wo immer *du* jetzt bist, finde deinen Frieden. Und ich verspreche dir, dass ich diese Hunde jage, finde und töte.«

Er sah sich nicht mehr um. »Wir müssen in die Wohnung von Macanzone, da liegen Unterlagen, und dann zurück nach Deutschland. Elijah hat mir einiges zu erklären.«

Rohrbrunn, Österreich, 22. 12., 12.10 Uhr

Es dauerte Sekunden, bis Regina und Faruk ihre Sprache wiederfanden. Almut, Ezechiel und Maria, die sich heute Birghid nannte, waren Geschwister. Und Arwed war ihr Schulfreund. Aber vor allem: Sie alle waren die Kinder des toten Nazis Alois Fischer. Almut, mit der Regina in Syrien um das Überleben kämpfte. War das damals alles nur Show? Die Gedanken purzelten in ihrem Kopf umher. Faruk berührte sie vorsichtig. Sie verstand. Sie musste Ruhe bewahren.

Diese schrullige Lehrerin Jelinek hatte ihr fast nebenbei einen entscheidenden Hinweis über die Verstrickungen ihres Auftraggebers gegeben. Das veränderte die Sache völlig.

»Sagen Sie, wissen Sie zufällig, was nach der Schulzeit aus den Kindern wurde?«

Jelinek legte den Kopf in den Nacken und blies Kringel in die Luft, ehe sie antwortete: »Maria machte hier in der Nähe eine Schneiderlehre. Arwed kam auf ein Internat und ist heute irgend so ein Tunichtgut. Ich sah ihn in einer dieser bunten Postillen, er ist wohl so etwas wie ein Playboy.« Sie sprach die Worte aus, als müsse sie kotzen. Dann wieder leuchtete ihr Gesicht. »Anton studierte Kunstgeschichte. Und Almut hat in Linz und Wien Altertumskunde und Archäologie studiert. Dort hat sie auch gelehrt. Allerdings nicht lange. Dann hat sie geheiratet und einen anderen Namen angenommen, den habe ich vergessen. Vor wenigen Monaten erst ist sie wiedergekommen, völlig verstört. Da war irgendetwas. Ihre Pflegeeltern haben sie, glaube ich, als vermisst gemeldet. Sie war schwanger, glaube ich. Das letzte Mal sah ich sie vor einigen Wochen auf dem Friedhof unten, am Grab vom Fischer, nein, das ist gar nicht wahr. An meinem Geburtstag sah ich sie. An der Bushaltestelle. Da wackelte sie dick und breit, wie sie war, in den Bus nach München mit den Tschuschen, die hier arbeiten.«

Reginas Herz raste. Immer wieder versuchte sie ihre Gedanken zu ordnen. Was hatte das alles zu bedeuten? Etwas Großes, unheimlich Bedrohliches nahm von Regina Besitz. Sie verkrampfte sich regelrecht auf dem Sofa. Faruk bemerkte es. Er musste die Lehrerin ablenken.

»Wie hat es Sie eigentlich hierher verschlagen? Sie scheinen ja den Genüssen der großen weiten Welt zugeneigt zu sein, verbringen aber in dieser, nun, wie soll ich sagen, Ödnis Ihre Zeit.«

Jelinek blickte ihn mit hochgezogenen Augenbrauen an. »Sie meinen, ich wirke nicht gerade wie eine typische Volksschullehrerin? Aber Sie haben recht, früher lebte ich in Wien, war Teil der Boheme.« Sie gurrte die Worte fast. »Sogar in der Akademie der Künste war ich tätig …« Sie machte eine Pause. »… als Aktmodell.«

Faruk räusperte sich. So genau wollte er es gar nicht wissen. Verlegen wendete er den Blick ab und sah wieder hinaus aus dem Fenster. Jemand rannte die Straße hinauf.

»Hochschwanger fährt die Schwester nach München? Kann man hier denn nicht entbinden?« Regina hatte sich gefangen. Fragen waren gut, bedeuteten Ablenkung, das war sicheres Terrain. Sie atmete tief ein und wieder aus.

»Doch schon, aber vielleicht wollte sie es hier nicht bekommen. Bei dieser Verwandtschaft.«

»Was meinen Sie damit?«

»Na, dieses ganze Nazigeschwerl eben. Mir ist das egal. Meine Koffer sind gepackt. Aber all die Jahre war das nicht einfach.«

Regina verstand nicht. Faruk schien nicht zuzuhören, sondern starrte nur aus dem Fenster. »Nazis hier?«

Jelinek lachte bitter. »Die meisten kamen aus dem KZ Mauthausen. Da waren sie stationiert. Nach dem Krieg kam einer nach dem anderen, kaufte Häuser, Grundstücke, und plötzlich waren sie fast alle hier. Oben auf dem Schloss«, sie zeigte auf die andere Donauseite, »feierten sie einmal im Jahr mit den üblichen Lokalgrößen aller Parteien. Keiner machte was dagegen. Und ihre Kinder erzogen sie, wie Nazis eben so erziehen. Die Almut und der Anton …«

Faruk stand ruckartig auf. Er zeigte nach draußen. Regina trat auf das Fenster zu. Rund 200 Meter entfernt sahen sie eine Person die Straße hinauflaufen und wild gestikulieren. Sie trug eine rote Pudelmütze. Es war Dr. Setner. Sie stoppte und stützte ihre Hände auf die Knie. Sie musste außer Atem sein. Dann lief sie weiter.

»Was will sie denn?«, fragte Regina.

Faruk deutete auf etwas, was tiefer lag. Der Unimog hatte sich in Bewegung gesetzt, schwarzer Rauch blies aus dem über dem Führerhaus liegenden Auspuff. Das Fahrzeug beschleunigte erstaunlich schnell. Statt einer Schaufel war eine Fräsvorrichtung, einem Metallbesen ähnlich, vor dem Unimog montiert. Er nahm Kurs auf die flüchtende Setner.

Regina reagierte als Erste. Sie drehte sich um, schubste die Lehrerin beiseite, fiel im Flur über einen Koffer und stürmte aus dem Haus über den Schulhof zur Straße. Sie konnte jetzt deutlich Setner erkennen, sie rief etwas, aber Regina verstand es nicht, weil auch der nachfolgende Unimog immer lauter wurde. Noch 50 Meter vielleicht trennten ihn von Setner. Immer wieder verschwand sie in einer Kurve und tauchte dann keuchend wieder in Reginas Blickfeld auf. Regina spurtete die zwar vom tiefen Schnee freigeräumte, aber nur mit wenig Rollsplitt präparierte Straße hinunter. Die Serpentinen über die tief verschneiten Wiesen abzukürzen, kam nicht in Frage. Regina griff an ihren Rücken, wo sie ihre Glock trug, und zog die Waffe heraus. Sie wusste, dass sie angesichts der rutschigen Fahrbahn keine Chance auf einen Treffer hatte. Aber der Unimog würde Setner gleich erwischen. Regina rannte in eine Kurve, aber trotz ihrer groben Schuhe rutschte sie aus, fiel hart auf ihre rechte Seite und schlug mit dem Kopf auf den Splitt. Schmerzvoll schrie sie auf. Ihre Waffe war ihr aus der Hand gefallen und lag zwei Meter hinter ihr auf der Straße. Dann sah sie Setner aus der Kurve kommen, hier lag links und rechts sehr viel Schnee, Verwehungen und geräumter Schnee ließen die Straße wie tief eingegraben wirken. Nur das Blau des Himmels und das Weiß des Schnees waren zu sehen. Regina versuchte, schnell aufzustehen, ihr Bein schmerzte, und sie konnte es kaum belasten. Sie sah sich um und humpelte zu ihrer Waffe, als sie den Motor hörte. Der grüne Unimog donnerte um die Ecke. Regina griff nach der Waffe und zielte auf das Fahrerhaus. Setner fiel auf die Knie und rappelte sich wieder auf, aber der Unimog bremste nicht. Regina zielte und schoss auf die Windschutzscheibe des Unimogs, traf aber nicht genau. Die Kugel prallte am Holm des Fahrerhauses ab. Noch zwei Meter, bis die Fräse Setner erreichen würde. Regina presste die Schusshand in ihre linke, zielte. Aber dann erstarrte sie. Setner fiel erneut. Und die Fräse erreichte sie. Ihr Schrei war kurz und schrill, ehe ihr Körper vom Metall erfasst und zerstückelt wurde. Regina drückte ab. Aber die Waffe blockierte. Erneut drückte sie den Abzug. Nichts. Der Unimog kam nun auf sie zu. Er hatte nur kurz geruckelt, als er den zerstückelten Körper Setners überfuhr. Regina drückte das Magazin aus der Glock heraus, ließ eine Patrone aus dem Lauf fallen und lud erneut. Noch zwanzig Meter war der Unimog entfernt. Sie spannte, schoss und jetzt löste die Pistole aus. Das Geschoss durchschlug das Fahrerhaus, Blut spritzte an die Scheibe, der Unimog verlor sofort an Geschwindigkeit, ehe er schlingerte und gegen die rechte Schneewand fuhr, sich dort hineinfräste und stehen blieb.

Gespenstische Stille folgte. Regina atmete durch. Ihr Kopf schien zu zerplatzen. Sie musste Faruk und Jelinek warnen, wenn sie es nicht vom Schulhaus aus gesehen hatten. Etwas zerriss wieder die Stille. Ein Automotor heulte auf. Sei lief zur äußersten Fahrbahnseite. Eine schwarze Limousine kam mit hohem Tempo aus dem Dorf hinauf. Es war eine Entscheidung in Bruchteilen von Sekunden. Regina wandte sich herum und lief. Der Wagen war deutlich schneller als der Unimog. Sie hörte hinter sich, wie der Fahrer einen Gang wechselte. Er schien zu beschleunigen. Sie lief um ihr Leben. Keuchend erreichte sie den alten Lehrerparkplatz.

Eine Böe fegte über den Platz, wirbelte Schnee auf. Der Audi hatte noch eine Kehre. Dann wäre er auf ihrer Höhe. Regina rannte auf das Haus der Leiterin zu. Sie trommelte an die Tür. Niemand öffnete. Verzweifelt drehte sie sich wieder um. Wohin? Das Motorengeräusch kam näher. Neben ihr schien sich etwas zu bewegen. Sie hob ihre Waffe und zielte nach links. Eine Eisenplatte, die unter dem Schnee auf dem Vorplatz verborgen lag, wurde langsam zur Seite geschoben. Faruks Kopf tauchte auf.

»Darf ich bitten?«

Mit großen Augen sprang sie zu ihm, wandte sich in die Öffnung hinein und zog mit Faruk zusammen die Platte wieder auf ihre alte Position. Es roch übel. Regina konnte schemenhaft das Gesicht Jelineks erkennen, die einen Filzmantel übergeworfen hatte, aber dennoch erbärmlich fror.

»Was ist das hier?« zischte Regina.

»Eine alte Sickergrube …«

Das Auto fuhr auf den Platz. Regina drückte sich an die Wand und hob ihre Waffe, bereit, sofort zu schießen. Der Wagen rollte knirschend über den Schnee. Die Tür öffnet sich. Sie konnten nichts sehen. Nur hören. Jemand lud eine Waffe durch. Regina erkannte, dass es eine Maschinenpistole war. Die Person ging langsam vom Wagen weg auf das Haus zu. Die Sickergrube lag genau zwischen Auto und Haus. Die Schritte kamen näher. Alle drei hielten die Luft an. Jetzt stand die Person auf der Eisenplatte, verharrte, schabte mit einem Fuß darüber. Trotz der Kälte lief Regina der Schweiß von der Stirn. Sie würde nicht durch das Metall schießen. Aber würde die Person zuerst schießen, wären sie geliefert. Sekunden verstrichen. Dann bewegte sich die Person weiter zum Haus. Glas klirrte. Dann hörten sie, wie er das Haus der Jelinek betrat. Zum ersten Mal atmeten sie wieder durch. Regina sah zu Faruk.

»Bleiben wir?«

Faruk schüttelte den Kopf. »Raus.«

»Und ich?«, flüsterte die Lehrerin.

»Sie bleiben hier. Wir gehen zum Wagen, locken ihn weg vom Haus. Dann gehen Sie hinein und rufen die Polizei.«

Jelinek wollte widersprechen. Aber da hatte Regina die Platte schon zur Seite gezogen, sich hinaufgeschwungen, Faruk die Hand gereicht und ihn hochgezogen. Vorsichtig schob Faruk die Platte zurück. Gebückt und ständig das Haus im Visier, rannten sie zum Wagen. Sie hatten Glück. Er hatte die Schlüssel stecken lassen. Kaum saßen sie im Wagen, bemerkten sie vom oberen Teil des Schulhauses eine Bewegung. Schüsse fielen vom Dach, durchschlugen ein hinteres Seitenfenster. Im Fußraum vor dem Beifahrersitz lagen in einem Leinenbeutel mehrere Faustfeuerwaffen und dicke Bündel mit Geldscheinen.

»Netter Proviant«, rief Regina, drehte den Zündschlüssel um und gab Gas. Mit einem Druck schaltete sie das Bremsblockiersystem aus, und der Wagen schleuderte wie ein Eiskunstläufer über den Schulhof. Faruk sah nach hinten. Das Feuer war eingestellt worden. Mit hoher Geschwindigkeit rasten sie in der allmählich einsetzenden Dunkelheit die Serpentinen hinab. Keiner verfolgte sie. Sie erreichten die Kreuzung auf die Bundesstraße, die links nach Passau führte. Von rechts tauchte der Unimog auf, links schoss ein schwarzer Van auf sie zu. Regina drückte auf das Gaspedal und fegte geradeaus über die Bundesstraße hinab ins Dorf.

»Wo fährst du hin?«, rief Faruk besorgt.

Sie fuhren jetzt parallel zum Fluss.

»Keine Ahnung, wir sollten …«

Plötzlich begann sich der Wagen zu drehen und rutschte Richtung Fluss.

»Gib Gas, und zieh nach links«, rief Faruk.

Aber einen weiteren Augenblick später prallten die fast zwei

Tonnen Gewicht des Autos auf das Eis. Es knackte, gab nach, riss, aber Regina gab sofort wieder Gas, und die Reifen bekamen einen Grip.

»Bete, dass es hält.«

Kinder stoben vor ihnen aus dem Weg und warfen mit Eisstücken und Hockeyschlägern nach ihnen. Andere lachten und staunten.

»Die Donau aufwärts, nur nicht in die Rinne, da ist das Eis dünner«, rief Faruk.

Er sah nach hinten und fluchte innerlich. Ein Mann auf einem Motorrad verfolgte sie. Faruk drückte das Schiebedach nach hinten und hangelte sich hinauf. Der Fahrtwind drückte seinen Kopf fast auf das Dach. Er entsicherte die Makarow, die er im Fußraum gefunden hatte, und wartete. Er sah hinunter und erkannte Reginas Rucksack. Auch Dr. Setners Koffer lag dort. Wem auch immer dieser Wagen gehörte, er musste in ihren Zimmern geschnüffelt haben. Der Motorradfahrer war jetzt auf gleicher Höhe. Sein Helm und sein Visier waren schwarz, das Gesicht nicht zu erkennen. Er griff in seine Jacke, lenkte wackelig mit nur einer Hand und hielt jetzt eine kleine Maschinenpistole. Regina zog ruckartig das schwere Gefährt nach links und traf den Vorderreifen der Cross-Maschine. Tatsächlich geriet der Fahrer ins Trudeln und kippte mit der Maschine zur Seite. Regina gab Gas, und der Audi wirbelte noch einmal Schnee von der Eisfläche auf. Faruk rutschte wieder hinunter auf den Beifahrersitz. Er sah noch, wie der Fahrer sich aufrappelte, in die Knie ging und schießen wollte. Aber sie hatten sich schon zu weit entfernt und schienen den Verfolger abgehängt zu haben.

Hinter dem Ort Obernzell sah Regina eine gute Gelegenheit, über einen einsam am Ufer liegenden Schiffsanleger wieder auf die Straße zu gelangen. Vielleicht lag es an einer Strömung oder Abwässern aus dem Dorf, dass hier das Eis nicht so fest war. Der vordere linke Reifen presste sich bis zum Blech in geborstenes Eis. Regina schrie auf. Abrupt wurden sie nach vorn geschleudert, und nach einem fürchterlichen Geräusch, das wie das Brechen von Knochen klang, kam das Auto zum Stehen.

»Raus«, rief Faruk.

Er griff nach hinten, schnappte sich den Rucksack, den Koffer und Beutel mit dem Geld und war schon herausgesprungen, als die komplette linke Seite einbrach. Sofort schlug auf Reginas Seite eiskaltes Wasser in den Innenraum. Faruk warf die Sachen auf das Eis und wollte zurück in den Wagen, als das tonnenschwere Fahrzeug noch ein weiteres Stück in die Tiefe sackte. Lediglich die Beifahrertür, geöffnet und verhakt auf der Eisfläche, hielt den Wagen über dem Wasser. Nur konnte Faruk so nicht mehr hinein. Regina zog sich verzweifelt auf die rechte Seite, aber je mehr sie sich bewegte, umso stärker sank der Audi in die Tiefe. Blech knirschte über das Eis. Es blieben nur noch Sekunden. Faruk handelte instinktiv. Er rannte um den Wagen, griff an den Kofferraum, der aber verschlossen war. Mit einer Pistole aus der Tasche schoss er das Schloss auf. Tatsächlich lag ein Abschleppseil dort. Er zog es raus, schoss zwei Mal in die Heckscheibe und schlug sie mit bloßen Händen weiter ein. Regina hing jetzt bis zur Brust im Wasser. Sie hatte Faruks Absicht verstanden und war in Deckung gegangen. Nun drehte sie sich nach hinten und sah ihn mit versteinertem Gesicht an. Hastig setzte Faruk mit nassklammen Händen, die immer steifer wurden, einen Knoten und warf das Seil in den Innenraum.

»Wickel es um deinen Arm«, rief er.

Wieder rutschte der Wagen ein Stück nach vorn und geriet immer mehr in eine vertikale Position. Auch Faruk war auf dem immer brüchiger werdenden Eis nicht sicher. Unter ihm bildeten sich laufend Risse, dumpf hörte Faruk das Eis unter sich knirschen. Regina griff nach dem Seil. Wenn sie sich im Auto verhaken würde, hätten sie keine Chance, niemals könnte Faruk das sinkende Auto halten. Faruk zog mit aller Macht, versuchte, sich im glatten Eis abzustützen, rutschte nach vorn, riss sich die Hände am Seil auf, während Regina sich zwischen den Vordersitzen hindurchzwängte. Sie war bereits auf den Rücksitzen, ihre Hände umklammerten den Rand der zerborstenen Scheiben. Dann aber sank der Wagen vor Faruks Augen mit einem schmatzenden Geräusch in die Tiefe. Das Seil, das er geistesgegenwärtig ergriffen hatte, sauste durch seine Hände, verbrannte die Haut und wurde fast gänzlich mit in die Tiefe gerissen.

Panisch erhob sich Faruk und umklammerte trotz der Schmerzen das Ende des Seils. Er sah in das Loch, das der Wagen in das Eis gedrückt hatte. Aber er konnte nur das Schwarz des darunter fließenden Wassers erkennen. In schierer Verzweiflung wollte er hinterherspringen, aber ein letzter klarer Gedanke hielt ihn davon ab. Das Ende des Seils lag jetzt schlaff auf dem Wasser. Es konnte nicht tief hier sein, denn das Ufer war nur ungefähr 40 Meter entfernt, und die Fahrrinne befand sich viel weiter in der Mitte des Flusses. Faruk stand verloren am Rand des Eises und hielt das Seil, als genau dieses plötzlich ruckte. Er sah hinab. Es war nichts zu sehen, noch einmal ruckte es. Und dann tauchte sie auf, prustete, spuckte, holte tief Luft und atmete warme Wolken aus. Regina hatte es geschafft. Er zog sie mit einem Ruck aus dem Wasser und legte sie auf das Eis. Dann riss er sich die Daunenjacke vom Leib, setzte sich neben Regina und rubbelte sie warm. Zitternd erhob sie sich, warf die Taschen über ihren nassen Rücken, und einige Sekunden später liefen sie die wenigen Meter über das Eis zum Ufer.

Keine Menschenseele war zu sehen. Diese Aktion auf dem Fluss schien von niemandem bemerkt worden zu sein. Regina klammerte sich an seinen Rücken. Faruk spürte, wie sie unkontrolliert zitterte. Er musste sie dringend trocknen und wärmen. Sie musste etwas Trockenes anziehen. Das konnte sie nicht lange aushalten. Auf der Straße sah Faruk nicht weit entfernt einen Rastplatz, der sich hinter Bäumen zur Straße hin verbarg. Ein weißer Porsche-SUV stand wenige Meter vor ihnen hinter einem Smart mit laufendem Motor. Der Smart war leer. Vorsichtig schritt Faruk weiter zum zweiten Wagen. Die Scheiben waren beschlagen. Und der Wagen ruckelte. Faruk legte Regina vorsichtig auf den Boden und näherte sich mit einer Waffe dem Auto.

Sie hatten die Sitze ganz nach hinten geklappt, und er lag, die Skihose bis zu den Knöcheln heruntergezogen, auf dem Fahrersitz, während die dunkelhaarige Frau auf ihm ritt. Faruk klopfte höflich an das Seitenfenster.

»Es tut mir leid, dass ich Sie störe, aber wir benötigen Kleidung und, ich fürchte, auch das Auto hier.«

Sie schienen es nicht zu begreifen. Auch der Lauf der Pistole änderte nichts daran.

»Nehmen Sie mein Geld, da vorne in der Ablage liegt meine Geldbörse.«

Faruk schüttelte den Kopf. »Steigen Sie bitte aus.«

Regina versuchte, nicht hinzusehen, aber das Bild war so surreal, dass sogar Faruk lächeln musste. Der Mann stand immer noch von den Füßen bis zum Bauch nackt an der Wagentür, das Kondom rutschte über den immer kleiner werdenden Schwanz. Angesichts der Kälte und der Gesamtsituation verständlich, wie Regina fast mitleidig dachte. Sie trug mit Widerwillen, aber dennoch glücklich ob der Wärme, die gelbe Leggins, die Schneeboots und die kurze Bolero-Ski Jacke der Frau. Die saß nun ebenso widerwillig nackt in ihrem Smart.

»Wir werden das beizeiten erklären«, sagte Regina, griff in den Leinenbeutel und klopfte an die Scheibe des Smarts. Mit einem schmollenden Gesichtsausdruck öffnete die Straßenhure. Regina drückte ihr das Bündel in die Hand. Dann schoss Faruk in die Reifen des Kleinwagens, nahm die Handys der beiden, das eine war lila und mit Strasssteinchen besetzt, und setzte sich mit Regina in den nach schnellem Sex und billigem Parfum riechenden Porsche Cayenne.

Faruk sah auf die Uhr im Armaturenbrett. Sie hatten nur noch wenige Stunden Zeit, um nach München zu kommen. Wenige Stunden, ehe das Virus ein zweites Mal zuschlagen würde. Diesmal gab es keinen Schutz. Regina nahm das Telefon. Sie musste Jan und Elijah informieren.

München, Deutschland, 23. 12., 03.56 Uhr

Tränen liefen aus ihren Augenwinkeln hinab über Wange und Kinn, tropften auf ihr Nachthemd und bildeten dort einen immer größer werdenden nassen Fleck. Er hatte sein Wort gebrochen. Er hatte stürmen lassen. Es war der Vollzug seiner letzten, blutigen Nachricht: »Wenn du es mir nicht gibst, lösche ich dich und die Deinen aus.« Sie hatte es nicht geglaubt. Sein Verlangen nach dem Werk schien zu groß zu sein.

Mit zitternden Händen wählte sie auf dem abhörsicheren Satellitentelefon seine Nummer. Es rauschte. Etwas tickte in der Leitung. Dann ertönte eine elektronische Stimme, wie in einer Service-Hotline. Sie drückte einen siebenstelligen Nummerncode, und dann endlich war seine Stimme brüchig und fern, aber dennoch deutlich zu hören. »Du musst mir glauben, das ist nicht in unserem Sinne. Das war so nicht geplant … Du musst jetzt ruhig bleiben. Dein Vater war ein Freund meines Vaters. Das war ein Alleingang von …«

Sie drückte auf die rote Taste und hielt das Gerät noch Sekunden in der Hand. Von jetzt an war sie allein. Gehetzt und gejagt von ihm. Aber das Leben, das unter ihren Brüsten strampelte, würde sie bis zum letzten Atemzug schützen. Koste es, was es wolle.

Sie beugte sich nach vorn und packte mit langsamen Bewegungen ihre Tasche. Leise öffnete sie die Tür, lauschte in die Stille hinein und stieg dann die Holztreppe zur Rezeption hinab. Alles war verwaist. Schon hier unten waren die Heizungen abgestellt worden, Strom und Wärme waren ein knappes Gut. Sie legte vorsichtig den Schlüssel auf den Tresen und stapfte, den Kopf nach unten gebeugt, hinaus in die kalte Winternacht. Keine Straßenbahn, kein Auto fuhr. Der Platz vor ihrer Pension war menschenleer. Sie würde zu seiner Wohnung gehen müssen. Ezechiel hatte die Adresse herausgefunden. Eine Militärstreife fuhr im Schritttempo die Einkaufsstraße in ihre Richtung hinauf. Sofort drückte sie sich in einen Hauseingang. Sie konnte die Soldaten in ihren weißen Schutzanzügen sehen. Sie leuchteten mit großen

Scheinwerfern, die Skelettfingern glichen, in die Schaufenster und an den Hauswänden hinauf.

Almut Moser war am Ende ihrer Kräfte. Sie hatte hoch gepokert und schien jetzt so ziemlich alles zu verlieren. Ihr letzter Trumpf schlummerte in ihrem Leib. Wieder war sie auf der Flucht. Ihr ganzes Leben schien eine einzige Flucht zu sein. Ihre Pflegeeltern in Rohrbrunn, die heimlichen Treffen mit ihrem Vater in irgendwelchen Ostblockstaaten. Alois Fischer, der SS-Schlächter, hatte sich seiner Tochter erst offenbart, als sie in der Lage war zu schweigen. Zu groß war das Risiko gewesen, dass sie in kindlicher Naivität irgendwelchen Judenschnüfflern etwas verriet. Während ihrer Studienzeit begriff sie mehr und mehr die Monstrosität seiner Verbrechen, wollte wieder fliehen, doch etwas zog sie in den Nahen Osten, in die neue Heimat ihres Vaters. Almut Moser, geborene Fischer. Kind eines Naziverbrechers, wie so viele in dem Dorf. Aber eben nicht so erbgeschädigt wie die anderen. Denn darauf hatte Fischer Wert gelegt. Er wollte keine Frau aus dem Dorf haben. Wer ihre Mutter war, verschwieg er. Stattdessen steckte er sie wie ihren Bruder zu dieser dumpfen Pflegefamilie nach Rohrbrunn. Erst in Syrien fand sie wieder zu ihm, vergaß ihre Rachegefühle, verstand seine Idee von Größe, Macht und Chaos. Sie sei sein Vermächtnis, sie müsse die Prophezeiung erfüllen. Sein erster Sohn war dumm, sein zweiter verwirrt, und so blieb nur sie.

Und so stimmte sie zu, dass sie mit dem Gog aus Magog schlief, seinen Samen in sich aufnahm und die Frucht des Leibes beschützen und pflegen würde. Eine neue Rasse, das war seine Idee. Er hatte diese Ethnie in Asien entdeckt, und nur zwei Familien konnte er nach Syrien bringen, ohne dass die dortigen Machthaber etwas davon mitbekamen.

Sie trug die Zwillinge in sich. Schon jetzt waren sie außergewöhnlich groß, hatten in ihrem Leib längst das normale Geburtsgewicht überschritten. Aber dank der Hilfe des Arztes, den Arwed ihr hatte zukommen lassen, und seiner Präparate war die Schwangerschaft zwar schmerzhaft und quälend, aber ohne weitere Komplikationen verlaufen.

Der Jeep der Soldaten rollte näher. Es war so weit. Sie konnte das Knirschen der großen Reifen auf dem tiefen Schnee hören. Der Wagen blieb stehen, eine Tür wurde geöffnet.

Ausgerechnet jetzt musste sie erkennen, dass Arwed Köhn, ihr Schulfreund, ihr erster Liebhaber, der Sohn des besten Freundes ihres Vaters, sie verraten hatte. Er hatte Ezechiel töten lassen, da war sie sich sicher. Er hatte Birghid, ihre Adoptivschwester, umbringen lassen, nur um an die Vakzine heranzukommen. Ihr Vater hatte ihr das Geheimnis um die Höhlen quasi als Wiedergutmachung offenbart. Almut, ausgebildete Archäologin, war in den Irak gereist und hatte das Vermächtnis der Seevölker gefunden. Zumindest glaubte sie das. In acht Gefäßen befanden sich gestampfte Substanzen, die, wie sie später in einem privaten Biochemielabor in der Türkei verifizierte, allesamt noch wirksam waren. Die Geißeln der Menschheit und ihre Gegenmittel. Aber dann wurde ihr Vater getötet, seine Asche im Meer vor Tel Aviv verstreut. So war sein Grab in Rohrbrunn leer, als sie dort schwor, sein Vermächtnis des Chaos weiterzuführen.

Jemand sprang aus dem Jeep, aus dem Inneren hörte sie das Fiepen eines Funksprechgerätes und das Quaken entfernter Stimmen. Schritte waren zu hören. Der Soldat hustete unter seiner Schutzmaske. Sie konnte durch das Glas des Schaufensters sehen, wie sich der Lichtstrahl der Taschenlampe in ihre Richtung bewegte.

Die Zwillinge mussten zur Welt kommen, aber Arwed Köhn durfte niemals in den Besitz ihres Wissens geraten. Eher vertraute sie sich dem Arzt und seiner Freundin an. Ihr Vater hatte sie damals als Lockvogel in den Ascheturm werfen lassen. Sie hatte nichts gesagt, weil sie ihm vertraute. Und tatsächlich: Sie überlebte, konnte die Frucht austragen, die er gesät hatte. Der Vater dieser Frucht starb vor ihren Augen, durch ihre Hand. Sie hatte auf ihn geschossen, um den Verdacht von sich abzulenken. Was hatte sie für einen Weg hinter sich. Und so kurz vor dem Ziel würde sie nicht aufgeben. Dieser Arzt, Jan Kistermann, der sie damals rettete, er würde ihr den Bauch aufschneiden und die Zwillinge holen. Sie würde wohl sterben, das hatte ihr Köhns

Mediziner schon prophezeit. Es war ihr egal. Die Kinder mussten leben.

Noch drei Schritte. Sie griff in ihre Tasche. Der Jeep war dem Soldaten gefolgt. Wie der Vater ihrer noch ungeborenen Kinder es ihr gezeigt hatte, schraubte sie das Metallrohr mit festen, aber sehr gleichmäßigen Bewegungen auf den Lauf. Der Soldat stand vor ihr. Er konnte das Gewehr nicht mehr von seiner Schulter in Anschlag legen. Sie schoss einmal in die Stirn und einmal in die Brust. Dann trat sie zwei Schritte über den schon toten Körper und verließ den Eingang Richtung Jeep, blieb aber im Schatten des Hauses stehen, sah den Fahrer hektisch hinausspringen und schoss auch dem jungen Mann zwei Mal in Kopf und Brust. Sie versicherte sich, dass nirgendwo Videokameras aufgestellt waren, und drückte sich an den Häuserwänden vorbei bis zur nächsten Gasse, die Waffe immer noch in der Hand haltend. Dann erst, schon mehrere Hundert Meter vom Tatort entfernt, steckte sie die Waffe wieder in ihre Tasche zwischen all ihre Medikamente.

Sie hatte somit nur einen Moment nicht aufgepasst, sonst hätte sie ihn bemerkt. Der Mann stand zwischen zwei zugeschneiten Autos und war wie aus dem Nichts aufgetaucht. Seine Nase wirkte weißer als der Rest des rotgefrorenen Gesichts, irgendwie künstlich, dachte Almut. Das wäre schon erschreckend genug. Aber er zielte auch mit einer kurzläufigen Schrotflinte direkt auf ihren ballonartigen Bauch.

»36 Gramm und mindestens 70 Kugeln werden Ihren Bauch treffen. Nicht alle treffen die kleinen Racker, aber ich verspreche Ihnen, dass ich, wenn sie hier liegen, kurzen Prozess mit ihnen mache.«

Hermel hasste Kinder. Es wäre ihm leichtgefallen, in den Bauch der schwangeren Almut zu schießen. Zudem hatte sie, ohne dass sie es wusste, seinen langjährigen Liebhaber in München getötet. Er sollte mit ihr die Übergabe der Kisten organisieren. Sein letztes Lebenszeichen hatte sein Liebhaber nicht weit von hier an einem Friedhof von sich gegeben. Es war ein Anruf, ein Kuss. Und dann war er weg. Seine Leiche war nicht aufzufinden. Aber er wusste, dass sie ihn auf dem Gewissen haben musste. Zu gern hätte er sie schon hier auf der Straße ausgequetscht. Und das meinte er wörtlich. Aber sein Auftrag lautete, dass er sie in das Krankenhaus in die Frauenlobstraße, nicht weit von hier, bringen sollte. Ihr Mobilfunksignal hatte sie verraten. Es war seine Idee, ihr ein Satellitentelefon mit Funkfrequenz auf hoher Ebene zur Verfügung zu stellen.

Rohrbrunn und die Festnahme des Arabers und der Österreicherin war mit seinen südafrikanischen Söldnern schiefgelaufen. Köhn war außer sich vor Wut gewesen. Aber dann hatte Hermel Almut orten können. Nur so hatte er seinen Kopf aus der Schlinge ziehen und seinen Auftraggeber besänftigen können. Er war von Rohrbrunn nach München geeilt. Und jetzt hatte er sie nach all den Tagen endlich vor dem Visier.

Sie sah ihn ausdruckslos an. Mit ihrer linken Hand ließ sie etwas in den Schnee fallen. Er sah es aus den Augenwinkeln. Er kannte den Trick, war darauf gefasst, dass sie mit der rechten Hand zur Waffe greifen würde. Er trat mit einem Schritt auf den Bürgersteig und stieß den Lauf direkt auf ihr Kinn. Der Schuss aus Almuts Waffe löste sich zwar, schlug aber in einen Schneehaufen ein, während Almut Moser nach hinten und in die Bewusstlosigkeit fiel. Ihr letzter klarer Gedanke galt ihrem Ziel: Jan Kistermann. Dann war alles schwarz.

Helgoland, Deutschland, 23. 12., 11.55 Uhr

Sie wollte ihn umarmen, aber ihre preußisch-protestantische Herkunft hielt sie davon ab.

Professor Vogels Assistent, Dr. Englert, hatte in seiner knappen, naturwissenschaftlichen Art den Stand der Dinge wiedergegeben. »Infizierte derzeit nach den Zahlen, die uns die Gesundheitsämter der Länder heute Morgen mailten: 115 000 Menschen im gesamten Bundesgebiet. Bereits verstorbene Infizierte: wenig mehr als 19 000 Menschen. Erwartete Tote in den nächsten 48 Stunden: 12 000. Zahl der Neuinfizierungen ist in einem unteren dreistelligen Bereich angekommen. Der Impfstoff aus den USA, den uns die amerikanischen Streitkräfte zur Verfügung gestellt haben, wirkt. Krankenhäuser sowie Sammellager bekommen die Situation zunehmend unter Kontrolle. Die Bürger verhalten sich außerordentlich ruhig und gefasst, seitdem sie spüren, dass wir mit den Impfungen Erfolg haben. Die Sicherheitskräfte aus den Nachbarstaaten tun ihr Übriges. Israel und die Arabische Union haben Ärztepersonal und Impfstoffe geliefert, die uns über den schlimmsten Zeitpunkt sehr gut hinweggeholfen haben. Die Araber haben die Berliner Kollegen erheblich unterstützt. Die Türkei hat nach Ihrer Bitte tatsächlich zwei Luftlandebrigaden nach Schönefeld geschickt, die sehr professionell die Impf- und Versorgungsstationen geführt haben.«

Dr. Englert sah belustigt zum Generalinspekteur. Ihm war die klammheimliche Freude darüber anzusehen, dass der General fremde Truppen in »seinem« Hoheitsgebiet dulden musste, weil sich zu wenige deutsche Soldaten zum Dienst gemeldet hatten.

»Nach unseren jetzigen Projektionen kann der Ausnahmezustand in spätestens 48 Stunden wieder aufgehoben werden.«

Die Kanzlerin spürte eine tiefe Erschöpfung. Sie hätte sich am liebsten an Ort und Stelle auf den Boden gelegt und wäre sicher sofort eingeschlafen. Aber sie hatte keine Zeit dafür. Sie musste dringend mit Missfeld sprechen. Noch heute Vormittag würde sie ihn von seinem Amt entbinden. Die Katastrophe in der Rhön hatte er zu verantworten. Nicht, dass es ihr unlieb war, dass diese Sektierer gestoppt worden waren. Aber der israelische Geheimdienst hatte der Kanzlerin sehr stichhaltige Beweise geliefert, dass Missfeld auf eigene Rechnung gehandelt hatte. Wo war er bloß? Zu der Morgensitzung mit Englert sollte er dringend erscheinen.

Ihr aalglatter Pressesprecher kam mit wichtiger Miene herein, beugte sich zu ihr herunter und legte ihr einen gelben Notizzettel auf den Tisch. »M. heute Morgen abgereist. Aufenthaltsort unbekannt«.

Das dritte Buch

Péronne, Ostfrankreich, 24. 03. 1918, 03.30 Uhr

Das Rathaus war gesprengt worden. In den Kolonnaden lagen tote englische Soldaten aufgestapelt. Sie rochen. Eine Granate hatte einen Dachbalken in den mageren Bauch eines Pferdes getrieben. Es lag auf dem Rücken - die Augen weit aufgerissen. Auf einem großen Holzbrett, das am aufgerissenen Dach von Soldaten befestigt worden war, stand: »Nicht ärgern. Nur wundern.«

Vier Tage hatte es geregnet. Durchgehend. Immer waren sie marschiert, über Granattrichter und auf zerstörten Straßen und durch fußtiefen Schlamm. Nachts unter einer Zeltbahn eingerollt fanden die wenigsten etwas Schlaf. Am nächsten Morgen war alles nass und lehmig. Pro Mann erhielten sie einen halben Löffel Marmelade. Ludendorff hatte als Marschgeschwindigkeit »10 Minuten für den Kilometer« ausgegeben und auf »einwandfreie Marschordnung« gedrungen. Im vierten Kriegsjahr war die Armee des deutschen Kaisers nur noch ein zerlumpter und erschöpfter Haufen. Sie sahen aus wie Gespenster. Farblos, verhungert, in zerrissenen Uniformen, verlaust schleichend, manche fast Menschen nicht mehr ähnlich. Aber ein letztes Mal wollte die Oberste Heeresleitung die Briten und Franzosen hier in der Picardie mit einer Offensive bezwingen – so wie im Osten das Russische Reich.

Kurzer Optimismus hatte die behaglich warmen Hauptquartiere der Generalität durchzogen.

Die einst schöne Stadt Péronne lag mitten in der Kampfzone und war nun ein Meer aus Ruinen, Leichen und Gestank. Nicht weit von hier tobte 1916 die blutigste Schlacht des Krieges. Hier verreckten am ersten Tag in deutschem Maschinengewehrfeuer 19 000 Engländer. Es war kein Fallen, kein ehrenvolles Sterben, hier zermalmte der Krieg die Menschen, schändete, zerriss und zerstampfte alles, was leben wollte. Zurück war eine Wüste geblieben. Kein Dorf stand mehr. Der Boden war durch die ständigen Bomben, Granaten und Gasangriffe tot und feindlich geworden.

Drei Tage zuvor hatte die Oberste Heeresleitung um 4.40 Uhr die Hölle losbrechen lassen. Es war die letzte große Offensive mit dem Codenamen »Michael«. Fünf Stunden lang fielen daraufhin in einer Linie von 70 Kilometern Gas und Bomben auf die englischen Stellungen. Um 09.45 Uhr waren dann die ersten der anderthalb Millionen deutschen Infanteristen, die hier zusammengezogen waren, wie Geister aus ihren Gräben gestiegen, über ihren Gesichtern übergroße Gasmasken und in ihren dürren, ausgezehrten Händen ihre Karabiner und Handgranaten und alles andere Todbringende. Diese ausgelaugten Männer hatten in ihrer schieren Verzweiflung die überraschten Alliierten weiter zurückdrängen können als jemals in den vergangenen zwei Jahren zuvor. Drei Tage später erreichten die deutschen Soldaten das alte Schlachtfeld von 1916. Hier gab es nur noch Trichterfelder, mit spärlichem totem Gras überzogen, aufgerissene Holzbohlenwege und dazwischen kleine englische Kreuze. Das Ziel, die britischen und französischen Verbände zu teilen, war nicht erreicht worden.

In dieser Hölle stand am Morgen des 24. März 1918 Leutnant Wilhelm Fischer mit seinem Zug aus zitternden Abiturienten, hohlwangigen Bauernsöhnen und greisenhaft wirkenden Männern. Er war 22 Jahre alt, hatte einen Monat vor Kriegsbeginn das Abitur gemacht, sich freiwillig gemeldet und – führte diese Handvoll Männer. Einen Sturmtrupp nannten sie das jetzt. Kleine Einheiten, die nicht zusammengekauert in vollgelaufenen Schützengräben verharrten, sondern in möglichst dauerhafter Bewegung weit in die feindlichen Linien stoßen sollten. Das war die Theorie. Praktisch hatte er in den letzten neun Tagen vier solcher Züge ins Feuer geschickt. Nur er überlebte das Schlachten – bis jetzt.

Nicht allein die feuchte Kälte, die durch seinen verlausten Mantel kroch, ließ ihn frieren. Von seinem eigenen Ausbildungszug lebte keiner mehr. Ein Scharfschütze hatte seinem Schulfreund Paul Bremer gestern Abend noch, nach fast vier Jahren gemeinsamen Kämpfens, kurz vor Einbruch der Nacht in den Hals geschossen. Und er selbst würde den heutigen Tag nicht überleben. Er hatte diese Vorah-

nung. Es war wie bei dem Zehn-kleine-Negerlein-Spiel. Und nun war er der Letzte. Er nahm seinen Karabiner in die linke Hand und marschierte mit seinem Zug westlich auf der einstmals schönen Hauptstraße Péronnes zur ersten Hauptkampflinie. Sie überquerten in gebückter Haltung ein völlig von Granaten durchwühltes Feld, immer die Deckung von Baumstümpfen, zerstörten Pferdefuhrwerken oder Ruinen der Bauernhäuser nehmend. Erschöpft erreichten sie die Pontonbrücke, die erst kürzlich von Pionieren hastig über den Canal du Nord errichtet worden war, um den Vorstoß nicht erlahmen zu lassen. Aber im vierten Kriegsjahr gab es keinen Elan, keinen Siegeswillen mehr. Nur noch nacktes Überleben oder schlimmstenfalls dumpfes Vegetieren waberte den Giftgasschwaden ähnelnd auf beiden Seiten der Front. Dann sah er ihn.

Er war großgewachsen, seine Offiziersmütze trug er leicht schräg. Er wanderte wie ein Sommerfrischler aus der Stadt auf der anderen Seite des Kanals über die Felder des Mordens, hielt kurz inne, stocherte mit einem langen Stock in der Erde herum und rauchte derweil. All das hatte man Fischer in der ersten Woche an der Front verboten, so man nicht sofort von den Tommys gegenüber ins Jenseits geschafft werden wollte. Dieser Offizier da, der in den Nebelschwaden des Morgens wandelte, schien entweder völlig verrückt oder gänzlich naiv zu sein. Er befahl seinem Zug, zwischen einem zerfetzten Pferdeleib und einem zerborstenen Heuwagen in Deckung zu gehen. Dann hastete Fischer über die Brücke, als er schon das erste Pfeifen hörte. Die Engländer schossen sich ein. Fischer warf sich auf der anderen Seite des Kanals in den Schlamm des Ufers, drückte seinen Stahlhelm nach unten, öffnete den Mund, um den Druck der Einschläge auszuhalten, und zählte. Der Boden dröhnte, bebte. Hochgesprengte Erde prasselte wie Dauerregen vom Himmel. Es zischte, knallte und ratterte um ihn herum. Die Luft roch nach Karbid und Schwefel. Doch die meisten Granaten zogen über den Kanal hinweg und schlugen in den Ruinen der Stadt ein. Langsam nahm er wahr, wie das Trommelfeuer eingestellt wurde.

»Der Schlamm macht uns alle mürbe. Ist es nicht so, junger Freund?«

Fischer hob den Kopf und blickte in das freundlich lächelnde

Gesicht des Offiziers. Der reichte ihm den Stock und bedeutete ihm, sich daran hochzuziehen. Fischer sah, dass er einem Hauptmann gegenüberstand, er grüßte etwas linkisch und wollte sich erklären.

»Herr Hauptmann, ich muss Sie warnen, Sie gehen hier vorn ein großes Risiko ein.«

»Mit wem habe ich es denn zu tun?« Der Hauptmann lächelte immer noch.

Fischer stellte sich vor. »Leutnant Fischer, mit dem zweiten Aufklärungszug auf dem Weg zum ersten Frontabschnitt.«

»Mein Name ist Oskar von Niedermayer. Man hat mich in diese, nun ja, in diese Schlammwüste geschickt, aber das hatte ja auch was Gutes …«

An der Front sind die Sinne viel stärker geschärft, jedes Geräusch, jeder neue Duft wird von den Soldaten aufgenommen und auf Gefahr hin analysiert. Und dieses Geräusch, das jetzt über die Nebelschwaden zog, war alles andere als harmlos. Es zischte. Und dann erfolgte ein Pfiff. Das war das unverkennbare Signal. Fischer sah, dass der Hauptmann keine Gasmaske am Gürtel trug. Lediglich einen Brotbeutel, einen Feldstecher und eine Pistole schien er bei seiner seltsamen Exkursion dabeizuhaben. Der sah ihn verdutzt an.

Fischer schrie: »Buntschießen, die Tommys werfen Gas.« Er zog den ranghöheren Offizier zu sich hinunter, und beide fielen in das brackige Wasser des Kanals. Fischer schnappte nach Luft. »Was machen Sie denn? Sind Sie toll?«

Jetzt war das Lächeln aus dem Gesicht des Hauptmanns verschwunden.

»Das ist Buntschießen, wissen Sie denn nicht, was das ist?«

Niedermayer schüttelte den Kopf. Fischer konnte es nicht glauben, jeder hier an der Westfront kannte diese teuflische Kombination. Erst wird Gelbkreuz verschossen, auch als Senfgas bekannt. Es dringt durch Leder und Kleidung, lässt die Haut brennen, jucken. Es zwingt den Soldaten förmlich, die Gasmaske abzureißen. Dann verschießen sie kurz danach Grünkreuz. Diese sogenannten »Maskenbrecher« ätzen sich in die Atemwege, sofortige Erstickungsanfälle sind die Folge. Der Tod tritt bei nahezu vollem Bewusstsein ein.

Meidet man sonst Granattrichter, weil sich dort das Gas sammelt, ist es bei diesem Gasangriff das Beste, bis zum Hals im Wasser zu stehen. Denn da dringt das erste Gas nicht durch.

Fischer sah nach oben, gelbmilchig waberten Giftschwaden über den Kanal, einzelne Fetzen segelten langsam die Böschung hinab. Der junge Offizier zog Niedermayer unter die Brücke und setzte ihm seine Maske auf. Es war seine Pflicht, er war sein Vorgesetzter. Niedermayer wehrte ab. Das Gelb kam näher, hatte jetzt die Wasserlinie erreicht. In wenigen Sekunden wäre es bei ihnen.

»Sie atmen ruhig, ich tauche, solange ich kann.« Er atmete tief ein und drückte sich unter das Wasser. Er sah nichts, aber er griff nach einem Holzpfeiler. Er schloss die Augen und zählte. So wie einst am Strandbad auf dem Darß an der Ostsee. Vor dem Krieg, als er ein Kind war und kreischend und lachend ins Wasser gesprungen war und nicht geflohen vor dem Gas. Er versuchte, die Bilder in seinem Kopf zu behalten, und das Verlangen, Luft zu holen, zu verdrängen. Aber mit jeder Sekunde brannten die Lungen stärker, war der Wunsch, aufzutauchen, größer. Es war illusorisch, oben wartete das Senfgas. Kleine Sterne funkelten vor seinen geschlossenen Augen. Dann war das jetzt eben sein Tod. Er hatte keine Kraft mehr. Das kalte Wasser nahm ihm den letzten Überlebenswillen.

Eine Hand griff nach ihm, zog ihn hoch. Er öffnete die Augen, Niedermayer sah ihn an, er hatte die Gasmaske abgenommen und legte einen Finger auf seinen Mund. Über ihm rumpelten Wagen und Menschen über die Brücke. Das Gas hatte sich schon verzogen, direkt dahinter schienen englische Truppen überraschend vorzustoßen. Nach der Offensive war die Hauptkampflinie noch nicht endgültig ausgebaut worden, Lücken waren entstanden. In eine solche wollten die Tommys jetzt stoßen. Und die beiden Deutschen drohten gerade hinter die feindlichen Linien zu geraten. Es wäre für Fischer nicht das erste Mal. In den vergangenen Monaten waren sie bei Sturmangriffen des Gegners immer wieder überrannt worden, ganze Grabenbesatzungen waren entweder so in Gefangenschaft geraten oder hatten den Feind so lange in den Rücken attackiert, bis nachrückende Soldaten sie ausgelöscht hatten. Aber sie hatten keine Waffen, der Karabiner lag weit vor ihm im Wasser, seine Stielgranaten am Koppel waren bestimmt durchnässt. Einzig seinen Kurzspaten hätte er einsetzen können. Sie hörten das Knirschen der Holzräder auf der Bohlenbrücke, Schlammbrocken fielen durch die Ritzen zu ihnen hinunter. Es war noch nicht hell genug, als dass die Soldaten über ihnen sie hätten erkennen können. Die Kälte des Wassers war kaum mehr auszuhalten. Sie klammerten sich beide an die Planken, die die Brücke notdürftig stützten. Fischer spürte seine Hände nicht mehr.

Sie hatten eine Stunde ausgeharrt, als endlich die deutsche Artillerie auf der anderen Seite erwachte. Dröhnend dumpf schien sie sich auf das Ziel einzuschießen. Wie ein großes böses Tier streckte es seine tödliche Zunge aus Granaten und Bomben näher an sie heran, um dann Sekunden später 200 Meter entfernt einzuschlagen. Der Zug über ihnen geriet ins Stocken, so schnell wie möglich waren die Männer in Deckung gesprungen, ein junger Engländer robbte gerade die Böschung kopfüber unter die Brücke, als Fischer mit einem Satz nach vorn seinen Spaten aus dem Wasser zog. Der Junge schaute die beiden Deutschen entsetzt an, seine Brille war verrutscht, ebenso sein brauner Helm, der einer Suppenschüssel glich. Fischer holte aus, hieb den Spaten quer gegen den Hals des Jungen und zog sofort wieder zurück. Mit der rechten Hand fasste der Engländer an seinen Hals, aus dem das Blut herausschoss. Gestern Morgen noch hatte Fischer das Blatt an einem Schleifstein im Keller eines Hauses in Péronne geschärft. Der Junge blutete schneller aus, als er sich wehren konnte. Dennoch zog Fischer ihn zu sich und drückte seinen Kopf unter Wasser.

Das Trommelfeuer seines Zuges wurde jetzt heftiger, sie wurden von hinteren Frontabschnitten unterstützt. Tatsächlich hasteten in irrsinnigem Galopp dieselben Pferdegespanne mit ihren Lafetten über die Brücke, die kurz zuvor zum Angriff nach vorn geschickt wurden, zurück Richtung Westen. Es dauerte aber noch eine Stunde, bis beide endlich deutsche Stimmen hörten. Bernd Erning, Bauer aus dem Münsterland, sprach ihn im breitesten westfälischen Platt an und zog ihn raus.

»Wie viele?«, fragte Fischer schnell und mit schlechtem Gewissen, denn er hatte sich von seinem Zug getrennt, ihn allein gelassen.

»Drei, nur die Abiturienten«, und dabei sah ihn Erning an, als ob Fischer sie persönlich ermordet hätte.

»Sie haben nicht irgendwem das Leben gerettet. Wissen Sie, wer das war?« Der Bataillonskommandeur hatte sich extra nach vorn in den Gefechtsstand der zweiten Hauptkampfstellung fahren lassen, als er von der abenteuerlichen Geschichte hörte. »Das ist Oskar von Niedermayer, unser Held vom Hindukusch.«

Fischer hatte frische Kleidung erhalten, und sogar eine Rasur war möglich gewesen. Dennoch war er sterbensmüde, konnte sich kaum auf den Beinen halten. Der Grund für seine gute Behandlung saß am Tisch des Kommandeurs, rauchte und sah ihn durchdringend an. Er hob die Hand beschwichtigend. »Wir werden noch Zeit haben, dem jungen Mann davon zu erzählen. Lassen Sie ihn schlafen, von Gruschwitz.«

Der Offizier wirkte enttäuscht, diese Geschichte hatte ihm in dieser versauten Offensive doch etwas Spaß bereitet. Fischer salutierte und verabschiedete sich mit durchgedrücktem Rücken. Kaum war er vor der Tür, begann er zu niesen.

So stand er da am Abend des 29. März des vierten Kriegsjahres, rauchte und war endgültig erwachsen geworden, wie er fand. Es war nicht der Orden, nicht der Schlag gegen den Engländer und auch nicht die Rettung dieses verrückten Offiziers. Er hatte die Sinnlosigkeit in ihrem ganzen schmierigen Ausmaße erkannt, er spürte nichts als Leere in sich. Er hatte, so dachte er, seine Lebenslektion gelernt.

»Haben Sie Feuer?« Niedermayer war wie aus dem Nichts neben ihn getreten.

Fischer griff in seine Manteltasche, fand Streichhölzer und entzündete sie für den Hauptmann.

»Was meinte der Kommandeur mit dem Helden vom Hindukusch?«

Niedermayer schloss die Augen, sog den Rauch ein, hielt ihn lange in den Bronchien und blies ihn dann sehr langsam stoßweise aus. Fischer roch den sonderbaren Duft des Rauchs, konnte ihn aber nicht einordnen, süßlich, nicht so harzig wie die, die hier an der Front verteilt wurden.

»Wollen Sie mal ziehen?«

Niedermayer reichte ihm die lange Zigarette, ging in die Hocke und lehnte sich an die Reste einer Hausmauer. Das Donnern und Grollen der Geschütze wenige Kilometer von hier drang dumpf heran, untermalte die bleierne Szenerie. Fischer zog tief an der Zigarette und musste unwillkürlich husten. Er wollte sich aber keine Blöße geben und hielt den Rauch, solange er konnte, in seinen Lungen. Innerhalb kürzester Zeit erwachte eine längst verschüttet geglaubte, innere Wärme in ihm. Sein Kopf wurde leicht, die Bitterkeit seiner Gedanken schien förmlich zu zerlaufen.

»Ich war im Auftrag seiner Majestät in Afghanistan und Indien tätig. Wir sollten die Stämme dort gegen die englische Kolonialmacht aufwiegeln. Anders als die Propaganda es darstellte, war es ein Misserfolg. Keiner wollte sich uns anschließen. Wir wurden hingehalten, immer wieder vertröstet, aber mit der zunehmenden Verschlechterung unserer Siegeschancen sank auch die Bereitschaft der Länder, sich gegen die Briten aufzulehnen.«

Fischer war überrascht, wie offen und ehrlich der Offizier mit ihm sprach. Ob es eine Prüfung war? Es war ihm egal. Er wollte dieses Gefühl, das gerade von ihm Besitz nahm, nicht verlieren.

»Was glauben Sie, Fischer? Ist der Krieg noch zu gewinnen?«

Fischer sah ihn für lange Sekunden an. »Nein, wenn Sie mich fragen, brauchen wir eine ehrenvolle Kapitulation. Der Amerikaner wirft Tag für Tag immer neue, frische Truppen auf den Kontinent, und wir sind schon längst ausgeblutet. Die Offensive wird sich festfahren. Selbst wenn wir Paris einnähmen, hätten wir noch längst nicht Frankreich erobert. Wir sind hier in der Hölle. Und es wird kein Entkommen geben. Gott ist nicht mehr da.«

Niedermayer sah ihn kurz an und nickte langsam.

»Mögen Sie mir von den Ländern im Osten erzählen? Ich habe schon als Kind so gern von fremden Regionen gehört. Ich las so oft in diesem braunen Diercke Schulatlas …«

Niedermayer lachte. »Ja, ›zum geographischen Gebrauch in Höheren Lehranstalten‹ stand vorn drauf. Ich kann mich erinnern.« Jetzt lachten beide leise.

»Was wünschen Sie sich gerade, Fischer?«

Der junge Offizier war verlegen. »Hier wünscht man sich nur eines: Überleben. Herauskommen. Die Heimat sehen.«

Niedermayer schien ihn zu fixieren. Fischer erwiderte den Blick. »Warum fragen Sie?« Niedermayer sah an Fischer vorbei, zupfte an dessen Jacke und erhob sich. »Wir gehen mal auf das Dach dort oben. Da sind wir ungestört.«

Sie saßen auf einem ehemaligen Dachboden, dem ebenjenes Dach durch stetigen Beschuss abhandengekommen war, und konnten weit in die welligen Flächen der Picardie hineinsehen. Die fahle Sonne, die noch keine große Frühlingswärme ausstrahlte, ging langsam unter. Krähenschwärme zogen ihre Kreise über den Ruinen der Stadt. Niedermayer hatte eine Flasche Wein aus seinem Brotbeutel geholt und etwas Käse aus Zeitungspapier ausgerollt.

»Fischer, Sie erscheinen mir als sehr nachdenklich und trotz ihres jungen Alters als erfahren genug, das hier alles zu verstehen.«

Wilhelm Fischer gefiel das Kompliment. Er war nie religiös erzogen worden, seine Eltern waren protestantische Mecklenburger, Kaufleute, die sich herzlich wenig aus der Suche nach dem Sinn des Lebens machten. Sie glaubten an das Klingeln ihrer Kasse. Ihr Sohn dachte anders. Er wollte nach dem Krieg Philosophie und Geographie in Berlin studieren. Aber jetzt war alles anders. Jetzt war die Hölle da.

»Wie erwähnt, sollten wir die Stämme in Indien, Persien und Afghanistan aufwiegeln. Ich war für die militärischen Aspekte der Expedition zuständig, die diplomatische Seite übernahm Leutnant von Hentig. Trotz vieler Rückschläge hielten wir sowohl die Russen als auch die Engländer vor Ort ziemlich auf Trab. Am Ende scheiterten wir. Der Emir hatte uns monatelang mit leeren Versprechungen hingehalten, Ende Mai 1916 mussten wir endgültig verschwinden. Wir teilten uns auf. Hentig floh über den Hindukusch und die Wüste Gobi nach China. Dort hatte er schon vor dem Krieg gelebt. Ich wollte den Weg westlich gehen und in die Türkei zurückkehren. Unterwegs wurde ich überfallen, ausgeraubt und irgendwo in Turkestan in einen staubigen Straßengraben geworfen. Ich war mehr tot als lebendig.«

Niedermayer zog an dem Korken der Flasche und goss sich etwas Wein in einen Metallbecher. Fischer hatte ihm bewundernd zugehört. So hatte er sich das Abenteuer Krieg vorgestellt. Kein Schlamm, kein Stellungskrieg.

»Eine Frau fand mich und befahl ihrem Sohn, mich zum nächsten Dorf zu tragen. Dort wurde ich tagelang gepflegt. Es lag am Rande eines großen Sees, dem Aralsee. Sie waren gut zu mir. Es waren zwar Turkvölker, aber keine Muselmanen. Sie haben mich gepflegt und mich gelehrt. Es war das Gegenteil von all dem hier«, er machte eine ausladende Bewegung. »Es war wie ein heiliger Ort, aber nur eine Zwischenstation auf dem Weg der Erkenntnis.« Niedermayer trank einen tiefen Schluck.

»Welche Erkenntnis meinen Sie?« Fischer war enttäuscht. Er hatte mit Hinweisen auf Schätze gerechnet.

»Die Erkenntnis und das Wissen über die ANDERE Seite. Das erfuhr ich erst dort.« Niedermayer betonte es überdeutlich und machte dabei eine weit ausholende Bewegung. »Stellen Sie sich vor, Sie könnten ins Jenseits schauen, wie Orpheus oder Dante einst. Und Sie könnten beeinflussen, wie alles danach für Sie persönlich sein wird.«

Fischer war sich nicht sicher, ob der Wein bei Niedermayer stärker wirkte als bei gewöhnlichen Menschen. Denn jetzt klang es doch sehr nach »Jagdschein«. Diesen Begriff nutzten die einfachen Soldaten, wenn Menschen Irrsinn vorgetäuscht hatten, um von der Front wegzukommen.

Falls Niedermayer die Zweifel seines jungen Lebensretters spürte, so ließ er es sich nicht anmerken. »Ich sah es. Denn man schenkte mir für einen kurzen Moment einen Blick in das Licht. Und Sie, junger Leutnant Fischer, haben es mit mir heute Morgen auch sehen dürfen.«

»Ich verstehe nicht. Was ich gesehen habe, war Tod und Grauen. Da war kein Licht. Oder glauben Sie, dass unser Herrgott da draußen bei uns war?«

Niedermayer sah ihn belustigt an und schüttelte leicht den Kopf. »Nein, das war ER bestimmt nicht. ER ist nicht da. Aber das Licht war da. Und ES ist unbeschreiblich. ES ist die Verheißung.«

Fischer sah ihn verständnislos an. Wovon redete der Mann jetzt bloß?

Niedermayer schlug seine Jacke auf, knöpfte eine versteckte Innentasche auf und zog ein kleines Päckchen hervor. »Sie haben nach meiner Rückkehr alles wissen wollen im Generalstab in Spa. Ich habe nichts gesagt. Sie wollten wissen, ob ich die Macht, die ich sah, auf sie übertragen könne. Ich habe es verneint.« Seine Stimme wurde schneller, hektischer, er wirkte plötzlich wie von etwas angetrieben. »Selbst der Kaiser, ein großer Freund der Kunst, wollte den Ort der Erkenntnis wissen. Aber ich sagte wieder Nein. Sie verliehen mir den Max-Joseph-Orden. Meine Antwort lautete Nein. Sie schlugen mich zum Ritter, hoben mich in den Adelsstand. Ich blieb beim Nein. Somit schickten sie mich enttäuscht wieder ins Feuer. Aber das macht mir nichts. Ich weiß, wohin ich gehe. Sie aber, junger Fischer, werden es bekommen.«

Niedermayer hatte sich vorgebeugt, ganz nah war er jetzt vor Fischers Gesicht. Er roch den Wein in seinem hektischen Atem, sah den stieren Blick, den Schweiß auf der Stirn des Mannes. Er schien dem Wahnsinn anheimzufallen. Fischer hatte es in den letzten Monaten bei vielen gesehen. Nach Sturmangriffen oder Grabenkämpfen, wenn jemand verschüttet wurde in einem Unterstand oder nach einem Artillerieangriff, waren erst alle erleichtert. Aber mit der Ruhe kroch der Wahnsinn in die Köpfe der Männer, ließ sie über die Gräben in das Feuer der Maschinengewehre laufen oder den besten Kameraden urplötzlich angreifen. Fischer fühlte sich nicht wohl hier oben. Niedermayer packte seine Hand, drückte sie, und als er losließ, lag ein kleines, bräunlich gefärbtes Foto in seiner Handfläche. Darauf abgesetzt war eine Gestalt zu erkennen. Sie trug eine Soutane. Hinter ihr war eine Kapelle oder kleine Kirche zu erkennen. Fischer verstand nicht. Niedermayer stand abrupt auf und sah umher, um sich ein letztes Mal zu ihm zu wenden.

»Jetzt hast du es, du wirst all das überleben. Herauskommen, wie du es dir wünschst. Aber du wirst danach, wenn das alles hier vorbei ist, deinen Teil zahlen müssen. Such das Bild, aber vor allem: Such SIE, sonst sucht SIE dich. Und das willst du nicht.«

Aus den Protokollen des Sonderermittlers Oskar von Mackensen: *»Oskar von Niedermayer wurde zwei Tage später in einem Unterstand zwei Kilometer nördlich von Péronne verschüttet. Er konnte fast unverletzt geborgen werden. Er hatte äußerlich kaum Verletzungen davongetragen, eine Risswunde am Hinterkopf war vom Lazarettarzt als harmlos bezeichnet worden. Lediglich eine Teilamnesie machte ihm zu schaffen, löschte die meisten Erinnerungen an den Krieg aus …«*

So war Oskar von Niedermayer einer der wenigen glücklichen Menschen, die von diesem grausamen Gemetzel nichts zurückbehielten außer einer Narbe am Kopf.

Anders erging es sechs einfachen Soldaten und einem Leutnant. »… sie hatten nach dem Besuch einer Kirche widerrechtlich und ohne Aufforderung eines Offiziers ihre Waffen bei ihren Kameraden im Unterstand abgegeben, waren aus dem Graben geklettert und hatten sich dann, ohne Eile und anscheinend glücklich dem feindlichen Feuer genähert …«

Der Zeitpunkt war nicht gut gewählt. Die alliierte Artillerie zermalmte vier von ihnen binnen weniger Sekunden.

»Zwei konnten schwerverletzt wieder in die rückwärtige Front gerettet werden. Leutnant Fischer, der den Sturmtrupp bis zu diesem Akt des Defätismus anführte, war nicht auffindbar. Die ersten Ausführungen der Überlebenden wurden sofort weiter nach Spa übermittelt, wo Seine Majestät der Kaiser anwesend war. Nach Weisung Seiner Kaiserlichen Majestät führte ich an den darauffolgenden zwei Tagen die Vernehmungen durch. Nach deutlichem Insistieren verriet einer der Delinquenten den Ort des Verstecks. So konnte ich …«

Der Rest des Vernehmungsprotokolls wurde bei einem übereilten Rückzug zerstört. Sechs Tage später, am Morgen des 30. 03. 1918, rollte ein verplombter und mit großen Panzerplatten geschützter Zug mit einem Waggon vom Bahnhof Namur los. Sein Ziel war Potsdam.

München, Deutschland, 23. 12., 12.35 Uhr

Es war einst ihr Haus. Eine Villa in Bogenhausen zu besitzen, dem schönsten, aber zweifellos auch teuersten Stadtteil Münchens, erschien Jan damals als das perfekte Glück. Sein Arbeitsplatz, das Klinikum rechts der Isar, lag nur einen kurzen Fußmarsch entfernt. Das Haus selbst besaß einen großzügigen Garten und bot absolute Ruhe nach der anstrengenden Arbeit im OP. Die alte Rotbuche hinter dem Haus trug an ihren langen und dicken Ästen einst die Schaukel ihres Sohnes. Er hatte auf Anraten des Psychologen, der sie direkt nach dem Tod des Jungen betreute, alle Sachen verschenkt oder weggeworfen und stattdessen einen Apfelbaum im Garten gepflanzt. Doch nur wenige Tage nach der Beerdigung hatte seine Frau den Baum herausgerissen und auf den Komposthaufen geworfen, ihn angeschrien und dann hinausgeworfen.

Jetzt, über anderthalb Jahre später, war er zurückgekehrt, und die Ironie des Schicksals hatte ihn in diesem Chaos wieder mit seiner Exfrau zusammengebracht. Denn Andrea hatte der Gruppe die einst gemeinsame Wohnung von ihr und Jan als ersten Unterschlupf angeboten. In einem Sprinter-LKW, der bis auf eine fehlende Hecktür intakt schien, waren sie von Rottershausen ohne größere Zwischenfälle über die Autobahn nach München gefahren. Im Laderaum hatten zwei tote Männer gelegen, die sich mit einer Schrotflinte in den Kopf geschossen hatten. Notdürftig hatten sie die menschlichen Überreste entfernt. Sie waren nicht die Einzigen auf der Straße, immer mehr Autos fuhren wie sie wieder in den Süden. Im Radio waren zu jeder halben Stunde wieder offizielle Nachrichten zu hören. Die Impfungen schienen anzuschlagen, die Versorgung der Kranken und das Entsorgen der Toten wurde schnell zur Routine. Zudem konnte die Bevölkerung in von Militär und Hilfsorganisationen bereitgestellten Kantinen Lebensmittel bekommen. Das Leben schien, wenn man den Nachrichten glaubte, in sehr kleinen Schritten zumindest in die Städte zurückzukommen.

Andrea hatte die ganze Fahrt über neben ihrer Nichte gesessen, während sie Jan und Elijah wie selbstverständlich hinten in den Laderaum beordert hatte. Sie redeten dort sehr intensiv miteinander, und Martha schien sich Andrea gegenüber zu öffnen. Elijah hatte sich derweil, an der noch blutig verschmierten LKW-Wand lehnend, mit seinen Mittelsmännern in Israel und der Schweiz auseinandergesetzt. Er sprach Hebräisch in das Satellitentelefon, und Jan konnte auch aus seinem Gesicht nichts ablesen. Als er auflegte, schnippte er seine Zigarette aus dem Wagen und sah Jan lange an.

»Uns rennt die Zeit davon«, rief er in den kalten Fahrtwind, der von draußen hineinströmte.

Jan sah ihn fragend an. Es war zu laut im Laderaum. Elijah wiederholte seinen Satz.

»Und warum?«, fragte Jan.

Elijah deutete auf die Fahrerkabine, winkte Jan auf seine Seite und wies auf das Display seines Satellitentelefons. Jan las irritiert die englischen Kürzel: »Vrs stll ht-12h2 g-b wr f rds-nt n r tm«. Mit einem Stirnrunzeln sah er zu Elijah. Dann schaute er erneut hin und verstand. Sie hatten die Vokale weggelassen. Wenn er es in Gedanken laut vorlas, verstand er es, es beruhigte ihn aber nicht. »Virus still hot – 12 hours to go – be aware of reds – not in our team«.

Sollte das Virus tatsächlich noch nicht besiegt sein? Und warum zwölf Stunden? Und wer waren die Reds? Elijah legte nur den Finger auf die Lippen. Bis sie zur ersten Kontrolle am Kreuz München-Nord gelangten, schwiegen sie und hingen ihren eigenen Gedanken nach.

Auf der äußerst rechten Fahrbahn waren Zelte des Technischen Hilfswerkes aufgebaut. Vor dem Eingang hatte sich eine längere Schlange gebildet. Jeder, der die Stadt besuchen wollte, musste hier einen aufreibenden Check durch ein übermüdetes

Ärzteteam über sich ergehen lassen, erst dann konnte man die Stadtgrenze passieren. Sie froren erbärmlich, übernächtigt und immer noch paralysiert von den Ereignissen der letzten Stunden. Jan erkannte einen Kollegen, der an der Schlange vorbeischritt, grüßte ihn freundlich und kam mit ihm ins Gespräch. Wenig später winkte ein Soldat die vier aus der Schlange, und Jans Kollege untersuchte sie schnell, aber gründlich.

»Ich habe jetzt Schichtwechsel, aber die Busse, die uns wieder in die Stadt fahren sollten, kommen nicht. Habt ihr noch Platz?«

Jan nickte, und wenig später saßen sie mit acht weiteren Sanitätern und Ärzten im Laderaum dichtgedrängt zusammen.

»Wie ist die Situation in der Stadt?«, fragte Jan.

Sein Kollege griff dankbar nach einer Zigarette, die Elijah ihm anbot, und berichtete mit müder Stimme: »Bis vor zwei Tagen waren wir am Arsch. Unser offizielles Vakzin schlug nicht an. Die Patienten starben uns wie die Fliegen. Zwischen Infektion und Todeseintritt lagen zwischenzeitlich nur noch Stunden. Dann bekamen auch wir das Antiserum der Amerikaner. Bis dahin verzeichnete allein München mehr als 19 000 Tote innerhalb einer Woche!« Der Arzt sah Jan fest an, ehe er fortfuhr. »Wir gehen davon aus, dass trotz Impfung noch einmal so viele in den nächsten Tagen sterben werden.«

Jan konnte es nicht fassen. Er wusste, dass München knapp 1,3 Millionen Einwohner hatte und in normalen Zeiten jede Woche etwas mehr als 200 Menschen starben. Er rechnete. Schon jetzt war mehr als ein Prozent der Gesamtbevölkerung der Epidemie zum Opfer gefallen.

»Wo sind die alle geblieben? Ich meine, das sind doch Unmengen von Leichen ...«, sagte Jan.

Er führte seinen Satz nicht zu Ende, denn er wusste um die begrenzten Kapazitäten der Krematorien in der Stadt. Mittlerweile hatte der Transporter den Frankfurter Ring, eine Ausfallstraße, die unter anderem zur Müllverbrennungsanlage in Unterföhring führte, erreicht. Der Arzt zeigte auf das große Gebäude mit den markanten Türmen. Auf der anderen Straßenseite fuhren LKW der Bundeswehr im Konvoi auf die Anlage zu.

»Wir haben keine andere Lösung. Wir können sie nirgendwo zwischenlagern. Zudem sind die Leichen hochkontaminiert. Die Sekrete werden nur bei rascher Verbrennung und hohen Temperaturen zerstört. Und lieber etwas weniger Pietät und dafür langfristig Sicherheit, um die …«

Elijah hob die Hand. Er hatte still zugehört und dann auf die weiße Rauchsäule aus dem Kamin der Anlage geblickt. »Wir verstehen. Im Verbrennen von Leichen war Deutschland schon immer weit vorn.«

»Was wollen Sie uns unterstellen? *Wir* haben sie nicht getötet. Aber selbst als Leichen stellen diese Menschen noch eine immense Bedrohung dar. Haben Sie etwa eine bessere Idee?«

Der Arzt war sichtlich genervt. Aber Elijah schwieg und zuckte nur mit den Schultern.

Sie waren um 12 Uhr mit Regina und Faruk am Friedensengel, einem Denkmal hoch über der Isar, verabredet. Jans Exfrau würde zum ersten Mal auf Regina treffen, und ihm war nicht wohl bei dem Gedanken. Sie hatten die Mitfahrer am Krankenhaus Bogenhausen herausgelassen und standen jetzt am Rande eines Grünstreifens. Jan lief auf die Säule zu, auf deren Spitze ein freundlicher, goldener Engel auf einem Bein stand. Ihm war der Friedensengel immer lieber gewesen als die martialische Berliner Siegessäule. Dieser dicke Putto dort oben war für ihn auch ein Gegenentwurf des eigentlich friedfertigen Bayerns zum aggressiven Preußen.

Die letzten Tage hatten sich, das spürte er, tief in seine Seele eingegraben. Die Odyssee durch Deutschland mit Martha hatte ein neues Menschenbild in ihm entstehen lassen. Nie zuvor war ihm so heftig die Niedertracht und die Verletzlichkeit der Menschen begegnet. Der Arzt Jan Kistermann hatte sich immer von solchen Emotionen ferngehalten. Sie hätten seinem Ethos vom Helfen und Kurieren widersprochen. Aber nie mehr würde er die Menschen so nüchtern distanziert betrachten können. Schon in Syrien waren ihm die Erlebnisse mit dem alten Nazi, Almuts Vater, nahegegangen. Aber der Hass im Lager, die Bösartigkeit der Männer in der Rhön und nicht zuletzt die rasende Geschwindigkeit, mit der ein hochzivilisiertes Land wie das seine in Chaos und Apathie versinken konnte, hatten ihn stark mitgenommen. Ihm war, als ob eine Art Rüstung aus Zynismus und Härte sich um ihn gelegt hätte. Kein angenehmer Gedanke.

Eisiger Wind vermischt mit hartem Schneegriesel stach in sein Gesicht, als er Regina und Faruk in der steinernen Umfassung der Säule sah. Er wollte klare Verhältnisse, und so nahm Jan Regina fest in den Arm und küsste sie lange. Faruk sah indigniert zur Seite. Er ahnte, dass diese Szene an Jans Exfrau gerichtet war. Dann begrüßte Jan auch Faruk und umarmte ihn ebenfalls.

»Sie sind also meine Nachfolgerin.«

Jan zuckte zusammen. Andrea war aus dem LKW gestiegen und hatte Regina ihre Hand ausgestreckt.

Regina sah sie fragend an, ehe sie verstand. »Es freut mich, Sie kennenzulernen.«

Jan hielt die Luft an. Dann ging er neben Regina schweigend zurück zum Fahrzeug.

Andrea hatte das Mädchen gewaschen, ihm etwas zu essen gemacht und es dann ins Schlafzimmer gebracht, wo Martha jetzt friedlich schlief. Erst dann war sie zu den vier in die Küche gekommen und hatte wortlos gekocht, während die anderen ihre Erlebnisse austauschten.

Das Essen war ihr wieder einmal gelungen. Jan saß still, aber staunend über seinem Teller. Andrea besaß die Begabung, aus sehr wenigen Zutaten ein einfaches, jedoch ausgesprochen köstliches Mahl zu zaubern. In ihrem Haushalt befanden sich noch genug Lebensmittel, und so saßen alle am großen Küchentisch vor dampfenden Penne Arrabiata. Auf dem Kühlschrank stand einer kleiner Fernseher. Doch kaum einer von ihnen registrierte das Nachrichtenprogramm. Zu ungeheuerlich war das, was Jan und Elijah sowie Regina und Faruk zu erzählen hatten. Sie schienen an einem entscheidenden Punkt angelangt zu sein.

Besonnen, wie er war, fasste Faruk zusammen.

»Jetzt ist klar, wen Birghid gemeint hat: Wir müssen nach Almut suchen. Almut, Ezechiel und Birghid sind Geschwister und stammen, wie auch Reginas Auftraggeber Arwed Köhn, aus dem Dorf. Zumindest Ezechiel und Almut sind leibliche Geschwister, man sieht es auf dem Bild, das uns diese obskure Lehrerin gezeigt hat. Birghid scheint adoptiert worden zu sein. Almut, das sagt jedenfalls die Lehrerin, ist die Tochter von Alois Fischer.«

Das war auch für Jan und Elijah neu.

»Dann war Almuts Verhalten in Syrien im Sommer nur eine Showeinlage, um von den Ideen des Vaters abzulenken?«, fragte Jan leise.

Regina nickte.

»Sie musste vor wenigen Tagen aus Rohrbrunn flüchten. Sie ist schwanger und will das Kind oder die Kinder nicht dort zur Welt bringen. Warum sie nach München reiste, ist unklar. Vielleicht kennt sie hier jemanden, der ihr bei der Geburt hilft.«

Elijah hakte ein. »Vermutlich wollte sie, wie es diese Birghid ja schon angedeutet hat, ihre Kinder ungestört zur Welt bringen. Sie wird immerhin bedroht.«

Faruk nickte. »Aber wer hat sie verfolgt?«

Elijah schob ein Salzfässchen vor seinen Teller. »Ich bin mir sicher, dass es Köhn war. Schau, das ist Almut. Das hier ist Ezechiel.«

Er schob eine kleine Pfeffermühle daneben.

»Beide kannten Arwed Köhn. Nehmen wir an, Birghid hat, angesichts ihres nahen Todes, die Wahrheit gesagt. Dann ist auch Köhn wiederum für die Vernichtung der Sekte verantwortlich. Nehmen wir an, dass Köhn hinter dem Pockenanschlag steckt. Er braucht dazu die Pockenviren. Und er braucht dazu willfährige Menschen, die sie für ihn verbreiten. Nehmen wir an, dass dies die Sekte für ihn getan hat. Almut, so sagte es diese Birghid jedenfalls, hat etwas, was Köhn dringend braucht. Wenn sie wirklich im Besitz eines Antiserums gegen Pocken ist, würde er das vielleicht haben wollen. Er ist im Biotechnologiegeschäft. Allerdings scheint die Epidemie ja auch ohne das Serum eingedämmt worden zu sein. Und mir ist nicht so ganz klar, ob Almut nicht auf der falschen Seite steht. Zumindest wusste sie doch schon in der Planungsphase von den Anschlägen, oder nicht?«

Faruk antwortete nicht, sondern zeigte nur auf den Fernseher. Sie sahen hoch und konnten erkennen, wie große LKW eine Grenze passierten. Jan griff nach der Fernbedienung und machte das Programm lauter.

»… konnte nun der Konvoi aus dem niederländischen Arnheim passieren. Damit wird der deutschen Bevölkerung in wenigen Stunden das dringend erwartete Impfserum Atropos zukommen. Klinische Tests der jungen Biotechfirma Atalante hatten einen fast 100-prozentigen Schutz sowie eine rapide Verbesserung bei bereits erkrankten Patienten gezeigt. Ihr Gründer und derzeitiger Geschäftsführer Arwed Köhn, der Sohn des legendären Spielwarengiganten Heinrich Köhn, hat nach der Zulassung durch die Bundesregierung versprochen, die erste Impfung komplett kostenfrei zur Verfügung zu stellen. Er wolle, so Köhn in einer Pressemitteilung, nicht am Elend seiner Landsleute verdienen. Fährt hier gerade die Rettung eines ganzen Volkes über die Grenze? Wir haben jetzt vor Ort an der Grenze unseren Kollegen Stefan Altenburg zugeschaltet, der …«

Elijah fasste sich an den Kopf.

»Wir sind so naiv. Natürlich hat der junge Köhn die Pocken verbreitet. Schon sein Vater hatte mit den Russen Geschäfte gemacht. Der Junge führt sie nur jetzt konsequent zu Ende. Nur so ist sein sensationelles Mittel wirtschaftlich erfolgreich. Warum sollte er ein Präparat entwickeln, das gegen eine Krankheit wirkt, die vor ihrem Ausbruch in Deutschland als so gut wie ausgerottet galt?«

Faruk schmunzelte. »Man merkt unserem Freund aus Israel die Erleichterung förmlich an, einmal nicht schuld am Elend der gesamten Welt zu sein.«

Elijah verzog das Gesicht. »Ist doch klar. Die Judenterrorgruppe ist doch eine Nebelbombe. Sie sollte auf unser Biowaffenprogramm hinweisen …«

Faruk grinste erneut. »Ach? Ihr habt ein Biowaffenprogramm?«

Ehe Elijah endgültig die Fassung verlor, legte Regina ihre Hand auf Faruks Arm. Sie setzte Elijahs Gedankengang fort. »Köhn musste nur eines befürchten: ein ähnliches oder gar besseres Präparat. Und das hatte Almut. Die wiederum wollte etwas von ihm. Das ist das Dreieck. Almut hat bei Ausgrabungen ein Mittel entdeckt und lässt es ihren alten Schulfreund auch wissen. Sie verbreitet mit ihrer bösen Adoptivschwester Birghid die Pocken, weil nur sie das Gegenmittel hat …«

Faruk unterbrach sie. »Nicht unbedingt. Vielleicht ist sie in dessen Besitz, aber Köhn hat ohne ihr Wissen für die Verbreitung der Pocken gesorgt.«

Jetzt schaltete sich Jan ein. »Fest steht, das hat mir Birghid gesagt, dass die Amulette der Schlüssel sind.« Jan griff an seinen Hals und hob das Amulett hoch. Regina und Faruk starrten ihn an, als ob er den Verstand verloren hätte. Er ließ sich nicht beirren. »… Erinnert euch – jeder, der damit in Berührung gekommen ist, bekam eine kleine Erkältung. Du, Regina, schon in Wien. Da hattest du es per Post bekommen. Dann war ich dran. Elijah ebenso und auch Faruk. Dieses Amulett ist das Vakzin. Das will Köhn. Wir müssen Almut unbedingt finden …«

Faruk hob seine knochige lange Hand. Er hatte zugehört, aber auch noch einmal über die letzten Stunden in Rohrbrunn nachgedacht. Und langsam hatte ihn ein schrecklicher Gedanke befallen.

»Nicht nur Almut ist in Gefahr. Wir alle hier wissen für Arwed Köhns Geschmack zu viel.«

Er sah zu Regina.

»Wer, glaubst du, hat uns in Rohrbrunn bedroht, Dr. Setner getötet und uns verfolgt? Ich sah diese Person schon in Wien, dann in Rohrbrunn auf dem Friedhof …«

Er schaltete sein Smartphone ein und zeigte den anderen das Bild.

»… so, wie er agierte, muss er ein Profi sein. Ich glaube, er hat uns im Auftrag Köhns die ganze Zeit beschattet. Auch der Anschlag auf uns in Seligenstadt geht auf Köhns Rechnung. Denn Elijah und ich passten nicht in Köhns Pläne. Er wollte nur Regina und Jan als Köder für Almut.«

»Das heißt, wir sind in Lebensgefahr?«, fragte Andrea mit etwas schriller Stimme.

Elijah nickte. »Er wird alle Mitwisser töten wollen. Das würde ich jedenfalls an seiner Stelle machen.« Die anderen sahen ihn überrascht an. »Was? Na ja, wenn das Verbreiten von Viren zu meinen Hobbys gehören würde. Ihr nicht?«

Jan schüttelte den Kopf.

Andrea ließ nicht locker. »Und nun?«

Regina meldete sich zu Wort. »Vielleicht haben wir etwas gegen Köhn in der Hand. Sozusagen eine Lebensversicherung. Ich habe Dr. Setners Unterlagen aus dem Auto bisher nur überfliegen können.«

Alle blickten zu Regina. Sie hatte sich ihre Beklommenheit angesichts der Umgebung und des Zusammentreffens mit ihrer Vorgängerin nicht anmerken lassen. Stattdessen hob sie so beiläufig wie nur möglich zwei kleine blaue Kladden hoch.

»Die Tasche war völlig durchnässt. Aber Setner hatte die wichtigsten Akten noch einmal in Hüllen gesteckt. Uns erzählte sie, dass sie nie zuvor in diesem Dorf war. Doch das stimmt nicht. Sie war schon mehrere Male dort, einerseits auf der Suche nach dem Bild, hinter dem wohl nicht nur verrückte Reiche herjagen. Andererseits schien sie hinter das Geheimnis des Dorfes gekommen zu sein.«

»Und das wäre?«, hakte Jan nach.

Ohne zu fragen, zündete Regina sich eine Zigarette an. Andrea registrierte stumm die offensichtliche Unhöflichkeit. »Wenige Kilometer von Rohrbrunn entfernt liegt das ehemalige Konzentrationslager Mauthausen. Setner erzählte uns auf der Fahrt nach Rohrbrunn voller Abscheu davon. Kurz bevor die Amerikaner es im April 1945 befreiten, flüchteten die SS-Wachmannschaften und Offiziere. Nach Kriegsende aber kamen die Täter wieder, ließen sich in der Gegend nieder, unbehelligt von der Bevölkerung oder gar der örtlichen Justiz. Setner hat sehr detailliert aufgelistet, wo und wie sich die einstigen Mörder in den umliegenden Dörfern eingenistet haben. Aber in Rohrbrunn war die Situation etwas anders. Dort wurde die alte Bevölkerung Schritt für Schritt ausgewiesen. Setner fand Zahlungsbelege und Kopien von Schenkungsurkunden, die beweisen, wie für viel Geld die alten Familien verschwanden und neue Familien in das Dorf kamen. So wurde die Bevölkerung sukzessive durch alte Kämpfer und deren Familien ersetzt.« Sie zog an ihrer Zigarette, trank und fuhr fort.

»Hier, Setner hat einen ganzen Stammbaum des Dorfes aufgezeichnet.« Regina breitete eine kleine Karte mit mehreren Dutzend Kästchen aus, in denen die Namen der Dorfbewohner standen.

»Das scheint mir so eine Art Aufzuchtstation für kleine Nazis zu sein«, meinte Jan tonlos.

»Aber warum starben die Kinder im Dorf so früh?«, fragte Faruk. »Auf fast allen Grabsteinen waren tote Kinder im ganz jungen Alter vermerkt.«

Elijah zuckte mit den Schultern. »Vielleicht sind alle bei ein und demselben Unglück verstorben, ein Brand oder ein Busunglück.«

Faruk sah seinen israelischen Kollegen missmutig an, zog sein Handy aus der Jackentasche und rief die Fotodatei mit den Bildern der Gräber auf. »88 Gräber, 44 tragen den Hinweis auf verstorbene Kinder, die nicht älter als drei Jahre alt wurden. Das Ganze verteilt über einen Zeitraum von fast 60 Jahren.«

Jan lehnte sich zurück, ehe er antwortete: »Vielleicht litten sie alle an einer genetisch bedingten Krankheit, durch den engen Bevölkerungskreis ja durchaus wahrscheinlich.«

Regina nickte. »Und darum ist Almut geflohen. Sie wollte außerhalb des Dorfes gesunde Kinder zur Welt bringen. Almut ist hier in München. Wenn wir sie finden, wird sie uns weiterhelfen können.«

Jan wiegte den Kopf. »Sollten wir nicht lieber zu Köhn an den Tegernsee fahren, statt hier darauf zu warten, dass seine Killer uns finden? Packen wir den Stier doch bei den Hörnern. Köhn steckt ganz bestimmt dahinter.«

Andrea wurde immer unruhiger. »Aber ist eure Almut nicht viel wichtiger? Sie kennt doch die ganzen Hintergründe.«

Jan sah seine Exfrau missmutig an. Insgeheim unterstellte er ihr, dass sie nur auf dieses ominöse Bild aus war, sagte aber nichts. Sie schien seine Gedanken erraten zu haben.

»Natürlich, Jan, will ich auch wissen, wo das Gemälde ist. Es wäre der absolute Coup, wenn wir es fänden. Aber ich will auch nicht sterben.«

Elijah stimmte ihr zu. »Vielleicht ist etwas an dieser Legende dran.«

Regina sah Andrea an. »Was sagen Sie dazu?«

Andrea schenkte ihren Gästen Tee ein und holte dann aus. »Es ist das wichtigste Werk von Hieronymus Bosch. Viele Bilder sind nicht übriggeblieben, einige erwiesen sich als nicht von ihm gemalt. Die wenigen handeln meist von der Sünde und der Erlösung beziehungsweise Bestrafung. Lange Zeit glaubten Kunstexperten, Bosch habe einer Sekte angehört. Dann wurde es schick in der Kunstwelt, das zu bestreiten und Beweise heranzuführen, die ihn als schnöden, vielleicht etwas extravaganten Maler seiner Zeit darstellten. Köhn hat mich mit sehr stichhaltigen Argumenten gelockt, die zeigen, dass Bosch sehr wohl dem Glaubenskreis der sogenannten Manichäer, einer vorchristlichen Sekte, angehörte. Er hatte eine verschlüsselte Geheimkorrespondenz aus Boschs Zeiten entdeckt, die keinen anderen Schluss zuließ, als dass der Künstler weit mehr als nur ein ›Maler‹ war. Bosch war wenige Jahre vor seinem Tod in Venedig und schien dort Zugriff auf das ›Alte Buch‹ der Manichäer gehabt zu haben. Es war von den ›Verstehenden‹ für die ›Verstehenden‹, wie sich die Priesterkaste unter den Manichäern nannte, verfasst worden. In diesem wird das Leben nach dem Tod beschrieben, die Qualen wie auch das ewige Licht, das Paradies eben. Nach diesen Vorgaben malte er sein letztes Bild. Wer es erblickt, erkennt den Weg, kann seine Schuld begleichen und getrost sterben.«

Jan und Elijah lächelten etwas überheblich. »Und wo soll diese Gebrauchsanweisung für das Paradies sein?«

Andrea sah die beiden mit einem eisigen Blick an. »Köhn sagte, dass seinem Vater im Zweiten Weltkrieg ein Kriegskamerad von diesem Bild erzählt habe. Schon dessen Vater suchte danach, fand es aber nicht. Er gab das Wissen darüber nur weiter. Fischer wusste von dem Bild. Er gab diese Information an Almut weiter, und sie versuchte, mit Köhn zu verhandeln. Es ist sozusagen eine Auseinandersetzung zwischen den Kindern der Teufel.«

Elijah verstand kein Wort. »Was meinst du damit?«

Faruk lehnte sich zurück. »Was war da genau im Osten los, Regina? Was hast du da gelesen?«

Regina durchwühlte ihre Tasche und kramte zerknüllte und zum Teil noch feuchte Blätter aus einer Tüte. »Ich weiß es nicht mehr genau. Wir hatten nie die Zeit, es ausführlich zu studieren. Das Dossier von Köhn ist mit dem Wagen in der Donau versunken. Eine Tüte konnte ich mitnehmen. Lauter alte Papiere und Fotos aus der Zeit der Weltkriege. Ich habe das nur überflogen, weil es nichts mit meinem Auftrag zu tun zu haben schien. So aus dem Kopf meine ich mich zu erinnern, dass sie im Auftrag der SS in der Nähe des Aralsees auf irgendetwas Böses gestoßen sind. Ein oder zwei Typen starben, Köhn senior und ein Loisl überlebten.« Sie machte eine Pause. Dann fasste sie sich an den Kopf. »Natürlich, Loisl ist die Koseform für Alois. Das war Alois Fischer!«

Elijah schaltete sich ein. »Die Russen haben eine Insel im Aralsee für ihre Biowaffenexperimente genutzt. Angeblich erst nach dem Zweiten Weltkrieg. Vielleicht hat Köhn senior dort etwas über die Pocken erfahren, seinem Sohn davon erzählt, und dann hat dieser sich das Jahre später nach dem Zusammenfall der UdSSR geholt.«

Regina sah zu Andrea. »Habt ihr … hast du eine Schere?«

Andrea lächelte. »Ja, habe ich.«

Sie öffnete eine Schublade und reichte Regina eine große Schere. Regina riss die Tüte auf, und die Papiere ergossen sich auf den Tisch. Es waren meist Tagebucheintragungen, aber auch Zeichnungen, Rechnungen und Formulare. Fotos fielen heraus. Schwarzweißaufnahmen. Eine zeigte eine Frau, die einen Tennisschläger hielt. Sie wurde von zwei Männern mit streng zurückgekämmten Haaren flankiert, die ebenfalls in einem Tennis-Outfit posierten. Auf der Rückseite hatte jemand in Sütterlin, der alten Schrift der Deutschen, »Moskau 1927« geschrieben. Dann sahen sie ein Bild, ebenfalls ohne Farbe, mit drei Soldaten. Sie standen vor dem Eingang eines Bunkers. Einer rauchte eine Pfeife. Alle trugen ausgebeulte Reiterhosen über schwarzglänzenden Stiefeln, eine engsitzende Uniformjacke und eine schwarze Schirmmütze. Regina suchte nach Abzeichen, aber das Foto war zu unscharf. Mit Mühe erkannte sie Köhns Vater, der die gleichen markanten Gesichtszüge hatte wie sein Sohn. Auf der Rückseite stand nur »Vormarsch 42«. Dann wieder endlose Augenzeugenberichte, Protokolle. Fast am Ende des Dossiers fielen ihr ein paar engbeschriebene kleine DIN-A5-Seiten auf. Eine Eule war auf den Einband gemalt worden. Es schien ein Tagebuch zu sein, doch es stand kein Name darauf. Regina blätterte darin herum und blieb an einer Seite mit großen Flecken hängen.

»Das klingt ganz interessant. Ein Tagebucheintrag über eine Expedition in den Osten.«

Elijah konnte die Bilder kaum ertragen. Ihm waren diese Schwarzweißfotos mit den stolzen Gesichtern der Schlächter und Täter zuwider. Er hatte mit diesem Kapitel immer abschließen wollen. Er war Israeli, und der Holocaust und die Erinnerung daran sollte nicht sein Leben dauerhaft bestimmen und vielfach auch bezwingen. Er wollte frei sein von Hass auf Vergangenes. Doch wieder und wieder wurde er daran erinnert. Wann immer er nach Deutschland kam, mit Deutschen wie Jan zu tun hatte, fiel ihm alles wieder vor die Füße. Er sah aus dem Fenster, als Regina zu lesen begann.

Tagebucheintragung, 13. 08. 1942
Stab 162. Infanterieregiment
Mirgorod, Ostfront
Nur noch das Kaspische Meer trennt uns. 2500 Kilometer bis Berlin, weniger als tausend bis zu dem Ort. Gestern Befehl von RF H., den Trupp aufzustellen und vom Flugplatz Rostow abzufliegen. Illmaier, Loisl und Ratzenhofer sind Feuer und Flamme. Sie alle wissen, dass der Irre Stalins Stadt unbedingt nehmen will. Und sie wissen auch, dass es das Ende des Vormarschs bedeuten würde. Lange gestern Nacht mit den beiden disputiert. Mag Illmaiers volkstümliche Sicht nicht so sehr, wenig akademischer Hintergrund,

anders Ratzenhofer; spielt mit Wiener Schmäh den Advocatus Diaboli, stellt immer wieder unsere Ziele in Frage, jüdische Dialektik??? Aber alle im Ziel vereint. Wir finden den Ort. Aber was wird uns dort erwarten? Offiziell hinter den Linien aufklären und so viel über Truppenbewegungen und Reservestellungen wie möglich feststellen.

17. 08. 1942
Östlich Kaspisches Meer
In der Nacht über das Kaspische Meer mit der JU geflogen. Immer Flakbeschuss, dann 200 Kilometer östlich auf dem Ust-Urt-Plateau nahe einem Salzsee abgesetzt. Hier holt, wenn alles gutgeht, die JU uns wieder ab. Wir vergraben Funkgerät in einer Höhle. Vorher gelesen: In dieser Region forschte schon Alexander von Humboldt. Zwei Kasachen und zwei Kalmücken dabei. Unser Mann vor Ort hat Kamele »organisiert«. Werden so weiter östlich durch hügeliges Sandland, hoffentlich unerkannt, kommen. Die Engländer suchten das Shangri-La, den Ort des Guten, wo alle Religionen miteinander im Einklang leben, ein Kloster irgendwo in Tibet. Wir aber suchen den Ort des Chaos.

25. 08. 1942
Ustyurte
Erreichen am Morgen völlig erschöpft und krank das Fischerdorf Ustyurte. Die Einheimischen hassen die Bolschewiken. Sie sind alle Muslime, behaupten, dass auf Stalins Befehl hin letztes Jahr einer ihrer Heiligen aus einem Grab geholt wurde. Jetzt laste ein Fluch auf den Sowjets, ihre Niederlage stehe kurz bevor. Und erst wenn der Heilige wieder in seinem Grab läge, würde die Niederlage abgewendet werden. Wir sind hingegen willkommen. Dennoch auch schlechte Nachrichten: Ratzenhofer halluziniert. Hört etwas von Wellen, die nicht da sind. Unser Glück: Der örtliche Politkommissar ist an die Front wegberufen worden. Kein Rotarmist weit und breit. Wollen in der Nacht, nach kurzem Schlaf bei einer Bäuerin, auf die Insel übersetzen.

27. 08. 1942

100 Kilometer westlich von Ustyurte

Lage wird schlimmer. Mit vier Kamelen hastig und überstürzt aus dem Dorf geflohen. Rotarmisten plötzlich aufgetaucht. Suchten uns. Jemand muss uns verraten haben. Besonders schwer für mich: Illmaier war ohne Absprache mit uns allein auf der Insel. Ich blieb bei Ratzenhofer, der immer lauter schrie, von »Visionen« geplagt war. Loisl hingegen bleibt ruhig. Am Abend kam Illmaier zurück. Schien um Jahre gealtert. Sagte kein Wort. Setzte sich zu Ratzenhofer, drückte seine Hand auf seinen Mund, legte ihm eine Kette mit Anhänger um den Hals und redete in einer anderen, nicht erkennbaren Sprache. Illmaiers Rücken war übersät mit roten erbsengleichen Pusteln. Kalmücken gingen sofort stiften, als sie die Male sahen. Glauben an Fluch oder Ähnliches. Auch mir hängte er eine Kette um. (Siehe Zeichnung) Ratzenhofer redet wirr. Dann hörten wir die Soldaten. Schlichen uns aus dem Dorf. Illmaier schwieg gänzlich während der Flucht. Noch zwei Tage bis zum Funkgerät, welches wir in der Steppe vergraben hatten. Die Temperaturen sind unerträglich (44 Grad tagsüber). Nachts wird es fürchterlich kalt, unter null! Wir rasten bei Tag, reiten bei Nacht. Ständige Begleiter sind Schakale. Dachte erst an asiatischen Leopard. Sollen aber ausgestorben sein. Ihr Heulen ist grauenhaft, nicht wie Wölfe, eher wie gequälte Seelen. Wusste nicht, dass sie hier vorkommen. Ratzenhofers Zustand wird immer schlimmer. Schaum vor dem Mund.

30. 08. 1942

Absetzort, Nähe Kaspisches Meer

Alles scheint sich gegen uns zu verbünden. Funkgerät nicht gefunden. Ratzenhofer in der Nacht aus dem Lager verschwunden. Morgens gefunden. Das Gesicht fürchterlich zugerichtet. Augen herausgerissen, Lippen und Zunge fehlen. Mehr tot als lebend. Schakale? Notdürftig verbunden. Illmaier schweigt, zeichnet aber wenigstens. Aber nur, wenn ich nicht zusehe. Bin völlig erschöpft. Zwei Tage lang keine Minute Schlaf gehabt. Loisl erzählt zur Beruhigung eine seltsame Geschichte seines Vaters von der Westfront 1918. Kann danach an kaum etwas anderes denken.

01. 09. 1942
Der Wahnsinn hat uns eingeholt, Illmaier muss, wohl während ich schlief, Ratzenhofer in die Dünen hinter unserem Lager gezogen haben. Beim Aufwachen sitzt er nackt mit Blut bemalt am Feuer. Auf mein Insistieren, wo Ratzenhofer sei, deutete er nur stumm nach hinten. Haste über die Dünen, sehe eine hockende Gestalt. Mein Kamerad sitzt, ohne Haut und mit geöffnetem Schädel, im Sand. Ich darf ihn nicht …

Das nachfolgende Schweigen wurde von einem entfernten Wimmern unterbrochen.

»Das ist Martha. Ich sehe mal nach ihr«, sagte Andrea leise und stand auf.

Elijah hatte sich wieder gefasst. »Also hat Arwed Köhns Vater, vorausgesetzt, das ist echt, was da steht, das sogenannte ›Grauen im Osten‹ entdeckt. Vielleicht waren es Viren. Und Jahrzehnte später holt der Sohnemann die kleinen Virenracker aus ihrem Giftschrank heraus, vergiftet sein Volk und kommt demnächst mit dem Allheilmittel. Dumm nur, dass ausgerechnet Köhn juniors Schulfreundin im Besitz eines noch älteren Gegenmittels ist.«

Faruk verzog unmerklich sein Gesicht angesichts der unangemessenen Ausdrucksweise des Israelis.

»Und das Wissen hat Almut von ihrem Vater Alois Fischer. Nur – woher hatte der das Zeug genau, und wo steckt es jetzt?«, fragte Jan.

»Ist doch klar«, wandte Regina ein, »die Köhns kennen das Geheimnis des Bildes. Der alte Köhn will das Bild, weil es ihn der Legende nach vor der ewigen Hölle bewahrt. Das unterscheidet ihn auch von seinem Sohn. Der junge Köhn ist nur hinter dem Gegenmittel her. Eure Prophetin hat ja gesagt, dass auch das Werk Vakzine enthält. Wir müssen dieses Bild finden. Koste es, was es wolle. Nur so können wir uns vor Anschlägen von Köhns Schergen schützen. Das ist unsere Lebensversicherung. Vor allem der alte Köhn braucht das Werk, und angesichts seines baldigen Todes läuft die Zeit gegen ihn. Der Alte schien mir auf der Schlagalm am Tegernsee auch nicht sehr überzeugt von seinem

Sohn zu sein. Er weiß mehr. Vielleicht können wir ihn gegen den Sohn ausspielen. Nur eines haben die beiden gemeinsam: Sie wissen nicht, wo sich das Bild befindet.«

Jan grinste schief. »Toll, wir auch nicht, aber …«

Elijah fuhr dazwischen. »Deswegen war Almuts Schwester Birghid so darauf bedacht, dass wir auf sie aufpassen. Köhn junior hat uns mit den Amuletten zu Almut locken wollen, um sie unter Druck zu setzen. Sie hat etwas, was Köhn will. Das kann nur das Wissen um den Fundort des Bildes sein. Sie als Schwangere wird das Bild kaum bei sich haben. Die SMS an Regina, das haben meine Leute in Tel Aviv mittlerweile entschlüsselt, kam von ihrem Handy, und sie haben es hier geortet. Sie ist also hier in München.«

Faruk nickte. »Dann suchen wir also wieder einmal Almut. Hochschwanger, wie sie ist, wird sie nicht wirklich mobil sein. Zudem wurde die Stadt in den letzten Tagen abgeriegelt. Jan, wo könnte sie sein?«

Jan sah Elijah mürrisch an. »Genau das wollte ich ja gerade erzählen.« Er hatte versucht, sich an die letzten Worte Birghids in Rottershausen zu erinnern. »Es gibt eine Frauenklinik in der Frauenlobstraße, da könnte sie …«

Andrea steckte den Kopf in die Küche.

»Jan, kommst du mal bitte? Du musst einmal nach Martha schauen.«

Er nickte, stand auf und verschwand mit seiner Exfrau Richtung Schlafzimmer, was von Regina misstrauisch registriert wurde. Kaum waren die beiden verschwunden, beugte sich Elijah über den Tisch und sah Regina streng an.

»Warum bist du wirklich so heiß auf dieses Gemälde? Köhn kriegen wir unter Kontrolle. Noch sind zumindest die Mittel, die mein Land besitzt, größer als die eines Biopfuschers aus Deutschland. Was treibt dich so? Und erzähl mir keinen Scheiß. Es geht um unser aller Leben.«

Sie sah ihn unverwandt an. »Das mag ja sein, dass dein Superman-Land Israel die Mittel hat, dich zu schützen. Bei mir hört es schon auf. Oder glaubst du, dass die oder der Killer von euren

Schlapphüten zu stoppen ist? Es geht hier um mächtig viel Geld und Macht ...«

»Das ist ein gutes Stichwort. Geld. Kann es sein, dass dich die zu erwartenden Erlöse für das Auffinden des Werks interessieren? Und kann es sein, dass dein ewiges Backgammonspiel dich nahezu dazu zwingt, das Werk zu finden?«

Faruk sah Regina beinahe mitleidig an. Jeder von ihnen hatte seine kleinen Geheimnisse, seine dunklen Seiten, keiner wollte, dass sie ans Tageslicht gezogen wurden. Er hatte das erste Mal aus dem Mund des Russen von Reginas Spielsucht gehört. In Rohrbrunn war keine Zeit gewesen, sie darauf anzusprechen. Im Übrigen war das ihre Privatsache. Aber was, wenn Elijah mit seiner Andeutung recht hatte? Würde Regina ihrer aller Leben für die Suche nach diesem ominösen Bild aufs Spiel setzen? Und wusste Jan bereits davon? Was sollte er tun? Wenn nun ein wirksames Gegenmittel gefunden worden war, dürfte seine Mission hier in Deutschland beendet sein. Elijahs Aufgabe, die Drahtzieher des Anschlags zu finden, war nicht seine. Aber was wartete jetzt auf ihn in Ägypten? Kurz vor Faruks Abreise hatten ihm die neuen Machthaber in Kairo bedeutet, dass er im neuen Jahr einen Posten an der Botschaft in Beirut übernehmen sollte. Ausgerechnet dort. Sein Verhältnis zu den dort immer noch im Untergrund agierenden schiitischen Hisbollah-Kämpfern war durchwachsen. Die Terrorpartei zählte ihn zwar zur untergegangenen Achse des Assad-Clans, aber sicher konnte er nicht sein. Vielleicht war es auch eine gut vorbereitete tödliche Falle seines neuen Geheimdienstchefs. Ein guter Grund, im kalten Deutschland zu bleiben und nach Kunstwerken zu suchen.

Er sah Elijah an. »Warum erregst du dich darüber so, Elijah? Wir müssen Almut finden, und wenn das Bild so wichtig ist, weil es vielleicht wirklich ein Antiserum enthält, ist es auch im Interesse unserer Staaten, es zu finden. Oder warum, glaubst du, waren die Russen so hinter dem Bild her?«

Elijah schwieg und dachte nach. Vier Leute hatte er in Seligenstadt verloren. Seine Vorgesetzten in Tel Aviv hatten ihm unmissverständlich klargemacht, dass sie solch einen Blutzoll gerächt haben wollen. Wer immer dahintersteckte, er, Elijah, sollte sie zur Strecke bringen. Auf dem Weg nach München hatte er von seinem Geheimdienst Auskünfte über Reginas Konten erhalten. Einfach so. Er hatte nicht darum gebeten, sondern lediglich mitgeteilt, dass er mit ihr und ihrem Freund Jan zusammenarbeiten würde. Sie hatte mehr als 90 000 Euro Schulden, war im Mietrückstand und besaß keinerlei Mittel. Es war wie ein Wink seines Dienstes. Sei vorsichtig. Warum hatte Regina wirklich den Auftrag Köhns bekommen? Seine Verunsicherung war Elijah anzumerken. Selbst Jan spürte es, als er die Küche wieder betrat.

»Was ist los?«

Regina reagierte als Erste. »Dein israelischer Freund hat mir nachgeschnüffelt. Und ist auf meine bösen Verstrickungen mit der Wiener Halbwelt gestoßen.« Sie sah Elijah dabei fest in die Augen.

»Was für Verstrickungen?«, fragte Jan und aß dabei die restlichen Nudeln von seinem Teller.

»Wie du weißt, liebe ich Backgammon.«

Er nickte. »Weiß ich. Schach ist dir ja zu klug.«

Sie lächelte sauer. »Ich habe Spielschulden.«

Er nickte abermals. »Weiß ich auch.«

Sie sahen alle erstaunt zu Jan, dessen Mund voll mit Nudeln war. Er hob die Schultern. »Ich hatte in Wien, als ich Semmeln holen wollte, eine unangenehme Begegnung mit deinem Hauswirt. Er wollte Geld, und zwar sofort. Daraufhin habe ich, ohne deine Zustimmung, die ich wohl auch nie bekommen hätte, in deinem Chaos aus Rechnungen und Mahnungen etwas Ordnung geschaffen. Deine Bonität lag in etwa auf einem Niveau mit Griechenland. Also war ich, nachdem wir uns in Rosenheim trennten, bei meiner Bank in München. Nenn es eine private Umschuldung oder eine kurzfristige Sanierung. Und wenn du brav und artig zu mir bist und mich weiter essen lässt, schaffen wir auch den Rest. Und zu dir, mein lieber Freund.«

Jan wandte sich zu Elijah. »Vielleicht kann ich deine düstere Stimmung etwas heben. Wo wir gerade allenthalben in der Vergangenheit und Kunstgeschichte herumstochern, frage ich dich, welche großen Klassikadaptionen es in der Rockgeschichte gegeben hat. Die Top Drei, bitte. Und komm mir jetzt nicht mit Emerson, Lake & Palmer und Procol Harum. Das ist wirklich unter unserem Niveau.«

Er schob sich eine große Portion Nudeln in den Mund und lächelte.

Helgoland, Deutschland, 24. 12., 07.15 Uhr

Das Flugzeug hatte ihn, vom dänischen Esbjerg kommend, sieben Kilometer nördlich der Insel in sechs Kilometer Höhe abgesetzt. Sein spezialbeschichteter Anzug ließ nichts von der tödlichen Kälte an seinen Körper. Er hatte das eigene Gewicht wie auch das des Rucksacks exakt berechnet. Und sein GPS führte ihn geradewegs zu der Boje, die wenige Tage zuvor nördlich von hier ausgesetzt worden und mit der Strömung, die vom Polarmeer hinunter in die deutsche Bucht drückte, hierhergekommen war. Der Mann, der jetzt in das nur vier Grad kalte Nordseewasser fiel, hatte bereits Hunderte solcher Sprünge absolviert. Es machte ihm nichts aus. Und so konnte er mühelos aus dem fliegenden Modus auf die Bedingungen des Tauchens umschalten. Er benutzte weder reine Sauerstoff- noch mit Nitrox gefüllte Flaschen, sondern hatte sich für das sogenannte Rebreather-System entschieden, ein Sauerstoffkreislaufgerät, das eine Nutzung über mehrere Stunden erlaubt, so man nicht tiefer als sieben Meter unter der Wasseroberfläche taucht. Andernfalls würde das veränderte Luftgemisch den Körper sofort vergiften. Nach nur zehn Minuten im Wasser erreichte er die circa drei Meter große Boje, entnahm Material und einen mit einem Magneten behafteten sogenannten Scooter. Er öffnete einen Behälter mit einer Brennpaste, und nachdem er bereits hundert Meter unter Wasser zurückgelegt hatte, brannte die Boje vollständig ab. Der Scooter war ein Transportmittel, das einer Drohne glich und den Taucher mit Hilfe eines extrem leisen Propellers in hoher Geschwindigkeit zur Insel führte.

Nach einer halben Stunde signalisierte das Sonar, dass der Taucher das Helgoländer Becken, einen knapp 60 Meter tiefen Sockel inmitten der Nordsee, erreicht hatte. Er schaltete den Propeller aus, wissend, dass Bundesmarine-Einheiten unter Umständen Unterwassergeräusche bemerkten, und ließ sich mit der äußerst starken Strömung östlich der Hauptinsel vorbeitreiben. Seine Geräte waren aufgrund des geringen Metallgehalts kaum zu orten, und anders als ein 15-Tonnen-U-Boot verschwand der Taucher für alle Ortungssysteme im Nirgendwo.

Nach Mitternacht hatte er den südlichen Teil der kleinen Insel erreicht. Stundenlang hatte er sich in den vergangenen Tagen das Terrain auf Luftaufnahmen, privaten Fotos und Satellitenbildern genauestens angeschaut. Auf den letzten Bildern vom Nachmittag konnte er sehen, wie die Insel geräumt worden war. Sein Kontakt auf der Insel hatte gute Arbeit geleistet. Er kannte hier jetzt jede Bodenwelle und gelangte unbemerkt von den Wachen auf der Hauptinsel am südöstlichen Teil des Eilands an Land. Über eine Stunde robbte er einen Quadranten vom Strand bis zu den Dünen ab, grub, legte und aktivierte das Material aus seinem Rucksack: Er benutzte ein seismisches System russischer Bauart, das sogenannte NVU-P, auch bekannt als »Okhota«, was Jagd hieß. Es ist für den Einsatz von fünf Splitterminen des russischen Typs OZM entwickelt worden. Er schätzte es, weil es zwischen Tieren und Menschen unterscheiden konnte. Und noch ehe die fahle Wintersonne ein dämmriges Licht auf die Insel warf, hatte er sie wieder verlassen.

Sie wollte allein mit ihm sein. Und so waren sie mit einem der kleinen Motorschiffe hinüber zur Düne gefahren worden. Jenem sandigen Teil der Insel Helgoland, der sowohl den Flugplatz als auch Hunderte von Robben und Seehunden beheimatete. Einst war dieses Landstück mit der Hauptinsel und ihren roten Klippen vereint. Ein Sturm hatte vor mehreren hundert Jahren die kleine Sandinsel getrennt, die von den Einwohnern nur die

»Düne« genannt wurde. Ihre Sicherheitsleute hatten die Insel kurz zuvor geräumt. Kein Mensch sollte sich jetzt am frühen Morgen auf dem nicht einmal einen Quadratkilometer kleinen Eiland befinden. Die Kanzlerin zog den Kragen ihrer rotwattierten Winterjacke hoch und sah zu dem schmalen Franzosen, der, bibbernd und die Arme um seinen dünnen Leib geschlungen, neben ihr auf dem gefrorenen Sand stapfte. Brisecul war das »Wunderkind«, von dem Vogel so viel gehalten hatte. An der medizinischen Fakultät in Lyon hatte ein Professor das gigantische Talent des jungen Gerome Brisecul erkannt. Trotz seiner leichten Behinderung, er litt an einer milden Form des Autismus, schloss er in wenigen Jahren sein Studium der Medizin, der Biochemie sowie der Molekularbiologie ab. Mit 35 Jahren hatte er zwei Doktortitel vorzuweisen. Mit Anfang 40 hatte Brisecul schon die Leitung des berühmten Pasteur-Instituts in Paris übertragen bekommen. Aber das hatte dem schmalen Mann aus der grauen Industriestadt Valenciennes nicht gereicht. Er arbeitete auch für den DGSE, den französischen Geheimdienst. Aber das wusste die Kanzlerin auch. Ihr französischer Amtskollege hatte ihr den jungen Forscher ebenfalls wärmstens empfohlen.

Die Kanzlerin kam ohne Umschweife auf den Punkt. »Was ist falsch an dem neuen Mittel, und wer steckt dahinter?«

Briseculs fast lippenloser Mund war angesichts der kalten Morgenbrise förmlich eingefroren. Und so klangen seine ersten Worte wie die eines Schlaganfallpatienten. »Madame Kanzlerin, wir sind sehr sicher, dass Atropos viel Raum für Spekulationen lässt. Ich hatte vier Forscher auf die Erprobung des Pockenserums angesetzt, an jeweils vier Instituten in Frankreich. Alle vier sind in den vergangenen 48 Stunden gestorben. Einer erhängte sich, ein anderer, so jedenfalls die Gendarmerie vor Ort, soll von seiner Tochter mit einem Messer getötet worden sein, ehe sich diese erschoss. Ein weiterer starb gestern Morgen bei einem Verkehrsunfall. Und der Vierte befand sich in einer Metro, die heute Morgen entgleiste. Alle vier waren den Nebenwirkungen des Mittels auf der Spur. Bei dreien sind die wichtigsten Forschungsergebnisse durch Hackerangriffe zerstört worden …«

Die Kanzlerin nickte und wies in eine Richtung auf den Strand. »Wir gehen dort weiter. Wer weiß noch davon?«

»Über die Toten? Nur Sie, Madame, und der Monsieur le Président. Warum?«

»Was wissen wir noch über die Risiken?«

»Unsere Forschungen waren noch sehr am Anfang. Es bestand noch kein hinreichender Verdacht auf gravierende Mängel bzw. Nebenwirkungen. Aber es gab Indizien. Es ist im gentechnischen Bereich erheblich verändert worden. Wir können nicht wirklich abschließend mögliche Schädigungen oder Veränderungen im Zellbereich bei Menschen belegen. Ich kann aber nur dem verstorbenen Professor Vogel zustimmen. Das Mittel darf nicht ausgeliefert werden.«

Die Kanzlerin schüttelte den Kopf. »Sie wissen, dass wir schon ausliefern. Ich habe diese Entscheidung getroffen, um weiteren Schaden vom deutschen Volk abzuwenden. Selbst Vogel konnte mir keine klaren Risiken skizzieren. Sollte ich etwa noch länger warten und zusehen, wie Tausende von Menschen Woche für Woche sterben? Ich bin selbst Naturwissenschaftlerin, weiß also um die Gefahren, die mit so einer improvisierten Aktion verbunden sind.«

Brisecul spürte, dass sich die Kanzlerin die eigene Angst vom Leib reden wollte. Aber er war eben auch Forscher und musste seine Bedenken benennen können. Er sah einer dicken Robbe zu, wie sie sich schwerfällig ins kalte Wasser rollte.

»Unser Dienst hat eine sehr enge Anbindung der Familie Köhn an die Russen identifizieren können. Es gab und gibt langjährige Zahlungs- und Warenströme zwischen dem Köhn-Konsortium und einzelnen Funktionären der postsowjetischen Nomenklatura.«

Die Kanzlerin wurde etwas unwirsch. »Sie müssen mit Ihren Verdächtigungen sehr vorsichtig sein. Mir ist durchaus bewusst, dass ein französischer Pharmakonzern ebenfalls an einem Pockenmittel forschte, es aber nicht ansatzweise zur Marktreife brachte. Mir ist auch bewusst, dass Teilen der französischen Regierung und Wirtschaft ein schwaches Deutschland nicht ungelegen kommt. Und zur Familie Köhn kann ich nur Folgendes sagen: Der Impfstoff ist kostenlos. Der Konzern verdient nicht einen Euro daran. Lediglich die Produktionskosten werden von der Bundesregierung getragen. Köhn hilft. Das kann man nicht von jedem behaupten. Zudem unterstützt er uns mit erheblichen Lebensmittellieferungen aus von ihm erworbenen Beständen – ebenfalls kostenfrei. Das alles geschieht, wie mir beide sehr glaubwürdig vermitteln konnten, aus patriotischen Gründen. Ich kann Ihrer Verschwörungstheorie wenig abgewinnen. Vogel ist tot. Ich bedauere das sehr. Ich trauere auch um ihn. Nur war sein Starrsinn in der jetzigen Situation nicht sehr hilfreich. Ich musste improvisieren, weil ich die Verantwortung für dieses Land trage. Das ist für einen Wissenschaftler vielleicht nicht einfach zu verstehen. Denn der muss ja nur vor Risiken warnen.«

Brisecul ging nicht auf den Angriff ein. Es war nicht an ihm, so fand er, das sowieso schon angespannte Verhältnis zwischen den beiden Ländern zu entspannen. Sein Präsident war mehr als beunruhigt über die, wie er meinte, mangelhafte Führungsstärke der Kanzlerin in dieser Krise. Aber etwas hatte den Mann im Elysée noch mehr aufgeschreckt. Jemand suchte wieder nach dem Bild, und diesmal war es ernster als je zuvor. Er hatte das Dossier nach seiner Amtseinführung von seinem Vorgänger erhalten. Erst hatte der Franzose es nicht glauben wollen, dann aber verstand er die Macht und die Gefahr, die von diesem Werk ausging. War es jetzt an der Zeit, die Kanzlerin einzuweisen? Der Präsident hatte Brisecul gebeten, bei der Kanzlerin vorzufühlen. Denn der französische Staatspräsident wusste um ihre nüchtern-skeptische Betrachtung solcher Fragen. Aber Brisecul sollte wenigstens einen ersten Eindruck davon gewinnen, wie sie auf so etwas Außergewöhnliches wie das Bosch-Geheimnis reagieren würde.

Er zuckte nur mit den Schultern. »Ich kann das nicht bestätigen. Unser Land versucht alles, Deutschland zu helfen. Uns ist schon aus eigenen Interessen daran gelegen, die Seuche schnellstmöglich einzudämmen. Aber wir müssen einen klaren Kopf behalten.«

Sie sah ihn müde an. »Was hat das mit den Pocken zu tun?«

»Nun, nach gründlicher Analyse der genetischen Zusammensetzung des Virusstamms bin ich mit den Kollegen der amerikanischen Behörde in Atlanta einig darüber, dass der Ursprungsstamm des Virus quasi eine Reise machen durfte. Das Virus selbst scheint sehr alt zu sein. Das können wir anhand der Molekularstruktur erkennen. Die erste Mutation des Ursprungsstamms kommt aus einem Labor im heutigen Usbekistan, ist aber ebenfalls schon älter. Danach ist eine neue Version sozusagen darübergestülpt worden. Die macht uns Sorgen. Sie ist der Grund dafür, dass das Virus sich einerseits so schnell verbreitet und andererseits nicht auf unser Antiserum reagierte. Es ähnelte in Bewegung und Aggressivität ein wenig dem HI-Virus. Diese zweite Version scheint erst kürzlich erarbeitet worden zu sein.«

Die Kanzlerin sah ihn an. »Und wer hat das gemacht? Die Israelis?«

Brisecul schüttelte den Kopf. »Ja und nein. Die Israelis haben eine solche Variante mehrfach erfolgreich an anderen Virenformen getestet, nicht jedoch an den Pocken. Das wissen wir.« Die Kanzlerin schien erleichtert. Ein Biowaffenanschlag mit israelischen Mitteln hätte der Zündung einer Atombombe im Nahen Osten geglichen.

»Ich habe Ihnen aus dem Material, das wir bei meinen Kollegen gefunden haben, und aus dem, was ich über den Fall zusammenstellen konnte, ein Dossier angefertigt. Nur Sie und ich sind derzeit im Besitz dieser Information. Nach dem mysteriösen Tod Vogels da oben«, er deutete in Richtung der roten Felsen der Nachbarinsel, »bin ich nicht sicher, ob Sie nicht in direkter Umgebung ein Leck haben.« Er ließ den Satz so stehen, um zu sehen, wie sie darauf reagierte.

Aber sie blieb gelassen. »Das können Sie gern glauben, aber ich bin mir meiner Umgebung sehr sicher.«

Da war er wieder, der deutsche Sarkasmus, mit dem er nicht umgehen konnte.

»Bitte, Madame, Sie sollten diese Daten über Köhn, das Virus und die Verbindung nach Russland wirklich nur Ihren engsten Mitarbeitern anvertrauen.«

Sie lächelte mokant. Er griff in seine Aktentasche und übergab ihr einen USB-Stick. Immer noch lächelnd, nahm sie ihn entgegen.

»Da ist noch etwas: Es scheinen sich ein Israeli vom Mossad, ein Syrer und zwei deutschsprachige Zivilisten für die Hintergründe der Pockenattacke wie auch für eine, nennen wir es weitreichendere, Problematik zu interessieren. Wir sollten auch diese Spur ein wenig deutlicher untersuchen. Nach meinem Dafürhalten ist es für unsere beiden Regierungen nicht hilfreich, wenn sich ausgerechnet der Nahe Osten in unsere Probleme einmischt.«

Sie ließen eine Holzhaussiedlung linker Hand liegen und stapften mit dem stärker werdenden Wind weiter zur Südseite der Düne. Noch immer war die Sonne nicht aufgegangen. Die Kanzlerin dachte daran, dass vor einigen Tagen der kürzeste Tag des Jahres gewesen sein musste. Sie konnte es sich nie merken. War es der 21. oder der 22. Dezember …? Am Anfang des Monats dachte sie noch, dass das schnöde Ende ihrer Amtszeit eine Katastrophe darstellte, jetzt war sie inmitten eines viel größeren Alptraums angelangt. Das Land, für das sie sorgen sollte, glich einem Friedhof. Die Wirtschaft lag darnieder, die Menschen warteten verzweifelt auf Hilfe.

»Madame?«

Sie sah den Franzosen an und nickte zerstreut.

»Ja, diese Gruppe, die ich eben erwähnte, ist auch auf der Suche nach einem Bild.«

»Aha, na und?«

»Es ist ein verschollenes Werk des Künstlers Hieronymus Bosch.«

»Was hat das mit den Pocken zu tun?«

»Vermutlich nichts, eine Frau aus dieser Gruppe, eine österreichische Privatermittlerin, ist von der Familie Köhn beauftragt worden, dieses Bild zu suchen. Kurze Zeit später brachen die Pocken in Ihrem Land aus. Wir glauben, dass es eine Verbindung gibt zwischen Werk und Seuche.«

Zum ersten Mal lächelte die Kanzlerin fast befreit. »Also, mir ist die Vorliebe Ihres Präsidenten für die Welt der Kunst und ihrer Musen nicht verborgen geblieben. Aber sollten wir uns nicht auf das Wesentliche konzentrieren? Wo sind Ihre versprochenen Alternativen zu dem Impfstoff?«

Brisecul atmete tief die kalte Luft ein. »Wir haben berechtigte Hoffnung, dass uns dieses Bild zu einem Ort führt, der eben jenen Impfstoff birgt. Einen Impfstoff gegen sehr viele Krankheiten, verstehen Sie? Ein vorantikes Serum. Sie haben kürzlich den Befehl zur Räumung eines Sektendorfs gegeben. Unsere Leute fanden unter den Toten mehrere Menschen mit einem Amulett aus Harz. Wir haben es untersucht. Es enthielt einen Wirkstoff, der in seiner Zusammensetzung sehr alt, aber sehr wirksam ist. Eben ein vorantikes Serum. Wir konnten von einem Sterbenden erfahren, dass uns dieses Bild von Bosch zu dem Ort führen kann. Wer immer diesen Ort findet und die Seren, oder was auch immer dort noch lagert, an sich nimmt, besitzt nicht nur einen unschätzbaren Wert, sondern auch schlicht Macht. Dieser Ort, wo auch immer er sein mag, kann unter Umständen noch mehr bergen als nur alte Antiseren. Wer immer so etwas besaß, ein Volk, eine Kaste, ein Stamm oder Staat, muss eine unglaubliche Macht besessen haben. Es kann nicht im Interesse unserer Länder sein, dass Staaten mit zweifelhaften Regierungen wie Israel und die arabischen Staaten derartige Mittel in die Hände bekommen. Und wenn es wirklich so ist, dass sich auch Privatpersonen wie diese Österreicherin daran bereichern wollen, müssen wir handeln. Aber wir können eben nicht die üblichen Wege gehen, wenn Sie verstehen …«

»Das ist also wirklich Ihr Ernst? Ich habe Sie bisher als seriösen Wissenschaftler kennengelernt und nicht als Hasardeur. Und ich verstehe schon, dass Ihr Präsident mir etwas mitteilen möchte, das er außerhalb der offiziellen, protokollierten Wege wissen will. Aber geht es etwas konkreter?«

Er blieb stehen und kniff die Augen zusammen. »Wer immer diese Pockenviren verbreitet hat, scheint über ein Arsenal solcher Krankheiten zu verfügen. Was, wenn wir bald einen neuen Anschlag mit einer anderen Krankheit erleben? Wir sind überzeugt, dass sich Europa dann nicht mehr erholen würde. Wenn wir wirksame Gegenmittel hätten, könnten wir uns ohne die halsbrecherische Forschung der Privatwirtschaft bestens schützen. Ich habe hier ein Dossier. Sagt Ihnen der Begriff ›Lilith‹ etwas?«

Die Kanzlerin zögerte. Ihr Geheimdienstkoordinator hatte ihr kurz vor Ausbruch der Krankheit noch einen Abschlussbericht zu den Ereignissen im Sommer in Syrien, Israel und in Berlin zukommen lassen. Da war diese Geschichte um den alten Nazi. Sie erinnerte sich. Der israelische Premier hatte ihr auf einer gemeinsamen Tagung der Kabinette lapidar mitgeteilt, dass ein Deutscher in Israel in Haft verstorben war, die sterblichen Überreste zu seiner Familie nach Österreich überführt worden waren und er keine weiteren Auskünfte geben könnte. In diesem Zusammenhang fiel der Name Lilith. Sie nickte nur verhalten.

Brisecul wusste rudimentär von Fischer und seinen Verstrickungen. »Wir haben Anlass zu glauben, dass es einen Ort gibt, an dem eine Göttin mit dem Namen Lilith verehrt wurde oder vielleicht auch noch wird. Dieser Ort ist auf dem Bild des Hieronymus Bosch verzeichnet. Wer das Bild hat, der hat den Zugang zu diesem Ort. Der französische Staat war im Besitz von Hinweisen über den Verbleib. Jemand hat allerdings vor wenigen Monaten einen Kurator, der mit diesem Thema vertraut war, überfallen und die Dokumente entwendet. Kurze Zeit später wurden Dossiers aus Ihrem Militärarchiv in Koblenz gestohlen – von derselben Person.«

»Und, wenn Sie sie kennen, haben Sie die Person auch finden können?«

»Leider nur tot, seine verkohlte Leiche fanden wir in einem Bauernhaus in Bayern. Er nannte sich Ezechiel und war der Sohn des Nazis, den die Israelis vor kurzem liquidiert haben. Sie kennen ihn – Alois Fischer. Wir haben den Verdacht, dass er wusste, wo sich der Lilith-Staat befand. Nur sind jetzt Vater und Sohn tot.«

Die Kanzlerin sah zum Horizont, wo sich die Sonne erhob. »Schauen Sie, ist das nicht wunderschön?«

Der Franzose verstand nicht. »Wir dürfen keine Zeit verlieren.

Wir müssen diese vier Schnüffler suchen. Sie scheinen mehr zu wissen, als uns lieb ist. Aber das können nur Sie in Ihrer Eigenschaft als Oberbefehlshaberin in die Wege leiten. Wir liefern Ihnen hier in diesem Dossier alle notwendigen Fakten. Nur wenige haben es jemals gesehen. Nicht einmal Ihre Amtsvorgänger …«

Sie schaute versonnen zu dem immer größer werdenden Sonnenball, ehe sie und der Franzose von den fünf Sprengladungen zerfetzt wurden.

München, Deutschland, 23. 12., 16.48 Uhr

Sie schrie, und er sah ihr dabei zu. Die Wehen hatten noch nicht eingesetzt, dennoch presste Hermel seine Hände auf Almuts prall gespannten Bauch. Ihr Schreien störte hier keinen. Hermel hatte sie in den Hörsaal geschoben. 300 Studenten konnten hier sitzen, hören und verstehen. Aber jetzt war der Saal leer und verwaist.

»Du musst mir nur zwei Dinge sagen, dann kommt der Doktor, holt die Kinder, und du darfst sanft entschlafen. Mein Chef hat es dir versprochen. Deine Kinder werden leben. Und du gehst zu deinem Vater. Quäl dich nicht. Sag mir, wo dieses Drecksbild ist und wo du die Antiseren aufbewahrt hast.«

Ihr Mund war weit aufgerissen. Der Schmerz umschloss ihre Hüfte und zog in heißen Kaskaden die Wirbelsäule empor. Ihre Beine zuckten, ohne dass sie ihnen den Befehl dazu gegeben hätte. Tränen rannen aus ihren Augen. Sie sah hinauf in das gläserne Kuppeldach und dann zu den Fenstern, sah den Schnee, der draußen in langen weiten Schlieren vom Himmel fiel.

Hermel war kein Sadist. Ihm bereitete es kein Vergnügen, Menschen zu quälen. Missfeld hatte er von seinem Team kurz und nahezu schmerzlos umbringen lassen, als dieser aus Berlin hatte verschwinden wollen. Und so betrachtete Hermel Folter lediglich als notwendigen Bestandteil seiner Arbeit, für die er ausgesprochen gut bezahlt wurde. Hier konnte er sich aber nicht mehr lange Zeit lassen. Almuts Arzt, der sie schon die vergangenen sechs Monate betreut hatte, kam in einer halben Stunde vom Krankenhaus rechts der Isar hier in die alte Klinik in der Maistraße.

Der letzte bayerische König Ludwig der Dritte hatte 1916 das Königliche Krankenhaus für Frauen eingeweiht. Das gesamte medizinische Areal war klug geplant. Es folgte dem Weg des Lebens. Hier in der Maistraße kamen über Jahrzehnte Münchener Kinder zur Welt. Nicht weit entfernt, weiter nördlich, lag die Chirurgische Abteilung. Auf der anderen Straßenseite befand sich der Eingang zum Pathologischen Institut, welches wiederum an den alten Südfriedhof angrenzte. Von der Wiege bis zur Bahre hatte die Stadt München ihre Bürger an dieser Stelle über lange Zeit versorgt. Aber das war Vergangenheit. Angesichts dramatischer Immobilienpreise waren derartige Filetstücke von staatlicher Seite verkauft worden, man war in einen Außenbezirk gezogen.

Und dieser Trakt hier war vor wenigen Wochen schon nicht mehr für Patienten begehbar. Jahrzehnte beheimatete er eine Ausbildungsstätte für Hebammen, Entbindungsräume und eine Abteilung für Pränatale Diagnostik. Aber das war Geschichte. Alles sollte abgerissen werden. Dann kam die Seuche, und mit ihr kam die Medizin zurück. Erst hatten die Leiter der Klinik improvisiert und Betten und Personal zur Verfügung gestellt, um die Infizierten zu behandeln. Schnell aber waren die Zimmer überfüllt. Auf den Fluren stöhnten Menschen unter den Plastikplanen, die man über die Betten gespannt hatte. Es war schon bald kein Ort des Behandelns oder gar Heilens mehr, sondern ein Ort des Siechens und qualvollen Sterbens. So achtete inmitten dieses Chaos niemand auf die Hochschwangere, die von Hermel über eine Hintertür hineingebracht worden war. Noch zwanzig Minuten. Er musste sie zum Sprechen bringen.

»Zieht euch die grünen Anzüge an, dann die Gesichtsmasken und die Hauben. So fallen wir nicht auf.«

Für einen Moment musste Jan lachen, als er sah, wie Faruk

sich angewidert eine benutzte, vom Schweiß eines anderen durchdrungene Haube aufsetzte. Aber sie waren schon am Eingang vom Sicherheitsdienst weggescheucht worden. Und so nahmen sie den Lieferanteneingang, konnten dank Jans Ortskenntnissen aus Universitätszeiten in die Wäscheabteilung gelangen und sich dort an der schmutzigen OP-Kleidung bedienen. Hier unten war es feuchtwarm und roch nach Reinigungsmitteln, Schweiß und Urin. Regina würgte. Und auch Elijah konnte den Gestank kaum ertragen. Jan sah beide missbilligend an, denn sie trugen unter ihren weiten Hemden und dem Kittel jeweils zwei Waffen der Marken Beretta und Glock, die Elijah aus einem Haus nahe der Isar geholt hatte. Sein Dienst, so erklärte er, habe vor geraumer Zeit in jeder größeren Stadt solche Anlaufstellen geschaffen, um die Agenten schnell und ohne Aufhebens mit Waffen versorgen zu können. Jan hatte nur den Kopf geschüttelt. Seinem Verständnis nach waren Waffen und Krankenhäuser zwei Dinge, die sich nicht miteinander vertrugen.

Sie nahmen den Lastenaufzug, der sie in den ersten Stock führte. Niemand, der an den Betten mit den Kranken vorbeihetzte, nahm von der Vierergruppe Notiz. Jan sah sich um. Er sprach eine Schwester in einem Schutzanzug an und fragte nach einer Entbindungsabteilung. Die schüttelte nur den Kopf und lief weiter. So eilten sie über die Gänge, eher ziellos und zunehmend verzweifelt, als Jan ein bekanntes Gesicht erkannte.

»Dirk?«

Sein Gynäkologenkollege vom Klinikum rechts der Isar kam aus einem Zimmer und hatte für einen kurzen Moment seine Maske abgenommen, während er sich an einem Spender mit Desinfektionsmittel einrieb. Der Angesprochene drehte sich um und erkannte Jan. Aber es tauchte keine Freude in seinem Gesicht auf. Elijah schien es, als ob der Arzt sich ertappt fühlte.

»Jan? Was machst du denn hier? Und wo ist mein Porsche?«

Den hatte Jan komplett vergessen. Elijah hatte ihn benutzt, er musste noch in Rottershausen stehen.

»Wir haben ihn in einer Garage in Frankfurt unterstellen lassen. Das ist angesichts der Plünderungen wohl sicherer. Sobald die Lage sich entspannt, fahre ich nach Frankfurt und hole ihn. Versprochen. Bekomme ich bei dir einen Kaffee?«

Dr. Sandmann sah skeptisch auf die anderen drei, ehe er sie in einen Aufenthaltsraum des Personals lotste. Kurze Zeit später tranken alle aus alten Kaffeetassen mit abgebrochenem Rand.

»Sag einmal, habt Ihr hier nur Infizierte oder auch Schwangere?«

Jan versuchte bei dieser Frage so beiläufig wie möglich zu klingen. Er war sich sicher, dass eine Zwillingsgeburt jemandem wie Sandmann bekannt sein musste. Aber Sandmann, der sich als Letzter Kaffee eingegossen hatte, schüttelte etwas zu schnell den Kopf.

»Nein, hier werden nur Patienten mit dem Pockenvirus eingeliefert. Alles andere wäre zu gefährlich.«

Sie saßen um einen wackeligen Resopaltisch herum. Auf einem zerschlissenen Sofa hinter ihnen schlief ein junger Arzt. Zwei Schwestern standen müde und erschöpft an der Wand, unterhielten sich leise und rauchten. Regina bat sie um eine Zigarette. Sehr widerwillig reichte ihr eine der Schwestern eine Packung. Die Versorgungslage war noch immer mangelhaft, und noch wusste niemand, ob Zigaretten nicht auch weiterhin ein knappes Gut sein würden.

»Aber was sucht ihr hier? Sind das hier Kollegen?« Sandmanns Ton war harsch, fand Jan. Doch ehe er antworten konnte, piepste ein kleines Gerät an Sandmanns Brusttasche.

»Oh, ich muss … also, wenn ihr bitte hierbleibt, ich will … ich muss euch noch etwas zeigen.«

Im nächsten Moment war er aus der Tür.

»Wenn du mich fragst, ist der Typ nicht koscher. Woher kennst du ihn?«, fragte Elijah leise.

»Er ist Gynäkologe, und du hast seinen Porsche gefahren. Wo ist der Wagen eigentlich?«

Elijah zuckte mit den Schultern. »Steckt irgendwo bei Schweinfurt in einer Schneewehe. Ist sowieso nicht die Zeit für Sportwagen, klimatisch wie ökonomisch.«

»Sehr witzig. Das wird sehr teuer. Und ich …«

»Findest du nicht, dass dein Kollege etwas nervös wirkte?«

Jan wies auf den schlafenden Arzt. »Wenn man 16 bis 17 Stunden auf den Beinen ist, permanent um Leben kämpft, statt es auszulöschen, dann ist man vielleicht etwas nervös oder überreizt.«

Eine Schwester trat herein. »War Dr. Sandmann hier?«

Jan drehte sich um. »Ja, der kommt gleich wieder, der ist nur …«

»Sagen Sie ihm, dass das Team für die Entbindung bereitsteht.«

Jan erhob sich langsam.

»Die Entbindung?«

Die Schwester war schon wieder im Begriff zu gehen. »Ja, die Zwillingsgeburt. Wir haben nur einen kurzen Slot im OP2. Wenn er kommt, soll er Gas geben.«

Sie quietschte auf ihren Plastikschuhen davon.

»Dein Freund gehört dazu. Los!«, stieß Elijah leise aus.

Sie hatte das Bewusstsein verloren. Hermel war unzufrieden. Sandmann müsste sie noch einmal zurückholen. Denn das Gestammel, das sie wimmernd vorgetragen hatte, nachdem er ihr die Haut ihrer Hand mit einem Seziermesser abgezogen hatte, war kaum zu verstehen gewesen. Er hatte nur einen Namen verstanden, der ihm leider nichts sagte: Pettenkofer. Die Tür zum Hörsaal schwang auf.

Sandmann trat mit hochrotem Kopf in den großen Raum und rief mit aufgeregter Stimme: »Sie müssen hier weg. Kistermann ist hier … mit drei anderen Personen. Sie suchen Almut …«

Hermel reagierte sofort. Er griff nach seiner Pistole, setzte einen Schalldämpfer auf den Lauf und lief auf Sandmann zu.

»Wo sind sie? Sind sie Ihnen gefolgt?«

Sandmann schrie jetzt fast. »Nein. Sie warten noch.«

Regina und Elijah hatten sich links und rechts der Tür postiert. Aber Sandmann hatte so laut gerufen, dass selbst Jan es verstand, der sich hinter Regina verbergen musste.

»Was ist dahinter?«, fragte Regina leise an Jan gerichtet, während Elijah durch den Türspalt versuchte, den Geräuschen dahinter eine Kontur zu geben.

»Das ist der Hörsaal der Uniklinik, oder er war es einmal.«

»Wie sieht der aus? Beschreib ihn. Ausgänge, Fenster, alles. Los, schnell.«

Jan versuchte sich zu erinnern. Es war sicher sechs oder sieben Jahre her, dass er dort das letzte Mal vor Studenten gelehrt hatte.

»Hohe Stuhlreihen, vielleicht sieben oder acht. An der Kopfseite eine große Tafel. Links ein Ausgang. Rechts ein Nebenraum. Der Halbkreis wird unterbrochen von einem Gang, der zu weiteren kleinen Räumen führt.«

Regina nickte. »Fenster?«

Jan schwitzte. Darauf hatte er nie geachtet. »Sechs große Fenster. Dahinter Versorgungseinrichtungen wie Küche oder so. Weiß aber nicht mehr genau …«

»Okay.«

Elijah winkte zu Regina, hob zwei Finger und danach einen. Sie verstand. Der Israeli vermutete nur zwei Personen hinter der Tür, wovon einer eine Waffe trug. Sie hatte ebenfalls das Entsichern einer Pistole vernehmen können. Sie flüsterte leise zu Jan: »Gibt es hier noch einen weiteren Zutritt zum Hörsaal?«

Jan nickte, deutete den Gang hinunter und machte eine Bewegung mit den Fingern, die erklärte, dass sie eine Treppe hinaufzugehen hatte.

Hermel glaubte Sandmann kein Wort. Hier unten, umringt von den nach oben hin verlaufenden Sitzreihen, musste er wie auf einem Präsentierteller stehen. Keine Deckung. In einer der höher liegenden Sitzreihen hatte er seine Sporttasche mit den üblichen Werkzeugen wie Waffen und Sprengstoff deponiert. Er wandte sich um und hastete die Treppe hinauf, als die Tür, aus der auch Sandmann gekommen war, sich öffnete. Es war ein Pfleger, der eine Trage hineinschob. Eine Person lag darunter, verhüllt mit einem Tuch.

»Sollte hier heute seziert werden?«, dachte er noch, als die Person von der Trage fiel und sich auf den Boden rollte.

Hermel hechtete hinter eine Reihe. Ein Schuss zerriss die Stille, Holz splitterte neben ihm. Er robbte auf allen vieren die

Reihe entlang. Hermel musste unbedingt zu seiner Tasche kommen. Wenn Sandmann recht hatte, waren jetzt vier Gegner in diesem Hörsaal. Selbst mit seinem Equipment war er hier auf verlorenem Posten. Flucht war die einzige Option, wenn er überleben wollte. Allerdings durften Almut und Sandmann nicht am Leben bleiben.

Jemand lief geduckt nicht weit von ihm eine Treppenreihe hinauf. Sie wollten ihn in ein Kreuzfeuer nehmen. Wenn er sich jetzt nicht absetzen würde, wäre er verloren. Vier, vielleicht fünf Meter, schätzte er, waren es bis zu einem großen Fassadenfenster. Das war sein Ausgang. Niemand schoss. Keiner wollte seine Position verraten. Es schienen Profis wie er zu sein. Schweiß rann ihm ins Auge. Er wischte ihn fahrig zur Seite. Vor ihm lag eine volle Mineralwasserflasche. Er ergriff ihren Hals, schüttelte sie und schob sie mit großer Kraft zur nächsten Treppe. Sie rollte und schepperte dabei über die Marmorstufen, ehe sie zerbrach. Ruckartig erhob er sich und gab drei schnelle Schüsse in Richtung Sandmann ab, drehte sich blitzschnell und sah, wie eine Frau sich nur wenige Meter von ihm entfernt erhob. Er drehte sich und schoss noch in der Bewegung. Sie duckte sich weg, und diesen Moment nutzte Hermel, um die Tasche zu greifen. Er riss die Waffe herum, schoss in das Fenster vor ihm und warf sich mit all seiner ihm zur Verfügung stehenden Kraft gegen das Glas. Das Holz des Kreuzrahmens stieß in seine Wange, drang in den Mundraum und riss die komplette rechte Seite aus seinem Gesicht. Er stürzte hinab. Eine Sonnenblende, kurz darunter an einem Stockwerk befestigt, minderte den Aufprall. Mit letzter Kraft rollte er sich darüber und fiel in einen großen Schneehaufen, den der Hausmeister darunter aufgeschaufelt hatte. Neben ihm lag die Sporttasche, wie er befriedigt feststellte. Das Blut, das aus seinem aufgerissenen Gesicht lief, verfärbte sofort den Schnee. Hermel sah mit verzerrtem Ausdruck nach oben. Niemand war zu sehen. Stöhnend schleppte er sich zum Ausgang.

»Lass ihn. Wir haben hier Wichtigeres zu tun«, rief Jan Regina zu, die zum zerborstenen Fenster lief, ihre Glock im Anschlag.

Elijah hatte Dr. Sandmann den Arm nach hinten gedreht.

»Was ist das für eine Scheiße? Was soll das?«

Elijah war, was Festnahmen anging, ein wenig aus der Übung. Und so hörte er ein grässliches Knacken und als Nächstes einen spitzen Schrei des Arztes.

Jan verdrehte die Augen. »Du hast ihm den Arm ausgekugelt.«

Ein wenig schuldbewusst ließ Elijah den Arzt auf den Boden fallen, wo der sich schreiend wand. Jan hatte sich zu Almut begeben, die aus ihrer Bewusstlosigkeit erwacht war. Sie wimmerte. Ihr gigantischer Bauch wölbte sich vor ihr hoch und runter. Sie atmete schwer. Jan hatte schon Zwillingsgeburten erlebt. Aber noch nie war ihm so eine große Wölbung untergekommen. Zudem war sie an der rechten Hand verletzt. Er sah sich die Wunde genauer an. Das schon graue Fleisch ihrer Hand nahm er zuerst wahr. Dieses Schwein hatte ihr wirklich die Haut vom Fleisch getrennt. Glücklicherweise war der Hörsaal noch mit den notwendigen Werkzeugen und Medikamenten ausgestattet.

»Ich kümmere mich um Almut. Und du, Sandmann, solltest reden. Die drei Herrschaften sind wirklich Experten in der Beschaffung von Informationen.«

Wie zur Bestätigung schloss Faruk beide Haupttüren des Hörsaals ab.

»Ich habe damit nichts zu tun. Ich sollte nur die Geburt veranlassen. Dafür hat mir dieser Typ, der da oben wie Superman aus dem Fenster sprang, Geld gegeben.«

Elijah griff Sandmanns Arm und zog ihn ruckartig zu sich. Der Arzt schrie erbärmlich. »Glaub mir, Jan, wirklich. Ich habe Spielschulden, und das Geld kam gerade recht.«

Elijah sah amüsiert zu Regina, die die Stufen hinabgeschritten kam. »Du bist nicht allein …«, sang er.

Regina zeigte ihm mürrisch den Mittelfinger, setzte sich in die erste Vorlesungsreihe und sah Elijah zu, der sich über Sandmann beugte. »Wir machen das so: Herr Sandmann …«

»Doktor Sandmann«, warf Regina ein.

»Natürlich, verzeihen Sie, ich hab's nicht so mit Titeln. Mir reicht klug und dumm als Schublade. Sie sind klug, wenn Sie uns schnell wahre Antworten geben. Sie sind dumm, wenn Sie langsam und …«

Regina hob die Hand. »Das ist ihm klar. Fang an, wir haben nicht viel Zeit.«

Elijah sah zu Sandmann herab.

»Sehen Sie, man darf die Frauen niemals warten lassen. Sonst werden sie mürrisch. Also, erste Frage, zum Warmwerden. Wer war der Typ?«

Sandmann sah mit aufgerissenen Augen zu Elijah, der nach einem Skalpell griff, das vor ihm auf einem Seziertisch lag. Er schüttelte nur den Kopf.

Jan unterbrach die Untersuchung von Almut und ging vor seinem Kollegen in die Hocke. »Hör zu, du hast nichts mehr zu verlieren. Du bist es deinem Ethos und deiner Familie schuldig. Rede, damit wir wenigstens noch ihr Leben retten können.«

Sandmann sah ihn mit flehenden Augen an.

»Jan, du musst mich verstehen. Weißt du, mir steht das Wasser bis zum Hals. Ich habe Privatabrechnungen …«

Jan nickte. »Ich weiß, die Araber bei uns im Klinikum zahlen auch gern mal bar, wenn man frühzeitig das richtige Geschlecht definiert.«

Sandmann nickte. »Das haben alle gemacht …«

Jan legte die Hand auf seine Schulter und reichte ihm eine Schmerztablette.

»Nimm sie, und rede bitte.«

Sandmann zögerte, nahm aber die Tablette und begann. »Im Sommer, so um August herum, hat mich dieser Typ, er heißt Hermel, kontaktiert. Ich solle bei einer außergewöhnlichen Schwangerschaft der betreuende Arzt sein. Es war eine irrsinnige Summe, die er mir bot. Zudem wusste er um die Unregelmäßigkeiten und drohte, sie zu veröffentlichen. Also erklärte ich mich bereit. Es sind keine normalen Zwillinge, sondern Giganten.«

Elijah zog an seinem Arm und murmelte nur ein »Sehr witzig«.

Sandmann schrie auf. »Nein, das ist wahr. Der Vater des Kindes gehört zu einer äußerst raren genetischen Gruppe. Die Zellen dieser Menschen wachsen schneller und reparieren sich auf eine uns bislang unbekannte Art und Weise. Ich habe so etwas noch nie gesehen. Almut ist eigentlich im siebten Monat. Aber die Zwillinge sind bereits mehr als ausgereift. Sie entsprechen schon jetzt, das habe ich erst heute Morgen im Ultraschall gesehen, dem Entwicklungsstand von zwei Monaten nach der Geburt. Wenn es stimmt, was Almut mir erzählte, stammt der Vater aus einer alten Ethnie im Osten. Sie seien so etwas wie die perfekten Krieger. Ihr Gendefekt, wenn man es so sehen will, vermindert das Schmerzempfinden um einen hohen Prozentsatz. Wunden schließen sich schneller als bei normalen Menschen. Wenn sie recht hat, wäre das eine mittlere medizinische Sensation. Und da wollte ich …«

Almut schrie. Jan drehte sich zu ihr.

»Die Wehen setzen ein. Los, Dirk, wo wolltest du entbinden?«

Elijah ließ den Arzt los.

»Wir haben einen speziellen Raum für sie …«

Etwas warf ihn nach hinten und ließ eine Unmenge von Blut und Hirnmasse aus seinem Hinterkopf spritzen. Sandmann war tot, bevor sein Körper den Boden berührte. Alle gingen in Deckung. Jan schob die Trage, auf der Almut lag, hinter das große Pult. Aber es fiel kein Schuss mehr.

»Wir müssen hinter dem Scheißkerl her«, rief Elijah zu Regina. »Faruk, bleib bei Jan. Wir treffen uns hier wieder.«

Jan hörte Almut stöhnen und mit kurzen Stößen atmen. Es war bald so weit.

»Los, Faruk, du musst mir helfen.«

Faruk hatte in seinem Leben schon vieles gesehen. Aber niemals war er Zeuge einer Geburt gewesen.

»Ich hole Schwestern«, rief er Jan zu und war schon fast bei der Tür.

»Faruk, verdammt! Da liegt ein toter Arzt mit einer Kugel im Kopf, hier eine Schwangere mit einer schwerverletzten Hand. Wir wissen nicht, wer von Sandmanns Team noch von den Machenschaften weiß. Wir holen die Zwillinge!«

Dieses Gafferband war großartig. Diese strapazierfähigen Klebestreifen waren für so viele Dinge einsetzbar. Hermel hatte nicht gezögert, seine aufgerissene Wange schnell mit dem Band zu schließen. Schnell hatte er zwei Streifen mit einem Messer von der Rolle abgetrennt und sich ins Gesicht geheftet. Er saß zwischen zwei stinkenden Mülltonnen, die von Konservendosen und verschimmelten Lebensmitteln überquollen. Noch immer fand sich in dieser Stadt keiner, der den Müll wegräumen wollte. Eine Ratte trippelte vorsichtig heran und schnupperte an seinem Bein. Langsam beruhigte sich sein Atem. Aber der Schmerz kam jetzt zurück. Die Ratte konnte nicht schnell genug reagieren, als Hermel sein Messer tief in den fetten Leib hineinstieß. Sie drehte sich quiekend um die eigene Achse und fauchte ihn ein letztes Mal an, ehe ihre kleinen Augen den Tod verrieten.

Er griff zu seinem Smartphone und tippte den Namen hinein, den Almut ihm noch unter Schmerzen genannt hatte. Stolz durchflutete seinen von Schmerzen und Anspannung erschöpften Körper. Aus dieser Position den Treffer zu setzen und Sandmann auszuschalten, war eine Meisterleistung. Sehr langsam gab sein Telefon ihm die Auskunft, die er brauchte. Nun musste er zum Fundort gelangen. Vorher aber musste sein Auftraggeber informiert werden. Noch einmal drückte er die Tasten.

Und als er wieder auf der Straße, die zur Pathologie führte, stand, sah er sein Ziel. Er war nicht gebildet, sonst hätte Hermel mit dem Namen Pettenkofer mehr anfangen können. Aber er wusste, dass solche Orte gern als Versteck genutzt wurden. Und er wusste, dass Almut diese Klinik hier mit Sandmann als Entbindungsort vereinbart hatte. Was lag näher für diese Schlampe, als dort drüben die restlichen Serenvorräte zu deponieren? Und jetzt fiel Hermel auch wieder ein, dass hier in der Nähe auch der letzte Funkkontakt seines Liebhabers stattgefunden hatte. Würde er ihn doch noch lebend finden, oder hatte das Miststück ihn auch getötet? Er griff in seine Hosentasche und fand die Tabletten. Gleich drei der weißen Kokainpräparate steckte er sich in den Mund, griff in den Schnee, der auf einer Mauer lag, und wartete, bis er geschmolzen war, ehe er alles in den Mund steckte und hinunterwürgte. In wenigen Minuten würde er keinen Schmerz mehr spüren, seine Gedanken wären nur noch auf eine Sache konzentriert – das Versteck mit den Seren.

Weder Regina noch Elijah kannten sich hier aus. Sie waren aus dem Saal gestürmt, eine lange Treppe hinabgeeilt und fanden sich in einem riesigen Innenhof wieder.

»Wohin? Der Schuss kam von oben rechts. Da ist das zerborstene Fenster, aus dem der Kerl gesprungen ist.« Regina zeigte auf den Schneehaufen. »Hier ist noch Blut, dann ist er in das Nachbargebäude, dort in den dritten Stock ... dort oben, wo das Fenster noch geöffnet ist ... und konnte so schön von oben nach unten diesen Arzt wegknipsen.«

Elijah sah sich hektisch um. »Was, wenn er noch hier ist? Los, darüber in die Unterführung.«

Sie rannten einen abschüssigen Weg hinunter. Links kam ihnen Küchengeruch entgegen. Elijah war etwas voraus.

»Da ist Blut. Zwischen den Mülltonnen. Er hat sich beim Sprung verletzt. Lag hier und wird sich selbst versorgt haben.«

Regina nickte. »Aber wo ist er jetzt?«

Elijah schritt an den Mülltonnen vorbei, durchquerte erneut eine Unterführung und stand auf einer Straße. Er drehte sich um und sah auf einem Balkon einen Arzt und eine Schwester rauchen.

»Entschuldigen Sie, haben Sie hier einen Mann mit einer Sporttasche gesehen, er hatte ...«

Die beiden drehten sich stumm um und gingen wieder in das Gebäude.

Regina war sauer. »Verdammt, er ist weg. Und ich bin mir ziemlich sicher, dass er uns zu den Hintermännern hätte führen können.«

Das Smartphone vibrierte in Elijahs Jackentasche.

»Ja, wir sind draußen. Nein, wir haben ihn verloren ... Aha ... Kisten in einem Grab? Das ist nicht dein Ernst. Ein Friedhof hier in der Nähe?«

Almut war bei vollem Bewusstsein. Die Wehen kamen jetzt in

Abständen von 15 Minuten. Jan musste schnell handeln. Es war klar, dass diese Gigantenbabys nicht auf normalem Wege zu holen waren. Ihm blieb nur ein Bauchschnitt, was eine äußerst heikle Angelegenheit war.

»Jan, komm zu mir.«

Almut hatte die Augen nicht geöffnet, aber sie hörte, dass Jan bei ihr war. Er beugte sich über sie.

»Regina und der Jude sollen dieses verdammte Schwein töten. Sie müssen vorsichtig sein. Er will die Kisten mit dem Antiserum. Es ist besser als das von Köhn entwickelte.«

»Wo ist es? Ich kann hier nicht weg. Du musst es mir sagen, und ich werde die anderen verständigen«, sagte Jan.

Almut atmete tief ein und aus. Sie musste sich konzentrieren. Ihre Stirn war von einem Schweißfilm bedeckt.

»Wo ist der Araber?«

Faruk trat heran. Sie sprach auf Arabisch mit ihm.

»Ruf die beiden an. Sie haben das Mobilnetz wieder hochgefahren. Es ist im Grab von Max Pettenkofer auf dem Alten Südfriedhof. Hermel wird es finden, diese Missgeburt. Er ist Köhns Sicherheitschef. Macht dessen Drecksarbeit. Er ist ein Teufel, verstehst du? Du musst ihn zerquetschen.«

Sie hatte Speichel im Mundwinkel, und ihre Hand verkrampfte sich an Faruks Hosenbein. Vorsichtig umschloss er ihre Hand und versuchte, sie zu öffnen.

»Ich habe nur diesen Namen gesagt. Sag ihnen, dass sie alles tun müssen, um die Kisten im Grab zu bekommen.« Ihre Augen waren jetzt weit geöffnet. Das Sprechen fiel ihr schwer, sie spuckte die Worte fast heraus. »Glaub mir, sie sind wichtig …« Ein Hustenanfall stoppte sie. Keuchend setzte sie ihre Rede fort. »… um Köhns Mittel zu stoppen … Es ist noch ein Mittel darin … in der Kiste …«

Sie zog sich zu Faruks Gesicht. Ihr Mundgeruch raubte ihm fast den Atem.

»Der türkische Biologe, dem ich es zur Untersuchung gegeben hatte, glaubt, dass es ein Wirkstoff gegen den HI-Virus ist. Du wirst reich sein und berühmt und mächtig …«, jetzt sprach sie wieder Deutsch. »Und jetzt geh. Ich will allein mit Jan reden.«

Faruk nickte, obwohl Jan widersprechen wollte. »Ich gehe raus, rufe die beiden an und sehe zu, dass wir keinen unerwarteten Besuch bekommen.«

Almut bedankte sich bei ihm auf Arabisch und sank erschöpft zurück auf die Trage. Jan sah sie voller Mitleid und Abscheu an. Sie hatte sich ihren Kindertraum erfüllt, aber was für Opfer hatte sie dafür gebracht. Sie war besessen, das konnte jeder sehen, der in ihr verzerrtes Gesicht blickte, das eben nicht nur vom Schmerz der Wehen, sondern auch von Hass und Wahn erzählte.

»Nimm dir einen Stuhl. Ich habe dir etwas zu erzählen.«

Er zog einen Plastikstuhl, der neben dem Pult unter der Tafel stand, zu sich und setzte sich tatsächlich.

»Almut, dafür haben wir jetzt wenig Zeit. Wenn wir dich und deine Kinder retten wollen, dann musst du jetzt operiert werden. Alles andere kann auch danach gesagt werden.«

»Nein, Jan. Kann es nicht.« Sie nahm seine Hand und drückte sehr fest zu. Wieder flackerten ihre Augen. »Konzentrier dich. Was ich dir sage, ist sehr wichtig.«

Er nickte ergeben.

»Arwed Köhn hat mich, meinen Bruder Ezechiel und meine Adoptivschwester Maria, die sich als Prophetin Birghid sah, benutzt, wie Marionetten haben wir für ihn getanzt. Und jetzt will er …« Sie stöhnte. Tränen liefen ihr vor Zorn über die Wangen. »… jetzt will er die Fäden abschneiden. Aber das lass ich nicht zu. Ich bringe ihn um, das Schwein …«

Jan legte seine Hand auf ihren Arm. Sofort stieß sie ihn weg.

»Wir sind aber alle selbst schuld, dass wir ihm vertraut haben. Unser Vater hat uns auf große Aufgaben vorbereiten wollen. Wir alle lebten bei Pflegeeltern in einem Dorf in Österreich. Vater lebte erst in Ägypten und dann in Syrien. Als wir volljährig wurden, nahm er mit uns Kontakt auf. Aber Maria wollte nichts von ihm wissen. Sie war überzeugt davon, dass ihr leiblicher Vater, irgendein Penner oder Strauchdieb, ihr eine besondere Begabung vererbt hatte.« Sie lächelte verächtlich. »Das Sehen. Das hat sie immer erzählt, manchmal funktionierte es auch. Vater war beeindruckt von ihr, wie gern hätte ich ihn so beeindruckt.«

Sie hustete erneut. Die Halsader drückte sich blau hervor. Lange würde sie nicht mehr durchhalten.

»Aber Birghid wollte alles für sich, nichts mit Vater teilen, der sie so groß machen wollte. Sie wandte sich einfach ab. Ezechiel erging es ähnlich. Er liebte die Kunst. Vater lockte ihn mit Geheimnissen über das verschollene Bild von Bosch. Und als er es fand, wurde er darüber fast verrückt. Auch er lehnte sich auf. Und dann kam ich. Ich sollte seine Entdeckerin und die Zukunft seiner Ideen sein. Wir alle sind gescheitert, jeder auf seine Weise …«

Jan konnte diese Vaterverehrung nicht ertragen. Er wusste zu viel über Fischer, hatte das Leid, das er verursacht hatte, direkt und indirekt miterleben müssen. Damals im Sommer.

»Ihr seid zerbrochen an den Anforderungen und Vorstellungen von Alois Fischer, SS-Offizier und der Mann Heinrich Himmlers für alles Esoterisch-Antike.«

Sie antwortete nicht, sondern sah ihn nur böse an.

Jan fuhr fort, die Zeit drängte. »Dann war das alles in Syrien von ihm inszeniert, um wenigstens dich aus der Gefahrenzone herauszubringen?«

»Nicht ganz. Ich wollte mich vor zwei Jahren von seinen Einflüssen befreien. Ich wurde auch schwach. So wie die anderen. Aber Vater ließ es diesmal nicht zu. Er sah mich als seine Zukunft an.« Erneut richtete sie sich stöhnend auf und kam näher an Jans Gesicht. »In mir sollte der Samen einer neuen Rasse von Kriegern aufgehen. Er fand die letzten Vertreter dieser Ethnie im Osten auf einer Expedition. Sie sind gegen die meisten Krankheiten immun, fühlen keine Schmerzen, sind überdurchschnittlich groß und entstammen einer alten Kriegerrasse, die im Nordosten Asiens vor mehreren tausend Jahren lebte. Eine Familie nahm er mit nach Syrien. Sie wurden immer wieder mit Frauen aus unserem Dorf zusammengeführt, um Nachfahren zu zeugen. Aber alle Kinder starben im frühen Alter. Der Friedhof in Rohrbrunn ist voll von ihnen. Vater erzählte mir davon, als ich ihn in Damaskus traf und für eine Zeit bei ihm lebte. Er vertraute mir kaum, gab mir aber Hinweise aus den Unterlagen der Naziausgrabungen, sprach von Lilith, der Dämonin, die alles für ihn war, und von einem Volk im Osten, das die Ur-Arier sein sollten. Als ich mich von ihm lossagte, suchte ich dennoch nach diesem Volk. Ein Fehler, verstehst du? Nur er konnte mir helfen. Aber stattdessen nahm ich die Hilfe dieses Kretins an.«

Sie japste jetzt. Jan wusste nicht mehr, was echt und was Wahnsinn war.

»Finanziert hat diese Expedition also mein alter Schulfreund Arwed Köhn. Ich fand auf meinen Ausgrabungen im Irak und Iran sehr viele Hinweise auf eine Zivilisation, die von diesen Gogs besiegt und zerstört wurde. Es ist das Volk von Aratta. Sie lebten vor mehr als 5000 Jahren dort, verehrten eine Göttin, Lilith. Aber dann kamen die Krieger aus dem Nordosten. In der Bibel werden diese Krieger die ›Gogs aus Magog‹ genannt. Sie galten als das Böse schlechthin. Bei den Ausgrabungen wiederum fand ich auch heraus, warum sie immun waren. Diese Gogs hatten ein Volk besiegt, älter, als wir uns vorstellen können, und es war im Besitz vieler Antiseren. Diese Kultur, dieser Staat kannte die Pest, die Pocken und die meisten anderen Krankheiten. Sie waren sowohl im Besitz der Erreger als auch im Besitz ihrer Gegenmittel. Und die Gogs profitierten davon. Ich konnte nur wenige Mengen dieser getrockneten und in Harz eingelegten Seren bergen.«

Jan war sich nicht sicher, ob er träumte. Das klang alles so bizarr. »Woher wusstest du, dass sie wirksam waren?«

Almut lächelte. »Ich ließ sie in einem Labor in Istanbul auf ihre Wirksamkeit testen. Ein großer Teil der Seren kam hier nach Deutschland. Dann hat Arwed noch eine Probe erhalten, um sie in seinen Labors in Holland zu testen. Ohne es mir zu sagen, entwickelte er daraus ein Antiserum.«

»Also steckt er hinter den Anschlägen?«

Sie nickte, und ihr Gesicht verzerrte sich vor Schmerz. »Die Menschen aus Aratta kannten nicht nur diese Krankheiten, sondern waren wohl auch viel hochzivilisierter, als wir es uns vorstellen können. Die Gogs zerstörten zwar fast alles. Aber das Wissen, das dieses Volk besaß, wurde in einem Text aufgeschrieben, in Karten festgehalten und von wenigen Überlebenden nach Indien gebracht. Von dort gelangte es auf sonderbare Weise wieder in den Westen. Mein Bruder hatte herausgefunden, dass Hieronymus Bosch dieses Wissen in Venedig einsah, es in seinem Werk verarbeitete und nach Norden schmuggelte. Wer also dieses Werk besitzt, hat das Wissen aus dieser Zeit in der Hand, aber er sieht auch das Antlitz der Lilith und das Grauen des eigenen …«

Faruk trat ein. Jan konnte deutlich seine Anspannung erkennen.

»Ich glaube, wir haben ein Problem. Jemand hat die Schüsse gehört. Ich habe zwei Pfleger mit Pistolen gesehen. Und ich fürchte, sie waren nicht auf dem Weg zu einer Operation. Wir sollten hier nicht bleiben.«

Jan sah sich um. Gab es hier die Möglichkeit, die Kinder zu holen? Almut jetzt wegzubringen, war kaum möglich. Er war Arzt. Vor ihm lag eine Hochschwangere mit einer mehr als spektakulären Geburt von abnorm großen Zwillingen. Hier war der beste Ort, sie zur Welt zu bringen. Alles andere würde Almut und ihre Kinder in Lebensgefahr bringen.

Die Welle des Schmerzes ließ nach. Almut sah, wie Jan mit sich rang. »Schaff mich hier weg. Die Pfleger werden zu Sandmanns Team gehören. Es ist von Hermel ausgesucht worden. Wenn sie erfahren, dass Hermel geflohen ist und Sandmann hier liegt, werden sie mich und euch töten.« Sie nahm Jans Hand. »Du musst mir helfen, du bist Arzt.«

Faruk sah durch den Türspalt auf den Flur. »Sie kommen.«

Der Alte Südfriedhof in München teilt sich in zwei Areale, die von einem Radweg und einem Kinderspielplatz, auf dem in normalen Zeiten wohlhabende und zufriedene Mütter auf die von ihnen vergötterten Kinder blicken, durchschnitten werden. 1563 wütete eine Pestepidemie in der Stadt, die zahlreichen Toten warf man auf dieses Gelände, das damals außerhalb der Stadtmauern lag. Nach und nach avancierte das Areal zum Zentralfriedhof. München wuchs, und es wurde kräftig gestorben, der Boden war nach 300 Jahren »übersättigt«, wie es in der Sprache der Friedhofsverwaltung heißt, und so wechselte seine Bestimmung vom Gottesacker zum Park mit verwitterten Grabsteinen. An jedem Eingang weisen Schilder auf die großen Berühmtheiten hin. Metzger, Brauereibesitzersfrauen und Privatiers wetteifern miteinander mit ihren zu Stein gewordenen Allmachtsphantasien. Nur die wirklich Großen bekamen eine Grabplatte. Wie Max von Pettenkofer, das Universaltalent aus Oberbayern, dem die Stadt die erste Kanalisation verdankt. Die Gebeine des Begründers der Hygienelehre, der mit seinen Forschungen die Menschen dieser Stadt vor Seuchen übelster Art bewahrte, lagen nicht weit von der südlichen Umfassungsmauer des Friedhofs.

Hermel hatte Glück. Der Unimog eines Grabunternehmers stand im Schnee, nicht weit von der Stelle entfernt, an der er die versteckten Kisten vermutete. Kaum hatte er den Schnee von der Platte gewischt, konnte er sehen, dass sie vor nicht allzu langer Zeit bereits bewegt worden war. Sie lag nicht korrekt in der seit 100 Jahren gefestigten Position. Fast euphorisch rannte er zurück zum Unimog. Hinter dem Führerhaus des Wagens war ein kleiner Kran befestigt, der wohl zum Hochheben und Fixieren der Steine und Platten diente. Nur wenige Sekunden brauchte Hermel, um den Wagen kurzzuschließen, ihn richtig zu positionieren und den Haken unter dem Stein zu befestigen. Niemand war in der Nähe. Der Schnee rieselte vom Himmel und machte aus diesem ohnehin sehr stillen Ort eine Idylle des Schweigens. Jeder Ton wurde von den Schneemassen geschluckt.

Zwei Hebel mussten zwischen Ladefläche und Führerhaus betätigt werden, dann hob der Kran mit knirschendem Geräusch die Granitplatte empor, ehe sie wie eine einladende Tür seitwärts am Rand der Grube hing, nur vom gusseisernen Haken des Krans fixiert. Hermel stapfte vom Wagen hinüber, immer noch das Areal nach unnötigen Zeugen absuchend. Er sah hinunter. Ein grauenhafter Gestank von Exkrementen, Verwesung und Todesangst schlug ihm trotz der Kälte entgegen.

Da lag er, die Augen weit aufgerissen, die Hände wie zu einem muslimischen Gebet nach oben gestreckt. Mario, sein Liebhaber, sein Freund, im Grab von Max von Pettenkofer qualvoll auf den Kisten erstickt. Hermel hatte viel gesehen in seinem Leben als Soldat und Söldner, Sicherheitschef und Killer. Aber das überstieg alles. Er sah die blutig aufgerissenen Finger, die vermutlich verzweifelt das gefrorene Erdreich hatten aufgraben wollen. Zum ersten Mal, seit er erwachsen war, rannen Hermel Tränen der Wut, des Zorns und der Trauer über die Wangen. Das war ihr Werk. Und wenn er hiermit fertig wäre, würde er sie und diese ganze Drecksbande genauso qualvoll töten. Niemals hatte er einen so tiefen Wunsch verspürt, jemanden umzubringen, wie jetzt.

Köhn hatte ihn instruiert, wenn es nur irgendwie ginge, Proben aus den Kisten mitzunehmen und den großen Rest zu zerstören, und so hob er den gefrorenen Leib seines Freundes aus der Grube, brach die Kisten auf und sah zu seiner Freude, dass sich in drei Kisten wohlsortiert in Harz eingelegte Siegel befanden. Er entleerte seine Sporttasche, warf die zwei kleinen Maschinenpistolen und das zusammengelegte Gewehr auf den Grubenrand. Dann griff er sich ein kleines Päckchen Plastiksprengstoff, das er für solche Fälle mit sich trug, setzte den Zünder daran, stellte ihn sorgfältig ein und legte zwei kleine Phosphorkugeln daneben. Der Grabstein würde die Wirkung der Explosion nach oben dämpfen, der entzündete Phosphor die Grube in ein Mini-Inferno verwandeln. Nichts würde mehr von Almuts Kisten übrigbleiben, dachte er grimmig.

Hermel legte vorsichtig die Siegel in die nunmehr leere Tasche. Er hatte jetzt fünf Minuten Zeit, um das Grab zu schließen und sich dann so weit davon zu entfernen, dass er sich von der Explosion überzeugen konnte, ohne in deren Radius zu sein. Plötzlich hielt er inne. Krähen waren von den Bäumen über ihm krächzend aufgeflogen. Er wollte sich hinaushieven, aber dann sah er sie über den Grabrand hinweg. Er griff nach seiner Waffe, die er unter der Jacke trug, und lud sie durch.

Sie hatten sich entschieden, von zwei Seiten auf das Grab zu-

zugehen. So trennten sie sich am westlichen Eingang des Südfriedhofs. Regina war mit vorgehaltener Waffe eine Grabreihe hinuntergelaufen, immer die großen Grabstellen als Schutz suchend, um dann von Westen auf Pettenkofers Grab zu stoßen. Elijah rannte von Osten in gebückter Haltung von Stein zu Stein heran. Sie mussten sich auf die Professionalität des anderen verlassen, kein Funkgerät bot die Möglichkeit der Absprache.

Elijah sah ihn zuerst. Er versuchte, aus dem Grab heraus auf ihn zu schießen. Der Israeli warf sich sofort zu Boden. Ein Geschoss schlug direkt über ihm in einen steinernen Engel ein und ließ sein lächelndes Gesicht zerplatzen. Kaum auf dem Boden, zielte Elijah in die Richtung, robbte sofort nach rechts und schoss erneut. Wenn Regina nicht zu langsam war, konnten sie ihn jetzt ins Kreuzfeuer nehmen. Und tatsächlich hörte er zwei Schüsse, die von Westen in Richtung Grab abgegeben wurden. Gutes Mädchen, dachte er. Dann aber war alles ruhig. Stille legte sich über den Friedhof. Nur das ferne Krächzen eines Krähenschwarms war zu hören. Vorsichtig lugte Elijah um den Stein herum. Er sah, wie der Mann sich aus dem Grab hochstemmte, und sofort schoss Elijah aus seiner unbequemen Position. Der Treffer saß nicht, schlug in die Mauer dahinter ein. Er musste näher an das Objekt, dachte er, als es mit einem Mal zischte und knallte und alles vor ihm im Nebel versank.

Er saß im wahrsten Sinne des Wortes wie die Maus in der Falle. Sie kamen von zwei Seiten schnell auf ihn zu. Seine Munition war begrenzt. Mit dem Gewehr konnte er hier nichts ausrichten. Panik stieg in Hermel auf. Er durchsuchte die Tasche nach weiterer Munition, einer Handgranate, aber nichts fand sich. Er wollte sie schon wieder in die Grube legen, als ihm die Seitentaschen einfielen. Rauchgranaten, die er intuitiv eingepackt hatte, konnte er fühlen. Er zog nacheinander an den Haken und warf in beide Richtungen. Kaum hatten sie ihre Wirkung entfaltet, stemmte er seine Hände auf den gefrorenen Rand des Grabes und drückte sich hoch. Er fluchte, als er bemerkte, dass seine Gegner weiterhin in den Nebel hineinschossen.

Es war Reginas Geschoss, das die Bedienung des Unimogs traf

und zischend einen Kurzschluss verursachte. Die Druckluft, die den hydraulischen Kran stabilisierte, schoss aus der Leitung, der Kran sackte nach vorn und mit ihm die Platte. Hermel hatte es bis zur Hüfte geschafft, als der Granit ihn traf. Der Schmerz war unerträglich. Aber er verlor nicht das Bewusstsein. Nur konnte er sich nun nicht mehr umdrehen. Vor ihm lag sein Freund, er blickte in dessen immer noch weit aufgerissene Augen. Er dachte an den Zünder. Und dann zerriss der Sprengstoff seine Beine, zündete den Phosphor, und erst jetzt verlor Hermel das Bewusstsein und sein Leben.

Jan sah Faruk an, der auf dem Beifahrersitz saß und immer noch schweißgebadet war. Sie hatten Almut unter Aufbietung ihrer letzten Kräfte auf der Trage durch einen Nebeneingang des Hörsaals die Treppen zum Innenhof hinuntergetragen, einen dort stehenden Rettungswagen mit geöffneten Hecktüren gesehen und waren mit ihm durch das Tor hinaus auf die Straße gefahren.

»Wohin?«, fragte Jan, der aus seiner Zeit als Notarzt diese Wagen in- und auswendig kannte. Sie hatten jetzt zumindest das allernotwendigste Equipment im Wagen. »Ein anderes Krankenhaus?«

Faruk schüttelte den Kopf. »Wir fahren zu deiner Exfrau. Krankenhäuser werden sie als Erstes anfragen. Und so eine Geburt spricht sich selbst unter den derzeitigen Bedingungen herum …«

Dann kam der dumpfe Knall, der vom Friedhof herüberschallte. Faruk beugte sich vor, sah einen auffliegenden Krähenschwarm und Nebelschwaden. Er griff nach seinem Handy, wählte Elijahs Nummer, aber es sprang nur die Mailbox an.

»Wir fahren weiter, sie sind zu zweit. Mach dir keine Sorgen«, entschied er, und Jan fuhr schweren Herzens weiter.

Mit Blaulicht auf dem Autodach passierten sie die Militärsperren und erreichten so in einer Rekordzeit das Hochufer der Isar und den Friedensengel. Auf der schneeglatten Straße konnte Jan nur sehr langsam in die Maria-Theresia-Straße abbiegen, so dass Faruk Zeit hatte, einen Blick auf einen Mann hinter den Gittern des dort befindlichen Russischen Konsulats zu werfen. Er erkannte ihn nicht sofort, aber dann war es klar. Timoschenko befand sich hier in der Stadt. Faruk erzählte Jan nichts von seiner Beobachtung. Aber kaum hatten sie die Einfahrt der alten Kistermann-Wohnung erreicht, sprang Faruk aus dem Wagen und winkte Jan in den Hinterhof. Während Jan verwundert ausstieg, nahm sich der Syrer einen Reisigbesen, der an der Hauswand stand, und verwischte schnell die Spuren, die die Reifen im Schnee hinterlassen hatten.

»Ein Syrer, der Schnee schippt. Auch ein eher seltener Anblick.«

Faruk blickte in das feist grinsende Gesicht Ivan Pochs. Der stand in einem Pelzmantel und in Schneeschuhen im Hauseingang und hielt ein Glas Sherry in der Hand. Jan stapfte erstaunt auf ihn zu.

»Mein lieber Herr Kistermann«, begann Poch, »welch gastfreundliche Frau, oder soll ich sagen Exfrau, Sie doch haben. Kein Vergleich zu dieser … nun ja, Ordnungshüterin …«

Faruk ignorierte ihn, riss die Hecktüren auf und rief Jan. »Kümmere dich um deine Patientin, los.«

»Was macht der hier?«, fragte Jan irritiert Faruk, während sie die Trage mit der stöhnenden Almut aus dem Wagen hievten.

»Elijah hat ihn hierherbestellt. Er rief an, als du mit deiner Exfrau nach diesem Mädchen schautest. Er hat sehr wichtige Informationen in Venedig erhalten, will sie aber nur Elijah mitteilen.«

Paris, Frankreich, 23. 12., 07.35 Uhr

Arwed Köhn war außer sich vor Freude. Und das lag nicht daran, dass er und Clara Ridder sich dank erheblicher chemischer Zusatzstoffe ausgiebigen sexuellen Abenteuern hingegeben hatten. Er zog sich seine schwarze Lackledermaske vom Kopf, atmete tief und sprach erst dann zu Hermel, der ihn zu so früher Stunde angerufen hatte. Während ihm sein Sicherheitschef in kurzen Worten von dem Auffinden Almuts berichtete, schaute Köhn der nackten Clara Ridder, die, leicht hinkend, in das angrenzende Badezimmer ging, noch immer lüstern nach. Sie hielt wirklich viel aus, dachte er.

»Ja, zerstören Sie alles, töten Sie alles. Machen Sie den Dreck weg, und dann, lieber Hermel, ist auch für Sie Weihnachten. Feiern Sie mit uns in Paris. Ach ja, würden Sie vorher bitte noch einen kleinen Schlenker zum Tegernsee machen? Auch dort ist Ihre Reinigungstätigkeit erforderlich. In Innsbruck wird ein Jet auf Sie warten, der Sie dann nach Orly fliegen wird. Sie haben es sich verdient.«

Danach kümmerte er sich um seine Börsenwerte. Allein die Gerüchte, dass seine Aktiengesellschaft, ein kleines Biotech-Unternehmen aus Holland, den Zuschlag für die Impfung bekam, ließen den Kurs ins Gigantische schnellen. Aber auch die anderen Werte, auf die er gesetzt hatte, wie Gold, Nahrungsmittel und vor allem der Dollar, waren angesichts der Seuche in Deutschland und Teilen Europas in die Höhe geschossen. Zudem hatte ein Hedgefonds, der ihm ebenfalls über andere Beteiligungen gehörte, schon Wochen vorher gegen den Euro gewettet. Der war aufgrund der fallenden Wirtschaftskraft Deutschlands binnen weniger Tage auf ein Rekordtief gefallen. Das ergab wohl die größte Marge. Grob überschlagen hatte ihm die Seuche innerhalb von 14 Tagen zwischen zwei und drei Milliarden Euro eingebracht. Es war ihm klar, dass schon bald Gerüchte kursieren und die Börsenaufsichtsbehörden diese Transaktionen sehr genau begutachten würden. Aber sein Netz aus unzähligen Scheinfirmen und Verbindungen ließ keinerlei Rückschlüsse zu. Sein Team aus jungen Investmentbankern hatte in den Monaten zuvor beste Arbeit geleistet, seinen Anweisungen still und effizient Folge geleistet und die Saat gesät. Niemand konnte ahnen, dass diese jungen Kerle auf ihrem Flug in ihren wohlverdienten Urlaub über dem Indischen Ozean abstürzen würden. Und nun fuhr Arwed Köhn, ohne jedes Zutun seines Vaters, die Ernte ein.

Wie hatte er dieses Brot-und-Butter-Geschäft des alten Köhn verachtet. Die Krämerladenmentalität des Vaters, sein kleingeistiger Geiz, der nie Freude und Genugtuung fand in dem, was er machte, sondern immer nur mehr wollte. Er war anders. Er wollte Geld, um Macht zu haben.

Nur eines fehlte ihm noch: das Bild. Er hatte das Gespräch zwischen Ezechiel und Almut abhören lassen, und wenn es stimmte, was der Bruder seiner Schwester erzählt hatte, konnte dieses Bild ihn zu etwas führen, das noch niemand zuvor erlebt hatte. Dummerweise war Ezechiel klug genug, Almut nichts über den Ort zu verraten. Aber das herauszufinden, war jetzt nur noch eine Frage der Zeit. Die Mitwisser wären bald tot, und dann konnte er sich ganz der Suche nach diesem unvergleichlichen Relikt widmen.

Eine Stunde später betrat der junge Unternehmer und Menschenfreund, wie ihn eine PR-Dame aus seinem Konzern ankündigte, die Bühne des Ballsaals im Hotel George V. Er unterdrückte seine gute Laune, setzte ein der Situation angemessenes staatstragendes Gesicht auf und verkündete die Sensation: »Europa, nicht Deutschland allein, Europa stand am Abgrund. Vor wenigen Tagen noch glaubten wir, dass unser geschundener Kontinent dauerhaft in Chaos und Zerstörung fallen würde. Die Pocken hatten Deutschland und langsam ganz Europa befallen. Niemand war mehr sicher. Der Tod kam tausendfach.«

Er machte eine bedeutungsvolle Pause, und selbst die Kameraleute der TV-Stationen in der ersten Reihe, die das Ereignis live in die ganze Welt übertrugen, hielten die Luft an. Köhn sah mit ernster Miene frontal in die Kamera eines deutschen Senders.

»Aber das hat jetzt ein Ende. Mein Unternehmen, die Firma Atalante, hat mit dem Antiserum Atropos ein perfektes Mittel zum Schutz vor den Pocken und zu ihrer Heilung entdeckt. Alle staatlichen Stellen sowie die EU-Behörde für Seuchenschutz stimmen der Zulassung zu. Noch heute verlässt LKW für LKW unser Firmengelände, um dieses Serum an alle notleidenden Bürger und Bürgerinnen auf der ganzen Welt zu verteilen. Wir werden die Pocken besiegen! Ein neues Europa wird aus den Ruinen entstehen können.« Wieder folgte eine Pause. »Mein Heimatland liegt danieder. Nun gilt es für jeden Deutschen, unser Land wieder aufzubauen. Die Firma Atalante wird ihren Beitrag dazu leisten. Wir geben Atropos in die Hand der Bundesregierung. Das Patent gehört von nun an nicht mehr Atalante, sondern den Bürgern und Bürgerinnen der Bundesrepublik Deutschland. Auch ich musste in diesen Zeiten lernen, dass Glück und Trauer oft beieinanderliegen. Gestern Nacht entschlief nach langer schwerer Krankheit mein Vater, der große Unternehmer Heinrich Köhn. Er war ein großer ...«

Köhns Stimme stockte. Er setzte wieder an, stockte erneut und wandte sich vom Mikrofon ab, wischte mit Daumen und Zeigefinger über seine Augen und begann erneut.

»... Patriot. Er hatte einen Wunsch, und er hat ihn mir, das darf ich sagen, auf dem Totenbett noch mitteilen können. Er bat darum, dass alle Waren, die der Konzern derzeit noch in Deutschland auf Lager hat, für die notleidende Bevölkerung zur Verfügung gestellt werden. Ich werde ihm diesen Wunsch erfüllen.«

Köhn erhob sich. Clara Ridder reichte ihm eine Sonnenbrille, legte vorsichtig die Hand auf seine Schulter und sprach ihm leise zu, während Köhn nickend die Bühne im Geschrei der Reporter verließ. Die Fahrstuhltür, die die beiden zu ihrer Suite im obersten Stockwerk brachte, hatte sich gerade geschlossen, als Arwed Köhn bereits zwei seiner Finger in Clara Ridder steckte, die leise aufstöhnte.

München, Deutschland, 23. 12., 19.37 Uhr

»Ich habe schon vieles gesehen, was abstoßend und ekelerregend war, was roch und glitschig-unförmig war. Aber das alles war nichts im Vergleich zu dem, dessen Zeuge ich in den letzten Stunden war.«

Ivan Poch hielt noch immer das Erfrischungstuch vor sein blasses und teigiges Gesicht. Er war Zeuge einer Geburt zweier

Babys geworden, die nun still in einem provisorischen Bett lagen und schliefen.

Andrea hatte die Tür geöffnet. Und statt sich angesichts des zusätzlichen und unerwarteten Besuchs zu beschweren, hatte sie Jan, so gut es ging, zur Seite gestanden. Aber der brauchte eben auch die Hilfe sowohl des Syrers als auch Pochs, als er mit einem notdürftig desinfizierten Skalpell kurz oberhalb von Almuts Schambein einen 14 Zentimeter langen Schnitt gemacht hatte. Sie war schon bewusstlos, als Jan und Faruk sie auf den Küchentisch gehievt hatten. Während Poch immer wieder Kreislauf und Herzfrequenz mit dem mobilen Set aus dem Rettungswagen kontrollieren musste und dabei stöhnend auf die Anzeige starrte, halfen Faruk und Andrea, links und rechts von Jan stehend, die Kinder aus Almut herauszuholen. Bald standen sie bis zu den Sohlen in Almuts Blut. Jan hatte gehofft, dass die Blutkonserven, die ebenfalls im Rettungswagen gelegen hatten, ihren Kreislauf stabilisieren würden, aber zum Schluss war es wohl ihr Herz, das einfach nicht mehr schlagen wollte.

Ihr Leben ging einfach still dahin, wie Andrea fand. Aber die beiden Giganten schrien umso lauter. Ivan Poch hatte sich lange auf die grünen Zahlen und Grafiken des Monitors konzentrieren können. Jetzt aber musste er sich in die Spüle, in der diverse Mullbinden und Klammern lagen, übergeben. Jan nähte Almuts Wunde gewissenhaft zu, danach wusch Andrea sie und hüllte sie mit großer Sorgfalt in Bettlaken.

All das geschah in Stille. Alle hatten den Tod in den vergangenen Tagen mehrfach erleben müssen. Aber es war etwas anderes, eine Frau, die so um das Leben ihrer Kinder gekämpft hatte, bei der Entbindung zu verlieren.

Kurz nachdem Jan geduscht hatte, kam es zum Streit zwischen ihm und Andrea. Sie hatte ihn gefragt, was mit den Zwillingen geschehen solle. Sie seien schließlich gefährdet.

»Das glaube ich nicht. Wir werden sie den Behörden übergeben, sobald da draußen wieder Normalität herrscht.«

»Ist das dein Ernst? Sie weggeben? Du weißt um ihre Besonderheit. Was, wenn jemand wie Almut sie für weitere Experimente benutzt, sie als neue Rasse erstehen lassen will?«

»Hör auf, Andrea. Das ist doch Unsinn. Wer soll sich denn um die Kinder kümmern?«

Sie hatte nur den Kopf geschüttelt und war ins Schlafzimmer zu ihrer Nichte gegangen.

Jan winkte zu Faruk, und sie trabten hinunter zum Rettungswagen, fuhren ihn aus dem Hinterhof und ließen ihn an der Prinzregentenstraße, einer der Einfallstraßen Münchens, stehen. Als sie zurückkamen, kümmerte sich Andrea derweil um die Zwillinge. Sie zeigte es kaum, aber sie genoss es. Das war ihr Traum gewesen. Diese Wohnung, zweifellos zu groß für nur zwei Personen, sollte eine große Familie beherbergen. Nach ihrem ersten Kind wollte sie gleich weitermachen, aber Jan, dessen Karriere im Krankenhaus viel Zeit in Anspruch nahm, war als Einzelkind nicht wirklich erpicht darauf gewesen, am Abend endloses Kindergeschrei zu hören. Dann starb ihr einziges Kind. Und alle Träume, die Andrea jemals gehegt hatte, zerbrachen. Sie war 41 Jahre alt. Etwas in ihr sagte, dass sie nie wieder Kinder bekommen würde. Mit tiefer Traurigkeit sah sie auf die schlafenden Babys, die trotz ihrer nicht altersgemäßen Größe ihr Herz berührten. Selbst das Zetern des dicken Poch blendete sie aus.

Faruk und Jan kamen die Treppe zur Wohnung hoch.

»Wir haben Regina und Elijah erreicht. Sie kommen gleich. Dann können wir alles Weitere besprechen.«

Wenig später saßen die vier mit Poch im Wohnzimmer. Sie hatten den großen Fernseher eingeschaltet. Strom war wieder verfügbar, und die Bilder der BBC zeigten Luftaufnahmen vom Quartier der Kanzlerin auf Helgoland. Darunter lief in der Textschleife als Breaking News alles über die Versorgung mit dem neuen Impfmittel der Firma Atalante. Ein Reporter stand neben Schlangen von Impfwilligen in Nürnberg. Er erklärte, dass sich die Lage in den Seuchengebieten langsam entspannte. Als ob das Weihnachtsfest am darauffolgenden Tag die Menschen von dieser Krankheit, diesem Alptraum, erlösen würde. Noch waren die Grenzen nicht geöffnet, aber die Straßen füllten sich langsam wieder mit Leuten. Ausgangssperren waren aufgehoben. Die Städte fingen an, wieder zu atmen. Auch in den Interviews, die der Reporter mit den Menschen in der Schlange führte, war das zu spüren. Fast trotzig forderten die Deutschen wieder ihre Normalität zurück.

Elijah sah zu Jan. »Wo ist deine Exfrau?«

Jan, der gebannt auf den Bildschirm starrte, wies stumm zur Seite in den Flur. Andrea wollte die Küche säubern und musste sich auch um die Kinder kümmern, wie sie ohne jeden Vorwurf erklärt hatte. Jan kannte sie gar nicht so fürsorglich, aber er war erleichtert, dass jemand die Kinder versorgte. Wo sollte er auch jetzt mit ihnen hin? Elijah erzählte von der Schießerei auf dem Friedhof.

»Es war nichts mehr zu bergen. Die Explosion hat so ziemlich alles zerrissen und verbrannt, was sich im Grab befand, inklusive des unteren Teils dieses Killers. Das sah nicht angenehm aus. Wir hatten die Handys vorher ausgeschaltet, weil wir nicht geortet werden wollten. Wer weiß, was für Techniken der Typ besaß.«

Poch war ungeduldig. Das lag nicht nur daran, dass sein jugendlicher Begleiter, kaum hatten sie Deutschland erreicht, sofort in seine Heimat hatte zurückkehren wollen. »Lieber schneide ich mir die Finger in meinem Salon wund, als dass ich so etwas noch einmal erleben muss«, hatte er dem verzweifelten Poch am Bahnhof in München vorgeworfen. Es war eine bühnenreife Szene gewesen, die der junge Friseur aus Gießen am Bahnsteig hingelegt hatte. Dabei hatten sie noch Glück gehabt. Sie waren mit dem Nachtzug bis zum Brenner gekommen und hatten mit Mühe den einzigen Zug erreicht, der an diesem Tag von Österreich nach Deutschland gefahren war. In die andere Richtung gab es noch längst keinen Bahnverkehr. So hatte sich Poch zu Fuß vom Bahnhof hierherbegeben, was seine sowieso schon miese Laune noch verschlechtert hatte.

»Wären die Herren so freundlich und würden mich jetzt über den aktuellen Stand ihrer, wie ich finde, äußerst dilettantischen Ermittlungen aufklären. Auch ich würde diese Seuchenstadt gerne bald verlassen.«

Regina sah genervt an die Decke. Poch bemerkte es.

»Wollen Sie sich nicht auch der Küchenarbeit zuwenden, Fräulein Bachmaier?«, fragte er spitz.

Elijah legte seine Hand auf Reginas Arm. »Gut, was wissen wir? Köhn ist unser Gegner. Das dürfte wohl jedem hier klar sein. Und damit meine ich Köhn junior. Wie wir eben im Fernsehen erleben durften, geriert sich der feine Herr ja als Menschenfreund, um sein Mittel an den Mann zu bringen. Die Bundesregierung hat mit der Sekte die Schuldigen schon ausgemacht. Wir haben keinerlei Beweise, dass Köhn dahintersteckt. Oder?« Keiner widersprach. »Darüber hinaus wird seit heute sein Mittel in Deutschland angewendet, die Epidemie sukzessive eingedämmt, und zurück bleiben unzählige Tote. Ach ja, und wir werden, weil wir wohl die einzigen Mitwisser sind, von Köhn und seinen Leuten verfolgt. Selbst wenn Faruk und ich zurückreisen, bleibt ihr alle hier in Gefahr. Also wird uns nichts anderes übrigbleiben, als dieses verfluchte Bild weiter zu suchen: Das allein ist unser Pfand gegen Köhn. Das will er haben.«

Elijah nahm das Schweigen als Bestätigung.

Jan sah in die Runde »Wer fängt an?«

Regina wies auf Poch. »Geben wir dem deutlich Ältesten den Vortritt.«

Poch sah sie böse funkelnd an. »Gut, mit der Dümmsten will man wohl auch nicht starten, Fräulein Bachmaier? Also, ihr habt mit der Suche nach dem Bild etwas sehr Großes angestoßen. Ich bin mir nicht sicher, ob euch das wirklich bewusst ist.«

Er erzählte von seinen Erlebnissen in Venedig. »… wir waren dann in Macanzones Wohnung. Ich habe die Unterlagen mitgenommen, damit sie nicht womöglich irgendwelchen sinistren Gestalten in die Hände fallen. Denn wir sind nicht allein. Dieses Bild scheint für verschiedene Menschen von Interesse zu sein. Ich befürchte, es sind nicht nur Privatleute. Ende der zwanziger Jahre fand ein Deutscher, Adolf Deissmann, im Topkapi-Palast in Istanbul ein Bündel verschollener Seekarten. Das war nichts Besonderes, der Palast diente seit Mitte des 15. Jahrhunderts dem Sultan als Wohn- und Regierungssitz. Die älteste Karte stammte aus dem ersten Jahrhundert nach Christus. Wahrscheinlich aber sind sie von noch älteren Karten abgezeichnet worden. Die aufsehenerregendste Karte war die des türkischen Kapitäns Piri Reis. Er war Kommandeur der osmanischen Flotte ...«

»Entschuldigung«, unterbrach ihn Elijah, »hast du uns das Ganze nicht schon in deinem Haus erzählt?«

»Ich habe es als Teil einer Legende erklärt. Aber es ist keine Legende. Es ist wahr. Diese Karte datiert aus dem Jahr 1515. Sie zeigt Mittel- und Südamerika, Teile von Afrika, Europa und – die Antarktis.«

»Na und?«, fragte Regina.

Ein Fehler, den Poch sofort nutzte, um seine immer noch schlechte Laune ein wenig zu verbessern. »Fräulein Bachmaier, wann wurde die Antarktis entdeckt?«

Sie zuckte mit den Schultern. »Schätzen Sie doch mal!«

»Keine Ahnung, kurz nachdem Kolumbus Amerika entdeckte?«

»Liebes Fräulein Bachmaier, das war 1492. Über 300 Jahre später erst sichtete ein Deutsch-Balte die Antarktis. 1820, um genau zu sein. Die Karte zeigt den Kontinent in derartiger Genauigkeit, dass sie eigentlich gar nicht existieren dürfte – es sei denn, jemand war vorher dort und hat alles vermessen.«

»Gut«, sagte Jan. »Aber was ist mit dem Bild?«

»Das ist ja der Punkt. Bosch hat eine Karte aus Venedig geschmuggelt, die aus dem Bestand des Piri Reis stammte. Diese Karte zeigt, so jedenfalls finde ich es in den Aufzeichnungen, mehr als nur Konturen von Kontinenten. Sie zeigt die wirklich wichtigen Schätze der Welt. Nicht Gold, Silber, Edelsteine und ...« Er machte eine gewichtige Pause. »... Sie zeigt die Wirkstoffe dieser Welt.«

Elijah verstand nicht. »Welche Wirkstoffe?«

»Bosch gehörte einer Sekte an, die jahrtausendealtes Wissen aus einer vorantiken Kultur transportierte. Sie glaubten, dass alles auf dieser Welt eine Entsprechung besitzt. Nichts käme in die Welt ohne Gegensatz. Und jede Krankheit hat einen Wirkstoff, der sie zerstört. Diese Wirkstoffe waren auf der Welt verteilt. Sie kannten sie. Das ist das Geheimnis. Es ist der Schatz des Lebens. Wer ihn besitzt, ist zweifellos unendlich reich.«

Jan war sprachlos. Für ihn als Mediziner war diese Legende elektrisierend. Heilmittel gegen alles, das war der Wunsch eines jeden, der Menschen an Krankheiten wie Krebs oder Parkinson hatte verrecken sehen.

Elijah zeigte sich unbeeindruckt. »Und was lässt dich annehmen, dass diese Karte existiert und auch Wirkstoffe zeigt?«

Poch grinste. »Alle, die wir hier sitzen, haben den Beweis erlebt. Die Amulette, die du und Fräulein Bachmaier um den Hals tragt, sind aus einem Wirkstoff, der euch und jeden, der mit euch in Berührung kommt, vor den Pocken schützt. Almut bekam diese Information von ihrem Bruder. Sie suchte danach aufgrund dieser Karte.«

Jan erinnerte sich wieder. »Sie sprach …«

Andrea rief aus dem Flur, sie würde den Müll hinunterbringen.

Jan fuhr fort. »… von einem Reich namens Aratta, das …«

Poch fiel ihm ins Wort. »Das legendäre Aratta. Meine Güte! Es wird in sumerischen Texten erwähnt. Niemand weiß genau, ob es je existiert hat.«

Jan ließ sich nicht beirren. »Sie sagte, dass es vor 8000 Jahren im Nahen oder Mittleren Osten gelegen haben soll und von irgendwelchen Kriegern aus dem Norden zerstört wurde, den Gogs aus Magog. Sie hat dort Ausgrabungen durchgeführt.«

Jetzt war es Poch, der begeistert war. »Wo? Wo hat sie gegraben?«

Jan zuckte mit den Schultern. »Keine Ahnung. Im Iran? Jedenfalls hat sie die Wirkstoffe, die sie fand, in der Türkei untersuchen lassen.«

»Verdammt«, rief Poch, »genau in diesen beiden Ländern wird Aratta von seriösen Wissenschaftlern vermutet. Im Süden des Irans und im Osten der Türkei. Eine Kultur, die höher und weiter entwickelt war, als wir es uns je vorstellen können. Es würde passen, dass ausgerechnet diese Kultur Wirkstoffe gegen Krankheiten kannte.«

Jan hatte sich erhoben. »Wir müssen dieses Bild finden. Jetzt ist doch auch klar, warum Köhn junior nach dem Werk sucht. Als Biopantscher will er natürlich die Wirkstoffe für seine Pharmaklitsche haben. Schon ein einziges Mittel, gegen Krebs zum Beispiel, würde ihn unglaublich mächtig und unsterblich machen.«

Sie hörten, wie Andrea schnaufend die Treppe hinaufkam.

»Soll ich dir helfen?«, rief Jan.

»Nein, geht schon. Ich komme schon klar«, antwortete seine Exfrau.

Zum ersten Mal sprach Faruk. »Das würde auch das von Ihnen, Herr Poch, angesprochene internationale Interesse erklären. Und noch etwas für unsere weitere Zusammenarbeit: Ich möchte Sie bitten, Ihre unangemessenen Sticheleien gegenüber Frau Bachmaier einzustellen.«

Alle waren über die zwar höfliche, aber dennoch deutliche Ansage des Syrers überrascht. Poch wollte etwas erwidern, aber ein scharfer Blick von Elijah ließ ihn verstummen. Regina schaute verschämt aus dem Fenster. Noch nie hatte ein Mann so souverän und klar Partei für sie ergriffen. Sie fühlte sich dem Syrer seit ihrer gemeinsamen Reise nach Rohrbrunn tief verbunden. Er hatte ihr mit seiner ruhigen, überlegenen, aber eben auch schüchtern-verschämten Art sehr geholfen. Es war keine Liebe, wie sie sie für Jan empfand. Aber spätestens jetzt war er für sie ein guter Freund geworden. Davon hatte sie nur wenige.

Lediglich die Stimmen aus dem Fernseher erfüllten den Raum. Unten im Hauseingang fiel eine Tür ins Schloss. Der Nachrichtensprecher redete von Köhn und seiner Pressekonferenz. Es folgte ein Schwarzweißbild des Vaters. Niemand kommentierte es. Um die peinliche Stille zu durchbrechen, fragte Regina Poch so sachlich wie möglich nach seiner Theorie zum Fundort des Bildes.

Poch atmete tief durch, ehe er antwortete: »Ich möchte euch allen hier etwas erklären. Mein Freund, dem jemand die Kehle durchschnitten hat, war, und ich bitte, auf jegliche dummen Sprüche zu verzichten, mein Seelenverwandter. Ohne zu intim zu werden, solltet ihr wissen, dass ich sicher auch an dem Aufenthaltsort des Bildes interessiert bin. Aber vor allem will ich wissen, welcher Bastard seine dreckige Klinge an den Hals meines Freundes gelegt hat. Und ich werde euch helfen, so lange, bis ihr ihn gefunden habt und ich mich mit ihm beschäftigen kann.«

Sie verstanden ihn und nickten.

»Nun zu unserem Rätsel. Ezechiel oder Fischer, wie der wirre Mann vom Tegernsee wohl hieß, gab uns ein Rätsel mit auf den Weg. *Ein Fluss, ein Meer, ein Bett des Kaisers.* Wir nahmen die Donau, das Mittelmeer und suchten nach dem Bett eines Kaisers. Giovanni stieß mich in Venedig sozusagen mit der Nase darauf. Sein Großvater, General von Mackensen, so viel fand ich bereits heraus, war im Ersten Weltkrieg an der Verurteilung diverser Deserteure beteiligt. Im Zuge dessen wurde ein Bild von anscheinend hohem Wert gefunden. Kurz vor Kriegsende schaffte ein Sonderzug des Kaiserlichen Hofes zahlreiche Kunstschätze aus Frankreich nach Potsdam in die Schlösser der Hohenzollern. 1918 dankte Wilhelm der Zweite ab und ging ins Exil nach Holland. Und das Bild nahm er mit.« Er kramte in seinen Unterlagen und las dann vor: »›Zwischen September 1919 und Februar 1920 treffen am Bahnhof Zeist fünf Züge mit insgesamt 59 Waggons voll kaiserlichen Hausrats ein.‹ So steht es in einer Broschüre, die Giovanni aus dem holländischen Doorn zugeschickt bekommen hat. Doorn, das ist der Exilort Kaiser Wilhelms des Zweiten. Dort starb er 1941, und dort liegt er auch begraben. An der Beerdigung hat auch General von Mackensen teilgenommen, Giovannis Großvater. Doorn ist unser Fundort. Das meinte Ezechiel mit *dem Bett des Kaisers.* Da bin ich mir ganz sicher. Und jetzt möchte ich etwas essen. Nach dem Erbrechen schreit mein Magen nach Nahrung. Es wird sich hier doch etwas auftreiben lassen.«

Jan erhob sich. »Ich frage mal Andrea.«

Faruk atmete durch. »Wo liegt dieses Doorn? Ich bin nicht besonders vertraut mit der Geographie der Niederlande.«

Elijah, der in Antwerpen geboren war, erklärte es ihm. »Doorn ist ein kleines Dorf in der Nähe von Utrecht, also im westlichen

Teil der Niederlande. Viele reiche Kaufleute haben da ihre Villen gebaut. Die niederländische Königin Wilhelmina hat dem Kaiser dort Asyl gewährt. Man kann das Haus besichtigen. Nicht weit von dort liegt das Ausbildungszentrum der niederländischen Spezialeinheiten. Ich habe vor Jahren dort trainiert. Gute Jungs. Aber …«

Jan stand in der Tür. »Sie ist weg.«

Die vier im Wohnzimmer sahen überrascht zu ihm.

»Wer?«

»Andrea, und die Kinder auch. Sie hat sie mitgenommen.«

Tegernsee, Deutschland, 24. 12., 11.15 Uhr

Es war ein schwarzer, schmal geschnittener Gucci-Anzug. Köhn strich mit einer sanften Bewegung über den Stoff, der eng an seinem Körper lag. Er würde einen schwarzen Kaschmir-Doubleface-Mantel von Loro Piana darüber tragen, einen Stetson-Hut und eine Marc-Jacobs-Sonnenbrille. Arwed Köhn gefiel sich.

Trotz erheblicher bürokratischer Hindernisse waren sein Vater und dessen Schwester ohne Obduktion in einem österreichischen Krematorium verbrannt worden. Wie es seinem Testament entsprach, würden die beiden in einem Familiengrab auf einem Tegernseer Friedhof beerdigt werden.

Er war jetzt allein. Der letzte Köhn. Es war Zeit, seine Dynastie aufzubauen. Almuts Zwillinge hätten so etwas wie das Fundament bilden können. Aber Almut war verschwunden. Nach allem, was seine Leute herausbekommen hatten, war Almut von diesen ausgesprochen hartnäckigen vier entführt worden. Seine Männer hatten die Überreste Hermels auf einem Friedhof gefunden. Er empfand kein Mitleid für den Sicherheitschef. Hermel hatte in letzter Zeit zu viele Fehler gemacht. So kurz vor dem Ziel konnte Köhn sich das nicht leisten. Aber wenigstens waren Almuts Kisten vollständig zerstört worden. Zumindest das hatte

Hermel hinbekommen. Nur das Bild war immer noch nicht gefunden worden. Er würde das jetzt selbst in die Hand nehmen.

Alle vier hatten peilungsarme Mobiltelefone. So konnten seine Leute sie nur in einem großen Umkreis von München orten. Lediglich bei einer war das anders – das war Andrea Kistermann. Und am späten Abend kam das Signal ihres Handys klar und deutlich von einem Rastplatz in Nordbayern. Er hatte seinen Männern den Auftrag gegeben, sie lebend zu bringen. Aber in seinen kühnsten Träumen wäre es ihm nicht in den Sinn gekommen, dass Andrea Kistermann nicht nur ihre Nichte, sondern auch die Zwillinge bei sich hatte. Sie war, wie sie den Männern sagte, auf dem Weg nach Bad Bentheim, wo sie im Haus ihres Bruders wohnen wollte.

Arwed Köhn betrat den Friedhof in Rottach-Egern am Tegernsee. Die Schneewolken hatten sich verzogen. Ein klarer, kalter Winterhimmel prangte über dem malerischen Idyll des Sees und dem Gottesacker, wo reiche Bauern, Gastwirte, alte Nazis und sogar zwei Juden ihre letzte Ruhestätte gefunden hatten. Trotz der Seuche waren ein paar Alteingesessene und die wenigen Freunde seines Vaters gekommen. Auch Clara Ridder war dazugestoßen. Sie trug einen dezenten schwarzen Pelzmantel, einen ebenso warmen Pelzhut, kniehohe Lederstiefel und sah sexy wie eine reiche russische Nutte aus. Nur er wusste, dass sie unter all dem schwarzen Nerz splitternackt war. Er hatte sich in eine windgeschützte Nische an der Außenseite der Kirche gesetzt und Clara dabei zugesehen, wie sie über die Gräberfelder ging und die Namen studierte. Er zog sein Handy heraus und rief Regina Bachmaier an.

Ihr Telefon klingelte. Sie war nicht überrascht. Aber die Menschen um sie herum schienen mit dem Klingelton nicht einverstanden zu sein. Es war Regina egal.

»Ich bin es, Arwed Köhn. Sind Ihre Überlegungen weiter gediehen, liebe Frau Bachmaier?«

»In der Tat«, antwortete Regina kühl.

»Ach, wenn Sie diese Idylle hier sehen könnten … Die Sonne scheint mir gerade mächtig ins Gesicht.«

»Das, lieber Herr Köhn, kann sich schnell ändern.«

Ein Schatten hatte sich vor Köhn aufgetan. Er öffnete die Augen und sah hoch zu Regina, die ihre Hände vor ihrem Bauch gefaltet hatte und nur für ihn sichtbar eine kleine Waffe trug.

»Sie sollten sich nicht zu sicher fühlen.«

Er erschrak nicht, sondern lächelte sie an und wies auf den Platz neben sich. Tatsächlich setzte sie sich.

»Lassen Sie mich raten. Ihre Freunde aus dem Nahen Osten hocken irgendwo und beobachten uns mit Hilfe eines Zielfernrohrs.«

Regina zündete sich eine Zigarette an und zog den Rauch tief ein.

»Rauchen ist hier nicht erlaubt. Das sind gute Katholiken, die noch Wert auf Anstand und Etikette legen«, spottete Köhn.

»Wir wissen, wo das Bild ist.«

Er nickte. »Gut, und wann gedenken Sie, es mir zu geben?«

»Wenn wir alle das Gefühl von, sagen wir, dauerhafter Sicherheit haben.«

Köhn nahm ihre Hand und griff nach ihrer Zigarette, zog daran und blies kleine Kringel in die Luft. Sie ließ ihn gewähren. Er bemerkte nicht, dass sie auf dem ihm abgewandten Ohr einen kleinen Knopf mit einer Funkverbindung trug.

»Sie verraten mir den Ort, wo das Bild liegt. Ich will nicht, dass Sie es schon vorher anfassen oder gar umhertransportieren. Dafür nenne ich Ihnen den Aufenthaltsort von Frau Kistermann und den Kindern.«

»Und danach sind wir dauerhaft auf der Flucht? Ich möchte Ihnen etwas zeigen.«

Sie griff in ihre Tasche, zog ihr Smartphone heraus und drückte auf eine Applikation. Köhn erkannte in der Sonne zunächst nichts. Dann aber wurden die schemenhaften Bilder deutlicher. Es war Material einer Überwachungskamera. Sie war aus dem Haus seines Vaters. Das hatte er vergessen. Zum ersten Mal fühlte er sich unterlegen, ein unerträgliches Gefühl.

»Herr Köhn, ich schenke Ihnen das Handy mitsamt den darauf befindlichen Daten. Ich muss Ihnen nicht sagen, dass wir im

Besitz diverser Kopien sind. Wir melden uns bezüglich der Übergabe bei Ihnen. In einer Stunde wollen wir ein perfektes Video von der Exfrau meines Lebensgefährten haben. Ach ja …« Sie drückte mit dem Zeigefinger auf ihr rechtes Ohr. »… Sie sollten *Ihrer* Lebensgefährtin gegenüber etwas spendabler sein. Sie friert nämlich gerade ein wenig. Aber wer geht bei dieser Kälte schon ohne Skiunterwäsche aus dem Haus? Oder hatten Sie heute noch etwas vor?«

Regina erhob sich und verließ in langsamem Tempo den Friedhof. Arwed Köhn rannte, kaum dass sie das Tor durchschritten hatte, zu den hinteren Gräberfeldern. Sie hatten Clara Ridder mit einem Kabel an das Eisenkreuz eines verstorbenen Gastwirts gebunden. Pelzmantel und Mütze waren um und auf die steinerne Figur des heiligen Sankt Martin drapiert worden.

»Keine schlechte Idee«, fand Köhn, bevor er sie befreite.

Doorn, Niederlande, 25. 12., 07.45 Uhr

Der Himmel war eisgrau. Die Felder, die hier bis zum Horizont reichten, waren von Schnee und Eis überzogen. Auf den Kanälen fuhren die Menschen Schlittschuh. Lachen schallte herüber. Alles war friedlich. Jan war in eine muffig riechende Decke gehüllt und hielt einen heißen Kakao in den Händen. Aus seinem Smartphone, das er in einen Verstärker gestellt hatte, erklang ein Werk von Händel für Oboe in G-Moll. Er hatte Händel oft bei Operationen gehört.

Gestern Abend hatten sie den Bauernhof südlich der kleinen Stadt Doorn in Holland erreicht. Natürlich hatte der Russe ihnen das Videomaterial mit dem Mord an Heinrich Köhn nicht in die Hände gegeben. Das war sein Druckmittel – sowohl Köhn junior als auch ihnen gegenüber. Timoschenko hatte ihnen aber bei Emmerich am Rhein Schlauchboote besorgt, mit denen sie dann in der Nacht über den eiskalten Strom Richtung Westen fuhren. Die niederländische Armee sowie die Polizei konnten schon längst nicht mehr die gesamte Grenze rund um die Uhr überwachen. So waren sie zu fünft in dem Zodiac bis weit auf holländisches Gebiet gekommen, ehe vier von ihnen völlig verfroren und nass vom Spritzwasser über die Wiesen zu dem Bauernhaus laufen mussten. Ihnen war klar, dass das Schlauchboot mit einem Sender versehen war, und so war Elijah noch drei Kilometer stromaufwärts gefahren, hatte das Boot auf der anderen Rheinseite befestigt und war zu Fuß zurückgekommen. Das Gehöft lag nur wenige Hundert Meter entfernt vom Rhein, der hier von Osten aus Deutschland kommend gemächlich auf Rotterdam zufließt, wo er in die Nordsee mündet. Elijah hatte ihre Schlafstatt besorgt. Ein Freund aus einer holländischen Spezialeinheit war bei Ausbruch der Pocken mitsamt seiner Familie nach Aruba, in die alte holländische Kolonie in der Karibik, geflohen. Ohne viele Worte zu verlieren und auch glücklich, dass jemand auf seinem Anwesen nach dem Rechten schauen würde, hatte er Elijah das Versteck für den Schlüssel verraten und ihm auch – sehr zum Erstaunen der anderen – ein Depot mit verschiedenen Waffen und hilfreichem Equipment genannt. »Wenn du mehr brauchst, ruf die Nummer an, die an der Pinnwand neben dem Kühlschrank hängt«, hatte er Elijah noch mitgegeben.

Die Sonne war gerade aufgegangen. Leise hatte Jan sich aus dem Bett geschlichen und war vorbei an Ivan Poch, der auf dem Sofa lag und laut schnarchte, in die Küche gehuscht, wo er Milch und etwas Kakaopulver fand. In einem Kupferkessel, der vor der Veranda stand, hatte er Holzscheite entzündet, und so saß er, still auf die schneebedeckten Felder Hollands starrend, hörte dem Knistern des verbrennenden Holzes zu und ließ die letzten Tage im Geiste noch einmal vorüberziehen.

Timoschenko war kurz nach Andreas Verschwinden in ihrer alten Wohnung in der Maria-Theresia-Straße in München aufgetaucht. Faruk hatte Jan darüber aufgeklärt, dass Timoschenko als Oberst des russischen Geheimdienstes FSB der Familie Köhn und ihren Machenschaften schon lange auf der Spur war. Aber die Beweislage war immer sehr dürftig, zudem waren Köhns

Verbindungen zu höchsten Stellen der deutschen Regierung zu intensiv, als dass der FSB eine schnelle und tödliche Lösung hätte wählen können. Elijah hatte die vier daraufhin zu einem Gespräch im dem der Villa gegenüberliegenden Park gebeten, in der Hoffnung, dass man sie dort nicht abhören konnte.

»Die Russen sind immer noch scharf darauf, die Herkunft des Virus zu verheimlichen. Ich bin mir sicher, dass der Stamm aus ihren Laboren kommt. Köhn hat sie sich dort besorgt. Und jetzt darf eben dieser Fakt nicht ans Tageslicht gelangen. Wenn wir Köhn angreifen, ist es Timoschenko nur recht. So könnten die Spuren des Virus, die nach Russland führen, verwischt werden. Das allerdings geschieht nur, wenn Köhn stirbt.«

Faruk hatte gelächelt. »Wir sollen also für die Russen die Drecksarbeit machen. Bei einem Erfolg redet keiner mehr über die russische Spur, bei einem Misserfolg sind wir womöglich verantwortlich. Ich bin mir nicht sicher, ob ich das so verlockend finde. Im Übrigen stellen wir lebendig das größere Risiko für Timoschenko dar.«

Regina hatte den Kopf geschüttelt. »Wir müssen das Bild bekommen, das ist unser Pfand gegenüber Köhn und vermutlich auch gegenüber den Geheimdiensten. Wenn es wirklich so ist, wie Ivan sagt, dann wird dieses Wundermittel für jede Macht, jeden Konzern, jedes Land von großem Interesse sein. Und nur wir wissen, wo es sein könnte. Lasst uns nach Holland fahren. Der Russe soll uns dort hinbringen, und vor Ort entscheiden wir dann, wie und was er bekommt. Wenn wir das Bild haben, liefert Köhn uns Jans Exfrau und die Kinder aus, dann kann Timoschenko seine Mission meinetwegen vor Ort beenden.«

Als sie frierend in die Wohnung zurückgekommen waren, klingelte Reginas Telefon.

»Regina, hier ist Arwed Köhn, Ihr Auftraggeber. Wie geht es Ihnen?«

Regina verzog das Gesicht. »Auftraggeber töten ihre Dienstleister in der Regel nicht.«

Jetzt schien Köhn zu lächeln. »Das waren kleine Tests. Und Sie haben sie mit Bravour bestanden. Ich habe eine Stelle anzubieten. Ich suche einen Sicherheitschef. Wie wäre es? Eine bessere Bezahlung als bisher kann ich Ihnen sofort zusagen. Und Ihre hohen Spielschulden werden auch beglichen.«

Regina verdrehte die Augen. »Sie sind nicht der Erste, der das tun will. Stellen Sie sich hinten an. Was wollen Sie?«

»Nun, ich bin mir sicher, dass die kleine Odyssee Ihres Quartetts durch Europa wirklich neue Erkenntnisse gebracht hat. Die wüsste ich gern.«

»Ach ja? Warum sollten wir sie Ihnen mitteilen?«

»Nun, Sie persönlich haben vielleicht ein geringeres Interesse. Aber Ihr Liebhaber ist ja noch verheiratet. Und Dr. Andrea Kistermann ist derzeit mit ihrer munteren Kinderschar mein Gast. Überlegen Sie es sich in aller Ruhe. Ich melde mich bei Ihnen.«

Die anderen hatten mitgehört. Jan wurde blass und konnte von Elijah nur mit Mühe festgehalten werden. Doch bevor Jan die Fassung verlieren konnte, bot Timoschenko seine Hilfe an. Er zeigte ihnen ein Video aus der Überwachungskamera in dem Chalet des alten Köhn. Damit hatten sie erstmalig etwas gegen den jungen Köhn in der Hand. Es war Elijah, der dann den Vorschlag machte, so lange zusammenzuarbeiten, bis man Arwed Köhn zur Strecke gebracht hatte. Timoschenkos einzige Bedingung, mit den fünfen zu reisen, lehnten diese ab, und so war er nicht mit an den Tegernsee gefahren und musste auch in Emmerich auf deutscher Seite bleiben. Allen war klar, dass er sie trotzdem beschatten lassen würde.

Jan war glücklich, dass Regina keinen Moment zögerte, als er sie fragte, ob sie ihm bei der Befreiung von Andrea helfen würde.

»Es ist an der Zeit, diesen Bastard zu zerquetschen. Ich bin ungern für längere Zeit eine Zielscheibe. Und es gibt bestimmt viele Karmapunkte, wenn ich ausgerechnet deine Exfrau befreie«, hatte sie spöttisch lächelnd zu ihm gesagt.

Jan blickte auf die kleinen Weidenstämme, die hier überall an den Wassergräben wuchsen und deren Äste wie kleine Antennen in den Himmel ragten. Und je mehr sein Geist sich beruhigte, während er sich auf die vergangenen Tage konzentrierte, desto stärker nahm ihn das Chaos gefangen. Bilder des Lagers kamen ihm in den Sinn. Seine Odyssee mit der kleinen Martha durch Deutschland, das abgrundtief Böse, das er in der Rhön hatte erleben müssen. Natürlich hatte er in der Vergangenheit bei Partys oder Essen mit Freunden die Meinung vertreten, dass es nur wenig bedurfte, damit aus einem zivilisierten Land eine Horrorlandschaft wurde. Aber das war alles Theorie gewesen, wohliges Gruseln mit dem immerwährenden sicheren Gefühl, dass Deutschland nie mehr so tief rutschen konnte. Was für eine Täuschung. Ein Virus, für alle unsichtbar, aber stärker als jede Waffe, hatte die größte Wirtschaftsmacht Europas binnen weniger Tage aus den Angeln gehoben, aus ihren Bürgern Zombies gemacht und letztlich auch alle anderen Länder von ihren zivilen Versprechungen weggezogen. Jeder Krieg war dagegen eindeutig. Es gab das Gute und das Böse, klar erkennbare Grenzen. Eine Seuche war das Gegenteil. Schnell und ohne jede Überzeugung tötend, einfach so. Jan erlebte den Kern dessen, was er zeit seines Arbeitslebens bekämpfen wollte: die Krankheit selbst. Das Raubtier, das sich einfach so, ohne Ankündigung auf den Menschen warf. Und so erklärte er sich auch sein plötzlich auftretendes Verlangen, dieses Mittel, von dem Poch so überzeugend gesprochen hatte, zu finden. Wenn es nur eine Krankheit wie Krebs oder eine Viruserkrankung lindern oder gar heilen könnte, wäre es jeden Einsatz wert.

»Darf ich mich zu dir setzen?«

Er erschrak und sah sich um. Regina stand neben ihm. Er nickte.

»Woran hast du gerade gedacht?«, fragte sie, während sie in ihrer Daunenjacke nach einer Zigarettenschachtel suchte.

»Ich frage mich, ob es dieses Bild wirklich gibt. Und wenn ja, was wir mit so einer Entdeckung anfangen sollten.«

Regina lächelte, als sie den Rauch einatmete. »Und was ist mit Andrea? Denkst du auch an sie?«

»Ja, aber ich muss gestehen, dass mir ihr Verhalten unverständlich ist. Sie ist verschwunden, obwohl sie wusste, dass wir womöglich ihr einziger Schutz sind. Aber vermutlich hat sie nach dem Tod unseres Sohnes grundsätzlich das Vertrauen zu mir verloren.«

Regina schwieg einen Moment und ließ diesen grauenhaften Satz nachwirken. »Oder sie wollte einfach nur wieder Kinder haben. Warum habt ihr es damals nicht noch einmal versucht?«

Er sah sie lange an. Regina konnte vieles ertragen, aber selten hatte jemand sie so tieftraurig und verletzt angeschaut.

»Entschuldige die Frage, das geht mich nichts an.«

Er nahm stumm ihre Hand und sah in die Flammen. Sie beugte sich zu seinem Ohr. Leise flüsterte sie hinein.

»Wir holen sie, und dann schnappen wir uns Köhn, reißen ihm die Eier ab, nehmen das Bild und reisen dahin, wo es warm und feucht ist.«

Er lächelte bei ihren letzten Worten.

Am frühen Nachmittag saßen die Freunde um den runden Küchentisch.

»Ivan, magst du uns an deinem Wissen teilhaben lassen?«, fragte Jan.

Poch nickte. Er war nach einem gemeinsamen Frühstück mit Elijah zum Haus Doorn gefahren, hatte dort an einer Führung teilgenommen und so das Innere des kleinen Schlosses besichtigen können. Während Elijah heimlich Sicherheitsvorkehrungen überprüfte, hatte Poch sich um die charmante Führerin gekümmert und sie mit intensiven Fragen von Elijah abgelenkt.

»Im November 1918 geht der deutsche Kaiser Wilhelm der Zweite ins Exil. Die niederländische Regierung gewährte ihm Asyl. Er kommt bei einem befreundeten Adeligen hier in der Nähe unter. 1919 kauft er ein Anwesen in Doorn, ein Jahr später zieht er mit seiner Frau und seinem Gefolge dort ein. Es ist ein Hofstaat in kleinster Form. Zwischen September 1919 und Februar 1920 treffen am Bahnhof Zeist, nicht weit von hier, 59 Waggons mit Wilhelms sogenanntem Hausrat ein – darunter Dutzende Porträts und andere Gemälde. Seine Frau stirbt ein Jahr später, er heiratet erneut – sehr zum Missfallen seiner Kinder. Es ist, so jedenfalls sagte es die Frau dort, alles so, wie es Wilhelm bei seinem Tode 1941 hinterlassen hat. Das ganze Haus ist voller Kunstgegenstände, wenn wir die alle kontrollieren wollten, würden wir Tage benötigen. Zumal wir ja auch nicht wissen, wie Boschs Bild aussieht.«

Jan fiel Poch ins Wort. »Gut, es soll sich ja um ein Teil eines Altarbildes handeln, damit unterscheidet es sich von den ganzen Aquarellen und Schlachtengemälden, die da so hingen …«

Poch sah ihn indigniert an. »Schon richtig, aber es könnte sich genauso auch auf der Rückseite eines dieser von dir so schnöde als Schlachtengemälde bezeichneten Werke befinden.«

Elijah kam Jan zu Hilfe. »Ezechiel sprach ja von einem Bett des Kaisers. Meiner Meinung nach sollten wir uns auf zwei Räume konzentrieren: das Schlafzimmer des Kaisers und das gemeinsame Schlafzimmer, das er mit seiner Frau teilte …«

»Schnarchte der Kaiser?«, warf Jan spöttisch ein.

»Das verringert die Sauerstoffzufuhr zum Hirn und würde so einiges bei Wilhelm erklären.«

Poch sah ihn kopfschüttelnd an.

Aber Jan setzte nach: »Ich wusste gar nicht, Ivan, dass *du* so monarchistisch bist.«

»Jan, dieses Anwesen beherbergte eine Person, die einen unglaublichen Einfluss auf unsere Geschichte hatte. Ich muss dir doch nicht sagen, was der Erste Weltkrieg verursachte, neben all den Millionen Toten. Ich wünschte mir ein wenig Respekt vor diesen historischen Gestalten. Wer sie lächerlich macht, verbaut sich die klare und nüchterne Sicht auf die …«

Elijah erhob seine Stimme: »… und wir fangen heute Nacht an.«

Alle sahen ihn verwundert an.

»Warum so schnell?«, fragte Regina. »Ich möchte mir dieses Anwesen wenigstens auch einmal ansehen, bevor wir da einsteigen.«

Faruk nickte bestätigend.

»Das braucht ihr nicht. Es ist alles hier drin.« Elijah tippte sich an den Kopf.

Berlin, Deutschland, 25. 12., 14.25 Uhr

Der Verteidigungsminister hatte mit ruhiger Hand die Amtsgeschäfte vorläufig übernommen. Er hatte die Regierung sofort zurück nach Berlin verlagern lassen, um so jedes noch so kleine Samenkorn von Normalität und Souveränität aufkeimen zu lassen. Die seit dem Morgen im ganzen Bundesgebiet angebotenen und sehr strikt durchgeführten Impfungen brachten einen weiteren Schub an zivilem Leben zurück in das Land. Nach dem Tod der Kanzlerin auf der Insel musste das Bundeskriminalamt trotz der schwierigen Bedingungen die Ermittlungen aufnehmen. Schon wenige Stunden später war allen Beteiligten aufgrund der hohen Logistikanforderungen wie auch angesichts der professionellen Ausführung selbst klar, dass es sich um den Anschlag eines anderen Staates handeln musste. Der französische Staatspräsident wurde in einem Telefonat darüber in Kenntnis gesetzt, dass sich einer seiner engsten Berater in nächster Nähe befand, französischer Sprengstoff für die Minenfalle verwandt wurde und die deutsche Regierung sofortigen Aufklärungsbedarf sah. Über eine scheinbar sichere Konferenzleitung erklärte der Franzose, dass er jede Mitwirkung seiner Dienste kategorisch ausschloss, aber es Erkenntnisse gab, die auf eine Verwicklung eines deutschen Unternehmers namens Köhn deuteten. Der Verteidigungsminister wertete diesen Hinweis als Ablenkung. Auch ein Dossier, das während des Telefonats nach Berlin gesendet wurde, in dem ein unvollständiger Bericht des Pasteur-Instituts vor den Risiken des eingesetzten Mittels warnte, half nicht, das angespannte Verhältnis der beiden Regierungschefs zu verbessern. Das Gespräch wurde in frostiger Art beendet. Der Verteidigungsminister las das Dossier, an dessen Ende sich ein Vermerk über vier in Deutschland unter nicht geklärten Umständen ermittelnde Personen befand. Der französische Geheimdienst warnte eindringlich vor ihnen, empfahl eine sofortige Suche sowie eine Festnahme. Der Minister stutzte, als er die Nationalitäten der vier las. Wenig später ging an alle Dienststellen der nationalen sowie regionalen Kriminalämter, so sie denn besetzt waren, ein Haftbefehl heraus.

Zudem wurde der militärische Abschirmdienst darüber unterrichtet, dass sich auf deutschem Gebiet sowohl ein Spion der Israelis als auch ein Agent der Araber befand. Das Kanzleramt bat um eine »robuste, wenn möglich stille Lösung«.

Arnheim, Niederlande, 25. 12., 16.30 Uhr

Am Morgen hatte Köhn von seinem Kontaktmann in der Ukraine sechs neue Fachkräfte erhalten, die nun den Job Hermels übernehmen sollten. Die ehemaligen Mitglieder einer Sondereinheit des ukrainischen Militärs sollten die Übergabe, so sie denn überhaupt zustande kam, in die richtigen Bahnen lenken. Ein sehr teurer Spaß, denn nur mit hohen Summen waren selbst geldfixierte Söldner nach Deutschland zu bringen. Sie bestanden noch am Flughafen in Kiew auf einer Impfung des angereisten Vermittlers Köhns. Hermels altes Team, das offiziell die Sicherheitsbelange der Köhn-Unternehmensgruppe betreute, war dieser nervtötenden Truppe um Regina Bachmaier auf der Spur. Aber seit sie am Tegernsee verschwunden war, hatte keiner seiner Leute ihre Fährte wieder aufnehmen können, keine Telefonate, keine Mails – nichts. Mit Mühe hatte er ein paar Kleinigkeiten wie die Tastatur, auf der das Bekennerschreiben getippt worden war, und ein paar Phiolen mit den Pockenstämmen in der Wohnung der Kistermanns in München deponieren lassen. In größter Eile geschah das auch in Reginas Wiener Wohnung. Das lenkte vielleicht ab. Aber jetzt waren seine personellen Kapazitäten erschöpft. Schon Hermels Aktion in Rohrbrunn hatte drei seiner besten Leute, ehemalige SEK-Polizisten aus Brandenburg, das Leben gekostet.

Langsam kamen Zweifel in Köhn auf. War es das wirklich wert? Wie leicht hätte er auf das Bild verzichten, die Mitwisser erledigen lassen und sich im Ruhme der neugegründeten Stiftung sonnen können. Die Stiftung, das war Clara Ridders Idee gewesen. Sie hatte der Bundesregierung vorgeschlagen, die Organisation und die Steuerung des Verkaufs der Impflizenzen in einer Professor-Vogel-Stiftung zu bündeln. Arwed Köhn würde im Stiftungsrat zusammen mit namhaften Politikern und Wirtschaftlern wohlwollend das Geschäft, das Milliarden Euro Umsatz versprach, lenken. Am Mittag, nach einer ausgiebigen Orgie mit Clara und einem prächtig ausgestatteten jungen Mitarbeiter, der seiner Freundin schier den Atem nahm, wollte er schon die Anweisung zur Beseitigung Andrea Kistermanns geben, als ein Anruf aus dem Kanzleramt alles veränderte. Er konnte dem Minister tatsächlich mit Hinweisen über diese Gruppe behilflich sein. Und sichtlich erfreut war er, als er hörte, dass sein Mann auf Helgoland tatsächlich den französischen Sprengstoff benutzt hatte. Die Windnadel der Verdächtigungen drehte sich wieder von ihm weg – hin zu seinen Feinden. Alles lief wieder in seinen geplanten Bahnen. Sie würden das Bild bringen, alle Mitwisser wären auf dem Tablett, auf dem er daraufhin der Bundesregierung die wahren Drahtzieher übergeben könnte – tot natürlich.

Doorn, Niederlande, 25. 12., 17.35 Uhr

Der Plan des Schlosses, oder von Huis Doorn, wie die Niederländer es nennen, war von Elijah dank seines guten Gedächtnisses und diverser Fotos, die er widerrechtlich gemacht hatte, sehr detailfreudig entworfen worden und lag nun auf dem Küchentisch.

Wilhelms Schlafzimmer befand sich im südwestlichen Flügel des ersten Stockwerks. Nur durch einen Salon und einen sogenannten Bibliothekskorridor getrennt, war ganz in der Nähe das eheliche Schlafzimmer. Regina sah sich die Fotos der Räume an. Das Zimmer des Kaisers beherbergte ein Bett mit einem Baldachin, in dem ein Pastellporträt seiner ersten Frau hing. Einen Schreibtisch, einen Sessel und einen Tisch – davor ein Bild Luthers.

»Recht wenig«, fand Regina, »von unseren Habsburgern bin ich mehr Pomp gewohnt.«

Poch erklärte das für seine Verhältnisse recht sachlich. »Wilhelm war durch und durch Protestant. Pomp war, wenn überhaupt, nur militärisch für ihn statthaft.«

»Lebte seine ganze Familie dort?«

Poch schüttelte den Kopf. »Nein, keiner wollte so recht zu ihm. Seine Familie kann man getrost als schrecklich bezeichnen. Genetische Schwächen aufgrund von Inzucht gepaart mit Dummheit und Hochmut – aber am Ende waren sie so schlau, ihre Zeit nicht mit dem monologisierenden Monarchen zu verbringen.«

Regina setzte sich wieder auf den Boden, wo Elijah und Faruk bereits ihre Waffen, die sie aus dem Depot des Hausherren geholt hatten, inspizierten, auseinandernahmen, reinigten und wieder zusammensetzten. Der Raum war, sehr zum Missfallen von Jan und Poch, von einem Schieben, Klicken, Einrasten und Klicken des Waffenmetalls erfüllt. Ruhig und konzentriert wählten sie ihre Waffen aus. Der Hausbesitzer schien eine Vorliebe für Handfeuerwaffen aus Deutschland zu haben, denn der Boden, auf den sie nun alle Waffen gelegt hatten, war übersät mit Modellen aus der Ulmer Waffenschmiede Walther. Jan hatte nicht viel für Waffen übrig. Wie ein ungebetener Gast stand er mit Poch am Fenster. Aber er sah fasziniert zu, wie die drei die vor ihnen liegenden Instrumente kühl und überlegt sortierten und sie an ihrem Körper befestigten, als seien sie notwendige Kleidungsstücke – wie ein Schal, den man sich umbindet, wenn es kalt ist. Keine Aufregung war zu spüren. Immer wieder ließen sie Schlitten nach vorne springen, drückten das Magazin heraus und wiegten die Waffen in ihren Händen. Jan verstand, warum sowohl er als auch die drei von einer »Operation« sprachen. Denn auch er überprüfte seine Geräte, bevor er damit einen Menschen operierte.

Elijah erhob sich und blieb minutenlang vor der Karte stehen, ehe er alle bat, sich seinen Plan anzuhören.

»Um 21.30 Uhr beginnt die letzte offizielle Runde des privaten Sicherheitsdienstes. Danach haben wir exakt zwei Stunden Zeit, um das Objekt zu durchforsten. Der Wachdienst kontrolliert währenddessen drei weitere Objekte in der nächsten Umgebung und kommt dann um 23.30 Uhr zurück zum Schloss. Wir haben also genug Zeit, das Bild zu suchen, zu finden und möglichst geräuschlos wieder herauszukommen. Faruk und ich werden das Gebäude jeweils hier und dort sichern.« Er deutete auf zwei Punkte, die sich jeweils an den kurzen Seiten des Hauses befanden. So konnten sie jeden unerwünschten Gast sehen und gegebenenfalls ins Kreuzfeuer nehmen. »Wir sitzen jeweils hier und hier in den Bäumen. Hier ist es eine Buche, dort eine Platane. Beide haben auf etwa vier Meter Höhe breite und stabile Äste, auf die wir uns legen werden. Ich schlage vor, wir nehmen die Remington-Präzisionsgewehre.«

Er sah Faruk an, der nur stumm nickte.

»Dankenswerterweise wurden direkt unter den Ästen zwei Strahler installiert, die das Anwesen anleuchten. So wird ein möglicher Angreifer, der auf uns zielt, geblendet, und wir haben ein helles Schussfeld. Ich habe heute die Sicherung im Kellergeschoss ein wenig manipuliert. Regina, du gehst mit Jan durch die Kellertür hinein. Kein Licht. Man sieht es von draußen. Hier sind Nachtsichtgeräte. Oben öffnet ihr die Tür und lasst Ivan …«

»Nein, auf gar keinen Fall. Das kannst du vergessen. Ich gehe da nicht rein«, rief Ivan Poch aufgebracht.

Elijah sah ihn böse an. »Du hast nichts zu befürchten, weißt aber von uns allen am besten, wie das Werk aussehen könnte. Reiß dich zusammen. Du bist unser wichtigster Mann, ohne dich fällt die Aktion sofort ins Wasser.«

Etwas weniger aufgeregt bat Poch nun um eine Waffe. Elijah deutete auf eine kleine Pistole. »Nimm das Damenmodell, das hat kaum einen Rückstoß.«

Stöhnend ergab sich der dicke Mann seinem Schicksal. Zwei Stunden lang berieten sie jeden Schritt, klärten ihre Fluchtwege, setzten Absetzpunkte fest und bekamen alle zunehmend ein sicheres Gefühl – selbst Jan, der noch nie bei einem Einbruch dabei gewesen war.

Sie saßen bereits abfahrbereit im Auto des Eigentümers, als Elijahs Telefon brummte. Er stieg aus, weil er sah, dass es sein Büro in Tel Aviv war. Kurze Zeit später stieg er ins Auto, griff nach einer Zigarette und begann tief zu inhalieren.

»Mein Dienst will mich sofort abziehen. Du wirst von deinen Leuten bereits gesucht, Faruk. Und nach Jan und Regina wird seit heute Mittag von allen europäischen Polizeibehörden gefahndet. Die deutsche Bundesregierung wirft euch vor, an dem Pockenanschlag beteiligt zu sein.«

Rotterdam, Niederlande, 25. 12., 18.45 Uhr

Das Containerschiff, das im Westteil des Rotterdamer Hafenterminals anlegte, war, aus Murmansk im Nordmeer kommend, von den Zollbehörden zwei Tage auf Reede gesetzt worden. So hatte die Crew genügend Zeit, von Bord zu kommen. Timoschenko hatte auf acht Männern bestanden. Auch wenn die Zentrale in Moskau äußerste Bedenken hatte, diese hohe Zahl an Personal sowie Waffen in ein westliches Land zu bringen und dort operieren zu lassen. Aber letztlich war es dem Präsidenten wichtiger, den Fall endgültig abzuschließen, als noch weitere Fragen nach der Herkunft der Viren zu provozieren. Die Spur nach Israel war geschickt gelegt worden. In der Übergangszeit nach dem Zusammenbruch der Sowjetunion hatte der Mossad tatsächlich Stämme aus den Laboren im Süden »herausgekauft«. Nachdem aber sein früherer, alkoholkranker und völlig debiler Vorgänger mit den Amerikanern einen Stopp aller Pockenvirenexperimente beschlossen und zudem die Amis in das Land hineingelassen hatte, damit sie dort auch die allerletzten Geheimlabore zerstörten, konnte er nicht mehr eingestehen, dass Russland unberührt dessen weiterforschte.

1995 hatten Forscher auf der Insel im Aralsee das Phänomen zum ersten Mal bemerkt. Entlaufene, mit Pocken infizierte Tiere fraßen eine Pflanze, die nur dort wuchs. Statt an den Pocken zu sterben, wurden diese Tiere multiresistent gegen die meisten Viruserkrankungen. Die Forscher hatten sie wieder eingefangen und Filmmaterial bei den Experimenten erstellt. Er hatte es nicht glauben wollen, bis Timoschenko ihm die Aufnahmen nach seinem Amtsantritt im Kreml zeigte. 50 Kilogramm dieser Pflanzen wurden 1989 von den Forschern im Gebiet westlich des Sees gesammelt. Am Ende ihrer Ära besaß die UdSSR das wohl wirksamste Heilmittel der Welt, das glaubte zumindest Timoschenko, der Oberst für biologische Kampfmittel. In den Wirren des Umbruchs verschwanden ausgerechnet die Forscher, die dieses Phänomen beobachtet hatten. Dann fiel das Gebiet des Aralsees an Kasachstan und Usbekistan. Der See verlandete, die Umgebung wurde zur Wüste. Die Pflanzen waren trotz intensiver geheimer Suche verschwunden. Timoschenko, der die Wende und Umbrüche dank seines Wissens, seiner Erfahrungen und seines Überlebensinstinktes überstanden hatte, erzählte dem Präsidenten von der Sage der Karte, auf der alle Standorte der Heilpflanzen verzeichnet sein sollten. Diese Geschichte geriet aber angesichts neuer Herausforderungen aus dem Fokus des Präsidenten. Bis vor zwei Monaten.

Russische Spezialeinheiten griffen usbekische Terroristen im Grenzgebiet zu Tschetschenien auf. Sie bereiteten dort einen Anschlag auf ein Sportfest in Moskau vor. Nach einer wochenlangen »Befragung« berichteten zwei von ihnen, dass sie wenige Tage zuvor, im südlichen Usbekistan einem deutschen Bundeswehrsoldaten zwei Kisten aus einem russischen Labor auf der Insel im Aralsee übergeben hatten. Trotz intensiver Befragung, bei der am Ende beide Usbeken den Tod fanden, konnten sie nichts über den Inhalt der Kisten berichten. Seitdem hatte Timoschenko freie Hand vom Präsidenten bekommen.

»Vernichten Sie die Spuren, die zu uns zurückzuverfolgen sind. Und bringen Sie unserem Land diese Pflanzen wieder.«

Timoschenko hatte die Worte im Ohr, als er die Männer in den schwarzen VW-Bus steigen sah und sie mit seinem kleinen Ford Kia auf die Autobahn Richtung Arnheim lotste. Seine Laune war schlecht. Er ärgerte sich über sich selbst. Neben ihm lag sein iPad, auf dem das Original der Videoaufnahmen war. Es war ein Versäumnis gewesen, diese noch nicht nach Moskau zu schicken. Sobald sie ihr Haus erreicht hatten, würde er das nachholen, damit sie eine Kopie hatten. Er fluchte leise.

Arnheim, Niederlande, 25. 12., 21.20 Uhr

In seinem Haus, wenige Meter vom Firmengelände entfernt, konzentrierte sich Arwed Köhn auf die Angebote der großen Pharmakonzerne. Jeder wollte Anteile kaufen. Er trug einen blauen Kaftan und einen Schal aus hellem Kaschmir. Privat liebte er es, sich nicht zu beengen. Das neue Jahr würde ihm gehören. Seine Zeit war, das spürte er mit jeder Stunde, angebrochen. Arwed Köhn wollte die Tage zwischen den Jahren nutzen, um sich ein wenig zu erholen. Im Januar würde er mit Clara, die er als neue Vorsitzende von Atalante etablieren wollte, in den USA eine Roadshow, eine Art Verkaufsfahrt, für seine kleine Biotechfirma veranstalten. Nur die größten und einflussreichsten Banken und Hedgefonds sollten, bevor Atalante im Frühjahr an die Börse gehen würde, über seine Ziele informiert werden und betteln, ihr Geld in die Verwirklichung seiner Ideen zu stecken. Noch zwischen den Jahren würde er mit dem Nachlassverwalter sprechen und das Testament annehmen. Schon als Kind in Rohrbrunn hatte er die Schrift seines Vaters kopieren können, um sich von wesentlichen Fächern fernzuhalten.

Clara Ridder trat herein, sie hatte eine triefende Nase. Ihr unfreiwillig kühler Aufenthalt auf dem Friedhof in Rottach-Egern hatte ihre ohnehin in letzter Zeit stark strapazierte Kondition stark beeinträchtigt.

»Wir haben ein Problem«, flüsterte sie und schnäuzte sich danach.

Er drehte sich zu ihr. Clara Ridder sah wirklich besorgt aus.

»Was ist denn?«

»Die Zwillinge – ich fürchte, dass unsere medizinische Leitung mit der besonderen Pflege dieser ... Wesen ... also, sie wirkt überfordert. Sandmanns Empfehlungen für die richtige Medikation und Betreuung sind nicht in jeder Form umsetzbar. Einer der beiden hat zunehmend Probleme mit der Atmung. Sie rechnen mit dem Schlimmsten, auch der zweite ist so schwach ...«

Das konnte er jetzt nicht gebrauchen. »Soll ich mich darum kümmern?«

Sie schüttelte nur den Kopf. »Nein, ich wollte nur, dass du es weißt.«

Er nickte. »Was machen die Ukrainer?«

Sie trat näher an seinen Schreibtisch. »Ihr Teamleiter hat uns soeben mitgeteilt, dass sie die Funkfrequenz einer russischen Spezialeinheit aufgefangen haben. Sie soll nicht weit von hier ...«

Köhns Smartphone brummte. Er sah auf dem Display keine Nummer. Dennoch nahm er den Anruf an. Clara Ridder konnte nur eine weibliche Stimme vernehmen. Aber der eben noch so verärgerte Gesichtsausdruck Arweds veränderte sich wieder. Eilig suchte er nach einem Stift. Sie beugte sich nach vorn und reichte ihm einen. Er sagte nur »Ja, Ja« und schrieb Nummern auf den Rand des Wall Street Journals. Dann lächelte er.

»Ich freue mich, dass Sie so eifrig waren. Bestellen Sie Ihrem Lebensgefährten, dass er bald mit seiner Exfrau rechnen darf, Frau Bachmaier.«

Er legte das Telefon zur Seite, tippte die Daten in seinen Computer und grinste, als er sah, welche Landkarte aufblinkte. Er klickte die Seite weg und drückte auf seinen Musikspeicher. Es war Musik des wunderbaren Brian Eno, die jetzt seine gute Stimmung noch unterstrich. Köhn sah zu Clara Ridder auf, griff mit einer Hand nach dem Reißverschluss ihres schwarzen Rocks und zog ihn herunter.

»Sie haben es ...«, flüsterte er in das erstaunte Gesicht Clara Ridders, als er sie auf den Schreibtisch hob. »Und sie sind ganz in der Nähe ...«, konnte er noch sagen, als sie ihre Beine um seine Hüften schlang.

Doorn, Niederlande, 25. 12., 22.45 Uhr

»Ivan, bitte, wir machen hier keine Exkursion und auch keine Führung. Mir ist egal, wie und wo die Kaiserin geschissen hat.«

Jan hatte die letzten Worte bewusst gewählt, wusste er doch um die Feinsinnigkeit des alten Poch. Der hatte den beiden gerade die in einem Schrank versteckte Toilette der vorletzten deutschen Kaisergattin, Auguste Victoria, gezeigt.

»Vielleicht war Ezechiel ein Scherzbold und meinte mit dem Bett des Kaisers das eheliche Klo?«, warf Regina ein.

Keiner lachte. Sie hatten noch eine Stunde Zeit, bis der Wachdienst wieder seine Runden drehte. Sie waren über ein Kellerfenster hinauf in die sogenannte Beletage, das Hauptgeschoss des Anwesens, gelangt. Es war mondhell, und so konnten sie hier oben dank der zahlreichen Fenster alles gut erkennen.

»Hier fand das Hofleben statt«, flüsterte Poch, »aber das dürfte für uns nicht von Interesse sein. Wir müssen in den ersten Stock, in das ›Appartement double‹.«

Sie stiegen eine steile Treppe hinauf und standen dann inmitten eines Korridors, der zu beiden Seiten von unzähligen Büchern flankiert war. Sie waren nach rechts abgebogen und hatten das Schlafzimmer des Kaisers in Augenschein genommen. Poch sah sich jedes Bild an der Wand genau an, nahm es herunter und drehte es. Es waren meist Aquarelle mit mediterranen Motiven.

»Sie zeigen Korfu, das war des Kaisers Rückzugsgebiet«, kommentierte Poch so, als ob er hier seit Jahren Führungen veranstalten würde.

Nach einer Viertelstunde mussten sie feststellen, dass sich hier außer der üblichen wilhelminischen Kleinkunst nichts befand. Kein Hinweis auf Bosch, keine flämische Malerei. Nur Schlachtengemälde und Aquarelle. Und so ging es im gemeinsamen Schlafzimmer weiter. Sie öffneten Kommoden, Wäscheschränke, hoben Matratzen hoch und drehten auch hier jedes Bild, das an der Wand hing, um. Nach über einer Stunde waren sie verschwitzt und verzweifelt. Elijah hatte über eine Funkleitung immer Kontakt mit Regina, die ihm aber nicht die erlösenden Worte mitteilen konnte.

»Hier ist nur Plunder. Wenn wir das ganze Haus durchsuchen wollen, brauchen wir Tage«, stellte Jan resigniert fest.

Mittlerweile standen sie im Nordflügel.

»Verdammt, denkt nach. Wir sind so nah dran«, zischte Regina.

Poch stand am Fenster des Schlafzimmers von Auguste Victoria. Wie Poch zu erzählen wusste, war sie hier auch gestorben. Über Funk mahnte Elijah zur Eile. »Ihr habt noch 30 Minuten, lasst euch was einfallen.«

»Hat der Kaiser irgendwo noch einen Ruheraum?«, fragte Jan.

Poch schüttelte den Kopf. »Jedenfalls nicht, dass ich wüsste.«

Regina sah auf das geschmückte Bett der Kaiserin. »Warum ist das so hergerichtet?«

»Sie ist hier gestorben, es ist auch ihr Sterbezimmer. Wilhelm veranlasste, dass alles so bleiben sollte, wie sie es verlassen hatte. Ihre Nachfolgerin schien das aber nicht zu stören. Sie bezog einfach ein anderes Zimmer.«

»Und wo wurde sie begraben?«, fragte Jan.

»Das ist wirklich bitter. Sie wurde nach Potsdam gebracht. Tausende zogen hinter ihrem Sarg her. Nur ihr Mann, Wilhelm, durfte nicht bei der Beerdigung dabei sein. Die demokratische Regierung verwehrte ihm das«, erklärte Poch.

»Und wo liegt er?«, fragte Regina. Poch zeigte aus dem Fenster.

»Da drüben, in einem Mausoleum. Ganz schlicht, nichts Großes. Er wollte nach der Demütigung des Exils nicht in Deutschland begraben werden. Aber man besorgte deutsche Erde und umgab seinen Sarg damit, so dass …«

»Das ist es, da drüben liegt es! Des Kaisers Bett …!«

Sie stürmten aus dem Zimmer. Regina verständigte Elijah, und wenig später hetzten sie durch den Schnee über eine Holzbrücke hinüber zum nördlichen Teil des Parks. Hier befand sich die letzte Ruhestätte Kaiser Wilhelms des Zweiten. Es war ein fast als schmucklos zu bezeichnendes Grabhaus, verblendet mit rotem Klinker, die Eingangstür eingerahmt von jeweils drei glatten Säulen, darüber prangte das Wappen der Familie Hohenzollern. Regina und Jan erreichten das kleine Haus weit vor Poch, der keuchend und fluchend hinterherwatschelte.

»Ist es gesichert?«, fragte Jan, während Regina um das Mausoleum herumging.

»Nein, ich kann jedenfalls nichts erkennen. Aber die verdammten Fenster sind vergittert.« Sie prüfte ihre Stabilität.

»Das können wir vergessen. Die Tür vorn ist aus massiver Eiche …«, erklärte Jan, ehe Regina gegen die Tür trat, die tatsächlich nicht nachgab.

»Zieh deine Jacke aus«, sagte sie zu Jan, der das zwar tat, aber nicht verstand, was sie wollte. Sie zog ihre Waffe, legte den Lauf auf das Schloss und umwickelte ihre Hand und die Waffe mit Jans Jacke, ehe sie zwei Mal schoss. Trotz der Dämpfung war ein Knall zu hören.

»Los, wir haben wenig Zeit.«

»Geht es auch etwas leiser?«, fragte Elijah genervt über Funk. »Das habe ich sogar hier drüben gehört.«

Sie drückten die Tür nach innen, auf deren Knauf ein Krönchen befestigt war. Der Raum roch feucht, aber nicht faulig.

Poch sah sich interessiert um, strich über den Boden und stellte dann fest: »Hier war seit längerer Zeit niemand. In der Regel wird das Grab vermutlich nur an seinem Todestag oder zu einem Gedenktag besucht. Hier liegt zentimeterdick Staub, und es sind keine Fußspuren zu sehen.«

Dann wies er auf einen schlichten Sarkophag, auf dem verschiedene schon ausgetrocknete Kränze lagen. »Die sind da nicht nur einfach hingeworfen, die sind drapiert worden.«

Alle waren nun aufgeregt. Sie glaubten, am Ziel zu sein.

Bis auf zwei Kerzenständer war der Raum leer und ebenfalls ohne jeden Schmuck.

»Es muss da drin sein«, flüsterte Poch.

Regina griff nach einem der Ständer und zwängte das Metall zwischen Deckel und Trog. Jan nahm den anderen Kerzenständer und tat es ihr gleich. Gemeinsam drückten sie den schweren Stein zur Seite. Ein schlichter Eichensarg zeigte sich ihnen.

Regina sah zu Poch. »Sollen wir ihn …?«

Poch verdrehte die Augen. »Jetzt ist es auch egal – die Totenruhe habt ihr schon längst gestört.«

»Wieso *ihr*? Du bist schließlich auch dabei!«

Poch hob beide Hände abwehrend vor seine Brust.

»Schon klar«, meinte Regina, fasste mit Jan an die Griffe des Sargs und zog ihn hoch, so dass sie ihn auf dem Rand des Sarkophags abstellen konnten. Regina klopfte den versiegelten Verschluss auf.

»Öffnest du?«, fragte sie Jan.

»Das ist Wilhelm, nicht Dracula«, sagte er spöttisch und hob den Sargdeckel empor.

Regina warf sich kreischend zurück.

Utrecht, Niederlande, 25. 12., 22.13 Uhr

Sie hatten mit Hilfe von Pylonen, die sie aus einem Schuppen der Autobahnmeisterei geklaut hatten, die dreispurige Autobahn auf eine Fahrbahn verengt. Zwei Ukrainer standen auf einer Autobahnbrücke und verfolgten das stetig näher kommende Signal. Zwei weitere warteten 1000 Meter weiter östlich in einem Graben auf die beschriebenen Fahrzeuge. Es war der Abend des ersten Weihnachtstags. Holland feierte. Die Straßen waren leer. Nur der schwarze Van mit den Russen und der vor ihnen fahrende Kia mit Timoschenko fuhren mit hohem Tempo Richtung Osten. Auch sie verfolgten eine Peilung.

Nie hätte er die Gruppe ziehen lassen dürfen, ohne zu wissen, wo sie sich befand, dachte Timoschenko. Die Satellitenübertragung funktionierte halbwegs, und aus Moskau bekam er eine gestochen scharfe Aufnahme eines Parks und einer Villa auf seinen Tablet-PC geschickt. Timoschenko hatte die Koordinaten in sein Navigationsgerät eingegeben – ein Fehler. Er hatte das Tempo reduziert, als er das Baustellenschild gesehen hatte, und war mit nunmehr 60 Stundenkilometern in die Gasse, die eine

Reihe Pylonen vorgab, gefahren. Den Knall hörte er noch, die Explosion erfolgte jenseits seines Bewusstseins.

Die kleinen RPG-7 sind wohl die beliebtesten Raketenwerfer auf der ganzen Welt. Rebellen, Terroristen, aber auch reguläre Truppen schätzen diese zur Panzerabwehr konzipierte Waffe wegen ihrer Handlichkeit und Robustheit. Sie besitzt eine maximale Reichweite von 300 Metern. Das reichte, um den Innenraum des Vans in eine von Splittern und Brennstoffen erfüllte Hölle zu verwandeln. Der zweite Schütze war auf dem rutschigen Schnee am Hang ein wenig abgerutscht, eher er den Abzug seiner RPG betätigte. So traf der Gefechtskopf nur den Kofferraum des Kleinwagens. Dennoch war die Druckwelle so stark, dass der Wagen in die Luft gehoben wurde und erst fünf Meter weiter auf den Asphalt traf und seitwärts liegen blieb.

Sie teilten sich die Aufgaben. Der eine Ukrainer kontrollierte, ob aus dem Van unter Umständen jemand lebendig herausgeschleudert worden war. Und tatsächlich lag ein Russe auf einer Leitplanke. Sein Körper brannte, er schrie. Eine Salve aus einer Kalaschnikow erlöste ihn. Flammen schlugen aus dem Wagen. Der Ukrainer sah, wie ein Insasse noch seine Hände hob. Er sparte sich die Munition. Er wusste, dass die Hitze den schon toten Mann zu dieser Bewegung zwang. Dann lief er die Autobahn hinunter, wo sein Kamerad bereits Timoschenko aus dem Wrack des Kleinwagens zog. Er blutete aus den Ohren und der Nase. Die Druckwelle schien innere Verletzungen in seinem Kopf verursacht zu haben. Bevor sie ihn zum Graben neben der Autobahn zogen, griff sich einer der Söldner das mobile Navigationsgerät, das auf dem Armaturenbrett befestigt war, sowie die Satellitenbilder, die im Innenraum verstreut lagen. Zehn Minuten später wusste der Auftraggeber, wo Regina Bachmaier und ihre Freunde das Bild suchten. Er lachte und beorderte dann seine Söldner nach Doorn.

Doorn, Niederlande, 25. 12., 23.15 Uhr

Ein zu großen Teilen skelettierter Körper in einer Paradeuniform lag in dem Sarg. Übler, modriger Duft stieg ihnen entgegen.

Jan beruhigte Regina. »Er ist schon seit über 70 Jahren tot. Er tut nichts mehr.«

Regina ging mit vorsichtigen Schritten nach vorne. Jan sah sich den Mann beziehungsweise das, was von seinem Leib übriggeblieben war, mit medizinischer Nüchternheit an. Vor ihm lag der letzte deutsche Kaiser. Der über 13 Millionen seiner Landsleute in den Krieg geschickt hatte, von denen zwei Millionen diese Entscheidung mit dem Leben bezahlt hatten. Und das waren nur die eigenen Soldaten. 10 Millionen waren gefallen, wie es so euphemistisch hieß. Jan sah in die toten Augenhöhlen eines Schlächters. Nur so konnte er ihn bezeichnen, egal wie sehr er Kind seiner Zeit gewesen war. Er hatte keine Ruhe verdient, dachte er grimmig.

»Er trug zuletzt einen Vollbart, weil er Angst vor Anschlägen hatte. Er wollte nicht, dass ihm ein Barbier die Kehle durchschnitt«, erklärte Poch mit einem Tuch vor der Nase.

»Da drunter, heb ihn mal hoch«, rief Regina.

Tatsächlich waren die Beinknochen nach oben gebogen. Jetzt erkannte auch Jan die seltsame Haltung. Er hob ihn empor, und da war sie: eine rechteckige Kassette aus schwerem und äußerst verbeultem Metall.

»Wollen wir sie hier öffnen?«, fragte Regina.

Poch stieß mit geblähten Augen Luft aus. »Werteste, das ist ein Kunstschatz. So etwas öffnet man nicht zwischen Tür und Angel.«

Regina sah ihn böse an. »Aber vielleicht ist ja nichts drin.«

»Unsinn, diese Kassette gehört da nicht hinein, sie ist nachträglich dort hineingelegt worden. Also nehmen wir sie und untersuchen sie auf dem Bauernhof.«

Sie sah zu Jan, der seine Neugierde kaum bezwingen konnte.

»Na ja, ein kurzer Blick vielleicht?«

Elijah rief über Funk. Schon drückte Regina den Hebel und ließ das Schloss, das nicht verriegelt war, aufschnappen.

Poch erkannte eine Gravur, hielt Reginas Hand fest und las laut vor: »Liber Famulus Augustus – das ist ja interessant.«

Jan sah ihn fragend an. »Was heißt das?«

Poch zog die Augenbrauen hoch. »Haben Mediziner nicht das große Latinum? Nun, Liber Famulus ist lateinisch. Das waren im Mittelalter sogenannte Freie, die von ihrem Herren oder König für einen besonderen Dienst bestellt wurden. August ist der Vorname des Generals von Mackensen. Die Kassette wurde 1942 bei der Beerdigung des Kaisers wohl von Mackensen selbst hineingelegt.«

Das Metall quietschte und knarzte beim Öffnen.

Elijah spannte immer wieder seine Beinmuskeln. Er war es nicht mehr gewohnt, so lange in der eisigen Kälte zu sitzen und ein Objekt zu sichern. Die Kälte war schon längst durch seine Hosenbeine gekrochen. Auch Faruk schien nicht mehr so lange auf dem anderen Baum verharren zu können. Immer wieder überblickte er mit seinem Nachtsichtgerät das Gelände. Über Funk konnte Elijah hören, wie Poch und Regina sich stritten.

»Jetzt macht es auf, verdammt. Ich will wissen, ob ich mir hier oben völlig umsonst den Arsch abfriere.«

Dann hörte er nur ein Rauschen. Er rief Regina. Keine Antwort. Jan – Stille. Poch hatte auf den Funk im Ohr verzichtet, er wollte keine menschliche Stimme so nah bei sich haben, wenn diese nicht nur Worte der Liebe flüstern würde, wie er sagte.

»Regina, verdammt, was ist? Meldet euch!«

Faruk schaltete sich ein. »Was ist da los? Kannst du was sehen?«

Elijah drehte an der Justierung seines Fernglases. »Nein, nichts. Sie sind noch drin.«

Es vergingen Sekunden, die Elijah wie Minuten erschienen. Dann knackte es.

»Elijah?«

»Ja, verflucht. Was war los, ich habe …«

»Es ist das Bild.«

Reginas Stimme klang ruhig, fast freudig. »Ich komme jetzt raus und rufe Köhn an.«

Elijahs Herz schlug wie wild. »Wie sieht es denn aus? Ist da nur das Bild oder auch noch etwas anderes?«

Faruk lachte leise über Funk. »Der Jude fragt nach Gold und Diamanten. Soll sich ja auch lohnen hier.«

Jan mischte sich ein. »Hört auf damit. Auf der Rückseite des Bildes wurde eine Rolle befestigt. Das ist das, was wir suchen. Wir kommen jetzt raus.«

Elijah bemerkte etwas auf der Ostseite des Anwesens. »Verdammt, das ist der Wachdienst. Geht wieder in das Mausoleum, schließt die Tür, kein Licht, keinen Ton.«

Er sprach Faruk an. »Er fährt jetzt einmal an die Freitreppe, geht vermutlich zu einem Kontaktpunkt am unteren Eingang, den er mit einem Scanner ablaufen muss, dann fährt er wieder. Kein Schuss, ehe wir nicht wirklich entdeckt werden.«

Faruk bestätigte. Der blaue Wagen des Sicherheitsdienstes fuhr knirschend über den Schnee die 300 Meter vom Eingang des großen Parkgrundstückes hinauf zum Schloss. Vor der Freitreppe, die auf eine Terrasse führte, hielt das Auto, die Wagentür wurde geöffnet. Laute Musik schallte heraus. Der Mann war nicht allein. Auf dem Beifahrersitz saß noch jemand. Elijah konnte hören, wie der Mann, der ausstieg, auf Holländisch rief, dass er gleich zurückkomme und dass dies seine letzte Runde sei. Er sprang die Treppen hoch, schlug mit einem schwarzen Stab an einen Knopf neben der Eingangstür, sah kurz in den großen Raum im Erdgeschoss und rannte wieder hinunter. Elijah wollte schon aufatmen, als er sah, wie der Typ direkt auf seinen Baum zulief. Er lud sachte, aber bestimmt sein Gewehr durch und hatte ihn kurze Zeit später im Visier.

»Was will der? Hat er dich gesehen? Soll ich ihn nehmen?«, fragte Faruk von der anderen Seite.

»Negativ«, flüsterte Elijah gepresst.

Der Mann blieb kurz vor dem Baum stehen, öffnete seinen Gürtel, schob seine Hose herunter und urinierte sichtlich erleichtert an den Stamm. Stechender Uringestank drang in Elijahs Nase. Es dampfte unter ihm. Der Mann musste viel getrunken haben. Die Wagentür wurde aufgerissen, und jetzt sah er, wer auf dem Beifahrersitz gesessen hatte. Laut lachend kam die Frau auf den Mann zu, der sich grinsend, noch während er sich erleichterte, umschaute.

»Hier sieht uns keiner«, rief sie.

Sie trug eine rosafarbene Steppjacke, eine ebenso rosafarbene Skihose und eine Mütze mit wattierten Rentierhörnern auf dem Kopf, natürlich in Rosa. Der Wachmann wischte sich mit der Hand den Schwanz ab und zog die Frau an den Baum, was sie mit einem Gackern quittierte. Im nächsten Moment hatte er ihr die Hose heruntergezogen und sie grunzend von hinten genommen. Während sie sich stöhnend am Baum abstützte, griff er nach vorn, riss ihre Jacke auf und zog ihren Pullover so weit nach unten, dass er ihre Brüste, die zweifellos groß waren, umfassen konnte.

»Inschallah, es wird nicht lange dauern, so, wie die beiden aussehen«, bemerkte Faruk über Funk trocken.

Elijah schloss die Augen. Das war wirklich absurd.

»Elijah, auch wenn du etwas abgelenkt bist. Schau auf drei Uhr. Wir bekommen Besuch. Ich dachte, Regina hätte erst für morgen die Übergabe mit Köhn vereinbart.«

Ganz langsam schwenkte Elijah sein Fernglas, während vier Meter unter ihm das rosa Rentier weiter von den kräftigen Stößen des Weihnachtswachmanns angetrieben wurde. Er konnte einen Kleinbus erkennen, dahinter eine Limousine. Sie fuhren auf dem weiten Bogen, den der Weg machte, und waren jetzt noch gerade 100 Meter entfernt. Der Wachmann bekam angesichts des lauten Stöhnens und Schnaufens seiner Partnerin nichts davon mit. Erst als die Scheinwerfer des Busses seine dürren Beine und den nackten Hintern in grelles Licht tauchten, ließ er schimpfend ab und drehte sich, verzweifelt die Hose hochziehend, um.

Der Ukrainer hatte einen Schalldämpfer, und so war der Schuss nicht zu hören, der den Wachmann in den Mund traf und ihn nach hinten fallen ließ. Das Rentier konnte nicht mehr schreien, denn der zweite Treffer durchschlug ihren Kehlkopf. Sie fiel auf ihre nackten Knie, die Augen weit aufgerissen. Ihre

Hände hielten ihren Hals. Das Rentiergeweih war verrutscht. Man konnte kaum würdeloser aus dem Leben scheiden, dachte Elijah bitter. Köhn war also gekommen.

Nie zuvor hatte Regina so etwas Schönes erblickt. Sie war keine Kunstkennerin. Aber dieses gerade einmal einen Quadratmeter große Bild, das jetzt vor ihr stand, würde sie nie mehr vergessen. Es hatte jeden hier verstummen lassen.

Erst nach Minuten hatte sie Poch eine Frage stellen können. »Ist das das Jenseits?«

Poch konnte auch nicht sofort antworten. »Das ist nicht nur das Jenseits. Das ist die Ewigkeit.«

Er legte das Ölgemälde auf die Brust des Kaisers. Es musste die Müdigkeit oder die Anspannung sein. Für einen Moment sah er nicht mehr den skelettierten Kopf des Kaisers, sondern das typische von Schwarzweißfotos bekannte Antlitz mit breitem Schnurrbart. Es schien ihm fast, als ob der Kaiser lächelte.

»Habt ihr das gesehen?«

Jan sah Poch an.

»Hier ist noch etwas in der Kassette.«

Jan hob den Behälter hoch und schüttelte ihn, so dass sie im fahlen Mondschein sehen konnten, wie ein Bündel herausfiel. Ehe Poch sich bückte, hielt Regina es schon in den Händen. Das Papierbündel wurde von einem Hanfstrick zusammengehalten, in der Mitte befand sich ein rotes Siegel. Poch erkannte sofort den Löwen mit den Flügeln, das Wappen des Staates Venedig.

»Das ist es.«

Faruk rief sie jetzt über Funk. »Wir bekommen Besuch. Es ist Köhn, wir sollten …«

Ein fürchterlich lauter Ton zerriss ihnen fast das Trommelfell.

Poch sah verständnislos in die schmerzverzerrten Gesichter der beiden. »Was ist?«

Arwed Köhn räusperte sich. »Sind jetzt alle wach? Gut, es ist ja schon spät, meine Dame, meine Herren. Und Sie nutzen glücklicherweise eine Funkfrequenz, die mir und meinen Freunden aus dem Osten bekannt ist. So können wir miteinander sprechen, ohne uns zu sehen. Ich bin überzeugt, dass Ihnen das viel besser gefällt. Kommen wir zur Ziehung der Lottozahlen, haha, ein kleiner Scherz, um die doch wohl angespannte Situation für alle Beteiligten etwas aufzulockern. Einer kann nicht mehr lachen, das sollten Sie vorab wissen.«

Ein Ukrainer stieß Timoschenko aus dem Wagen und warf ihn in den Schnee.

»Schauen Sie, bei einer intensiven Befragung über den Aufbewahrungsort der inkriminierten Videoaufnahmen, Sie wissen schon, die mein schwieriges Verhältnis zu meinem Vater dokumentieren, also bei dieser Befragung, da hatte er bald nicht mehr alle fünf Sinne beieinander, weil …«

Elijah sah hinab und erkannte, dass dem Oberst des russischen Geheimdienstes Ohren, Augen und Finger fehlten.

»… die Menschen aus der Ukraine mögen die Russen gar nicht so sehr, wie ich immer dachte. Aber zum Schluss hat er es uns doch gesagt. Und so wird die Welt weiterhin davon ausgehen, dass der ehrenwerte Heinrich Köhn eines normalen, seines sicher angemessenen Todes starb.«

Timoschenko versuchte aufzustehen, hielt sich erst auf den Knien und tapste dann lallend herum. Seine Augenhöhlen waren leer.

»Gut, lassen Sie den Mann noch ein wenig frische Luft schnappen. In dem Bus, den Sie, lieber Herr Kistermann, draußen sehen werden, befinden sich die Zwillinge, Ihre Nichte Martha und die von Ihnen am 2. Mai 2000 in den Bund der Ehe geführte Frau Dr. Kistermann. Auch wenn Sie derzeit ein – wie soll ich sagen – eher distanziertes Verhältnis pflegen, sollten Sie wissen, dass Ihre Frau ganz heiß darauf ist, zu Ihnen zu kommen, statt in meinen Laboren diversen Virenexperimenten ausgesetzt zu sein.«

Elijah schaltete sich ein. »Hallo Arschloch, ich bin's, der Heilige Geist. Ich mache Ihnen einen Vorschlag: Lassen Sie uns das seriös über die Bühne bringen. Sie lassen die Kinder und die Frau laufen, wir geben Ihnen das Bild und das Video. Sie fahren, wir fahren. Und wir werden uns nie wiedersehen. Oder in

24 Stunden ist das Video online und aus dem Retter Köhn ist der Schlächter Köhn geworden. Was Ihnen allerdings nicht mehr so wichtig wäre, da wir Ihnen und Ihren Söldnern das Gehirn wegschießen.«

Während er das sagte, hatte er seine Wärmebildkamera eingeschaltet. Er sah in dreihundert Meter Entfernung drei Personen in gebückter Haltung Richtung Mausoleum laufen. Faruk konnte er nicht warnen, sondern musste hoffen, dass er es auch sah.

Ein Schuss erschallte, dann ein zweiter. Elijah sah, wie zwei rote Flecken am Boden lagen und sich nicht mehr rührten. Guter Faruk. Dann war Köhn wieder zu vernehmen.

»Oh, wie ich höre, wechseln Sie eigenmächtig meine Männer vom Spielfeld. Einen Augenblick. Das kann ich auch.«

Ein Ukrainer hob seine Waffe und schoss Timoschenko in den Kopf.

»Hören Sie auf, Köhn. Lassen Sie die Kinder frei …« Elijah sah, wie jemand aus dem Mausoleum kam. Er stellte das Fernglas scharf und erkannte Regina, die etwas unter ihrem Arm trug. Sie stapfte, ohne nach links und rechts zu sehen, auf den Wagen zu und sprach dabei.

»Ich habe das Bild, auf Höhe des Wassergrabens treffen wir uns.«

Die Schiebetür des Vans öffnete sich. Zwei Ukrainer traten neben die Tür. Eine blonde Frau war zu sehen, daneben stand Andrea mit der kleinen Martha an der Hand.

Regina stellte die Kassette auf den Boden und ging drei Schritte zurück. Clara Ridder trug eine große Tasche, die gewöhnlich zum Transport von Zwillingen diente. Sie hatte schlicht Angst, zitterte und wollte ihre Fracht so schnell wie möglich loswerden. Köhn sprach mit ihr über einen separaten Kanal.

»Da vorn steht die Kassette. Exakt so war sie in den Unterlagen, die wir für sehr viel Geld aus Venedig besorgen ließen, beschrieben. Du darfst sie auf gar keinen Fall aus den Augen verlieren, koste es, was wolle.«

Die Tragetasche hatte Ridder mit einem Schaffell abgedeckt. Darauf lag, ebenfalls von einem Tuch verdeckt, eine kurze Maschinenpistole. Hermel hatte ihr das Schießen beigebracht. Sie war eine gute Schülerin gewesen.

Regina blieb hinter der Kassette stehen. Plötzlich beugte sich Andrea zu Martha hinunter, flüsterte ihr etwas ins Ohr und erhob sich dann wieder. Regina war, als ob Andrea ihr zuzwinkerte. Sie gab Martha einen Klaps auf die Schulter, und das Mädchen lief plötzlich los. Gleichzeitig warf sich Andrea gegen Clara Ridder, die angesichts der schweren Tasche sofort das Gleichgewicht verlor und stürzte. Andrea hieb auf die liegende Frau ein, während Köhn schrie: »Lassen Sie das!«

Der erste Ukrainer legte an, doch noch während er die Hand hob, durchdrang ein Geschoss aus Faruks Präzisionsgewehr seinen Schädel. Der zweite konnte aber hinter einer Tanne in Deckung springen und schoss sofort. Überall spritzte Schnee auf. Das laute Knallen würde bald die Polizei hierherlocken, dachte Regina noch, als sie mit Martha unter den Armen hinter einer Steinbüste des Kaisers in Deckung ging und ihre Waffe zog. Ridder hatte sich unter Andrea hervorgewunden und stand jetzt am Rand des Wassergrabens, der das Schloss umgab. Sie zog ihre Heckler & Koch-Maschinenpistole hervor und wollte gerade schießen, als Andrea in schierer Verzweiflung gegen Ridders Beine trat. Prompt verlor die das Gleichgewicht und fiel nach hinten. Sie prallte mit ihrem Rücken auf das Eis, das sich auf dem Graben gebildet hatte, und brach ein. Sie strampelte. Der Graben konnte nicht tief sein, dachte sie noch. Aber er war schlammig, und so ruderte sie mit den Armen, brach das Eis weiter auf und versank bis zur Brust im Wasser. Mit aller Kraft versuchte sie, die Beine zu heben, schwang aber nach hinten unter das Eis. In der Mitte des Grabens war das Eis dicker, und je mehr sie ruderte, desto mehr schob sie sich unter das Eis. In ihrer Panik drückte sie ihren Kopf gegen den Widerstand. Das Letzte, was Clara Ridder von dieser Welt sah, war ein Feuerball.

Andrea war liegen geblieben. Der Ukrainer schoss, konnte aber auch nicht aus seiner Deckung, denn Elijah überzog seinen Standort mit kurzen Feuerstößen. Andrea robbte zur Tasche.

Nicht weit davon entfernt lag die Kassette. Andrea sprang kurz auf, griff danach und fiel wieder neben die Tasche. Auch Regina kam jetzt hinter dem Marmorblock hervor und bewegte sich zu Andrea, nachdem Jan aus dem Mausoleum nach vorn gerannt war und Martha gepackt hatte. Polizeisirenen ertönten. Regina und Jan achteten nicht mehr auf das, was aus ihren Funkverbindungen kam. Regina sprang und schoss, fiel, drehte und erhob sich. Jetzt sah sie, wie der Ukrainer aus seiner Deckung sprang und etwas werfen wollte. Sie ging leicht in die Knie, legte die Glock in ihre Hand, atmete tief durch und schoss. Was immer der Ukrainer in der Hand gehalten hatte, es explodierte nicht. Aber Reginas Schuss in den Hals war tödlich. Sie war noch zwanzig Meter von Andrea entfernt, die sich mittlerweile hinunter zur Tasche gebeugt hatte, als weit unten am Eingang des Schlosses das Blaulicht der Polizeisirenen zu sehen war. Noch zehn Meter. Sie rief Andrea zu, dass sie in Deckung gehen sollte. Immer noch wurden sie aus dem Van heraus beschossen. Andrea hatte die Decke weggezogen, das Schaffell in den Schnee geworfen und starrte auf den Inhalt, ehe sie zu Regina sah, ihre Hände hochwarf und »Stopp, bleib weg« schrie.

Dann warf sich Dr. Andrea Kistermann über die Tasche. Im nächsten Augenblick explodierte der Semtex-Sprengstoff, den die Ukrainer dort deponiert hatten.

Regina lag bewusstlos nur wenige Meter von Jan entfernt. Tränen liefen ihm über die Wangen, Tränen und Blut aus den Wunden, die die Splitterbombe verursacht hatte. Andrea hatte sich für ihn geopfert. Die Polizeiwagen kamen jetzt den Weg hinauf. Kaum waren sie auf Höhe des Vans, explodierte auch der in einem Feuerball. Das Letzte, was die vier über ihre Kopfhörer vernahmen, war Köhns Stimme.

»Menschen sind ersetzbar, aber dieses Werk ist es nicht. Wo immer Sie sind, man wird Sie verfolgen. Und beten Sie, dass es staatliche Behörden sein werden. Sie werden von nun an Ihr Leben lang auf der Flucht sein. Denn Sie haben die Pocken gebracht. Und niemals werden Sie Ihre Unschuld beweisen können. Heute Nacht sind Sie aus dem Paradies vertrieben worden. Frohe Weihnachten.«

Doorn, Niederlande, 28. 12., 09.45 Uhr

Ihr Gesicht war mit Splittern übersät. Jan, selbst im Gesicht getroffen, hatte sie notdürftig behandelt. Aber die Verletzungen waren zu schwer. Kaum ein Knochen in ihrem Gesicht war heil geblieben. Ihre Brust glich einem blutigen Streuselkuchen. Ihre Hände, die sie instinktiv hochgerissen hatte, waren verbrannt. Jan hatte ihr erhebliche Mengen Morphium verabreicht.

»Sie muss in ein Krankenhaus. Dann ist es eben so …«

Elijah legte vorsichtig seine Hand auf Jans Schulter. »Mein Freund, das kommt nicht in Frage. Ganz Europa glaubt, dass du und Regina die Drahtzieher der Seuche seid. Köhn hat ganze Arbeit geleistet. Jeder Polizist wird euch erkennen. Alle Krankenhäuser sind informiert. Schau die Nachrichten. Eure Bilder laufen dort rauf und runter. Ihr seid die neuen Bin Ladens. Auch mein Dienst glaubt, dass ihr daran beteiligt wart. Faruk ist zurückbeordert worden. Aber er wird euch helfen.«

Der Syrer trank aus einer kleinen Tasse einen starken Mokka. »Ihr müsst untertauchen. Hier seid ihr nicht mehr lange sicher.«

Mit größter Mühe hatten sie den Bauernhof erreicht. Elijah hatte mit gezielten Schüssen die anstürmenden Polizisten noch in Schach halten können, ehe Faruk und Ivan Poch Regina, Jan und das Mädchen in den Wagen bugsiert hatten. Poch hatte noch in letzter Sekunde nach der Kassette gegriffen. Dann war auch Elijah im Dunkel der wenigen Bäume, die nicht des Kaisers Fäll- und Sägewut zum Opfer gefallen waren, verschwunden.

Zwei Tage hatten sie sich bereits hier versteckt. Ivan war von den Karten fasziniert. Er studierte sie fast rund um die Uhr. Er war der Einzige, der sich wohl würde frei bewegen können. Keiner der Ermittler würde ihn mit den vieren in Verbindung bringen. Aber auch Elijah stand mächtig unter Druck.

»Ihr müsst untertauchen. Ivan wird das Bosch-Gemälde für euch verkaufen. Aus den Erlösen könnt ihr an irgendeinem abgelegenen Ort eine Zeitlang leben. Faruk und ich haben eine Idee. Ihr kommt in den Nahen Osten. Da ruht ihr euch aus. Denn solange ihr keine handfesten Beweise gegen Köhn habt, werdet ihr tatsächlich euer altes Leben nicht mehr führen können.«

Jan wusch sich intensiv die Hände, nachdem er aus dem Schlafzimmer kam, in dem Regina lag, und schaute dann traurig auf die schlafende Regina, deren Gesicht und Hände über und über mit Mullbinden verbunden waren. Er hatte bitter registriert, wie Elijah von einem »Wir« zu einem »Ihr« gewechselt war. So war wohl Politik, dachte er, und: Wir sind jetzt allein.

Poch trat zu ihnen.

»Setzt euch, ich habe euch etwas zu sagen.«

Jan lächelte ihn spöttisch an. »Hast du eine Lösung?«

»Vielleicht.«

Wie drei Schulkinder saßen Jan, Faruk und Elijah auf einem Sofa.

»Diese Karten sind einzigartig. Ich glaube, sie führen euch zu etwas, was größer und revolutionärer ist als alles, was die Menschheit sich vorstellen kann. Diese Karten verzeichnen Orte, wo Heilmittel verborgen sind. Sie verweisen auf das Land der Lilith. Auf einer der Karten ist ein sumerischer Text, der sehr deutlich Krankheiten und ihre Gegenmittel aufzählt. Es ist der Schlüssel zum Sieg über die Geißeln der Menschheit. Das hat dieses Volk einst so mächtig werden lassen. Es gab das Volk aus Aratta, und ihre Göttin war Lilith. Sie verehrten sie als Göttin der Fruchtbarkeit und der Lust. Sie besaßen keine Waffen, nur Krankheiten. Damit hielten sie ihre Feinde in Schach. Einzigartig.«

Sein Enthusiasmus sprang nicht auf die anderen über. Jan schloss die Augen. Er wollte nirgendwo mehr hin. Er wollte Regina gesund werden sehen, und er wollte um Andrea trauern. Eine Schatzsuche wäre das Letzte, was er wollte.

»Lass gut sein. Ich nehme die Karten an mich.« Er stand auf und drehte sich zu Elijah, der ihn traurig ansah. »Wo sollen wir hinfliegen?«

Berlin, Deutschland, 20. 03., 09.45 Uhr

Der Festakt für die Opfer der Seuche sollte um 10 Uhr im Bundestag beginnen. Einen Tag zuvor war der Verteidigungsminister zum Kanzler vereidigt worden und würde bis zur Wahl im April die Regierungsgeschäfte mit einer Allparteienkoalition führen. Seit der aufwendigen Trauerfeier für die Kanzlerin hatte Berlin nicht so einen Aufmarsch nationaler und internationaler Größen erlebt. Der neue Kanzler begrüßte Staats- und Regierungschefs aus aller Welt. Nur der Franzose war aus privaten Gründen in Paris geblieben und hatte seinen Premierminister geschickt.

Neben den neuen Mitgliedern seines Kabinetts saß auch der Unternehmer Arwed Köhn in einem schwarzen Anzug. Auf seinem Schoß lag eine Rose. Die Presse hatte sich in den vergangenen Tagen mit geradezu hymnischen Lobpreisungen überschlagen. Kommentatoren forderten ihn fast flehentlich auf, bei der nächsten Wahl als Kandidat für eine Partei anzutreten. Sein Einsatz wurde in jedem Interview, das der neue Kanzler gab, als vorbildhaft und hochpatriotisch gelobt. Politiker aus anderen Ländern gratulierten, selbst der amerikanische Präsident lud Köhn nach Washington ein. Nur aus Frankreich hörte man nichts, was aber in der Dankesflut unterging. Der Börsengang seiner noch kleinen Firma würde ein Spektakel werden. Tatsächlich hatte er schon einer Partei die Zusage erteilt, sich für die nächste Wahl aufstellen zu lassen.

Erstaunlich schnell hatte sich das Land von diesem Alptraum erholt. 76 113 Tote waren zu beklagen. Aber der Einsatz des Impfmittels Atropos hatte weitere Opfer verhindert. Es war die Zeit des Karnevals, und die Menschen feierten in allen Teilen Deutschlands, selbst in den sonst eher karnevalsfreien Gebieten, die Wiederkehr des Lebens. Vor zwei Wochen waren die Temperaturen dank eines Hochs in ganz Westeuropa gestiegen, als wolle der Frühling den Horror des Winters vertreiben.

»Atropos gab Deutschland das Leben zurück«, titelte eine große Boulevardzeitung.

Jedes Land wollte nun den Impfstoff haben. Die Weltgesundheitsorganisation der UN setzte ein neues Impfprogramm auf. Bis Ende des neuen Jahres sollte die Seuche ausgerottet sein. Schon jetzt war jeder dritte Europäer geimpft worden. Kritiker warfen ein, dass wieder einmal die armen Länder in Asien und Afrika zuletzt mit dem Impfstoff rechnen konnten.

Paris, Frankreich, 20. 03., 10.02 Uhr

Noch während ein Orchester beim Festakt in Berlin das Requiem von Mozart anstimmte, hatte der französische Bioexperte, der die übriggebliebenen Forschungsergebnisse seiner verstorbenen Kollegen untersuchte, seine Entdeckung dem Büro des Staatspräsidenten mitgeteilt. Der Mann forschte auf Anweisung des Präsidenten in einem streng abgeschirmten Trakt des Militärhospitals in Rouen. Spezialkräfte sicherten das Areal. Noch einmal wollte man nicht Opfer von Mordanschlägen werden. Die Entdeckung des Forschers war so bestürzend, dass der oberste Führer der Grande Nation seine Sitzung unterbrach. Er las und las noch einmal. Dann stellte er sich ans Fenster und sah hinaus auf die Platanen unter seinem Fenster im Park des Palastes, die jetzt ihre Blätter bekamen. Er war fassunglos.

»... ist mit an Sicherheit grenzender Wahrscheinlichkeit Atropos, in der bislang dargereichten Form, ein massiver Hemmer für die Gesamtfertilität der menschlichen Rasse. Unsere bereits an Mäusen belegten Ergebnisse sind nunmehr auch an menschlichen Probanden, die das Mittel verabreicht bekommen haben, bestätigt worden. In 485 von 500 untersuchten Fällen wies das männliche Spermiogramm massivste Beeinträchtigungen auf, die eine Zeugungsfähigkeit dauerhaft unwahrscheinlich machen. Wir haben diese Ergebnisse mit dem Robert-Koch-Institut und dem englischen Gesundheitsministerium auf höchster Ebene abgestimmt. Überall die gleichen Ergebnisse. Grob geschätzt dürften 300 Millionen Männer von dieser vermutlich irreversiblen Unfruchtbarkeit betroffen sein. Angesichts der Tatsache, dass auch Kinder in Europa und den USA mit dem Mittel geimpft wurden, hat dies erhebliche Auswirkungen auf die Bevölkerungsentwicklung der westlichen Hemisphäre …«

Beirut, Libanon, 20. 03., 11.21 Uhr

Das Café lag direkt an der Corniche, der Promenade der einst so schönen Stadt. Beirut war im Frühling ein Traum. Nur vereinzelt war das dumpfe Donnern der Mörsergranten aus dem Norden des Landes zu vernehmen. Der Bürgerkrieg hatte sich auf Städte an der Grenze zu Syrien beschränkt.

Der warme salzige Duft des Meeres schwappte über den Strand, hinein in die Cafés. Ihr Hotel lag weiter oberhalb im Stadtteil Hamra. Sie mussten aber nur wenige Minuten hinunterschlendern, vorbei an der Amerikanischen Universität und dem Archäologischen Museum. Sie frühstückten jeden Morgen hier. Der Kellner kannte sie schon mit Namen, und so versuchte er es mit seinen wenigen Brocken Englisch: »Mister Page, Miss Plant, darf ich Ihnen noch etwas bringen?«

Der Mann schüttelte den Kopf, aber lächelte, während die Frau ihr dunkles langes Haar hinter die Ohren legte, welches der schon warme Wind vom Mittelmeer ihr aber sofort wieder ins Gesicht wehte. Der Kellner, ein Freund und Kenner der Frauen, wie er glaubte, übersah geflissentlich die feinen Narben hinter ihrem Ohr. »Gut operiert, die Frau hat sich gehalten. Vielleicht Mitte dreißig«, dachte er.

Die Frau sah mit einem Stirnrunzeln zu ihrem Mann, der ebenfalls noch ein leicht geschwollenes Gesicht hatte.

»Miss Plant. Hätte dir nicht etwas Passenderes einfallen können als ausgerechnet die Namen zweier Altrocker?«

Der Mann lachte. »Jagger und Richards vielleicht? Oder Lennon und McCartney?«

Sie schüttelte den Kopf und sah versonnen hinüber zu zwei im Meer stehenden Felsen. Möwen umflogen kreischend die sandfarbenen Blöcke. Weiße Gischt leckte an ihrem Sockel. Sie war glücklich.

Eine dunkle Limousine parkte oberhalb des Cafés an der Promenade. Ein Araber und ein äußerst fetter Mann in einem lächerlich weiten Mantel gingen langsam und immer umherschauend die Treppen hinunter zum Café. Die Frau winkte, so dass der Araber direkt auf sie zusteuerte und der dicke Mann hinter ihm hertrottete.

»Liebes Fräulein, ich war nie ein Freund der plastischen Chirurgie. Aber ich bin erstaunt, was die moderne Medizin in Tel Aviv so leisten kann. Sie haben sich zu Ihrem Besseren verändert. Nur schade, dass man auf diesem Wege nicht auch gleich Bildung und Stil implantieren kann.«

Der Araber stöhnte auf. »Ivan, es ist gut. Miss Plant, du siehst bezaubernd aus, wenn ich das sagen darf.«

Der Mann schaute entrüstet. »Und ich?«

Sie sah ihn an und sagte: »Für dich hat das Geld nur für Veränderung, nicht aber für Schönheit gereicht.«

Er stieß ihr leicht in die Seite, und die anderen lachten.

Der Dicke grinste. »Apropos Geld. Ich darf da aus dem ›Kunstmarkt aktuell‹ zitieren. ›*Sensation bei Sotheby's … Das lange verschollene Bild ›Ewigkeit‹ von Hieronymus Bosch ist an einen privaten Sammler nach China versteigert worden. Einen heftigen Bieterstreit gegen einen hartnäckigen anonymen Konkurrenten aus Deutschland konnte der asiatische Internetmilliardär Chong für sich entscheiden. Das Bild, das ursprünglich zu einem Altarensemble im Dogenpalast zu Venedig gehörte, war von einem unbekannten Mittelsmann, vermutlich aus privater Hand, auf der diesjährigen Frühjahrsauktion*‹ und so weiter und so weiter. Dank meiner Verhandlungsexpertise sind gestern auf eurem Konto auf den

Jungferninseln 185 Millionen Euro eingegangen. Herzlichen Glückwunsch. Ich habe mir erlaubt, eine kleine Bearbeitungsgebühr von zwei Prozent zu erheben.«

Der Araber schüttelte den Kopf und sah hinaus aufs Meer. Das Paar lächelte bis über beide Ohren.

»Und noch etwas«, sagte der Dicke und wandte sich zu der Frau, die trotz der Wärme Handschuhe trug.

»Das Mädchen habe ich zu deinem Bruder nach Innsbruck gebracht. Der einzige Vorteil ihrer Sprachlosigkeit nach den Ereignissen ist, dass sie niemandem ihre Herkunft verraten will. Da es keine Verwandte mehr gibt, werden wohl auch keine Forderungen auftauchen. Martha wird nun Österreicherin.«

Der Araber wurde unruhig. »Kommen wir zum eigentlichen Grund unseres Besuchs. In vermutlich einer Woche wird die Welt von den Nebenwirkungen des Impfmittels Atropos erfahren. Ich habe euch bereits davon erzählt und muss euch nicht sagen, was dann passiert. Elijah hat mit seinen Leuten gesprochen. Niemand, wirklich niemand, hat eine Ahnung, wie man dieser Katastrophe Herr werden kann. Wir, und das gilt auch für Elijah, glauben, dass wir die Karte brauchen. Wenn es im Land der Lilith ein Mittel gegen Pocken gibt, dann auch gegen diese, diese ...«

Herr Page und Frau Plant sahen sich an. Sie lächelte noch verhalten. Die Operationsnarben waren erst schwach verheilt.

»Wir sind bereit.«

Faruk Al-Ali und Ivan Poch erhoben sich.

»Elijah wartet in Istanbul. Dort beginnt unsere Reise. Und ich soll dir sagen, dass du mit Led Zeppelin doch nicht so falsch liegst. Du würdest schon wissen, was Elijah damit meint ...«

Jan grinste und küsste Regina.

Nachwort

Dieser Roman ist fiktiv. Nichts ist so passiert. Oder doch?

Ich habe, wie so viele Autorinnen und Autoren vor mir, echte Orte und leibhaftige Personen als Ideensteinbruch genutzt und »geplündert«. Teils geschah dies intuitiv, teils mit Vorsatz. Das Buch versteckt viele kleine und manchmal auch große Hinweise auf tatsächliche Geschehnisse. Wer daran interessiert ist, dem sei meine Website www.martin-calsow.de empfohlen. Hier finden sich Angaben und Anekdoten zu den Spielorten und Personen, historischen wie auch gegenwärtigen. Dort erfahren Sie auch, welche reale Glaubensgemeinschaft mir als Vorlage für die Bosch-Sekte diente, wer der »echte« Wahrsager aus Bayern war, was es mit Wilhelm II in Holland auf sich hat und ob am Aralsee in Usbekistan tatsächlich mit Pocken experimentiert wurde.

Immer wieder stellt sich die Frage nach der Gewalt, die diesem Buch, aber auch seinem Vorgänger »Der Lilith Code« innewohnt. Ich bin mir der expliziten Beschreibungen bewusst. Sie hat für mich keinen Selbstzweck, sondern ist Mittel zum Zweck. Ein Hinweis darauf ist die Wahl der Hauptspielorte: War es im ersten Buch noch der Orient, liegt in diesem Buch der Schwerpunkt auf Deutschland – und hier speziell auf dem Wald. Es sind die klassischen Orte der Märchen, die mir als Vorbild dienen. Tausendundeine Nacht im »Lilith Code«, die Grimm'schen Volksmärchen in der »Lilith-Verheißung«. Und ob aufgeschnittene Wolfbäuche, erfrorene Kinder und lepröse Menschen – zu allen Märchen gehört eben auch diese Härte. Denn sie ist ein Spiegelbild unserer Ängste. Ängste, die sich bei einer Katastrophe, wie ich sie in diesem Buch beschrieben habe, Bann brechen.

Der Schluss. Das ist wieder einmal ein »Cliffhanger«. Die Geschichte geht weiter. Aber wie sollte es auch anders sein? Die »Helden« suchen nach nicht weniger als nach der Antwort auf alle Fragen. Und das ist doch noch mindestens ein Buch wert?

Wenn Sie Fragen an mich haben, stehe ich Ihnen unter

www.martin-calsow.de

oder

www.facebook.com/calsow.autor

Rede und Antwort. Warum? Wenn man monatelang alleine am Schreibtisch sitzt und schreibt, ist man froh, eine Rückmeldung zu seiner Arbeit zu bekommen. Denn entgegen vielen Aussagen anderer Kolleginnen und Kollegen schreibe ich nicht für mich. Ich schreibe für Sie, liebe Leserinnen und Leser. In diesem Sinne: Lassen Sie von sich hören, ich bin gespannt auf Ihre Kommentare und Anregungen.

Danksagung

Wieder einmal sind es viele, die mir mit ihrem Wissen geholfen haben. Für jedweden Fehler oder Ungenauigkeiten sind diese wertvollen Ratgeber nicht verantwortlich. Das bin allein ich.

Christian Holste, Frankfurt, Dr. Liane Julinghofer, Wien, Dr. Bernd Lesoine, München, Professor Dr. Georg Vogel, München, Stefan Wigmann, Abu Dhabi, Bastian Schlück, Garbsen, meine Familie und nicht zuletzt meine Mutter Helmtrud Calsow, Bad Iburg.

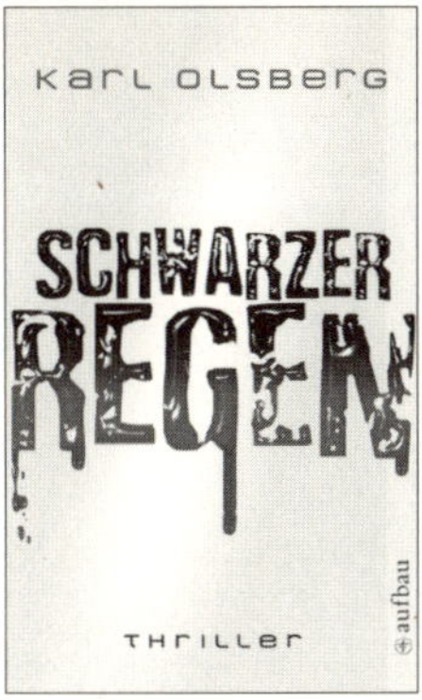

KARL OLSBERG
Schwarzer Regen
Thriller
409 Seiten
ISBN 978-3-7466-2518-8

Es ist nicht die Frage, ob es passiert, sondern wann …

Der größte Horror wird Realität – ein tödlicher Anschlag auf eine deutsche Großstadt. Unter den zahllosen Opfern ist auch Ben, der Sohn des Ex-Kommissars Lennard Pauly. Bei einem Überwachungsauftrag stößt der Privatdetektiv auf Informationen, die ihn an der offiziellen Aufklärung des Attentats zweifeln lassen. Während das ganze Land von einem Feuer aus Hass und Gewalt verzehrt wird, sucht er nach der Wahrheit. Ist es möglich, dass die, die jetzt vom Zorn über den Anschlag profitieren, die eigentlichen Drahtzieher sind?

Nach den großen Erfolgen von »Das System« und »Der Duft« legt Karl Olsberg mit »Schwarzer Regen« sein bisheriges Meisterstück vor.

Mehr Informationen erhalten Sie unter www.karl-olsberg.de
oder in Ihrer Buchhandlung

atb aufbau taschenbuch